Nourritures canailles

Du même auteur

Le Bien des pauvres
La consommation populaire en Avignon (1600-1800)
Seyssel, Champ Vallon, 2004

Histoire des peurs alimentaires
Du Moyen Âge à l'aube du XXe siècle
Seuil, 2002 et « Points Histoire » n° 359, 2006

Histoire des cuisines et trésor des fourneaux
Larousse, 2008

Madeleine Ferrières

Nourritures canailles

Éditions du Seuil

ISBN 978-2-7578-1661-5
(ISBN 978-2-02-061383-5, 1re publication)

[…] si le ventre affamé qui n'a point d'oreilles pouvoit parler, il diroit bien, n'en déplaise aux puissances de la terre, que Messieurs les chartiers savourent des plaisirs dont les Rois et les Princes ne sont point capables.

Charles Coypeau, sieur d'Assoucy (1604-1677),
Les Aventures burlesques de Dassoucy, 1677,
Paris, Éd. E. Colombey, Delahays, 1858, 43.

Le bras de la cuisinière

Comment retrouver les nourritures perdues ? Nous savons, en allant quelque part *Du côté de chez Swann*, qu'il suffit de peu, de très peu : une gorgée de thé, quelques miettes de madeleine trempée dans l'infusion, une gouttelette presque impalpable d'odeur et de saveur, et voilà que dans une palpitation remonte à la surface de la conscience tout un monde que l'on croyait aboli. Ainsi, par le secours de la poésie et du souvenir entremêlés, l'esprit convoque et remodèle les nourritures de l'enfance. Mais cette expérience si précieuse, décisive dans la mémoire individuelle, ne vaut que pour certaines nourritures disparues – celles de notre propre passé.

Quand il s'agit du passé que nous n'avons pas vécu, des nourritures des autres et des générations antérieures, alors il ne peut y avoir ce miracle du temps retrouvé. Est-ce à dire qu'elles soient abandonnées définitivement hors de la mémoire ? En fait, c'est une autre mémoire qu'il faut interroger, la mémoire collective sédimentée dans des traces écrites, dans ces archives que l'historien fréquente et qu'il explore. Dans ce domaine, la paramnésie ne nous sert de rien, tout passe par d'autres ascèses et d'autres méthodes, celles auxquelles l'historien s'astreint.

Et voici l'ambition de ce livre : retrouver les nourritures d'un long passé qui fut le nôtre, entre 1500 et 1850 ou 1900. Ce qui nous intéresse ici, ce sont les nourritures de la majorité des Français, les pratiques alimentaires ordinaires des gens ordinaires. Les bornes assignées à cette étude sont des dates rondes, les coupures chronologiques ont une valeur toute relative quand il s'agit de comportements quotidiens qui jouent sur l'habituel, le répétitif, le presque inerte. Ils s'inscrivent dans un tableau de fond, celui d'un Ancien Régime alimentaire, lui-même fondé sur un Ancien Régime agricole, de plus longue durée que notre enquête et qui la déborde aux deux bouts, mais surtout en amont. Il se met en place au milieu du Moyen Âge ; il se défait à partir des années décisives du Second Empire, quand la ration calorique des Français augmente, quand le régime ordinaire subit de profonds bouleversements qualitatifs et quantitatifs. Le Français dont nous sondons la nourriture ignore le bifteck, la boîte de conserve et la baguette du boulanger, ce qui ne veut pas dire qu'il ne les connaît pas, mais il ne les a pas intégrés dans son quotidien. La longue durée s'impose, d'autant qu'ici l'effet de mode est peu perceptible. Sur la table des gens simples, l'innovation, le changement est à l'œuvre, une « nouvelle cuisine » peut se substituer à l'ancienne, mais en mettant en jeu moins la rupture que le relais ou la transition douce.

Voilà sans doute ce qui distingue d'entrée de jeu la « basse cuisine » de l'autre, celle des tables distinguées et des traités gastronomiques produits par de grands chefs : elles n'ont pas la même temporalité. L'une, la « haute cuisine », revendique le temps court, mieux : elle l'appelle de tous ses vœux, elle exige pour être légitime la création qui est extemporanée ou le renouvellement, qui est immédiat. L'autre, la « basse cuisine », s'inscrit dans un temps sans hâte. Elle répugne à se projeter dans le futur, elle proclame sa fidélité au passé, elle se dit de longue tradition.

Une autre distinction entre les deux registres de nourritures est à souligner d'emblée. Cette différence n'est pas organique, elle se situe au niveau de la connaissance. L'historiographie des nourritures du passé est ancienne. Si on veut lui assigner un père fondateur, alors on citera la figure originale du père Le Grand d'Aussy. Ce jésuite, au chômage à la suite de l'expulsion de son ordre ordonnée en 1764 par Louis XV, se retrouve bibliothécaire du marquis de Paulmy, à Paris, et chargé par lui de rassembler tous les matériaux nécessaires à l'écriture d'une *Histoire de la vie privée* des Français. *De la nourriture des*

Français est le fruit de ses recherches… Le Grand d'Aussy est un compilateur. Il a eu, à son tour, beaucoup d'émules.

Aussi notre connaissance est-elle bien avancée pour tout ce qui touche à la table et à la cuisine des puissants ; mais elle ne porte que sur le petit milieu des bien nourris, cantonnés à l'intérieur d'une enclave d'abondance dans un océan de pénurie. Si l'on s'aventure hors des espaces protégés que représentent les grasses cuisines et les tables raffinées, on découvre alors un territoire immense et mal balisé. Les nourritures banales ont largement échappé à l'historien. Daniel Roche souligne à juste titre que « des pans entiers de l'histoire de l'alimentation restent peu ou mal connus[1] ».

On sait comment mangent le roi et les princes, les seigneurs et les négociants. Pourtant, ils répugnent à s'exprimer et encore plus à écrire sur leur nourriture. Dans la société classique, noblesse et haute bourgeoisie n'aiment pas, dans leurs propos courants, évoquer ces choses si triviales. Employer des mots comme assaisonner, beurre, cuisine, épices, ingrédients, moelle, provisions, trahirait le faux noble ou le petit bourgeois. Un registre en dessous, seuls les artisans et les boutiquiers parlent de viandes, de beignets, de confitures, de fricassées, de pâtés, de potages, de tartes, de viandes rôties, bouillies ou de cave. Le langage alimentaire trahit le niveau social. Quant aux traces écrites, on en trouve heureusement, on a conservé des listes de provisions de grandes maisons, parfois des menus. On connaît les dépenses de bouche du vicomte de Turenne, des parlementaires de Bordeaux et de Toulouse, des Ursulines de Carcassonne. On connaît sur le bout des doigts les menus des riches marchands comme les Datini, des ambassadeurs à Madrid, des dames de Saint-Cyr et tous les menus de la Cour, les repas solitaires du roi enfermé par l'étiquette comme les festins qui régalent les visiteurs de Versailles. Par un extraordinaire journal tenu par son médecin, on sait jour après jour, repas après repas, à la bouchée près, ce qui a nourri le petit dauphin qui deviendra Louis XIII. On s'interroge

1. Roche, Daniel, *Histoire des choses banales, naissance de la consommation dans les sociétés traditionnelles, XVII*e*-XIX*e* siècle*, Paris, Fayard, 1997.

avec une gravité érudite sur l'allergie d'Érasme au poisson, sur les capacités digestives de Louis XIV qui furent grandes, sur le ventre des philosophes[1]. On sait aussi que beaucoup d'hommes sont morts de malnutrition ou intoxiqués, mais ils restent anonymes, et au filtre de l'histoire, il vaut mieux, si l'on veut avoir une chance de passer à la postérité, mourir suicidés au champ d'honneur culinaire comme le firent Apicius ou Vatel. Ou encore d'indigestion : ainsi finirent la duchesse de Berry, La Mettrie, Montesquieu (l'oncle), Diderot entre la salade de chicorée et les cerises, d'autres encore, passés dans les annales d'une histoire anecdotique, mais qu'on reproduit et qu'on cite inlassablement, à tel point qu'elle est devenue en quelque sorte l'histoire officielle. Par commodité, nous l'appellerons la gastro-histoire. Mais partons d'elle, de cette histoire si connue qu'elle fait partie de notre bagage culturel commun. Elle présente un certain nombre de traits qui obscurcissent notre vision des pratiques nutritives des siècles passés, au lieu de l'éclairer. Relevons-les pour tâcher de les mettre dans les parenthèses de notre mémoire, car mieux vaut oublier ce que nous savons, ou ce que nous croyions savoir.

Quand elle se penche sur la nourriture du peuple, cette histoire évoque des moments éphémères, le temps de la fête, de la noce ou de la kermesse, immanquablement associés à des images de tables opulentes croulant sous les empilements de victuailles ; à l'opposé, elle se focalise sur un autre temps extraordinaire, plus long et douloureux, celui des privations, de la disette et de la famine. Par là, elle force le trait, soit dans l'abondance, soit dans le dénuement. Vision rose, vision noire. C'est surtout dans ce dernier cliché qu'elle aime à se vautrer. L'histoire alimentaire que l'on présente est alors douloureuse et dramatique, conforme sans doute aux attentes de qui la lit. Montaigne nous avait déjà prévenus ; le lecteur aime cela : « Rien ne chatouille qui ne pince […] et les bons historiens fuyent, comme une eau dormante et mer morte, des narrations calmes, pour regaigner les

1. Onfray, Michel, *Le Ventre des philosophes, critique de la raison diététique*, Paris, Grasset, 1989.

séditions, les guerres où ils scavent que nous les appellerons[1]. » Et sans doute les nourritures de guerre et de siège, remplies d'inventions culinaires ragoûtantes comme le poulet Marengo ou d'autres plus dégoûtantes à base de cadavres de cheval, de rats écorchés et d'animaux de zoo devenus animaux de boucherie, sont-elles une histoire qui pince…

Loin de la « narration calme », on décrit notre passé alimentaire dans ses situations les plus tendues, ses aspects les plus tristes, les plus douloureux : voici les famines, les sièges, et les empoisonnements, le crime passionnel et l'assassinat politique. Le meurtre à table, quel beau sujet ! Et pourtant, si l'on est mort de manger, le plus souvent de ne pas assez manger, on a vécu aussi, et la table a fait partie de la vie, de ses plaisirs comme de ses médiocrités.

Mangeaient-ils à leur faim ? Cette question a taraudé les historiens de la génération précédente, celle qui a vécu les années difficiles de l'Occupation et connu le rationnement jusqu'en 1951. Ils se sont attelés à la tâche, tentant de révoquer les clichés du pauvre broutant de l'herbe à l'aide de doute méthodique, de rigueur et de calculs. Il fallait, c'était alors le mot d'ordre scientifique, en finir avec l'histoire impressionniste, celle de l'à-peu-près et des on-dit. Il fallait aussi, et c'est tout l'intérêt de leurs investigations, s'intéresser au plus grand nombre. Ils sc sont mis à la dure école de la démographie historique, comptabilisant les mariages, les baptêmes, les sépultures. C'est le drame d'abord qui les a frappés, sous la forme de ces crises de subsistance qui, de façon récurrente, dessinaient sur les courbes de mortalité de l'Ancien Régime des pics d'une acuité sinistre et d'autant plus désespérante qu'elles se succédaient en série. Ils ont rencontré d'abord la nourriture du peuple en situation extrême. À tel point qu'ils se sont demandé si, en dehors de la misère alimentaire, il y avait place pour une normalité. D'où la question : en temps normal, au moins, mangeaient-ils à leur faim ? Alors, faisant feu de

1. Montaigne, *Essais*, 1580, III, 12.

tout bois et de tout compte, empruntant aux diététiciens leur échelle de mesure, se remémorant leur propre expérience des rations de guerre et d'après guerre : 1 100 calories pour le Français au printemps 1943, 1 300 avec les cartes A de rationnement en 1946, ils ont réussi à convertir en rations-calories la pitance des journaliers, les pensions alimentaires des veuves, les dépenses de table des domestiques, le menu des hospitalisés. Ils sont arrivés à nous fournir quelques constats que l'on peut tenir pour assurés. Pour le XVIIIe siècle, pour une année normale du point de vue de la récolte et des prix, le seuil des 2 500 calories semble correspondre à un minimum en tous lieux. On objectera que ces hommes n'étaient pas sédentaires comme nous, qu'ils étaient actifs et de plein vent. Mais ils n'avaient pas non plus en moyenne ni notre taille ni notre carrure ; et il semble que la moyenne des 3 000 calories a été atteinte ou dépassée fréquemment. Les femmes auraient à peu près disposé des 2 000 calories. Par conséquent, le minimum vital était probablement assuré en temps ordinaire. Ceci, en gros, est valable pour les trois siècles de l'Ancien Régime, et au-delà. Les deux décennies qui suivent la Révolution se traduisent, sur un plan alimentaire, par une stagnation, voire une dégradation. Après, et jusque vers 1860, on retrouve des niveaux biologiques comparables.

Ils mangeaient donc à leur faim. Mais dire qu'ils étaient bien nourris, de façon équilibrée, serait proférer une grossière erreur, et sur ce point, les spécialistes de démographie historique, assez unanimement et sans barguigner, ont livré un rétro-diagnostic sans appel : déséquilibre du régime au profit des glucides et des protides végétaux, déficit en protides animaux, en lipides, avitaminoses fréquentes. Le mangeur d'autrefois ne connaissait pas la sous-nutrition, sinon de façon exceptionnelle, mais il souffrait de malnutrition en permanence. Aussi, le constat de leur petite taille est-il réversible : c'est parce qu'ils mangeaient mal qu'ils étaient petits. Quand la stature moyenne du Français se met à augmenter notablement, ce qui n'arrive pas, globalement parlant, avant que le pays n'amorce un décollage économique vers 1850, c'est le signe que le régime alimentaire des masses s'améliore. C'est à peu près à ce moment là, dans ces années fin de siècle où l'on sort de la société de pénurie, mais sans encore entrevoir la société de consommation, que nous terminerons l'étude.

On peut entériner ce bilan diététique sans trop de risques d'erreurs, d'autant plus facilement que les seuils caloriques considérés comme nécessaires sont tout relatifs, et qu'ils n'ont cessé de diminuer. Le seuil des 2 500 calories, admis comme une base intangible il y a deux décennies, est revu à la baisse, du moins pour un travail modéré. D'autre part, sans vouloir minimiser les effets de la faim et la récurrence de la pénurie, il semble qu'elles n'aient pas eu tous les effets ravageurs que nous lui prêtons, que nous subirions, si d'aventure elles revenaient. Nous avons appris des médecins que mal nourris ne signifie pas *ipso facto* moins résistants. Il est des carences qui renforcent au contraire le terrain. Nous avons appris aussi des anthropologues que nous sommes une espèce mieux adaptée pour gérer la pénurie que pour gérer l'abondance. Le métabolisme hérité de nos ancêtres nomades-chasseurs n'est pas fait pour notre société de pléthore continue, et pour le coup, c'est nous qui avons du mal à gérer notre alimentation.

Revenons à la gastro-histoire. Elle insiste beaucoup sur un autre trait, qui n'est pas faux, fondamentalement, quand elle décrit deux mondes alimentaires tout à fait irréductibles l'un à l'autre.

Certes, loin de nous l'idée de nier que la ségrégation alimentaire n'existe pas, c'est un fait reconnu par tous, et plus qu'un fait d'ailleurs : c'est une idéologie bien ancrée au cœur de cette société ancienne qui ne peut se penser sans hiérarchie et sans ordre. Il suffit de relire Olivier de Serres et son *Théâtre d'agriculture* paru en 1600, pour voir à quel point on distinguait, à l'intérieur de la maisonnée, des niveaux de consommation soigneusement séparés. Le bon père de famille, version Olivier de Serres, doit pourvoir à la table du maître et à la table des domestiques. Aux uns le pain frais et blanc, le vin ; aux autres le pain « de ménage », bis et rassis, la piquette, ce qui se justifie, puisque « le temps a faict passer en force de chose jugée la distinction des ordres ». Et comme la société de son temps se conçoit en trois ordres, la distribution alimentaire se répartit en trois niveaux. Reçoit-on des hôtes de passage, au manoir du Pradel où vivent Serres et sa famille ? Alors, en respectant les règles de l'hospitalité, on leur offrira cette rareté, des confitures sucrées. Les personnes « honorables » auront droit aux confitures au sucre ; les gens « de moyenne étoffe » auront celles, moins coûteuses, fabriquées à base de moût de raisin ; quant aux « gens de petite étoffe », ils auront la marmelade qui ne se conserve pas, ou rien[1]. Cette distribution ternaire, récurrente dans la nourriture élaborée au manoir de Serres, nous montre qu'on est loin de cet univers un peu manichéen que la vulgate gastro-historique nous a accoutumés à voir : le camp des maîtres contre celui des serviteurs, les ventres dorés contre les ventres creux, les gras contre les maigres.

Ce vieux schéma binaire recouvre-t-il une réalité dure des temps médiévaux ? D'autres pourraient le dire. Observons qu'à l'aube des Temps modernes, il se brouille, ou paraît se brouiller pour se diluer dans une réalité des conditions sociales bien plus complexe.

Aussi éviterons-nous la classification systématique et le contre-sens sociologique. La nourriture canaille, comme nous l'entendons, n'est pas seulement celle du bas peuple, ce peuple grossier que l'on commence au XVIe siècle à appeler « populace ». Elle touche tout le peuple, au sens large, y compris cet entre-deux social où se trouvent les coqs de village, les milieux de la boutique et de l'artisanat, toutes les « bonnes gens de médiocre condition » sous l'Ancien Régime, et les couches moyennes émergentes de l'âge contemporain. Mais sans exclusive. Rien de plus aisément franchissable qu'une barrière alimentaire ! Aussi, qu'on n'attende pas de nous de définir des limites, des contenus et des marges. Les nourritures canailles sont celles d'une société de mangeurs à géométrie variable, très vaste en temps normal, extensible quand le malheur des temps dilate brusquement la sphère de la pénurie alimentaire.

Les mangeurs de pain blanc et d'alouettes rôties tâtent aussi de la nourriture canaille, et pas seulement en année fâcheuse. Ces

1. Serres, Olivier de, *Le Théâtre d'agriculture et mesnage des champs*, Paris, 1600, rééd. Aix-en-Provence, Actes Sud, 1997, VIII, 1.

nourritures deviennent leur ordinaire en certaines circonstances que tout homme bien né rencontre une ou plusieurs fois dans sa vie.

Cela commence dès le jeune âge. L'enfant de la ville, noble ou bourgeois, est confié à une nourrice paysanne et, sevré, il goûte à la même bouillie de céréales que son frère de lait. De retour à la maison ou à l'hôtel paternel, il partage plus souvent l'ordinaire des domestiques que celui de ses parents. Un Noailles raconte qu'il allait chez son père le maréchal qui avait son appartement à Versailles. Levé à cinq heures le matin, il avalait une soupe de raves, et son dîner était derechef une soupe de choux et de raves au bœuf ou au porc bouilli. Il affirme qu'il avait si faim qu'il essayait, entre deux portes, de prendre au vol un morceau de viande dans les plats de vermeil qui revenaient de la table paternelle, au risque, s'il était dénoncé par un valet, de recevoir le fouet. Les nourritures de l'enfance n'évoquent pas toujours le vert paradis proustien. Ce rude apprentissage alimentaire n'est pas seulement le fait d'une négligence ou d'une désinvolture de la mentalité nobiliaire. Il traduit une volonté d'éducation. Au jeune prince, par exemple, on ne veut pas fabriquer une âme molle dans un corps mou. C'est ce qui arrive à Henri de Navarre, nourri, selon la légende, de pain bis, de bœuf, de fromage et d'ail[1]. Le jeune noble, devenu vers quinze ou seize ans capitaine à la bavette, fait l'épreuve de la ration du soldat. S'il voyage, il se trouve confronté à la totale promiscuité du manger et du coucher des auberges, ce qui procure à d'Assoucy, cité en exergue, des découvertes et des plaisirs inédits. Il peut enfin, ce mangeur de la société distinguée, fréquenter les tavernes, et alors il s'encanaille. L'encanaillement alimentaire n'est pas seulement de nécessité occasionnelle, ou d'entraînement. Il peut aussi être affaire de goût, « les personnes de distinction prennent plaisir à se confondre en mille manières avec le peuple[2] ». La gastro-histoire est friande de ces anecdotes qui retracent ces transgressions. Une des plus célèbres rapporte

1. Hardouin de Perefixe, *Histoire du roi Henri le Grand*, Paris, Paul et Chrestien, 1821, 15.

2. Muralt, Beat Louis, *Lettres sur les Anglois et les François et sur les voiages*, 1728, Paris, Charles Gould, 1933, 130.

que Louis XVI, en fuite à Varennes et voyageant sous le nom de M. Durand, tint à faire halte à Sainte-Menehould pour goûter à la spécialité locale : les pieds de cochon ! Fatale gourmandise qui lui valut d'être arrêté, lui et sa famille. Et voilà comment une transgression du code socio-culinaire aurait signé la fin de la monarchie…

La barrière alimentaire se franchit bien entendu dans les deux sens, et on a vu plus d'un malfrat en guenilles, interrogé par le juge, dire insolemment qu'il a mangé gras à tous les repas dans les semaines qui ont précédé son interpellation, quand le juge lui-même est condamné à un dîner de procureur, soit à une chiche pitance.

Le troisième piège, majeur, que l'histoire traditionnelle n'a pu éviter, parce qu'elle ne l'a pas vu, c'est de tourner le dos à l'histoire de la production, pour se consacrer exclusivement à la consommation et à sa distribution sociale. Or, nous sommes convaincus que dans le domaine des nourritures, tout change. Le goût, ou les goûts des hommes, d'abord. Mais aussi celui des choses. L'historien peut bien se souvenir du goût de la madeleine de son enfance, mais comment peut-il appréhender la saveur des nourritures du passé plus ancien ? Souvent les mots lui cachent les choses, pire : ils les faussent. Telle recette, trouvée au hasard d'un ancien manuel de cuisine, me conseille : prenez une carotte grosse comme le bras, et levez le bois. Le bras, mais lequel, et de quelle grosseur ? Dois-je imaginer que la « corde » de ce légume si ligneux a la taille de mon cubitus ? Alors je cherche dans un autre manuel de même époque quelques informations. Celui-ci me dit de choisir mes carottes longues, grosses, charnues, jaunes ou d'un blanc pâle[1]. Celui-là me recommande les blanches rondes[2]… On pourrait éprouver la même distance pour chacune des denrées qui nous sont familières, et par précaution, considérer que chaque mot

1. Lemery, Louis, *Traité des aliments*, Paris, Witte, 1702, rééd. Paris, Durand, 1755, 174.

2. Alletz, Pons-Augustin, *Dictionnaire portatif du cultivateur*, Paris, Didot, 1760.

est un faux ami. Comment pourrais-je imaginer la saveur et même l'aspect de la pomme de terre primitive ramenée des grandes découvertes, qui ressemble tant à des truffes qu'elle leur emprunte généralement le nom ? Et si l'aspect change, s'il évolue, si les hommes l'ont fait évoluer, les saveurs, à l'unisson, se sont modifiées. Dans ces conditions, il semble nécessaire d'intégrer à l'histoire du goût une histoire du goût des aliments ; il semble indispensable d'analyser la nourriture dans un contexte global, qui fasse le lien entre les façons de produire, de préparer et de cuire.

Voici donc le programme de travail : tâcher, autant que possible, de suivre la filière qui mène du produit au plat ; me tenir aussi éloignée de l'image du mangeur populaire affamé et frustré que de l'autre représentation des festins de cocagne. Et je ne suis pas sûre, au moment où je commence ce travail, d'avoir les moyens de mon ambition. D'autres l'ont déjà eue. Il y a cent ans, par la voix d'Alfred Franklin, un des plus illustres successeurs de Le Grand d'Aussy, les historiens de l'alimentation avaient avoué leurs limites et, par avance, présenté leurs excuses :

> Je m'occuperai surtout des usages adoptés par la haute société, par les classes riches. Mon excuse est que les pauvres gens n'avaient à vrai dire ni salle à manger, ni couvert. Et puis sur ce point, comme sur bien d'autres, les documents, assez abondants pour ce qui regarde la noblesse, deviennent rares dès qu'il s'agit de la bourgeoisie, et manquent tout à fait en ce qui concerne le peuple[1].

Franklin n'a pas tort. Les gens ordinaires n'ont pas d'histoire. Ni les gens ordinaires, ni leurs gestes, leurs pratiques, leur consommation. Or, c'est précisément ce que nous nous efforçons d'apercevoir, à savoir ce qu'on désigne tout simplement sous le nom de « l'ordinaire ».

Le discours gastronomique existe depuis le Moyen Âge sous forme de manuscrits de cuisine dits « receptaires » et

1. Franklin, Alfred, *La Vie privée d'autrefois*, Paris, Plon, 1891, t. VIII, 2.

l'imprimerie va lui donner un nouvel élan, diffusant très largement des traités des aliments, de diététique, des manuels de bon régime et de longue vie, des livres de recettes enfin… mais tout ce corpus ne dit rien, ou presque, de l'ordinaire. S'il en parle, c'est par allusions méprisantes ou par des tournures privatives, à l'instar du bel aphorisme de Marguerite de Navarre : « En ce que nous avons ils défaillent, et en ce que nous n'avons ils abondent[1] ». Il est peut-être possible de faire une histoire des nourritures ordinaires en creux, comme l'envers sombre d'un secteur brillamment éclairé. Comment cette histoire-là se distinguerait-elle du mythe ? Car ce serait dresser le portrait du mangeur ordinaire en Tantale soumis à un perpétuel supplice… Ce n'est ni notre objectif ni surtout, notre intuition ou notre postulat. Les nourritures basses ne sont pas un négatif des nourritures élevées, elles dessinent une sphère originale autonome qu'on peut approcher grâce à des indices plus positifs. Mais là est le hic.

Passer de la table riche à la table ordinaire, c'est quitter le régime gras, abondant en matières premières, c'est-à-dire en archives, pour se retrouver à l'eau et au pain sec. Les gens de peu ne nous ont rien dit de leur consommation personnelle. Il ne peut en être autrement, l'univers culturel qui est le leur ignore largement les lettres et les chiffres. Ils ne maîtrisent pas l'écriture, mal la lecture et le calcul, et ils ne tiennent pas de livre de raison ou de comptes de leurs achats en boulangerie ou en boucherie, ils ne confient pas à un journal leurs plaisirs et leurs découvertes de bouche, ils ne passent pas devant notaire des contrats de pourvoierie avec un fournisseur qui s'engage à approvisionner la maisonnée… Ni recettes ni comptes domestiques, donc pas de traces directes. Pas de discours construit non plus : on ne saisit pas directement les nourritures canailles. On ne peut les approcher que par ruse. Pour accéder à la cuisine ordinaire, il faut prendre l'escalier de service.

Comme les informations les plus suggestives sont inattendues, qu'elles surviennent au détour de pages traitant de tout autre

1. Marguerite de Navarre, *Heptameron*, 1559, nouvelle 29.

sujet, voici ce que nous ferons pour dénicher quelques sources obliques : cheminer en compagnie des voyageurs, accompagner les médecins dans leurs visites du plat pays, le lexicographe quand il réfléchit noir sur blanc sur le rapport entre les mots et les choses, le botaniste dans ses réflexions sur les plantes, le naturaliste quand il se penche sur les usages, y compris culinaires, que l'homme fait des poissons ou de la chair des animaux, fréquenter les poètes, les romanciers aussi, même si le champ sémantique de la mangeaille n'investit qu'un tout petit canton de la littérature : la veine rabelaisienne, le genre comique à l'âge classique, l'écriture naturaliste, bref, les seuls genres qui s'autorisent à mettre en scène la vie ordinaire. Les héros de Corneille ou de Racine, c'est connu, ne boivent ni ne mangent. Nous ne négligerons donc pas la narration en prose, ou en vers. Ne serait-ce que par humilité : si le romancier est toujours prêt à trahir le réel, l'historien n'est jamais bien assuré de pouvoir le restituer fidèlement.

Bien sûr, on ne se laissera pas prendre aux protestations d'authenticité des uns et des autres, quand ils nous assurent que ce sont témoignages objectifs, histoires vraies, choses vues. Que nenni ! On ne tombera pas dans ce piège du décalque du réel, on repérera et on signalera, autant que faire se peut, l'écart entre le dit et le vécu, entre les mots et les mets[1]. L'historien n'est pas naïf. Il prend son bonheur où il peut. Il est comme le chien à la table du festin littéraire, attrapant au vol les croûtons qui en tombent… Comme ces croûtons et ces miettes d'un discours pluriel sur l'ordinaire me paraissent plus nombreux à partir de la Renaissance, c'est par là que nous commencerons.

---

1. Jeanneret, Michel, *Des mets et des mots. Banquets et propos de table à la Renaissance*, Paris, Corti, 1987.

1

Champignons à l'ail

Conversation entre deux hommes, à la mi-temps du XVIe siècle. L'un s'appelle Philosaune, c'est un courtisan à la mode, doté des qualités que l'on apprécie à la Cour des derniers Valois : il est mignard, galant et parfaitement italianisé. L'autre, Celtophile, « l'amoureux de la Gaule », se pose en gardien des bonnes vieilles traditions françaises. L'entretien tourne vite au dialogue de sourds, tant Philosaune parle un jargon truffé d'italianismes, ce qui a le don de mettre en fureur son interlocuteur, ennemi des euphémismes hypocrites. Il faudrait donc, si l'on suit la tendance de la Cour, ne plus appeler un chat un chat, ni une putain une putain, mais une « amie » ; payer au roi la « contribution », peut-être plus indolore que la taille, ne plus parler de « chiennaille », mais de « canaille » ; ne plus dire « la faim » ou « l'appétit », mais « l'avidité » ou encore « l'ardeur de manger » ; enfin, quand cette ardeur nous prend, ne plus se régaler d'une bonne « soupe », mais d'une bonne « menestre »

Si Philosaune bousculait seulement les traditions langagières, ce ne serait pas si grave. Car lui-même distingué latiniste et bon philologue reconnaît que les néologismes sont comme les tourtes bolognaises qu'on fait dans les montagnes au-dessus de Gênes : parfois elles sont excellentes, et parfois exécrables[1]. L'usage donc décidera, on rejettera les néologismes inutiles, on gardera les autres.

1. Estienne, Henri, *Deux dialogues du nouveau langage, François italianizé et autrement desguisé*, 1578, P.-M. Smith éd., Genève, Statkine, 1980.

Là où les choses s'aggravent, c'est que l'incompréhension va bien au-delà du vocabulaire :

> PHILOSAUNE : Aucuns disent d'un homme qui est délicat en son manger, et ne mange que de bonnes viandes : Il mange bien ; pareillement, d'un qui est délicat en son boire, et ne boit que plus excellent : Il boit bien.
> CELTOPHILE : Si je n'eusse esté adverti, j'eusse tousjours entendu ces mots en l'autre signification.
> PHILOSAUNE : Je ne vous ay pas dict que tous parloyent ainsi, mais vous ay dict quelques-uns seulement [1].

Quelques mangeurs, en effet, « ont changé de goust et d'appétit ». Ils adoptent le régime à la mode : ils mangent léger, picorent des « montres », c'est-à-dire des amuse-bouches, poursuivent avec des viandes blanches et rôties, jamais au pot, goûtent fort la salade, les herbes cuites. Les délicats ne mordent pas à pleines dents dans le pain, ils en chapellent la croûte, ou le font griller pour garder la ligne. À table, leur fraise empesée retient les reliefs légers, bouts d'artichauts ou brins de roquette ; ils regardent avec commisération ceux dont la barbe bien grasse dégoutte de viande en sauce ou de graillons. Effet de mode, vogue diététique, comme toutes celles qui, à intervalles réguliers, ont traversé les sociétés occidentales ? Cette intrusion du végétarien bouscule sérieusement les valeurs sûres d'un idéal alimentaire dominé par la trilogie pain, chair et vin.

Le nouveau code alimentaire, auquel Philosaune applaudit et que Celtophile déteste, n'est que le partage de quelques-uns. Mais ces quelques-uns représentent la pointe de la culture française et le modèle de nourriture qu'ils mettent en avant est le reflet d'un souci de distinction certes, mais surtout de nouveaux désirs, sensibles par exemple dans l'esthétique corporelle. Pour dire les choses vite, les « gras » ne veulent plus l'être. Il est désormais de mauvais ton d'être « puissant et bien en chair », ce qui déchaîne la furie des polémistes amis de Celtophile contre les

1. *Ibid.*, 283.

« petits hommes » d'aujourd'hui, « longuets comme des sangsues » que les lourds chevaliers de jadis auraient renversés d'un revers ; d'ailleurs, ajoutent-ils, les chevaliers sont devenus des cavaliers, incapables de porter la lance, et qui chargent au pistolet ! On mesure toute la chaîne de dégradations morales dont la table est le réceptacle, et qui est due, selon ces mêmes polémistes, « aux maximes endiablées venues d'Italie » qui mettent en péril l'héritage gaulois. Tout cela, bien sûr, est à replacer à sa juste place, qui est de l'ordre du discours, moraliste et nostalgique de surcroît. Il faut cependant reconnaître à ces écrits un mérite, qui est de nous inciter à la prudence : les gros et gras ne sont pas là, socialement parlant, où on les attend[1].

Ce que bien manger veut dire

Ainsi, en plein cœur d'un XVIe siècle déchiré par les guerres civiles, la société française subit un autre divorce, qui touche à la table. Les Français ne s'entendent plus sur ce que veut dire bien manger. Sur les contenances, la façon de se tenir à table, mais surtout sur la nature des mets et la façon de les préparer, on assiste à la fin du consensus ; un unanimisme alimentaire est en voie d'extinction.

Qu'est-ce que bien manger ? Un seul homme peut réconcilier Celtophile et Philosaune, car il détient le savoir et l'autorité : c'est le médecin. Le médecin se pose en spécialiste ès nourritures. Dans la médecine préventive en vigueur jusqu'à Pasteur, la diététique tient une place majeure, si importante que c'est un monopole que le médecin entend bien conserver. Mieux vaut prévenir que guérir en un temps où les compétences médicales sont brèves et l'échec thérapeutique presque assuré. Puisque l'objectif essentiel est de conserver le patient en bonne santé, il

1. Pérouse, Gabriel A., « Nouvelles françaises du XVIe siècle. Images de la vie du temps », thèse de lettres, Lille III, 1974, 320. Rivet, Auguste, « À boire et à manger en Haute-Loire autrefois », *Cahiers de Haute-Loire*, 1999, 438.

importe au plus haut point qu'il puisse « cognoistre par le menu les viandes, de quelle nature elles sont, si elles sont de telles, ou de telles[1] ». Les viandes : le mot appelle une précision, il a un sens beaucoup plus large que dans le langage d'aujourd'hui. Viandes et vivres sont à peu près synonymes, c'est ce qui permet de vivre, donc tous les aliments en général. Et effectivement, le médecin connaît toutes les viandes et il sait les qualifier. Il les évalue sur la base de deux principes. Premièrement, l'aliment est un corps simple. Deuxièmement, les aliments comme tous les corps existants ont des qualités premières, qui se combinent deux à deux : chaud et sec, froid et sec, chaud et humide ou froid et humide. Les qualités ont une intensité variable, mesurée en degrés : au premier et au second degré, l'aliment est neutre, indifférent à l'estomac, donc mangeable sans danger. Le risque commence au troisième degré, il devient danger avéré au quatrième. Heureusement, la plupart des aliments se situent au milieu de l'échiquier diététique : ni trop chaud, ni trop froid, ni trop aqueux, ni trop sec. Au centre de cet échiquier, trônent deux super-nourritures parfaitement tempérées, le pain et le vin.

En théorie, c'est simple. Mais les choses se compliquent, car un autre danger menace la santé du mangeur, qui se mesure à l'aide de deux autres qualités : lourd ou léger. Certaines nourritures sont difficilement digestes, longues à cuire dans la marmite stomacale, de mauvais suc et difficile à convertir en bonnes humeurs, produisant à l'issue de la coction interne peu de bon sang et trop d'humeurs excrémentielles. Bas et lourds sont les bulbes, donc l'oignon et l'ail, les racines, les viandes provenant d'animaux trop proches du sol, de nature terrestre et grossière, comme le cochon qui fouit la terre.

En pratique, l'application de ces principes est horriblement compliquée : parce qu'un plat n'est pas fait d'un seul corps simple, mais de plusieurs qui additionnent ou compensent leurs qualités, parce qu'un repas n'est pas composé d'un seul plat,

1. Fuchs, Léonard, Goy, Jean, *Le Thrésor de médecine*, Lyon, Rigaud, 1578, 175.

mais de plusieurs successivement, parce qu'il n'y a pas un seul type de mangeur, mais au moins deux qualités de mangeurs. L'emboîtement de tous ces paramètres fait que, dans la conduite alimentaire quotidienne, surgissent de multiples difficultés que le patient ne manque pas de communiquer à son médecin. Et voilà le médecin interrogé sans cesse par des mangeurs en bonne santé et qui tiennent à le rester, sommé de donner son avis. L'un d'eux, Laurent Joubert, professeur à Montpellier dans les années 1570, est ainsi pressé de questions, harcelé même lorsqu'il prend son repas en compagnie. Et ce, à tel point qu'il décide d'écrire un livre, « afin de contenter plusieurs qui ne cessent d'interroger les Médecins quand ils sont à table : Ceci est-il bon, cela est-il mauvais, ou malsain ? Que fait ceci, que fait cela ? De sorte que le pauvre Médecin, qui souvent a bon appétit, est tout à coup interrompu et destourné pour satisfaire à ces demandes, et se lève de table à demy repeu ». Joubert projette d'inclure dans son *Traité des erreurs populaires et des propos vulgaires* quelques réponses aux interrogations les plus courantes. La suite des *Erreurs populaires* n'a jamais paru, mais les questions vulgaires nous sont restées :

> – S'il est vray que les truffes, artichauts et huistres rendent l'homme plus gaillard à l'acte vénérien ?
> – Si la chair moins cuite et la plus fraîche est la plus nourrissante ?
> – Que la chair hachée et puis cuite est de mauvaise digestion ?
> – Quand est meilleur la laictue, à l'entrée ou à l'issue du repas ?
> – Quand doit estre mangé le fruit, au commencement ou à la fin ?
> – S'il est meilleur d'oster la crouste du pain et la garder pour l'issue afin de clorre la bouche de l'estomac ?
> – Sçavoir s'il est sain de manger beaucoup de pain avec le fruict ?
> – Pourquoi la salade doit estre beaucoup plus forte de sel que de vinaigre ?
> – S'il est meilleur de boire peu et souvent en un repas ou à grands traits ?

– Qui est le plus sain, de mettre l'eau sur le vin ou le vin sur l'eau ?
– Si le vin rouge est plus naturel et sain que le blanc et si le vin blanc convient mieux à disner qu'à souper ?
– Pourquoy dit-on que l'on voit plus de vieux ivrognes que de vieux médecins [1] ?

Nous ne pouvons répondre à la place de Joubert, sauf sur certains points, car la liste des aliments eux-mêmes et leur classement sont bien connus. Tous les traités de diététique les passent en revue, analysent leurs qualités, présentent leurs vices et leurs vertus, et terminent par un salutaire avertissement : de difficile digestion, mauvais pour l'estomac délicat, ne convient pas au tempérament sanguin, gardez-vous de l'abus…

Ce qui menace l'organisme du mangeur et peut provoquer des débâcles intestinales se situe dans les zones périphériques de la grille diététique. Sur ces marges dangereuses figure le trop froid : l'eau de neige (les glaces), les fruits acides comme la cerise, le melon, les huîtres. Sont considérés comme trop chauds la moutarde, l'ail, l'oignon, le poireau, les épices et tous les « tisons ultramarins » ; cependant l'excès de chaud est moins dangereux que l'excès de froid, et il existe un usage savant et salubre de ce type d'aliment. En combinant le chaud et le froid, on les corrige mutuellement. Ainsi la forte présence d'épices dans la cuisine distinguée a une justification.

Strangulator

Il y a un point sur lequel Philosaune et Celtophile pourraient s'accorder : c'est sur le champignon. De l'avis général, il accumule les vices : froid et humide au troisième degré, né on ne sait comment, poussant à ras de terre. On ne peut même pas dire que cette plante ou cette moisissure se situe en bas de l'échelle ali-

1. Cité par Dulieu, Louis, « La diététique et la nutrition à Montpellier à travers les âges », *Monspeliensis Hippocrates*, 1969, 46, 9-10.

mentaire : elle n'y figure pas. Et quand le discours savant l'évoque, c'est à la rubrique des venins et des poisons. Champignons, mousserons ou potirons[1] mènent à la tombe. On trouve quelque chose de funèbre dans leur étymologie latine : *fungus* rime avec *funeribus* (funérailles) et *defunctus* (mort) : ce sont des meurtriers[2].

La méfiance se nourrit d'une double expérience : celle de tous les jours avec son cortège d'accidents à répétition ; celle des siècles passés comme mémoire collective érudite qui se transmet d'une génération à l'autre et se diffuse du haut jusqu'en bas de la société par le truchement des anecdotes alimentaires qui font partie du SMIG culturel de l'époque. Ces petites histoires impressionnent d'autant plus qu'elles mettent en scène de grands personnages au sommet de l'État ou de l'Église. Le long martyrologe du champignon comprend par exemple le pape Clément VII qui connut une mort prématurée pour avoir abusé des champignons et des pastèques. Il cite aussi Claude, l'empereur romain, avec ce doute à la clé : le bolet fatal était-il naturellement mauvais, de cette espèce de fausse oronge qu'on appelle en son honneur posthume « l'amanite des Césars », ou bien empoisonné par les soins d'Agrippine ? Or, s'il est dur de mourir, mourir d'un champignon est horrible. Et les descriptions sont d'un réalisme spectaculaire :

> Fungos malos, ventris ac stomachi inflationem incurret [...] cui postea succedet pulsus parvitas, constrictio anhelitus, sincopis, sudor frigidus et successive mors[3].

Le mangeur de champignon suffoque, sa respiration bloquée par la nature spongieuse du champignon. Les médecins disent que c'est comparable à la pendaison. Leur insistance est vaguement

1. On dit « potirons » avant l'introduction des potirons américains.
2. La Mare, Nicolas de, *Traité de police*, Paris-Amsterdam, 1729, 515.
3. Guainero, *Opus praeclarum*, 243, dans Nada Padrone, Anna Maria, *Il Cibo del ricco ed il cibo del povero. Contributo alla storia qualitativa dell'alimentazione. L'area pedemontana negli ultimi secoli del Medio Evo*, Turin, Centro Studi Piemontesi, 1989, 212.

complaisante, à but pédagogique. Depuis Pline, l'empoisonnement au champignon est une des fables apologues dont la leçon est connue de tous : le glouton est puni de sa gloutonnerie. Tous les savants de la Renaissance ratifient l'opinion admise. Jean Bauhin les appelle « les excréments de la terre », Ambroise Paré reprend et complète le cortège innombrable des crimes commis par le champignon, *serial killer* qui tue des familles entières[1].

Parfois, poussés par la curiosité du chercheur ou par un appétit dépravé, ils en goûtent. Ainsi fit Champier, médecin de François Ier. Jean Bruyérin dit Champier est un de nos informateurs privilégiés. Né dans la région lyonnaise vers 1497, il fut médecin du cardinal de Tournon puis de François Ier. Il a écrit une *De re cibaria*, monumentale histoire des mœurs alimentaires des époques révolues et surtout de son époque, nourrie de ses lectures, de ses voyages et de ses observations, de ses gourmandises aussi. Le *De re cibaria* est précieux pour connaître les nourritures habituelles de son temps. Il a goûté à la cuisine des rois et à celle du peuple : il peut comparer. Donc, Champier mange deux champignons, bouillis et assaisonnés d'oignon et de poivre[2]. Mais le lendemain, il est pris de maux d'estomac et d'une si forte diarrhée qu'il doit prendre un contrepoison. Il en conclut fort logiquement que, si le champignon ne tue pas toujours, il ne nourrit jamais, et ne doit pas figurer parmi les « viandes », entendons tout ce qui sert à sustenter le corps. Léonard Botal, autre médecin de Cour, croit pouvoir ajouter au catalogue des espèces mortelles un nouveau champignon qui tue à la façon d'un étrangleur. Il appelle ce champignon *strangulator*, lui consacre un opuscule : *Avis ou dissertation sur les effets néfastes du* strangulator. Mais voilà l'homme de savoir pris au dépourvu, et « fort étonné de voir [le *strangulator*] mangé, cuit sur le gril avec du poivre, du sel, et un peu de beurre par un bon paysan

1. Paré, Ambroise, *Les Œuvres d'Ambroise Paré, conseiller et premier chirurgien du roy, divisées en 27 livres*, 2e éd., Paris, Gabriel Buon, 1579, chap. 44, « de la vénénosité des plantes », 745.

2. Champier, Jean Bruyérin dit, *De re cibaria*, Lyon, Honorat, 1660, 21-22.

qui riait de ses remontrances, et venait le voir le lendemain bien portant[1] ».

L'expérience n'est pourtant pas un démenti formel. Car elle fait intervenir le paysan, et avec lui on tient une variable majeure de l'ancienne diététique. Car elle prend en compte l'aliment, mais aussi le mangeur et sa nature. Tout dépend en dernier lieu de la chaleur de l'estomac, et de sa capacité à absorber, à « brûler » et à assimiler des substances plus ou moins subtiles. Or, les facultés digestives de chacun sont étroitement liées à sa condition, à son métier et à ses activités, un homme de loisir ou un sédentaire digérant moins bien. Bref, le dernier paramètre est une donnée tout à fait objective, il renvoie au milieu social du mangeur. Le *strangulator* peut tuer un « petit homme » ou un sédentaire à faible chaleur stomacale, en même temps, il peut être absorbé sans trop de dégâts par des machines corporelles plus solides. Enfin, la manière de cuire et de préparer la nourriture entre en jeu et représente l'ultime précaution. Finalement, la diététique de classe est indulgente.

Et pourtant ils en mangeaient…

Un contemporain de Louis XIII affirme que les champignons ne valent pas la peine qu'on dise grand-chose d'eux. Le meilleur conseil qu'il puisse donner est de faire pour eux comme pour les concombres : cuisez-les, assaisonnez les bien, puis jetez-les par la fenêtre. Distinguer les bons et les mauvais ? À quoi bon ? La division n'est pas valable, puisque les meilleurs ne méritent pas d'être mis sur la table[2].

Mais les conseilleurs ne sont pas les mangeurs, du moins la majorité d'entre eux. Nous pensons qu'il y a loin du prescrit au vécu, mais ce vécu est insaisissable. On trouve dans les chroniques plus de commentaires sur la cueillette prodigieuse

1. Paulet, *Traité des champignons*, Paris, Imprimerie nationale, 1793, 40.
2. Guibert, Philibert, *L'Apothicaire charitable*, Troyes, Oudot, 1642, 140.

des herbes que sur les paniers ramenés du fond des bois. Pour compliquer la tâche, les rares indices que nous ayons sur la consommation du champignon sont très contradictoires, balançant entre méfiance et goût immodéré. Dire que c'est une nourriture de paysans est une affirmation de mépris, pas un constat, puisqu'il est des sociétés rurales, comme celle du Nivernais, qui le rejettent[1]. Conseiller de jeter le champignon cuit va à l'encontre des conduites les plus répertoriées. Jeter par la fenêtre un produit cuisiné est un gaspillage impensable dans une société de rareté. En revanche, cueillir et sélectionner les champignons suivant les espèces est une pratique sur laquelle on dispose de quelques indices assez tardifs. Tel voyageur traversant le Velay avant la Révolution remarque, dans les auberges où il se restaure, les chapelets desséchés de morilles sur sa tête, et en même temps il signale la méfiance généralisée vis-à-vis du champignon ; seuls cèpes et morilles sont considérés comme « viandes ». Telle cuisinière venue de la campagne reste inflexible : « Si monsieur veut risquer de s'empoisonner, qu'il le fasse chez lui ; mais moi vivante, je ne cuirai pas ça. » Et en écho, transformant des archives orales en archives écrites, *La Cuisinière de la campagne et de la ville* renonce à traiter dans son manuel des espèces de champignons sauvages[2]. Le mangeur des villes serait-il plus ouvert ? C'est l'impression qu'on peut retirer des écrits des botanistes sous Louis XV et Louis XVI. Décrivant les espèces et les milieux, ils nous disent où l'on trouve et où l'on cueille le champignon. Il ne s'agit pas alors de cueillette dans les campagnes et les sous-bois profonds, mais de la récolte de citadins dans les campagnes autour des villes d'une certaine importance. Les Lyonnais vont du côté des Brotteaux, les Parisiens en forêt de Fontainebleau, à Chaillot, Auteuil ou Pontoise. Dans le parc de Versailles, sous les châtaigniers près de la porte du Parc aux

1. Thuillier dans Hemardinquer, Jean-Jacques (dir.), *Pour une histoire de l'alimentation*, Paris, Armand Colin, 1970.

2. Rivet dans *Cahiers de Haute-Loire*, *op. cit.* Audot, Louis Eustache, *La Cuisinière de la campagne et de la ville ou nouvelle cuisine économique*, Paris, Audot, 1818, rééd. Paris, 1843, 318.

Cerfs, on trouve des bolets d'une certaine espèce qui sont très recherchés[1].

Le tri est systématique, selon un savoir mycologique bien empirique, mais bien plus nuancé que la typologie qu'en font les savants. Alors que ces derniers campent ferme sur la règle du « rien n'est bon », les mangeurs établissent des distinctions entre le comestible et le non-comestible, et, à l'intérieur de la catégorie du comestible, entre l'immangeable, le mangeable et le très bon. Au fond, face aux pratiques ordinaires, la posture des savants est intenable. Aussi leur discours s'infléchit-il dès le XVIIe siècle. Au temps des Lumières, on abandonne les vieilles invectives, toutes catégories de champignons confondues, pour produire un discours plus positif.

Cette inflexion dans la connaissance scientifique ne peut se comprendre si l'on passe sous silence ce phénomène essentiel : à côté du champignon des bois et des prés émerge une troisième catégorie qu'on appelle « de jardin » ou « de couche », dont le succès va grandissant. Chomel distingue quatre sortes : champignons de bois, de pré, de jardin, mousseron. Le champignon de culture est en grande partie responsable du retournement d'opinion envers ses congénères. Grâce à lui, les appétits délicats n'ont plus besoin de secrets de cueillette, ni de savoir botanique. On peut se procurer sur le marché des champignons qui sont à la fois bons au goût et bons pour la santé. On sait, depuis 1600 au moins, l'art, ou l'artifice comme dit Olivier de Serres, pour faire venir dans son jardin des champignons de pré[2]. En 1698, la culture sur couche en plein air est déjà bien lancée, ce qui étonne Lister, médecin, anglais et donc mycophobe. Le docteur Lister, racontant son séjour dans la capitale, consacre autant de lignes à la description des champignons qu'il voit en vente sur les marchés de Paris qu'à celle de tous les autres légumes réunis. La provenance est proche : aux environs de Paris, on exploite le fumier qu'on tire des écuries des loueurs de chevaux, dans

1. Aulagnier, *Dictionnaire des substances alimentaires, indigènes et exotiques*, Paris, Pillet, 1830, 84.

2. Serres, *Théâtre*, *op. cit.*, VI, 10.

lequel se trouve plus de crottin que de paille. La culture coûte beaucoup de travail et de dépenses. « Mais la peine qu'on en a est bien récompensée par le débit qui se fait dans la ville [1]. » Sous Louis XIV, la technique des champignonnières est bien au point ; le seul avatar produit dans les décennies suivantes est le passage des tranchées à l'air libre aux couches souterraines [2].

Le champignon de couche séduit d'emblée le mangeur urbain. Sa blancheur proclame son innocence. Qu'il pousse sur du fumier de cheval n'effraie pas le moins du monde. Au contraire, on accorde au fumier la qualité de support salubre pour les champignons, un support « chaud » qui compense la froideur de la plante [3]. Au goût, il ne sent pas la terre ni le terroir. Dernier atout, et pas le moindre : il n'est pas sauvage, mais issu de la culture. Évidente supériorité, en des temps où la sensibilité au naturel s'exprime dans des cadres bien différents de la nôtre, où l'on pense que Dame Nature peut se montrer mauvaise mère, voire marâtre quand elle nous offre des champignons nocifs, et qu'il y a une indiscutable supériorité de l'artifice sur la nature. Entre l'agaric de couche et le champignon de bois il y a, symboliquement, la même distance qu'entre l'homme des bois et le civilisé du temps de Louis XV. L'agaric est blanc, bon, on peut le manger sans réserve. Mais il est cher, et hors de portée du mangeur ordinaire. Les champignons sauvages, sauf exception comme la morille ou la truffe, restent une nourriture canaille.

En fricassée de poulet

En 1793 sort des presses de l'imprimerie nationale le *Traité des champignons* du docteur Paulet. Linné, le grand naturaliste suédois, est passé déjà. Il faut, à sa suite, poursuivre le vaste travail de mise en catalogue de la nature. La mission que s'assigne

1. Chomel, Jean-Baptiste, *Histoire des plantes usuelles*, Paris, 1767.
2. Gibault, Georges, *Histoire des légumes*, Paris, Librairie horticole, 1912, 37-38.
3. Lemery, *Traité des aliments*, *op. cit.*, 163.

Paulet en entreprenant de classer les champignons est scientifique. Elle est accessoirement philanthropique ; depuis une génération, on se dit qu'il faut rendre publiques les espèces malfaisantes [1]. Agir ainsi, instruire le cueilleur, dit Paulet qui parle le langage des hommes de son temps, est un acte d'humanité. Comment, alors, faire face à une telle « abondance stérile » ? Son raisonnement est le suivant : de champignons, la terre en est couverte, et pourtant on ne sait rien d'eux. Hélas, nos prédécesseurs ne nous ont pas légué grand-chose. Ils ont opté pour une attitude timorée et paresseuse : ne pas les étudier, ne pas en parler, seulement appliquer le principe d'abstention. Or, prohibitions et défenses ne font rien. Ainsi, en 1754, après une suite fâcheuse d'empoisonnements, on affiche aux portes du bois de Boulogne des avis interdisant la cueillette. En vain. Interdire, dit Paulet, « serait entreprendre une entreprise semblable à celle qui aurait pour objet de défendre l'usage du persil et du cerfeuil, parce que la ciguë qui leur ressemble est un poison ». Comparaison qui nous en dit long sur la fréquence de la consommation. Le problème c'est que le botaniste et le consommateur ne parlent pas le même langage. Le botaniste parle latin, et avec une double dénomination depuis Linné. Le cueilleur donne un nom simple, et variable d'une région à l'autre. Comment, par exemple, « le lecteur à demi-instruit, lisant *Phallus esculentus*, surtout à côté de *Phallus impudicus*, pourra-t-il se persuader qu'un *Phallus* est bon à manger, et que c'est le nom de la morille ordinaire ? Quant au *Phallus impudicus,* on l'appelle familièrement satire [2] ».

Des amateurs de champignons, Paulet en a rencontré aux portes mêmes de Paris. Fin juin et tout l'été, ils viennent chercher des bolets « qu'ils appellent vulgairement ceps » dans les bois de Boulogne et de Ville-d'Avray, en juillet, au bois de Pantin. Mangés en fricassée de poulet, ces champignons sont exquis. Si vous allez au bois de Boulogne, Paulet précise : « à droite de la porte Mailhaud », vous trouverez de grands mousseux, de

1. Archives de la Société royale de médecine, dossier 4, f° 355.
2. Paulet, *Traité des champignons*, introduction.

quoi faire « un manger délicieux[1] », semi-confession d'un amateur. Demi-aveu seulement, car Paulet ne peut aller ouvertement contre le diététiquement correct. C'est un mycophile, mais un mycophile honteux.

Mais, avant de descendre en cuisine, il est bon de faire un peu de gastronomie comparée.

Paulet, élargissant son enquête bien au-delà de la porte Maillot, nous montre une consommation de champignons massive chez les Russes, les Hongrois, les Polonais, les Bavarois et tous les Allemands, les Italiens[2]. On trouve des marchés aux champignons dans toutes les villes, Pékin, Pétersbourg, Florence. Les plus instruits en la matière sont les Italiens. On trouve 300 espèces distinctes sur le marché de Florence, dont champignons de pourceaux (*porcini*) séchés, suspendus et embrochés à des joncs, les oronges (*pinini*), conservées dans le sel.

Paulet dessine une carte que les spécialistes actuels d'ethnomycologie ne font que reprendre et confirmer[3] : il y a une Europe des mycophiles, Europe slave mais aussi largement germanique, et une Europe des mycophobes, largement anglo-saxonne. Entre les deux sur une frontière trouble, du point de vue géographique comme du point de vue du goût, se situent les Français et les Italiens. Pour expliquer cette partition de l'Europe, les anthropologues des années cinquante ont cru discerner un recouvrement entre la ligne de démarcation alimentaire et les frontières politiques et idéologiques, plus exactement ils se sont fondés sur une étrange coïncidence entre les pays du pacte de Varsovie et la mycophilie[4]. L'interprétation, très datée, fait sourire. Si l'on cherche absolument des recouvrements de frontières, alors ne vaudrait-il pas mieux regarder du côté des

1. *Ibid.*, 372.

2. *Ibid.*, 20.

3. Wasson V, Wasson, R.-G., *Mushrooms, Russia and History*, New York, Pantheon Books, 1957.

4. Ils expliquaient ainsi la position incertaine de l'Italie et de la France : ces deux pays n'appartiennent pas au pacte de Varsovie, mais ce sont des pays marxistes, ou très fortement marqués par l'extrême gauche, et donc mycophiles !

frontières religieuses ? Après tout, le champignon est chair maigre, donc aliment de carême et ressource précieuse en pays catholique ou orthodoxe. On peut formuler l'hypothèse que la frontière est apparue, ou s'est creusée, avec les Réformes protestantes. Le rideau de fer mycologique, s'il a jamais existé, doit sans doute plus à Luther qu'à Staline.

Si l'on en croit Paulet et ses émules, il existe aussi des barrières plus ou moins visibles qui fragmentent le territoire national. Les régions où l'on mange une quantité prodigieuse de champignons sont le Dauphiné, la Champagne, la Lorraine, avec mention spéciale pour les Vosgiens[1]. En Lorraine, on se régale de « champignons polonais », parce que ce sont des Polonais de la suite de Stanislas Leczinski qui auraient montré qu'on pouvait en manger[2] ! Le conditionnel est de rigueur quand on rapporte des anecdotes non vérifiées. Rappelons qu'on attribue aussi à Stanislas Leczinski l'invention du baba au rhum… Mais les records de consommation sont à l'actif des Méridionaux qui n'en font pas seulement la cueillette, mais organisent tout un trafic. On fait une grande consommation de bolets du côté de Bayonne et de Bordeaux.

Cette géographie historique de la consommation nous est précieuse. Mais elle est incidente, l'objectif de Paulet étant tout autre. Il n'est pas sûr qu'il l'ait atteint ni qu'il ait aidé ses contemporains à mieux distinguer entre bons et mauvais champignons. Pas plus que ses prédécesseurs ni que ses successeurs immédiats, il n'est capable d'expliquer pourquoi les champignons sont vénéneux. L'un de ses collègues savants, analysant les bolets de Versailles, leur a trouvé de la « fungine », soit de l'essence de champignon, du sucre de champignon, plus un principe âcre très fugace[3]. Les mycologues en situation d'échec ne reculent pas devant les lapalissades.

---

1. Bulliard, Pierre, *Histoire des plantes vénéneuses et suspectes de la France*, Paris, Imprimerie de Monsieur, 1784, 73.

2. Roques, Joseph, *Nouveau Traité des plantes usuelles, spécialement appliqué à la médecine domestique*, Paris, Dufart, 1837, 391.

3. Aulagnier, *Dictionnaire des substances alimentaires*, *op. cit.*, 84.

Le grand conseil de Paulet est d'éviter les champignons qui poussent sous les bois ombreux, et de préférer, bien entendu, ceux du marché. Mais que faire alors du produit de ces cueillettes obscures dont on nous dit tant de mal ?

Paulet nous met en garde contre les recettes, les secrets de bonne femme qui sont censés dépister à tout coup la bonté du champignon, soit à la cueillette, soit à la cuisson, mais il en cite quelques-uns. Ainsi, le champignon vénéneux noircit une cuiller en étain, le blanc d'œuf, à son contact, prend une couleur plombée, les petits oignons tournent au noirâtre. Une fois ce test d'innocuité réussi, il faut faire subir aux champignons un traitement préalable qui consiste à les éplucher, à les passer dans deux eaux : d'abord bien les laver à l'eau froide, puis les faire bouillir ! C'est une fois seulement qu'ils auront « jeté leur suc », « perdu leur force », qu'on peut passer à l'apprêt proprement dit. Une telle précaution revient comme un *leitmotiv* dans la cuisine écrite. Ainsi procède Jean Bauhin, au tournant des XVIe et XVIIe siècles, qui, une fois les champignons bouillis et préparés en morceaux, propose de les préparer de deux façons : les passer à l'huile ou au beurre, les poivrer et les mettre sur le gril ; ou bien jeter les morceaux dans une sauce à la crème de lait[1]. Certains redoublent de précaution et, puisque le suc vénéneux est soluble dans l'eau, ils conseillent un trempage dans de l'eau acidulée ou salée ; un lavage répété dans deux ou trois eaux, suivi d'une ébullition, seule façon de garantir que le mets est devenu « innocent ». On voudrait croire à une plongée rapide dans le pot, à un simple blanchissage. Mais non les livres de diététique sont formels : deux heures dans l'eau vinaigrée, une demi-heure dans de l'eau bouillante[2]. Si l'on en croit tous les manuels de cuisine, cette façon de faire est en vigueur dans la cuisine distinguée, qui pratique avec constance cette double cuisson[3]. Paulet introduit un

1. Delsalle, Paul, *Boire et manger en Franche-Comté. Une histoire de l'alimentation*, Saint-Cyr sur Loire, Alan Sutton, 2002, 144.

2. Bulliard, *Histoire des plantes vénéneuses*, *op. cit.*, 75.

3. Bonnefons, Nicolas de, *Les Délices de la campagne, suite du Jardinier françois*, Paris, Saugrain, 1741, 141.

bémol, lorsqu'il suggère une cuisson légère et unique pour les cèpes et les girolles, une cuisson plus longue en ragoût pour tous les autres.

La cuisine populaire des champignons, telle qu'on peut l'approcher, est en complet décalage avec la cuisine des manuels. Le témoignage à ce sujet d'un Méridional, un Arlésien du XVIe siècle, est précieux :

> Au regard des champignons, ie ne sais pourquoi les Médecins les vont si force decrians ; nous ne mangeons quasi autre chose en notre ville, et notamment en la saison, sans qu'aucun se plaigne d'en avoir reçeu de mal. Ie ne sais si leur faculté nuisible se perd, ou se corrige de ce qu'ils s'élèvent ez lieux secs et arides, ou bien de ce que communément les gens de notre pays sont d'une température plus chaude. Ils ont à la vérité ie ne sais quelle humeur glutineuse, mais aisément amendable, en les faisant cuire avec à force huile, du sel et du poivre [1].

Ce texte est en rupture avec la cuisine officielle, sur deux points au moins.

D'abord le champignon n'est pas une garniture. On le respecte, on le traite pour lui-même, ce sont les autres (ail et persil) qui lui serviront d'assaisonnement au lieu que lui serve à relever. C'est un plat à lui seul et même, en saison, le plat principal :

> À la campagne on mange [les cèpes] cuits simplement sur le gril, assaisonnés de beurre, sel, poivre, ou bien cuit à la poêle avec beurre, saindoux, huile. Dans les fermes des basses Pyrénées les maîtres, les domestiques et les ouvriers se régalent de ceps cuits au four sur un plat avec sel, huile, ail et persil. C'est parfois leur principal repas [2].

On a affaire ici à une cuisine tout à fait saisonnière, alors que l'emploi du champignon dans la cuisine codifiée est beaucoup

1. Quiqueran de Beaujeu, *La Provence louée*, Paris, Reynaud, 1614, livre II, 438-439.

2. Roques, *Nouveau Traité*, *op. cit.*, 394.

plus régulier, le cuisinier professionnel jouant sur les saisons de la truffe, de la morille et du champignon de couche.

Il n'est pas question de lavage préalable ou d'ébullition. Le silence culinaire peut toujours s'interpréter de deux manières opposées : il trahit soit l'absence soit un usage si familier, si évident qu'il n'est pas besoin de le noter. Je pencherais pourtant, sous réserve d'usages régionaux à identifier, pour l'absence de traitement préalable par l'eau. On nettoie les champignons comme on nettoie son propre corps, par la toilette sèche. Ni eau ni bain, mais un essuyage soigneux qui élimine des humeurs superficielles et rend le corps net et mat.

On pourrait penser que la cuisine ordinaire des champignons sauvages tourne complètement le dos à la diététique. On se tromperait. C'est aussi une cuisine purgative qui débarrasse des sucs visqueux et des mauvaises humeurs, mais avec d'autres méthodes que les lavages répétés et l'ébullition prolongée. Elle applique un autre principe bien connu, celui de la correction : il s'agit de compenser les qualités contraires, de modérer le froid par le chaud, l'humide par le sec, et au bout de cette combinaison on aura détoxifié et neutralisé l'aliment. De là à dire que cette cuisine est diététique, consciemment diététique, il y a un pas difficile à franchir. Après tout, combiner, corriger, cuire, sont les trois fonctions de base de la cuisine, avant même l'invention par les Grecs de la diététique. Dans l'esprit de l'Arlésien, la compensation se produit même en dehors de toute cuisine, grâce aux vertus du soleil méridional. Un sol sec, des mangeurs dotés d'un estomac brûlant et donc capables de cuire et de corriger la mortelle froideur des champignons, et voilà le champignon méridional (lequel, il ne nous le dit pas : tous sans doute) débarrassé de ses effets pernicieux. Allez cueillir des champignons dans la garrigue, dit Quiqueran. À quoi Paulet fait écho : évitez les sous-bois ombreux.

Comme tous les amateurs n'ont pas le tempérament chaud (ou échauffé) des Méridionaux, la chaleur salvatrice doit venir de la cuisson et de l'accommodement : griller ou frire, ajouter de l'ail.

Pour l'eau suspecte, on utilise le feu direct. Par exemple, les paysans des environs de Versailles font cuire une espèce qu'ils appellent « barchon de rignoche » sur le gril et le mangent avec poivre et beurre. Quand il s'agit de passer à la poêle, tous les corps gras sont cités : l'huile d'olive dans la Provence de Quiqueran, le saindoux ailleurs, le beurre quelquefois. La préparation se complexifie pour les champignons les moins réputés, sans doute plus coriaces : les pieds de bœuf, les tripes de chênes, que nous penserions utiles seulement une fois séchés et réduits en amadou. Là, la cuisine est un peu plus longue : une première cuisson, sous la cendre, à la poêle, à l'eau, puis une préparation en ragoût, ou en fricassée de poulet, comme le suggère Paulet, c'est-à-dire cuit dans le beurre avec un peu de persil, de la ciboule, du poivre et du sel. Il fait usage de la ciboule là où, plus vulgairement, on use de l'ail. Mais enfin, faute de poulets, on fricasse des champignons.

Ail et persil

Suivant ce principe des oppositions compensées, on ajoute à la préparation du sel qui dessèche, du poivre qui chauffe, et surtout de l'ail, chaud au troisième degré, si chaud qu'il faut peut-être y renoncer. L'ail est un alicament, mi-aliment, mi-remède. Tout dépend de la dose, dont il faut user avec précaution à la table des riches, mais sans modération chez les autres :

> Les aulx sont souverains aux rustiques et villageois, et à ceux qui ont accoustumé d'en uzer : aussi à ceux ausquels ils n'engendrent point de douleur de teste, et ne les eschauffent par trop, à raison que le tempéremant de ceux là est plus robuste, et leur sang moins aisé à s'enflammer : au contraire ils nuisent aux délicats, comme femmes, enfans, et cholériques, et à ceux qui vivent en oisiveté, et qui ont le sang aisé à s'enflammer : partout à iceux les aulx seroient poison, au lieu qu'ils sont médecines aux rustiques [1].

1. Paré, *Œuvres*, *op. cit.*, 769.

Ambroise Paré, le grand chirurgien, auteur de ces lignes, vit dans une société obsédée par la menace des empoisonnements et des empoisonneurs. Heureusement, chaque poison a son contre-poison. Et Paré, qui s'y connaît en antidotes, recommande l'ail qui convient aux robustes constitutions des travailleurs, et qui est simple, abordable, sans le détour coûteux par l'apothicaire [1]. « La thériaque des vilains », ainsi appelle-t-on ce médicament universel, cette panacée qui préserve de toutes les maladies, sans doute aussi d'autres maux ou maléfices dont Paré ne parle pas, car ils débordent la sphère purement rationnelle. Absorbée avec le champignon, la « thériaque du vilain » va inciser, diviser les humeurs gluantes et visqueuses qu'il engendre dans l'estomac et nous garantir de tout accident. Donc, les principaux témoins manuscrits projettent massivement l'ail au centre antipoison. Ses autres usages sont plus difficiles à apercevoir.

Vu d'en haut, de la haute cuisine, l'ail est l'objet d'une sévère dévaluation. Pourtant, dans la grande cuisine médiévale, il était traité à l'égal des épices exotiques. Or, le voilà chassé de la cuisine de la Renaissance et de l'âge classique qui lui préfère, à la rigueur, des bulbes moins vulgaires comme la ciboule, l'échalote, ou la rocambole dont le succès est étonnant au XVIIe siècle. On s'en sert encore pour « clouter » les viandes à rôtir, mais on aime de moins en moins retrouver le goût de l'ail dans le jus du gigot. Il n'est plus l'objet d'un usage massif et unanime comme au bas Moyen Âge, quand tous en mangeaient, riches et pauvres, et partout [2].

La raison de cette défaveur est clairement énoncée : ce sont les effets pervers sur l'haleine que l'on redoute. La civilisation des mœurs est en cours [3]. Henri IV transporte à la Cour des senteurs vraies, ou exagérées par des historiographes prompts à insister sur le gasconnisme du roi béarnais, des odeurs d'ail

1. *Ibid.*, 345-348.
2. Nada Padrone, *Il Cibo del ricco*, *op. cit.*, 142.
3. Elias, Norbert, *La Civilisation des mœurs*, Paris, Calmann-Lévy, 1973.

compliquées d'autres émanations[1]. Il n'en reste pas moins que ce trait olfactif se remarque, qu'il détonne. Il n'est plus socialement acceptable.

Un médecin contemporain du premier des Bourbons recommande de laisser les oignons, échalotes et porée « aux gens rustiques et aux mugueteurs de dames pour leur donner plaisante alaine[2]. » Telle remarque, disons-le tout net, nous laisse perplexe : avons-nous bien compris qu'un « mugueteur » est un dragueur, un séducteur ?

On ne fera croire à personne que l'odeur de l'ail, subitement, est devenue fâcheuse. Elle incommodait depuis longtemps, et on se souvient de ce que les Romains préconisaient, dans ce cas, les baisers fermés. Martial recommande, après avoir mangé de l'ail : *oscula clausa dato*[3].

Si les relents restent les mêmes, ce qui change c'est la perception sociale, au gré des époques et des milieux. Dans le jeu de la tolérance et de l'intolérance, la frontière entre les deux sensibilités est tantôt haute, tantôt basse. Un seuil irréversible est sans doute franchi au milieu du XVIe siècle. L'odeur de l'ail, « la puanteur », dit-on, est non seulement l'objet de doctes dissertations, mais elle donne également lieu à des débats publics ou à des conversations privées, comme un peu de nos jours la fumée du tabac. On donnera pour exemple ce souper entre amis qui réunit de bons bourgeois poitevins. À la fin du repas jaillissent de graves questions postprandiales : comment faire pour maigrir ? Faut-il vraiment maigrir, au risque de devenir « chagrin, fascheux, avaricieux et mélancholique », ne vaut-il pas mieux demeurer ainsi, faire bonne vie et courte plutôt que longue et languissante ? Au chapitre des odeurs, nos mangeurs sont diserts. Tous s'accordent à dire que personne ne veut se mettre à table à côté d'un convive qui pue. Que souffrir de coliques est une bien grande maladie sociale, puisque d'un côté retenir ses vents est

1. « Il avait », dit un chroniqueur très mauvaise langue, « l'aisselle surie et les pieds fumants. »

2. Fuchs, *Le Thrésor*, *op. cit.*, 504.

3. Roques, *Nouveau Traité*, *op. cit.*, 122.

mauvais pour la santé (on peut en mourir), de l'autre les laisser échapper est une grave offense faite à son prochain. Et si l'on mange de l'ail ? À ce sujet, la conversation va bon train, et l'on tombe d'accord pour constater que, aujourd'hui, ceux qui persistent à manger de l'ail sont blâmés : « [...] il n'y a aujourd'hui que le peuple qui use ail et oignon ; les autres n'aiment pas, fuient la senteur, aimant mieux sentir les parfums d'Arabie que l'ail [1]. » Certains regrettent cette stigmatisation sociale. Où est le « gendarme », entendons l'homme de guerre d'autrefois, hardi et vaillant, nourri de viande et d'ail ? Nous dégénérons, nous devenons douillets et délicats. Alors, nous avons le choix : soit continuer à faire comme le bon soldat, qui ne mange rien après le plat aillé. Soit se conformer à la mode :

> Manger incontinent après une fève crue, une cote de poirée brûlée en cendres, ou de l'ache, du persil tout vert. Le meilleur moyen toutefois : frotte avec ails les plats ou tu mangeras ta viande : par ce moyen tu auras le goust à la bouche, et ton haleine ne sentira aucunement mauvais [2].

Contre l'haleine lourde, mais nos hommes ne s'embarrassent pas d'euphémisme : ils disent « contre la puanteur », on peut encore mâcher des plantes spécifiques comme des noix nouvelles, des feuilles de rue, de fenouil et de persil. Le persil tout vert, c'est-à-dire cru, est toujours cité dans cet arsenal d'antidotes contre la mauvaise haleine. Il est bon d'avoir toujours du persil en poche quand on est en compagnie, « pour mascher ou tenir en bouche », à la manière d'une chique désodorisante [3]. La chique de persil n'est pas intégrée au repas, elle se mâche juste après. On aimerait savoir quand le persil a gagné ses galons culinaires, quand il s'est associé à l'ail sous forme de préparation.

---

1. Bouchet, *Sérées*, Lyon, 1608, rééd. Paris, Lemerre, 1873-1882, 157-158.
2. *Ibid.*
3. Estienne, *L'Agriculture*, *op. cit.*, 91-92. Même conseil chez Serres, *Théâtre*, *op. cit.*, VIII, 5. Champier, *De re cibaria*, *op. cit.*, VIII, 17.

Cette mise à égalité sous la forme d'un hachis ail-persil résulte en fait d'un double mouvement de dévalorisation, celle de l'ail, et de revalorisation, celle du persil. Dévalorisation de l'ail : regardez ce qui arrive au gigot des bonnes maisons, celui qu'on amène le dimanche au four du pâtissier, entre 1600 et 1800. Il est d'abord à l'ancienne mode, chevillé d'ail. Puis le retour au naturel chasse les gousses de l'intimité des viandes fines. Avant la Révolution, on donne ce conseil aux fines gueules de la capitale : Voulez-vous garder le jus de votre gigot ? Êtes-vous sûr que le pâtissier ne le dégraissera pas pour enrichir ses petits pâtés ? Alors il y a un moyen de l'en empêcher : « Mettez de l'ail dans le plat que vous portez au four. C'est un végétal qui n'est pas de mode à Paris, les pâtissiers se gardent bien d'y toucher[1] ». Si l'ail jusqu'au XVIe siècle est omniprésent dans la cuisine, le persil est plus discret, utilisé à la manière d'une racine. Dans le rôle d'aromate vert, c'est la menthe qui règne sur le Moyen Âge. Et voilà qu'on se met à apprécier le persil pour ses feuilles, et non plus pour sa racine. Faut-il soupçonner une amélioration aromatique de la variété dans les jardins ? Ou tout simplement une technique de récupération que l'on privilégie, car, en arrachant la racine, on supprime la plante tout entière, alors qu'user de ses seules feuilles permet un usage plus régulier et plus économique. On peut encore supputer que ce transfert et cette valorisation s'inscrivent dans la promotion de la verdure que le XVIe siècle semble développer… En tout cas, au XVIIe siècle, voilà le persil parfaitement intégré dans la haute cuisine. Le jardinier en plante deux espèces, le « pennaché » et le « frisé », il en coupe la feuille au fur et à mesure des besoins, pour tenir lieu de poivre et d'épices[2]. On l'emploie tant pour son goût que pour sa couleur. Il est devenu « notre épice françoise[3] ». Il apparaît frit, en garniture de la plupart des plats de poisson, de la cuisine

1. Sébillot, Paul, *Légendes et Curiosités des métiers*, Paris, E. Flammarion, 1895, 10.

2. Bonnefons, Nicolas de, *Le Jardinier françois, qui enseigne à cultiver les Arbres et herbes potagers*, Troyes, Oudot, 1723, 85.

3. Bonnefons, *Délices de la campagne*, *op. cit.*, 138.

distinguée, mais rarement en compagnie de l'ail. Dans la cuisine canaille, il se marie à l'ail, à un moment et suivant des modalités mal connus. Si les uns continuent à le mâchouiller, à la fin du repas, les autres le mangent immanquablement avec un plat de champignons.

Au fond, c'est par le champignon que les sociétés anciennes se sont posé la question essentielle de savoir si la nourriture est plaisir ou poison. Entre le plaisir et la santé, faut-il choisir, ou bien sont-ils conciliables ? Pendant longtemps, le champignon est cité comme le type parfait de la volupté honteuse et illicite [1]. Puis il intègre la catégorie des plaisirs permis, du moins dans les livres savants, parce que, dans la pratique ordinaire, il est impossible de voir si les choses ont évolué. Il est difficile aussi de savoir si la notion de plaisir gastronomique, autonome et non conditionné par l'idéologie diététique, était déjà connue dans la culture populaire. Mais il existe une diététique populaire qui est la petite monnaie de la diététique officielle. Les médecins écrivent pour le petit monde des lisants-écrivants, la fine pellicule des lettrés au sommet de la société. Mais ils savent aussi d'expérience que la leçon s'étend par le canal de l'oral à leurs proches, serviteurs et assistants, et que le message parvient vite à des gens illettrés [2]. La réception au fond des chaumières est trouble, partielle, sélective. On ne retient que ce qui convient, ce qui s'adapte au régime de tous les jours, ce qui conforte dans la routine alimentaire. Ainsi, la question en suspens de savoir qui l'emporte, d'une cuisson rapide et agrémentée d'ail ou de la longue cuisson diététique, est un faux problème : dans un cas comme dans l'autre, la nocivité réelle ou supposée du champignon est corrigée. La diététique populaire est aimable et, moyennant certaines précautions, elle a classé le champignon parmi les « honnêtes voluptés » de bouche. Cette providen-

1. La Mare, *Traité de police*, *op. cit.*, 515.
2. Voir à ce sujet B. Cabrol, dans son épître destinée à défendre la vulgarisation du livre de Joubert. Joubert, Laurent, *Erreurs et propos vulgaires touchant la médecine et le régime de santé*, Avignon, 1586.

tielle coïncidence conduit à poser une autre question, celle du conformisme. On se demande si c'est la société des mangeurs qui s'est conformée au modèle médical, ou bien si ce sont les médecins qui se sont adaptés à la cuisine ambiante pour la légitimer. Ce qu'un homme du XVIe siècle formulerait ainsi : est-ce le peuple qui a suivi les médecins ou bien les médecins ont-ils suivi le peuple[1] ?

---

1. Bouchet, *Sérées*, *op. cit.*, 185.

2
Étuvée de poissons

On converse beaucoup pendant le repas, et après le repas. Ces propos de table inspirent les conteurs du XVIe siècle, et l'un d'eux met en scène un des ces après-dîners ; il réunit de bons bourgeois poitevins, et puisqu'on est en temps de maigre, quoi de plus naturel que de disserter sur le poisson[1]. Chacun donne son sentiment, son avis d'amateur convaincu. Carpe, saumon, lamproie, hareng, esturgeon, alose, ils ont goûté à bien des espèces. S'agissant des poissons de mer, ils comparent ceux de l'Océan à ceux de la Méditerranée, et, de l'avis général, ceux de « la mer océane » sont « beaucoup meilleurs, plus gras, et plus grands ». La hiérarchie entre les poissons peut se discuter, mais l'excellence du poisson en général n'est pas mise en doute. À condition de bien s'assurer de la fraîcheur de la bête « en la regardant aux oreilles », voilà une nourriture « flegmatique », donc froide et humide, mais parfaitement saine. Le poisson ne risque pas de nous transmettre de vilaines maladies, comme le pourceau, le mouton, le bœuf, et même la poule et le chapon, fréquemment sujets à des maladies inflammatoires. Aussi certains dans l'assemblée disent-ils préférer le poisson à la chair. Avec tant de mérites, les nourritures de la mer présentent un seul défaut : leur prix. Certains des convives avouent sans fausse honte qu'ils rechignent à inviter leurs amis en temps de maigre : non seulement le poisson est alors plus cher sur le marché, bien

1. Bouchet, *Sérées*, *op. cit.*, VI, 2.

plus que la viande, mais il faut tenir compte d'autres inconvénients induits qui renchérissent le coût du plat, comme le beurre nécessaire à sa préparation. Le poisson incite à boire plus, il ne rassasie pas autant, il faut donc prévoir des portions plus grosses que pour un repas gras. Et la conclusion s'impose comme une évidence : « Vous ne trouverez jamais des chiches à la poissonnerie. »

Les bourgeois pingres et les autres se retrouvent à l'étal du mangonnier qui vend huile, lard et saline (soit toute la gamme des poissons salés).

Ainsi les uns choisissent le poisson à l'oreille, qui doit être bien rouge, les autres le choisiront le plus blanc possible. On apprécie le poisson à la couleur, mais ce n'est ni la même couleur, ni le même poisson.

Or, ce constat, pour pessimiste qu'il soit, est avéré. Sur ce point, comptes privés et tarifs publics concordent et sont formels ; en période maigre, on se prive, et cependant les dépenses alimentaires sont d'un tiers supérieures aux jours gras. Pour trois sous au temps du jeune Henri IV, on peut avoir une poule au pot pour la famille. Pour le même prix à la poissonnerie, on ne trouvera jamais qu'un poisson d'eau douce : un barbeau, une brème ou une petite perche, de belle taille certes, mais beaucoup d'arêtes et peu de pulpe pour nourrir la maisonnée. Pour le même prix, dans la catégorie poisson de mer, on peut se procurer un maquereau frais, des sardines, un crabe ou une seiche. Reste toute la saline, sauf la morue, qui est hors de portée des bourses populaires. Elle est à douze sous la livre sous Henri IV, le prix en valeur relative ne baissera pas.

On peut subodorer une exception pour les populations proches des lieux de pêche. Les riverains de la Dordogne ne bénéficient pas tous du produit des pêcheries, nombreuses sous l'Ancien Régime. À Bergerac, la taxe, c'est-à-dire le prix officiel et tarifé du poisson et de la viande, nous montrent des variations saisonnières marquées. En septembre 1672, toutes les viandes sont plus coûteuses que le poisson. Les viandes inférieures, truie, bouc et chèvre, sont à trois sous six deniers la livre. Le brochet, la tanche ou la truite, les trois poissons les plus chers, sont à trois sous la livre. En temps de gras, le poisson reste très abordable. Mais en carême, tout change, et brochet, perche et tanches triplent de prix, et surpassent les viandes de troisième catégorie [1]. Encore trouve-t-on, en cette fin de XVIIe siècle, des truites. Un siècle plus tard, le plus beau des pêcheries, truites, saumons et lamproies, est acheminé irrésistiblement vers la grande ville proche, Bordeaux. Donc, pour les gens ordinaires, la hiérarchie alimentaire est plus contraignante en période d'abstinence de viande, soit, tout de même, 100 à 166 jours par an.

Finalement, ce débat entre amateurs avertis permet de soulever deux questions :

1) Le poisson est-il réservé aux riches ? J'entends le poisson frais mais non vivant, qu'il vienne de mer ou de rivière. Les autres sont-ils condamnés au poisson de conserve, fumé ou salé ?

2) Quelle est la place du goût dans la consommation ? Marc Bloch l'a dit de façon lapidaire : « Nos pères furent de grands ichtyophages, moins par goût que par nécessité religieuse [2]. » Est-ce bien sûr ? Nos Poitevins laisseraient entendre le contraire. Pour les riches, amateurs de poisson, il se peut qu'il y ait une « volupté de carême ». Il n'y a pas de jours dans les maisons aisées où les cuisines soient plus actives que les jours maigres, pas de jours où l'on fasse plus d'apprêts et de dépenses. Il en résulte que, si le gagne-petit souffre de la faim, le riche, lui, vit avec plus de raffinement encore que d'habitude. Érasme dénonce cette « volupté de carême » : qui n'aimerait mieux manger un esturgeon que de la viande de porc durcie par la fumée [3] ? Pour la majorité, le temps de l'abstinence est celui des soupes maigres. Il n'existerait pas de culture ordinaire du poisson, autrement que par défaut.

---

1. Cocula-Vaillières, Anne-Marie, *Un fleuve et des hommes. Les gens de la Dordogne au XVIIe siècle*, Paris, Tallandier, 1981, II, 665.
2. Febvre, Lucien (dir.), *La Civilisation quotidienne, Encyclopédie française*, t. XIV, Paris, Société nouvelle de l'Encyclopédie française, 1955, n.p., 14.42.9.
3. Érasme, « Sur l'interdiction de manger de la viande », 1522, dans *Érasme*, 657.

Nos ancêtres les ichtyophages

L'existence d'une cuisine populaire du poisson suppose que l'accès des gens de peu au poisson frais soit possible : question de temps, de lieu, d'espèces enfin.

Le prix des choses reflète l'estime dans laquelle on les tient. Les poissons n'échappent pas à la règle, et le prix de chaque sorte est un indicateur de l'appréciation sociale qui s'attache à elle. La réputation ne repose pas toujours sur un critère de qualité gustative. Autrement dit, un « bon » poisson peut être bon marché. Bonne nouvelle : les riches ne mangent pas toujours ce qui est meilleur, à leur goût et au goût de leur époque. Ils mangent ce qui est distingué, c'est-à-dire rare et cher. Bonne nouvelle subséquente : les gens du commun peuvent se procurer des bons poissons, à condition qu'ils soient abondants et de moindre coût.

À Lyon, le petit peuple mange des aloses de la Saône les jours gras[1]. Aux halles des villes, le maquereau est d'un prix variable en fonction de sa rareté[2]. Il arrive en abondance sur les étals au mois d'avril[3]. Les premiers jours, les domestiques des bonnes maisons en achètent. Mais bientôt les amateurs aisés s'en fatiguent, et s'en détournent ; alors, d'avril à l'été, les temps gras de retour, le maquereau frais est nourriture de pauvres[4]. L'effet de saturation n'est peut-être pas seul en cause, le goût même du poisson entre en jeu. Car les maquereaux de printemps sont « à leur point de perfection », on les appelle « chevillés », ils ont une chair grasse et fondante, tandis qu'ils sont moins estimés en été[5].

---

1. Champier, *De re cibaria*, *op. cit.*, XXII, 13.

2. Rondelet, Guillaume, *La Première partie de l'Histoire des poissons*, Laurent Joubert trad., Lyon, Macé Bonhomme, 1558, XI, 1.

3. Ce pour quoi, nous explique un docte naturaliste, chez nous les proxénètes s'appellent « poissons d'avril ».

4. Champier, *De re cibaria*, *op. cit.*, XX, 15.

5. Lacépède, Bernard-Germain-Étienne de, *Histoire naturelle des poissons, par le citoyen Lacépède*, Paris, Plassan, 1798, 34.

La gamme des poissons socialement partagés peut s'élargir considérablement : il suffit pour cela d'un peu de patience. Regardons comment s'effectue l'approvisionnement des grandes villes en poissons de mer. La marée arrive à bride abattue, à quatorze kilomètres à l'heure à Paris dans les années 1700, record absolu pour un transport de marchandises, elle est vendue sans tarder aux gros acheteurs que sont les maisons nobles et les maisons conventuelles. Les réguliers à qui la règle monastique interdit pratiquement la consommation carnée sont en effet les meilleurs connaisseurs en la matière, redoutables dans le choix des poissons. Le reste traîne sur l'étal.

On le laisse traîner : les acheteurs ordinaires attendent que le prix baisse ; les autorités chargées du contrôle sanitaire demandent simplement qu'il soit dûment signalé. Sur les marchés médiévaux, un poisson de la veille doit avoir la queue coupée[1]. Au bout de deux ou trois jours, le poisson faisande, il commence à « corner » ; on l'appelle « poisson lazare[2] ». Au troisième jour, avant qu'il soit confisqué ou jeté, le poissonnier se résigne à brader, et la vente, si elle est interdite à l'intérieur des halles, est tolérée à l'extérieur. La pratique dure, seuls les mots changent : au début de l'avant-dernier siècle, on vend dans les rues un poisson que l'on appelle « vert », « mou », « léger », « sentant le doux », « mélangé », « à la conscience[3] ». Les mots pour le dire ne manquent pas. Les acheteurs non plus, qui profitent de ce bas prix. Remarquons que les acheteurs sont aussi les mangeurs, et qu'ils ont aussi un odorat et un goût ; or, le goût du faisandé est assez général, appliqué au poisson. C'est le goût du « saupiquet », nous y reviendrons.

Pour compliquer notre compréhension des choses, la mode joue aussi, elle brouille et subvertit les classements, si bien que

1. Nada Padrone, *Il Cibo del ricco*, *op. cit.*, 319.
2. Bouchet, *Sérées*, *op. cit.*, 205.
3. Vocabulaire en usage à Rouen au début du XXe siècle, au dire de Brouardel. Pierre Brouardel, (dir.), *Traité d'hygiène*, Paris, s.n., 1906, 257. D'autres témoignages pour le Paris des années 1780, Mercier, Louis-Sébastien, *Tableau de Paris*, Amsterdam, s.n., 1782, « marchés ». Pour le Palerme des années 1960, Fernandez, Dominique, *Mère Méditerranée*, Paris, Grasset, 1981, 253.

ce qui est jugé un temps vil et indigne des tables huppées peut se retrouver au pinacle quelques décennies après. Ainsi en va-t-il des mollusques, nourriture qui passe sans doute pour passablement barbare puisqu'on mange les fruits de mer crus, ou au naturel, c'est-à-dire ni crus ni cuits, mais ouverts sur le feu. Bien peu des ces mollusques ont les honneurs des traités. Observons la fortune diverse du petit calmar, appelé « casseron », telle que décrite au milieu du XVIe siècle :

> Le tems passé ce poisson estoit de nul pris, de sorte que par un proverbe commun on disoit d'un home fort pauvre é ayant besoin de tout, qu'il avoit à faire voire d'un casseron, maintenant partout, principalement en Saintonge, sont en fort grande estime, mesmement apresté d'un grand cuisinier ; On les fait cuire avec leur ancre é on leur fait sauce avec beurre ou huile espices et verjus [1].

Réévaluation que confirme à la même époque un médecin de Cour : il a vu servir les calmars dans leur encre à un grand dîner [2]. Non seulement on adopte une nourriture canaille, mais aussi sa façon de la cuire, dans son élément. C'est la sauce qui introduit l'écart : la sauce acide et épicée est une création de maître queux.

Le saumon sauvage est, au début de la période moderne, un autre de ces poissons vulgaires.

Sur tous les fleuves circulent des « troupes » de saumons [3]. Les plus gros, aussi gros que les thons, sont les plus appréciés, les autres, qu'on appelle « tacons » ou « semelles », sont à vil prix. Les riches font la fine bouche : du saumon, oui, mais d'Aquitaine, c'est le meilleur ; et uniquement la tête, grillée [4]. Le saumon a cette réputation d'être la seule viande de carême qui « saoule », c'est-à-dire qui tient au ventre. Pourtant, on dit que le

1. Rondelet, *Histoire des poissons*, *op. cit.*, XVII, 4.
2. Champier, *De re cibaria*, *op. cit.*, XXI, 13.
3. Rondelet, *Histoire des poissons*, *op. cit.*, « Des poissons de rivière », I, 1.
4. Champier, *De re cibaria*, *op. cit.*, XVIII, 3-14. Rondelet, *ibid.*

peuple fait le difficile, là où il y en a en abondance, par exemple sur les rives de la Meuse ou de l'Adour [1]. C'est une légende.

Tout cela témoigne en faveur d'une abondance des eaux. Les rivières poissonneuses font rêver, telle la Charente qu'on dit alors « couverte de cygnes, pavée de truites, et bordée d'écrevisses [2] ». Pourtant certains s'interrogent et se demandent si certaines ressources sont aussi renouvelables qu'on l'imaginait. Le saumon par exemple, encore lui.

Bernard Palissy, l'illustre potier, l'inventeur des « rustiques figulines », est originaire de Saintonge, une de ces régions qui cumulent les avantages de la pêche en mer et en rivière. Or, la découverte de poissons fossiles le fait méditer sur la possible disparition de certaines espèces. Est-ce que le phénomène n'est pas constamment en voie de reproduction ? Et certains genres de poissons ne sont-ils pas en train de se perdre, à cause d'une trop forte demande ? Il cite le cas du saumon : « Il commence à se perdre en plusieurs contrées des bras de mer, parce que sans cesse on cherche à le prendre, à cause de sa bonté [3]. »

On constate la même déperdition en Poitou. Le saumon, nous dit Bouchet, était autrefois aussi courant que l'alose. Mais depuis que les galères ont été installées à Nantes, le son de l'artillerie les a fait mourir [4]. La poudre à canon décidément fait des ravages dans les esprits du temps : à cause d'elle, dans la

---

1. De ces légendes, de bons historiens ont fait justice, comme Morineau, Michel, dans Hemardinquer, *Pour une histoire de l'alimentation*, *op. cit.*, 112, à propos des servantes de la région de Dordrecht, « dont on raconte qu'elles se louaient à condition de ne pas manger de saumon plus de trois fois la semaine. On dit, on raconte : mais où sont ces contrats de louage aux clauses si précises ? Je n'en ai pas trouvé trace ». Ou comme Croix, Alain, *L'Âge d'or de la Bretagne*, 1532-1675, Rennes, Ouest France université, 1993, 183, mentionnant « le célèbre et très imaginaire contrat de travail des journaliers refusant de manger du saumon plusieurs fois par semaine ».

2. Palissy, Bernard, *Discours admirable de la nature, des eaux et des fontaines*, Paris, 1580, 98.

3. *Ibid.*, 98.

4. Bouchet, *Sérées*, *op. cit.*, 210.

guerre, la force physique ne compte plus, d'où cette mode des chevaliers « longuets et grêles comme sangsues[1] », nourris de végétaux ; et voilà qu'elle est aussi responsable de l'appauvrissement des rivières…

Les canons de Nantes, ou plus probablement la surpêche, provoquent une lente promotion du saumon : il est en passe de devenir un poisson noble. C'est chose faite au XVIIe siècle ; on trouve le saumon parmi les présents qu'on offre aux hôtes de marque, dans les baux de pêche sous forme de redevance en nature à verser au seigneur détenteur du droit de pêche ou dans les devis de fournitures pour les réceptions officielles[2].

L'écosystème de l'étang

Ne dramatisons pas à l'excès les inégalités sociales, même à géométrie variable. En matière de poisson, les inégalités les plus flagrantes sont d'ordre géographique.

Champier le dit simplement : si les Languedociens, les Normands ou les Flamands sont amateurs de poissons de mer, à l'intérieur des terres, soit dans la majorité du territoire, on ne connaît, comme poissons frais, que les carpes, brochets, brèmes, truites, perches, poissons-chats, aloses, ablettes, saumons. Des générations de crétins des Alpes et de goitreux dans les Alpes et un peu partout sont là pour témoigner qu'elles n'ont jamais connu le goût de l'iode. Pour un temps long, et pour une majorité de la population, on peut poser l'équation poisson frais égale poisson d'eau douce.

On dispose alors de deux types de poissons d'eau douce : sauvage, tiré de la rivière ou du lac ; d'élevage, provenant du vivier ou de l'étang. Toute notre imagination rétrospective nous porte du côté du sauvage. On est dans un temps où le saumon ne s'élève pas, où les huîtres se pêchent, avec tous les risques inhé-

1. Du Fail, Noël, *Les Contes et discours d'Eustrapel*, Rennes, N. Glamet, 1586, II, 36.
2. Cocula, *Un fleuve*, *op. cit.*, I, 248.

rents à cette activité dangereuse[1]. Méfions-nous de la nostalgie historique, elle est mauvaise conseillère. Le poisson d'eau libre est moins représenté sur les étals d'Ancien Régime que le poisson d'eau close. Et sur les tables d'apparat trône la carpe, qui est élevée en monoculture dans les bassins seigneuriaux. De l'an 1000 à l'an 1800, les rivières sont encombrées de « gords », sortes de nasses permanentes tendues au travers du courant, les plaines miroitant de « piscines », qui sont des étangs aménagés artificiels, doublés de viviers autour des monastères ou des châteaux[2]. Avant 1789, l'aquaculture est parfaitement intégrée à l'agriculture. On élève le poisson comme on cultive le blé : en polyculture, en multipliant les espèces ; parfois, on cultive blé et poisson en alternance, au même endroit, suivant un assolement où une année d'emblavure, « en assec », suit trois ou six ans d'empoissonnement. Périodiquement, on vide l'étang pour pêcher le poisson et le retirer à pleines mains et à pleines nasses.

Le système d'exploitation est théorisé pour la première fois dans un *Traité des Étangs des Viviers, Canaux, Fossez et Mares*, au sous-titre explicite *des profits qu'on peut en tirer*[3]. Il s'adresse aux propriétaires, qui se partagent assez également entre propriétaires individuels nobles et/ou seigneurs, et propriétés collectives de couvents[4]. Voici ce qu'il convient de faire. D'abord, bien sûr, construire l'étang ; une fois l'étang aménagé, il faut l'empoissonner. Inutile de l'ensemencer avec barbeaux, vaudoises, meuniers, goujons, verons, menuises, anguilles et autres : ce ne sont pas des poissons qui valent la peine qu'on en peuple un étang, et ce serait perdre son temps, sa peine et son argent. Sans

1. Croix, Alain, *Moi, Jean Martin, recteur de Plouvellec : curés, journalistes, de la Renaissance à la fin du XVIIe siècle*, Rennes, Éd. Apogée, 1993, 121.

2. Champier, *De re cibaria*, *op. cit.*, XVIII, 1.

3. L.D.B, *Traité des Étangs, des Viviers Canaux, Fossez et Mares. Et des profits qu'on peut en tirer*, Paris, Prudhomme, 1717.

4. Dans la Brie de 1780, 709 des plans d'eau sont aux mains des couvents, 304 aux mains de grandes familles nobles. Derex, Jean-Michel, « Les étangs briards dans la région de Meaux à la veille de la Révolution », *Histoire, Économie et Société*, 2000, 3, 332-335.

parler des écrevisses et des grenouilles, qui ne sont que l'excrément de la terre. Ceux dont on peut tirer profit pour vendre en ville sont les carpes, les brochets, les perches, les tanches et les gardons, les truites aussi. Les gardons, la menuise sont de tout petits poissons qui ne valent pas grand chose, mais ils servent à nourrir les gros. On peut les vendre aussi sur place ou sur les marchés extérieurs, à petit prix, mais pas à la pièce, « à la billotée », au millier. On l'appelle alors « roussaille » ou « blanchaille », diminutifs qui dénotent leur déclassement. Donc, tout cela pour le marché, que l'on fournit en vidangeant l'étang périodiquement, tous les trois ans, même si les marchands préfèrent le brochet de quatre ans, mais c'est trop long pour la rentabilité, et on peut effectuer des pêches intermédiaires, pas toujours écologiques. Car on sait comment endormir et prendre un poisson dans l'étang. « Beaucoup en détiennent le secret, la recette, mais je ne souhaite pas la divulguer, dit l'auteur, ce serait risquer de donner des dangereuses connaissances à des gens capables d'en abuser[1]. » Il est vrai que pêche nocturne et braconnage font bon ménage. Il est donc bien entendu que cet élevage est dirigé vers les poissonneries urbaines, complètement intégré dans l'économie de marché, même si l'on prévoit, bien sûr, qu'il approvisionnera par un circuit direct les maisons de propriétaires et de ses amis. Il faut bien s'en pénétrer : manger du bon et beau poisson d'eau douce est un privilège alimentaire. Celui des grandes maisons, en particulier des grandes maisons conventuelles. Le moine n'a pas encore gagné ses galons médiatiques comme grand spécialiste du vin et du fromage. Mais il est reconnu comme grand amateur de poissons. Les Chartreux en particulier passent pour les plus fins connaisseurs en la matière.

Si donc le poisson d'aquaculture ne profite pas à l'exploitant, que lui reste-t-il ? Une quantité non négligeable, qu'il pourra soit manger, soit porter sur le marché : le poisson trop petit, le goujon et les juvéniles de toutes espèces. C'est cette menuise, cette blanchaille qu'on vend au billot ; les espèces peu estimées qui

1. L.D.B, *Traité des Étangs*, *op. cit.*

vivent dans la vase et qui sentent trop souvent la fange ; et puis tout ce qui vit dans et autour de l'étang, cette faune qui habite les lieux humides et qui n'est pas poisson, au sens que nous donnons au mot aujourd'hui. Étonnantes variétés qu'on inventorie ainsi : des « insectes » comme les grenouilles, des oiseaux comme la macreuse, des « poissons à croûte » comme les écrevisses ou des espèces encore mal identifiées, monstrueuses, comme ce « bieuvre » (castor) qui est mi-quadrupède, mais mi-poisson par la queue. Tout un pullulement de vie aquatique dont on a bien du mal à comprendre l'origine, les lois de la reproduction, sinon qu'il s'engendre lui même par génération spontanée. Il est admis, lisons ou relisons Champier et Rondelet, que les grenouilles anthropophages, qui « s'entremangent goulûment », tombent du ciel les jours de grande pluie ; que les anguilles sont asexuées et naissent de la pourriture comme les vers de terre : il suffit de jeter dans un étang une tête de cheval mort pour les voir grouiller. La barrière des espèces est ici fragile, ce qui permet des apparentements avec de possibles prolongements culinaires : ainsi, l'anguille peut frayer avec le serpent, la couleuvre s'appelant en cuisine « anguille des bois ». Mais tout cela concerne la recherche savante. Du point de vue culinaire, il y a belle lurette que la question est tranchée : ce sont tous des poissons, qu'ils volent comme la macreuse, nagent comme la loutre, rampent comme l'anguille ou sautent comme les criardes de grenouilles en passe de changer de nom. On les a toujours appelées « raines » ou « rainettes », mais depuis que l'usage de la Cour veut qu'on prononce de la même façon le nom de la femme du roi, il est politiquement plus correct de dire « grenoilles » ou « grenouilles »[1]. Donc, tout cela, au regard des canons en vigueur, est viande maigre qu'on mange en temps d'abstinence, et facultativement en période de gras. On consomme toute l'année la grenouille ou l'anguille, sauf en été où, en raison de leurs amours supposées avec le crapaud et le serpent, on les tient pour venimeuses. Tous ces poissons sont offerts par la nature en dehors de l'étang, sur

1. Estienne, *L'Agriculture*, *op. cit.*, 83.

des terrains humides qui, eux, sont ouverts à tous, et font l'objet d'une activité de cueillette sans contrôle et sans traces.

Tous ces poissons se mangent-ils ? Oui. Si l'anguille n'a plus bonne réputation chez les riches, en revanche la grenouille est un mets socialement partagé, c'est même un aliment qui entre dans la routine alimentaire de tous [1].

La loutre a un goût de poisson [2]. Le castor est un rébus : mi-chair, mi-poisson par l'apparence, poisson par classement religieux, mais plutôt chair au goût. Rondelet y a goûté : il a, nous dit-il, « la chair dure, grasse, semblable a celle de bœuf, sentant toujours mal, en quelque sorte qu'on l'accoustre. Étant rôtie est meilleur avec sauce d'épices [3] ». Comme tous les animaux à senteur forte, on l'accommode avec une sauce relevée du style poivrade. Ainsi mange-t-on le gibier trop faisandé, le hérisson et le chat. Mais foin de ces excentricités de bouche, revenons à une définition plus stricte du poisson (la nôtre) et à la cuisine ordinaire.

Étuvée de poissons d'étang

Il existe plusieurs livres pour apprendre comment élever des poissons en étang, mais aucun pour nous enseigner comment le préparer. Dans les cuisines ordinaires, toutes les techniques peuvent être mises en œuvre, sans oublier les techniques de garde. Le poisson d'eau douce se sèche ou se fume. À la campagne, la rivière ou le ruisseau fournissent leur lot de conserves domestiques. On connaît quelques spécialités ponctuelles. En Lyonnais, on sale les anguilles et, dans les fermes des montagnes d'Auvergne, des truites salées pendent au plafond des grandes salles, comme des jambons. On les décroche un jour de carême, pour festoyer entre amis [4]. On sale aussi les barbeaux, ces poissons à l'odeur

1. Champier, *De re cibaria*, 8.

2. *Ibid.*, XII, 32.

3. Rondelet, *Histoire des poissons*, *op. cit.*, dernier livre, dernier chapitre. Peut-être Rondelet hésitait-il à suivre l'ancienne nomenclature et à le classer encore parmi les poissons, d'où ce renvoi en fin d'étude.

4. Champier, *De re cibaria*, *op. cit.*, XXII, 9-15.

bourbeuse qui sont méprisés par les gourmets. Ils valent ce que valent les eaux, dit l'un. Mais l'autre considère que cette chair blanche, molle et fade au goût gagne à être salée[1]. Remarque suggestive qui pourrait nous conduire au goût de la conserve, à ce plus ajouté, cette transformation de saveur qui fait d'une anguille, trop flegmatique quand elle est fraîche, un mets de choix quand elle est desséchée par le sel ; et de poissons qu'on qualifie de fangeux, ou de bourbeux, des nourritures acceptables.

On ne sait rien de la cuisine du salé, sinon qu'elle est un peu longue, tout à l'eau, froide d'abord pour le trempage, et qu'elle passe ensuite par une ou deux ébullitions prolongées.

Un lieu commun veut qu'on mange les petits poissons en friture. Les voyageurs observent cette façon de faire et la disent très courante. Mais les voyageurs sont toujours pressés, et s'ils fréquentent les cuisines publiques, ils n'entrent jamais ou presque dans les maisons humbles. Ils ne côtoient les gens de peu que dans l'intimité enfumée de la taverne ou de l'auberge. Et là, ils voient tourner des broches, à l'auberge, ou grésiller des bassines à friture, dans les tavernes ou en plein air, qui sont des équipements bien rares dans les intérieurs. Ils sont sans doute aussi influencés par leurs préjugés diététiques. Il est recommandé en effet de dessécher cette chair humide par le feu de la friture ou de la grillade ; la bouillir reviendrait à ajouter de l'eau à l'humide, ce qui est contre-indiqué. Aucune statistique n'est possible. Pourtant, il semble que l'image est bien réductrice, et que le mode de préparation très répandu (le plus répandu ?) soit le potage ou la soupe. La règle générale s'applique au poisson comme à la chair : fidélité au bouilli.

Cette cuisine triviale laisse peu de traces, aussi contentons-nous d'un canular tiré d'une nouvelle, c'est-à-dire un récit bref et vrai, ou supposé tel, en tout cas bien enraciné dans un moment et un espace donnés. Voici la Normandie autour de la forêt de Lyons, riche en cours d'eau et en étangs ; on est en 1573-1574, et

1. *Ibid.*, XXII, 18. Rondelet, *Histoire des poissons*, *op. cit.*, II, 140.

la disette se fait sentir quelques mois après les massacres de Rouen. C'est alors qu'un gentilhomme charitable eut l'idée de faire une soupe populaire en transformant un étang en une énorme marmite. La nouvelle s'intitule : « D'un potage exquis ou estuvée de poissons que fit un Gentilhomme aux pauvres [1] ». Fiction, bien sûr. Mais la fiction recèle toujours une part de véridique, ne serait-ce que dans les non-dits. Car, il va de soi, le conteur n'a pas à expliciter une telle évidence, que l'étang appartient au gentilhomme, et que le menu peuple n'a guère accès aux ressources qu'il contient. C'est ce qui donne toute sa valeur à l'exception du moment et à la générosité du geste nobiliaire. Entrons dans le détail de l'étuvée. Donc, dit le conteur normand, il faut d'abord vidanger l'étang, écailler et vider tous les poissons qu'il contient. Puis remettre en eau l'étang, et le transformer en vaste chaudron. On est de plain-pied dans l'amplification parodique, dans la galéjade rabelaisienne. Il faut prendre au sérieux les textes à rire. Derrière « l'henaurmité » de la farce se cache toujours une vérité approximative. Et si l'on use et abuse de ces deux procédés que sont le grossissement et le burlesque, qui consistent à mettre le monde à l'envers, alors, en réduisant les quantités, on ne retiendra que les proportions et, en retournant la baliverne, on peut apercevoir un bout de l'endroit. La recette du chaudron peut être comprise comme le pastiche d'une recette courante pour apprêter le poisson d'eau douce, voilà pourquoi nous la suivrons.

Dans ce chaudron gargantuesque faire entrer, en plus des poissons, une liste impressionnante d'ingrédients :

> Soixante trois mille huict cents quatre vingt neuf potées de beurre, de septante six livres un quarteron la pièce, avec dix sept mille livres de beurre frais ; sept cens soixante et huit pipes de bon vinaigre surart et autant de rosart ; dix neuf cents quatorze minots de sel sans esgrumer ; six cents tonneaux de verjus de bosquet ; la charge de quinze vingts mullets de bonnes herbes

1. Alcrippe, Philippe d', « D'un potage exquis ou estuvée de poissons que fit un Gentilhomme aux pauvres » dans *La Nouvelle Fabrique des excellents traicts de vérité*, rééd. F. Joukovsky, Genève, Droz, 1983, 160-161.

> fines et potageres, et pour y donner goust et coulleur, y fut mis pour un tournois de saffran et pour un double d'espices.

Enfin, allumer un grand feu clair pour chauffer la marmite jusqu'à obtenir un « haut bouillon, au moyen de quoy fut le poisson cuit en deux fils de coton ».

Le résultat n'est pas si mauvais, puisque de dix lieues on accourt pour bénéficier de cette « bonne quarrelure de ventre ». Mais, comme disent nos conteurs, ne dépouillons pas l'anguille par la queue : ne commençons pas par la fin.

On ne sait quelles espèces de poisson entrent dans le chaudron. Toutes, nous dit-on. Les brèmes, les perches, les tanches, « désespoir du cuisinier », les barbeaux. Tout le peuple de l'étang entre dans le chaudron, y compris les poissons nobles du type brochet ou carpe. Ce plat élaboré en période de disette apparaît comme un mets d'exception avec subversion des hiérarchies alimentaires ; ce n'est pas une surprise, ni une invention du conteur. Quand la pénurie s'annonce, on rencontre souvent de telles débauches de nourriture, de poissons ici, de viandes ailleurs. Avant d'être affamés, les hommes deviennent des carnivores soûls de chairs, quand, disputant aux bêtes l'orge ou les raves, ils sont obligés de tuer le bétail qu'ils ne peuvent plus nourrir. Que l'étang menace de geler en profondeur et la réaction sera la même. Mais revenons en cuisine : quand on reprend une à une les opérations, on peut trouver une référence dans les écrits du temps. Séquence par séquence, la recette est valide. Ce qui nous laisse à penser que, globalement, elle est véridique.

Ce plat est un potage ou une étuvée. Les inventeurs de la grande cuisine classique, un siècle plus tard, désignent par ce mot une cuisson « entre deux plats », c'est-à-dire couverte. C'est ainsi d'ailleurs que nous l'entendons aujourd'hui.

Ici, il ne s'agit pas d'une cuisson en vase clos, à la vapeur, mais tout simplement de faire cuire dans une eau bouillante et abondante, qui submerge de trois doigts les ingrédients. Si le mangeur avant dîner (jamais après) va à l'étuve, c'est pour se plonger dans un bain chaud, un vrai bain, pas un hammam ou un sauna. Mais une telle hygiène se fait rare, les étuves publiques ferment petit à petit au XVIe siècle, condamnées à la fois par les moralistes et par la peur d'y contracter la vérole ou la syphilis, la nouvelle MST.

L'eau est d'étang, neuve certes, elle n'a pas un goût fétide, mais sans doute un goût de terre. On ne s'étonnera donc pas de voir le bouillon si relevé, et si le goût de terre subsiste, il n'est pas sûr qu'il soit indésirable [1]. Le bouillon est enrichi de beurre de deux sortes : beaucoup de beurre de conserve, un peu de beurre frais ; la disproportion entre le beurre en pot et le beurre frais, si on la regarde au pied du chiffre, est énorme, mais l'exagération est la règle dans ce type de récit, et nous retiendrons seulement ce fait banal que, même en Normandie, la cuisine ordinaire se fait plus souvent avec du beurre de conserve que du beurre frais. En telle quantité, le beurre n'est pas un condiment : c'est un aliment qui transforme un potage maigre en potage gras. Ensuite vient le vinaigre. Son emploi est si général dans le bouillon, dans tous les bouillons, qu'il vaut qu'on s'y arrête. C'est une denrée banale, à la portée de tous, en ces temps d'œnologie inexistante, où le vin en tonneau pique, pousse, puis finalement tourne spontanément à l'aigre. Or, cette conversion du vin en vinaigre est acceptée avec philosophie. À quelque chose malheur est bon, affirme Olivier de Serres à ce propos. Avoir du bon vinaigre est aussi important que d'avoir du vin de garde, et, comme tous ses contemporains, Serres affiche un goût marqué pour l'acide, à tel point, dit-il, qu'on ne pourrait plus se passer de la saveur du vinaigre [2]. Aussi, on ne se contente pas de vinaigres spontanés, on fabrique des vinaigres comme celui qui est utilisé ici, le vinaigre rosat. Nous tenons de la plume même d'Olivier de Serres la recette du vinaigre rosat, que l'on obtient par

1. Danièle Alexandre-Bidon relève avec justesse que la préférence pour la cuisine dans les pots de terre se justifie parce qu'on obtient ainsi plus de saveur. Or, une exégèse des textes savants montre que la valeur positive attribuée à la terre ne vient pas seulement de ce que la saveur des mets cuits dans les pots de terre est exaltée, mais aussi du fait que l'argile des pots leur communique un goût particulier, qui est recherché. Alexandre-Bidon, Danièle, *Une archéologie du goût : Moyen Âge – Temps modernes*, Paris, Picard, 2005, 156.

2. Serres, *Théâtre*, *op. cit.*, III, 12.

fermentation au soleil d'une fiole contenant du vin et des pétales de rose, soit frais et en voie de pourrissement, soit déjà séchés. Quant au vinaigre surat ici mentionné, il entre dans la même catégorie des vinaigres aromatiques. Parfumé avec des fleurs de sureau que l'on va cueillir sur les haies vives qui entourent les jardins potagers, il est sans doute d'accès plus facile. On est frappé de voir Champier classer le sureau parmi les aliments végétaux, au chapitre des aromates, et lui assigner diverses missions : on en répand des fleurs fraîches ou séchées sur les œufs frits à la poêle ; on le met dans des cruches où l'on conserve le vinaigre qu'il parfume et dont il adoucit la pointe. On l'appelle alors vinaigre « surart » ou « sambucé ». N'imaginons pas un vinaigre à l'arôme délicat. Olivier de Serres ajoute aussi des aulx concassés dans les bouteilles qu'il expose au soleil. Il n'est pas sûr qu'on procède ainsi en Normandie. Il n'est pas sûr non plus que le vinaigre soit de vin. Pour l'Ardéchois Serres, cela va de soi, mais dans les bocages proches de la forêt de Lyons où bouillonne cette étuvée, on assiste alors à une vraie fureur de planter, greffer, récolter les pommes, dans une prodigieuse diversité. Parmi les vingt-neuf variétés inventoriées, la plupart prennent le chemin de la cuve du pressoir pour devenir cidre. Et les plus mauvais cidres font les meilleurs vinaigres.

Le bouillon assaisonné au vinaigre est une recommandation de la cuisine écrite : si on ne peut rôtir tel poisson, alors mieux vaut le faire bouillir dans le vin, ou en eau et vinaigre. On prête au liquide bien des mérites, il raffermit la chair des poissons mous ; il amortit le goût de bourbe. Le poisson sort épuré de ce bouillon au vinaigre.

L'acidité du vinaigre est renforcée par l'adjonction de verjus, qui présente la même ambiguïté. Dans le Midi, il est toujours élaboré à partir du jus de raisin, séché ou cuit jusqu'à la consistance du miel ou d'un sirop épais. Ailleurs, on appelle verjus toutes sortes de jus verts et acides, économiques, comme le jus d'oseille ou de blé vert[1]. Comme il s'agit ici d'un « jus de bosquet », il est

1. Champier, *De re cibaria*, *op. cit.*, x, 5, 6, 7.

impossible qu'il provienne d'une treille, mais à partir de quelle plante ou baie, cueillie dans les bois, peut-il être fait ?

Dans l'étuvée du pauvre, vinaigre et verjus se superposent, s'additionnent pour faire de l'acide la saveur dominante. Dans la cuisine distinguée, au contraire, on fait de l'acide un usage plus modéré, on oppose au principe du cumul celui de l'exclusion réciproque : soit verjus, soit vinaigre. Le verjus, connu et largement utilisé au Moyen Âge, tend de plus en plus à être remplacé par le vinaigre, qui l'évince au XVIIe siècle, et triomphe au XVIIIe siècle. La tendance chic veut aussi que la note acide ne se trouve pas dans le bouillon, mais au titre de l'assaisonnement, une fois que le poisson est tiré du chaudron : on mange, par exemple, les barbeaux, avec du beurre et du verjus[1]. La distinction entre acide populaire et acide distingué va en s'approfondissant. Sous Louis XIV, au dire de La Mare, parmi les sucs qui servent aux assaisonnements du poisson, jus de citron ou d'orange verte, plus acide que le citron, tiennent le premier rang ; le verjus ou le vinaigre constituent « une espèce de supplétif à ces excellents jus[2] ».

Dans l'étuvée populaire, on n'a pas relais, mais cumul de saveurs acides, comme si on ne se décidait pas à abandonner l'ancien verjus. On peut conjecturer que l'acidité redoublée du potage populaire a une utilité pratique, celle de ramollir les arêtes. Ce n'est qu'une vertu secondaire, au goût de ces gens avides de manger l'aigre et l'acide sous plusieurs formes. Si, parmi les herbes potagères que l'on verse aussi dans le chaudron, il se trouve de l'oseille, alors l'aigre explose et envahit tout le potage. La fadeur de l'étang est submergée par une saveur acidulée.

Chaudrées et compagnie

Étuvée : que ce soit le mode de cuisson qui donne le nom au plat est un trait caractéristique d'une certaine cuisine populaire.

---

1. *Ibid.*, XXII, 13.

2. La Mare, *Traité de police*, *op. cit.*, livre 5, 593. Aulagnier, *Dictionnaire des substances alimentaires*, *op. cit.*, « bigarade ».

On songe à la bouillabaisse. Ailleurs, on désigne ce plat de poissons d'un nom vernaculaire, en référence au récipient dans lequel on le prépare. Là se décline la série des chaudrées, des caudrées et des cotriades des rives de l'océan, ou encore des peyrolades méridionales, qui ne sont pas forcément de poissons de mer, et qui se définissent plus vaguement : « sorte de mets fait avec toute sorte de poisson bouilli [1] », et qui vont dans un peyrol, soit un chaudron de cuivre. On aperçoit bien le dénominateur commun. C'est le contenant qui définit le contenu. Le trait pertinent ne repose en rien sur les ingrédients, peu importent les variétés de poisson, on y met ce qu'on peut, à la fortune du chaudron et de la pêche. Le plat se caractérise par le type de récipient, ou par le mode de cuisson qu'il induit, ce qui revient au même. C'est une cuisson violente et rapide. Ici, le temps de l'ébullition est précisé, chose rarissime : tout doit cuire « en deux fils de coton », en un rien de temps, de même qu'un accroc est raccommodé en deux points. Les Provençaux du bord de mer ne disent pas autre chose : « Bouï-abaisse, c'est-à-dire il bout, descends la marmite, ce qui signifie qu'on doit servir bien vite le poisson, qui est cuit après quelques bouillons [2] ». Cuisson courte, inhabituelle, nous le verrons, pour la cuisine ordinaire, et qui réclame un type de récipient bien spécifique : un chaudron, plus large que le pot à gros ventre et à embouchure étroite, et d'un autre matériau. N'envisageons pas le fer, il risque trop de noircir le bouillon, mais bien plutôt le cuivre. Si, dans toutes les maisons depuis la fin du Moyen Âge, la vaisselle de terre est la plus répandue, il s'y trouve aussi deux ustensiles métalliques : la poêle en fer pour frire les œufs, le chaudron en cuivre, éventuellement dévolu à d'autres usages, comme laver les herbes. Le cuivre est un matériau encore aristocratique à la Renaissance, mais en voie de démocratisation. Le succès du cuivre se confirme dans la batterie de cuisine. Ce n'est pas encore la batterie complète,

1. Boissier de Sauvages, *Dictionnaire Languedocien-François*, Nîmes, Gaude, 1756, « peyroulado ».

2. Millin, 1807, cité par Martin-Villevieille, Simone, *Histoire des recettes de Provence : dix siècles de tradition gourmande*, Marseille, Jeanne Laffitte, 2000, 171.

rutilante sur les murs et brillante sous les lueurs de la cheminée, mais en tout cas, un ou deux instruments devenus indispensables. Des dinanderies pourvoyeuses d'ustensiles de ce métal tournent alors à plein régime, et la Normandie n'est pas mal placée, avec son centre de production de Villedieu qui va devenir Villedieu-les-poêles. La production est soutenue par une demande à la fois élitaire, pour les confitures, et populaire… On apprécie ce métal, meilleur conducteur de la chaleur, qui permet des cuissons courtes qu'une marmite en fonte ou en terre n'autorise pas. On lui reconnaît une autre qualité, qui tient à l'aspect du produit final. C'est très explicite pour les confitures[1]. Cela vaut sans doute aussi pour les potages. De la marmite au cul noir on tire des brouets à la couleur indéfinissable, plutôt sombre. Ici, le bouillon est plus clair, d'autant plus qu'on lui adjoint du safran.

C'est le dernier ingrédient. Mais il est obligatoire, c'est le complice de tout potage de poisson populaire. Précieux safran. Il coûte cher, très cher ! On le comprend : il faut émonder 250 à 300 000 fleurs pour récolter un kilogramme de purs stigmates.

Alors que les autres ingrédients sont exprimés en quantité, ici, c'est le coût qui donne la mesure : on met « pour une livre tournois de safran », ce qui en fait le composant le plus cher de la chaudronnée, bien plus que l'ingrédient principal, le poisson, qui est une autoproduction. Et on n'est pas sûr qu'il s'agisse de « vrai » safran. L'épice est si recherchée qu'elle fait l'objet de toutes sortes de manipulations douteuses :

> Il y a ces indélicats qui meslent de l'huile parmi le safran, pour luy donner couleur et afin qu'il pèse davantage. Et comme la coutume s'est instaurée de ne vendre les épices entières, mais battues, c'est à dire en poudre, un sachet de safran peut contenir divers éléments pulvérises comme ocre, morceaux de briques pilées, riz, croûte de pain, telle mixtion relevée de poivre[2].

1. Serres, *Théâtre*, *op. cit.*, VIII, 2. Ferrières, « Les confitures et l'économie domestique d'Olivier de Serres » dans Belmont, Alain (dir.), *Autour d'Olivier de Serres. Pratiques agricoles et pensée agronomique du néolithique aux enjeux actuels*, Rennes, Association d'histoire des sociétés rurales, 2002.

2. Estienne, *L'Agriculture*, *op. cit.*, 40, 185.

La fraude atteint un tel degré que le roi se voit contraint d'intervenir par ordonnance. Celle qui est publiée en 1550 a des accents précurseurs, en ce qu'elle interdit « d'altérer la vraie, propre et naturelle bonté de l'aliment ». Il est interdit de le mixtionner ; de vendre du faux safran, fait à partir de soucis ou de fibres de bœuf recuites et effilochées en forme de pistil.

Le safran est plus qu'une épice, il cumule trois fonctions : médicamenteuse, aromatique, colorante. Ici, il a perdu son statut médical. Il est utilisé pour ces deux autres propriétés, « pour donner goût et couleur », dit le récit. Mais compte tenu que c'est un ajout de dernier moment, on soupçonne qu'il figure ici pour la couleur plus que pour relever le goût du bouillon. D'autres témoignages réduisent encore son rôle dans le potage : il n'est là que pour colorer le bouillon, lui donner cette couleur d'or qui est une illusion, reflet de la cuisine des riches dans celle des pauvres ; même s'il n'est pas exotique comme les autres épices, s'il peut venir de Languedoc ou du Gâtinais, il n'en comporte pas moins cette part de rêve, comme le désir d'un ailleurs culinaire dans des mets dont la base sent si fort le terroir. Que représente une livre de safran dans une telle chaudronnée ? C'est un peu, si l'on permet une équivalence grossière, comme jeter pour cent euros de pistils dans une grande mare. À l'arrivée, on ne soupçonnera rien. Le « soupçon » de safran est bien là à titre symbolique.

Au final, on ne peut pas imaginer ce potage comme une soupe mêlée, pleine de pulpe et de fumet, où le poisson est non identifiable, crime rédhibitoire pour palais aristocratique. Ce n'est pas non plus un plat de poissons simplement pochés, mais quelque chose entre les deux. Ce qui justifie une telle cuisson reste assez énigmatique. Mais nous avons assez sollicité le texte, ne lui demandons pas plus qu'il ne peut nous en donner. On peut forger l'hypothèse d'un respect du goût du poisson. On peut aussi penser que, puisqu'il s'agit d'un potage, la partie solide doit rester distincte de la partie liquide. Les pauvres qui viennent de dix lieues à la ronde avec leurs écuelles de bois nous disent comment le manger, avec du pain d'abord, trois livres de pain blanc, quatre livres de bis pour chacun. L'appétit démesuré, l'estomac

« qui aboie » n'empêchent pas le respect du rite. Car il y a un rite dans la consommation du potage et il faut toujours aller de l'humide, le bouillon, vers le solide. Ce n'est qu'une fois le solide ingéré qu'on peut commencer à boire [1]. Autour de la règle fondamentale se déploie tout un rituel. Il faut être attentif à la mise en action successive du nez, des babines puis des mâchoires, et alors, dans un éclat de rire énorme, on les « oyoit mascher de deux grandes lieues ». Nos Normands dégustent l'étuvée de trois façons : ils la hument d'abord, puis ils « avalent la porrée », c'est-à-dire le bouillon avec les herbes et légumes, enfin ils « mangent » le poisson. Voilà comment d'un plat on fait tout un repas.

Matelote à la marinière

La cuisine du poisson ramène inévitablement vers la mer. Le poisson de mer, on peut n'en connaître ni le goût ni la saveur, sinon sous forme de saline, mais on sait comment faire « mariner » les truites et plus tard, au XVIIIe siècle, on apprend à faire des « matelotes » [2]. Parfois, la référence est redoublée, et on prépare une « matelote à la marinière ». Il ne faut pas se laisser abuser par ce rappel de la mer, les « matelotes » sont toujours à base de poissons d'eau douce, sauf en Normandie où le souvenir de l'étuvée s'est perdu.

L'étuvée de la forêt de Lyons semble précéder et préfigurer les « matelotes » qui, deux siècles après, figurent dans tous les livres de cuisine bourgeoise et font la réputation des guinguettes au bord de l'eau où, le dimanche, le peuple des villes peut trouver une nourriture plus festive que son quotidien.

À l'examen, je crois pourtant que les deux versions diffèrent sensiblement.

La *Cuisinière bourgeoise* nous enseigne que, pour faire une bonne matelote, « vous prendrez une carpe, et d'autres brochets,

1. Guibert, Philibert, *Le Médecin charitable*, Troyes, Oudot, 1645, 165.
2. Champier, *De re cibaria*, *op. cit.*, XXII, 15.

anguilles, écrevisses [on reste en bonne compagnie] ou tel poisson de rivière que vous aurez la commodité d'avoir[1] ». Jusque-là, on est en pays connu : à la fortune du pot, ou de la marée ! Mais quand elle nous dit que lorsque la carpe est apprêtée seule, sans la compagnie d'autres poissons, on appelle ce plat non plus « matelote », mais « étuvée », alors on s'étonne : on croyait avoir compris l'inverse. Il est vrai que les mots ne restent pas immobiles, ils ont aussi une histoire et une inversion de sens a pu se produire. Passons sur l'appellation. La *Cuisinière bourgeoise* n'a pas un chaudron unique, mais plusieurs casseroles. Dans l'une, elle prépare les poissons, vidés, coupés ; elle écaille la carpe, elle ne procède pas ainsi avec d'autres poissons, comme la perche : ce n'est qu'une fois cuite qu'on « l'épluche de ses écailles ». Dans une autre casserole, elle manie du beurre, prépare un roux, ajoute des petits oignons coupés en quatre qu'elle fait cuire à moitié. Elle mouille le tout de vin rouge et de bouillon maigre, un bouillon nettement moins acide que celui de l'étuvée. Pas de légumes ni d'herbes, sinon sous la forme distinguée d'un bouquet de fines herbes, du sel, du poivre, mais plus de safran ni d'épices. Faites cuire à grand feu, une demi-heure, et puis dressez les poissons dans un plat.

Nous avons, chemin faisant, noté plusieurs différences avec l'étuvée qui contribuent à donner au potage une saveur tout autre. Les variations portent, plus fondamentalement, sur la structure même du plat et sur sa nature. La cuisine de la matelote est dissociée ; la consommation en revanche est unique : on dresse dans le plat le poisson et sa sauce, à base de bouillon lié par quelques croûtons de pain. Le bouillon a perdu en devenant court-bouillon tout rôle nutritif, il n'est plus la séquence fondamentale du repas. On en prélève une ou deux louches pour élaborer la sauce d'accompagnement, on ne le boira pas, surtout s'il est pollué d'écailles. On recommande de le réserver pour une autre cuisson à laquelle il communiquera son parfum.

Bref, la matelote n'a pas le statut de l'étuvée, elle n'est plus un potage. Car, dans la chaudronnée, on écaille et on nettoie bien

1. Menon, *La Cuisinière bourgeoise*, Lyon, Leroy, 1783, 228.

tout le poisson avant de le plonger dans le bouillon : tout cuit en même temps, tout va dans le chaudron. La cuisson de l'étuvée est unique, en revanche sa consommation est dissociée. Comme dans tout potage, on en fait deux parts : le bouillon, avalé en premier, puis le « grain ». Aussi est-il difficile de faire de la matelote une version distinguée de l'étuvée. Elle se sert en entrée, elle ne constitue pas un repas unique. Si l'on cherche à tout prix à reconstruire des généalogies imaginaires, alors la matelote serait une bâtarde de l'étuvée, et la fille légitime de la meurette, dont la méthode se trouve déjà dans Champier.

Matelote, meurette et étuvée, au fil des décennies deviennent des mets plus rares, plus festifs. Cet anoblissement renvoie à une sensibilité gustative mouvante sans doute, mais aussi à des disponibilités, car la matière première se réduit sérieusement à mesure qu'on assèche les plans d'eau.

La pisciculture a été une des grandes victimes de la Révolution. Elle est rudement accusée sur les bancs de l'Assemblée constituante, surtout à partir de 1793, quand la famine s'exacerbe et que les besoins en blé sont criants [1].

À la tribune de la Convention, on s'en prend aux étangs, synonymes de privilèges alimentaires intolérables. Ils ne sont que le fruit des « attentats » des moines et des prêtres, attentats perpétrés contre la nature qui ne demanderait qu'à produire du blé et non des eaux stagnantes. Ils n'apportent que mauvaises fièvres et épizooties. Ils privent les Français de bonnes terres de culture : on pourrait emblaver quatre cent mille arpents de terre, rien qu'en asséchant les étangs à la bonde. Le poisson diminuera ? Quelle importance, puisque « jamais le poisson ne couvre la table du pauvre, et il ne paraît sur celle du riche que comme mets de luxe [2] ». Bref, les étangs sont déclarés, pour les uns, d'inutilité publique, pour les autres de danger public. Der-

---

1. Mathiez, Albert, *La Vie chère et le mouvement social sous la Terreur*, Paris, Payot, 1927, 76-77. Abad, Reynald, *La Conjuration contre les carpes : enquête sur les origines du décret de dessèchement des étangs du 14 frimaire an II*, Paris, Fayard, 2006.

2. Cité par Abad, Reynald, *Le Grand marché. L'approvisionnement de Paris sous l'Ancien Régime*, Paris, Fayard, 2002.

rière l'étang, c'est la carpe qui est visée, cet animal aristocratique, royal même, quand elle se pavane dans les bassins de Versailles. Sus à la carpe ! « Nous sommes tous de la conjuration contre les carpes et nous aimons le règne des moutons. » La conjuration contre les carpes : le slogan est lancé. Cette conjuration aboutit à un décret du Comité de salut public qui ordonne le dessèchement des étangs. On est en février 1794, une page importante de la nourriture (élitaire ? populaire ?) vient d'être tournée.

La Révolution passée, les amateurs de « matelote » se retrouvent dans les guinguettes au bord des rivières, désormais source principale de l'approvisionnement en poissons d'eau douce. Quant aux autres, ils peuvent encore exploiter la faune mi-aquatique, mi-terrestre des zones humides ; adieu, perches et anguilles ! On se rabattra sur l'anguille des haies. C'est une nourriture. Le *Larousse gastronomique*, dans son édition de 1938, le confirme dans une rubrique qui consiste en un renvoi laconique : « Se prépare comme l'anguille. Voir ce mot[1]. »

---

1. Montagné, Prosper, Dr Gottschalk (dir.), *Larousse gastronomique*, Paris, Larousse, 1938, 359.

3

Fèves au lard

En matière de poissons de mer, les traités de grande cuisine sont très sélectifs. Prenons le premier livre de bouche imprimé, le *Platine en français* (1505). Il a été écrit par un érudit italien, Platine, et traduit par un moine montpelliérain, Didier Christol, soit, théoriquement, deux bons amateurs des produits de la mer Méditerranée. Effectivement, défilent, au chapitre X, les recettes de tout ce qui peut « être énuméré au nombre des bons poissons ». On y rencontre la murène, la langouste, les huîtres, le turbot, le rouget et le dauphin, pas la morue, ni aucun poisson salé, pas non plus l'anchois ou la sardine. Ne cherchez pas la sardine dans un livre de bouche ; vous ne la trouveriez jamais. Son absence est si constante que certains se sont demandé très sérieusement si la mer antique et médiévale n'était pas finalement plus riche en murènes et plus pauvre en sardines qu'elle ne l'est aujourd'hui. Or, la sardine existe, on la trouve fraîche sur les ports de Bretagne ; exceptionnellement fumée ; en vert, c'est-à-dire simplement salée, sans être encaquée, un peu partout ; et en baril jusqu'au fin fond des villages où on la transporte à dos de cheval ou de mulet. Elle est omniprésente mais invisible. Elle n'intéresse pas le cuisinier de grande maison. Elle n'intéresse pas non plus les autorités royales, jusqu'à ce que la perte des bancs de Terre-Neuve ne les fasse réfléchir sur le moyen de suppléer aux difficultés d'approvisionnement en morue [1]. C'est

1. A. N, 127, AP2 mémoire sur les pêches de sardines, 1717, cité par Levasseur, Olivier, « Les usages de la mer dans le Trégor au XVIIIe siècle », thèse, université de Rennes-II, 48.

dire si, sur le goût populaire des poissons, sur les critères de goût et de dégoût, sur leur traitement en cuisine, à s'en tenir aux livres de cuisine, l'historien est condamné au régime maigre. À moins de recourir à des sources obliques. Les écrits des naturalistes en font partie, ainsi ces deux grandes figures de la Renaissance, Rondelet et Belon qu'on donne pour fondateurs de l'ichtyologie, ce qui est en partie vrai, en partie faux, car, s'ils répertorient tous les poissons connus de leur temps, ils ont tous deux une façon d'enquêter sur les poissons bien éloignée des méthodes scientifiques actuelles. Ils sont aristotéliciens et finalistes, animés de cette conviction très partagée que toute créature est faite pour servir à l'homme, et que c'est à eux, scientifiques et humanistes, qu'il incombe de décrire non seulement les poissons, leur physiologie et leur écologie, mais aussi leurs usages. Ainsi procède Rondelet. Sa méthode consiste, après avoir dressé le « portrait » de l'animal, à décrire :

> [...] les actions, meurs ou complexions d'un chacun, et comment il peut servir ou à manger ou à autre chose. Quelquefois nous metons la manière de pescher, quelquefois aussi comme il les faut acoustrer pour manger, selon la diversité de leur chair é substance [1].

C'est là, au détour des usages et des fins alimentaires, que nous l'attendons. Et nous ne sommes pas déçus. Rondelet répertorie quatre cent quarante espèces. Quelle richesse halieutique ! Si l'on retranche quelques serpents et quelques monstres improbables, en « habit de moine » ou en « habit d'évêque », la plupart de ces poissons sont comestibles, et Rondelet nous dit comment en user : trois cent soixante poissons à manger, presque autant que de fromages ou de manières de préparer les œufs ! Avec Platine, on en était à cinquante-neuf, toutes origines confondues.

---

1. Rondelet, *Histoire des poissons*, *op. cit.*, v, 1.

Comment accoutrer le poisson

Le Rondelet que nous interrogeons est un personnage double : côté face, un médecin averti en matière de diététique. Côté pile, un gastronome avenant et averti qui ne boit pas de vin, mais apprécie le raisin, les poissons, les huîtres dont il est capable de reconnaître « à l'aveugle » la provenance et qu'il classe par ordre de préférence : 1, les huîtres de Bretagne ; 2, celles de Bordeaux, du Médoc en particulier ; 3, celles de Saintonge, au goût « un peu plus salé et piquant ». Comme quoi ce Montpelliérain est très ouvert aux produits de l'océan, et il n'accorde pas toujours la préférence à sa chère Méditerranée. Rondelet médecin et Rondelet proto-gastronome donnent tour à tour leur avis. Parfois, c'est le gastronome qui parle en premier :

> Chien de mer : le foïe est d'aucuns estimé friand, on le garde salé, puis on le mange cuit en vin, ou rosti, il est très bon boulli avec hysope, feuilles de laurier, é semblables herbes, i adioutant cannelle, noix muscade, cloux de girofle. On en fait de l'huile contre la Dureté du foie [1].

Mais voilà le médecin seul :

> Le thon ha la chair dure, grasse et piquante au goût, elle émeut les hemorroides, ou a cause qu'elle pique, ou a cause qu'elle engendre beaucoup de sang melancholie […]. Le foie de la raie bouclée cuit en huile, apaise la [dé]mangeaison et la rogne, non seulement des hommes mais aussi des bêtes à quatre pieds.

Du foie des poissons, classiquement, Rondelet en fait un remède, mais aussi tout un plat. Il lui trouve bien des qualités. Il est « délicat », « friand », il a parfois un « goût de violette », il est gras. Gras surtout. Nous voilà devant une contradiction majeure : ce qu'on aime, dans cet aliment maigre, c'est le gras, comme on aime les huîtres grasses. Paradoxe alimentaire qui

1. *Ibid.*, XIII, 5. Le « chien de mer » est un requin, sans doute une roussette.

nous pousse à réfléchir sur les rapports qu'entretiennent les deux viandes que tout sépare en bonne orthodoxie, la chair et le poisson. De quand date la norme de ségrégation ? Du temps de Rondelet, il n'y a pas antinomie absolue. Regardez le crabe : « Les cancres [...] lavez é cuits avec brouet de chair sont fort bons pour les hetiques, é nourrissent beaucoup[1]. »

Pour les malades et les amaigris, il n'y a pas obligation de jeûne. C'est le médecin qui délivre les dispenses de carême. En droit, c'est l'autorité religieuse qui accorde cette autorisation de faire gras en temps de maigre, mais, si c'est le célébrissime et clarissime professeur Rondelet qui délivre une telle ordonnance, quel curé de paroisse ira contre lui ? C'est pourquoi, dans le bouillon du convalescent, on voit se mêler chair et poisson. Dans la cuisine ordinaire, celle des gens sains, le même mélange, qui peut paraître hérétique au cuisinier classique, existe aussi, en tout cas les jours gras, où rien n'empêche de mettre du lard dans l'étuvée de poissons, ou de manger sa viande bouillie avec une sauce d'anchois.

« Quant est de la bonté de la Lamproie, de la sauce, é de la grande estime qu'on en fait, il faut lire Platine[2]. » Avec la lamproie, on est renvoyé aux grands auteurs, et à la grande autorité culinaire de la Renaissance. Mais le plus intéressant chez Rondelet – nous l'avons dit – est ce qu'on ne trouve pas chez Platine, à savoir, le commun, l'humble, le vulgaire :

> [Le merlan] ha la chair friable é molle ; d'où est venu le proverbe commun, que les Merlans estant mangés ne poisent non plus dans l'estomac que pendus à la ceinture ; parquoi estant ainsi mol, il est milieur rosti que bouilli, ou fricassé en la poele devant saupoudré de farine[3].

> [Quant à la morue] Nous la faisons boullir en vin é eau, é la mangeons avec le vinaigre, ou ius d'ozeille ; elle est de chair dure é sèche, peu ou point gluante[4].

1. *Ibid.*, XVIII, 19.
2. *Ibid.*, XIII, 3.
3. *Ibid.*, IX, 9.
4. *Ibid.*, X, 2

En termes diététiques, Rondelet recommande une cuisson qui corrige la nature du poisson. Si la chair est sèche, ou séchée par le sel, mieux vaut bouillir le poisson à l'eau ; si elle est molle, la dessiccation par la friture ou le feu direct s'impose :

> [Il faut faire fondre] les Anchoies sur le feu avec huile, vinaigre e fueilles de persil, qui est aussi bonne sauce pour manger autres poissons. On mange aussi les Anchoies crues avec huille é fueilles de persil[1].

> [La sardine] n'ha point de fiel parquoi sans l'eventrer on la cuit sur la grille, ou en la poele, ou on la boullit[2].

Voici la cohorte des poulpes et des seiches, poissons mous, mous au toucher, précise-t-il, mais de chair dure, des poissons « à coque », des poissons « en croûte » et en coquille :

> La chair de la seche comme de tous poissons mols est dure é de difficile digestion, mais si elle est bien cuite é digérée, donne grande nourriture[3].

> [Les poulpes] sont de chair dure qui ne se peut gueres ramollir, ne digerer sans grande difficulté, si ce n'est qu'elle soit longtems mortifiée, fort batüe aussi avec bastons pour la faire plus courte. Elle engendre grosse substance é visqueuse, la rostie est plus dure, la boullie est milieure avec verius, huille, é poevre[4].

> On mange les caramots (crevettes grises) avec le vinaigre boullies dans l'eau, on les fricasse aussi[5].

> [Les coquilles Saint-Jacques] ont la chair plus douce et plus tendre que la chair des autres coquilles, de plus facile digestion.

---

1. *Ibid.*, VII, 3.
2. *Ibid.*, VII, 10.
3. *Ibid.*, XVII, 1.
4. *Ibid.*, XVII, 5.
5. *Ibid.*, XVIII, 8.

> L'eau de dedans fait bon ventre. On les cuit avec leur coquille sur les charbons, aucuns i mettent un peu d'huille, de sel et de poevre [1].

> Les huitres se mangent bien crues. Toutesfois aucuns les cuisent avec leur coquilles sur les charbons i adjoustant un peu de poevre e de beurre pour les faire plus friandes. Aucuns les fricassent en la poële, mais elles se font plus dures [2].

Voici l'ortie de mer, à l'aspect si peu engageant et au nom assorti :

> En Normandie on l'appelle cul d'asne, à Bourdeaux Cubasseau. Elle est toute charnûe, é des poils courts. Quant elle se tient serré vous diriés que c'est le bout du gros boiau cuiller, ou bien le trou d'un cul. Elle est de diverses couleurs. Il y en a qui sont vertes, il i en a de bleues é de noirastres, jaunatres ou rouges. Ceste cui est bonne à manger, é est de fort grand prix à Bourdeaux, ilz la lavent fort é souvent, puis la fricassent legierement en la poele [3].

L'aspect, la vue n'entrent pas en jeu. Le mangeur de poisson ne se fie pas aux apparences, et, s'il méprise le congre et la baudroie, ce n'est pas du tout en raison de leur aspect. Deux critères comptent seulement : l'odeur du poisson frais, et le goût de sa chair cuite. « Il faut, dit Rondelet, s'en faire un jugement tant par le goût que par le flairer. »

Il y a une saveur que Rondelet n'apprécie guère, c'est celle du « ferun ». Ainsi les merlus de l'océan :

> [...] de chair molle, mais non pas si friable que les poissons rochiers, é quelquefois sentent ie ne scai quoi de ferun, ce que ne trouveres seulement en ce poisson, mais en tous autres poissons, oiseaux, é autres bestes qui vivent seulement de chair [4].

---

1. *Ibid.*, II, 9.
2. *Ibid.*, II, 28.
3. *Ibid.*, XVII, 12.
4. *Ibid.*, IX, 8.

> [La raie pastenague, et toutes les raies] sentent le ferun, é quelque mauvaise odeur marine, laquelle toutefois se perd, si on les garde assez long tems, parquoi sont milieures loin portées que au bord de la mer ; Elles sont de chair dure é de difficile digestion ; sont milieures en hyver. Toute Raie se mange boullie, avec le vinaigre. Le Foïe est estimé délicat, aucuns le mangent boulli, avec le vinaigre, les autres après avoir esté boulli le fricassent é le mangent avec le ius d'ozeille, ou avec vinaigre et poeuvre. Les raies sont prisées en France non pas en Languedoc [1].

Elles sentent le « ferun », le *ferum* en latin, le sauvage. C'est l'équivalent dans le domaine marin de la sauvagine qu'exhale le gibier faisandé. Le ferun n'est pas désagréable à tous les nez. Rondelet fait montre ici d'un goût, ou plutôt d'un dégoût, qui n'est pas commun, mais à géographie variable. L'avantage de la raie, c'est qu'elle est un poisson de garde, capable de supporter de longs trajets. Si, au bout du compte, elle dégage une forte odeur d'ammoniac, ce n'est pas pour déranger les nez populaires, habitués à ce que le poisson « corne ».

> Le cantheno [pageot ?] a une chair molle, trop humide ; c'est viande seulement pour les pauvres [...] estant bouilli mollist le ventre, cuit en la poele, ou boulli avec safran, canelle, poevre, gingembre, ou avec huille é ognon, ou desséché, est milieur [2].

Avec le pageot, la daurade, d'autres encore, il suggère des façons de préparer qui sont différentes. Ici, la diététique s'efface, et les filtres sociaux s'interposent. Le registre du frit ou du rôti est plus fréquent pour les poissons nobles. Le bouillon reste le mode de préparation le plus répandu pour poissons vulgaires, la friture étant réservée aux plus petits. Le schéma est un peu plus compliqué, dans la mesure où il arrive fréquemment que deux cuissons puissent se succéder, par exemple bouilli puis fricassé. Quand on prépare une cuisson au bouillon, court ou long, on ne

1. *Ibid.*, XII, 10.
2. *Ibid.*, V, 4.

sait, tantôt le bouillon est distingué, agrémenté d'épices douces et poivrées, ou simplement aromatisé de persil. Tantôt il est plus ordinaire, à base d'eau, d'huile (mais de beurre ou de saindoux ailleurs qu'en Languedoc) et au persil « les rustiques mêlent ails et oignons [1] ». Quand la chair est dure, voyez la raie, alors on ajoute la note acide du vinaigre ou du verjus.

Poissons nobles, poissons ignobles

Rondelet, mais aussi Champier et Belon, ne nous nomment pas exactement tous les poissons que peuvent manger les gens de peu, mais ils nous apprennent ce que le riche refuse sur sa table. Et voilà que déboulent, dans une cascade d'appréciations péjoratives, le spéraillon, la lotte, le congre, le saint-pierre ; la pastenague et toutes les raies, la roussette et tous les requins, les poissons mous, la ravaille, « ces petits poissons qu'on ne trie point, parce qu'il sont trop menus, et on les cuit ensemble [2] », les petites raies : « rayons », « raietons », « ratillons » ou « papillons », les très petits squales que l'on trouve dans le ventre de la mère, tout le menu peuple des gobies et des goujons, la série des alisias ou des alices, ce menu fretin de taille modeste, mais de grande consommation, harengs, sardines, anchois. Tout cela est très socialement qualifié : « poisson de nul prix », « viande du menu peuple », dit Rondelet. Champier renchérit : « C'est une nourriture de marins et de pêcheurs, et non d'hommes aux mœurs policées [...], c'est un bon aliment pour les travailleurs [...], une nourriture pour le peuple, ou les avares [3]. »

Et la morue dans tout cela ? Il y a une certaine difficulté à savoir si la morue est un plat populaire ou pas. Pour Rondelet, en matière de « molue », c'est ainsi qu'on l'appelle, la fraîche est bien préférable à la séchée. « La chair est lors si gluante, que encores qu'elle trempe en force beurre (lequel, comme autres

1. *Ibid.*, IX, 1.
2. *Ibid.*, 4, 3, 23.
3. Champier, *De re cibaria*, *op. cit.*, VII, 7, 8.

choses grasses, empêche que les choses gluantes ne tienent fort) tient si fort au dois, que à peine l'on les en peut défaire[1]. »

Qu'on la mange avec les doigts ne signifie pas qu'elle est d'un usage vulgaire. Rondelet lui-même la mange-t-il autrement ? Peu d'hommes à son époque se servent de la fourchette, en dehors des milieux de la Cour, qui ont adopté la petite fourche à deux ou trois dents, cet instrument vaguement diabolique, qui oblige à une escrime à laquelle on s'essaie plus ou moins adroitement. Jusqu'en 1700, même à la Cour, il y a plus de nourriture qu'on peut prendre avec les doigts que de nourriture à piquer au bout du couteau ou de la fourchette. Il faut bien dire que cette instrumentalisation de l'art de la table, cette médiation qui va devenir obligatoire entre l'aliment et la bouche, se traduit par une perte sensorielle : on ne peut plus sentir par avance à la pulpe du doigt la texture de la nourriture, et la sensation du gluant. Une sensation qui peut être agréable, le gluant annonce un je-ne-sais-quoi de doux, d'onctueux, quelque chose qui n'est pas du gras ; mais qui y ressemble, qui enveloppe et adoucit la sécheresse du poisson. Cela, le mangeur des milieux simples l'apprécie. Mais les médecins gastronomes ne perçoivent du gluant que son côté désagréable, collant. Aussi pour Champier le partage est-il net : sur la table des riches, la morue est servie fraîche et rarement salée, car celle-ci est « un plat pour les moissonneurs, les terrassiers, les haleurs et autres de ce genre[2] ». Ce souci réitéré ailleurs de Champier pour le repas du moissonneur annonce l'attention particulière des patrons du XIXe siècle pour le repas des ouvriers en général, et des poseurs de rail de chemin de fer en particulier. Mais alors, pour refaire les forces du prolétaire, on affirmera que rien ne vaut la viande. Le repas de moissons ou de vendanges à la charge de l'employeur est un repas spécial, renforcé en protéines animales pour permettre d'aller au bout d'un travail harassant et de garantir que la récolte sera rentrée à temps. En temps normal, l'ouvrier, à la place de la morue, mange du hareng. Au XVIIe siècle, la morue sèche est un plat coûteux. Les armateurs

1. Rondelet, *Histoire des poissons*, *op. cit.*, IX, 13.
2. Champier, *De re cibaria*, *op. cit.*, XX, 16.

malouins vendent leurs pêcheries à l'extérieur, et les tisserands bretons se nourrissent de harengs importés[1]. Le niveau de prix que la morue salée atteint tout au long des quatre siècles qui nous occupent, où elle tient toujours le haut du pavé dans la « saline », soit l'ensemble des poissons salés, la désigne plutôt comme un plat bourgeois ou de fête. La morue sèche est plus abordable, c'est la merluche des petits ménages.

Qu'est-ce qui fait qu'un poisson est bon, entendons digne de figurer dans les repas préparés par un maître queux (ou une cuisinière au minimum) et servi par des valets (ou une servante au minimum) ? Pour Rondelet, la réponse ne tient ni du hasard ni de la contingence des goûts, mais d'une sorte de nécessité comprise par tous. Pour que nous aussi, nous puissions la comprendre, il faut bien avoir à l'esprit que, entre chair et poisson, la démarcation paraît ténue. Fidèle à l'enseignement reçu des Grecs et des Latins, Rondelet suggère que la substance est la même, qu'il s'agisse des animaux terrestres ou des animaux marins. Quand il examine les poissons et les « anatomise », il ne parle pas d'arêtes, mais d'os ; le rouget « ha plus d'os que de chair ». La langouste a un dos, un ventre, des bras, des pieds, des mains. Les poissons à écailles ont des museaux, des sourcils, des oreilles, des narines, des ailes. Certains d'entre eux ont une odeur de « ferun » qui est l'odeur même du gibier terrestre. Quand on passe de l'individu à l'espèce, de l'espèce au milieu nourricier, force est de constater que les animaux aquatiques vivent de la même façon que les terrestres, en troupeaux (seuls les marins parlent de bancs), broutant les pâturages sous-marins. Tout cela pousse à établir une singulière analogie avec la viande terrestre.

« La vraie Sole est de plaisant goust, comparée à la Perdri, comme le Turbot au Faisan. » Les poissons plats sont comparés à des volatiles, c'est-à-dire à des viandes de choix et de prix, destinées à figurer sur les tables aristocratiques. Cette comparaison, précisons-le, ne doit rien à la morphologie, mais bien à

1. Morineau dans Hemardinquer, *Pour une histoire de l'alimentation*, *op. cit.*, 112.

ses qualités organoleptiques qui lui confèrent son rang dans la société des poissons. Parfois, la comparaison devient sobriquet et des poissons de roche, malaisés à identifier, sont désignés sous le nom de « merle » ou de « tourdre » (grive). « Grive » ou « merle », ils sont au sommet de la pyramide gustative. La mer, grâce à ce travail métaphorique, est peuplée d'oiseaux, de lièvres, de veaux, de cochons, de chiens, ou de bœufs, comme le dauphin…

Avec le porc et le bœuf, on « tombe » dans l'échelle des valeurs alimentaires, car ce sont là des viandes grossières, destinées surtout aux mangeurs populaires. Finalement, les sobriquets renvoient à un tableau d'équivalences gustatives, tableau qui s'inscrit dans une sorte de cosmologie. Les hommes de l'Ancien Régime étaient soucieux de comprendre leur hiérarchie alimentaire, de la penser de la même façon qu'ils ont pensé et justifié la société d'ordres dans laquelle ils vivaient. Un des outils de compréhension réside dans le concept de la chaîne des êtres.

Document 1 : La chaîne des êtres.

Viandes	**Poissons**
Volatiles	Poissons plats
Perdrix, faisan	Sole, turbot
Petits oiseaux	Poissons de roche
Bœuf	
Porc	Gros poissons des eaux froides : « Bœufs, porcs de mer »

Cette représentation, comme tout ce qui structure la pensée de la nourriture, est de longue durée : du Moyen Âge à Louis XV, le classement ne varie guère. La Mare, chargé de surveiller le ravitaillement de la capitale sous le règne du

Roi-Soleil, énumérant les poissons de la marée, commence par le turbot et finit par la sardine.

Le tableau se lit de deux façons : d'abord de bas en haut, suivant un axe vertical qui part de la terre (produisant des chairs terrestres, donc lourdes, grossières) et s'élève jusqu'au ciel, avec des nourritures de meilleure qualité, de plus en plus légères. Suivant cette grille d'analyse, il est facile de comprendre pourquoi un ortolan est plus apprécié qu'un pied de cochon. Une semblable grille de lecture s'applique aux produits de la mer. Tout en bas, dans les profondeurs des eaux froides et immobiles, se trouvent les « troupeaux » de gros poissons qui « broutent » les pâturages marins ; en haut, proches de la lumière et dans des eaux sans cesse remuées, vivent des poissons savoureux, de roche ou de sable. Au sommet de cette pyramide, on trouve les poissons plats, sole ou turbot. Un peu plus bas, ces poissons que les savants appellent « saxatiles », et les pêcheurs « rochaus » : ce sont nos poissons de roche.

Se dégage de cela tout un jeu d'équivalences symboliques dans l'échelle des prix, mais pas dans les prix eux-mêmes. Le poisson transporté dans les villes, grevé de frais de transport et de taxes, à égalité de réputation, coûte toujours deux ou trois fois plus cher que la viande. Le turbot dans le Paris de Louis XV s'acquiert pour quinze livres, alors qu'une bonne poularde engraissée en vaut quatre.

Les usages sociaux du poisson ne se différencient de ceux de la viande que sur un point. En boucherie, les riches choisissent l'aloyau ou la culotte, en tout cas, le muscle. Ils laissent aux autres les tripes et les « membres intérieurs ». En poissonnerie, les riches demandent les meilleurs morceaux, qui sont parfois surprenants : uniquement la tête (le chef va aux chefs) ou le foie, laissant la chair « maigre » aux pauvres.

Le dauphin à l'aillade

Tout en bas de l'échelle alimentaire figurent ces gros poissons appelés « bœufs » ou « porcs de mer », selon que l'on considère plutôt leur chair, ou plutôt leur graisse. « Porcs de mer, marsouin, pourpois, c'est tout un », dit le *Mesnagier de Paris*, qui ajoute « on les appelle Baleine ».

La baleine reste un monstre sémantique. Sous ce nom, assure Rondelet, les pêcheurs comprennent toutes les grandes bêtes de la mer semblables à la baleine. Plus de subtiles distinctions, comme savaient les faire, au haut Moyen Âge, les pêcheurs du côté de Rouen ou de Jumièges, entre cétacés, dauphins, ou veaux marins. Les naturalistes ne font guère mieux, ils sont bien en peine de dénombrer la famille des cétacés – Jussieu lui-même, en plein XVIIIe siècle, considère que le cachalot est le mâle de la baleine.

Si l'on veut faire savant, à la Renaissance, on parle de « baleine à bec » pour le dauphin, de « baleine mâle » pour le cachalot, de « baleine femelle ». Le langage commun ne s'embarrasse pas de considérations naturalistes. Le commun n'a jamais vu de baleine, il se contente d'en consommer, sous forme de langue, de chair salée, de craspoix. C'est la revanche de Jonas.

Pour le dauphin, Rondelet est schizophrène : le naturaliste en lui est fasciné par l'animal. Le mangeur, lui, est dégoûté. Du haut de nos rudiments psychanalytiques, nous dirons qu'il a l'appétit coupé par tout le foisonnement symbolique autour de l'animal qu'il rapporte avec complaisance et auquel, sans doute, il croit. Comment manger une créature si douce, si proche des hommes, qui sauve de la noyade les petits enfants, qui pleure lorsqu'on le prend et va aux obsèques de ses congénères ? Mais Rondelet passe froidement de l'anecdote anthropomorphique à la logique diététique, en sautant la case freudienne. La chair du dauphin :

> [...] est semblable à la chair de Pourceau ou de Bœuf [...]. Ie me suis souvent esbahi qu'on servoit du dauphin aux tables des grands seigneurs, veu la mauvaise odeur qui devroit effacer la bonté de la viande si aucune i en avoit. En Languedoc à peine le menu peuple, voire les laboureurs en veulent-ils manger. Le dauphin é les autres cétacés ont la chair dure, de mauvais suc, excrémenteuse, de mauvaise digestion, qui esmeut à vomir. On

> la sale, on la cuit avec ognons, persil, é autres semblables. Aucuns la rôtissent é la mangent avec l'orange, ou avec sauce faite avec sucre é espices. Les autres la rostissent sur le gril. Les plus friandes parties sont le foie é la langue. Le foie est tendre, mais il engendre mauvaise nourriture [1].

Le dauphin est abhorré des Méridionaux. Les pêcheurs du golfe du Lion le capturent pour éviter la destruction de leurs filets, mais jamais ils n'en mangeraient. C'est là une habitude tout à fait régionale, Rondelet le reconnaît qui s'ébahit : on mange une chair aussi noire à la table des puissants, et à la Cour du roi lui même ! Il y a là un renversement de la logique hiérarchique qu'on a du mal à s'expliquer. Soit nous renonçons à comprendre ou, comme on dit du temps de Rondelet, nous ne tentons pas d'attraper le dauphin par la queue. Soit on se dit que c'est Rondelet qui a mal compris. Le dauphin est appelé « poisson royal » dans le droit maritime en vigueur avant la Révolution, comme tous les gros poissons qui reviennent au roi dès lors qu'ils sont échoués sur le littoral. C'est le droit d'épave. Un droit d'épave ne fait pas un devoir de manger. Et pourtant, le dauphin est apprécié jusqu'aux XVe et XVIe siècles. Ce qui fait son prix, c'est sans doute sa rareté ainsi qu'un certain snobisme de Cour, l'attrait de l'exotisme ou de la nouveauté, à l'image de celui qui pousse François Ier et son entourage à déguster près d'Abbeville un boudin fait de sang et de boyaux de phoque [2].

Le dauphin a une piètre chair mais une qualité appréciée, dérivée soit de sa faculté singulière à survivre en dehors de l'eau, et à mettre trois jours, dit-on, pour mourir, soit de sa chair elle-même, réputée solide et longue à se putréfier, ce qui allonge considérablement les distances-temps de consommation. C'est le seul poisson de la mer par exemple qu'on consomme frais à Lyon au XVIe siècle. Frais ? Pas vraiment, pour être plus précis, il est complètement mort, et complètement mortifié. C'est comme

1. Rondelet, *Histoire des poissons*, *op. cit.*, XVI, 5.
2. Champier, *De re cibaria*, *op. cit.*

cela qu'on aime les poissons de garde, comme la raie : ils sont, dit-on, meilleurs sur l'étal que sur le port. Donc il faut attendre que leur chair soit ramollie, sans être complètement gâtée. Ils sont meilleurs « un peu saupiquets que quand ils sont tout frais[1] ». On conserve le dauphin quelques jours, le temps qu'il perde cette odeur de « ferun » et qu'il la troque pour une odeur de faisandé et une saveur de saupiquet. Il se peut aussi qu'on le fasse mariner. « Si l'on veut s'en nourrir, on le fait macérer quelque temps dans l'eau ou comme une venaison[2]. » La marinade au vinaigre est la préparation courante de la sauvagine ; la violence de la nature sauvage est soluble dans le vinaigre, fruit du travail des hommes, produit civilisé qui dissout le sauvage. En fait, ce « bœuf de mer » a le statut d'un gibier.

On sert le marsouin bouilli en général dans une sauce acide à l'orange bigarade pour les riches, au verjus de raisin, sinon d'oseille, de blé vert, pour les autres.

Pierre Belon, autre naturaliste du XVIe siècle, traite aussi du dauphin. Le premier indice se trouve dans son reportage de voyage au Levant (1553). Au marché de Constantinople, il observe que ni les Turcs ni les Grecs ni les Juifs ne mangent de dauphin, « qui est celui que nous avons en délices ès jours maigres, que le vulgaire nomme marsouin ». Dans son livre sur les poissons il nous livre une précieuse réflexion. Tout part, là encore, d'une stupéfaction, de ce constat singulier d'une grande consommation pour une viande de bien piètre qualité. Pierre Belon se demande comment on peut manger des poissons à saveur si ingrate, et il cite les marsouins en compagnie des requins et des chiens de mer, mais pires qu'eux, car « il sent le renard écorché ». Et voilà le miracle de la cuisine : une fois cuit et apprêté, il est aussi bon que les rougets et les lamproies. La métamorphose que souligne Belon n'est pas une recette pour cuisiniers. C'est un apologue pour dire les vertus de la cuisine ; c'est une illustration du proverbe : la sauce vaut mieux que le

1. Platine, Bartolomeo Sacchi dit, *Le Platine en François*, Lyon, 1505, rééd. Paris, Manucius, 2003, 195.
2. Lacepède, *Histoire naturelle des poissons*, *op. cit.*, I, 226.

poisson, c'est un appel à réfléchir sur la puissance des trucages des hommes face à la nature. Mais quelle sauce ? Il y a celle des puissants qui ont à disposition force beurre, sucre, épices. Et puis il y a celle des autres :

> Aussi les paoures gents n'aiants point tant de choses a comandement, aiants tant seulement des aux et des noix, qu'ils battent avec du pain et de l'huile, et du vin aigre ; ils feront une saulce à leurs poissons, qu'ils rendront à leur appetit si delicieuse qu'on n'en peult manger, sinon par grande singularité. Et telle manière de saulce est généralement cogneue de touts pescheurs, qu'ils nomment vulgairement de l'Aillade [1].

Battre ici signifie piler dans le mortier, en ajoutant aux noix un peu d'eau et de pain, ou de la mie de pain trempée dans l'eau d'ébullition du poisson, jusqu'à obtenir un mélange laiteux, puis monter ce mélange en huile jusqu'à la consistance d'une pommade. Les proportions comme d'habitude sont inconnues. On ne sait si c'est le registre de l'acidulé qui l'emporte ; ou bien si le vinaigre est éclipsé par la violence de l'ail, seul moyen de neutraliser le goût du « ferun ». L'aillade ou l'aillée est un vieil assaisonnement, connu depuis deux siècles au moins pour être l'accompagnement des viandes fortes. On peut la faire à partir de noix ou d'amandes. Elle figure dans des « receptaires » très distingués, comme celui de maître Martino, qui en use pour couvrir la forte senteur de la chair de chèvre, ou de Platine, qui en fait l'égale d'une moutarde [2].

Le dauphin cesse d'être au menu des tables distinguées à partir du XVIIe siècle. Sa pêche est trop exceptionnelle, accidentelle, pour qu'on le retrouve comme consommation courante en temps de maigre. Il n'empêche : on trouve des recettes pour accommoder le marsouin dans les bons manuels des siècles classiques.

---

1. Belon, *Histoire naturelle*, *op. cit.*
2. Platine, *Le Platine*, *op. cit.*, 154.

Du marsouin
Il veut être cuit dans un bon court bouillon avec le vin rouge, puis on le sert à sec, pour être mangé au vinaigre et à l'huile ; on mettra aussi dans de petits plats diverses sauces, pour satisfaire au goût de chacun[1].

Il est douteux qu'on trouve dans ces propositions un petit saucier d'aillade. Après Martino et Platine, avec Belon déjà, l'aillade suit le destin de son composant principal : elle devient méprisable. Au XVIIIe siècle, on la présente comme un « ragoût de paysans et de quelques honnêtes gens[2] ».

Fèves au lard

À propos de la baleine, « la vraie », Rondelet fait encore la fine bouche : « La chair n'est rien estimée, la langue seulement est trouvée fort bonne[3]. »

De la baleine, il fait deux parts fort inégales, entre un régal d'un côté, mais minime, et une énorme masse qui ne vaudrait rien, sinon pour fondre en huile lampante. Il exagère : car si on pêche la baleine, c'est qu'elle a un usage alimentaire supérieur à ce qu'il dit.

Ambroise Paré, envoyé à Biarritz en 1564 par Charles IX, est un observateur plus objectif. Il se documente sur la pêche à la baleine animée par toute une flottille de pêcheurs du golfe de Biscaye, il a vu ce monstre-poisson, et tous les produits qu'on en retire :

> Leur chair n'est rien estimée, mais la langue, pour ce qu'elle est molle et délicieuse, ils la salent ; semblablement le lard, lequel ils distribuent en beaucoup de provinces ; ils gardent la graisse pour brûler et frotter leurs bateaux, laquelle étant fondue ne se

1. Bonnefons, *Délices de la campagne*, *op. cit.*, 328. Lemery, *Traité des aliments*, *op. cit.*, II, 345.
2. Boissier, *Dictionnaire*, *op. cit.*, « ailhado ».
3. Rondelet, *Histoire des poissons*, 353.

congèle jamais. Des lames qui sortent de la bouche on fait des vertugales, busques pour les femmes, et des manches de cousteau et plusieurs autres choses ; et quant aux os, ceux du pays en font des clostures aux jardins et des vertebres des marches et selles [tabourets ?] pour se seoir en leurs maisons [1].

La langue de baleine, coupée par tranches et salée, est vendue sur les marchés de Bayonne, Ciboure et Biarritz. De dessous son « cuir noir et épais » (Belon), on retire une couche de lard, épaisse d'un grand pied. Paré a goûté ce lard de baleine, il le juge tendre et délicieux, il dit qu'il se mange en carême, aux pois. Dans les villes à baleines, comme Bayonne, mais aussi dans un vaste Sud-Ouest, jusqu'à Agen, Dax et Bordeaux, les hôpitaux se fournissent en blanc de baleine jusqu'à la Révolution. Ce blanc est sans doute frais.

Salé, on l'appelle « craspoix », on l'expédie au loin pour être utilisé surtout en carême, puisque c'est un lard de poisson. Voilà les mammifères marins dans leur rôle essentiel : fournir un gras maigre. Paré affirme qu'on l'associe aux pois ou aux fèves, et que c'est le plat de maigre par excellence dans le peuple. C'est un truisme.

Ouvrons n'importe quel livre de naturaliste : au chapitre « baleine », on trouvera les pois. Ouvrons n'importe quel traité d'agriculture : au chapitre « pois », on trouvera lard de baleine [2].

C'est une association réussie, un mariage de longue durée. Les livres de cuisine le mentionnent aussi, signe qu'il peut tout aussi bien se retrouver chez des consommateurs plus aisés mais désireux de faire pénitence. Le *Mesnagier* de 1392 nous le sert en tranches fines, aplaties au couteau, qu'on appelle des lèches, qu'on cuit en eau comme le lard, qu'on sert avec des pois… Les *Délices de la campagne* de 1741 assurent que le lard de marsouin mis sur les pois « représente celui de sanglier [3] ». Remar-

1. Paré, *Œuvres*, *op. cit.*, 705.
2. Dalechamp, Jacques, *Histoire générale des plantes, faite françoise par Jean des Moulins*, Lyon, Borde, Arnaud et Rigaud, 1653, 376.
3. Bonnefons, *Délices de la campagne*, *op. cit.*, 328.

quons qu'ici la baleine n'est ni viande ni poisson, elle ne s'associe pas aux pois, elle se fond dans le légume.

Il n'y a rien de plus simple que de faire une potée de fèves au lard : mettre au pot les lards et les fèves ; laisser cuire très longtemps. À partir de cette base unique, on obtient pourtant des plats dissemblables : tout dépend du lard ; tout dépend des fèves ; tout dépend de l'eau. Pois et fèves ne peuvent cuire en eau de puits, affirme Bouchet[1].

En matière de « craspoix », le consommateur est comme Jonas dans le ventre de sa baleine : il n'y voit goutte. Alors, lard de baleine, de cachalot, de dauphin, qui sait ? Certains soutiennent que, aux Temps modernes, le lard est plus souvent de dauphin. Et les fèves sont aussi diverses. Sémantiquement, la fève est aussi grosse que la baleine. Vaste famille, sur laquelle on jette le mot-valise de « fèves » comme un manteau de Noé. Les fèves sont ces légumineuses qui occupent une place considérable dans les cultures où elles sont considérées à l'égal des céréales secondaires. Au XVIe siècle, avant que ne « débarque » le haricot américain, les « fèves » sont nombreuses. Outre ce que nous appelons, nous, la fève, la famille comprend les pois de toutes sortes, y compris les pois taupins ou pois d'esclaves « nourriture de galériens ». Voici le vieux dolique indigène, le « fayot » connu déjà du légionnaire romain[2]. On peut le nommer de différentes façons, mais à l'œil nu on ne peut se tromper : les phasiols ou doliques ou fèves peintes « ont la figure des roignons des animaux, tout blancs excepté le nombril qui est noir[3] ».

La fève sera donc tout aussi bien, et suivant la fortune du pot, pois, pois chiches, fayots (doliques ou faséoles, nos haricots indigènes), lupins parfois, mais ces derniers, si chéris des Romains sont alors, en France, en voie de disparition. Donc, en se plaçant toujours au temps de Rondelet, la fève au lard de baleine est multiple et diverse, autant que la fève que l'on cache, le jour des

1. Bouchet, *Sérées*, *op. cit.*, 171.
2. Serres, *Théâtre*, *op. cit.*, 177.
3. Dalechamp, *Histoire générale des plantes*, *op. cit.*, 396.

Rois, dans la galette familiale. Avec la fève, on est en présence d'une catégorie culinaire. Du point de vue diététique, fèves et consorts sont aussi parfaitement identifiés collectivement. Ils font partie de ces graines dont on se défie, car quelle que soit la façon de les préparer, elles sont lourdes, indigestes, avec des effets collatéraux socialement redoutés. Au XVIe siècle, on ne s'embarrasse pas de chichis pour nommer les flatulences. Puis, comme la pudeur touche le corps charnel et le langage, on préférera parler de nourritures venteuses, et de vents s'échappant « soit par haut, soit par bas ». Les fèves sont donc rigoureusement déconseillées. Elles n'apparaissent sur les tables délicates qu'une courte saison, tant qu'elles sont fraîchement cueillies et vertes. Champier dit que, malgré toutes les précautions qu'on peut prendre en les cuisant, et qui sont sages, comme de cuire en même temps des oignons, ne saler qu'à la fin, elles restent très indigestes et il les contre-indique formellement aux enfants et aux enseignants, s'ils ne veulent pas voir leurs facultés intellectuelles diminuer. En revanche, les estomacs solides peuvent s'en lester, et en toutes saisons, au lard de cochon ou au petit salé en temps de gras, et avec du « craspoix », en particulier en temps de maigre : un plat roboratif, qui, dit-il, fait roter, mais qui est nourrissant [1].

Dans le plat unique et reconstituant, les légumineuses s'associent invariablement au lard, à la viande salée, au poisson de conserve. « On s'en sert toute l'année, accompagnant la chair salée et le lard [2]. » L'assaisonnement ordinaire est alliacé, en général c'est l'oignon ou l'ail qu'on utilise. Beaucoup de légumes secs sont réduits en farine et traités ensuite comme une bouillie. Le *Trésor de santé* conseille :

> Les fèves sont moins malsaines, si on les concasse par la meule, pour les faire cuire en eau de rivière avec du lard. Estant cuites, on les broie au mortier, puis on les passe avec du bouillon par

1. Champier, *De re cibaria*, *op. cit.*, XXII, 3.
2. Dalechamp, *Histoire générale des plantes*, *op. cit.*, 378.

l'estamine et ce fait, on les doit rebouillir avec oignons frits, sel et espices.

Quand la fève devient haricot

Le plat est vulgaire, mais non immobile. Les choses bougent en effet. Et les fèves au lard maigre entrent en déclin : parce que le goût change ; parce que les fèves changent. On importe déjà d'Amérique une sorte qui est, nous dit Champier, beaucoup plus grosse, avec de plus jolies couleurs que notre fayot. Le haricot américain respecte la règle de la bonne intégration culinaire : il remplace ses congénères indigènes dont le dolique, cela va sans dire, et passe presque inaperçu. Il faut un regard exercé pour être capable de voir, dans un tableau classique, si le mangeur de haricots a dans son écuelle des cocos blancs à l'œil noir, ou bien si l'œil noir a disparu, signalant, sans coup férir, que le haricot nouveau s'est imposé. D'abord fondu et confondu avec les autochtones, dans la France de Louis XIV, le haricot américain tend à sortir du lot, et à s'individualiser.

« Fèves d'haricots » ou « callicots » selon *Le Jardinier français*[1]. « Haricots » ou « fèves de haricot » pour le très officiel *Dictionnaire de l'Académie*. Le binôme associe le vieux patronyme au nom individuel venu des Indes, trahissant ainsi un processus d'adoption en voie d'achèvement. Relais réussi. Le haricot désormais sort des jardins. On assiste à l'invasion en plein champ vers 1770, au moment où l'on attendrait la pomme de terre parce qu'on ne parle que d'elle ; voilà que le haricot monte, monte… Il grimpe le long des hampes de maïs dans le Sud-Ouest. Il rampe dans les terres arrosées de la plaine de Cavaillon, dont il devient la spécialité. Il envahit les pentes à mi-coteau du côté de Liancourt, la fève large de Liancourt (ou de Soissons) prend la place de la vigne. Il a cent ans d'avance sur la pomme de terre, sa compatriote. Dans l'immédiate pré-

1. Bonnefons, *Jardinier français*, *op. cit.*, 100.

Révolution le problème n'est plus de l'acclimater, mais de le protéger contre les maladies qui apparaissent, signe que la culture est parfaitement adaptée [1].

On célèbre donc l'avènement en majesté du haricot de Tarbes, de Soissons ou de Cavaillon. Nous n'entrerons pas dans les querelles d'origine qui n'ont guère de sens dans la mesure où la fève-haricot est une impérialiste tous azimuts. En s'ancrant dans différents terroirs, elle crée une diversité de variétés qui renforce ses charmes. On est dans un temps où les produits ne marquent pas leur territoire et où les appellations ne sont pas protégées. Cet avènement coïncide avec de profonds changements dans l'alimentation populaire, plus exactement il en est la conséquence, car cette fève est exclusivement réservée à l'usage des hommes. Comment la mange-t-on ? Signalons un curieux usage mentionné par les hommes des Lumières [2], mais qui en parle comme d'une pratique obsolète : la coutume de faire germer les légumes avant de les manger en les mettant dans l'eau. Peut-être faut-il voir dans cet usage une façon de se procurer une substance verte et tendre en période de soudure, vers mars-avril, quand les temps alimentaires sont durs et que les déficits en fruits et en verdure sont à leur maximum.

Du point de vue culinaire, le moment est favorable à l'intrusion du haricot. Le pois chiche et le lupin se sont rétractés pour n'occuper plus qu'une petite niche culinaire dans certaines régions du Midi. Les lentilles sortent à peine du picotin pour chevaux [3]. Voilà le destin tout tracé du haricot : il remplace les pois avec le « craspoix » ou la morue. Il se plaît en compagnie du cochon salé ; il se cuisine au lard ; il accompagne la montée de la volaille confite. On remarquera que, à chaque fois, la vocation du haricot, légume de garde, est d'accompagner une salai-

1. Rozier, François, *Nouveau dictionnaire d'agriculture et d'économie rurale*, Genève, Chez les libraires associés, 1783, « haricot ».

2. Le Grand d'Aussy, Pierre Jean-Baptiste, *Histoire de la vie privée des Français depuis l'origine de la Nation jusqu'à nos jours*, Paris, Pierres, 1782, 134. Poiret, J.-L.-M., *Histoire philosophique, littéraire, économique des plantes de l'Europe*, Paris, Ladrange et Verdière, 1825, 104.

3. Le Grand, *Histoire de la vie privée*, *op. cit.*, 128-129.

son. Dans la dernière version, il accompagne une autre conserve, le confit à la graisse.

Cette substitution de fèves dans les vieux pots provoque-t-elle une perception du changement du goût ? Nous n'en savons rien. En revanche, les textes soulignent une continuité : les plats à base de haricots restent comme les autres, venteux, flatulents, indigestes, même si l'on ajoute « à la fin de la coction un peu d'ail pilé et détrempé avec du vinaigre [1] ».

Malgré ces précautions, ce type de nourriture reste marqué du sceau d'une certaine grossièreté. Ce que le langage populaire traduit sans ambages par l'expression de « gonfle-gueux ». Grâce aux haricots, la littérature des ventres tendus, ceux des moines et des paysans, a encore de beaux jours devant elle [2].

Le haricot fait la démonstration convaincante qu'il peut se vautrer dans n'importe quelle graisse, mais il arrive dans une période où la graisse maigre connaît un irrésistible déclin. La source se tarit. On n'assiste plus guère à des scènes de chasse aux mammifères marins, comme on pouvait en voir vers l'an mille. Dans le golfe de Gascogne même, le gibier cétacé se fait rare. Dans les années 1490, entre Moyen Âge et Temps modernes, les pêcheurs biarrots harponnent de moins en moins de baleines. La pêche côtière s'achemine vers sa fin. On ne compte plus que neuf pêcheries de 1611 à 1614, puis une seulement, et la dernière capture date de 1698. La pêche devient désormais hauturière, et il faut aller chercher les cétacés dans les parages de Terre-Neuve ou de l'Islande. Pourchassée, décimée, la baleine se raréfie ou s'enfuit [3].

On pouvait penser que, le stock de baleines en mer du Nord diminuant, le statut alimentaire en serait revalorisé. Il n'en est

1. Caufapé, Anicet, *Traité de la nature, des préparations et de l'usage des alimens les plus usités*, Toulouse, Colomiez et Posuel, 1686, 53.

2. Dumas, Alexandre, *Mon Dictionnaire de cuisine*, 1882, Paris, 10/18, 1998, 408.

3. Lebecq, Stéphane, « Scènes de chasse aux mammifères marins », *Milieux naturels, espaces sociaux : études offertes à Robert Delort*, travaux réunis par Élisabeth Mornet et Franco Morenzoni, Paris, Publications de la Sorbonne, 1997, 243.

rien. Le gras du cochon terrestre est jugé inimitable. Désormais, si en mélangeant chair et poisson l'on pique des darnes de thon avec du lard, il est bien entendu que c'est du lard de porc. Si l'on fait des petits pâtés de marsouin bien délicats en hachant des morceaux de thon ou de bonite avec du lard, encore une fois ce n'est plus du lard de poisson[1]. La baleine n'est plus à l'honneur.

On signale encore sa consommation au temps des Lumières dans des sites bien précis, sur les côtes d'Aquitaine, nous l'avons vu, ou encore, en Normandie. Chaque année, des dizaines de marsouins s'échouent sur la côte. On les dépèce, on les vend « à ceux qui ne sont pas délicats ». Le maigre, la chair, est vendu aux plus pauvres, le gras sert à faire de l'huile, plus lampante qu'alimentaire. La Normandie reste plus proche de ses origines et de la culture alimentaire des hommes du Nord. Cependant, on ne pêche plus. Du moins, Duhamel ne fait mention que d'épaves de cachalots, et il ne parle pas de « craspoix »[2]. Dans l'intérieur des terres, toutes les comptabilités qui nous sont parvenues de dépenses de bouche au titre des provisions de carême attestent une progressive disparition.

Plus de marsouin à Dôle à partir de 1620. La baleine disparaît des marchés de pourvoierie à Paris après 1670. Mais puisque ces contrats ne concernent que les grandes maisons, on n'est pas sûr que la pratique ne subsiste pas dans les couches sociales inférieures.

Le Grand d'Aussy l'affirme dans les années 1770, lui qui fait autorité en matière d'histoire de la nourriture. Mais il ne faut pas prendre Le Grand au mot. Le génial compilateur n'a guère quitté la bibliothèque de l'Arsenal, et n'a goûté la baleine que dans les livres. S'il en parle, c'est d'après Charles Estienne qui lui-même reprend des auteurs de l'Antiquité, mais sans citer ses sources. En deux siècles au moins, les habitudes alimentaires peuvent changer.

---

1. La Chapelle, Vincent, *Le Cuisinier moderne*, La Haye, imprimé chez A. de Groot, 1735. Voir au t. III ses instructions pour un cuisinier qui s'embarque pour la marine.

2. Duhamel du Monceau, Henri-Louis, *Traité général des pesches et histoire des poissons qu'elles fournissent*, Paris, chez Saillant et Nyon, 1769, 61-62.

Quand la « cuisinière bourgeoise » du XVIIIe siècle glisse sous les harengs de carême une purée de fèves ou de haricots secs, on a là comme un rappel de l'ancien goût pour les fèves au lard[1]. Quand, au XIXe siècle, elle sert le hareng avec des pommes à l'huile, la réminiscence populaire a complètement disparu.

---

1. Menon, *Cuisinière bourgeoise*, *op. cit.*, 237.

4

Fricassée de tripes

Au milieu du XVIe siècle, maître Henry Hazard était tailleur d'habits à Paris, sur le pont Saint-Michel. Il avait six compagnons, « lesquels se délibérèrent de faire un bon deieuner, et se cottisèrent de chacun un liard pour emploier à avoir des trippes. Tous se mirent en devoir de bien escrimer de la dent. Un d'entre eux print un morceau de gros boyau cuilier : l'ayant mis en sa bouche, il luy tardoit qu'il ne fust en son estomach ; il l'avala sans mascher pour retourner a la reste : Ce morceau luy demeura au milieu de la gorge, et ne peut passer, qui lui cauza une très grande difficulté de respirer, et tomba comme épileptique, le visage tout noir et livide [1] ». Heureusement, on appelle en urgence Ambroise Paré, le chirurgien à qui nous devons ce récit. Son intervention est prompte et efficace, et d'un bon coup de poireau dans le gosier, il aide le morceau à passer et lui sauve la vie.

Ambroise Paré décrit comme très courante cette branche de la chirurgie qui consiste à « extraire choses estranges qui sont entrées [2] » dans la gorge. Le contexte de l'intervention lui paraît sans doute tout aussi habituel, il ne s'y attarde pas. Pour nous en revanche qui essayons de lire derrière cette habileté chirurgicale autoproclamée, rien n'est banal. Le « gros boyau cuiller » nous choque. Ce n'est pas le mot lui-même, car nous sommes habitués

1. Paré, « Introduction à la chirurgie », ch. II, *Les Œuvres d'Ambroise Paré, conseiller et premier chirurgien du roy, divisées en 27 livres*, *op. cit.*

2. *Ibid.*

au franc-parler de la Renaissance. Avant la grande purge linguistique, on ne peut éviter de parler de cul dans l'histoire culinaire, à commencer par celui de la marmite, et le boyau du cul est autant en usage que les culs d'artichauts dont Marie de Médicis se gave jusqu'à l'indigestion, à tel point, nous dit un chroniqueur, qu'elle « cuida en crever ». Mais nous croyions ces gros boyaux gras uniquement destinés à devenir des enveloppes pour andouilles ou gros boudins, et nous ne les imaginions pas cuisinés autrement. Ce qui nous intrigue, c'est la présence du poireau salvateur. À la réflexion, il est là comme accompagnement du pain et des tripes, car on croque volontiers et indifféremment poireau ou oignon crus, à la croque-au-sel, ou sans sel. Ce qui nous gêne enfin, c'est ce déjeuner de tripes : petit déjeuner ou plat de midi ?

Le déjeuner de tripes

Il est toujours hasardeux de passer de l'anecdotique et du descriptif au quantitatif et au général, surtout quand le récit est susceptible de plusieurs lectures. On pourrait dire : ces ouvriers mangeurs de tripes ont besoin de refaire leurs forces avec un aliment qui tienne au corps. On pourrait dire aussi : ils mangent vite parce qu'ils sont affamés, qu'il est midi, qu'ils ont derrière eux une longue et lourde demi-journée de travail. En temps normal, ce sont de rudes mastiqueurs qui éternisent le plaisir de manger. Car nous pensons, par jugement préconçu, qu'eux savaient prendre le temps de manger. Nous pensons aussi de même source que, si nos mœurs alimentaires deviennent dissolues, si notre calendrier et nos rythmes tendent à se destructurer, eux vivaient suivant un temps alimentaire parfaitement réglé avec trois repas à heures fixes. Et nous avons tout faux.

On se demande ce qu'a été ce rythme traditionnel ; s'il a jamais existé et dans quels groupes sociaux, quand est né le « modèle traditionnel » à trois repas. Nous avons appris de bons historiens que ce découpage du temps, que cette norme qui nous paraît si naturelle est le résultat de plusieurs siècles d'ajustements sociaux incroyablement compliqués et délicats en France [1]. Dans les horaires de table de l'Ancien Régime, rien d'habituel, tout varie selon la saison, l'époque, le groupe social… Quelles pouvaient être les habitudes des ouvriers au temps d'Ambroise Paré ? Les tailleurs d'habits ne sont pas des travailleurs de force. Ils sont parmi les artisans les plus sédentaires, assis (en tailleur) dans la boutique, ils consument plus leurs yeux que leurs forces. Travaillent-ils beaucoup ? Certes, les journées sont longues en été, quand on travaille tant qu'il y a de la lumière, « d'un soleil à l'autre », c'est-à-dire du lever du jour jusqu'à la tombée de la nuit. Mais il faut compter avec le dimanche, dont le repos commence en fait le samedi peu après midi, et les jours feriés, chômés obligatoirement mais non payés, si nombreux… À l'échelle de l'année, l'on a environ cent quatre-vingt-dix jours ouvrables à temps plein et soixante-dix à mi-temps. Sans risque d'erreur, on peut compter ainsi que la semaine de travail n'a jamais dépassé cinq jours en moyenne, soit au total soixante-dix heures en été, et trente-cinq ou quarante en hiver. Pour être plus exact, il faudrait pouvoir décompter le temps pris, selon le cas, pour aller au marché ou au cabaret, pour suivre le convoi funèbre d'un compagnon ou pour partager gaiement une fête familiale ou une réunion de confrérie. Voilà le total : « une journée de travail démesurée, mais lente dans son déroulement et coupée de pauses, une semaine lourde, mais jamais pleine [2] ».

On est dans un temps différent du nôtre, pas le temps précis de la montre, mais un temps poreux où travail et loisir ne se séparent pas très nettement. Les journées de travail sont longues, mais entrecoupées de pauses-repas. Un ambassadeur vénitien a laissé des Français de 1577 un portrait collectif en mangeurs

1. Sabban, Françoise, Aymard, Maurice, Grignon, Claude, *Le Temps de manger. Alimentation, emploi du temps et rythmes sociaux*, Paris, Éditions de la Maison des sciences de l'homme, 1993.

2. Chevallier, Bernard, *Les Bonnes Villes de France*, Paris, Aubier-Montaigne, 1982, 265.

destructurés : « Les Parisiens sont très désordonnés dans leur manière de manger car ils mangent quatre ou cinq fois par jour sans règle ni heure fixe [1]. »

Ce comportement moderne est favorisé, comme c'est le cas ici, par l'existence de commerçants ambulants qui vendent à toute heure de la nourriture prête à manger, et de surcroît, d'après le témoignage du même Lippomano, c'est non seulement rapide mais bon et moins cher que si on l'apprêtait au foyer domestique.

Pourtant, il serait faux de croire que la seule horloge est celle du ventre et de l'appétit. La vie sociale, la vie collective et le travail poussent à la régulation. Au XVIe siècle, certains statuts corporatifs prévoient que le maître doit à ses ouvriers pain, vin et pitance sous forme de trois repas par jour, déjeuner, dîner, souper. D'autres laissent à l'usage et à l'initiative du maître et de ses employés le soin de régler ces pratiques. Toutes les pauses ne sont pas assurées par le patron, comme c'est le cas ici, puisque les ouvriers se cotisent pour manger les tripes, un liard chacun pour une chopine.

Reste à savoir de quel repas il s'agit quand, décidément, on ne mange pas en temps cadencé ; les repas de la Renaissance ont des horaires « impossibles » et tous n'ont pas de nom. Le principal repas que l'on prend en milieu de journée s'appelle alors le dîner. Or, ici, Paré nous dit qu'ils déjeunent, c'est-à-dire qu'ils rompent le jeûne de la nuit par une première pause, un premier coupe-faim qui se situe soit tôt le matin, soit en milieu de matinée ; ce premier repas ouvrier se prend le plus souvent à l'extérieur, il est à la charge du compagnon.

Le déjeuner est typiquement ouvrier (ou paysan), c'est une pratique liée à la journée de labeur. Pour ceux qui n'exercent pas de métier manuel, c'est un signe de distinction sociale que de se lever bien après le soleil, de ne jamais apparaître tôt le matin en société, de dîner tard et de ne manger que deux fois par jour. S'il

1. Lippomano, *Relation des ambassadeurs vénitiens*, 2, 569, cité dans Sabban, *Le Temps de manger*, *op. cit.*, 199.

arrive que le bourgeois déjeune, avant l'introduction du café au lait, c'est de manière très légère : un morceau de pain, un coup de vin, soit un déjeuner purement liquide et, en général, solitaire. Quand le bourgeois prendra son premier repas, sur le coup de onze heures ou midi, l'ouvrier, lui, aura déjà mangé deux fois : le premier repas suit le lever et précède le travail. Le second est plus considérable et partage la matinée de travail en deux. Le déjeuner des compagnons de maître Hazard correspond donc au « gros casse-croûte que les ouvriers font vers neuf heures du matin[1] », neuf heures au soleil. Il apparaît comme un moment important de la journée, c'est un repas solide, collectif et copieux loin de la petite collation solitaire du bourgeois.

Paradoxe du temps alimentaire : ils mangent vite des tripes qui ont demandé, en revanche, un très long temps de préparation. Les tripes, si elles sont cuites au feu direct, exigent quatre heures de cuisson, et si elles le sont dans une marmite de terre bien lutée et posée au coin du foyer, encore plus de temps, sept ou huit heures. La résolution du problème passe par le commerce ambulant, par un fragment de ce monde du prêt-à-manger qui caractérise la ville et qui prend ici le visage de la tripière, vendeuse de « friandises » de langue, caillette, et pieds de mouton « qu'on vend à tous coins de rue[2] ». Elles proposent tous les matins des tripes cuites et préparées pendant la nuit.

« Figurez-vous, dit Champier, que dans les carrefours des grandes villes de France, les femmes de bouchers vendent des tripes au bas peuple, comme déjeuner. Car, selon un adage très répandu, une ration de tripes tous les jours, et les pauvres y trouveront leur compte[3]. » Le déjeuner de tripes est un déjeuner, pas petit mais premier, répandu et la tripière, stationnée avec sa bassine en cuivre, fumante et odorante, aux carrefours des grandes villes, est une figure familière des villes tout au long de l'Ancien Régime.

---

1. Flandrin, Jean-Louis, « Les heures des repas en France avant le XIXe siècle » dans Sabban, *Le Temps de manger*, *op. cit.*, 201.

2. L'expression est dans *la Satire Ménippée*, citée dans Febvre (dir.), *La Civilisation quotidienne*, *op. cit.*, 14.34.7.

3. Champier, *De re cibaria*, XII, 20 *op. cit.*

À prendre ce consistant petit déjeuner, risque-t-on de s'étrangler aussi facilement que le garçon de maître Hazard ? Tout indique que les tripes ne sont pas hachées, mais détaillées au ciseau, et plus souvent au couteau. Le couteau de la tripière est bien caractéristique, avec ses deux tranchants. Il y a un art de découper les tripes que l'on retrouve ailleurs en cuisine, quand des recettes recommandent de couper les raves ou les pâtes « par petites tranches longues comme on hache les tripes [1] ». C'est-à-dire en « lopins » ou lanières. Si l'art de découper les tripes se perdait, le paysage rural, qui est un conservatoire de formes, peut nous fournir des références, avec ces champs en lanières, étroits et étirés comme trois ou quatre sillons. La tripe est débitée en rubans et cette forme peut gêner l'ingurgitation.

Enfin, risquons une hypothèse : si notre garçon tailleur se jette voracement sur les tripes, ce n'est peut être pas parce que son estomac est aux abois : simplement, il aime cela. La tripe est un aliment maigre selon nos catégories diététiques, mais gras suivant ses catégories à lui. La tripe ne compose pas un mets informe et insipide : elle a une forme, une couleur, une saveur. Mais toutes ces raisons, finalement, n'en sont pas. Car il y a un goût de la tripe, une passion même, qui échappe à l'explication rationnelle ; en sens inverse, il y a, tout aussi résolue et tout aussi irréfléchie, viscérale, une aversion de la tripe. Les garçons de maître Hazard apportent une réponse spontanée et immédiate : le goût des tripes marque la nourriture populaire, sans doute pas depuis « la nuit des temps », en tout cas depuis le XVIe siècle.

La part du pauvre

Les règlements de boucherie urbaine, entre 1500 et 1800, sont formels : de la bête abattue, on fera deux parts inégales. L'une est destinée à la boucherie, l'autre, la partie interne de

1. Une recette de tourtes de naveaux recommande de couper les naveaux, une fois cuits, « par petites tranches longues comme on hache les tripes », Lancelot de Casteau, *Ouverture de cuisine*, Liège, 1604.

l'animal, emprunte un autre circuit. Selon les villes, le lieu de vente diffère. Ici, les tripes sont débitées à l'extérieur des remparts ; ailleurs des normes plus souples prévoient de vendre en ville, mais sur des bancs, des étals à part, ou encore devant la boutique même du boucher, par son domestique. C'est le cas à Besançon par exemple[1]. Plus on avance dans le temps, plus on voit les circuits se distinguer et le boucher se détourner du « cinquième quartier ». Au temps de maître Hazard, le partage professionnel est alors bien étanche. La vente au détail des tripes préparées est devenue l'affaire exclusive des femmes. La tripière n'est pas la femme du tripier, de moins en moins celle du boucher. Or, dans les métiers de l'alimentation, il en va comme dans tous les autres métiers : féminisation équivaut à déqualification. Tripes et abats sont considérés comme viandes inférieures.

Cela posé, il n'empêche que ces chairs étranges sont l'objet d'une consommation massive et unanime qui transcende les frontières sociales et le clivage ville-campagne. Cette ferveur éclate à la Renaissance. Certains la mettent au compte de la diminution de la ration carnée, sensible après 1550. Soit, mais je doute fortement que le goût ait partie liée avec la contrainte économique. Quoi qu'il en soit, les générations carnivores de la fin du Moyen Âge, au temps de l'homme rare et du bétail abondant, font place à des générations franchement tripières. Plusieurs l'attestent : « Autrefois, dit Henri Estienne, on jetait les pieds de veau ou de mouton, les foies de chapon ; maintenant on s'en régale. » « De mon temps, dit Bernard Palissy, personne n'aurait voulu manger les pieds, la teste ni le ventre d'un mouton ; et à présent, c'est ce qu'ils estiment les meilleurs[2]. »

« Nous avons constaté, dit Champier, que les courtisans, les paysans et le peuple aiment bien le mouton […]. Presque tous les Français aiment les pieds de mouton et les mangent cuits à l'eau, avec du vinaigre, et parsemés de persil bien vert.[3] » L'offre suit la demande, si l'on en croit les recensements des boutiques

1. Delsalle, *Boire et manger*, *op. cit.*, 64.
2. Cité par Le Grand d'Aussy, *Histoire de la vie privée*, *op. cit.*, 267.
3. Champier, *De re cibaria*, *op. cit.*, XII, 6.

alimentaires qui ont été effectués dans certaines villes au XVIe siècle. Ainsi, à Besançon, dénombre-t-on de vingt-trois à vingt-six bancs de tripières à la grande boucherie et de cinq à sept à la boucherie de Saint-Quentin. Là, on vend les tripes blanchies et à demi cuites qu'on emporte chez soi. Il faut compter aussi les tripières vendeuses de prêt-à-manger, stationnant avec une telle densité que, pour séduire le chaland, elles pratiquent à qui mieux mieux le racolage commercial[1]. À Lyon, on a dénombré en 1515 soixante-dix bouchers et six tripiers ; en 1545, soixante bouchers et dix-sept tripiers ; en 1571, soixante-dix-sept bouchers et dix-huit tripiers[2]. Dans les villages, le tripier n'apparaît pas, les tripes de bœuf sont rares, mais pas celles de cochon, ni de mouton. Ce sont les règlements communaux qui témoignent d'une consommation régulière, les autorités communales interdisant l'usage de la fontaine pour laver les tripes. Comme la prohibition est inscrite dans les statuts de village, on peut en déduire que cet usage détourné de la fontaine est courant[3].

On connaît le pari rabelaisien : une chopine de tripes à celui qui sera capable de montrer un livre supérieur aux *Chronicques*. N'en doutons pas : le parieur peut appartenir au petit nombre des mangeurs de « substantifique moelle », au monde des lisants-écrivants. Les tripes figurent maintes fois dans l'œuvre de Rabelais comme dans toute la littérature grotesque. Elles sont l'expression favorite du rabaissement parodique. Les entrailles sont le ventre, le sein maternel, et l'estomac et l'intestin qui dévorent et engloutissent. Elles disent la naissance, la vie, la mort. Elles sont surchargées de symboles. En même temps, la part ténébreuse ne doit pas masquer la part de réalité. Les épisodes centraux de la vie de Gargantua se déroulent dans un monde intimement vu et

1. En 1519, trente tripières de Besançon sont condamnées en même temps pour avoir « appelé les passans pour acheter de leurs trippes l'une à l'aultre », dans Delsalle, Paul, « Réglementation et conflits dans les métiers de l'alimentation et de la viticulture en Franche-Comté aux XVIe et XVIIe siècles ». *Actes du colloque Histoire, Justice et Travail*, 2003, s.l., 2005, 184.

2. Gascon, Richard, *Lyon et ses marchands*, Paris, La Haye, Mouton, 1971, II, 902.

3. Règlement de police ou « criée » de Gallargues, 1537, Archives Municipales de Gallargues, JJ-1.

connu. Le jour où Grandgousier tue un bœuf, l'estomac et tous les boyaux de la bête sont soigneusement lavés, salés et cuits à l'étouffée. Comme les tripes ne se conservent pas, il faut les manger le jour même. À ce festin de tripes est convié tout le voisinage, c'est-à-dire le groupe de proximité géographique, sans distinction sociale. Il y a là une autre dimension qu'il faut souligner : la tripe crée du lien social. La ventripotée de tripes qui accompagne la naissance de Gargantua n'est pas mythique, certains l'ont observée comme Fortescue, beaucoup la pratiquent, tel Olivier de Serres.

Fortescue, voyageur anglais de retour d'Amboise, en 1471, participe à un repas de fête à base « d'entrailles de bêtes tuées pour les nobles et les marchands [1] ». Cela ne l'étonne pas, les fils d'Albion ne font pas alors la fine bouche devant les entrailles et, au premier déjeuner (*breakfast*), se régalent volontiers de tripes, de foie et de poumon [2].

Le vieux bœuf que Serres a fait abattre est devenu inapte au labour :

> Apres estre escorché, demeurera pendu entier au rastelier, quinze ou vingt heures, pour donner loisir à la chair de s'affermir, pour tant plus facilement la detailler. Tandis, les tripes en seront lavées et accomodées, pour estre mangées fresches, en divers appareils, et à la première et à la seconde table, fournissant de la viande pour toutes sortes de gens. Quant au sang, en plusieurs lieux, l'on en tient conte, en d'autres, est employé à la grossière famille [3].

Du bœuf abattu, le bon ménager fera trois parts : la viande fraîche pour la table du maître, le sang tantôt jeté tantôt réservé à la grossière famille, entendons, les domestiques et les valets de ferme. Les tripes, en revanche, réunissent tout le monde sous le signe de la solidarité.

---

1. Cité par Bloch, Marc dans Febvre, *La Civilisation quotidienne*, *op. cit.*, 14.40.2.
2. Moulin, Léo, « Les abats et le sacré » dans Vierne, Simone, *L'Imaginaire des nourritures*, Grenoble, Presses universitaires de Grenoble, 1989.
3. Serres, *Théâtre*, *op. cit.*, VIII, 1.

En ville, le cinquième quartier est toujours intégralement vendu, on exploite la dépouille dans tous ces morceaux, on garde tout ou presque. Certains abats sont à bon prix, dans le Midi la rate et la besche (queue) de mouton sont au même prix que la viande.

Chemin faisant, cette unanimité dans le goût des tripes va s'effritant, et d'abord à la ville. Dans les repas d'apparat le cinquième quart figure toujours, mais pas toutes les tripes, et plutôt les abats que les tripes. Champier note déjà les goûts et dégoûts des gens élégants et des gourmets : ils préfèrent les glandes du collet (les ris), la langue, la tétine de vache ou de truie. Ils monopolisent presque toute la moelle et, à l'instar du roi François Ier, raffolent de la tête de veau. En revanche, ils apprécient très peu les testicules, la rate qu'ils laissent aux autres. Les poumons de porc et de bœuf sont comptés parmi les aliments vulgaires. Peu à peu, festins royaux et tables bourgeoises se détournent des tripes et des abats, à l'exception de ceux de veau, la distinction s'opérant à la fois sur les morceaux et sur les espèces. Le mangeur distingué dispute encore à celui qui l'est moins les produits tripiers rouges, vendus crus, et de cuisson facile, mais il lui laisse généreusement la plupart des produits tripiers blancs, hormis les pieds de cochon et la tête de veau.

La différenciation entre abats « nobles » et abats roturiers, dégringolés au niveau des tripes, est un long processus dont on repère seulement l'aboutissement, sous le règne de Louis XIV. Furetière dans son *Dictionnaire* de 1694 classe les pieds et la tête de mouton parmi les tripes, tandis que la tête de veau reste un abat noble. La Mare, commissaire et parisien, commente et corrige l'éloge que Champier fait des tripes et des abats. Il est, dit-il pour l'excuser, lyonnais. Et puis, ajoute-t-il, les temps ont changé. Aujourd'hui seuls certains morceaux sont encore servis sur les tables distinguées : le palais de bœuf, les issues de veau, les langues et pieds de mouton. Tout le reste fournit « des mets très communs et [sont] le partage des gens qui n'ont pas le moyen de faire meilleure chère [1] ».

1. La Mare, *Traité de police*, *op. cit.*, 99.

Les textes réglementaires publiés dans la capitale donnent quelques repères dans cette évolution. Le 5 octobre 1770, par exemple, on ordonne :

> Que toutes les têtes de mouton seront enlevées de chez les bouchers par les entrepreneurs de la cuisson et par eux emportées dans la place de l'ancienne halle aux blés, préparées et cuites afin que le peuple et les pauvres puissent en faire leur subsistance[1].

Ce que confirme, quelques décennies plus tard, l'ordonnance parisienne qui enjoint aux bouchers de vendre aux tripières les issues de bœuf et de mouton, « qui, de tout temps, ont été destinées à la nourriture des pauvres, pour être par elles revendues et débitées, crues ou cuites, aux particuliers »… On est en 1782 et le discours administratif semble avoir oublié l'ancien consensus.

Cette dévaluation est sans doute à rapprocher de la conversion des élites à la viande bovine, et d'un changement de comportement repérable dans les catégories les plus aisées : l'apparition de la « sarcophagie ». À la table distinguée, on a de moins en moins de goût pour ce qui est proche du vivant, pour le rappel du cadavre dans l'assiette. Les appétits deviennent angéliques, ils désirent des morceaux sans référence brutale au vivant. Un bon morceau est nécessairement un morceau de muscle, une substance désanimalisée, anonyme et abstraite. Une discrète et durable conversion s'opère qui mène aux carnivores paradoxaux que nous sommes devenus, désirant la viande, mais seulement celle qui est sans aucun lien avec la bête dont elle provient. La *Cuisinière bourgeoise* peut bien encore proposer trois ou quatre façons d'accommoder des yeux : dans la pratique quotidienne, le bourgeois aime de moins en moins rencontrer le regard du veau dans ce qu'il mange.

La cuisinière bourgeoise ou le cuisinier de grande maison font un usage très précis et très réduit des tripes en garniture.

---

1. Farge, Arlette, *Le Cours ordinaire des choses dans la cité du* XVIIIe *siècle*, Paris, Seuil, 1994, 78.

Voulez vous régaler vos convives en perruque ? Servez-leur une tourte délicate, faite de pâte feuilletée (cet aspect de feuilleté que l'on aime toujours, mais plus à travers l'estomac des animaux) et remplie d'une préparation élaborée de chapon, champignons, asperges, morilles, sans oublier la chair en charpie de palais de bœuf et, surtout, la moelle. Ou encore une tourte garnie de moelle de bœuf seule, si fondante que seule la chair de l'avocat mûri sous les tropiques et qu'on mange à la cuillère lui serait comparable[1]. Bref, tout le gros bataillon de la tripe ne figure plus sur les tables raffinées. On ne retrouve plus que quelques abats, traités par le cuisinier comme s'il relevait un défi : faire de morceaux bas des mets nobles, et surtout faire oublier leur origine. Alors la tête de veau soigneusement désossée est servie en tortue, le pied de porc ramolli est pané à la Sainte-Menehould, les « béatilles » recherchées comme les crêtes de coq et les testicules farcissent les vol-au-vent. Bref, le maître queux utilise dans ses préparations force crépines ou moelles, mais c'est pour les faire entrer dans une préparation complexe où elles se fondent et se perdent, jusqu'à devenir un *kickshaws* comme disent les Anglais par dérision : un quelque chose, un je-ne sais-quoi d'élégant et d'inconsistant qui fait la réputation de la cuisine française des Lumières[2]. La seule, la vraie cuisine de tripes désormais est populaire, et généralement nomade.

Les nourritures zoophages

Ils avaient une connaissance des viscères qui nous étonne. Qu'on le dise en latin : *tripa cularia*, *rectum*, *caecum* ou qu'on le dise en français : « fuseau », « chaudin », « baudruche », tous savaient bien qu'on désignait les boyaux culiers. À propos de fressure, le *Mesnagier* nous administre une belle leçon : « Ce

1. Labat, Jean-Baptiste, *Nouveau Voyage aux isles de l'Amérique*, Paris, Delespine, 1722, rééd. Paris, Phébus, 1993, 92.

2. Mennel, Stephen, *Français et Anglais à table du Moyen Âge à nos jours*, Paris, Flammarion, 1987, 109.

que chez le porc on appelle la fressure signifie la tête, la panse, la caillette et les quatre pieds ; en parlant du veau elle signifie la tête, la fraise, la panse et les quatre pieds ; en parlant du bœuf, c'est la panse, le saultier, la franche-mule, la rate, le mol, le foie[1]. »

Dans le défilé bariolé de toute l'intériorité viscérale, nous avons perdu les repères qui étaient les leurs. Si nous identifions bien les abats rouges : le mou, la rate, le foie, tout le reste est plus difficile à comprendre. Pour le bœuf, on reconnaît l'estomac fournisseur de gras-double, distingué en trois poches : la panse, la franche mule et la caillette ou le bonnet ou les deux. Le « saultier » est sans doute le psaultier, ce qu'on appelle aujourd'hui le feuillet. Cette poche de l'estomac est devenue par la grâce de l'appellation populaire psaultier, beau livre d'Église, peut-être le seul où la tripière a l'occasion de voir un tel amas de feuilles. C'est un bel hommage du ventre à la culture écrite.

Sur ce goût populaire des tripes, la leçon du vocabulaire est saisissante. Dans la langue courante, il n'existe qu'un seul mot pour dire la viande : la chair, mais quarante-deux pour dire les entrailles et les abats. Si nous savons encore que le mou, qui est une viande pour les pauvres, et non pour les chats, est composé du poumon et de la rate, nous avons oublié vulve et tétine, hastemenue, charpie, fressure, fraise (de veau), franche mule qui sont autant de régals simples. Et la moelle ? Le mot est polysémique, il ne désigne pas un morceau en particulier, mais possiblement plusieurs morceaux : soit les rognons blancs, soit la moelle épinière, soit celle des os, soit la cervelle. Ce qui les relie entre eux est une représentation de très longue durée, une image du corps et de son fonctionnement héritée de la médecine antique.

Dans le système galénique, on associe étroitement le cerveau (la cervelle), la moelle de l'épine du dos comme celle des os longs et le sperme. Selon Galien, le sperme, qui n'est pas une humeur, n'est que le doux écoulement de la moelle épinière, avec toutes les correspondances qui s'ensuivent entre la tête et le

1. Le *Mesnagier de Paris*, s.d. (XVe siècle), Paris, Librairie générale française, 1994, 599-600.

désir amoureux. Ainsi, en triperie, on appelle le fémur os à cervelle, les testicules sont, au choix, amourettes ou « cervelle d'en bas[1] ». La continuité linguistique et symbolique est illustrée par ce quatrain licencieux, extrait des *Remontrances aux mariez et mariées* (1644) :

La lune pleine enfle les sources
Et les moelles des os creux
La femme désenfle nos bourses
Et vide nos os moesleux.

Pénétré de cette imagerie, Champier, médecin et amateur de tripes, nous démontre que manger de la cervelle, du cœur, du foie, c'est manger une chair, mais aussi un organe, une fonction parfois ignorée (pourquoi le ris de veau disparaît-il à l'âge adulte ?), et tout cela ne va pas sans indications ni contre-indications. Il se moque de ceux qui raffolent de la cervelle, « à croire qu'ils manquent totalement de cerveau, car je constate que les gens sont persuadés que les organes des animaux restaurent leur homologues chez l'homme, comme la cervelle restaurerait le cerveau, et comme le foie restaurerait le foie ». On frôle ici la pensée magique. On ne mange pas simplement des tripes, mais du symbole. Aucune chair noble n'atteint ce niveau de plus-value symbolique.

Ce détour par des précisions anatomiques est nécessaire pour comprendre le niveau de connaissance et d'exigence que pouvaient atteindre les amateurs d'autrefois. Amateurs, car ils baptisent ces viandes étranges de jolis noms, jamais dépréciatifs, et délicatement féminisés : « caillette », « fraise », « amourette », « animelle », « béatille », « crépinette », tout cela sonne doux en bouche… Les riches, en faisant le tri parmi les tripes, ont introduit du raffinement et de la distinction. Mais la sélection engendre toujours un appauvrissement, un rétrécissement dans l'exploitation du patrimoine zootechnique. Les autres, eux, profitent à fond de la

1. Vialles, Noélie, *Le Sang et la Chair : les abattoirs des pays de l'Adour*, Paris, Éditions de la Maison des Sciences de l'Homme, 1987, 142-143.

riche diversité. C'est la leçon, en tout cas, qu'on peut retirer du vocabulaire des viscères et des abats.

Entre aussi en jeu ce comportement particulier que les anthropologues ont appelé une logique de « zoophages ». Les zoophages établissent sans dégoût particulier le lien entre l'animal et ce qu'il mange. Ils prisent les abats, les organes frais et presque palpitants, notamment ceux où se concentre, dit-on, telle ou telle vertu du vivant. Ils n'ont pas peur d'appeler les organes par leurs noms, sauf la mamelle, trop sensible, et qu'on dédouble en pis quand on la voit et en tétine quand on la mange. Le zoophage n'est pas rebuté par le spectacle familier des animaux entrant en ville. Il est en état d'excitation visuelle permanente : il vit dans la rue, et c'est dans la rue qu'il assiste au spectacle quotidien de ces troupeaux bêlants et beuglants que l'on dirige vers les tueries.

Toute bête marchant pour son dernier voyage évoque au passant, sans aucun blocage, l'annonce de festin à venir, ou le souvenir des festins passés. Ainsi, à la vue de bœuf du Cotentin et d'Auvergne, bien gros et gras, l'un, Grimod, imagine la chair grasse et voit dans ses flancs « l'aloyau divin » qui sera le fleuron de son prochain dîner[1]. L'autre, médecin militaire, est saisi du syndrome de Proust à la vue d'un troupeau de moutons : il se souvient avec émotion des côtelettes que lui servait sa vieille nourrice[2].

À la mode de Lyon

La triperie nécessite trois opérations lourdes : abattre la bête, laver les tripes, les cuire à grand renfort de combustible : ce sont là trois contraintes qui les mettent généralement hors de la sphère de la cuisine domestique. Passe encore pour les tripes de mouton : très souvent, au village, elles sont préparées sur place,

---

1. Grimod de la Reynière, *Almanach gourmand*, 1804, mois de janvier.
2. Tyrbas de Chamberet, Joseph, *Mémoires d'un médecin militaire, 1779-1862*, Paris, Éditions Christian, 2002, 191.

l'historien ne peut apercevoir que la phase préparatoire, la seule qui soit publique, le triage. Trier, c'est écorcher, étriper, vider, laver. Ces opérations donnent lieu à des pollutions de l'eau, et prétexte à des conflits qui nécessitent l'intervention des autorités publiques. Au XVIe siècle, on défend la propreté de l'eau aux fontaines. Au XVIIIe siècle, quand apparaissent les premiers lavoirs publics, on interdit de mélanger les torchons, les serviettes et les draps avec les entrailles. On relève la même attention aux tripes de la part du magistrat urbain, par de multiples biais. On surveille les garçons tripiers employés aux tueries, ils sont remuants, concentrés au centre-ville, d'autant plus prompts à faire le coup de main et à attenter à l'ordre public. On s'inquiète de la salubrité de l'eau des rivières. On contrôle les « dames tripières » toujours prêtes à revendiquer leur morceau de voie publique, et surtout trop avides, elles demandent cher. Le phénomène s'observe surtout dans la seconde moitié du XVIIIe siècle. Devant la forte demande, la tendance est au renchérissement de la tripe, et les prix deviennent, vers 1741, exorbitants pour les foies, les cœurs et pieds de bœuf[1]. Les tripes sont alors taxées, mais pas la viande, les magistrats affirmant haut et fort que les tripes sont viande du pauvre, et que leur tâche est d'encadrer les prix pour qu'elle reste accessible au consommateur ordinaire. Chose étonnante, les rédacteurs de l'*Encyclopédie*, pourtant favorables à la doctrine du « laissez-faire, laissez-passer », sont interventionnistes pour ce qui concerne les tripes, et ils plaident, eux aussi, pour de sages règlements de police locale, au nom de cet impératif social : il faut maintenir la nourriture du peuple à bas prix ; ainsi en est-il à la veille de la Révolution, quand le pain et les tripes sont les principales denrées taxées.

Traiter les abats de viandes issues des tueries urbaines, tripes de bœuf en particulier, suppose une organisation d'envergure et la mise en place d'un circuit professionnel spécialisé. Prenons,

---

1. Vidalenc, Jean, « Une industrie alimentaire à Paris au XVIIIe siècle : la préparation et la vente des tripes et abats », *Mémoires de la Fédération des sociétés historiques et archéologiques de Paris et de l'Île-de-France*, 1949, 286.

une fois encore, l'exemple de Paris, parce qu'il est le mieux documenté, et parce que le volume d'un marché de consommation de cinq cent mille habitants donne aux opérations de parage une visibilité impressionnante.

Dire, comme l'affirme un excellent historien, que la filière des tripes et des abats tient dans les villes d'Ancien Régime une place qu'elle ne tient plus aujourd'hui est un doux euphémisme[1]. Reconnaissons cependant que ces remarques ont été émises avant les mesures sanitaires consécutives à la crise de la vache folle, qui ont transformé plusieurs abats en infâmes MRS, matériels à risques spécifiés, destinés à l'incinérateur, et vidant du même coup les triperies.

Durant la période médiévale, la préparation des tripes est restée l'apanage du corps des bouchers. À l'époque moderne, le cinquième quartier a tendance à augmenter, on ne jette presque plus rien de la dépouille, et d'autres acteurs interviennent. Toute une filière des tripes se met en place. En amont, le boucher a le monopole de l'abattage et de la vente, mais de la vente crue seulement. Les abats les plus nobles, ceux de veau, sont vendus, semble-t-il, en boucherie ; au vrai, ils ne sont pas vendus à proprement parler mais ajoutés sur la balance pour faire le surpoids, selon le *Dictionnaire* de Trévoux de 1732 : « les Bouchers donnent à leur chalands des issues par le par-dessus, comme tête, fraises, pied de veau. »

Les bouchers vendent en gros à des tripiers propriétaires d'échaudoirs où cuisent les énormes quantités de tripes. Enfin la distribution est assurée par tout un réseau de tripières. Sous Louis XIV, les tripiers-cuiseurs parisiens se recrutent dans six grandes familles qui ont leur échaudoir à la Vieille Place aux Veaux, près de la grande boucherie et du Châtelet. Delamarre nous a laissé une description pittoresque de leur travail :

> Ceux qui composent ces familles, maris, femmes, enfans et domestiques, sont ensuite occupez pendant le jour à vuider, à laver et à nettoyer dans la rivière, le long du quai de Gesvres,

1. *Ibid.*

> toutes ces issues et intestins, et pendant la nuit à les faire cuire. Tous les matins, à la pointe du jour, ils les exposent en vente dans de grandes mannes d'ozier au devant de leurs portes. Les particuliers peuvent y aller acheter pour leur usage, mais cela arrive rarement et presque tout est enlevé par un certain nombre de femmes, qui les emportent dans de grands bassins de cuivre jaune et les exposent en vente au peuple au coin des rues. Il n'y a presque aucun carrefour à Paris où il ne se trouve l'une de ces femmes, et c'est une fort grande commodité pour les pauvres gens[1].

Les tripes, produit éminemment périssable, imposent un travail à flux tendus. Les tripiers sont, avec les boulangers, pratiquement les seuls à effectuer un travail de nuit. La vente en gros se fait en général à la pointe du jour. Les particuliers sont les pâtissiers ou cuisiniers de grandes maisons, qui viennent chercher les abats nobles et les palais de bœuf pour garnir tourtes et pâtés. Les tripières en détail enlèvent tout le reste, le foie, le gras-double, les pieds, têtes et langues de mouton, et toute la tripe proprement dite.

La cuisine de la tripe marque le paysage urbain. Sur la rive de la Seine, proche du Châtelet, on trie les issues, on les lave. Les femmes qui « font les ventres » disent qu'elles les « accourent », plus exactement qu'elles les vident de leur « courée », c'est-à-dire des excréments, dont, malgré leur savoir-faire, 10 % ne peut être évacué et reste toujours en place. Leur activité est souvent dénoncée pour les nuisances insistantes qu'elle provoque. La Seine reçoit toutes les vidanges, et les garçons tripiers y jettent les déchets et les têtes de bœuf. En 1706 se forme « sous l'arche du quay de Gesvres un amas et une espèce de mastic qui a interrompu le courant des eaux[2] ». La pollution ordinaire du fleuve se stabilise à partir du moment où l'on récupère l'écume grasse des chaudières pour servir de combustible à l'éclairage public. Vive

1. La Mare, *Traité de police*, V, 99.
2. Sentence de police de 1706, citée par Vidalenc, *Mémoires de la Fédération*, *op. cit.*, 284.

le réverbère ! Grâce à lui, plus de mastic, mais une eau couleur « de purée jaune et épaisse [1] ».

Près de la grande boucherie les échaudoirs se multiplient, passant au cours du XVIIe siècle de six à vingt. Si l'industrie du parage et de la cuisson se concentre dans le quartier Saint-Jacques, la boucherie et la distribution s'éparpillent, elles vont au-devant du consommateur populaire. À chaque carrefour sont postées des tripières qui ont payé trois livres à la police de Paris pour avoir le droit de vendre sur la voie publique : elles sont hautes en verbe et en couleur, le couteau, le fameux couteau de tripière, à double tranchant, pendu à leur côté, devant elles le bassin de cuivre où glougloute la fricassée « posée sur une futaille vide qui leur sert de magasin [2] ».

En 1760, un cartel de douze tripiers constitué autour de Philippe César Pilon demande au roi le monopole de la préparation et de la vente des tripes. À l'appui de leur demande ils font valoir que le cartel transporterait ailleurs, en aval de Paris, dans l'île du Cygne, leur installation, échaudoir et lavoir, ce qui diminuerait l'infection de la Seine et les risques d'incendie dans le centre de la ville. Mais l'argument de sécurité et de salubrité ne suffit jamais quand il s'agit de développer une industrie alimentaire française : il faut aussi celui de la qualité, de la valeur ajoutée gustative. Et là, Philippe César et ses associés avancent une promesse choc : dans l'atelier de cuisson des tripes, l'équipe d'ouvriers sera placée sous la direction et le contrôle de « deux chefs cuiseurs que l'on fera venir de Lyon et de Pont-à-Mousson, villes où cette denrée se prépare le mieux ».

Cuisine des hommes, cuisine des femmes

Pour les gens de peu, les tripes et les abats représentent à peu près la seule occasion de manger une viande fraîche, il faut les

1. Bonnet, Jean-Claude, « Les problèmes alimentaires dans la presse de 1778 » dans *L'Année 1778 à travers la presse*, Paris, CNRS, 1981, 118-122.
2. *Ibid.*

consommer vite, grillés par exemple, rôtis à la broche ou au gril. Ce sont là des techniques que ne pratique guère la cuisine ordinaire ou qui sont dans la zone obscure. Lorsque, par le biais de l'inventaire après décès, nous pénétrons, à la suite du notaire, dans les intérieurs modestes, et que nous allons dans la cuisine dénombrer la vaisselle et l'équipement de feu, trois ou quatre ustensiles s'imposent : la marmite et la crémaillère, le chaudron de cuivre, et très secondairement, la poêle à long manche. La casserole est inconnue jusqu'au XIXe siècle, la broche et ses accessoires absents, le gril tout aussi exceptionnel… Une des leçons des inventaires, c'est qu'on ne grille pas. N'allons pas si vite dans nos conclusions. La statistique de la batterie n'est pas représentative des modes de cuisson et encore moins des façons de consommer. Elle révèle et elle occulte à la fois. C'est un indicateur clair de l'importance du bouilli mais qui passe sous silence tous les pots de terre et de faïence, objets fragiles, de peu de valeur, échappant de fait à la recension du notaire. Il en va de même pour le gril ou la grille. Au mont-de-piété d'Avignon, on accepte la grille de fer en dépôt de garantie, puis on l'interdit à partir de 1759 : c'est la preuve qu'elle existe et qu'elle est peut-être en passe de devenir un dépôt abondant et trop encombrant au gré des administrateurs du mont [1]. Ainsi la cuisine du mijoté dans des pots de terre est-elle peu visible. Il en va de même pour la grillade, d'autant plus que la cuisson au feu direct ne se pratique pas dans le foyer domestique. C'est en plein air qu'on fait les grillades. Ou plutôt, avant que le terme de grillade ne s'impose, des « carbonées » ou des « charbonnées ».

La côte de bœuf grillé, du côté de Paris, ou la tranche de gigot, du côté de Nîmes ou de Montpellier, sont l'apanage de ceux qui vont à la boucherie. La cuisine gourmande n'en parle guère, comme s'il y avait une répugnance à traiter de grillade. D'où vient cet ostracisme ? La chair qu'on met sur les charbons laisse couler et perdre la graisse. La même, au potage, donnerait

1. Ferrières, Madeleine, *Le Bien des pauvres. La consommation populaire en Avignon (1600-1800)*, Seyssel, Champ Vallon, 2004, 57.

plus de profit. La grillade illustre un conflit ouvert entre le goût, « elle est à peu près du goût de tout le monde », et le profit, entendu ici comme le moyen d'éviter le gaspillage du gras[1]. Plus simplement, les cuisiniers qui livrent leurs recettes considèrent que la grillade est un mode de cuisson, non une véritable cuisine.

En revanche, quand il s'agit de tripes, dont l'onctueux provient de la gélatine, et non du gras, il n'y a aucune restriction.

La cuisson rapide, en plein vent, est conforme à la diététique qui veut que les « membres intérieurs », chauds et humides, sont à consommer rôtis sur braise. Un gril suffit, les « hâtelets » (brochettes) des riches sont superflus, à moins qu'ils soient non en argent, mais en bois. Les morceaux restent au plus près du cru : rate, tranche de foie, amourettes… On procède ainsi chaque fois qu'il y a abattage d'un animal domestique ou sauvage. Le gril accompagne le poisson après la pêche ; la rate et le pancréas après la tuaison du cochon ; après la chasse, quand tous les abats, sauf le foie, sont donnés en curée à la meute, les chasseurs grillent le foie du cerf. La grillade rituelle a une version rurale et une autre citadine.

En effet, le *nec plus ultra* est de déguster les abats mous sur le lieu même de l'abattage, tant que les morceaux sont brillants d'aspect et flasques, tendres, pantelants. Les heureux mangeurs sont, en premier lieu, les bouchers des tueries de l'Ancien Régime puis, lorsque les abattoirs seront rejetés à la périphérie des villes, les employés. Autant dire que le déjeuner rituel et matinal des garçons d'abattoirs est un privilège réservé à un tout petit cercle professionnel, un cercle strictement masculin, éventuellement élargi à d'autres hommes. De vieux règlements prévoient, chaque fois qu'on abat un bœuf, une distribution gratuite et obligatoire de certaines pièces. Le seigneur peut se réserver la langue, le curé, le nerf pour sonner ses cloches, et l'assommeur ou l'écorcheur a droit au « nomblet », une pièce énigmatique mais que l'on classe parmi les tripes. On peut penser qu'il s'agit

1. Aulagnier, *Dictionnaire des substances alimentaires*, *op. cit.*, « grillade ».

de l'onglet, et que les messieurs des tueries et leur famille ne sont pas si mal pourvus [1].

Dégustation fermée, festins égoïstes auxquels les femmes ne participent pas. Peut-être risqueraient-elles de s'évanouir [2].

La cuisine des tripes proprement dite, car il y quelque abus à qualifier de cuisine les brutales grillades masculines, est strictement une affaire de femmes. Ce monopole anciennement reconnu n'arrange pas la curiosité de l'historien, comme l'atteste ce passage significatif du *Mesnagier* : « Femmes en sont maitresses et chascun le sçait faire ; et les trippes que je n'ay point mises en mon viandier, scoit-on bien comment elles se doibvent mangier. »

Veut-on savoir comment on apprête l'aloyau ou le chapon ? Alors le maître queux nous invite à entrer dans sa cuisine et à le regarder opérer ; mais s'intéresse-t-on à un plat ordinaire comme la préparation des tripes que, vlan ! on nous ferme la porte de la cuisine au nez. On est là dans l'évidence et le silence. Où s'informer ? Auprès des édiles, producteurs de textes encadrant l'activité des tripières et qui peuvent nous informer sur cette cuisine nomade ? On lit dans les normes qu'ils ont édictées le souci de propreté : bien vider, racler, nettoyer, les laver à plusieurs eaux. On y lit la défense des bons usages dans le commerce : interdiction aux tripières de dire des paroles malsonnantes, de filer la quenouille, obligation de laisser le client choisir tranquillement la marchandise. La préparation elle-même est expédiée en deux coups de cuillère à pot : elles « les accoustreront de la manière la meilleure » ou bien encore : « elles vendront leur fricassée [3] ».

Faute de sources directes, on se tourne vers des allusions ou des succédanés : vers la recette des œufs à la tripe ; vers cette cuisine par défaut des temps de disette extrême qui suggère

1. *Mesnagier*, *op. cit.*, recette 18.

2. Sur les grillades d'amourettes, voir la belle description dans Ferber, Edna, *Texas* (1954), roman transposé à l'écran. Le barbecue de testicules est l'occasion de la célèbre scène de l'évanouissement d'Elizabeth Taylor.

3. Delsalle, Paul, « Les femmes et le travail en Franche-Comté à la Renaissance », *Les Amis du vieux Saint-Claude*, 2003, 26, 35.

d'accommoder des vieux cuirs comme les tripes ; vers les contes même, quand d'horribles belles-mères, – il en existe, voir celle de la *Belle au bois dormant* – exigent de manger le foie et les cœurs de leurs deux petits-enfants préparés en fricassée et servis à la sauce Robert… La cuisine fantasmée du cannibalisme nous apprend plus sur la préparation des abats que les livres de cuisine.

Fricassée de tripes de bœuf

On trouve enfin une recette écrite à la rubrique cuisine pour les domestiques :

> Il faut avoir des tripes bien blanches, les couper par morceaux, qui soient raisonnables, puis les passer à la poêle avec du beurre ; cela fait, on prend de l'oignon coupé par tranches, qu'on passe de même, et ensuite on les assaisonne de poivre et sel avec un peu de bouillon d'abord, et si tot que tout aura un peu boulli, on y mettra un verre de vin pour laisser tarir la sauce jusqu'à ce qu'au goût on juge à propos qu'il soit temps de dresser la fricassée, dans laquelle il sera bon de mettre un peu de moutarde, si on l'aime [1].

« Si on l'aime » : on sent dans l'expression, comme dans toute la recette, une certaine condescendance, pour ne pas dire une condescendance certaine. L'auteur a du mal à se départir de ses réflexes de cuisinier de grande maison. Pour un peu, il nous servirait son plat en terrine vernissée sur un réchaud d'argent… Il dit « fricassée », ailleurs on parlerait de « potage ». Querelle de mots bien vaine, si l'on estime que toute fricassée se termine en potage, et que tout potage de tripes commence par une fricassée. Il se sert de beurre et d'une poêle à longue queue, elle suffit pour un mouillement court et qu'on réduit. Pour le potage servi

1. Chomel, Noël, *Dictionnaire économique, contenant divers moyens d'augmenter son bien et de conserver sa santé*, (1709) 4e éd., Paris, Veuve Étienne, 1740, 997.

au coin de la rue, c'est le chaudron qui est réquisitionné. Le chaudron semble l'instrument ordinaire pour la cuisson des tripes, unique et cependant polyvalent[1]. Sa contenance s'impose pour accueillir un gros volume de solides et de liquide mêlés. Il y a avec les tripes comme une fatalité de la quantité, parce que la cuisson est longue et que le combustible coûte cher, parce que la quantité facilite les échanges de saveurs. La cuisine des tripes est sous la double contrainte de la fraîcheur et de la quantité.

Pour la composition, le chaudron est très convivial. Comme il n'y a pas de cuisine sans règle, la barrière est peut-être celle des espèces, on ne mêle pas cochon et mouton, par exemple. Mais tout y rentre : l'issue d'agneau tout entière, tête, foie, mou, cœur, pieds ; le bœuf avec une grande partie de son appareil digestif et moteur ; le cochon sous forme de mélange de foie et de mou, assaisonné d'oignons, tout cela fricassé en même temps qu'on fabrique le boudin. On mange ces morceaux séparément ou mélangés. Quoi de meilleur qu'une bonne fricassée de cochon ! Le peuple tient ce mets pour nourriture légère, les médecins le disent aphrodisiaque.

D'autres variantes sont introduites par le jeu de l'assaisonnement et du mouillement. On préfère remplacer le sel par un os de viande salée. Guidé par un souci d'économie peut-être, mais surtout pour éviter que le bouillon ne prenne une vilaine couleur, on ne sale qu'à la fin. L'ajout conseillé de pieds de veau ou de porc pour lier et faire de la gelée semble impossible, parce que ces deux abats sont chers, et traités avec respect dans la grande cuisine bourgeoise. On se contente ordinairement de pieds de bœuf. Le mouillement est généreux, le potage reste sans doute très liquide, il se sert à la portion, à la chopine. On ne se préoccupe pas de le lier ou d'épaissir, mais de lui donner du goût. On met sel et safran au XVIe siècle, car c'est comme cela qu'on l'aime,

1. Il sert aussi à la lessive, selon le *Dictionnaire domestique portatif*, qui définit le chaudron comme « ustensile ordinairement de cuivre qui sert à la cuisine et à une infinité d'autres usages ». Roux, Augustin, *Dictionnaire domestique portatif*, Paris, Vincent, 1762-1764.

bien jaune, « bien espicier et ensafrener[1] ». Il se peut qu'au XVIIIe siècle le goût de la moutarde remplace celui des autres épices ; l'auteur de la recette le suggère, mais c'est le même homme qui nous avertit que le safran sert aux pauvres gens pour mettre dans leurs viandes[2]… Le safran de la tripière est au mieux une poudre orangée, à défaut elle se sert des pelures d'oignons jaunes…

La variable essentielle tient au liquide qui aromatise le bouillon, eau, bouillon de légumes ou cidre. La mention du vin ici semble pour une fois en accord avec la pratique dominante. Quand on veut manger des tripes à son aise, assis, on va au cabaret, que ce soit une guinguette parisienne ou un « bouchon » perdu en rase campagne. Le vin de cabaret se boit, et se mange aussi sous forme de potage de tripes.

Décadence de la tripe

La tripe a connu un âge d'or épanoui de la Renaissance au milieu du XIXe siècle. Si, en parallèle, on observe la courbe de consommation de viande rouge, alors on verra que l'apogée de cette culture de la tripe s'inscrit dans la plus longue période de vaches maigres de notre histoire. Mais nous savons que, en matière de goûts, ni l'histoire des prix ni les statistiques des boucheries ne suffisent à éclairer les pistes de réflexion. Avant même que la viande rouge ne se banalise, la sarcophagie fait des ravages, les réactions viscérales vis-à-vis des tripes deviennent négatives. À la Révolution et au-delà, de subtils changements sont à l'œuvre, difficiles à repérer, impossibles à dater. Cela concerne d'abord l'étal du tripier, où l'on observe des conquêtes, et des abandons. Au titre des abandons : le mou, qui glisse vers la nourriture animale dans les villes, les boyaux gras qui servent maintenant en charcuterie. Car la charcuterie artisanale est en pleine expansion. Elle bénéficie du retour de la consommation

1. Delsalle, *Boire et manger*, *op. cit.*, 76.
2. Chomel, *Dictionnaire économique*, *op. cit.*, 997.

du cochon en ville, du bas prix du poivre et de la détaxation du sel, quand enfin la terrible gabelle est supprimée. Les boyaux ne risquent plus d'étrangler les compagnons artisans à partir du moment où ils sont employés à faire du saucisson. Au titre des conquêtes, notons cette ordonnance de 1830, qui, fixant une fois encore la frontière légale entre la compétence du boucher et celle du tripier, la déplace légèrement en faveur de ce dernier, désormais autorisé à vendre les abats de veau. Le texte est passé inaperçu, et pourtant il marque la fin d'une époque et d'un univers alimentaires. La tête était un morceau de choix toujours valorisé : le chef va au chef, que ce soit hure de sanglier, tête du saumon ou tête de veau. Elle était un marqueur social fort dans la société féodale, elle garde un peu de ce prestige dans la cuisine distinguée du temps de Vatel, sous forme de palais de bœuf, complètement désossée, de tête de veau servie en tortue ou d'yeux de veau, tout cela transfiguré par des traitements très ennoblissants. La tête de veau restait aristocratique. En 1830, elle fait sa révolution et devient démocratique ; seuls les ris de veau restent appréciés des riches et figurent sur la carte des grands restaurants, mais sur la carte, on écrit « ris » et non pas « glandes » ou « animelles ». Abandons ou conquêtes, on remarquera que le mouvement est le même : descendant, basculant tout le gros bataillon des viscères et des abats vers le bas. Les grands restaurants servent une cuisine de tripes très édulcorée, et les vraies saveurs, celles de la rue, sont en voie de disparition.

Car la cuisine nomade et le commerce ambulant de la tripe cuite se font moins visibles dans les villes de l'ère industrielle ; on ne mange plus de tripes debout. Partout, les marmites fumantes de potage laissent la place aux grasses bassines de fritures en tous genres. Les tripes disparaissent de tous les coins de rue pour se retrouver confinées dans l'atmosphère enfumée de cabarets ou de guinguettes qui, parfois, se spécialisent dans cette cuisine. C'est le dernier refuge pour les amateurs de tripes du Second Empire ; les étudiants y vont en récitant la litanie rabelaisienne : « Gaudebillaux sont grasses tripes de coiraux ; coiraux sont bœufs engraissés à la crèche et près grimauds ; pres grimauds sont pres qui portent herbe deux foys l'an[1] »… Et l'ouvrière célibataire, bonne fourchette, y commande des « gaudebillaux », mais sans feuillet, demande-t-elle, car elle ne l'aime pas. Préférez-vous le gras-double ou le feuillet ?

---

1. Monselet, Charles, *Miss fourchette*, 1868, cité dans Bonnin-Ponnier, Joëlle, *Le Restaurant dans le roman naturaliste*, Paris, Honoré Champion, 2002, 206.

5

La poule au pot

La grande chance d'Henri IV s'appelle Ravaillac. « C'est un grand art chez un homme d'État soucieux de sa gloire que de savoir être assassiné à propos [1]. » Ravaillac permet au mythe de se construire, à grand renfort d'images symboliques et flatteuses. La légende du roi est faite de panache blanc, d'aventures galantes, de fumet d'ail et de poule au pot.

Les senteurs alliacées de la poule au pot du bon roi avivent des souvenirs d'enfance et font surgir des images de livres scolaires qui mettent nos papilles en éveil. Ici, elles nous chatouillent l'esprit : car nous savons bien que l'histoire n'est pas la mémoire transmise par de bons manuels ; et qu'il faudrait soulever le couvercle du pot et humer de plus près pour voir de quoi est fait notre plat emblématique, ce savoureux mélange de « viandes creuses » et de denrées solides, de fable et de vrai.

La poule au pot est une image de propagande royale qui a bien réussi. Entre le moment où le roi est censé énoncer sa célèbre formule et le moment où elle est reportée noir sur blanc, deux règnes se sont écoulés, celui d'Henri IV et celui de son fils, Louis XIII. L'invention date de la minorité de Louis XIV. Son précepteur Hardouin de Péréfixe, prêtre, futur évêque, lui apprend son métier de roi. Les leçons d'histoire font partie de l'instruction du jeune Louis. Une partie de ces cours est devenue un livre, une vie d'Henri IV, sorte de « manuel du parfait roi », où

1. Mousnier, Roland, *L'Assassinat d'Henri IV*, Paris, Gallimard, 1964.

la figure du grand-père est érigée en modèle à suivre. C'est à la toute fin de ce livre, en annexe, parmi un florilège des plus belles reparties du roi que figure l'épisode de la poule au pot. L'anecdote est située dans un temps approximatif : le début du règne, mais dans un lieu précis : c'est à Paris, sur les fossés Saint-Germain où se trouve un terrain de jeu de paume.

Fragment d'un dialogue de vestiaire entre deux joueurs, après une partie de jeu de paume. Qui a gagné le match ? Le duc de Savoie ou le tout neuf roi de France ? On ne sait, mais au duc de Savoie qui lui demandait ce qu'il comptait faire dans un royaume où tout est à reconstruire, Henri aurait répondu :

> Elle me vaut ce que je veux ; car ayant gagné le cœur de mon peuple, j'en aurai ce que j'en voudrai et si Dieu me donne encore de la vie, je ferai qu'il n'y aura point de laboureur en mon royaume qui n'ait le moyen d'avoir une poule dans son pot [...] et je ne laisserai point d'avoir de quoi entretenir des gens de guerre pour mettre à la raison tous ceux qui choqueront mon autorité [1].

La réponse pourrait être vraie, tant elle laisse bien transparaître les deux facettes du roi : une bonhomie de façade, un absolutisme viscéral. C'est ainsi que le jeune Louis l'a reçue, lui qui en était le destinataire [2]. Toute légende est malléable : pour survivre, elle s'adapte aux goûts du temps. Au fil des générations on la remanie, on l'épure ou on l'enrichit. Au jeune Louis XIV, l'image de son grand-père a été transmise dans toute sa complexité, à charge pour lui de poursuivre cette tradition de la maison des Bourbons, faite de bonhomie paternelle et d'autorité. On est alors dans un temps où l'absolutisme est en voie de théorisation, et le roi se doit de renforcer son pouvoir. Une des premières retouches opérées quelques décennies après consiste à laisser dans l'ombre la seconde partie de la réplique royale, quand elle

1. Hardouin, *Histoire du roi Henri le grand*, *op. cit.*, 280-281.
2. Desplat, Christian, « Le bon roi Henri, Henri IV à l'école et la construction d'un mythe national », *Actes du colloque du Sénat, la légende de Henri IV*, Paris, 1995, 165-214.

devient trop brutale et trop encombrante pour l'image royale. Monarque, soit, mais tempéré. Il convient alors de raccourcir la réplique royale. Ainsi raccourci, réduit à une formule culinaire, le slogan de la propagande royale devient compatible avec l'imagerie républicaine. Bientôt, il subit un dernier remaniement. Stendhal cite ainsi « le plus beau mot de ce roi patriote : "je voudrais que le plus pauvre paysan de mon royaume pût du moins avoir la poule au pot le dimanche"[1] ».

On est en 1823 et c'est à peu près ainsi que la légende est fixée, au prix de deux distorsions : une addition, une transformation. On comprend l'addition : mettre la poule au pot chaque dimanche, c'est multiplier par cinquante-deux la sollicitude royale, c'est transformer une promesse vague et intemporelle, créer virtuellement une habitude alimentaire. Quant à la transformation du terme de « laboureur » en « paysan », elle n'est pas neutre, et par ricochet elle transforme le roi autoritaire en souverain presque démocrate.

À l'autre bout de la postérité, la poule au pot arrive dans les manuels d'histoire de notre enfance sous son dernier avatar, à la fois épurée et enrichie. Elle poursuit même une carrière internationale, au prix de quelques adaptations culinaires. La voici dans une version suédoise : « Henri IV souhaitait que chaque paysan pût manger du poulet à la broche[2]. »

La guerre de poulailler

Henri n'est pas le premier roi à s'intéresser à la basse-cour. Ses prédécesseurs immédiats, les derniers Valois, ont agi de même. Mais dans un sens bien différent. Loin d'inciter à manger de la poule, ils ont tenté d'en décourager la consommation par le truchement d'une série de textes de loi. Charles IX, en 1563, défend à ses sujets de manger agneaux et poules d'un an.

1. Stendhal, *Racine et Shakespeare*, Paris, Bossange, 1823, I, 42.
2. Strindberg, August, *Parmi les paysans français*, Arles, Actes Sud, 1988.

Henri III fait de même. Entre 1563 et 1577, deux règlements, puis des lettres patentes instaurent l'interdiction de consommer de la volaille, prohibition qu'on ne peut comprendre si on ne la replace pas dans son contexte.

Les huit guerres de Religion sont des guerres civiles, amenant tout un cortège de malheurs et de troubles domestiques. Parmi eux, « la guerre de poulailler », comme dit Montaigne. Cette guerre-là est bien connue, depuis l'Antiquité jusqu'aux récits de la campagne de Russie de 1812, en passant par le paroxysme de la guerre de Trente Ans, les mêmes faits se reproduisent[1]. Si les paysans français, lorrains, russes ou polonais réussissent à dissimuler leurs grains dans des caches, leurs troupeaux sont la proie des soldats en maraude. Tous les soldats sont réputés maraudeurs, chenapans, les Espagnols au temps de la Ligue plus particulièrement :

> Les chiens servent à trois choses, contre les larrons, contre les loups, et contre les Espagnols, qui sont quasi tous picoreurs de bestial[2].

Ils ne picorent pas n'importe quel bétail : espagnols ou non, les soldats mercenaires ne volent pas le bœuf, trop gros, ni le cochon, qui a la réputation d'avoir un caractère à ne pas se laisser faire, encore moins les mouches à miel qui piquent l'agresseur et justifient un proverbe « Essaim dérobé ne profite jamais »… La proie de choix, c'est la brebis qu'on égorge, et surtout le poulet qu'on saigne et qu'on plume[3].

La razzia sur les poulaillers et les jardins est un passage obligé de la guerre civile ou étrangère. Nous le comprenons ainsi : l'intendance ne suit pas, tout simplement, elle n'existe pas, ni le ravitaillement régulier ni les casernes. Si les chefs de

---

1. Boehler, Jean-Michel, « La Guerre au quotidien dans les villages du Saint Empire au XVIIe siècle » dans *Les Villageois face à la guerre, XIVe-XVIIIe siècle*, Toulouse, PUM, 2002, 65-88.

2. Richelet, Nicolas, *Commentaire à l'Hymne des pères de famille à saint Blaise de Ronsard*, Paris, Buon, 1613, 10.

3. Bouchet, *Sérées, op. cit.*, 15e sérée.

guerre arrivent parfois, à coups de réquisitions forcées, à organiser des magasins de vivres, ces magasins sont de grains le plus souvent et le soldat désire mettre dans son fricot un bout de viande. Pour cela, il doit se fournir dans le plat pays et, dans son argot de gueux, il dit que pour « gouffer, il picore un bêlans, un volans, ou un nonans (une poule) ».

Pour les contemporains, victimes des agissements de la soldatesque, les choses sont très simples à interpréter. La poule picore, le soldat aussi : c'est dans leur nature. Aussi, on ne dit pas être soldat, mais « plumer la poule[1] ». Revenu chez lui, la guerre finie, l'ancien combattant se voit attribuer le sobriquet fort peu avantageux de « mangeur de croupions[2] ».

On attribue les pillages non à la nécessité et à la contrainte, mais à la nature, au sens médical, à une sorte d'allergie. Il y a une antipathie naturelle du soldat et de la poule, comme il y a antipathie naturelle entre la vigne et la chèvre. Il est très rare que les chefs de guerre aient la volonté d'aller contre cette tendance profonde. En 1564, Coligny, étonné du comportement de ses troupes, écrit :

> quelque antipathie qu'il y a eu de toute éternité entre le soldat et la poule, il ne s'en est pas tué douze, encore fut-ce le jour qu'ils partirent tous ivres de mets[3].

Le monde paysan fait remonter ses plaintes jusqu'au roi. Elles prennent la forme de cahiers de doléances adressés par les paroisses aux états généraux à Blois en 1576. Quarante-neuf cahiers sur cinquante dénoncent les abus des gens de guerre. Ils sont remplis de récits de pillage, et surtout de maraudage. Les habitants de Prunay-le-Gillon, par exemple, racontent que les soldats brûlaient les pieds des petits enfants pour contraindre leurs parents à aller à la ville acheter des mets de choix, comme

1. *Dictionnaire de Trévoux*, Paris, Pierre-François Giffart, 1732, « poule ».
2. Champier, *De re cibaria*, *op. cit.*, XV, 18.
3. *Les Villageois*, *op. cit.*, 143.

des levrauts, des perdrix, des bécasses ; ils précisent qu'ils ne consommaient jamais de tels produits dans le village, ce qui confirme ce que nous savons : en temps normal, les produits les plus nobles issus de la chasse (ou du braconnage), le gibier délicat vont à la ville et se vendent sur le marché [1].

Les contraintes en temps de guerre bouleversent toutes les stratégies d'élevage. Et le poète se lamente :

> [...] A ces Pasques j'avois / Six beaux jeunes agneaux que soigneux je gardois / Pour vendre et faire argent, duquel je pourrais vivre / attendant les moissons ; mais j'en suis bien délivré [2].

Plutôt donc que de voir voler le fruit de mon travail, se dit l'éleveur, mieux vaut le manger. Le maraudage pousse à l'autoconsommation. À ces gens qui, en temps de paix, ne sont pas habitués à manger des chairs jeunes, comme agneaux, ou poulets, la guerre ouvre, malgré eux, de nouveaux horizons alimentaires. Donc, on mange le blé en herbe, les jeunes poules, les moutons avant même qu'ils soient tondus... La guerre forme une génération de carnivores d'un nouveau style, non gérontophiles. Dire que le consommateur moyen, donc rural, y gagne est une vue à très court terme. À moyen et long terme, tout le cheptel est menacé dans son renouvellement. Qui fournira alors les manufactures de laine, les boucheries ? La poule n'est-elle pas une espèce en voie d'extinction ? C'est exactement le sens des interventions royales.

Fin 1562, devant la triste conjonction d'une épizootie ovine et des « troubles civils », Charles IX craint une « disette de bêtes », il prend des mesures à titre préventif :

---

1. Constant, Jean-Michel, « Culture et politique au village. Les doléances de 1576 » dans Croix, Alain, Lespagnol, André, Provost, Georges (dir.), *Mélanges en l'honneur de Jean Quéniart*, Rennes, PUR, 1999, 189.
2. Gauchet, Claude, *Églogue sur les malheurs des paysans pendant les guerres civiles*, cité dans Jouanna, Arlette, *Histoire et dictionnaire des guerres de Religion*, Paris, Robert Laffont, 1998, 131.

> […] les gens de guerre ont pris et enlevé tous les Chapons, Poules et Poulets qu'ils ont trouvé par les villages, au moyen de quoy il e eu grande pénurie de Moutons et Poulailles. Pourquoy, afin que lesdites espèces se puissent repeupler et multiplier, nous inhibons et défendons à tous de tuer ne manger Agneaux, et pareillement ne tuer ne manger poules d'un an, et ce sur peine de 10 livres d'amende [1].

La portée pratique d'une telle loi est à peu près nulle. Henri II la renouvelle en temps de paix, par les lettres patentes de 1577, sans plus de succès. La prohibition légale n'est qu'un trompe-l'œil. La réitération même des règlements montre qu'ils sont inapplicables et inappliqués. Les marchés et les devantures des rôtisseurs regorgent de poulets et d'agneaux de moins d'un an [2]. Fini le bon vieux temps, soupire un auteur, où, dès que le village était en fête, on invitait tout le voisinage à partager la poule, l'oison ou le jambon ! « Aujourd'hui [on est en 1549], cela ne se fait plus, on ne permet plus aux poules de "venir à perfection". La poule partagée était une énorme poule, au lieu qu'aujourd'hui, dès qu'elles ont atteint le stade de poulets ou de poulettes, on les porte au marché pour pouvoir payer l'avocat ou le médecin [3]. » Il faudra attendre un siècle à peu près, jusqu'à la paix des Pyrénées, pour qu'à nouveau la police soit efficace. Un arrêt de 1666 permet la vente des agneaux de Pâques à la Pentecôte seulement, pour satisfaire à la fois les besoins des boucheries et ceux des manufactures de laine. Louis XIV le fait respecter. Le rétablissement de l'ordre public alimentaire et la construction de l'anecdote sont à peu près contemporains.

On a donc bien compris la signification première de la poule au pot : comme la colombe envoyée de l'arche de Noé, elle est messagère de paix retrouvée et de prospérité. Le retour à la paix

1. La Mare, *Traité de police*, *op. cit.*, II, 141, préambule de l'ordonnance du 20. I. 1563.

2. *Ibid.*, 141. Relation de Jerôme Lippomano, ambassadeur de Venise en France en 1577, dans *Documents inédits de l'histoire de France*, Paris, Imprimerie impériale, 1838.

3. Du Fail, Noël, *Propos rustiques*, 1549, rééd., Genève, Droz, 1994, 39.

civile s'accompagne de deux signes forts qui sont restés dans la mémoire collective : l'édit de Nantes appelle au devoir d'amnésie, « que la mémoire de toutes choses passées d'une part et d'autre, depuis le commencement du mois de mars 1585 [...] demeurera éteinte et assoupie, comme de chose non advenue ». L'oubli comme facteur de pacification. La poule au pot comme promesse de reconstruction.

La poule et le roi

Au-delà du message politique, la signification profonde de la promesse nous échappe, et nous devons tâcher de l'élucider. Est-ce un plat courant en temps de paix ? Dans ce cas, une fois refermée la parenthèse du poulet des temps de troubles, on reviendrait aux bonnes vieilles habitudes alimentaires. Ou bien la poule au pot est-elle un mets de choix, réservé au petit cercle des appétits comblés, et qui serait promis à l'écuelle populaire ? S'agit-il de retrouver un plat disparu, ou bien d'accéder à une prospérité alimentaire inconnue ? Dans le premier cas, le roi annoncerait la fin d'une frustration. Dans le second, il inventerait un désir, et la poule au pot serait la promesse joyeuse qui ouvre une *« standing expectation »*.

L'exploration de ces hypothèses passe d'abord par un sondage dans les menus du roi. Sa légende nous y aide. Le « héros en déshabillé » qu'affectionnent les constructeurs de légende a aussi un ventre.

Il existe deux images du roi à table. La première le représente en majesté, trônant à une table royale régie par une étiquette précise. Cette mise en scène s'épanouit avec Louis XIV, mais l'étiquette a des origines bien plus anciennes. Le spectacle d'Henri III et de ses courtisans s'essayant, avec la fourchette, à une escrime de table, ahurit les gentilshommes venus de leur province, par le rapport distancié à la nourriture que cette gestuelle introduit.

L'autre image vise un tout autre effet. Elle ne cherche plus à marquer une distance, bien au contraire elle cherche à l'atténuer, voire à l'abolir, en créant un effet de proximité. Le roi alors se fait populaire, bonhomme, proche du peuple : le héros « en déshabillé » mange avec ses doigts des mets vulgaires [1]. La légende henricienne affectionne le second registre, conforme à la personnalité sans façon d'un roi qui refuse l'usage de la fourchette : recul dans le progrès des civilités, constate l'historien ; retour aux habitudes viriles et sans façon des bons Français, se réjouissent la majorité des contemporains.

Tout commence à la naissance d'Henri, le 13 décembre 1553. Le mythe des origines est primordial dans une culture convaincue que les habitudes prises dans la prime enfance déterminent une seconde nature, et que cette seconde nature devient en fait la nature même du personnage. Donc, on rapporte pieusement la sollicitude de ses nourrices après la mort de deux bébés, ses aînés ; et le geste du grand-père, qui frotte ses petites lèvres d'une gousse d'ail, et lui fait sucer une goutte de vin, « afin de lui rendre le tempérament plus mâle et plus vigoureux ». Une fois sevré, il n'est pas traité en prince car :

> Le grand-père ne voulut point qu'on le nourrît avec la délicatesse qu'on nourrit d'ordinaire les gens de cette qualité [...] mais il ordonna qu'on le nourrît comme les autres enfants du pays de pain bis, de bœuf, de fromage et d'ail [2].

Éducation « à la rustique », nourriture basée sur les quatre produits emblématiques de l'alimentation populaire. Enlevons le vin, pur, qui est ici utilisé pour ses vertus médicamenteuses : voilà le jeune prince initié dès l'enfance aux nourritures vulgaires. Le langage de la familiarité alimentaire se retrouve dans un autre épisode, celui du roi incognito parmi les paysans. C'est là une anecdote un peu usée, déjà servie pour d'autres comme Louis XI.

---

1. Montaigne écrit dans son Journal, à la date du 19 décembre 1584 : « Le roy de Navarre me vint voir à Montaigne et y fut deux jours servi de mes jans sans aucun de ses officiers, il n'y souffrit ny essai ny couvert, et dormit dans mon lit. » L'essai est ici, concrètement, l'échantillon de nourriture qui permet de dépister le poison. Montaigne, *Œuvres complètes*, Paris, Gallimard, 1962, 1409.

2. Hardouin, *Histoire du roi Henri le grand, op. cit., 15.*

Peu importe la trame, l'important est de repérer, sur un même thème, les variations qui sont révélatrices de la façon dont chaque époque se représente la cuisine canaille, celle que le roi mange à l'occasion, et que ses hôtes mangent ordinairement. Reprenons dans l'ordre : Louis XI lors d'une partie de chasse en Bourgogne se lia d'amitié avec un certain Conon, « simple paysan, mais à l'âme droite et sincère ». En compagnie de Conon, « de même que, parfois, les grands princes se plaisent aux choses du peuple, il se régalait de raves »[1]. Le régal de raves est un oxymore qui n'a pas besoin d'être explicité, il donne la mesure de l'encanaillement, et ce, quels que soient le public et la période. Dans notre imaginaire alimentaire, la rave reste une valeur sûre, une référence en matière de grossièreté et d'insipidité. Pourtant, depuis Louis XI, la rave a fait un bout de chemin, et donne des rejetons savoureux, petits ronds roses à bout blanc, mais on les appellera du nom de « tendrette », qui n'évoque en rien la souche d'origine.

Dans la version henricienne, la trame est identique : sans se découvrir à lui, le roi interroge un de ses plus humbles sujets. Loin de s'offusquer de son franc-parler et de ses critiques, il félicite le compère et le récompense. La comédie de Collé met en scène le roi qui s'égare après une partie de chasse dans la forêt de Sénart, avant de trouver refuge dans la famille du garde-chasse et meunier Michau, qui lui offre le gîte et le couvert. Henri fait alors connaissance d'une famille de Français, ordinaires jusque dans leurs surnoms : Michel dit Michau, Margot, sa femme, Richard et Catau, ses enfants. L'hospitalité du garde-chasse : belle occasion pour le roi de mesurer sa popularité et de se frotter aux mœurs simples de ses sujets. Dans l'humble et fictive demeure à l'orée de la forêt de Sénart, on voit le roi affamé manger avec gloutonnerie ce qu'on lui sert : « Ma foi, dit-il, voilà un civet accommodé admirablement bien[2]. »

1. Érasme « Le banquet des conteurs », 1524 dans les *Colloques*, trad. Chomarat, Jacques, Ménager, Daniel, Paris, Vrin, 1981, 161.

2. Collé, Charles, *La Partie de chasse de Henri IV*, Comédie, Paris, Chez la veuve Duchesne, 1762, acte III, scène 11.

Le civet est-il un manger de roi ? Un manger humble ? À question simple, réponse compliquée, car plusieurs mets, pour ne pas dire la plupart, connaissent une version vulgaire, et une version distinguée, simultanément ou bien successivement dans l'histoire. Le civet est de ceux-là, qui décrit un itinéraire cahoteux à l'intérieur de la hiérarchie culinaire, avec des hauts et des bas. Premier temps : en bas. Au Moyen Âge, le civet est d'essence populaire. Il a des relents de ragoût à base de « cives », c'est-à-dire d'oignons qui lui valent son nom. Il ne suppose même pas le lièvre, ignoré des recettes médiévales. Le civet peut être d'œufs, de tripes ou de seiches. Second temps, advenu sous le règne d'Henri IV : l'association avec le lièvre lui donne un caractère plus aristocratique. Après tout, la chasse est un monopole nobiliaire, et même royal pour qui traque le gibier en forêt de Fontainebleau. Troisième temps, celui de la version Collé. Au moment où la pièce est écrite et jouée, le civet est redevenu de statut très commun. L'*Encyclopédie* de Diderot, quelques années plus tard, le qualifie de mets vulgaire qui convient le mieux aux manœuvres et aux paysans.

Il est vrai que l'anecdote est habile, elle joue sur l'ambiguïté du statut des mangeurs : le roi passe aux yeux de Michau pour un braconnier, et Michau le meunier est aussi un garde-chasse. Le civet imprécis convient bien à cette confusion des rangs [1].

Voilà donc comment nos rois s'encanaillent… mais chemin faisant, nous avons perdu la poule au pot…

Les volailles de la maison d'Albret

Henri est élevé à la Cour d'Albret, auprès de son grand-père Henri et de sa mère Jeanne. Les Albret sont une petite dynastie, et Henri, entre ces deux puissants voisins, le roi d'Espagne et le roi de France, se sent « comme une puce entre deux singes ». Petite maison, mais qui mène un train de vie fastueux, vraiment digne d'un prince. Les habits sont somptueux, les nourritures luxueuses.

1. Rambourg, Patrick, *Le Civet de lièvre*, Paris, J.-P. Rocher, 2003, 39.

À lire les contrats de livraison des diverses denrées fournies à la Cour qui voyage entre Pau, Nérac et Casteljaloux, on a l'impression qu'elle n'a rien à envier à la Cour des châteaux de Madrid ni à celle des châteaux de la Loire[1]. Les listes de fournitures, sans rien dire des quantités livrées, ni du nombre des convives ni de la façon d'apprêter, révèlent une étonnante profusion, une nourriture sans tabous profitant au maximum de la diversité offerte par les ressources régionales et le pouvoir d'achat. Sur la table royale paraissent tous les poissons, de mer ou des gaves des Pyrénées, le bœuf, la vache, le mouton (pas d'agneau), le chevreau, le veau en différents morceaux, le porc, débité de la tête aux pieds, du jambon, de Mayence ou « de basque » : l'un vient de loin, l'autre de plus près, mais ils sont estimés au même prix. On ne dit pas « jambon de Bayonne », mais le port joue un rôle de premier plan dans l'approvisionnement de la maison en victuailles de toutes sortes, fraîches ou séchées.

Dans toute cette artillerie de gueule, intéressons-nous de plus près aux poules et aux autres volatiles. Premier constat : leur place éminente. Elle ne surprend pas, dans un temps où la chair des volailles occupe le sommet gustatif, le haut du classement des viandes blanches, que ne lui dispute pas encore le veau à chair rose. « Les oyseaux nous sont en délices », proclame un contemporain[2]. Second constat : une prodigieuse diversité, avec plus de trente espèces, autant sauvages que domestiques. Le coq et la poule d'Inde se signalent les premiers à notre attention par la précocité de leur introduction. La Navarre connaît depuis 1538 ces oiseaux américains que Paris ignore encore[3]. Plus classiquement, on trouve dans ces listes l'énumération de ces grands oiseaux qui faisaient les délices des festins du Moyen Âge :

1. Dartigue, Charles, « Traité passé par Henri d'Albret pour alimenter sa maison (1538) », *Annales du Midi*, octobre 1937, XLIX, 409-418. Dubarat, Victor, « Traité de fournitures de vivres pour la maison de Jeanne d'Albret (3 février 1564) », *Revue du Béarn et du pays basque*, I, 1904.

2. Belon, Pierre, *Histoire de la nature des Oyseaux, avec leurs descriptions et naïfs portraicts retirez du naturel*, Paris, Guillaume Cavellat, 1555, 52.

3. Habasque, Francisque, « Comment Agen mangeait au temps des derniers Valois », *Revue de l'Agenais*, 1914, 456.

cygne, grue, outarde, butor, héron, paon, cigogne. Pourtant ici le gibier n'est pas un réservoir alimentaire secondaire réservé aux seuls nobles. En Béarn, la chasse est ouverte à tous, mais pas toute l'année. Jeanne d'Albret, respectueuse de ce droit que ses sujets considèrent comme naturel, n'a imposé aux chasseurs de tout poil que des limites écologiques, interdisant de tirer à l'arquebuse ou à l'arbalète sur les pigeons. Dans ces conditions, le gibier fait partie de la culture alimentaire partagée, mais ce n'est pas le même gibier pour tous. Les carnassières populaires sont remplies de petites pièces, de perdrix en particulier, alors que les plats de cérémonie exhibent le gros gibier [1].

La chasse permet de compenser les déficits de l'élevage de basse-cour, en quantité comme en qualité. En ce sens, la profusion des oiseaux aquatiques et sauvages vient à la rescousse d'une basse-cour sans canard, sans pintade, avec quelques dindes, mais hors de prix.

La distinction qui nous semble aller de soi, entre gibier et volaille de basse-cour, n'est pas très claire et parfois les noms prêtent à confusion : la « géline » est la poule, la « galinette » est une poulette, mais le « poulet » est le petit de la poule ou d'un autre oiseau, et je ne sais si la « gelinotte » est une petite poule engraissée ou bien un petit oiseau sauvage, ni si la « sigonne » ou « signone » de nos listes de victuailles est la femelle du cygne ou la cigogne. Sous le nom de « volaille » ou de « poulaille », on élève autre chose que des poules : des paons qui plaisent à la vue et au goût, des oies, des cygnes, des pigeons, des cailles et des tourterelles [2]. Pour le plaisir des palais délicats on élève aussi des oiseaux en cage, capturés vifs à la chasse, des perdrix, des sarcelles, des grives, même des cigognes ou des grues [3]. Le cygne revêt la même ambiguïté, il peut avoir été pris sur la rivière, ou bien être l'ornement des douves de château. La préférence, si l'on se

1. Desplat, Christian, « La Chasse en Béarn à l'époque moderne », *Annales du Midi*, octobre-décembre 1986, 485.
2. Serres, *Théâtre*, *op. cit.*, v, 4.
3. *Ibid.*, v, 1.

réfère aux prix d'achat, va nettement au gibier : l'oie sauvage coûte huit sous, l'oie domestique cinq. Puisque la valeur marchande n'est que le reflet de la valeur gustative accordée à tel ou tel aliment, comparons les prix dans deux contrats d'approvisionnement :

Document 2 : La hiérarchie des oiseaux à la table des Albret.

Henri d'Albret 1538		**Jeanne d'Albret** 1564
Signe, sigonne, coq d'Inde, pan, panne	25 sous	Pans, pannes, fezans et fezandeaux
	15 sous	Chapon gras Poulette et coq D'inde
Chapon gras	12 sous	
Oie et oison Chapon de paille	5 sous	Oie et oison Chapon de paillier et hutudau
Poulet gras poule	3 sous	Poule raisonnable ramier
Gellynette Poulet et pigeon	2 sous	Poulets, pigeons et gelinottes

Pour la basse-cour, les prix dessinent une hiérarchie nullement dominée par le coq, car il ne se vend pas et, sans doute, ne se mange pas non plus.

En 1538, l'appréciation semble combiner deux critères, dont l'un tient au goût, l'autre à la taille de la bête. En 1564, le premier critère l'emporte. Dans la gamme des volatiles mangeables, les festins de la Renaissance marquent l'apogée dans la diversité, avant que l'évolution des goûts et des dégoûts n'opère des retranchements, en particulier parmi ces oiseaux beaux à voir et à servir, mais au goût de marais prononcé, à chair noire et dure, que l'on traite comme une venaison [1]. Et les papilles l'emportant

1. Champier, *De re cibaria*, *op. cit.*, XV, 37. Belon, *Histoire de la nature des Oyseaux*, *op. cit.*, 52.

sur la vue, c'en est fini du prestige culinaire des grands échassiers, et le paon et le cygne sont chassés de la table. Le chant du cygne illustre bien cette transition entre deux systèmes d'appréciation, où les prix ne sont plus fixés en fonction de l'ostentation et de la montre mais en fonction du goût.

D'une génération à l'autre, des reclassements se font jour. On note la diminution de prix des poules d'Inde qui, en trois décennies, sont passées du statut d'animal curieux élevé en volière à celui d'animal trop vorace pour être commensal de basse-cour, mais qu'on élève en troupeaux de plein champ. On les trouve en vente, pour les bourses un peu huppées, en 1582 sur le marché d'Agen[1]. Par sa taille, le dindon concurrence efficacement les paons en voie de dépréciation. En 1564, le tableau des volatiles de table est à peu près en ordre, il n'y manque que la poule de Numidie « haute en cuisse », cette Africaine qui n'est pas encore là[2]. L'absence de la pintade suscite des regrets rétrospectifs : pour nous elle représente cet animal idéal dont la chair assume si bien la transition entre le sauvage et le domestique ; pour les Albret, elle n'est pas indispensable, puisque sur leurs tables figurent dans un même service des oiseaux sauvages et des volailles domestiques.

L'échelle des prix mentionnés par les contrats reste à peu près stable, nonobstant l'inflation qui caractérise l'économie du siècle. Pourtant, le contrat de fournitures de Jeanne d'Albret est contemporain de l'ordonnance royale dénonçant la raréfaction des victuailles et des bêtes à deux et à quatre pattes. Faut-il croire alors en un Béarn, et au-delà, en un large Sud-Ouest complètement acquis à la cause protestante à la suite de sa souveraine, et donc à l'abri des conflits qui restent périphériques ? L'essentiel est ailleurs, invisible dans les chiffres. Le fournisseur officiel de la Cour de Jeanne s'appelle Nicolas Garnereau ; il se

1. Habasque, *Revue de l'Agenais*, *op. cit.*, 456.
2. Champier, *De re cibaria*, *op. cit.*, XV, 74. Delamarre, *Traité de police*, *op. cit.*, livre V.

dit marchand pourvoyeur, natif de Tours en Touraine, et s'engage en 1563 à livrer « toutes et chescunes les espèces de chairs, viandes, gibiers, beurres, œufz, gresses et chandelles, tant à jours gras que maisgres ». Foin de carême et de jours maigres ! Foin d'interdits religieux ! Voilà trois ans déjà que la reine a révélé publiquement, ouvertement, sa conversion. On reconnaît désormais le huguenot à ce qu'il peut s'offrir une poule au pot en carême, ou un vendredi. Le catholique fidèle à l'Église romaine ou le « fidèle infidèle », le huguenot qui abjure, comme son fils, se contentera de la manger le dimanche, jour gras. À condition, bien sûr, de pouvoir s'offrir un tel mets.

Dans la famille des gallinacés, la supériorité haute et incontestée revient aux animaux à chair fine et grasse : les chapons et les oies, les poulets de grains nés au moment de la moisson qui trouvent de quoi picorer à satiété sur le tas de paille ou de fumier. On les appelle « poulets de paillier », ce sont des mâles. Si, par d'autres sources, nous savons que certaines campagnes, autour de Loudun ou du Mans, engraissent des poules, ici, ce n'est pas le cas. Les femelles sont gardées pour la ponte, et ne deviennent pas poulardes. La différence de prix se justifie non seulement par la délicatesse de la chair mais aussi par les soins et la peine requis pour faire que ces volailles deviennent grasses « au superlatif degré[1] ». L'engraissement passe souvent, mais pas toujours, par la castration et/ou la crevaison des yeux[2]. Une autre technique couramment pratiquée consiste à nourrir les bêtes de graines de chanvre qui les « eschauffent ». Ainsi convenablement droguée, la poule-poularde n'arrête pas de glousser, le chapon a l'appétit sans cesse excité et avale pilule de farine sur pilule de farine. La poule de trois sous, celle qui nous intéresse ici, n'est pas gavée ni encagée ; elle circule à travers champs, mais, revers de sa liberté, elle doit chercher sa pitance toute seule. Dans la basse-cour règne une ségrégation : tous les animaux ne sont pas élevés ensemble ni nourris de la même façon. C'est ce que reflète l'échelle des prix. Les poulardes et les cha-

1. Serres, *Théâtre*, *op. cit.*, v, 9.
2. Estienne, *L'Agriculture et maison rustique*, *op. cit.*, 36.

pons n'ont qu'un vrai concurrent : les sujets jeunes, poulets ou poulettes, au prix relativement élevé malgré leur petite stature. D'où l'on voit que le rapt d'une poulette par un soldat est un vol aggravé d'une transgression sociale[1].

Les prix laissent présager le destin culinaire promis à chaque animal. Regardons en effet d'un peu plus près. Une poule coûte trois sous. Pour trois sous, on peut obtenir, je cite dans l'ordre de la liste de 1538 : un plat de tripes de bœuf, le ventre et les pieds d'un veau, une douzaine de pieds de mouton, une panse de brebis, un canard sauvage vieux, une échine de porc, un os court de porc frais ou salé, soit des chairs destinées au pot. Au-dessus de trois sous, c'est la broche ou le gril qui attend le morceau. La cuisine aristocratique ne conçoit les volailles que rôties, les autres les font bouillir. Champier marque nettement cette différence de traitement[2]. Elle s'explique, dit-il, par le fait que les roturiers ne mangent que des bêtes vieilles à la chair desséchée. Cela vaut pour les pigeons, les colombins et les palombes : bouillis chez les uns, rôtis chez les autres, et chez ces derniers parfois peu cuits. Cela vaut pour les perdrix : quand elles sont vieilles, on les pique de lardons, et on les met au pot avec des choux. Dans la catégorie des volailles à rôtir, la cuisine écrite est formelle, elle ne connaît que la volaille blanche, strictement délimitée : dindes, dindons, chapons, poularde, poulet ; et la noire : pigeons, oies, plus tard, canards.

La liste des poissons confirme cette partition. Voulez-vous une anguille pour potage ? Ce sera trois sous. Pour un pâté ? Ce sera quatre sous. Pour un rôt ? Ce sera huit. Si, comme le veut la tradition, le jeune Henri, qui a onze ans en 1564, se nourrit de viande de vache et de fromage, il mange une viande à un sou et d'autres protéines animales qui ne figurent même pas dans la

1. Au XVIe siècle, les lettres d'amour sont appelées des « chapons » ; en 1604, les billets doux, pliés avec deux ailes, sont devenus des « poulets » : un signe, un reflet de la tendance aristocratique : la tendresse et la chair qui la représente ne sont plus ce qu'elles étaient.

2. Champier, *De re cibaria*, *op. cit.*, XV.

liste du fournisseur agréé, tellement elles sont grossières. Autrement dit, il ne mange pas à la table de sa grand-mère mais partage l'ordinaire de la famille basse, c'est-à-dire des domestiques.

À trois sous, la poule reste sur une frontière bien fragile. Figure-t-elle sur la table de la reine, ou bien sur celle des serviteurs ?

Le pot-pourri

Se peut-il alors que la poule bouillie soit au menu des tables princières ? Le potage à la mode sous Henri IV et ses successeurs s'appelle le « pot-pourri ». Bien qu'il ait des racines italiennes, c'est surtout dans sa version espagnole qu'il est connu. Le succès de la *olla podrida* est européen, et la petite cour de Navarre est sans doute bien placée pour recevoir parmi les toutes premières ces influences culinaires venues d'outre-Pyrénées.

Suivons un bon guide : il s'appelle Antoine Oudin, c'est un ami d'Henri IV, son secrétaire et son interprète. Pour aider à sa manière au difficile rapprochement franco-castillan, il publie un dialogue bilingue « fort récréatif » qui enseigne comment apprendre l'espagnol facilement et en six leçons. Le troisième dialogue met en scène les manières de table. Nous voilà dans un contexte aristocratique, invités à un banquet à l'espagnole, c'est-à-dire un banquet où l'on sert d'abord une salade et le rôti ou les rôtis, et où la marmite de bouilli constitue le clou du repas. Quand paraît sur la table *Nuestra Madre la Olla*, l'occasion est belle pour Oudin de nous donner une leçon en indiquant comment « Hazer un guizado o potage » [comment se fait ce mets ou potage] :

> De combien de choses est composé nostre pot pourry : de Mouton, de Bœuf, de lard ; Apres cela de choux cabus, de naveaux, d'oignons et d'aulx ; des testes et des pieds d'oiseaux, de coriandre verd, de carri, de cumin, de toutes sortes d'espiceries, pour les autres herbes, ie ne les reconnais nullement.

La base du pot-pourri, c'est donc un mélange de viandes, sans oublier le lard, signe qu'on est bien dans l'Espagne chrétienne. Puisqu'aucune viande n'a le monopole, comment ne pas imaginer substitutions et élargissements, au gré des saisons ou bien des régions ? Reprenons la liste de Garnereau : nous y trouvons de quoi préparer le pot d'Oudin. On peut même y ajouter ceci : une livre de porc frais (entier ou haché), un jambon basque (entier ou en hachis), voire une poule, éventuellement farcie des ingrédients précédents. On aura alors un pot-au-feu béarnais.

Mais un pot-au-feu tout fictif. Il faut bien l'avouer : le petit jeu de gastronomie virtuelle est excitant, mais il a bien des limites. En manipulant autrement la liste des fournitures, on peut tout aussi bien obtenir un pot-au-feu albigeois, ou languedocien, un consommé Brancas, un potage à la jambe de bois, Raphaël, voire, si l'imagination bouillonnante déborde du pot, un *bortsch* ou un hochepot. Ou encore un pot-pourri à la flamande, comme celui que concocte Lancelot du Casteau, en 1604, qui est une composition baroque, profuse et flamboyante, et où toutes les références vulgaires de la *olla* de Oudin (le bœuf, l'ail, l'oignon, etc.), se retrouvent certes, mais noyées sous un flot d'autres ingrédients plus relevés. Pour preuve : la poule y est devenue chapon [1].

Or, il ne fait pas de doute que le pot-pourri relève d'un autre registre, il est d'origine basse, humble, rustique. Une anecdote que rapporte Oudin, et d'autres, le dit bien :

> L'on raconte du marquis Charpin Vitello, italien, l'un des plus vaillants soldats qui se sont jamais trouvé de cette Nation, que quand il fut en Espagne, ces pots pourrys luy semblèrent si bons, que jamais il ne vouloit disner en son logis, mais passant par la rue, s'il sentoit que chez quelque riche laboureur l'on mangeoit un de ces soupers, il entroit dedans, et s'assoit à sa table pour la manger avec luy [2].

Il faut toujours extraire de ces anecdotes alimentaires la substantifique moelle. On retrouve ici une variante de l'historiette de

1. Lancelot de Casteau, *Ouverture de cuisine*, *op. cit. Pour faire un pot pourry dict en Espaignolle Oylla Podrida.*

2. Oudin, Antoine, *Dialogues fort récréatifs composés en espagnol et nouvellement mis en Italien, Alleman et Françoys*, Venise, Baglioni, 1615.

la rencontre du puissant et de l'humble, type le roi et le meunier. Ici, il n'y a pas de roi, mais un Italien, Chiappino Vitelli de son nom, mort en 1575, soit quelqu'un qui peut prétendre, à l'orée du XVIIe siècle, à une supériorité gastronomique reconnue. Son goût atteste l'évidente supériorité de la *olla.* En même temps, il a bien conscience, lorsqu'il la déguste, de faire honneur à un plat rustique. Les médecins espagnols déconseillent un tel plat aux gens de *alto estado.* Il est tout juste bon pour figurer à la table des chanoines, des professeurs de collège et des invités de noce villageoise [1].

La poule et le laboureur

Tout plat, surtout s'il est national et international, subit le jeu des emprunts, des influences réciproques, des dettes reconnues ou inavouées. Ici, seule nous importe la question : la poule est-elle un plat vulgaire devenu aristocratique ou l'inverse ?

C'est peut-être renouveler sous une autre forme la question rebattue de l'œuf et de la poule. Mais des indices espagnols, comme celui qui précède, nous mettent sur la piste du *rico labrador* ; quelques indices français, plus maigres, sur celle du laboureur. Le laboureur donc, et non pas « le plus pauvre paysan du royaume », n'en déplaise à Stendhal.

Le laboureur est riche. Riche, relativement aux autres paysans, qui ne possèdent pas tous, loin de là, des terres en propriété suffisante pour pouvoir prétendre non seulement vivre de leur exploitation, mais aussi dégager un surplus pour vendre. Il est, l'expression est significative, un coq de village. Au village, les autres, les plus nombreux, sont dits manouvriers ou travailleurs de terre, ils sont le plus souvent locataires des terres qu'ils travaillent. Le laboureur, bien pourvu en terres, peut à la fois prétendre à l'autoconsommation et au marché. La mauvaise récolte ne compromet pas trop ses affaires : il pourra vendre un surplus

---

1. Joly, Monique, « L'idéologie de la poule au pot : les avatars de la "olla podrida" », Redondo, Augustin (dir.), *Le Corps dans la société espagnole des XVIe et XVIIe siècles*, Paris, Publications de la Sorbonne, 1990, 109.

bien réduit, mais à plus haut prix. Plus que la crise, il redoute la guerre, surtout la guerre intérieure, domestique. Le laboureur est socialement important : il ravitaille la ville et la Cour. Le laboureur est politiquement indispensable : c'est autour de lui que se construit le mythe de la campagne heureuse. Ceci dit vite et à gros traits. Car il y a bien des nuances à apporter dans ce tableau de la paysannerie de la Renaissance. L'une d'elles nous intéresse ici : c'est le modèle béarnais, en nette discordance avec le schéma général. Le Béarn présente en effet l'originalité d'une paysannerie relativement égalitaire, propriétaire de ses terres à 90 %, débarrassée de la puissance seigneuriale et donc des redevances, pratiquant la chasse plus librement qu'ailleurs. C'est ce modèle, modèle réduit à l'échelle de tout le royaume, qu'Henri a en tête.

Dans les représentations politiques, le laboureur fait partie du bon peuple, « de la plus saine et de la meilleure partie du peuple ». Le reste, les masses des villes et des campagnes, tire plutôt vers ce qu'on appelle de plus en plus « la populace », un terme de mépris forgé tout au long du XVIe siècle. Elle ne vaut guère que l'on s'y intéresse, sinon pour garantir ou rétablir l'ordre public. Pour aider les pauvres, les plus pauvres, il existe une institution autre que la royauté : c'est l'Église.

En 1576, aux états de Blois, dans cette assemblée où le tiers état accablé par les exactions des gens de guerre demande l'arrêt des troubles, Henri de Navarre répond que son plus cher désir est de voir le peuple « enfin remis au bon repos et tranquillité ». Le peuple auquel il s'adresse comprend une partie seulement des gouvernés, et le prince spécifie : les gentilshommes, ecclésiastiques, marchands et laboureurs. Et c'est eux, cette *sanior pars* de la société rurale qu'Henri, devenu roi de France, veut favoriser en 1595. L'édit royal publié cette année-là suspend les poursuites engagées contre les laboureurs pour non-paiement de la taille :

> Les vexations auxquelles ont été en butte les laboureurs les ont fait quitter et abandonner non seulement leur labour et vacation ordinaire, mais aussi leurs maisons ; se trouvent maintenant les fermes censes, et quasi tous les villages inhabitez et deserts.

En suspendant les poursuites, en allégeant les dettes, en diminuant le poids de la taille, le roi veut que le laboureur puisse reprendre haleine et courage, seule façon de réamorcer le développement agricole. En s'assurant la faveur des bons laboureurs, le roi applique la sage maxime biblique, telle qu'Olivier de Serres la lui a rappelée solennellement : « que le roi consiste quand le champ est labouré [1] ». Autrement et vulgairement dit, la prospérité économique est la base de la royauté, et le poids du roi sur l'échiquier international repose sur le produit brut de l'agriculture, principal secteur économique.

La politique agricole du roi est pétrie d'utilitarisme et de calculs politiques, mais elle contient aussi une part d'éthique. Le roi, comme toutes les élites, est fasciné par les valeurs morales dont le laboureur est censé être porteur. Il en incarne beaucoup : le travail (« travaillez, prenez de la peine », dit le riche laboureur de la fable) ; la bonne gestion de l'exploitation (le bon ménage, dit Olivier de Serres) ; la faculté de prévoir, et donc d'épargner ; l'hospitalité enfin, forme très vivante du devoir de solidarité. Et dans le gouvernement du poulailler ces qualités jouent à plein.

Les images ont la vie dure. Dans notre représentation commune, les gens de la ferme mangent les bons produits de la ferme. L'autoconsommation est auréolée du label « qualité et fraîcheur ». Or, pour la plupart des paysans jusque vers 1860, l'autoconsommation est signe de pauvreté. On porte au marché ce qui est bon, « marchand », on garde pour soi l'invendable. Faute de grives (qu'on vend à la ville), on mange des merles. Faute de coq des bois, qu'on apporte au château, on mangera pie et corneille [2]. L'élevage de la basse-cour n'est pas destiné en priorité à fournir la maisonnée. Comment envisager par exemple de manger un chapon, nourri à grands frais de grains, aux dépens même du pain quotidien ? Comment manger même une poule ? Ce serait tuer la poule aux œufs d'or, agir aussi bêtement que dans la fable. La poule a un prix. On la trouve sur les mercu-

1. Serres, *Théâtre*, *op. cit.*, adresse au roi.
2. Belon, *Histoire de la nature des Oyseaux*, *op. cit.*, 284.

riales des marchés. On la trouve sur la liste des obligations dues au seigneur et/ou au propriétaire, sous diverses formes : poule de carnaval, poulets d'automne, chapon de Noël, œufs de Pâques. Le carnaval marque le moment de l'année où les poules recommencent à pondre. Alors celle qui surveille la basse-cour repère les femelles dont l'activité baisse. La poule de carnaval ne pond plus, elle est bonne à bouillir : c'est elle que l'on va livrer à la porte de la cuisine du château [1].

On mesure mieux l'enjeu de la promesse d'Henri IV : ce n'est pas rien de faire passer la poule sur la table de son producteur, de l'arracher au système féodal et au marché. Réorienter la poule vers l'autoconsommation, c'est concevoir les choses d'une tout autre façon : non plus une autoconsommation de rebut, se contentant de ce que la ville refuse, mais une consommation joyeuse, festive. C'était un projet ambitieux pour la France.

Le bon laboureur, bon *manager*, entretient un poulailler d'une dimension variable, mais, dit Olivier de Serres, il y faut au minimum deux coqs pour le service de vingt-cinq ou trente poules, et encore : « Ce nombre est presque des plus petits pour une bonne maison [2]. » Il ne faut jamais prendre au mot les conseillers agricoles. Car nous savons que sur son exploitation même, dans son domaine ardéchois du Pradel, le poulailler des Serres contient à peu près quinze poules… À partir de là, le calcul du renouvellement est facile : ce poulailler bien réel fournira tout au plus deux ou trois poules de carnaval. On est loin des cinquante-deux poules de la légende…

Un historien de renom, en vadrouille sur les terres céréalières du bassin parisien au temps de Louis XIV, réputées pour être parmi les plus riches du royaume, s'étonne de trouver si peu de volailles. Des moutons certes, mais peu de porcheries et de basses-cours. Et de tirer cette conclusion :

1. Mandrou, Robert, « La poule de carnaval » dans Poirier, Jean, Raveau, François (dir.), *L'Autre et l'ailleurs, hommages à Roger Bastide*, Paris, Berger-Levrault, 1976, 75-80.

2. Serres, *Théâtre*, *op. cit.*, V, 1.

> L'extrême faiblesse du cheptel porcin et de la basse-cour paraît infirmer les lieux communs de la soupe au lard et de la poule au pot : elle nous a d'abord surpris. L'accumulation, la diversité et la qualité de la documentation entraînent pourtant la conviction. Picoreuse infatigable, glaneuse efficace, rivale alimentaire de l'homme, la volaille se réduisait à quelques unités. La presque totalité des paysans n'atteint pas 10 poules ; seuls les très gros fermiers pouvaient en vendre abondamment[1].

Dans les montagnes du Gévaudan, vers 1630, les redevances au seigneur en gélines apparaissent sous une forme curieuse : une demie, un tiers, un quart, soit une poule tous les deux, trois ou quatre ans, signe qu'il faut abandonner l'idée d'une aviculture intensive[2].

On l'aura compris, pour la plupart des paysans qui ne couchent pas dans la plume, mais sur des matelas de feuilles, la vieille poule est une poule de luxe, réservée comme le vin aux grandes occasions : sur les marges orientales du royaume, elle est l'ornement de carnavals, jours gras et fêtes familiales qui marquent la fin de l'hiver. En Franche-Comté, chaque famille prépare la fête, soit carnaval, soit carême entrant, en tuant soit un chapon, soit « une poulle suffisamment grasse[3] ». Dans d'autres régions, la poule bouillie garde cette valeur festive, mais sans l'aspect rituel. Les jours de fête, on tue tout aussi bien le chevreau que l'agneau, pour un repas de noces, on préfère le cochon rôti au ventre farci de châtaignes et de fruits[4]. La poule constitue plutôt un plat d'hiver, et un plat de midi. Elle ne relève pas d'une obligation mais d'une occasion. On la sert lorsque surviennent des invités :

---

1. Goubert, Pierre, *Cent mille provinciaux au XVIIe siècle, Beauvais et le Beauvaisis de 1600 à 1730*, Paris, Flammarion, 1968, 129.
2. Bernard, R.-J, « L'Alimentation paysanne en Gévaudan au XVIIIe siècle », *Annales Économies, Sociétés, Civilisations*, 6, 1969, 1456.
3. Delsalle, *Boire et manger*, *op. cit.*, 44.
4. Champier, *De re cibaria*, *op. cit.*, XIII.

> Les mères de famille engraissent chez elles des chapons, des poules et des poulets, qu'elles ont sous la main au cas où il viendrait des hôtes à l'improviste [1].

La poule manifeste une des vertus du laboureur qui est l'hospitalité. Non pas l'hospitalité étroite qui se replierait sur l'intimité familiale, mais la ripaille franche, joyeuse, ouverte aux amis et aux voisins, voire aux gens de passage. Rien ne permet, de 1500 à 1800, de lui assigner un statut de nourriture sanctifiant le premier jour de la semaine sur la table familiale.

La poule au pot reconstituée

Les hôtes peuvent survenir à l'improviste : mais la poule au pot ne s'improvise pas. La façon de l'accommoder se trouve chez Champier, encore lui. En qualité de médecin du roi, ce proto-gastronome a beaucoup voyagé à travers le royaume. Il a goûté à la cuisine des rois et à celle du peuple. Il peut comparer :

> Il n'y a pas de plat que l'on adore plus que la poule lorsque des amis ou des hôtes arrivent à l'improviste. C'est pourquoi il existe de nombreuses recettes pour l'attendrir, car lorsqu'elle vient d'être tuée, elle est la plupart du temps très dure [...]. Horace donne élégamment une telle recette dans une de ses satires :
> Si vers le soir, un hôte imprévu vient te surprendre,
> Pour ne pas offenser son palais avec une poule dure
> Sache qu'en la plongeant vivante dans du falerne trempé,
> Elle en ressortira attendrie.

Voilà ce qu'il recommande. Nous savons que beaucoup de gens adoptent ce procédé.

> Chez nous, on accepte de la poule au pot au déjeuner, mais rôtie au dîner. Les grands gourmets recommandent de les manger en

1. Serres, *Théâtre*, *op. cit.*, IV, 9.

> hiver. Les gens appellent februarines [de février], les jours où l'on ne sert que de la poule. D'autres en servent toute l'année, mais, comme pour tous les autres animaux, il faut respecter les saisons[1].

La grande affaire est donc de l'attendrir. Si le repas est prévu longtemps à l'avance, le mieux encore est de la tuer et de la laisser mortifier. Une vieille poule peut se garder sans se gâter jusqu'à six jours en hiver, trois en été. Mais c'est en hiver généralement qu'on la mange. La plus grande difficulté surgit quand le repas est impromptu : plus les délais se raccourcissent, plus la tâche se complique. Dispose-t-on de trois jours ? Alors on la tuera l'avant-veille : on la fera tremper un jour et une nuit dans de l'eau froide additionnée de cendres. Puis laver, plumer, vider ; attendre encore vingt-quatre heures avant de la mettre à bouillir[2].

La mortification, nos références le montrent, est une pratique de longue durée. Une habitude enracinée dans un temps long mais dans un espace bien délimité et circonscrit au royaume, à tel point qu'elle peut apparaître comme une exception culturelle française. C'est du moins ce que suggère un livre de polémique religieuse écrit une décennie à peine après l'encyclopédie de Champier. On ne s'attend pas, *a priori*, à trouver d'indication sur la poule dans le *Traité préparatif à l'apologie pour Hérodote*, sous la plume du très sérieux Robert Estienne, mais, au détour d'une dissertation sur la relativité des usages, voilà la poule qui surgit et marque une frontière irréductible entre Français et Allemands :

> Pour exemple, afin d'éviter qu'une poulaille n'ait la chair si longue qu'elle ne puisse complaire au pales, le Français qui n'aurait eu le loisir de la faire tuer un jour ou deux devant pour la laisser mortifier et attendrir d'elle-même, sçaura et prattiquera plusieurs receptes outre celle que donne Horace ; mais au

1. Champier, *De re cibaria*, *op. cit.*, XV, 21.
2. Audot, *La Cuisinière, op. cit.*, 494.

> contraire quand laissant la France, il viendra en Allemangne, il sera bien estonné qu'il se verra présenter sur la table la poulaille (ou quelque maistre coq faute d'icelle) qu'il aura veu se pourmener en la cour il n'y aura que demie heure. Tellement qu'elle aura esté quasi en même temps tuée, plumée, bouillie. Or, si nos ancestres ont faict le pareil, n'aurons nous pas tres iuste occasion de dire qu'ils ont esté bien lourdaux et grossiers en cest endroit [1] ?

Reste la grande difficulté déjà soulevée par Champier : que faire si les invités arrivent à l'improviste et que le repas est impromptu ? Le procédé indiqué par Champier comme par Estienne qui consiste à faire mariner dans le vin est un peu trop littéraire, il sent ses références latines. Quel ménage peut disposer de vin de Falerne ? Estienne fait allusion à d'autres manières de procéder mais il élude, et ce serait trop le solliciter, lui, le grave théologien, que de lui demander lesquelles. D'ailleurs, il nous répond par avance : « Ce discours est trop vil et trop abject tellement qu'il déroge aux matières graves du présent livre. » Donc restons-en là et cachons le petit vin ou le vinaigre qui peut faire office de vin de Falerne.

La recette dont parle Champier, et dont Estienne ne veut pas parler, se situe en amont de la cuisine. Sur celle-ci, sur la préparation dans l'intimité du foyer, il n'y a pas de traces spécifiques. Mais quelques indices, épars dans les « leçons de choses » naturelles et culinaires du XVIe siècle, peuvent nous servir d'ingrédients de base. Rassemblés, cuisinés, ils permettent une popote d'historien, à base de présomptions fortes et de certitudes raisonnables.

Pour huit à quinze convives, prenez une poule *raisonnable* et qui sente le gélinier. La taille raisonnable d'une poule n'atteint jamais celle d'une poularde ou d'un chapon. Un pigeon ramier, convenablement engraissé, dodu, sera d'un embonpoint comparable. On choisira donc une poule de moyenne corpulence, de

1. Estienne, Robert, *De l'utilité et repos d'esprit en l'agriculture et vie solitaire*, Paris, Robert Estienne, 1565, 263.

préférence rousse, au plumage noir ou tanné, aux jambes jaunes mais pas blanche[1]. L'âge raisonnable est de quatre ans. Quatre ans, c'est en effet le bon moment pour envoyer en cuisine la poule qui n'est plus bonne au travail des œufs[2]. Par rapport à son espérance de vie naturelle, elle est mature, plus jeune cependant que le paon ou la paonne de vingt-quatre ans, mais plus vieille que le gibier tierce, qui a donc trois ans, ou que l'oie de huit mois. Il s'agit ici des âges normaux pour passer au pot ou à la broche. On peut par exception envoyer en cuisine des poules plus jeunes quand elles sont frappées d'autres incapacités : ainsi finissent celles qui ne savent pas couver, qui perdent leurs œufs, qui les cassent, celles qui chantent comme des coqs, ce qui fait un peu désordre au poulailler[3]. Le pot sera meilleur si la poule a pu bénéficier d'une courte retraite. On l'aura mise, pour ses derniers jours, en compagnie des chapons et des estudeaux : pour la première fois de sa vie, elle aura picoré plus de grains que de cailloux. La poule plumée sera enfin troussée en chauve-souris, les pattes repliées sur l'estomac.

Prenez ensuite le pot. Le pot de terre, bien sûr, pas je ne sais quelle marmite en métal ou chaudron de fer qui sont bien incapables d'exalter les saveurs du mets. Le bon potage réclame le pot de terre, l'argile, quitte à laisser dans le bouillon quelques particules qui lui donneront un goût particulier, une saveur ajoutée qu'on aime bien. D'ailleurs, les bons bourgeois font de même. La cuisinière bourgeoise peut bien servir une poule sur la table dans des plats d'argent ou de faïence, il n'empêche : c'est dans un ustensile en terre qu'elle a été cuite. Le pot de terre n'a donc pas seulement les qualités vulgaires qu'on lui prête, d'être courant, peu cher. Il a des vertus culinaires indéniables et la *Cuisinière bourgeoise* insistera : « Les marmites en terre sont meilleures pour le bouillon. » Ce qu'elle ne dit pas c'est si le pot est vernissé à l'intérieur, comme ceux qui sont utilisés alors pour les confitures. Si c'est le cas, c'est le signe

1. Estienne, *L'Agriculture, op. cit.*, 36.
2. Serres, *Théâtre*, *op. cit.*, v, 2.
3. *Ibid.*

qu'on est en voie de perdre le goût des senteurs terrestres de la cuisine médiévale.

Ensuite, versez de l'eau du puits dans le pot. Saler si possible. Si possible, car ce roi qui aime la poule n'a cessé de surtaxer le sel. D'une main, il diminue la taille, l'impôt direct. De l'autre, il augmente la gabelle. Prendre plutôt du « faux sel », du sel de contrebande, qui est moins cher. Éviter ce que font certains ladres qui remplacent le sel par du nitre (du salpêtre) qu'ils récupèrent en raclant les parois humides de leurs caves et de leurs écuries. Il faut donc une marmite, de l'eau, du sel, une petite fille et « une cuillère percée ».

Le pot est essentiel. La petite fille à l'écumoire en est bien convaincue, elle qui ne sait pas lire, sauf les images sculptées ou peintes de son église. Elle y voit des scènes du Jugement dernier, du Paradis et de l'Enfer. Elle y voit le diable cuisinier, assisté par une armée de démons qui entretiennent le feu inextinguible, se livrer à une cuisine fantastique, un vrai cauchemar mais qui s'inspire des réalités qu'elle connaît. Or, dans l'incroyable gamme des supplices et des peines infernaux, on voit rarement des pécheurs grillés ou embrochés. Généralement les damnés sont plongés dans l'eau, ébouillantés, et les méchants petits diables dans le rôle des marmitons touillent avec de grandes cuillères dans la chaudière infernale[1]. Comme les mauvais petits diables, la petite fille écume sans cesse et bien soigneusement le pot. « Écumer » signifie ôter l'écume, non la graisse. Car il est bien certain que le bon bouillon est celui qu'on peut regarder au fond des « yeux ». Si la poule n'est pas grasse, les yeux sont d'autant plus précieux. Un bouillon aveugle est un bouillon pauvre, donc bon pour les riches. La petite fille est le marmiton de service. Le bouilli est une cuisson de la patience, une cuisson de femmes. À l'inverse, le rôti n'exige pas de présence continue. Le rôtisseur peut très bien être remplacé par un chien tourne-broche, un chien bien dressé qui sait à quel moment il doit prendre le relais dans

1. Sur les châtiments inspirés des pratiques culinaires, Baschet, Jérôme, *Les Justices de l'au-delà. Les représentations de l'enfer en France et en Italie (XII-XVe siècle)*, Rome, École française de Rome, 1993.

la cage de la cuisine. Le rôtissage est une cuisine d'hommes, de professionnels. C'est aussi une cuisine violente.

L'ébullition doit être douce. C'est pourquoi on plonge la poule dans l'eau froide. Les traités distingués disent qu'elle doit nager. En fait, elle coule très vite. Ils disent aussi qu'il faut plonger la poule dans l'eau bouillante, pour que la chair conserve mieux ses sucs. Erreur, contresens. Ici, ce qui compte, c'est la saveur du bouillon. La petite fille est, sans le savoir, dans la position de l'alchimiste, elle doit obtenir une mystérieuse transmutation : le suc, la quintessence de l'animal doit passer dans l'eau. Ajuster le feu avec la crémaillère : bouillir d'abord « un couple de bouillons ». Puis baisser le feu, disent les traités distingués – en fait, on hausse la marmite[1]. Ajuster le niveau de l'eau en tirant, au fur et à mesure des besoins, l'eau du seau avec la « cassette » de cuivre. Parfumer l'eau avec de l'ail, de l'oignon, des herbes aromatiques. De l'oignon surtout, clouté ou non, c'est « une viande de villageois[2] ». On peut ajouter des épices, mais comme elles sont coûteuses, mieux vaut introduire poivre et clous de « gerofle » à l'intérieur de la bête. Doit-on introduire autre chose ? La farce est plutôt pour les oies[3]. On ajoute ensuite des herbes et des racines. Elles sont forcément de jardin et de saison. En été, on peut mettre au pot de la laitue et du pourpier. La poule au pot du cœur de l'hiver, qui est la plus commune, se contente de la compagnie de racines, préalablement nettoyées et « ratissées ». On choisira des carottes « grosses comme le bras ». Certains conseillent de « lever le bois ». C'est inutile. La cuisson se chargera de séparer la chair et la partie ligneuse.

On sert la poule quand elle est cuite ; le temps n'est pas mesurable ; celui de la petite fille est un temps non salarié qui ne compte pas. Et puis ce n'est pas un intervalle que l'on mesure,

1. Serres, *Théâtre*, *op. cit.*, VIII, 4.

2. Estienne, *L'Agriculture*, *op. cit.*, 90.

3. « Les paysans mangent les oies assez vieilles farcies avec des marrons, des poires, et des pommes, mais les oisons qui ont déjà un peu grandis avec des légumes et des herbes, du fromage et du lard coupé en petits morceaux », Champier, *De re cibaria*, *op. cit.*, XV, 29.

des heures ou des minutes à décompter, c'est un point d'arrivée qu'il faut savoir apprécier. On arrête de souffler dans le feu quand le pot est bien cuit et « bien consommé ». Bien cuit veut dire très cuit, cela va de soi. On dit aussi « pourri de cuisson ». Quand Oudin s'interroge sur l'origine de l'expression « pot-pourri », il dit que c'est une métaphore. Non pas qu'il assimile le très cuit au pourri, mais il considère que la transformation est aussi achevée au fond du pot qu'elle l'est sur le tas de fumier[1]. C'est une hérésie, alimentaire celle-là, que de manger des oiseaux mi-cuits[2]. Si l'on demande à la petite fille pourquoi il faut bien cuire, frappée et embarrassée devant l'absurdité de l'évidence, elle reste coite. Si elle était docte, elle répondrait :

> Plus c'est cuit, plus c'est tendre, cela abîme moins les dents, délecte le palais, fait moins mal à l'estomac, enfin cela nourrit mieux[3].

Le pot est sur la table. D'abord il faut tremper le pain, puisque manger du potage, c'est d'abord manger du pain. On ne verse pas le bouillon de la marmite sur les soupes de pain bis et rassis, on fait l'inverse, on couvre et on laisse mitonner. Quand on découvre le vase, on respire à la fois l'odeur et la saveur revigorées du pain, et celle de la poule. Si on le faisait bouillir à la manière des gens riches, l'odeur et la saveur se perdraient[4]. Le pain trempé est la première façon de manger la poule, la plus savoureuse puisque c'est là que se concentrent tous les sucs. Puis le père de famille dissèque la poule. L'opération se fait au couteau ou à la cuillère.

---

1. Nous n'entrerons pas dans les sempiternelles querelles d'étymologie gastronomique. Nous ne suivrons ni Oudin, ni Lévi-Strauss dans son interprétation de la locution « pot-pourri ». Lévi-Strauss, Claude, « Le Triangle culinaire », *L'Arc*, 26, 1965, 22.

2. « Les ramiers figurent parmi les plats élégants pendant les mois d'hiver. Les uns les font bouillir avec du chou, mais après les avoir fait rôtir un peu avant. Mais les autres, plus nombreux, les mangent à moitié rôtis, c'est-à-dire saignants, ce qui n'est pas sain, ni humain », Champier, *De re cibaria*, *op. cit.*, XV, 29.

3. D'après Rabelais, *Tiers-Livre*, chap. XV.

4. Teissier, *Sur la qualité du pain des gens de campagne*, ms SRM, 1780-1781.

Ledit père de famille lèvera lestement la cuisse et l'aile du même côté pour l'offrir aux invités. Les gourmands préféreront l'aile. D'autres disent préférer la cuisse[1]. D'une cuisse on fait deux morceaux, de l'aile trois. L'autre morceau de choix est le croupion. Il sera donné à la fille de la cuisine ou bien à l'ancien combattant de la famille, celui dont la réputation de voleur de poules n'est plus à faire. La tête de la volaille ira à qui la veut, assez habile pour ouvrir le crâne d'un coup de dents. Les morceaux qui partent en filaments seront attribués en priorité aux anciens de la tablée : « le bouilli est bon pour ceux qui n'ont point de dents en gueule[2] ». Le seul accompagnement de la chair sera du gros sel. On n'est point chez les riches, qui nappent leurs morceaux d'une purée d'oignons acidulée au verjus ou au vinaigre :

> Je ne supporte pas ce caprice des gourmands qui imprègnent de sauces étrangères des perdrix dont le corps est déjà assez graisseux par lui-même. Ils font cuire des oignons dans l'eau, y ajoutent du sel et un peu de verjus, ou un trait de vinaigre, et versent le tout sur les perdrix, et même sur les poules et les chapons… D'autres les mangent avec du jus d'orange[3].

Les hommes boiront avec un verre de vin pur, qui ressemble à la poule en ce qu'il est une consommation rare et festive.

Et la poule au pot qu'on m'avait annoncée ?

La poule au pot est coriace et résistante à l'interprétation. Elle se prétend poule d'Henri IV, alors que les Français ne la connaissent alors que sous le nom de « géline ». Elle se prétend populaire, alors qu'elle est exceptionnelle. Elle s'annonce

---

1. Champier, *De re cibaria*, *op. cit.*, XV, 9. Selon Grimod : le morceau le plus délicat de la poularde rôtie, c'est l'aile, bouillie, c'est la cuisse, surtout si elle est blanche, grasse et charnue.

2. Girault, Simon, *Rôti cochon ou méthode très facile pour bien apprendre les enfans à lire en latin et françois*, Dijon, Claude Michard, 1689-1704.

3. Champier, *De re cibaria*, *op. cit.*, 32.

comme une renaissance, comme quelque chose que l'on avait perdu et qu'on a retrouvé, une tradition avec laquelle on renoue. En même temps, elle est la promesse d'un futur, d'un avenir alimentaire radieux qui n'existe pas encore. Elle brouille les temps.

Dans ce royaume mal soudé, fait de pièces et de morceaux, il n'y a, peut-être, qu'un seul pays où la promesse, du vivant du roi, soit tenue : c'est le sien.

Dans le Béarn et dans un large Sud-Ouest, le maïs, antérieur aux hybrides et aux OGM de deuxième et troisième générations, s'implante sous Henri IV, renouvelle le système des cultures, lance ou relance l'élevage de la volaille.

> Il y a aussi quantité d'oisons que l'on peut dire à bon droit que c'est la boucherie du paysan et des artisans, lesquels se nourrissent de cette chair qui se vend à la saison à Toulouse dans tous les carrefours ; il se porte si grande quantité de coqs d'Inde, de chapons et de poulets dans la ville de Toulouse que souventes fois, ils sont à meilleur marché que le bœuf et le mouton que le commun peut en manger[1].

Le laboureur gascon et ses poules gavées au maïs dessinent un *optimum* dans la consommation populaire.

Mais c'est l'exception, pas la règle. Et les autres laboureurs ? À la façon dont ils sont décrits dans les encyclopédies des Lumières[2], ils font bien plus envie que pitié. On donne le laboureur pour modèle de vie saine et équilibrée, comme parangon de bonne santé. Il faut dire que :

> buvant une eau salubre, respirant un air pur, vivant de lait, de beurre et de fromage, tout aliment lui convient, quelque grossier qu'il soit, ses digestions sont toujours faciles, et semblent se jouer des matériaux[3].

---

1. Freche, Georges, *Toulouse et la région Midi-Pyrénées au siècle des Lumières (vers 1670-1789)*, Paris, Cujas, 1974, 286, citant un mémoire du début du XVIIe siècle.
2. Par exemple dans l'*Encyclopédie médicale*, « maladie des laboureurs ».
3. *Ibid.*

Certes, il mène une vie de travail, et dure, mais en revanche combien de compensations !

> Un sommeil tranquille et doux et réparateur, un cerveau rarement excité, […] ni les dangers de la lecture, ni le poids de l'oisiveté. Ses seuls assaisonnements sont le sel, le poivre, l'oignon et l'ail, ses seules boissons l'eau, le vin ou le demi-vin. ; tout cela sans excès garantissant l'harmonie générale des organes, et la santé [1].

Il tombe rarement malade. Quand il l'est, il a une grande confiance dans les remèdes éprouvés : du vin (pur cette fois) et la poule au pot.

La poule au pot à la veille de la Révolution apparaît comme un plat d'exception pour malades et convalescents. On est loin de la poule festive, encore plus loin du rite dominical.

Et le Français de ce temps est en droit de s'exclamer, comme Mercier :

> Et la poule au pot qu'on m'avait annoncée ? Elle viendra, car sûrement on y travaille, cette poule au pot est encore dans l'œuf [2].

1. *Ibid.*
2. Mercier, *Tableau*, *op. cit.*, IX.

6

Le bouillon de l'hôpital

1672, 28 mai. Il y a la foule des grands jours sur la place Saint-Didier, à Avignon, pour assister à l'exécution du nommé Pierre du Fort. Tout annonce un beau spectacle : arrivé sur les lieux de son supplice, le criminel « donne toutes les marques d'un bon chrétien », fait ses adieux à ses amis, et prend un crucifix des mains du père Palasse. Puis il monte en haut de l'échelle de pendaison, et là, il baise le crucifix et en donne sa bénédiction à tout le peuple rassemblé. Le bourreau jette le condamné du haut de l'échelle. C'est alors que les choses se gâtent. L'échelle prévue est trop courte, le condamné se prend les pieds dans les barreaux, et le bourreau se démène vainement. Un bourreau maladroit devient barbare : le voilà qui saute sur les épaules du condamné, puis lui bourre l'estomac de coups de genou, aidé par son valet, par sa femme qui tire le criminel par les pieds en bas de la potence. Comme le supplice dure « plus d'un grand *miserere* », le public réagit et manifeste. Il retourne sa haine contre le bourreau et ses aides : huées, puis jets de pierres, enfin on se jette sur le bourreau, qu'on bat et dont on traîne le corps jusqu'à l'université, à deux pas de là, on bat aussi à mort son valet. Quant au condamné, il devient l'objet de toutes les sollicitudes. On coupe la corde, on le dépend, on l'allonge sur un matelas lancé d'une fenêtre. Mais il est resté pendu longtemps, et on craint pour sa vie. Alors, « on demande à grands cris du vin pour le pendu, du bouillon, avec de la chair même, quoique samedi [1] ».

1. A. D. Vaucluse, archives de la confrérie de la Miséricorde.

Le bouillon de viande fait son effet. Voilà l'homme requinqué, restauré, et finalement gracié.

L'épisode offre l'occasion d'une belle méditation sur la versatilité des émotions que l'on peut observer à plus d'un spectacle d'exécution publique. Contentons-nous, ici, d'observer les merveilleux effets du bouillon de chair. Grâce à lui, le condamné à mort en a réchappé. Et personne ne s'en étonne :

> Le bouillon est un remède universel parmi le bon peuple de France pour qui on ne saurait mourir après avoir avalé un bon bouillon[1].

Smollett, auteur de cette remarque, sait de quoi il parle : il raconte la mésaventure survenue quelques années auparavant à un autre voyageur anglais victime d'une agression sur la route entre Calais et Boulogne. On l'amena à demi mort au relais de poste de Boulogne où on lui administra aussitôt le remède miracle, mais en vain. Évoquant cette triste histoire devant Smollett, le maître de poste dit : « Une chose m'étonne fort, je fis un excellent bouillon, je lui versai dans le gosier de mes propres mains et pourtant il ne guérit pas[2]. » L'opinion de Smollett est que « c'est justement le bouillon qui l'étouffa ». Il est bien le seul à le penser.

Le bouillon de chair et de volaille passe pour le meilleur « restaurant ». Un restaurant n'a pas la signification qu'on lui prête de nos jours, et qui date, comme les établissements de ce nom, de l'immédiat avant 1789. On entend par là la nourriture qui restaure le plus son homme, qui répare les forces disparues. N'imaginons pas que roboratif rime avec solide, pesant, grossier. Le restaurant peut être délicat et léger[3]. Il est destiné en priorité aux affaiblis, aux convalescents, aux malades surtout. C'est la nourriture hospitalière par excellence.

---

1. Smollett, T.H.G., *Voyages à travers la France et l'Italie*, Paris, José Corti, 1994, 126-127.
2. *Ibid.*
3. Marguerite de Navarre, sœur du roi, écrit que les gens de son milieu se nourrissent de restaurants. Marguerite de Navarre, *Heptameron*, 1559, nouvelle 29.

Les restaurants de l'hôpital

Si le gueux, le pauvre veulent manger à leur faim, ils n'ont qu'une solution légale : tomber malade. Alors l'hôtel-Dieu, qui n'accueille que les malades pauvres, les hébergera et les nourrira. Il les nourrira bien.

Ce sont les femmes qui s'occupent de nourrir les pauvres. Les religieuses hospitalières croient en Dieu et aux vertus de l'abondance. Pour elles, le diagnostic est infaillible : ces malades souffrent de malnutrition, voire de dénutrition. Soigner, c'est d'abord les bourrer de nourritures substantielles.

Les malades d'Avignon qui sont à la portion entière mangent une demi-livre de mouton trois jours par semaine, plus d'une livre de pain blanc chaque jour, et un litre de vin, du vin rouge, mais coupé à un tiers. Ces rations de travailleur de force sont administrées aux invalides et aux alités. Partout, on retrouve ces trois aliments de base, qui ne sont pas des aliments pauvres. À l'hôpital Saint-André de Bordeaux, les postes principaux de dépenses sont la farine de froment, la chair et les tonneaux de vin rouge, mais il y a aussi les fromages par quintaux, les quarante à quarante-cinq milliers d'œufs chaque année. La viande de bœuf est réservée aux bien portants qui servent les malades. Les malades, eux, ont droit à la viande de mouton. À Genève, on compte, par pauvre, trois quarts de livre de viande, dont la moitié est mise au pot. Ce qui place le régime de l'assisté au temps de Rousseau au-dessus de celui d'un maçon en situation de plein emploi, et qui doit nourrir femme et enfants. Décidément, « il vaut mieux être hospitalisé quand on est pauvre [1] ». Les historiens n'ont pas fini de revenir de leur surprise : à Caen, 2 971 calories journalières, avait-on calculé, pour chaque malade hospitalisé en 1725 [2]. Chiffre énorme, pourtant confirmé par tous les calculs

1. Piuz, Anne-Marie, « Alimentation populaire et sous-alimentation au XVIIIe siècle, *Cahier des Annales*, 28, 1970, 180.

2. Villemon, Marie-José, « L'alimentation du pauvre de l'hôpital général de Caen au début du XVIIIe siècle », *Annales de Normandie*, 21, 1974, 235-260.

dans tous les hôpitaux : pas moins de 2 055 calories en temps normal et, en temps de pénurie, quand les autres crèvent de faim, en 1631, à Toulouse par exemple, on parvient à distribuer plus de quatre cents grammes de pain quotidien aux assistés. Certes, quand on regarde d'un peu plus près les délibérations du bureau de chaque hôpital, on s'aperçoit que les quantités sont théoriques et qu'il faut en rabattre sur les chiffres de l'intendance : en tenant compte du pain dissimulé sous la paillasse et des visites de la famille venue non pour apporter quelques délicatesses de bouche mais au contraire pour en emporter. On constate aussi les efforts des administrateurs pour refouler les bien portants qui tentent de forcer le contrôle médical à l'entrée et pour limiter le nombre de ceux qui cherchent « à se conforter par une meilleure et plus abondante nourriture[1] ». Une fois admis à l'hôpital, on répugne à en sortir. Quand la cloche tinte, annonçant la visite du médecin qui délivre les billets de sortie, les convalescents hors de danger se gardent bien de regagner leur lit et ils se cachent[2].

L'hôpital est un lieu à part. En temps de famine, c'est un secteur étonnamment abrité. En temps de médiocrité ou d'abondance, il garantit une nourriture solide et variée. Aux aliments de base sont associées d'autres nourritures que le malade peut choisir, du moins le grand malade. Le second principe de la diététique populaire en vigueur parmi les religieuses peut s'exprimer ainsi :

> Laisser au malade qui en a envie des mauvaises viandes. L'ardeur de son envie ne peut que ranimer ses forces, et par là lui permettre de lutter plus efficacement contre sa maladie[3].

Les règlements de l'hôpital traduisent ce souci : « Tant en pain qu'en vin et en toutes autres nourritures nous voulons que

1. Loupès, Philippe, « L'hôpital Saint-André de Bordeaux au XVIIIe siècle », *Revue historique de Bordeaux*, 1972, 91.
2. Gazoty, Muriel, « L'Alimentation à l'hôpital Sainte-Marthe d'Avignon, 1733-1742 », mémoire, 1997, 125.
3. Bouchet, *Sérées*, *op. cit.*, 338.

soit fourni aux malades ce qu'ils réclament et leur est bon[1]. » On attendait une cuisine collective, donc uniforme. On trouve une cuisine casuiste du « c'est selon ».

Que les malades reçoivent des faveurs quand ils sont à l'article de la mort est un lieu commun, mais le principe s'étend : aux « étiques, aux dégoûtés, aux mal appétisés », aux jeunes qui ont droit aussi à des délicatesses et à des traitements particuliers. On traite de façon générale tous les malades comme s'ils étaient des cas désespérés : il faut d'abord leur faire plaisir. Voilà le petit François Haliaut, originaire de Chamoix en Champagne, hospitalisé à l'hôpital Sainte-Marthe d'Avignon en 1740. Pour répondre à sa demande, on lui apporte de la compote d'abricots et un pain de Gonesse – en fait une brioche fabriquée dans la boulangerie « à la façon de » et pour les autres, ce sera des perdreaux, des alouettes, du bouillon de tortue, un plat de petits poissons frits au lieu de harengs. Tout ce qui fait plaisir peut hâter la guérison, mais pour le petit Haliaut, c'est trop tard[2].

Une telle diète déplaît aux médecins. Vieille querelle. Selon Laurent Joubert, le célèbre médecin de la Renaissance, le service des soins va mal à cause des servantes ou des gardes-malades qui pensent en savoir plus que le médecin, principalement sur le chapitre de la nourriture. En 1756, les praticiens de l'Hôtel-Dieu de Paris dénoncent la coutume « de donner dans toutes les salles le Vendredi saint, des harengs, de la morue, de la carpe et des légumes préparés avec du beurre en fricassée : bien loin que ce soit pour les malades un jour de mortification, ils le regardent au contraire comme un jour de plaisir et de bonne chère. On voit des gens qui sortent des maladies les plus dangereuses […] se gorger avidement de ces fricassées ». Écouter le patient, soit ! Mais que le patient ait le dernier mot sur son régime est difficile à admettre ! Le comble est que parfois on ne l'écoute pas, et

1. Cité dans Flandrin, Jean-Louis, « Diététique et régimes anciens », *L'appétit vient en mangeant. Histoire de l'alimentation à l'hôpital*, Paris, Assistance publique, 1998, 32.

2. Gazoty, « L'Alimentation », *op. cit.*, 888.

voilà que les sœurs font ingurgiter de force aux malades les plus faibles « un couple d'œufs » à l'aide d'un biberon. Elles « tuent les malades à force de les nourrir ».

Les médecins, inquiets des dangers que peut générer ce passage d'une sous-alimentation chronique à une suralimentation permanente, ont des représentations médicales à peu près inverses de celles des soignantes ; il ne faudrait pas nourrir la fièvre, charger l'estomac des opérés. Eux aussi sont adeptes du « c'est selon », mais ils conçoivent le cas par cas objectif, selon la pathologie de chacun, et non pas subjectif, selon les désirs de chacun. À leurs yeux, un régime léger et humectant, à base de bouillons, de tisanes, de lait, est le plus approprié.

Une guerre alimentaire est déclenchée dans les hôpitaux du XVIIIe siècle. On sait comment elle se terminera après la Révolution : par la victoire des conceptions diététiques masculines et le triomphe de l'ascétisme. Mais alors les pauvres hésiteront à aller à l'hôpital. Balzac le dit : on croit qu'on y tue les gens en ne leur donnant pas à manger.

Bouillon de coq

Si la cuisine collective des pauvres est le lieu où s'entrechoquent des représentations totalement divergentes, il y a cependant un mets qui fait consensus : le bouillon de volaille. Les raisons qui le font apprécier des médecins et du personnel soignant ne sont pas les mêmes. Les uns lui prêtent des qualités restaurantes quasi magiques. Les autres le prescrivent dans un régime qui, s'il doit être évalué au cas par cas, malade par malade, évolue globalement vers une diète de plus en plus liquide, à la jointure des XVIIIe et XIXe siècles.

Une tendance lourde et observable à peu près partout indique que la ration de vin a tendance à diminuer, mais aucun hôpital ne l'interdit, car il est d'une qualité sanitaire bien supérieure à la bière ou à l'eau. En revanche, les sœurs grises distribuent de plus en plus d'aliments liquides, des tisanes à tout moment, de

« l'eau de veau », de « l'eau de poulet », du bouillon plusieurs fois par jour. La cuisine hospitalière pratique de savantes gradations entre décoctions et bouillons, plus ou moins clairs, plus ou moins solides, mais il est bien difficile de se faire une idée de leur consistance. Prenons l'exemple de la tisane. Est-ce vraiment une tisane, ou bien la « ptisane » à l'honneur dans la diète des malades depuis l'Antiquité ?

> La meilleure manière de préparer [la ptisane] est celle qui suit. On fait bouillir sur un feu vif, et d'abord à gros bouillons deux bonnes poignées […] d'orge mondée, dans autant d'eau qu'il en faut pour, après avoir bouilli deux heures et demie, être réduite à deux pintes qui sont quatre bouillons […]. Quand le grain est aussi gonflé qu'il le peut être, on y jette sur les deux pintes moins d'une cuillerée de vinaigre, et sur la fin un peu de sel, de beurre, ou d'huile selon les lieux où l'on se trouve et le goût des malades[1].

La « ptisane » est dite à la fois rafraîchissante et nourrissante, à base d'orge mondé qui « épaissit l'eau et la convertit en gelée ». Mais le bouillon est désigné parfois sous le nom de gelée… On peut mettre dans le bouillon d'autres graines, par exemple du riz, ce qui n'empêche pas qu'on appellera potage de riz un consommé fait d'orge perlé ou mondé, ou même de millet, le mot de riz s'appliquant à tout grain poli[2]. On le voit, les risques de confusion sont multiples, et le champ d'application du bouillon est extensible

Dans la grande cuisine de l'hôpital, les chaudières commencent à chauffer dès quatre heures du matin. Quatre jours par semaine, l'ordinaire est une soupe grasse, sorte de pot-au-feu. Avant de mettre les légumes dans la marmite, on prélève le meilleur du liquide pour le verser dans les écuelles des malades. À six heures du matin, le premier bouillon est servi. Les malades qui

1. Alexandre, Nicolas Dom, *Médecine et chirurgie des pauvres*, Paris, chez Laurent Le Conte, 1741, 95.

2. Bernard dans *Annales E.S.C.*, *op. cit.*, 1452, note 2. Boissier, *Dictionnaire*, *op. cit.*, 204.

commencent leur journée par un bol de ce breuvage éprouvent une sensation mystérieuse de bien-être et de confort immédiats, comparable à ce que les bien portants vont chercher dans une tasse de café. Puis le cuisinier ajoute de l'eau pour la soupe des domestiques et des valides. La soupe est servie dans des écuelles que l'on tient au chaud en attendant l'heure du repas. Les légumes sont dressés à part. Le pain coupé par le panetier est distribué en portions exactes. Quand la cloche du repas a tinté, le pain trempe dans l'écuelle. En plus du déjeuner et du dîner, il y a encore du bouillon l'après-midi à goûter, à souper, et chaque fois qu'on doit prendre un remède.

Le contenu du pot, la nature de la chair varient suivant les établissements. Ici, on utilise « une livre grosse de mouton et autant de bœuf pour huit malades », ailleurs on préfère la chair du mouton, viande jugée plus douce, mais les nécessités financières poussent souvent à utiliser de la grosse viande, c'est-à-dire de la viande bovine. Les sœurs grises bordelaises élaborent leur bouillon à partir de cinq chapons, neuf livres de bœuf, carottes, oignons, herbes. Mais les malades les plus atteints, « les plus griefs malades », ont toujours droit à du bouillon de poule ou de coq.

Pour obtenir cette panacée, les poules et les coqs abondent à l'hôpital. À Avignon, ils proviennent de trois circuits différents : ils sont apportés à titre de rentes par les paysans qui louent des terres à l'hôpital. Ils sont élevés sur place dans l'arrière-cour par un « vollayer » salarié par l'établissement. Enfin ils sont achetés à l'extérieur. Les achats de volaille représentent en 1680 1 150 livres de dépenses. À titre de comparaison, la même année, les dépenses totales en personnel se montent à 1 750 livres. Il est vrai que les sœurs hospitalières de Saint-Joseph ne sont pratiquement pas rétribuées.

Coq ou poule ? *A priori*, dans le coq rien n'est bon, et son destin ne passe pas par la cuisine. Il n'est vraiment visible, dans la documentation ancienne, que pendant les fêtes de carnaval, au moment où le poulailler subit de lourds prélèvements. Si la vieille femelle va au pot, le vieux mâle participe à sa façon aux festivités ; il est la cible de bien des jeux et des joutes de sortie de carême[1]. Dans le jeu du panier, le coq est dans le panier, la tête couverte d'un chapeau, et le gagnant est celui qui coupe la tête du coq[2]. Le jeu de l'arquebuse, dit aussi le jeu du « papegai », est un exercice de tir largement pratiqué par les compagnies de jeunes hommes dans les villages et dans les fossés des villes. Le « papegai » en question sert de cible. Les perroquets ou « papegaux » qui viennent du Brésil sont rares et précieux. On les apprécie pour leur plumage et leur babillage[3]. On leur donne des noms : Colas ou Richard. Il n'est pas question de tuer Colas ou Richard. Le « papegai » du jeu est parfois un simulacre de perroquet en fer découpé. En général, c'est un coq bien vivant qui fait l'affaire. Le coq est un objet ludique.

À part cela, il ne sert pas à grand-chose, si l'on en croit les hommes de la Renaissance. On sait qu'on n'a pas besoin d'eux pour que les poules pondent des œufs. On n'en a de moins en moins besoin pour se réveiller, du moins dans les villes où les horloges mécaniques se répandent[4]. Quant à le manger, il ne vaut rien, puisqu'il n'a pas été châtré. « Le coq est un animal lascif, plein d'humeurs séminales […] ; la chair devient sèche, et difficile à digérer, elle a peu de goût[5]. » On ne peut même pas en tirer ces « beatilles » qui font fureur sur les tables aristocratiques, les crêtes et les rognons que les femmes coupent quand elles chaponnent. Dans l'ordre du comestible, le coq occupe le dernier palier, en dessous de sa vieille femelle.

Pourtant, le coq entre dans la cuisine de l'hôpital, et on sait comment en obtenir un bouillon « toujours bon et bien savouré[6] ». Le procédé en cours est très vieux, il ne remonte pas à la nuit des temps mais à Galien, à la lumineuse clarté du IIe siècle de

1. Belon, *Histoire de la nature des Oyseaux*, *op. cit.*, 243.
2. Mandrou, *L'Autre et l'ailleurs*, *op. cit.*, 79.
3. Belon, *Histoire de la nature des Oyseaux*, *op. cit.*, 59, 269.
4. *Ibid.*, 242.
5. Lemery, *Traité des drogues simples*, Paris, chez Laurent d'Houry, 1699.
6. Obligations du cuisinier de l'hôpital en 1700, Archives départementales du Vaucluse, archives Ste Marthe, E9, f°47.

l'Empire romain. Selon Belon, on trouve mention de la recette avant même Galien, chez Dioscoride, donc au IVe siècle avant J.-C. Comme le coq est vieux, « toutesfois encores hardy à marcher et à combattre », il demande un traitement préparatoire particulier, sur lequel nous n'avons guère d'informations, mais quelques indices surprenants qui lèvent le voile sur ces « secrets » qu'Estienne jugeait trop triviaux pour nous les révéler [1]. La barbarie hospitalière ne saurait être gratuite, nous avons tâché de relier les gestes aux raisons qui le justifient.

D'abord, faire courir la bête pendant un quart d'heure ou une demi-heure : c'est un des moyens employés pour attendrir des viandes particulièrement tenaces et coriaces et pour les rendre « plus humides, plus tendres, plus agréables au goût [2] ». Battre la bête avant même de lui couper le cou, toujours dans le but d'attendrir la chair et d'accélérer l'évacuation du sang lors de la saignée. D'autres « secrets » « pour rendre promptement tendre la volaille » sont mis en pratique, par exemple : lui faire avaler une cuillère de bon vinaigre, la mettre dans la cheminée du soir jusqu'au matin. Certains les évident et leur mettent dans le corps un caillou chaud avant de les pendre à la cheminée [3].

Le coq est épuisé comme le lièvre, battu comme le poulpe et, pour finir, plongé bien meurtri mais encore vivant dans la marmite comme le homard ou les moules. Ce n'est certes pas pour faciliter le plumage, il est plumé ou écorché, mais au nom d'autres principes. La raison implicite du geste est que plus la mort est violente, meilleures sont les vertus médicales. Elle permet d'extraire au mieux toutes les propriétés de l'animal qui sont solubles dans l'eau bouillante ; les religieuses parlent de jus, d'un jus « humectant, rafraîchissant », laxatif, « restaurant », toutes vertus que la cuisson doit exprimer. Si les testicules de poulet peuvent ressusciter un demi-mort, le suc entier de l'animal

1. Caille, André, Dubois, Jacques, *La Pharmacopée*, Lyon, J. A. Huguetan, 1611, 145.

2. *Dictionnaire domestique*, *op. cit.*, « lièvre ».

3. Bonnefons, *Délices de la campagne*, *op. cit.*, 341.

infusé dans le bouillon permet des merveilles thérapeutiques. Aussi la cuisson sera longue, jusqu'à l'obtention d'une décoction parfaitement concentrée.

La pratique du coq plongé vivant dans le pot, cédant au bouillon ses particules les plus précieuses, semble courante, mais, comme souvent, elle est du domaine du non-dit et du non-écrit. Mais elle est dénoncée. Parmi ces précieux informateurs-délateurs, notons Claude Esprit Calvet, un médecin des Lumières, en poste à l'hôpital de sa ville, Avignon, et en lutte tantôt couverte, tantôt ouverte avec les sœurs de Saint-Joseph qui ne sont ni timides ni dociles. Calvet stigmatise « cette barbare manœuvre » qui a lieu dans l'arrière-cuisine, et pour qu'on y mette fin, il développe une argumentation à rebours : jeter le volatile vivant non seulement ne concentre pas les principes thérapeutiques, mais bien au contraire les détruit. Peine perdue. Il ne convainc personne et surtout pas les religieuses décidément « opiniâtres ». Le combat humanitaire à la cuisine est de longue haleine. L'abbé Grégoire, élargissant la liste des victimes, dénoncera sous la Révolution les « douleurs inutiles » infligées aux animaux à propos de notre nourriture.

Le bouillon se décompose en trois substances : le suc – une sorte de gelée transparente –, le bouillon clair qu'on appelle aussi « l'eau de poulet », et le grain. Tout l'art thérapeutique consiste à jouer sur la consistance, à servir le bouillon « confus » aux uns, aux autres uniquement le bouillon clair, en ajoutant, selon le cas à traiter, du séné, du jus d'orange, des herbes [1]. On ordonne aux uns un bouillon clair pour « lavage », on leur interdit le potage. Il faut comprendre sans doute qu'on peut aussi absorber le bouillon clair sans qu'il soit nécessaire de le prendre par la bouche. Dans le bouillon, il y a à boire, à manger, à purger. Madame Fouquet, grande dame charitable, enseigne comment en faire un lavement.

1. Guibert, *L'Apothicaire*, *op. cit.*, 36.

Le bouillon est si bon qu'il traverse les périodes et les représentations. Avançons à l'orée du XIXe siècle : on ne parle plus de « suc », mais « d'osmazôme » ; avançons encore de quelques décennies, lorsque les biochimistes entament l'inventaire des molécules. Ils ont découvert les protéines, ces molécules de très grande taille. Alors la chair de volaille se décompose en 1) substances à base de protéines, 2) gélatine, 3) matière grasse, 4) osmazôme, ou extrait de viande. Les trois dernières substances se retrouvent dans le bouillon, ce qui en fait un aliment de digestion facile et d'une nature excellente[1]. On continue à boire le coq en infusion, sinon à le manger.

Viandes blanches de substitution

La volaille est consommée au quotidien. Que se passe-t-il s'il y a rupture d'approvisionnement ? La question est loin d'être théorique et elle est parfaitement résolue par le recours aux produits de remplacement. L'hôpital pratique le *quid pro quo.* Faire un *quiproquo*, c'est remplacer un produit par un autre, pratique bien connue des milieux hospitaliers et médicaux, officialisée d'ailleurs et encadrée tout à la fois par un arrêt du Parlement de Paris de 1536. Le *quiproquo* s'exécute dans les officines où un des talents reconnus aux apothicaires est de remplacer, dans une « recette » ou une formule, un ingrédient par un autre. Ils usent de cette possibilité légale, ils en abusent si l'on en croit les médecins qui n'aiment pas qu'on accommode leurs prescriptions. Les patients soupçonnent qu'on remplace une substance par un générique plus par esprit de profit que par manque. « De deux choses Dieu nous préserve : du *quiproquo* des apothicaires et de l'*et caetera* des notaires », dit-on en proverbe. Il est entendu qu'il faut toujours préférer le *princeps* si l'on veut que le remède soit « souverain », de la même manière qu'il vaut mieux s'adresser au prince plutôt qu'à un de ses lieutenants.

---

1. Moquin-Tandon, Alfred, *Un naturaliste à Paris sous Louis-Philippe*, Paris, Mercure de France, 1944, 150.

Malgré ces réticences, la culture du *quiproquo* imprègne la vie médicale, se diffuse et, loin de se confiner dans les officines obscures, elle se déploie dans les cuisines collectives ou privées et se formalise de façon officielle dans le catalogue des botanistes, des herboristes, dans les dictionnaires d'économie domestique. Si notre monde informatisé est binaire, le biotope dans les anciennes représentations l'est tout autant, et au chapitre des plantes ou des chairs utiles et comestibles, chaque espèce, ou presque, chaque catégorie a son équivalent, un peu moins cher, un peu moins digne, mais moins rare et à peu près aussi efficace. Comme un produit peut avoir un équivalent ou plusieurs, le jeu des synonymes se dédouble, il devient pluriel, et nous avons besoin du secours de tables de concordances.

Elles ne nous font pas défaut. On les trouve dans tout catalogue répertoriant les plantes comestibles, et pour ce qui est des végétaux, dans les herbiers des Lumières par ordre alphabétique, de A : absinthe (équivalent origan), ache (persil), jusqu'à sarriette (thym), scarole (chicorée) [1].

La liste double est longue et ouverte. Chaque période invente le remplacement d'un produit devenu utile, et dès le XVIIIe siècle, on sait comment faire du café sans café et du thé sans thé. Dans l'ordre des épices et des condiments, le pauvre peut se servir de piment ou de genièvre au lieu de poivre, de câpres et de capucines au lieu de cornichons…

Le principe d'analogie est une des bases de l'alimentation populaire, contentons-nous ici de voir comment il fonctionne dans la cuisine des malades et des convalescents quand ils ne sont pas hospitalisés.

Il existe deux manières de se soigner par les aliments vertueux, suivant qu'on est riche ou pauvre. Trois mets parmi les plus courants de la diète, dont le bouillon sous sa forme la plus concentrée qu'on appelle gelée, sont proposés sous deux versions [2] :

1. Chomel, *Dictionnaire économique*, *op. cit.*
2. Guibert, *Le Médecin charitable*, *op. cit.*, 221.

Document 3 : Table d'équivalence.

	Pour les riches	Pour les pauvres
gelée	Bon chapon de paille Bonne poule bien charnue	Un vieil coq Un bout saigneux de mouton, ou de veau
Blanc-manger	Chapon de paillé Bonne poule bien charnue	Pied de bœuf Trumeau ou jarret de bœuf
Gelée de poisson	Carpes, brochets, truites, perche de rivière Vin blanc	Carpes Eau

Ceci pour la cuisine domestique. L'examen des cuisines collectives montre qu'il y a d'autres alternatives, et que la poule ou le coq ont deux *quiproquos* : la tortue, les grenouilles. La logique du passage à l'équivalent inférieur peut se comprendre de la façon suivante : maintien dans la famille des viandes blanches, c'est une égalité. Transfert du gras au maigre : c'est une dégradation, une péjoration. L'équivalence favorise l'amalgame, le mélange culinaire. Par exemple, on recommande pour ceux atteints de « fièvre hectique » et complètement affaiblis une diète composée d'un potage fait avec de l'eau d'orge, du bouillon de coq et dans lequel finalement on fait cuire des « chevrettes » et des « cancres », entendons des crevettes et des crabes dont le goût salé aura été préalablement atténué par une précuisson dans de l'eau d'orge. Mais on procède de la même façon pour les tortues et les grenouilles [1].

Nous voilà sur un terrain qui nous semble connu, celui de la pharmacopée, populaire ou savante, celui des alicaments animaux. Mais l'étude des pharmacies hospitalières montre qu'on se trompe, à tout le moins qu'on exagère. Les poudres de ver, de limace, de crapaud, de cloporte ou de vipère sèche certes s'y rencontrent, mais dans des proportions qui sont négligeables par rap-

1. Rondelet, *Histoire des poissons*, *op. cit.*, II, 101, 164-171. Champier, *De re cibaria*, *op. cit.*, XXI, 6, XXII, 7.

port aux quantités de drogues minérales et surtout de plantes et de simples, qui entrent dans les pharmacies. L'art de guérir passe par la phytothérapie. Les deux seuls animaux que les sœurs apothicaires achètent régulièrement sont la sangsue et l'escargot, ce dernier pour soigner les « esquinancies » et tous les maux de gorge. Quant aux tortues et aux grenouilles, elles ne sont pas en poudre ou en pilule, mais servies en consommés aux vertus héroïques.

La tortue est chère, et rare. Calvet le dit : le bouillon de tortue est à six livres, le bouillon de grenouilles à six sous. Le bouillon de tortue fait partie de ces plaisirs de bouche que l'on accorde volontiers aux anorexiques, et une donation particulière permet de financer une telle dépense [1].

On ne se pencherait pas avec autant d'attention sur la nourriture des malades pauvres si certaines nourritures médicalisées n'étaient pas sorties de l'hôpital et ne s'étaient pas répandues dans la sphère privée. L'hôtel-Dieu jouerait-il ici le rôle d'initiateur gastronomique que, cent ans plus tard, la caserne jouera auprès des populations jeunes et ignorantes en matière de nourriture carnée ? Les choses sont plus complexes, car les habitudes contractées à l'hôpital peuvent ne pas se retrouver à la table des humbles, contraints par la nécessité économique ; le transfert ne passe pas toujours par le canal de l'hôpital, réservé aux malades pauvres. Les bourgeois qui n'y ont pas accès adoptent aussi des nourritures diététiques. Ainsi le citron : les pauvres en hiver, complètement dénutris et souffrant de « scorbut de terre », ont appris le goût du jus, mais c'est la cuisine raffinée qui en fait le plus grand usage, alors que l'acidulant commun reste le verjus de seconde qualité ou le vinaigre. De ces nourritures concoctées pour les malades qui s'introduisent dans l'ordinaire des gens sains, retenons-en trois qui appartiennent primitivement à la famille des « restaurants, des humectants et des rafraîchissants ».

Les boissons d'abord : sirop d'orgeat, limonade. L'orgeat est une spécialité de l'hôpital, comme dérivé de la « ptisane ». C'est

1. Brockliss, L.W.B., *Calvet's web*, Oxford, 2001, 185.

une décoction d'orge enrichie de lait d'amande et de sucre. Quant à la limonade, elle a l'inconvénient de ne se garder que deux jours. On en trouve une version chic dans la cuisine gourmande, la boisson pour les fiévreux devenant une boisson d'été pour dames de la bonne société[1]. On en trouve une version plus ordinaire. Là, le *quiproquo* entre en jeu, et si l'on n'a ni citrons ni bigarades, on peut la faire à base de pommes de capendu : la couleur est moins belle, rousse, mais le goût piquant et la sensation rafraîchissante y sont. On est là dans le registre de ces boissons éminemment populaires, de ces boissons légèrement fermentées qui piquent la langue.

Dans la catégorie des potages, le goût de ceux à base de tortues et de grenouilles se répand en dehors de la sphère médicalisée. Quand la tendance se fait jour au XVIe siècle, certains trouvent cette innovation bizarre, comme Bernard Palissy : « Et de mon tems j'ai veu qu'il se fust trouvé bien peu d'hommes qui eussent voulu manger ni tortue ni grenoilles[2]. » D'autres la jugent franchement détestable, comme Estienne de Laigue qui tempête :

> Selon le mien rural et agreste intellect, c'est chose par trop curieuse, par trop désordonnée par trop téméraire, doubteuse, périlleuse, que de manger des tortues, comme ie voy a présent communément manger… Or plusieurs choses sont bonnes aux malades, et ne valent rien aux sains. D'où vient cette folle hardiesse de manger ceste beste laide, difforme… N'avons nous aultres viandes, plus renforcillantes, plus restaurantes, plus délectables, plus amènes que tortues[3] ?

Si le bouillon de poule est une vieille recette, le bouillon de tortue est plus récent, du moins dans ses applications non médicales. La mode se répand de manger de la tortue en

1. Bonnefons, *Délices de la campagne*, *op. cit.*, 171.
2. Cité par Aulagnier, *Dictionnaire des substances alimentaire*, *op. cit.*, 261.
3. Laigue, Étienne de, *Singulier traicté contenant la propriété des tortues, escargotz, grenoilles et artichaulz*, Paris, Galliot du Pre, 1530, non fol.

carême, comme on mange du veau les jours gras et elle fait de la nourriture des anorexiques et des anémiés un plat pour palais avertis et ventres gavés[1]. Quant aux grenouilles, à pareille époque, elles sont aussi du goût des riches, mais plutôt frites avec du persil qu'en potage, plutôt réduites au train arrière qu'entières. En revanche, elles « sont détestées des rustiques et des palais non avertis ». Voici pour les gens ordinaires deux produits de cueillette, de cueillette facile, devant lesquels ils font la fine bouche, dégoût médiéval qui restera un dégoût anglais.

Coïncidence ou effet, la consommation de tortue augmente au moment où l'offre progresse avec l'avènement de la tortue domestique. La tortue terrestre est une espèce en voie de multiplication au XVIe siècle. Elle fréquente tous les jardins comme auxiliaire du jardinier : on l'emploie au désherbage[2]. Quand la tortue nourrie de mauvaises herbes devient grosse, ce qui prend bien une dizaine d'années, on l'expédie en marmite, la question non résolue étant de savoir si elle finit dans la marmite de qui l'a élevée ou dans la marmite distinguée des gens des villes. Comme la tortue terrestre est comparable à la poule, mais avec un cycle d'élevage bien plus long, elle vaut plus cher sur le marché. La comparaison ne s'arrête pas là : on est frappé de voir combien, à chaque dégustation de tortue ou de grenouille, la référence obligée, celle que l'on cite immanquablement, c'est la poule ou le poulet. Décidément, la tortue s'installe dans son statut de générique, au moins aussi prisé que le *princeps*. Quant aux grenouilles dans la gastronomie ordinaire, leur destinée est incertaine. Le conflit entre le vieux préjugé et l'attrait nouveau pour cette viande fine est une rivalité de longue durée qui nous échappe et nous savons seulement que la victoire finale est au profit du batracien. La conquête définitive des écuelles populaires semble assez tardive, puisque le sobriquet collectif de « mangeurs de grenouilles » n'apparaît qu'au XVIIIe siècle. Peut-être la conversion est-elle définitivement acquise à partir du

1. Champier, *De re cibaria*, *op. cit.*, XXII, 7.
2. *Ibid.*

moment où la grenouille est véritablement grenouille, où l'on cesse de la prendre pour la femelle du crapaud. Furetière dans son *Dictionnaire* de 1694 hésite à la classer entre poisson et insecte. Il la considère comme comestible, mais recommande de ne pas la manger en mai, car alors elle s'accouple à un crapaud pour une étreinte de quarante jours.

Le passage de la nourriture des malades à l'ordinaire des gens sains qu'illustre le cas du bouillon de tortue est réversible. Dans les hôpitaux méridionaux du temps des Lumières, entre la cuisine et l'apothicairerie, on assiste à de curieux allers-retours, à des chassés-croisés. Les épices, par exemple, qu'on achète en masse pour la Sainte-Madeleine à la foire de Beaucaire, ont des destinations évolutives : le gingembre ne va plus en cuisine, mais en pharmacie ; le safran suit la trajectoire inverse.

Si le mouvement de transfert n'est pas univoque, dès le XVIe siècle il semble que le passage de la diète médicalisée au menu ordinaire se généralise, et qu'on transforme des prescriptions médicales en plats de gourmandise[1]. On peut formuler l'hypothèse que cette tendance a partie liée avec l'évolution de la médecine de chevet. Elle insiste sur la prévention (je ne peux guérir, mais je peux essayer de conserver ma santé). Par exemple, le bouillon « rafraîchissant, humectant » de volaille est prescrit en cas de fièvre. Pour prévenir la fièvre, pourquoi ne pas en boire, et ainsi préparer la machine humaine à renforcer ses défenses ? Ce n'est pas ce que dit la médecine, mais c'est ce que font les gens sains.

On se tromperait sans doute si l'on interprétait ce mouvement exclusivement comme le signe d'un souci plus accusé de manger diététiquement correct, de ménager un estomac sain mais délicat, et de se servir des plats qui soignent comme des plats qui préservent la santé. Il est grandement facilité par le nouveau regard médical sur les aliments et leurs prétendues vertus. Ni Calvet ni aucun médecin éclairé ne croient plus aux propriétés de la tortue telles que les Anciens les ont codifiées : l'écaille est

---

1. *Ibid.*, XIII, 29.

un aphrodisiaque, la chair permet de combattre le « haut mal » ou épilepsie, le fiel est bon contre les « esquinancies » ou angines et les piqûres venimeuses, les œufs contre les écrouelles. Aucun médecin, passé 1600, pour s'extasier sur les vertus de la grenouille. Il y a un long et patient effort pour expurger de la cuisine hospitalière les recettes de bonne femme et de charlatan, les scories superstitieuses. La tendance générale de réévaluation de la pharmacopée galénique et de révision des stratégies thérapeutiques n'est pas sans conséquence sur la cuisine hospitalière : chairs et végétaux sont débarrassés de leur aura quasi magique.

Prenons l'exemple des lentilles, douées dans la médecine populaire de vertus d'attraction magique : en cas de rougeole ou de toute maladie éruptive, manger des lentilles permet de faire sortir et de pousser plus facilement dehors ces boutons qui leur ressemblent tant. Or, les médecins s'insurgent : grosse bourde ! Pure invention ! Invention arabe[1] ! Est-ce seulement une coïncidence si, au même moment, la lentille cesse d'être une nourriture pour cheval et se voit réhabilitée, revalorisée même ? Tout le long travail d'épuration de la pharmacopée aboutit à l'enrichissement du répertoire culinaire des tables ordinaires. Rabattus du statut d'alicament à celui de simple aliment, les potages de tortue, de coq ou de grenouille n'ont plus qu'une valeur nutritive et gustative.

Le potage aux « vermichelles »

Les traductions posent toujours des problèmes délicats. Ceux qui traduisent des contes italiens de la Renaissance en savent quelque chose. Le héros d'une de ces nouvelles s'appelle Lazare, et il a l'estomac chargé de lasagnes et de macaronis. Le traducteur traduit sans trahir : « de lazagnes et de macarons ». Incompréhension du lecteur, pour qui « lazagnes » ne dit rien, et « macaron », au singulier, dit autre chose. L'édition suivante en 1580 corrige

1. Guibert, *L'Apothicaire*, *op. cit.*, 132.

et choisit la transposition, le calque : Lazare a l'estomac chargé en « souppes », c'est-à-dire en fines tranches de pain rassis que l'on mouille de bouillon. Cette fois-ci, tout devient clair [1].

Dans les pâtes où la forme est primordiale, deux familles coexistent : celle des feuilles, du type lasagnes ; celle des filaments. Les vermicelles appartiennent évidemment à la seconde. La technique de l'étirement permet d'élaborer des pâtes filiformes et de taille plus réduite que l'on a pu aisément assimiler à des grains à bouillie. Ce statut d'épaississant pour potage et bouillie n'est pas des plus valorisants, et le vermicelle a un coefficient de séduction sociale bien inférieur à celui des lasagnes et des macaronis, qui sont des consommations de luxe. Manger les uns à la fourchette et les autres à la cuillère trahit un usage social différent. Alors que les pâtes en feuilles entament dès le XVIIe siècle une carrière timide dans la cuisine gourmande, et qu'on les trouve à la table du marchand comme à celle du prince, les vermicelles sont bien plus discrets, et pour les découvrir il faut aller à l'hôpital.

À l'hôpital en effet, le cuisinier dispose pour épaissir les bouillons d'une variété de grains traditionnels. L'orge prime ; elle a trois substituts : le riz, la semoule, les vermicelles.

Ils sont dans une situation de concurrence équitable : leur valeur diététique est jugée égale ; leur provenance est lointaine, la semoule, comme les vermicelles, étant à base de blé dur qui ne pousse que sous des climats très méditerranéens. Aussi tous les trois, à l'aube des Temps modernes, sont-ils des produits d'importation, des conserves au long cours que les intendances hospitalières se procurent en quantité très réduite, compte tenu du coût du transport qui pèse sur le prix. Savoir lequel des trois se retrouve en plus grande fréquence dans les cuisines collectives relève d'une histoire quantitative qui n'a pas été faite, compliquée, nous l'avons dit, de la signification à donner au mot riz. Entre 1500 et 1700, le riz, d'abord, la semoule ensuite, semblent mieux connus. Question de prix ? Pas seulement, car dans les

1. Chappuys, Gabriel, *Les Facétieuses Journées*, 1584, 9e journée, Paris, Honoré Champion, 2003.

destins alimentaires l'idéologie et la saveur comptent tout autant que la rationalité économique. Or, le riz importé à fond de cale garde un goût « de marine », on l'appelle le riz salé [1]. En fait, ni la semoule ni surtout le riz n'ont eu besoin du passage par l'hôpital pour se faire connaître, et s'ils sont connus, ils ne sont pas appréciés pour autant. En 1550, le riz, au dire de Champier, accompagne la poule au pot des paysans et les bouillons gras des jours de fête [2]. Il part à la conquête des très pauvres dans les villes par le biais des distributions charitables et des soupes économiques. À l'hôpital, la « ptisane » de riz concurrence, voire supplante au XVIIIe siècle, celle d'orge mondé. Son succès est variable : à l'hôpital de Pau en 1771, le concierge est assommé par les pensionnaires qui refusent absolument de manger ce nouvel aliment qu'on leur distribue. Mais c'est sans doute qu'il est mal accommodé, alors on décide d'en faire quelque chose qui ressemble plus à la soupe ordinaire : on le fera bouillir trois heures avec du laurier avant de le mélanger avec du pain coupé en petits morceaux, du lait, du sel et du poivre [3].

En revanche, le vermicelle a bien du mal à se frayer un chemin dans le bouillon de l'hôpital.

À ce retard, on peut proposer une interprétation hypothétique. Le vermicelle a un handicap, tout entier contenu dans son nom. Les dictionnaires de l'âge classique le disent et le répètent à l'envi : « sorte de viande de pate en forme de vermisseaux [4] » ; « des longs filets qui ressemblent aux vers [5] » ; « comme qui diroit des petits vers [6] ».

Si l'association saute aux yeux, ce qui est moins compréhensible, c'est qu'elle ait pu provoquer un haut-le-cœur chez des

1. La Mare, *Traité de police*, *op. cit.*, 959.

2. Champier, *De re cibaria*, *op. cit.*, V, 21. Mais il y a toujours la possible méprise avec d'autres céréales.

3. Meyzie, Philippe, « Culture alimentaire et société dans le Sud-Ouest aquitain », thèse dactylographiée, Bordeaux, 2005, I, 230.

4. Oudin, *Dialogues fort récréatifs*, *op. cit.*

5. *Dictionnaire de Trévoux*, *op. cit.* Le dictionnaire emploie les adjectifs « vermiculaire », « lombrical », « vermiforme ».

6. Lemery, *Traité des drogues simples*, *op. cit.*, 883.

gens que nous savons zoophages, indifférents au massacre public des animaux de boucherie et amateurs d'abats rouges, roses ou pourpres. Il faut sans doute admettre que l'indifférence du zoophage s'applique à de grosses bêtes. Le même qui supporte sans état d'âme de voir assommer un bœuf ou égorger un cochon se détourne avec horreur de toute cette mini-faune « d'insectes », des grenouilles aux vers, née d'on ne sait quelle génération spontanée et vivant et se nourrissant de fange. On objectera que le vermicelle, par sa blancheur, rappelle peu les lombrics et autres vermisseaux de la nature. Mais il rappelle toute une faune qui grouille à l'intérieur de nourritures jugées saines, comme le fromage, ou malsaines, comme ces caques de harengs corrompus pleines de « vermisseaux de la grosseur d'un fil de quenoille [1] ». Il peut évoquer pire, dans une société où les parasitoses s'abattent comme le malheur sur le pauvre monde et où ni les rapports médicaux ni l'archéologie des fosses d'aisances ne nous laissent douter de l'intensité des grouillements parasitaires intestinaux que tous devaient endurer. Rappelons-nous ces lignes horribles et admirables de Bernard Palissy rapportant l'agonie de six de ses dix enfants, morts en bas âge :

> Auparavant que j'eusse fait la connaissance de ladite herbe, les vers m'ont fait mourir six enfants, comme nous l'avons connu tant pour les avoir fait ouvrir que parce qu'ils en rendaient souvent par la bouche et quand ils étaient près de la mort, les vers sortaient par les naseaux [2].

L'herbe en question est l'absinthe qu'il appelle « xaintonnique (saintongeaise) » et il vante ses vertus vermifuges. Rappelons qu'ouvrir c'est autopsier et qu'autopsier ses propres enfants est une pratique courante chez les médecins du XVIe siècle.

Trouver au fond de son écuelle comme un rappel des tortures intimes n'est pas, à la lettre, très ragoûtant. Sans doute les

1. Dole en 1506, cité par Delsalle, *Histoire, Justice, et Travail*, *op. cit.*, 173-192.

2. Palissy, Bernard, *Discours admirable*, *op. cit.*, 172.

hôpitaux auraient-ils été plus inspirés de choisir des pâtes d'autres figures, comme celles qui « ont la forme de grains de chapelet et c'est ce que les Italiens appellent *patres*[1] ».

Dans l'adoption des vermicelles, les hôpitaux d'avant-garde se situent dans le Midi, sans doute en raison de la proximité de Marseille d'où débarquent d'abord des cargaisons de pâtes sèches en provenance de Gênes, puis qui devient centre de fabrication. Mais c'est surtout à partir du moment où apparaissent des entreprises locales tenues par des « vermicelliers » que la consommation hospitalière augmente. À l'hôtel-Dieu de Carpentras on suit bien, à travers les comptes de l'intendant, l'introduction puis la naturalisation des vermicelles. En 1754, on achète, pour la première fois semble-t-il, des « vermicheli », en 1756, des « vermichely », en 1758, des « vermichelis », en 1768, des « vermicelli ». L'orthographe change, les quantités augmentent. En 1768, on en fait rentrer presque un quintal, d'autant plus facilement que son prix n'a cessé de baisser, à quatre sous la livre, il est alors descendu au niveau de celui de la semoule. L'hôpital de Genève connaît le vermicelle mais l'apprécie moins : seulement 22 kg de vermicelles en 1798. Le vermicellier local, Masson cadet, fournit un vermicelle de seconde qualité élaboré à partir de blés de pays, qui sont des blés tendres, avec moins de gluten. Le vermicelle est plus terne, friable, il rend le bouillon trouble, chose indésirable pour les palais délicats. Cet inconvénient peut passer pour un avantage. Mis dans la grande marmite, soumis aux longues cuissons hospitalières, le vermicelle se décompose, fond, pour finir par prendre cette consistance glutineuse qu'on aime dans le potage, la même que l'on demande au riz. Ce qui se dissout aussi dans le bouillon de coq, c'est le préjugé qui a coûté au vermicelle de ne pas figurer sur les tables distinguées. En perdant sa forme primitive, le vermicelle acquiert la consistance et le goût familier que l'on aime retrouver dans son écuelle : cela suffit pour qu'on l'adopte, et qu'on l'associe au bouillon de volaille.

1. Lemery, *Traité des drogues simples*, *op. cit.*, 883.

Qui a inventé les vermicelles ? Et où ? À ces questions typiques du mythe des origines, nous croyons tous pouvoir répondre. Les plus prudents citeront Marco Polo, tout en reconnaissant que l'Italien ne peut être l'inventeur des pâtes, il serait seulement ce voyageur avec bagages qui assure le transfert culturel de la Chine à l'Europe. D'autres, si d'aventure on les avait interrogés au XVIIe et surtout au XVIIIe siècle, auraient répondu différemment. Ils auraient affirmé tout de go : « L'origine des pâtes, c'est l'hôpital. » Entre Marco Polo et l'hôpital, entre la réponse qui tient de la fable érudite et celle qui exprime l'ignorance candide, la plus mauvaise n'est pas celle qu'on pense.

7
Herbes en capilotade

On connaît la question canonique : qui, de la poule ou de l'œuf, vient en premier [1] ? En ce qui concerne la nourriture canaille, l'énigme est complètement résolue : l'œuf passe bien avant la poule.

De la poule on en attend trois profits : l'œuf, la plume, la chair. Le premier est le seul qu'on prenne vraiment en compte. La basse-cour est soumise aux contraintes saisonnières de la ponte qui ne recommence qu'en janvier dans le Midi et en mars dans le Nord, pour s'arrêter aux premières froidures. Cependant, les plus petits ménages n'ont pas de basse-cour, mais une ou deux poules installées bien au chaud dans la maison rurale ou dans la maison de ville. Aussi nous assure-t-on que ces poules bien soignées pondent chaque jour [2]. Non seulement l'œuf est produit en quantité, mais il passe pour une nourriture idéale, réalisant un petit miracle d'équilibre entre deux couleurs, deux consistances et deux qualités. Cette harmonie heureuse rend l'aliment difficile à catégoriser : est-il de nature chaude ou froide ? Les uns pensent que la « glaire » de l'œuf le rend tout entier humide et froid, mais le « commun peuple » le croit parfaitement corrigé par le jaune, de couleur et de nature chaudes. Il est donc bon pour l'estomac, « bon à penser » et presque parfait à manger. Est-il aliment gras, comme toute substance animale, ou maigre ? Là encore, la définition donnée par les canonistes nous importe, car elle commande

---

1. Macrobe, *Saturnales*, VII, 16 repris par Champier, *De re cibaria*, *op. cit.*, XV, 85.
2. Rozier, *Dictionnaire d'agriculture*, *op. cit.*, t. VIII, « poule ».

les rythmes de consommation. Pendant tout le Moyen Âge, la réponse est variable, soumise aux « coutumes du pays », au laxisme ou au rigorisme de l'évêque. L'interdiction n'est absolue que dans le temps du jeûne maximal, pendant le carême qui précède Pâques. Au XVe siècle, dans un procès en séparation, un mari peut accuser son épouse de lui faire manger chair et œufs en temps de quadragésime. C'est un argument jugé tout à fait recevable pour obtenir gain de cause[1].

La Réforme protestante incite l'Église à mettre de l'eau dans son vin en matière d'abstinence, et une bulle fulminée par le pape Jules III en 1553 autorise les œufs en carême. Relâchement considérable, scandaleux aux yeux de certains dévots. Les juges ultracatholiques du Parlement de Paris refusent de l'entériner et de la publier – ce serait, disent-ils, « lâcher la bride aux hérétiques » ! Aussi la libération n'est-elle pas absolue ; il faut l'apprécier au coup par coup, suivant les diocèses, suivant les années. Mais quand l'approvisionnement de carême s'annonce difficile, les dispenses collectives sont facilement accordées. Quelle que soit sa situation officielle dans le calendrier religieux, le statut de l'œuf est réévalué, il passe désormais pour une alternative à la viande, les jours maigres ordinaires, ces jours que Rabelais appelle « jours maigres entrelardés », et reste un complément pour les jours gras. Reste à savoir si la Révolution de 1789 a aboli ou amorti l'alternance, la loi religieuse n'étant plus loi d'État. Il semble que les Français aient gardé l'essentiel de leurs rythmes : le vendredi, c'est poisson. Le samedi et le mercredi, jours « demi-gras », les œufs sont à l'honneur.

Du bon usage des poules

À la Renaissance, au dire de Belon, les œufs sont « l'une des choses qui soit de plus grand profit pour la nourriture du peuple ». Et cette part importante dans la consommation populaire va

1. Laurioux, Bruno, *Manger au Moyen Âge*, Paris, Hachette, 2002, 112. De La Roncière, Charles, *Un changeur florentin du Trecento, Lippo di fede del Sega*, Paris, SEVPEN, 1973, 245.

s'accentuer les siècles suivants, sous la pression conjuguée de la diminution de l'allocation carnée et de l'effacement du calendrier religieux. Dans les cantons à grains, assure Parmentier à la veille de la Révolution, les œufs ajoutent à la masse de la subsistance publique plus de nourriture que la chair de toutes les espèces d'oiseaux réunies [1]. On sait que passer tout un hiver sans manger d'œufs est une privation sensible aux hommes de ce temps, et qu'ils ont déployé des trésors d'imagination pour les conserver au-delà d'un mois. Face à cet allongement de la demande, l'offre, soumise elle aussi à des contraintes saisonnières, a du mal à suivre. Et c'est ici que, par hasard, la question des œufs croise une autre question subsidiaire qui passionne les Français du second XVIe siècle : comment faire fortune quand on a été ruiné par les guerres civiles ?

Plusieurs conseils d'économie appliquée circulent à ce sujet. Bernard Palissy, par exemple, écrit une « recepte véritable, par laquelle tous les hommes de la France pourront apprendre à multiplier et à augmenter leur trésor ». L'un des meilleurs projets est signé d'un certain Prudent Le Choyselat, procureur du roi resté proche de ses origines lodunoises, en Poitou. Il porte un titre réclame alléchant : « Discours économique non moins utile que récréatif, monstrant comme, par le ménagement des poulles, de cinq cent livres pour une foys employées, l'on peut tirer par an quatre mil cinq cents livres de proffit honneste. » Cet opuscule, paru en 1569, connaît un succès éditorial immédiat. Il est l'objet de cinq rééditions, de traductions, de contrefaçons même. On le trouve dans la hotte des colporteurs, il intéresse un large public, ce qu'on peut interpréter comme le signe que le laboureur n'est pas forcément routinier et qu'il est prêt à tenter l'expérience, pour peu qu'on lui en fournisse le mode d'emploi.

N'allons pas jusque-là dans nos présupposés, car nous sommes avertis d'emblée : il faut cinq cents livres à investir dans l'entreprise, somme qui ne se trouve pas dans un bas de laine moyen. Avec ce capital de départ, dit en substance Le Choyselat, on

1. Parmentier, Antoine-Augustin, *Mémoire sur les œufs des animaux domestiques*, annales de *L'Agriculture françoise*, première série, t. XXLI, an XIII, 333.

louera une ferme d'environ quatre arpents dans les environs de Paris. C'est important, car la proximité de la ville seule peut garantir la rentabilité de l'affaire. Cette ferme sera exclusivement consacrée à un élevage de poules pondeuses. Élevage d'un type particulier, alternatif, et périurbain dont Le Choyselat décrit les équipements techniques : plusieurs étables à gélines protégées des appétits du renard, du putois et de la belette, et bien orientées au levant, car les poules se délectent du soleil matinal et la chaleur favorise la ponte ; lesdites étables convenablement équipées de montoirs, de juchoirs et de paniers de foin. L'auteur affirme, et il a raison sur ce point, que c'est le bien-être de l'animal qui détermine la qualité de la production. Dans le détail du *management*, tout est fait pour transformer les poules en infatigables pondeuses : la chaleur du poulailler, les paniers à foin, plus doux que la paille, qui serviront de nids, l'enclos labouré, pour que les poules grattent, se gavent de vermine et de vermisseaux, et se vautrent en liberté. Acheter mille deux cents poules, cent vingt coqs ; pour soigner et nourrir cet étonnant troupeau, on engagera quatre servantes.

La seconde partie de l'opération consiste à monter un réseau de distribution. Il s'agit ici d'assurer la vente à flux tendus d'œufs frais pondus, et non pas d'écouler des œufs de garde, dont on aura « fait magasin » pendant l'hiver. Cette dernière technique est assez répandue, mais moins rémunératrice. Le réseau de vente comprendra douze ou quinze médecins influents, capables d'engager leurs patients à manger des œufs frais et vingt « revenderesses » ou « regrattières », pour se charger de la vente, moyennant commission. On aura compris que la communication est essentielle au projet. C'est pourquoi on recrutera des médecins qui soient des « Esculapiens barbus » et non des « Apollinaires imberbes » ; quant aux revendeuses, on les choisira parmi celles « qui ont la babillouère la mieux emmanchée ». Reste, ce n'est pas anodin, à trouver l'ânier et l'âne au pas le plus tranquille pour assurer un transport sans casse.

Pour que tous trouvent dans l'opération un profit « honnête », il faudra vendre :

> chascun œuf frais aisément six deniers pièce, car je te puis assurer qu'il y a mille personnes dedans la ville de Paris qui bailleront pour chascun œuf un carolus, s'ils estoient asseurez qu'ils fussent frais de jour à l'autre, quand je dirois deux mille personnes, je penserois ne rien avancer contre vérité.

Tout le reste est ensuite mathématique élémentaire. Sachant que mille deux cents poules bien nourries produiront chaque jour huit cents œufs, que les charges en personnel se montent à 2 703 livres par an, on table dès la première année sur un bénéfice net de 4 500 livres, profit plus « qu'honnête », voilà la morale de la recette de la poule aux œufs d'or. Ce qui confirme l'optimisme des reconstructeurs à l'époque d'Henri IV : « La France est si peuplée et si fertile que ce que la guerre a gasté en un an se rhabille en deux. » L'œuf virtuel de Le Choiselat partage avec la poule au pot une dose de luxe, de rêve et d'utopie.

Œufs des riches, œufs des pauvres

Dans tous les milieux on mange des œufs. Certes le truisme ne nous mènera pas loin et il convient de le nuancer aussitôt : on ne mange pas les mêmes œufs et pas de la même façon. On peut ajouter, à titre plus hypothétique : on ne les aime pas au même degré. Les gourmets, héritiers de certaines préventions médicales, n'en font pas des folies. On peut en user mais pas en abuser, et la règle qui conseille en substance : « un œuf par jour, cela va, mais deux, bonjour les dégâts », circule sous forme proverbiale. La lecture des « receptaires » peut nous en convaincre, le nombre de recettes à base d'œufs n'est jamais impressionnant. Les gens de peu, en revanche, sont de bons connaisseurs et de parfaits amateurs.

Les gens de haut parage n'aiment que les œufs de poule ; les autres en ont goûté de toutes sortes : de canes, d'oies, de cygnes, de paons et tous les œufs sauvages dénichés dans les arbres, d'oiseaux migrateurs et de tortue. De leurs dégustations comparées, ils ont tiré deux ou trois certitudes : le goût des œufs d'oiseaux sauvages ne reproduit ni l'odeur ni la saveur fortes de leurs géniteurs. Il n'y a que l'œuf de poule qui puisse se manger à la coque, en donnant ce « lait » si bon et si « restaurant » qu'il permet de prolonger la vieillesse. Enfin : les œufs de poule sont bien les meilleurs, même si certains, peu nombreux, assurent que ceux de poule faisane ou de géline d'Afrique, entendons la pintade, soutiennent la comparaison [1].

Les gens de haut parage les choisissent de préférence avec une coquille (une coque, une écorce, une écaille) rousse plutôt que blanche (c'est, encore aujourd'hui, notre préférence). On les aime longs, plutôt que ronds. On pense que les longs sont mâles, et les autres femelles. On persiste à penser qu'ils sont de nature froide, on compare la « glaire » à une huître crue. Ce qui conduit souvent à une discrimination culinaire entre le « moyeu » et la « glaire » : on sépare le blanc du jaune pour ne manger que ce dernier. Les blancs, recueillis on ne sait trop comment, iront fournir les ateliers des pâtissiers ou encore les cuves des vignerons [2]. Et pour clore sur ces hautes sphères alimentaires, on les préfère frais, donc chers comme ceux que propose Le Choiselat, en laissant aux autres les œufs de garde qui arrivent au marché. L'approvisionnement des villes en œufs dessine des auréoles géographiques socialement marquées : de la première couronne des élevages périurbains arrivent les œufs frais, si bons qu'on les mangera « à la mouillette » ; de la seconde couronne arrivent les œufs de conserve ; plus loin encore, l'espace-temps de l'approvisionnement se dilate, on utilise même la voie d'eau. Champier s'étonne de voir arriver à Paris des bateaux entiers chargés d'œufs. Ils sont couvés, gâtés, mais rassurons-nous : « Il s'agit de nourriture destinées aux étudiants en lettres [3]. »

---

1. Monteux, Jérôme de, *Conservation de la santé et prolongation de la vie*, Lyon, Jan de Tournes, 1559, 41. Belon, *Histoire de la nature des Oyseaux*, *op. cit.*, 28.

2. Parmentier estime que l'industrie du vin emploie quatorze millions d'œufs, surtout dans les vignobles du Midi. Les Bordelais, semble-t-il, préfèrent coller leur vin à la colle de poisson. Parmentier, *Mémoire sur les œufs*, *op. cit.*, 315.

3. Champier, *De re cibaria, op. cit* xv, 85.

On affirme qu'il existe en France cinq cent quarante-trois manières d'accommoder les œufs [1]. À vrai dire, nos sources sont moins généreuses, mais elles suggèrent toutes sortes d'apprêts. En dehors de l'œuf à la coque, réservé aux malades (provisoirement), on sait qu'on les préfère d'abord pochés, « à demi cuits », ensuite cuits sur la braise, c'est-à-dire à la poêle. « Les œufs endurcis sont moins considérés : ils sont de grosse nourriture, difficiles à digérer [2]. » On divise toutes ces préparations en deux catégories, selon qu'ils sont cuits avec ou sans l'écaille. Avec : on les fait bouillir dans l'eau ou on les cuit sous la cendre, entre deux plats. Sans : on les fait pocher dans l'eau, cuire au miroir, ou fricasser dans la poêle [3].

On est là dans l'énumération théorique. En pratique, les façons de faire s'ordonnent en fonction des préférences gustatives, elles-mêmes socialement distinguées. Quand Menon, l'auteur de la *Cuisinière bourgeoise,* affirme à propos de l'œuf que « c'est un aliment excellent que le sain et le malade, le pauvre et le riche partagent ensemble », il faut comprendre que le partage ne signifie pas l'égalité. Ceux qui ont les moyens de se procurer des œufs très frais les préfèrent tendres, mous, mollets, et la cuisson, la demi-cuisson ou le pochage à l'eau leur conviennent. Fricasser leur paraît la pire des préparations : « Elle charge l'estomac, fait roter, donne un mauvais sang, envoie à la bouche et au cerveau quantité d'exhalaisons puantes [4]. »

La mauvaise réputation de la fricassée tient peut-être à la qualité des œufs. Nous sommes dans un contexte où les œufs frais à six deniers pièce sont réservés à une élite ou aux malades, et où la ponte est saisonnière. La fricassée permet d'accommoder des œufs de garde, ceux que l'on trouve au marché, mais surtout ceux que l'on a conservés chez soi. Tout bon ménage en fait des

1. Aulagnier, *Dictionnaire des substances alimentaires*, *op. cit.*, « œufs », 70. Voir aussi les énumérations rabelaisiennes.

2. Belon, *Histoire de la nature des Oyseaux*, *op. cit.*, 30.

3. Guibert, *L'Apothicaire, op. cit.*, 147.

4. *Ibid.*, 147.

provisions, des « magasins ». À chacun sa recette. Ici, on « plie » l'œuf dans du papier, on l'enfouit dans la cendre de bois, et ainsi il pourra, pendant six mois, « faire d'excellentes cuisines[1] ». Dans la cendre, dans le sable, la paille ou tout autre emballage réputé conservateur, on les entasse à la fin de l'été, quand les poules sont encore généreuses en ponte, pour passer l'hiver « entre les deux Notre-Dame[2] ».

La fricassée est à l'honneur dans la cuisine populaire. Qu'elle soit réputée plus lourde n'est nullement un inconvénient : d'un plat d'œufs on peut faire un plat de résistance, voire unique, comme en témoigne l'omelette froide des temps de moisson. Le consistant, le dur ne rebute pas, au contraire : on aime l'omelette sèche et l'œuf dur. On mange des œufs à pleines dents, quand ceux qui ont la bouche fine les dégustent du bout de la mouillette, de préférence en entrée, d'où le proverbe : « depuis l'œuf jusques aux pommes[3] » (de l'entrée au dessert). Il arrive même sur les grandes tables qu'on serve la fricassée d'œufs sucrée en issue de table, à la place de la pomme. Sur les tables ordinaires, la fricassée n'est ni apéritive ni digestive : elle est centrale et parfois unique.

La fricassée d'œufs

Nous nous situons dans un régime alimentaire où l'omelette aux pommes de terre est impossible, et l'œuf dur mayonnaise inenvisageable, parce que la mayonnaise à base d'œufs est inconnue, parce que l'association des deux serait une redondance sophistiquée et coûteuse. Dans cet ancien système, deux façons ordinaires de consommer les œufs sont relatées, sans que l'on puisse avoir une mesure de leur fréquence ou de leur importance : l'œuf gobé, la fricassée. La formule la plus facile

1. Rivet, Auguste, « À boire et à manger en Haute-Loire autrefois », *Cahiers de Haute-Loire*, 1999, 447.
2. Menon, *Cuisinière bourgeoise*, *op. cit.*, 265.
3. La Mare, *Traité de police*, *op. cit.*, livre V, « œufs ».

est de gober l'œuf frais[1]. Remarquons que ce geste est souvent associé à la recherche de nids dans les arbres, et qu'il ne s'agit pas alors d'œufs de poule. Cette gastronomie du maraudage est expéditive, nutritive et saine : on est assuré de la fraîcheur. Du maraudage, il faut, en passant, dire deux mots : du point de vue du complément alimentaire, il est essentiel et peut-être fournit-il la plupart des apports vitaminiques aux gens de la campagne. Du point de vue culinaire, il est nul. L'œuf de poule d'élevage se prête-t-il aussi au gobage ?

La cuisine ordinaire des œufs se fait à la poêle ; il semble que c'est là, avec la friture des oignons, l'emploi le plus courant de cet ustensile dans les foyers. La poêle à la queue longue comme un manche de fourche est l'ornement de toutes les cheminées d'auberge, elle n'est jamais récurée pour ne pas attacher et à peine survient-il un voyageur à l'improviste qu'on la décroche pour préparer des œufs au miroir ou une omelette, ce plat dont la vertu essentielle réside dans sa vitesse de préparation et sa rapidité à calmer la faim ; de ce point de vue, comme du point de vue nutritif, elle équivaut largement au bifteck. Avertissement aux voyageurs :

> J'invite ceux qu'attirent la curiosité et l'amour des promenades solitaires à bien se munir de provisions de bouche, s'ils ont quelque antipathie pour le pain bis, l'omelette au lard ou le jambon. Demandez à dîner ou à souper, les vieilles femmes qui habitent cette grange ne vous offriront pas d'autres mets[2].

On ne peut parler de fricassée d'œufs sans penser à l'omelette. La chose existe, même si le mot est d'invention récente. Le Moyen Âge connaît et pratique la série impressionnante des « arboulestres », « reboulastres » et des « allumelles », « alemettes », devenues par métathèse « homelaictes » ou « aumelettes » dans le second XVIe siècle. Encore faut-il prononcer les mots correctement. À la Cour de Louis XIV, on dit « omelette », mais

1. Champier, *De re cibaria, op. cit.*
2. Jacques Arago, le frère de l'astronome en voyage dans le Bordelais des années 1820. Cité dans Meyzie, « Culture alimentaire », *op. cit.*, 289.

beaucoup disent « amlette[1] ». En cuisine comme ailleurs, il faut se méfier des faux amis, « omelette » est un de ceux-là. D'un côté, on a l'omelette écrite, celle des livres de recettes, de l'autre des indications éparses mais qui, mises bout à bout, donnent l'impression et même la certitude que l'omelette est soumise elle aussi à la dure loi du rang social. La ménagère du troisième état rompt la coquille, bat ensemble, avec un petit bâton à deux ou trois branches, les « moyeux » et les « glaires », les met à la poêle. Elle ne pratique pas la ségrégation et emploie l'œuf entier, au lieu que la cuisine du premier ordre l'écrème : « ôtez la moitié des blancs », dit le *Cuisinier français*, ou encore « mettez-y plus de jaunes que de blancs ».

La matière grasse est variable, mais le beurre est peu présent, autre différence avec l'omelette distinguée. Les poêles en fer étant ce qu'elles étaient, bosselées et très adhésives, le grand art est d'économiser la matière grasse tout en faisant qu'elle tapisse bien la poêle. On frit à l'huile ou au corps gras solide, introduit en quantité variable : la noisette, la noix et l'œuf sont les unités de mesure : « mettez gros comme un œuf de saindoux dans la poêle »… Le saindoux pur est rare. Suivant les saisons, suivant les régions, on emploie des corps gras différents, seuls ou en mélange. La variété est extrême. À titre d'exemple, dans le Velay, on utilise au XVIe siècle : le suif de mouton, l'huile d'olive, le sain de porc frais ou le plus vieux possible, le sain de truie, la graisse de chèvre, la graisse d'oie, la graisse des rognons de mouton, du beurre frais, du beurre vieux, de l'huile de noix[2]… Ce qui fait l'infinie diversité des omelettes simples et leur dissemblance avec l'omelette écrite tient à la diversité des corps gras, et aussi à la note acide. La douceur du beurre est remplacée par des saveurs plus fortes, qui vont du rance à l'acidulé. C'est la nature de cette note acide, le moment de son introduction dans la préparation qui déclinent l'omelette populaire en plusieurs versions. On mêle du vinaigre à la matière grasse dès le début, ou bien on ajoute du verjus qu'on verse en même temps que les œufs battus et la note d'acidité se développe en cuisant.

1. *Dictionnaire de Trévoux*, *op. cit.*
2. Rivet dans *Cahiers de Haute-Loire*, *op. cit.*, 129.

Ou bien, plus discrètement, à la fin, on verse une « cuillerée » (est-ce vraiment discret ?) de vinaigre chauffé dans la poêle débarrassée des œufs [1].

Le cuisinier de grande maison cuit l'omelette d'un seul côté, la fait glisser dans le plat en la repliant en trois ; la ménagère ne pratique pas l'art du pliage, elle cuit les deux côtés et, si c'est une virtuose et que la quantité de matière grasse le permet, elle sait la faire sauter pour la retourner. Le résultat est une sorte de crêpe d'œufs, pas forcément épaisse mais solide, sèche, de celles qu'on peut aisément emporter et manger froides. On devait la manger avec les doigts, et non à la cuillère.

Et c'est là, au final, que l'omelette populaire diverge définitivement de celle de la cuisine écrite, pour se rapprocher des bouillies de céréales solides. Le provençal, en disant « crespeou » ou le français « crêpe d'œuf », expriment cette proximité technique. L'espagnol le dit mieux que nous, en désignant sous le nom de *tortillas* aussi bien l'omelette que la galette de maïs.

L'omelette ne contient pas que des œufs. Elle n'est pas à proprement parler farcie, comme l'omelette bourgeoise qui se replie douillettement comme un chausson sur des mélanges qui gardent leur intégrité, qui sont à base d'éléments distingués comme les rognons de veau, le fromage d'Italie, les pointes d'asperges, truffes ou morilles. Le *nec plus ultra*, sous Louis XIII, est de la garnir d'abattis de poulet ou de coq. L'omelette commune est plus une fricassée, où les œufs perdent leur identité. Ils sont intimement mélangés à toutes sortes de garnitures, le plus souvent maigres : du fromage vieux, qu'on aura « gratusé », qui peut éventuellement lui apporter le liant et suppléer à l'absence de beurre ; des escargots, des champignons, toutes denrées de peu de prix et de peu d'estime ; des oignons bien sûr, « des oignons et de la ciboule qu'ils font revenir dans la poêle, ainsi que d'autres ingrédients qui y forment un liquide acide qui se mélange bientôt aux œufs ».

Quand on fourre son nez au plus près de la poêle, on découvre que l'oignon n'est pas rouge, encore moins blanc ; le plus souvent,

1. Monteux, *Conservation*, *op. cit.*, 41.

il est vert, en pousses et non en bulbe. Cet oignon « à queue verte » ou en « herbe verte » fait transition, car, parmi les ingrédients qui se brouillent si souvent aux œufs, il faut donner aux herbes la place qu'elles méritent, au nom d'une alliance très roturière qui en fait une nourriture de pénitence courante et si accessible qu'on peut la pratiquer les autres jours.

Les bonnes herbes

Belon lance un défi à ses lecteurs de 1555 : « Qui connaît plus de trois cents sortes de choses propres à manger, issues des herbes[1] ? » Ceci, pour leur faire prendre conscience de leur ignorance, de leur maigre sens de l'observation, de leur faiblesse enfin, face à « l'infiny ouvrage de la nature ». Ce défi, même considérablement amoindri, qui aujourd'hui pourrait se targuer de le relever ? Camporesi l'a bien dit : notre petite culture de *re herbaria* est ridiculement pauvre, nous ignorons que la frisée est une chicorée, et combien d'herbes sauvages sommes-nous capables de reconnaître et d'intégrer à notre ordinaire ? En même temps, le flou de nos connaissances se dissipe dans les certitudes de l'idéologie. Nous ne connaissons pas les herbes, mais nous savons quoi en penser, en vertu d'un vieil héritage culturel. Il livre à notre imaginaire une vision solide, bien ancrée et tout en contraste, en noir et blanc.

La première image se pare dans notre mémoire de belles couleurs ; allons cueillir les herbes, dit le poète, et nous sommes prêts à le suivre pour préparer une salade de saison, en cueillant pêle-mêle : « la boursette touffue, la pâquerette à la feuille menue, la pimprenelle heureuse pour le sang, la responsette à la racine douce, et le bouton des nouveaux groseilliers. »[2]

Après le bucolique, l'horrifique. L'autre image que les herbes nous évoquent est bien plus noire et le catalogue de nos idées reçues est peuplé de ces pauvres faméliques qui, en

1. Belon, *Histoire de la nature des Oyseaux, op. cit.*, 66.
2. Ronsard, « La Salade ».

période de disette paroxystique, meurent le long des chemins, la bouche pleine de terre et d'herbes, ou encore (les aurait-on autopsiés ?) les entrailles pleines d'herbes qui les ont étouffés. Qui ne connaît cette vision d'horreur de l'affamé broutant de l'herbe, de l'herbe des champs, en particulier la « barbe de bouc » ? Alors l'énumération des herbes apparaît comme une sorte de taxinomie de la misère. Elle revient comme une litanie sous la plume des chroniques quand elles nous parlent des temps calamiteux où les hommes se mettent à manger comme des porcs et à paître comme les bêtes, soulignant qu'il y a pire que la faim : la déchéance de l'homme et sa sortie de la civilisation.

Pourtant, ce sont les mêmes herbes que mange le poète et que broute l'affamé, si bien qu'on se demande où se situe la frontière entre l'animalité et l'humanité. En fait, elle ne passe pas dans le végétal lui-même : ce qui est en jeu, c'est la façon d'en user, et finalement l'absence ou la présence de cuisine. Des dents-de-lion du poète (nos pissenlits), accommodées avec de l'huile, du sel, du vinaigre qui l'amortissent, qui corrigent son amertume, agrémentées d'œufs durcis, coupés en tranches, ne sont plus des crudités insupportables à penser. Mangées avec du pain, c'est un mets digne d'être apprécié par tous. On peut les préparer autrement, comme l'indique un manuscrit privé du XVIe siècle :

> Prenez de la cicorée des champs, racine et tout, et oster le coueur de la racine et faire le tout bouillir en eau de fontaine tant qu'il soit pourry de cuire, puis les fault fort estraindre et les haches fort et en faire salade avec huile d'olive et vinaigre.

Pratiques très proches des nôtres, on le voit, à cette nuance près qu'ils consommaient plus de salades cuites que nous, plus de « cuidités » que de crudités. Car la crudité n'est acceptable que solidement rectifiée, civilisée par la trinité civilisatrice : sel, huile ou graisse fondue, vinaigre. En revanche, brouter l'herbe, c'est l'absorber sans préparation, sans la prédigestion que représentent la cuisson à l'eau ou la correction par le sel et le vinaigre. Les herbes crues ne sont pas seulement une nourriture insipide et insignifiante, c'est de surcroît un véritable poison pour l'organisme.

Nous nous dispenserons donc de la non-cuisine des herbes. En revanche, leur provenance nous intéresse. Les bonnes herbes sont en grande partie des herbes spontanées, croissant dans les champs ou les forêts. Dans quelle mesure l'économie de ramassage s'amenuise à mesure que progresse l'agriculture, c'est là une question à laquelle on a beaucoup de mal à répondre. Il faut partir de ce constat simple que, de 1500 à 1900, l'espace du *saltus*, voué à la cueillette et à la dépaissance, ne cesse de se rétrécir, que le mouvement s'accélère singulièrement après la Révolution, 1789 abolissant ou érodant les droits d'usage dans les terres incultes.

L'économie de la cueillette exige non seulement de l'espace, mais aussi du temps. Il faut savoir ce que l'on veut : la bonne fermière doit-elle s'occuper de sa basse-cour, gouverner la volaille, s'occuper du jardin et sarcler, ce qui demande un minimum de soins, ou bien est-elle dehors, à fagoter, à grappiller, à cueillir, à ramasser ? Or, tous les manuels qui enseignent l'agriculture familiale insistent sur le fait que, à l'heure de l'intensification agricole, c'est surtout le travail de la femme qui est requis. « La rustique Françoise » est sommée de s'investir dans la basse-cour, aux champs, à l'étable, et son rythme de travail qui s'accélère rejoint et dépasse celui de l'homme. Une des clés de la modernisation agricole réside sans doute dans cette intensification du travail féminin.

Donc la rustique Françoise est moins présente dans les bois et les chemins. En revanche, comme l'amélioration en cours passe par le désherbage et le sarclage, la voilà dans les champs de blé envahis de plantes adventices. Pierre Bordier, un fermier beauceron, se plaint en juin 1756 de voir son blé « étouffé » par des herbes et des racines qu'il nomme : « piécot », (pied de coq, renoncule rampante), « maroute » (camomille puante), « cornillau » (bleuet), et « ravenelle » (radis ou raves sauvages), « sauve » (c'est la moutarde sauvage) et toujours ces vrais poisons que sont les chardons, le chiendent et l'ivraie. Comme ces herbes compromettent le rendement, on comprend l'attention inquiète qu'il leur porte [1].

---

1. Vassort, Jean, *Les Papiers d'un laboureur au siècle des Lumières*, Seyssel, Champ Vallon, 1999, 111.

Sa femme n'est pas moins soucieuse, mais elle sait tirer parti de ces parasites et développer tout le savoir-faire botanico-alimentaire appris à l'école buissonnière. Elle est, par exemple, « herbière », chargée de ramasser de l'herbe pour les vaches. Le plus souvent, c'est une intermittente de la cueillette qui pense au repas à venir. Parmi les dix-sept mauvaises herbes qui poussent dans le blé et que les traités agronomiques inventorient, elle peut sélectionner le petit nombre de celles qui sont bonnes à manger : pas le coquelicot ni le bleuet, mais le souci ; la moutarde et la ravenelle, les pissenlits et toutes les chicorées sauvages, l'oseille, la buglose et la bourrache qui croissent toutes spontanément « es sols labourés [1] ». La familiarité avec les herbes se manifeste dans le nom vernaculaire qu'on leur donne, loin du binôme de Linné : « oreilles d'ânes », « pas d'ânes », « dents-de-lion », « pied de coq », « pied de veau », « pied de chat », « langue de pivert », « corne de cerf »… Voilà le bestiaire familier destiné à l'écuelle. On imagine volontiers la cueillette comme une chose simple. Cela demande une femme et un tablier, dit-on. C'est faire bon marché de la connaissance nécessaire au tri. Et puis d'un tablier plein d'herbes, on tire une seule pelote bouillie, donc combien de tabliers et de trajets pour remplir le pot familial ?

Le regard que jettent les contemporains sur la cueillette des herbes n'est pas tendre : « aller aux glands ou aux fraises » est signe de nourritures insipides et insignifiantes, de salades qu'on méprise, et y ajouter des œufs ne fait qu'augmenter leur éminente vulgarité. Mais la ruée de printemps, au sortir d'un hiver hypovitaminé, est toujours attestée. Ainsi font les paroissiens du curé de Légna en Franche-Comté en 1734 :

> Quand les herbes du printemps commencent à croître, ils courent la plupart en cueillir, par les prés et par les champs, et

1. *Le Bon Fermier*, 1787, 238. Framond, Martin de, « À la table d'un marchand bourgeois du Puy », Viallon-Schoneveld, Marie (éd.), *Le Boire et le manger au XVIe siècle. Actes du XIe colloque du Puy-en-Velay*, Saint-Étienne, Publications de l'université de Saint-Étienne, 2004, 129.

les font bouillir avec une poignée de cette farine de turquis et les mangent sans sel[1].

En dehors de cette cueillette saisonnière, on dispose de peu d'informations. On reste sur l'impression que les mauvaises herbes des champs et des friches entrent plus souvent dans le pot que les herbes cueillies dans les futaies, et que, globalement, les espèces sauvages se raréfient. La diminution est sensible sur les marchés urbains. Les « places aux herbes », si nombreuses au Moyen Âge, sont moins actives, on va acheter la verdure aux halles qui proposent des légumes plus standardisés et reconnaissables.

Plutôt que de compter sur une nature devenue sans doute plus chiche, mieux vaut cueillir les plantes du jardin. La liste des herbes et feuilles poussant dans tel ou tel potager de la Renaissance ou de l'âge classique est si impressionnante que de bons historiens se sont demandé à quoi elles servaient. Puisque leur utilité est hors de doute, on a tendance souvent à penser qu'elles échappent franchement à l'univers culinaire, et que ce sont des « simples » qui servent à soigner, peut-être à guérir, parfois à être « auxiliaire de Vénus ». Bref, elles doivent plutôt être rangées dans l'armoire à pharmacie. Nos classifications sont bien sommaires. C'est oublier que toute herbe ou « simple », comme la sauge, si elle a des vertus thérapeutiques reconnues, peut aussi être utilisée pour son rôle aromatique. Et des trois jardins théorisés par Olivier de Serres : d'ornement ou « fleuriste », médicinal et potager, c'est bien le dernier qui occupe le plus l'espace et le temps des hommes. Dans le potager idéal d'Olivier de Serres, on cultive vingt légumes feuilles, de l'ache à la trippe-madame ; de tels inventaires nous apprennent l'humilité, ils nous rappellent à quel point nous sommes des analphabètes en botanique. À ces légumes feuilles, il convient d'ajouter les légumes racines « dont les feuilles sont des bettes, et tout cela bon à manger, appareillé en cuisine[2] ».

Quand on rencontre, ce qui arrive souvent, une même espèce déclinée en deux versions, sauvage et cultivée, c'est la dernière

1. Delsalle, *Boire et manger*, *op. cit.*, 29.
2. Serres, *Théâtre*, *op. cit.*, VI, 7. Champier, *De re cibaria*, *op. cit.*, IX.

qui est jugée la meilleure : ainsi la pimprenelle, la mâche que « la culture a rendu[e] plus agréable[1] ». L'ache des jardins est devenue si différente de la plante spontanée qu'on a changé son nom pour celui de « céleri » quand on mange la tête des racines blanchies sous le fumier avec huile, vinaigre et poivre.

Et loin de s'arrêter, le travail de domestication des plantes connaît au siècle classique un élan étonnant. On connaît quatre sortes d'oseilles cultivées au XVIe siècle, sept au XVIIIe siècle, quatre sortes de laitues au temps de François Ier, mais plus de cinquante sous Louis XVI, à tel point, dit Buffon, qu'un jardinier de village aujourd'hui n'oserait pas planter les plantes d'il y a deux ou trois siècles. Une des grandes conquêtes culinaires des Temps modernes consiste en l'enrichissement des potagers. Le naturaliste dira : pas un enrichissement, plutôt un relais ou un chassé-croisé constant entre bonnes et mauvaises herbes ; entre herbes sauvages, devenues domestiques et herbes domestiques, qui, supplantées et évincées au jardin, retournent à la nature. Mais le mouvement n'a rien de naturel. Le jardinier perfectionne, il sélectionne en fonction du goût. Il refuse aussi. Dans la famille des ombellifères, voilà la carotte ; voilà le fenouil doux, que beaucoup de traités présentent comme un excellent légume : mais il a un goût d'anis et on ne l'aime pas.

À ce jeu-là, le grand vainqueur de notre époque s'appelle l'épinard. L'épinard est d'introduction récente, médiévale. À la Renaissance, s'il est devenu une culture vulgaire, il n'est pas le seul de son espèce. Il a des cousins rustauds : l'arroche, la patience, la bourrache, la bette. Il a au jardin un frère, le chénopode bon-henri et des équivalents. Il les surpasse, par sa feuille grasse et lisse, son acidité tempérée. Il aime l'azote, donc le crottin des moutons, et on peut se demander si son progrès n'est pas associé à celui de l'élevage ovin. Petit à petit, il évince ses anciens concurrents : *exeunt* la raiponce, la bardane, le chénopode bon-henri, la livèche,

---

1. Duchesne, Antoine, Nicolas, *Manuel de botanique, contenant les propriétés des plantes utiles pour la Nourriture, d'usage en médecine, employées dans les arts, d'ornement pour les jardins, et que l'on trouve à la campagne aux environs de Paris*, Paris, Didot, 1764.

le pourpier, la pimprenelle. Elles perdent leur statut d'herbes potagères et glissent dans la catégorie des mauvaises herbes ; quand le tétragone s'invite dans les jardins dans les années 1820-1830, sous le nom « d'épinard de la Nouvelle-Hollande », il achève de compléter un paysage potager qui ne changera plus guère [1].

Mais nous sommes ici à parler le langage des naturalistes, alors que, culinairement, l'appellation « d'épinards » est extensible. On appelle « plats d'épinards » les bouillies ou soupes plus ou moins épaisses fournies par les parties vertes des plantes cultivées et sauvages. C'est un nom générique, comme salade ou plante potagère, qui fond l'identité botanique de chaque plante dans un destin culinaire commun. De ce point de vue, l'épinard regroupe à peu près toutes les feuilles comestibles, il joue au jeu des six familles : polygonacées, crucifères, solanées, urticaires, renonculacées, chénopodiacées [2]. On mange « en épinard » soit entières (en branches) ou en purée, hachées, les herbes sauvages comme l'ortie, les feuilles cultivées comme le chénopode bon-henri ou la poirée, et celles exclues des jardins et redevenues sauvages comme les ravenelles et les moutardes des champs. Peut-être à la table des grands le plat d'épinards est-il fait exclusivement d'épinards. Mais qui jurerait que, pour ajouter un plus gustatif, le maître queux n'y a point ajouté quelques feuilles d'oseille, de patience ou de poirée, retrouvant les gestes traditionnels de la cuisine ordinaire ?

La cuisine de la vulgaire bonne femme

Des herbes, on dit en général qu'elles sont neutres, sans vices, ni vertus. Elles valent ce que vaut l'assaisonnement [3]. Mais l'assaisonnement lui-même est passé sous silence.

---

1. Roques, *Nouveau Traité*, *op. cit.*, I, 449.
2. Maurizio, Adam, *Histoire de l'alimentation végétale depuis la Préhistoire jusqu'à nos jours*, Paris, Payot, 1932, 118.
3. Pailleux, Auguste, Bois, Désiré, *Le Potager d'un curieux. Histoire, Culture et Usage de deux cents plantes comestibles peu connues ou inconnues*, Paris, 1892, rééd. Marseille, J. Laffitte, 1993, 564.

Guibert, qui écrit en 1642, précise les propriétés des herbes, « peu nourrissantes mais rafraîchissantes ». Il poursuit en énumérant de A (aulx, asperges, artichauts, acholles) à Z, celles « dont on se sert heureusement tous les jours ; desquelles un chacun congnoist le vray moyen d'en user. Autant finir ce discours sur les herbes ». Le discours a pris une demi-page. Celui sur la chair, qui suit, une bonne vingtaine. Et on n'en sait pas plus sur la cuisine des herbes[1]. Le mépris des cuisiniers est absolu : vous devez savoir, dit l'un d'eux, « que je ne gaspillerai ni temps ni fatigue à décrire les différents potages de légumes… et autres choses du même ordre, que n'importe quelle vulgaire petite bonne femme sait faire[2] ». Par le prêche et par la pratique, la haute cuisine refuse d'envisager l'herbe, le légume ou tout autre végétal comme l'ingrédient principal d'un plat digne de ce nom. On lui refuse toute autonomie culinaire. Associer l'herbe à l'œuf ? Passe encore, à condition qu'il y ait en fin de compte plus d'œufs que d'herbes. Alors on servira une « omelette à la célestine[3] ». Mais que les proportions s'inversent, que l'herbe domine, et l'on retombe dans le registre des fricassées et des capilotades canailles sur lesquelles nous savons si peu. Cependant voici un premier indice :

> Les Parisiens sçavent assez combien sont utiles les Espinars pour la nourriture en temps de caresme, lesquels en font divers appareils pour leurs banquets : maintenant les fricassent avec beurre et verius ; maintenant les confisent à petit feu avec beurre en pot de terre ; maintenant en font des tourtes, et plusieurs autres manières[4].

L'épinard est éclectique. Les pâtissiers le vendent en tourtes chaudes et en pâtés chauds ou froids, toujours en mélanges rehaussés de menthe, à tel point qu'on appelle la menthe

---

1. Guibert, *L'Apothicaire*, *op. cit.*, 1642, 141.
2. Cité dans Sabban, Françoise, Serventi, Silvano, *La Gastronomie à la Renaissance : cent recettes de France et d'Italie*, Paris, Stock, 1997, 32.
3. Comme tel voyageur en 1710 dans le Bordelais, voir Meyzie, Philippe, « Culture alimentaire », *op. cit.*, 277
4. Estienne, *L'Agriculture*, *op. cit.*, 89, « arroche et épinard ».

« pâté »[1]. Dans une cuisine non professionnelle, deux techniques sont couramment employées : la cuisson rapide à la poêle, ou au contraire la cuisson douce. Chaque fois qu'on doit mijoter, le pot de terre est cité, pas la terrine de terre vernie qu'on apporte au four, mais la terre poreuse qui conserve la chaleur et qui s'imprègne des graisses de cuissons précédentes et permet de mystérieux échanges de saveurs, d'une cuisson à l'autre. Mais avant de mettre au pot, le premier geste est de trier et de laver toutes sortes d'herbes qu'on va traiter « en épinard ». Il n'y a aucune feuille qui refuse la proximité et le mélange avec d'autres, à la différence des herbes aromatiques qui sont plus exclusives et rétives à la promiscuité – ici, l'épinard sauvage ou cultivé peut cohabiter avec l'oseille, le bon-henri aux feuilles poudrées, la bourrache aux feuilles velues, la feuille de bette pour une note plus douce. Les épinards des riches sont de « vrais » épinards, dûment sélectionnés : « prenez les plus blonds, et ne vous servez de verts qu'à défaut d'autres[2] ». Le précepte culinaire serait incompréhensible si nous ne savions ce qui se cultive dans le potager classique ; on a, en fait, le choix entre deux variétés. L'épinard commun a des feuilles vertes, lancéolées et dont la pointe se termine par « un piqueron » ; peut-être est-il urticant, comme l'ortie ! L'épinard blond a des feuilles plus arrondies et plus succulentes. Bien entendu, en restant toujours à haute altitude, on ajoutera à ces épinards du beurre. Manger des épinards sans beurre, dit Bonnefons, quelle horreur, quelle gueuserie ! Le *Cuisinier français* fait fondre les feuilles en branche ou hachées « avec moitié autant de beurre que d'épinards[3] ».

Ceux qui n'ont pas de beurre à mettre dans les épinards pratiquent une autre cuisine où l'eau joue un rôle primordial. C'est d'abord l'eau froide du lavage – opération longue, lourde, occasion de sociabilité entre femmes à la fontaine, de contestation ou de disputes avec les autorités municipales qui prétendent réserver les lavoirs ou fontaines à des usages particuliers. Corvée

1. Aulagnier, *Dictionnaire des substances alimentaires*, *op. cit.*, *« menthe »*, 24.
2. La Varenne, Pierre-François, *Le Cuisinier françois*, 1650, 333.
3. *Ibid.*

trop souvent abrégée, nous disent les paléo-parasitologues. Étudiant les sédiments des cabinets d'aisances du XVIIe siècle, ils concluent à l'existence d'ascaridiose et de trichocéphalose, dont la fréquence leur paraît liée à l'ingurgitation de légumes mal lavés. Dans un second temps, les herbes, comme toutes les plantes potagères, ont une vocation parfaitement affichée : passer à l'eau effervescente. Quand les feuilles sont bien vertes et âcres, il faut parfois un double blanchissage pour qu'elles perdent de leur âcreté. Les épinards ne sont donc pas fondus, mais bouillis, puis coupés et pressés en pelotes ou en boulettes, ce qui permet peut-être de dissocier la préparation ; on mettra au pot en temps voulu des boulettes prêtes de la veille. Est-il bien nécessaire, comme le recommandent les traités bourgeois, d'ajouter du verjus « pour leur donner un peu d'aigreur [1] » ?

Tout dépend du mélange initial. L'essentiel est qu'en fin de compte il reste un soupçon d'amertume qui se conjugue bien avec des ingrédients plus doux. Faute de beurre, ce sera une poignée de riz ou d'autres grains qu'on fait éclater dans le pot et/ou quelques œufs entiers et du lait écrémé. Le mélange des deux, battu en omelette, sera versé sur le pot qui a déjà longuement cuit dans la braise, de façon à le recouvrir tel un capuchon : c'est le sens même du mot « capilotade ».

La capilotade est un bon exemple de plat de ce maigre assoupli, « entrelardé », qui permet de composer avec la contrainte religieuse ; on peut y lire tout aussi bien une rationalité économique qui mêle autosubsistance (l'œuf) et cueillette (les herbes), autant dire un plat qui ne coûte rien. Sous des noms multiples, elle apparaît comme emblématique d'une cuisine de terroir qui ne dit pas son nom mais qui se coule dans la niche écologique qui l'environne, qui connaît la biodiversité et sait l'exploiter. Toutes ces interprétations sont recevables. Mais n'oublions pas l'essentiel : l'alliage des œufs et des herbes, les unes apportant leur acidité, les autres leur douceur, est un mariage de goût réussi.

---

1. Dalechamp, *Histoire générale des plantes*, *op. cit.*, 458.

Si le plat d'herbes variées appartient à une cuisine qui, sans être paléolithique, est fort ancienne, il est en voie d'extinction dès le siècle des Lumières. À ce moment-là, les naturalistes témoignent d'une perte du savoir oral et ils éditent à tour de bras des opuscules pour mettre en garde les cueilleurs non formés et les cueilleuses du dimanche : prenez garde, disent-ils, de confondre la racine de l'aconit avec celle du panais, ses jeunes pousses avec celles du céleri ; prenez garde de prendre pour du persil des feuilles d'æthuse, sans parler de la ciguë, cette tueuse dont on confond encore les racines avec celles du panais. À les lire, on pressent que la société des lisants-écrivants s'urbanise, s'éloigne des activités agricoles et que la cueillette est devenue une activité de loisir. En même temps, la connaissance des plantes comestibles est un savoir précieux que l'on s'efforce de rassembler en prévision des temps de pénurie, et Parmentier n'est que l'un de ceux, ils sont très nombreux, qui s'efforcent de dresser le grand catalogue des nourritures de remplacement. C'est désormais le statut que l'on assigne aux herbes. Des listes des substituts de la Révolution et de l'Empire au catalogue des ersatz de la Grande Guerre, on est dans la même logique de l'inlassable redécouverte des plantes de misère.

Quand, en 1917, les puissances en guerre publient un catalogue sous le titre « que peut-on encore ramasser ? », c'est quarante-deux légumes sauvages qui sont recensés pour devenir plats d'épinards. Les trésors sont enfouis, ils ne sont jamais définitivement perdus.

8
Le haricot de mouton

Un haricot de mouton doit-il en comporter ou non ? Cette grave question a agité au début du siècle dernier le petit monde de l'érudition culinaire. C'était le temps où le critique gastronome adorait s'asseoir à la table du festin entre l'historien et le cuisinier. Il éprouvait un plaisir sadique à cuisiner l'histoire pour lui soutirer la vraie recette, et armé de ladite formule, à tancer d'importance l'homme de l'art. Dans ces querelles, si la cuisine n'a rien à perdre et ne s'en sort pas mal, l'histoire est bien malmenée. Donc, dans ce débat toujours recommencé entre 1839 et 1968 [1] sur le haricot de mouton, Escoffier prit position.

Escoffier fut un grand chef, formé à la rude école de la pénurie. Ses plus grands exploits à mes yeux, il les réalisa à Metz pendant le siège de 1871, où, soldat-cuisinier confronté aux difficultés du ravitaillement, il sut tirer le parti le plus imaginatif de denrées rares et monotones et les transformer en plat de mess pour ces messieurs de l'état-major. Mais les grands chefs ne font pas obligatoirement les bons historiens. L'erreur d'Escoffier a été de tirer sa propre interprétation du haricot non pas des sources éventuellement populaires de sa cuisine, mais d'un livre

---

1. Les bornes chronologiques ici choisies sont : Courchamps, *Néophysiologie du goût*, 1839, Gillet, Philippe, « Les avatars du haricot de mouton », *L'Histoire*, 1986, 90, 75-77. La mise au point la plus documentée est celle de La Broue, Camille, « Haricot de mouton », Curnonsky et Derys, Gaston, *Anthologie de la gastronomie française*, Paris, Librairie Delagrave, 1936, 271-276.

de gastro-histoire paru en 1839 et écrit par le comte de Courchamps.

Escoffier affirme donc que, pour être authentique, tout « vrai haricot de mouton doit comprendre un bon litre de haricots blancs ». Conviction fondée sur ce constat : le haricot est « l'ingrédient patronymique et légitime » du haricot de mouton. Ce n'est que répéter ce que dit Courchamps : le haricot a d'abord été une fricassée de haricots rouges et de mouton haché, mais « ce ragoût primitif a été perdu de vue, parce qu'il est arrivé que le haricot rouge, ingrédient patronymique et légitime, en a été chassé par un spoliateur impudent et niais : le navet[1] ».

Séduisant postulat. On pouvait cependant objecter – et certains ne s'en sont pas privés –, que ce haricot avait dans la titulature une place singulière, et qu'on aurait plutôt attendu : « mouton aux haricots », comme « bœuf-carottes » (et non « carotte de bœuf »). Mais enfin, la logique sémantique n'est pas toujours du côté du mouton, puisqu'on sait qu'un « rôt de bif », un bon rôt de bif (ou de biff) à la française, se taille dans l'agneau, comme le gigot, et qu'il se met entier à la broche, piqué de petit lard, et servi dans son jus comme pièce du milieu dans les repas composés.

La fable des origines

Quand Courchamps s'intéresse au haricot, à l'époque romantique, c'est un plat « primitif » mais avec déjà une histoire si longue qu'elle a été « perdue de vue ». Il va lui inventer plus qu'une histoire : un pedigree, une généalogie. La plus noble est bien entendu la plus souhaitable. Donc le haricot de mouton, comme la noblesse immémoriale sous l'Ancien Régime, remonte aux croisades. C'est un plat que nous devons aux Arabes. Ce qui a double mérite : dérouler une longue tradition et la raccrocher à un emprunt initial. On aime bien emprunter dans l'histoire culi-

1. La Broue, Camille, « Haricot de mouton », *op. cit.*, 271.

naire, dans un échange inégal où l'on n'est jamais sûr de rembourser. Dans le catalogue reçu des reconnaissances de dettes culinaires, la tradition arabe joue un rôle prépondérant, dépassant de loin l'Orient et le Nouveau Monde. Les voyages forment la gastronomie. On ne compte plus le nombre de produits ou de plats alimentaires que le croisé aurait ramenés de ses pérégrinations, devançant en cela le voyageur au long cours du type Marco Polo ou la reine venue d'un pays lointain. Il suffit de peu parfois, d'une simple attraction paronymique pour opérer des rapprochements, esquisser des liaisons dangereuses. Mais voilà que les médiévistes nous mettent en garde : ce discours constitue trop souvent l'incarnation parfaite du mythe d'origine. « La Terre sainte n'a pas été ce foyer d'emprunts bons ou mauvais que des historiens abusés et souvent abusifs ont complaisamment décrit[1]. »

Et ils épinglent, entre mille produits présentés comme « retour des croisades », le safran, la prune de Damas, soi-disant ramenée par un seigneur revenu de Syrie dans sa Lorraine natale, où, depuis, elle est bizarrement connue sous le nom de « quetsche ». Or, l'un et l'autre étaient déjà employés dans les festins romains de l'Antiquité[2].

Du voyage à Jérusalem, le bilan est finalement bien mince. Les conquêtes franques les plus durables en termes alimentaires ne sont qu'au nombre de deux : l'abricot et le sucre. Nous « devons » à la culture alimentaire arabe, en sus, les pâtes sèches, les épinards et la transmission de règles diététiques elles-mêmes puisées dans le vieux fonds gréco romain. Mais le haricot ? Car tout le monde sait que le haricot a été ramené d'Amérique, soit deux siècles après le dernier des passages en outre-mer. Les érudits du siècle passé, plus avisés que Courchamps, et bien conscients de l'anachronisme, avaient trouvé la parade dans l'arsenal linguistique :

1. Le Goff, Jacques, *La Civilisation de l'Occident médiéval*, Paris, Arthaud, 1964, 97.

2. Laurioux, Bruno « Quelques remarques sur la découverte du sucre par les premiers croisés d'Orient » dans *Chemins d'Outre-mer : études d'histoire sur la Méditerranée médiévale offertes à Michel Balard*, Paris, Publications de la Sorbonne, 2004, 527.

le plat importé des croisades comportait des fèves ou « feverolles », subrepticement remplacées plus tard par des fèves de haricot, donc des haricots. La fève blanche, ancêtre du haricot, est un héritage arabe du VIIe siècle. L'héritage a cet avantage considérable sur l'emprunt qu'on n'est pas obligé de rendre. Tout se résumerait à une affaire de confusion sémantique : on a substitué à la fève le haricot d'abord dans le vocabulaire, puis *in concreto* dans la marmite.

Comme toute histoire est bataille, arrive le belliqueux et bête navet. Beau combat au fond des marmites. La bataille tourne à la Révolution, si l'on en croit Alexandre Dumas. Son *Dictionnaire* enseigne que « les navets ont fait leur 93 et les haricots rouges ont eu leur 21 janvier[1] ». On n'arrête pas la verve d'Alexandre Dumas ou celle de ses nègres. Donc, les haricots ont été guillotinés, alors qu'ils étaient rouges, et les navets, pourtant blancs, intronisés en lieu et place dans le pot, à une date non précisée. Intronisation qui, si nous poursuivons l'exercice d'histoire-fiction, doit se situer avant la bataille de Navarin en 1827, puisque dans le navarin le navet est à son tour vaincu par la pomme de terre, sur l'ordre de l'amiral commandant la flotte française qui améliore ainsi un soir de victoire le rata du marin, et l'ordinaire du Français pour toujours... Ladite victoire sur les Turco-Égyptiens et l'indépendance de la Grèce achèvent à n'en pas douter ce long cycle d'emprunts gastronomiques à la civilisation arabo-musulmane, qui, entre-temps, nous a donné aussi le blé sarrasin et le blé de Turquie, ces deux bons grains à bouillie...

Et voilà, madame, d'où vient ce plat de haricot, au bout d'une fable longuement mitonnée dans la marmite gastro-érudite dont nous avons un peu allongé la sauce.

Car, bien entendu, tout cela n'est que fable. Ou jeu, jeu de mots, jeu de mets : une activité ludique sur les origines historiques, mythologiques, étymologiques d'un plat ou d'un aliment. Ce jeu se pratique depuis longtemps, entre joueurs venus de tous

1. Dumas, *Mon dictionnaire de cuisine*, *op. cit.*, « haricot de mouton ».

horizons : littérateurs, lexicographes, cuisiniers même, s'y adonnent et adorent interroger les mots et les rompre comme l'os rabelaisien. Ils en extraient rarement une « substantifique moelle », le plus souvent ils en tirent matière à des devinettes qui courent les rues à l'âge classique :

« Savez-vous pourquoi la laitue est ainsi nommée ? Parce qu'elle remplit les nourrices de lait. Et le poireau, alias "porreau" ? Parce qu'il paraît vite, il sort de terre rapidement[1]. » De la même façon, « l'escourgeon », une variété d'orge, doit son nom au fait qu'il vient au secours des pauvres gens en temps de disette ; la « pastenade des champs », cousine sauvage de la carotte, est appelée ainsi parce que la population en mange souvent et s'en repaît[2]… On doit rapporter « béatilles » à béatitude, en raison du plaisir qu'on a de manger un pâté de béatilles. Enfin, le chien de mer est souvent appelé « requien » ou « requin » parce qu'il arrive qu'on en mange mais aussi qu'il nous mange. « Dévorant les hommes, il fait chanter pour eux le *requiem*[3] ». Prendre ainsi les nourritures au pied de la lettre est un jeu qui fait hurler de joie Rabelais qui s'en amuse facilement : c'est le cuisinier Robert qui a inventé la sauce piquante du même nom, et Mondam a inventé la sauce Madame[4]. Furetière lui emboîte le pas dans la dérision. Son *Roman bourgeois* se moque de l'histoire revue et corrigée par les étymologistes « qui savent l'histoire de ces pays merveilleusement », qui nous apprennent que l'invention de la salade est due à Saladin, de la même façon que les Tuileries portent le nom d'un roi de France qui s'appelait Tuile. On dit d'une étymologie qu'elle est soit simple, soit fausse. En étymologie culinaire, il arrive fréquemment qu'elle réunisse les deux traits…

---

1. Platine, repris dans Tournefort, cité encore par Aulagnier, *Dictionnaire*, *op. cit.*

2. Bonnefons, *Délices de la campagne*, *op. cit.*, 617. Dalechamp, *Histoire générale des plantes*, *op. cit.*, 617.

3. Lemery, *Traité des aliments*, *op. cit.*, II, 351.

4. Rabelais, *Quart-Livre*, chap. XL.

Soyons sérieux. Il est temps de tourner le dos aux fantaisies généalogiques. Oui, le haricot est un mets ancien et anciennement mentionné. Il figure dans les traités de cuisine médiévaux les plus célèbres, le *Viandier* de Taillevent et le *Mesnagier de Paris*. On le retrouve aussi dans les livres de cuisine postérieurs comme ceux de La Varenne ou de Menon. Pour savoir de quoi on parle, le plus simple et le plus sûr est d'aller feuilleter les dictionnaires à la lettre H. Le *Dictionnaire de l'Académie* le définit ainsi sous Louis XIV : « espèce de ragoût fait ordinairement avec du mouton et des navets ». On se trouve alors devant deux possibilités : soit faire de l'accompagnement de navets le trait pertinent du plat, soit trouver sa caractéristique essentielle dans la façon de préparer la viande. Les livres les plus anciens nous tirent vers la seconde hypothèse. Il convient que la chair soit dépecée par menues pièces, dit Taillevent. Et le *Mesnagier* répète le même conseil. Des morceaux de la largeur de deux doigts, précise Menon : on déchire des lanières de chair dans le sens de la fibre. Or, déliter de cette façon se dit « haricoter » (ou encore « harigoter », « aligoter »). Le « haricotage » est le stade ultime du dépeçage, avant le hachis proprement dit qui ne peut s'exécuter dans un foyer ordinaire. Hacher la viande avant l'ère des hachoirs mécaniques est le privilège et le monopole du pâtissier, seul doté des instruments et du savoir-faire nécessaires à l'opération. Aussi les bons ménagers au Moyen Âge ou encore les ménagères des Temps modernes ont-ils recours au professionnel pour tout ce qui relève du hachis et du broyage. Même les pâtés « maison » exigent un détour préalable par son arrière-boutique. Veut-on faire un pâté de bœuf ? Alors la viande bouillie sera « portée chez le pâtissier pour la faire hacher avec la graisse et la moelle de bœuf ». Veut-on faire des saucisses ? Le pâtissier saura « très menuement mincer et détrancher » la viande de cochon [1]. « Haricoter » en revanche, relève de la technique domestique. Est-ce une victoire du goût du naturel qui triomphe dans les cuisines élitistes du XVIIe siècle ? Les mor-

1. *Le Mesnagier*, *op. cit.*, recette 164 et 353.

ceaux alors semblent devenir plus gros[1]. Au fond, le haricot tire son appellation d'un terme de découpe.

« Le ragoût plébéien »

Le mot est de Courchamps, repris par Dumas. Sur ce point, mais sur ce point seulement, on peut suivre monsieur le Comte. On a répertorié, à la fin du XVIe siècle, trois régimes alimentaires. Le registre le plus bas consiste en « châtaignes et naveaux cuits sous la cendre, grosse chair au pot avec naveaux appelés raves par les Comtois et les Limousins[2] ».

Le « vrai » haricot est canaille. Couper petit dénote une viande coriace et dont on attend qu'elle soit mieux attendrie et plus vite cuite. Plus explicitement, on le tient au XVIIIe siècle pour un plat dédié aux « non délicats » ou bien pour le temps de carême[3]. Mais ici comme ailleurs, le ragoût joue double jeu : il se fait pauvre chez les pauvres, riche chez les riches. Un doublon que la cuisine écrite n'ignore pas. La *Cuisinière bourgeoise,* dans son édition de 1774, propose une recette de haricot de mouton, immédiatement suivie d'une autre, intitulée « haricot de mouton distingué ».

L'attention portée à la qualité des morceaux devenant de plus en plus un trait de comportement des élites sociales, la distinction commence par le choix de la viande : « pour faire un haricot de mouton dans le goût bourgeois, il faut couper une épaule de mouton par morceaux ». D'autres recommandent de prendre un carré de mouton, et de couper très court des côtelettes, bien parées et aplaties au couperet. Encore s'agit-il ici de mouton. Dans le *Dictionnaire de Trévoux*, on suggère du mouton ou du

1. *Dictionnaire de Trévoux*, *op. cit.* : « Haricot : hachis fait en gros morceaux de mouton. »

2. D'après les *Facéties* de Tabourot, cité dans Pérouse, Gabriel A., « Nouvelles françaises du XVIe siècle. Images de la vie du temps », thèse de lettres, Lille-III, 1974, 444.

3. Chomel, *Histoire des plantes usuelles*, *op. cit.*, « haricot ».

veau, au choix. Quant à l'accompagnement, dans tous les cas il s'agit de navets.

Entre Moyen Âge et âge classique, le mets se transforme et s'ajuste aux traits pertinents de la grande cuisine parisienne. Le premier indice est le changement de la graisse de cuisson utilisée. Les morceaux qui étaient fricassés préalablement « en sain de lart » au Moyen Âge sont passés au beurre au temps de Louis XV. L'autre mutation réside dans la nature du bouillon et dans le traitement final en sauce. L'assaisonnement varie, au gré du goût aristocratique. Le cuisinier médiéval arrose son haricot avec du bouillon de bœuf, du vin, du verjus et du macis. La Varenne en 1651 propose un haricot très « nouvelle cuisine » : la farine et le bouquet garni figurent parmi les ingrédients, alors qu'ont disparu le vin et les épices et que le verjus est remplacé par le vinaigre. La nouveauté est dans la combinaison entre le beurre et la farine, dans ce mode de liaison à la « farine frite ». Menon, quelques décennies après, n'ajoutera que quelques touches à la recette : la farine frite est devenue un roux et les aromates indigènes triomphent dans un bouquet parfumé. Menon n'y va pas de main morte, et outre le sel et le poivre, il utilise sept aromates : persil, ciboule, une feuille de laurier, thym, basilic, trois clous de girofle, une gousse d'ail. Le résultat se nomme un haricot ou une bisque de bourgeois[1]. Le haricot peut, à l'occasion, devenir, on l'a dit, un plat de pénitence. Voici, au chapitre des menus maigres, une macreuse en haricot[2]. La surprise, à proprement parler, vient de ce que la macreuse, oiseau de marais, prisé et donc cher, est considérée comme chair maigre. Pourtant, il ne faut pas s'en offusquer : elle est ici à sa juste place au regard des canons religieux, selon lesquels est viande maigre tout ce qui vit dans et sur l'eau, la mer ou les marais. Ce volatile est donc, culinairement parlant, un poisson, et d'ailleurs il a le sang aussi froid qu'eux[3]. On coupe la macreuse en quatre morceaux, on la fait cuire dans une marmite

1. Gillet, *L'Histoire*, *op. cit.*, 75-77.
2. Menon, *Cuisinière bourgeoise*, *op. cit.*, 224.
3. Chomel, *Histoire des plantes usuelles*, *op. cit.*, « macreuse ».

de terre ou une « huguenote » qui est une marmite sans pieds. Le dénominateur commun de toutes ces recettes réside dans la présence obligée de navets. On saisit que, de génération en génération, le haricot n'est pas resté immobile, qu'il s'est écarté de son trait pertinent quand la façon de découper a moins compté, ainsi que le type de viande. Il est devenu une façon d'apprêter, applicable à toute espèce de chair. L'invariant désormais, c'est le navet. Et dans le registre du maigre, la *Maison rustique* (1763) propose aussi des haricots de brochet, de carpe ou d'anguille qui ne sont, ni les uns ni les autres, à la portée d'une bourse moyenne. Par sa plasticité, sa flexibilité sociale, le haricot peut se comparer au hochepot hollandais. Dans les Pays-Bas du Siècle d'or, le hochepot est un plat commun aux étudiants, aux professeurs, aux patriciens, aux charpentiers, bref, il est en voie d'acquérir le statut de plat national ou de plat patriotique [1].

Revenons au haricot de mouton. Si l'on peut manger du haricot toute l'année, on préfère le haricot printanier qui marie l'agneau nouveau d'avril et les navets jeunes et tendres. Tel est le goût bourgeois auquel Menon se réfère sans cesse. C'est un modèle, un exemple à suivre que tous ne suivent pas et il est bien des procureurs chiches ou des usuriers pour préférer un ragoût plus ordinaire. Harpagon, l'avare de Molière, en est le modèle le plus achevé, lui qui enlève la nourriture de la bouche de ses bêtes, de ses valets contraints d'observer deux fois plus de jours d'abstinence que la normale, et de ses convives. Lors d'un banquet mémorable, voilà Harpagon qui donne ses ordres à son cuisinier :

> Il faudra de ces choses qu'on ne mange guère et qui rassasient d'abord : quelque bon haricot, bien gras, avec quelque pâté en pot bien garni de marrons [2].

La viande de mouton, le navet entrent dans ces « choses qu'on ne mange guère », à la fois indispensables et courantes.

---

1. Schama, Simon, *L'Embarras de richesses. Une interprétation de la culture hollandaise au Siècle d'or*, Paris, Gallimard, 1991, 241-242.
2. Molière, *L'Avare*, 1668.

« Ces choses qu'on ne mange guère »

Nous sommes à la fin du XVIIIe siècle dans un village d'Île-de-France, Silly-en-Multien. La fête de la Saint-Nicolas, le 6 décembre, approche, et comme c'est la fête des enfants, le maître se prépare à régaler à l'école, autrement dit chez lui. Les parents se cotisent, trois sous par enfant, une mère se charge du gâteau, le maître d'école, Jacques Bernet, prévoit un dîner aux alentours de midi, avant les jeux. Les comptes de Jacques Bernet nous laissent entrevoir la composition d'un repas pour trente enfants :

> 1782 : soupe de haricots, œufs en omelette, salades, noix et gâteau.
> 1783 : ils sont 28 : deux plats de soupe, deux d'haricots, 2 omelettes, 2 salades, un bon plat de pommes cuites au chaudron, des noix et du gâteau.
> 1784 : 2 plats de soupe grasse, deux plats de boulû [bouilli], deux plats d'haricots aux navets, un gigot de bon mouton pesant six livres et demie, à la broche, deux plats de salade, et pour le dessert du gâteau et des pommes.
> 1785 : 3 plats de soupe, trois de boulû, 3 plats d'haricots aux navets, un gigot à l'eau, un gigot à la broche, trois salades, des pommes, des noix et pour chacun un gâteau individuel [1].

Bouilli, en ragoût, à la broche, les petits Franciliens ont droit à du mouton de toutes les façons.

L'élevage des ovins n'est pas, en cet Ancien Régime finissant, confiné sur des terres ingrates ou méridionales. Bien au contraire, il est présent partout, en particulier dans cet espace qui va de l'Orléanais à la Picardie, de la Normandie à la Champagne et qui constitue le grand grenier du royaume. L'Île-de-France en fait partie. Dans son journal de comptes, Jacques Bernet a noté, à l'occasion de la dîme des moutons en mai 1781, qu'on recense

1. Bernet, Jacques, *Le Journal d'un maître d'école d'Île-de-France, 1771-1792. Silly-en-Multien, de l'Ancien Régime à la Révolution*, Villeneuve-d'Ascq, Presses universitaires du Septentrion, 2000.

trois cent vingt-deux agneaux dans le terroir de son petit village, sans compter leurs pères et mères. On est ici dans une terre à blé, donc une terre à moutons.

Sur le plateau picard tout proche, la plupart des bons laboureurs nourrissent plusieurs dizaines de moutons, alors que porcheries et basses-cours sont partout insignifiantes, voire inexistantes[1]. L'exemple du Beauvaisis n'est pas une exception, il se retrouve dans tous les *openfields* du bassin parisien voués à la grande culture. Ce n'est pas par hasard ni par un royal caprice qu'on a construit une bergerie modèle à Rambouillet. Une fois la moisson enlevée, les champs s'ouvrent à la pâture des moutons et, comme le droit de vaine pâture efface les limites des propriétés individuelles, chacun, même très pauvre, trouve le moyen de nourrir son troupeau à bon compte. Le mouton est partout : dans les deux soles des céréales une fois moissonnées, dans la troisième, la jachère, en tout temps. Si, en pays de vignoble, les bêtes à laine sont plutôt indésirables, en revanche, elles sont bienvenues en plaines, dans les landes, où elles triomphent dans les chaumes et les jachères de la petite exploitation.

Le gros exploitant élève le mouton parce qu'il est nettoyeur des champs et bon fournisseur d'engrais. Le petit lui demande la laine, le lait, le recherche d'autant plus qu'un petit troupeau ne coûte pas plus cher qu'une vache. Pour tous, l'ovin est moins difficile à nourrir que la volaille, qui demande un supplément de grains pour sa nourriture.

Donc le mouton est la seule viande fraîche des moissonneurs, des journaliers, des « haricotiers ». En temps normal, ils sont de solides végétariens, mais lorsque les gros travaux arrivent et qu'il faut refaire les forces du travailleur agricole, alors on sacrifie le mouton. Il arrive parfois que les journaliers, littéralement gavés, demandent grâce et exigent sur leur contrat d'embauche de ne plus manger de mouton qu'une fois par semaine[2]. Quant

1. Goubert, *Cent mille provinciaux*, *op. cit.*, 128.

2. *Annales d'agriculture française*, IV, an VI. L'exemple cité ici est celui de l'Eure-et-Loir.

au haricotier, il vaut la peine qu'on s'y arrête. C'est le nom sous lequel on désigne le petit paysan indépendant autour de Beauvais, et pour lequel son historien, Pierre Goubert, se demande s'il ne faut pas, pour chercher l'origine de ce terme pittoresque, penser au haricot de mouton. Le domaine du haricotier est en petits morceaux, il possède quelques parcelles de terre, en fait valoir d'autres, au total huit à neuf de nos hectares, ce qui lui permet d'entretenir un troupeau, de vivre petitement et de nourrir sa famille quand les épis sont abondants [1].

Le mouton fait partie des gros bataillons qui approvisionnent les boucheries urbaines et Harpagon n'aura aucun mal à s'en procurer un quartier bien gras. Les bouchers débitent à tour de bras cette « grosse viande », en même temps que le bœuf ou la vache, classés dans la même catégorie. Les carnivores urbains mangent la même bête, mais pas tout à fait la même viande. L'agneau, disponible de Pâques à la Pentecôte, est réservé aux tables bourgeoises ou aux repas de fête [2]. Les plébéiens consomment surtout les parents ou les grands-parents de l'agneau. Au menu du plus pauvre figurent parfois du bélier, c'est le cas encore au XVIe siècle, puis, de plus en plus, de la brebis.

> Je sais que l'on mange surtout du mouton d'un an ou même de deux ou trois ans ; nous savons que, tout comme le bélier, la brebis est exclue des repas élégants. Cependant, elle figure souvent sur la table des pauvres, où elle est assez appréciée [3].

Le bas prix de la brebis est déterminé par les conditions d'élevage, tout entier tourné vers la production de fumier, de laine ou accessoirement de lait [4]. L'éleveur compte parmi ses ouailles – c'est ainsi qu'on appelle les ovins – un bélier pour soixante ou soixante-dix brebis, soit bréhaignes, soit brebis à lait. On « châtre » le parc en éliminant les femelles dès qu'elles

1. Goubert, *Cent mille provinciaux*, *op. cit.*, 191.
2. La Mare, *Traité de police*, *op. cit.*, II, 145.
3. Champier, *De re cibaria*, *op. cit.*, XIII, 15.
4. Serres, *Théâtre*, *op. cit.*, VIII, 1.

ont passé la quatrième ou la cinquième année ; on les tond, on les met au repos en tâchant de remplacer la toison par une couche de graisse, puis on les envoie en boucherie.

La brebis de réforme n'a pas belle allure. Celle descendue du Larzac, vers 1760, et dirigée sur les boucheries urbaines, est âgée de trois-quatre ans, elle est tout en muscles, sans graisse, et dépouillée de ses deux à trois livres de toison elle pèse entre 7,5 et 9,5 kg : bête chétive que le loup peut emporter dans sa mâchoire puissante, que l'homme peut tuer aussi facilement qu'un lapin. Autant dire qu'à la campagne, si l'abattage d'un bœuf ne peut être qu'accidentel, celui de la brebis est plus courant, tout comme est ordinaire le ragoût de mouton.

Car on persiste à dire « ragoût de mouton » et les règlements de boucherie dénotent une préférence affichée et permanente pour les mâles. Sans doute le goût de ces brebis de réforme n'est-il pas fameux. Si l'on en croit Olivier de Serres : « Difficilement se peuvent bien engraisser les bestes surannées, leur défaillant les dents pour paistre. Et leurs chairs, même si elles sont grasses, ne sont jamais de bonne cuitte, se diminuant de beaucoup au feu. » D'où la conclusion logique : « Les masles sont à préférer aux femelles[1]. »

On peut discuter de son goût et poser la question de savoir si ses préférences sont ordinairement partagées. On n'attendra pas de lui un élément de réponse : les auteurs de son genre nous abreuvent d'informations sur ce que mangent ou sur ce que doivent manger les animaux, signe d'un indubitable souci de la nourriture animale. Mais sur ce que mangent ordinairement les hommes, il ne nous dit rien. Nous savons seulement que ces hommes-là sont de grands renifleurs et des humeurs de fumet, qu'en matière d'odeur il en est une qu'ils détestent généralement : celle du « frescun ». Or, l'odeur fade du « frescun » ou du « fraichain » émane en général de la bête fraîchement tuée, spécialement du mâle, type bélier ou mouton[2]. Mais reconnaissons qu'un moment de fraîcheur est vite passé, et que successivement

1. *Ibid.*
2. Boissier, *Dictionnaire*, *op. cit.*, « frescun ».

la mortification puis la cuisine donneront des parfums plus convenables aux narines en éveil.

Cependant, les documents sont formels : en boucherie, on ne connaît que le mouton. En témoigne cette scène de boutique extraite du *Bourgeois poli*, (1631) :

> La cliente : Hé bien, mon amy, avez-vous là de la bonne viande ? Donnez-moi un bon quartier de mouton et une bonne pièce de bœuf, avec une bonne poitrine de bœuf.
> Le boucher : Oui da, madame, nous en avons de bonne, d'aussi bonne qu'il y ayt en la boucherie, sans dépriser les autres. Approchez, voyez ce que vous demandez. Voilà une bonne pièce de vache du derrière bien espaisse. Cela vous dit-il ?
> La bouchère : Madame, voilà un bon colet de mouton ; tenez, voilà qui a deux doigts de gresse. Je vous promets que le mouton en couste sept francs, et si encore on n'en sçauroit recouvrir, je serons contrains de fermer nos boutiques.

Deux pièces de bœuf pour une pièce de mouton : la demande de la ménagère de comédie est assez représentative de la demande parisienne. En revanche, en province, à la date du dialogue, le mouton l'emporte dans les statistiques des débits des boucheries, surtout celles du Midi. Après quoi, les choses bougent, et le rapport tend à s'inverser en faveur du bœuf. Le basculement de la demande bourgeoise ou populaire vers le bœuf est progressif. À Grenoble, on l'observe entre 1743 et 1787 : la consommation moyenne en 1743 est de 8,5 kg de mouton, 11 kg de bœuf ; à la veille de la Révolution on en est respectivement à 5 kg de mouton contre 17 pour le bœuf. Entre-temps s'est accomplie une ségrégation bouchère : la ville accorde le droit de tenir des étals distincts, les uns pour les viandes honorables : bœuf, veau, mouton, les autres pour les « viandes basses », brebis et vaches. C'est dans les quartiers populaires que s'installent ces basses boucheries[1]. Dans les villes plus petites, la transition de l'ovin

1. Favier, René, « Le marché de la viande à Grenoble au XVIIIe siècle », *HES*, 1994, 4, 585.

au bovin est beaucoup plus tardive, si bien qu'on peut supposer une longue présence de la viande ovine dans les écuelles populaires, du Moyen Âge à la Révolution.

Un bon collet avec deux doigts de graisse, propose la bouchère : voilà le morceau idéal pour faire un haricot. Il faut éviter un morceau trop noble qui sèchera ou encore un morceau trop coriace. Ce n'est pas Harpagon qui la démentira. Ni aucun traité spécialisé, quand ils font allusion à une cuisine plus démocratique. Ils sont unanimes : pour un bon haricot, il faut un « col de mouton ou bout saigneux », ou encore du brichet, c'est à dire de la poitrine[1]. Dans un mouton, c'est-à-dire une brebis, à chair « noire » et maigre, le collier et la poitrine sont deux morceaux gras.

Entre l'achat et la mise au pot se passe le temps mystérieux de la maturation. « Le mouton est ordinairement bon quand il a la chair noire, qu'il est gras en dedans… Laissez le mortifier le plus que vous pouvez, suivant la saison[2]. » La viande achetée très fraîche à la boutique est mise à reposer dans les intérieurs domestiques dans des conditions que nous ignorons, en général accrochée à un clou dans la cuisine ou, si elle existe, dans l'arrière-cuisine. Reste alors à battre le morceau pour l'attendrir. Le bâton est un accessoire de cuisine indispensable – comme il est spécialisé, le bâton à attendrir est distinct du bâton à bouillie. Puis on lave la viande à l'eau froide ou chaude si la pellicule poisseuse de flore microbienne qui la recouvre est trop avancée, et la découper en la haricotant.

Le *Dictionnaire économique* énumère les manières d'apprêter le mouton : il donne deux recettes pour la langue, une pour les pieds, une seule aussi pour le « cou ou bout saigneux », en haricots avec des navets. Mais pour les côtelettes figure aussi une recette de haricot pareille au haricot distingué de la *Cuisinière bourgeoise*. Au chapitre du bœuf, curieusement, on lit aussi une recette de bout saigneux de bœuf en haricot, assurant que le morceau est agréable à manger à cause des glandules qui

1. Bonnefons, *Délices de la campagne*, « haricot de mouton », 166.
2. Menon, *Cuisinière bourgeoise*, *op. cit.*, 29.

se rencontrent à la gorge… Un haricot avec du bœuf ? Les orthodoxes crieront à la transgression, voire à la trahison, et clameront qu'on a affaire ici à un hochepot… Avec le bout saigneux de bœuf en haricot, on sort de l'orthodoxie si prisée par la gastro-érudition, mais on reste dans le registre des ragoûts populaires, une grosse viande pouvant remplacer l'autre. L'essentiel, semble-t-il, est d'avoir recours à un morceau à braiser, non à une « éclanche » ou à un « membre ». Un haricot au gigot apparaîtrait aussi incongru qu'un couscous au gigot, celui qu'on n'hésite pas à servir de nos jours sous l'appellation de « couscous royal », oubliant que le roi de France ne mange pas son mouton bouilli, mais rôti. Le baron d'agneau est, ontologiquement, aristocratique.

Cependant, il faut laisser aux gastronomes, c'est-à-dire, littéralement, à ceux qui inventent la norme, la règle en cuisine, le droit de dire les limites à ne pas franchir, de se prononcer sur ce qui est orthodoxe et ce qui ne l'est pas. Dans le domaine des plats populaires, l'hérésie pointe souvent son nez. Le haricot a ses cathares, qui le font avec des poissons ; ses ariens, qui préfèrent le veau ou le bœuf. On peut taxer d'hérésie un homme pourtant au-dessus de tout soupçon : l'abbé Boissier de Sauvages, cévenol et catholique. L'abbé de Sauvages, qui, au milieu du XVIIIe siècle, se pique d'apprendre à des compatriotes de langue d'oc les façons de parler en usage en France du Nord, leur indique comment désigner un haricot, puisque le mot est inconnu dans le Midi où on parle de ragoût ou de carbonnade, mais l'expression est un mot-valise, un vrai fourre-tout. Boissier entreprend de mettre un peu d'ordre dans cette taxonomie confuse, histoire d'éviter à un Languedocien une grosse « gasconnade » qui le ridiculiserait dans les cercles parisiens. Donc, surtout ne pas dire « carbonnade », « car la carbonnade ou charbonnée du côté de Paris est un morceau de viande crue qu'on fait griller sur les charbons ». On peut dire « rouelle », la carbonnade du Languedoc étant en fait « une grosse rouelle d'un gigot de mouton du côté de la noix, lardée de gros lard et qu'on met à l'étuvée dans une terrine ». « Mais cette même rouelle, lorsqu'on y ajoute des navets ou quelque autre légume pareil, devient un "haricot"[1]. »

De cette terminologie variable, on pourrait faire tout un plat, deux ou trois même. Contentons-nous de deux remarques : la découpe bouchère, elle aussi, a évolué, et cette cuisse ne ressemble pas vraiment à notre gigot raccourci. Et le dictionnaire qui est notre source s'adresse à des Languedociens qui savent lire et qui sont en partance pour la capitale, soit une mince frange de l'élite. Ceux-là ne connaissent que le mouton « de première catégorie ». Ils goûtent plus la graisse des rognons que celle de la queue. Pourtant, la queue du mouton, grasse à souhait, est recherchée dans les boucheries méridionales. Décalage des sources écrites. Dans les manuels de cuisine, le mouton a une tête, une langue surtout, mais jamais de queue…

Un haricot bien gras, recommande Harpagon. Pour cela, il faut conjuguer la graisse qui enveloppe le morceau et l'huile ou le saindoux. D'un mouton moutonnant sentant presque le suint on obtiendra un plat assez haut en goût pour qu'on l'accompagne d'un légume discret et accommodant : ce sera le navet.

L'avènement des navets

Dans les premières mentions de « haricots », le navet est absent. Le haricot médiéval répugne à mentionner le légume qui l'accompagne. Comme il est rare que les oublis en cuisine soient fortuits, ce silence peut s'interpréter soit en termes d'indifférence, soit en termes de dédain. Dans la première hypothèse, on ne fait aucun cas du légume parce qu'il n'est qu'accessoire, que dans l'univers alimentaire des élites la viande prime le légume, elle l'annule presque. Mais le silence peut aussi signifier la difficulté à nommer un légume aussi vulgaire. Car le navet a une tare originelle : il appartient à la famille des raves et des racines.

1. Boissier, *Dictionnaire*, *op. cit.*, « carbounado ».

Le mépris des médiévaux puis des modernes pour les raves s'alimente à de très obscures et très fortes représentations qui ordonnent les aliments le long d'une échelle verticale qui part de la terre et monte aux cieux. On a vu le rôle de cette échelle dans la perception des poissons : mais elle vaut pour toute espèce de nourritures, végétales ou animales. Tout en bas, dans l'ordre des végétaux, gisent ces plantes dont on ne consomme que la partie souterraine, ces bulbes ou ces raves qui sentent trop la terre grossière d'où on les a arrachés. À plante vulgaire, usage vulgaire. Et l'usage généralisé que les couches inférieures de la société font de ces raves n'est pas pour rien dans la persistance du mépris aristocratique[1].

Il est donc admis que le pauvre se nourrit de crucifères, choux et raves, aussi bêtes les uns que les autres. Aux raves, on a attribué, à tort ou à raison, le rôle tenu aujourd'hui par la pomme de terre. Il est vrai que la rave cumule un certain nombre d'avantages. Elle pousse partout, c'est une plante peu exigeante. Elle arrive à maturité vers la Saint-André, le 30 novembre, et on la conserve enterrée dans des fosses tout l'hiver, une capacité qu'elle partage seule avec le chou. En termes anachroniques, on peut reconnaître à la rave une haute valeur nutritive, des sels minéraux (calcium, phosphore, potassium, magnésium, une teneur appréciable en sucre et des vitamines A, B, C), ce qui permet d'avancer que dans l'alimentation populaire, c'est le légume d'hiver revitalisant et antiscorbutique.

Ces vertus nutritives pèsent bien peu à l'aune de papilles distinguées. On retiendra que la frontière entre nourriture pour les hommes et fourrage est ici pratiquement abolie. Les grosses raves sont des aliments partagés avec les bœufs et les vaches.

La première phase de l'histoire du haricot, la plus longue chronologiquement, est celle d'un plat qui ne nous dit pas s'il s'accompagne d'un légume, ni lequel, qui insiste surtout sur

1. Nada Padrone, Anna Maria, *Il Cibo del ricco*, *op. cit.*, 152-154.

la présentation de la viande. Une seconde phase s'ouvre à la Renaissance. Car désormais, au milieu des raves, le navet se distingue.

Ce n'est pas dans le jardin potager même qu'on peut faire la différence ; la famille est vaste et les appellations non contrôlées. Olivier de Serres proclame « la sympathie » entre raiforts, raves et naveaux, au nom de leur commune appartenance à la famille des racines. À ce titre, il confond navets et naveaux, petits ou grands, blancs ou noirs, ou gris-jaune. Pour faire bonne mesure, il ajoute la navette, ou colza, qui fournit une huile populaire pour s'éclairer ou manger, « mais c'est pour pauvres gens et grossiers, ne craignans sa senteur un peu extravagante[1] ».

Senteur extravagante et saveur agressive : vices pour les uns, vertus pour les autres. Les raves entraînent des digestions difficiles accompagnées de généreuses éructations que les manuels de civilité ne se privent pas de stigmatiser. Mais le goût piquant, dû aux principes soufrés présents dans les raiforts ou la moutarde, les fait, à l'inverse, apprécier des tempéraments mieux trempés. Il y a aussi d'autres racines : la famille des pastenades ou pastenailles, en pleine évolution, la pastenade la plus blanche devenant carotte et l'apport de nouveaux venus, comme la betterave rouge. Dans le potager modèle qu'on nous décrit, n'oublions pas la raiponce potagère, le salsifis (prononcez « sercifi »), le chervis (prononcez « cheroui », ne confondez pas avec la ciguë[2]). Après avoir célébré « la sympathie » qui unit les raves et souligné la place tenue par elles dans la « potagerie », à la fois le jardin potager et le pot, les auteurs n'omettent pas de souligner qu'elles se distinguent entre elles par une inégale valeur alimentaire :

> Les naveaux et navets ont de commun avec les raves l'usage en la potagerie, et nourriture du bestail, ne tenans des raiforts que ce qui en a este touche. Plus grands sont les naveaux que les

1. Serres, *Théâtre*, *op. cit.*, VI, 7.
2. Boissier, *Dictionnaire*, *op. cit.*, « pastenargue ».

navets, leur commune bonté surpassant de beaucoup celle des raves[1].

La distinction entre navets et naveaux se fait par la forme, les uns sont allongés, les autres gros et sphériques. Elle s'apprécie surtout en bouche. Au goût de Champier ou d'Estienne, les meilleurs navets et les plus gros viennent de la banlieue maraîchère de Paris, du côté d'Aubervilliers et de Vaugirard ou d'Orléans, où on les appelle des « barbeaux » :

> Ils assaisonnent admirablement les viandes par leur douceur, si on les fait cuire en mesme temps, surtout le porc domestique ou sauvage. On les mange cuits avec la moutarde pour atténuer le suc indigeste qu'ils engendrent et pour dissiper les vents. Ils durent hors saison si on les conserve dans du sable dans des caves à vin souterraines. On les mange au beurre les jours où la religion interdit de consommer de la viande, en particulier pendant le carême[2].

D'où vient la douceur du navet ? Sans doute de l'élimination de l'âcreté primitive au profit d'une relative neutralité. Parce que, en premier lieu, dans le jeu de réhabilitation et/ou de déclassement des racines, c'est le goût qui commande. Parce qu'à cette demande a répondu l'effort des jardiniers, en particulier des maraîchers qui approvisionnent les marchés publics et les halles des grandes villes. Il ne faut pas supposer de grands changements à la façon des potagers de Versailles, à grand renfort de paillassons, de cloches de verre et de châssis vitrés : simplement une somme de petits progrès et de gros travaux, à base de fumier de cheval, de travail à la bêche, d'arrosages plus fréquents et surtout de croisements répétés inlassablement. Ces hybrideurs amateurs qui ignorent tout de la sexualité des plantes et des lois de la génétique savent cependant améliorer les espèces, selon une sélection dirigée. Mais dirigée vers quoi ? Pour fixer

1. Serres, *Théâtre*, *op. cit.*, VI, 7.

2. Gibault, Georges, *Histoire des légumes*, Paris, Librairie horticole, 1912, 204.

des caractères favorables, encore fallait-il s'entendre sur ce qui est favorable au goût du consommateur urbain. Parions que ni la couleur, ni la « transportabilité » n'entrent en jeu, sinon de façon très accessoire ; ce qui compte et oriente le travail de perfectionnement, ce sont les qualités gustatives : « bonté » et « douceur » sont les mots d'ordre. Alors arrivent sur les marchés et sur les tables de nouvelles générations de racines, tellement plus belles que leurs aïeules qu'elles s'individualisent, abandonnent leur nom de famille pour leur nom d'espèce : la carotte, qu'on ne confond plus avec la pastenague et qui se transforme, devient longue, fine, vire du jaune à l'orangé puis au rouge ; la betterave venue d'Italie dont la famille s'agrandit ; le petit navet, cette réussite des maraîchers parisiens qui est « gros comme un doigt, rouge, tendre et cassant » que l'on appelle du joli et suggestif nom de « tendrette » aux halles de Paris. On aura reconnu le radis. Le navet commun est emporté lui aussi dans ce mouvement général d'amélioration. Plus souvent arrosé, cueilli plus jeune, et surtout transformé intrinsèquement : il a perdu son âcreté au profit d'un goût à peu près neutre. Il est devenu un légume « gourmand » qui absorbe parfaitement le jus des viandes et en prend la saveur. C'est donc le légume idéal pour un ragoût, celui qui sait tenir son rang inférieur et perd toute individualité au contact de la viande dont il absorbe et restitue les sucs.

La « douceur » à laquelle Champier fait allusion désigne aussi ce qui contribue à cette aptitude à se fondre dans le ragoût, et qui est affaire de texture et de consistance. Toute racine, écrit-il, se compose de trois parties : l'écorce, la chair, et un centre ligneux qu'il compare à un arbre en miniature et qu'il appelle « corde ». La présence de ce bois fait que le panais ne peut se couper en morceaux, on se contente de retirer la « corde » après cuisson. Or, le navet peut, lui, se trancher avant cuisson. La Varenne le coupe en deux ou autrement. Menon le coupe par morceaux. Le navet nouveau a donc acquis « bonté », « douceur » et aussi, comment dire, « tendresse » ? Les jardiniers qui sont des gens pudiques hésitent à l'exprimer ainsi : « Le mot de tendresse, qui est si bien employé quand on parle des sentiments du cœur, est trop élevé pour descendre jusqu'à la matière du mérite des fruits[1]. »

On a cité La Varenne et Menon, les fondateurs de la grande cuisine française. Avec eux, le navet acquiert enfin droit de cité dans les livres de recettes distingués. Ce n'est que la requalification d'un plat très commun, en particulier dans la capitale ; on y mange beaucoup de navets venus des plaines de Vaugirard, longs, effilés « comme le manche d'un couteau » et accommodés en potage ou avec du mouton. Lister a deux sujets d'étonnement : les raves en France sont toutes longues et petites ; pas de raiforts ou de raves rondes et fortes comme celles des Anglais. À Paris, on connaît une seule rave, le navet « *not bigger than a knife haft, and most excellent in soupes, and with boiled and stewed mutton*[2] ».

Le navet constitue une exception au milieu d'un océan de mépris pour les raves. Traiter de la culture des raves n'est pas très convenable : « j'ay le regret d'y employer le temps et le paier » dit le *Jardinier françois*. Traiter de la rave en cuisine est encore plus rare. Pour la *Cuisinière bourgeoise*, radis et raves ne sont bons que pour servir crus en hors-d'œuvre fort communs, au commencement du dîner, à côté d'une soupe et avant un potage[3]. Bref, on les traite comme condiments, alors que dans la cuisine populaire ils sont de vrais aliments. Quant à La Varenne, le premier à avoir enfreint le tabou des racines, il se fait attaquer avec virulence pour avoir « depuis si longtemps leûré et endormy la sotte et ignorante populace [avec ses recettes] de topinambourgs, carottes et une infinité d'autres gueuseries que l'on souffrirait plus volontiers parmy les Arabes et les Margajeats que dans un climat épuré comme le nôtre[4] ». Limousins, Arabes ou ces

1. La Quintinie, Jean-Baptiste, *Instructions pour les jardins fruitiers et potagers*, Paris, Claude Barbin, 1690, rééd. Arles, Actes Sud, 1999, 145.

2. Lister, Martin, *A journey to Paris in the year 1698*, Londres, 1699, « of the food of the Parisians » dans « Petits propos culinaires », 22 mars 1986, 36.

3. Menon, *Cuisinière bourgeoise*, *op. cit.*, 246.

4. Extraits dans Girard, Alain, « Le triomphe de "la cuisinière bourgeoise". Livres culinaires, cuisine et société en France aux XVIIe et XVIIIe siècles », *Revue d'Histoire Moderne et Contemporaine*, XXIV, octobre-décembre 1977, 508-509.

« Margajeats » dont on ne sait au juste qui ils sont, sinon des mangeurs peu fréquentables, témoignent, à leur façon, de la profondeur d'un dédain alimentaire.

Bien entendu, ces ascensions de la carotte, du radis et du navet sont parallèles à de spectaculaires dégringolades. Le panais jadis triomphant connaît un irrésistible déclin, le chervis et la raiponce disparaissent carrément des marchés au XVIIe siècle. Voilà pour l'appauvrissement végétal[1]. Mais à peine le navet a-t-il évincé le panais qu'il est à son tour concurrencé par de nouveaux venus. Voilà pour l'enrichissement botanique.

Boissier écrivait en 1756 qu'on cuisinait la carbonnade avec des navets ou « quelqu'autre légume pareil » qu'il ne spécifiait pas, ouvrant le jeu des spéculations. Pourquoi pas l'aubergine solidement implantée dans les potagers méridionaux ? Plus au nord, le haricot aussi devient très accueillant, il le devient dans les textes, sans doute l'était-il bien avant dans la réalité. Le XIXe siècle est assez laxiste en matière de « haricot », au point qu'on l'appelle, indifféremment, « hochepot » ou « navarin ». Va pour le « hochepot », le « navarin » est plus gênant, il a un côté printanier assez artificiel face au haricot saturé de gras et presque noir de sauce. L'extension du champ culinaire est *ad libitum* : du mouton, certes, sous forme de morceaux d'épaule, de poitrine ou de côtelettes ou bien un haricot multiviande ; quant aux légumes, on peut y mettre des navets, ou bien « un légume pareil ». On attend toujours le haricot, va-t-il enfin se manifester ? En fait, c'est la pomme de terre qui apparaît. La pomme de terre et la carotte présentent les mêmes aptitudes gourmandes que le navet, appréciables dans le ragoût. Mais si la substitution ou le mélange sont possibles, ils restent dans les années romantiques assez rares, car il faudrait trouver des pommes de terre qui « ne se démontent pas » à la cuisson et des carottes bon marché… On n'en est pas encore là. En aucun cas le haricot, rouge ou blanc, de Tarbes ou de Soissons, n'est mentionné,

1. Maurizio, *Histoire de l'alimentation végétale*, *op. cit.*, 104.

sinon dans l'imagination romantique. Dans les années 1830, quand on échafaude la recette rétrospective du « haricot » au haricot, effectivement le navet a perdu le monopole, mais le haricot n'y est pour rien. Le haricot joue sagement le jeu de l'intégration culinaire, en lieu et place de la fève. Il n'a pas enfreint la règle, il n'a pas contracté, en dehors de son mariage avec les viandes et les graisses salées, une union libre avec la viande fraîche de mouton… Reconnaissons cependant que lorsqu'on mettra au point le flageolet, dans les années 1870, il fera bon ménage avec le gigot : accroc certes, mais bien tardif et très régional.

Il ne faudrait pas trop s'inquiéter des ingrédients qui entrent dans le « haricot », quand c'est avant tout le résultat qui compte : il faut terminer sur une sauce courte, une note acide et une couleur très sombre.

Et c'est là, sur la façon d'obtenir cette liaison, que les procédés diffèrent, évoluent et s'individualisent. Tout se joue en fin de cuisson. Dans les premiers « haricots », on émiette du pain pour épuiser la sauce, jusqu'au gratin, et on arrose d'un filet de vinaigre et de verjus. Le « haricot » médiéval baigne dans une sauce presque noire. La cuisinière des temps classiques, celle qui n'emploie que le navet, procède ainsi :

> Sur la fin de la cuisson, on fait roussir de la farine sur la pelle de feu – l'ayant bien écurée auparavant –, la retournant pour qu'elle ne brûle. Lorsqu'elle est de belle couleur rousse, la détremper avec du verjus et la verser dans le pot, avant que de dresser ; cela se nomme un haricot ou bisque de bourgeois [1].

La bisque ici n'a rien à voir avec un quelconque coulis d'écrevisse ou de crustacé, mais désigne un potage de viande bouillie quelconque. Quand le sucre, cessant d'être une épice, devient à la portée de tous ou presque, on le met à contribution

1. Bonnefons, *Jardinier français, op. cit.*

en saupoudrant les navets que l'on passe au beurre afin de les caraméliser et de brunir la sauce, mais sans ajout de vinaigre.

Au fond, faites comme il vous plaira. Le tout est d'arriver au commentaire enthousiaste de madame de Marelle dans *Bel-Ami* de Maupassant, qui adore s'encanailler à bon compte, et qui s'exclame devant un ragoût de mouton : « Moi, j'adore ça. »

9

Beurrée de brésil

C'est un *leitmotiv* chez les chroniqueurs : la déploration des misères nées de la famine et des guerres. Ici, nous sommes dans la série des malheurs de guerre, au chapitre des privations et de la longue cascade de dégringolade alimentaire qu'elles entraînent. Ceux qui écrivent sont des hommes qui savent tenir la plume et qui peuvent exprimer des frustrations, c'est-à-dire le regret de nourritures perdues mais que les autres n'ont peut-être pas connues. On sait que ce type de témoignage doit être passé au crible de la critique : il n'en reste pas moins instructif.

Nous sommes à Paris, en 1590, après la victoire d'Ivry, celle du panache blanc. Henri IV est à la conquête de sa capitale et, sous le feu des canons du roi, les Parisiens souffrent :

> Le beurre qui était auparavant le commun manger des pauvres et valait 4 ou 5 sols la livre, valait 2 et 3 livres, les œufs 10 et 12 souls la pièce, le septier de blé entre cent et six vingt écus, et toutes les autres choses a la même couleur. J'ai vu manger à des pauvres, des chiens quasi tout crus par les rues, aux autres des tripes que l'on avait jetées dans le ruisseau, à d'autres des rats et des souris[1].

1593. Henri a abjuré, mais c'est un nouveau siège que subit la capitale. Faut-il se rendre ou pas à un roi devenu catholique ?

---

1. La Fosse, Jean-Baptiste de, *Journal d'un curé ligueur de Paris sous les trois derniers Valois*, Paris, Didier, 1865, 241.

Un pamphlet, la *Satire Ménippée*, court sous le manteau, plaignant les bourgeois de Paris et leur triste sort d'assiégés :

> Bienheureux qui a toujours eu du pain d'avoine, et s'est passé de bouillies de son vendues aux coins des rues, aux lieux qu'on vendait autrefois des friandises de langue, caillette et pieds de mouton. Et n'a pas tenu à Monsieur l'ambassadeur Mendose que nous n'ayons mangé les os de nos pères comme font les sauvages de la nouvelle Espagne.

Adieu, bon pain, tripes et caillettes ! On murmure que l'ambassadeur Mendosa, représentant d'Espagne, aurait suggéré de mélanger au pain des Parisiens de la poudre extraite des os des cimetières. Il voudrait nous faire manger comme des Indiens sauvages, devenir cannibales en quelque sorte. L'atmosphère obsidionale favorise de tels soupçons. La rumeur court et le fantasme du cannibalisme flotte sur la capitale… Le pire est à venir :

> N'avons-nous pas consommé à peu près toutes nos provisions, vendu nos meubles, fondu notre vaisselle, engagé jusqu'à nos habits pour vivoter bien chétivement ? […] Où sont nos festins et nos tables friandes ? Nous voilà réduits au lait et au fromage blanc, comme les Souysses [1] !

Cri du cœur et haut-le-cœur. Qui n'expriment aucune animosité particulière envers les Suisses – on concentre, ces années-là, toute la haine contre les Espagnols – mais qui disent la répugnance, le dégoût même, que les bourgeois éprouvent pour le régime lacté. On baigne ici dans l'idéologie alimentaire pure, débarrassée de toute scorie politique. Que les Suisses descendus de leurs montagnes et émigrés à Paris soient de robustes gaillards, qu'ils trouvent à s'employer sans problème comme garde ou huissiers (comme « suisses ») parce que leur haute stature est dissuasive, c'est un fait. Mais qui ne donne aucun prestige au régime montagnard, aux yeux des citadins. On considère au contraire

1. Cité dans Febvre, *La Civilisation quotidienne*, *op. cit.*, 1955, 14. 34. 7.

que le lait est un très bon aliment pour le premier âge, que les petits enfants doivent se nourrir exclusivement de lait ou de bouillies lactées, mais que le sevrage doit être radical, absolu, pour construire des adultes honnêtes hommes. Boire du lait ou manger des bouillies lactées quand on a dépassé le premier âge c'est, au choix, n'avoir plus de dents ou bien retomber en enfance, mais il arrive que les deux dommages surviennent en même temps [1]. On peut se demander pourquoi faire appel à une référence étrangère, quand pour évoquer le régime montagnard, monotone et grossier, on dispose d'une solide imagerie bien de chez nous. En d'autres termes, pourquoi le Suisse mais pas le Limousin, l'inusable Limousin ? La réponse est que le Limousin, pas plus que le citadin, n'aime le lait. Il le supporte même si peu qu'on hésite à mettre cette intolérance au seul compte de la culture et qu'on cherche du côté d'une authentique allergie à certains composants du lait [2].

Le beurre et le fromage ne sont pas inconnus en ville, mais arrivent rarement nature sur les tables des estomacs repus, ils sont travaillés en cuisine, le beurre sert de matière grasse, le fromage, vieux de préférence, est râpé et intégré au plat. Autrement dit, ils touchent les palais bourgeois complètement métamorphosés, sublimés par la cuisson. Entre le beurre cuit qui fait fond de cuisine et le beurre cru tartiné sur le « dessus » du pain, il y a une distance sociale qui restera très longtemps marquée. Quand Victor Hugo veut peindre « les misérables », il les nourrit de pain et de fromage.

La cuisine des copains

Sans partager tous les préjugés des mangeurs frustrés du XVIe siècle, il faut bien admettre avec eux que la tartine n'est ni un plat, ni un repas. Faut-il donc ne pas l'évoquer, sous prétexte

1. Champier, *De re cibaria, op. cit.*, XIV, 1.
2. Heyberger, Laurent, *La Révolution des corps. Décroissance et croissance staturale des habitants des villes et des campagnes en France, 1780-1940*, Strasbourg, Presses universitaires de Strasbourg, 2005, 750, 330.

qu'elle n'entre pas dans la sphère de la cuisine ? On soutiendra l'opinion inverse, car c'est une nourriture des plus communes. Il suffit de se promener dans la littérature du XVIe siècle et jusqu'à Hugo ou Huysmans pour apercevoir, à toute heure du jour, des personnes, adultes ou enfants, femmes ou hommes, manger en dehors de la maison, entre amis, ou seul, simplement assis sur le seuil, un morceau (un croûton) de pain et de fromage à la main ou sur les genoux. La tartine n'est pas un repas, mais c'est l'en-cas le plus familier, la pause la plus courante chez des gens qui, nous l'avons dit, ne mangent pas en temps cadencé.

Le copain, c'est celui avec qui on partage le pain [1]. Une tranche de pain, une bonne tranche de pain, de celles qu'on coupe en appuyant la miche sur la poitrine. Sera-t-il rassis ? Serres nous assure que l'usage général est de consommer le pain vieux, « affermi par la garde de quelques semaines. Ainsi le pain filera longuement pour le bien de la maison [2] ». Si d'aventure on a du pain frais, on mangera d'abord la miche entamée de la semaine, car rien ne doit se perdre. La règle souffre peut-être des exceptions en fonction des usages. Car il est deux usages très différents du pain. Dire : « venez à la soupe », c'est inviter à partager le repas familial, à s'asseoir autour de la table, à tremper le pain (la soupe) dans le bouillon. C'est cela la soupe : le pain mouillé dans le bouillon. Dire : « cassons la croûte » introduit une sociabilité différente, liée au travail, aux collègues de travail, aux amis.

On n'abordera pas la soupe. Elle est universelle. Le geste alimentaire premier consiste à tremper son pain dans la soupe.

> L'aliment qui renferme le plus d'eau, la soupe, appartient à tous les peuples, à tous les siècles, à tous les âges, à tous les repas, et même aux banquets ; elle est, après le lait, le premier aliment de l'enfance ; et dans toutes les périodes de la vie, le Français, surtout, ne s'en lasse jamais. Le soldat à l'armée, le matelot en

1. Pasquier, Étienne, *Les Recherches de la France*, rééd. Paris, Honoré Champion, 1996, livre VIII, 590.
2. Serres, *Théâtre, op. cit*, VIII, 1.

> mer, le voyageur en route, le laboureur au retour de sa charrue, le journalier qui va travailler loin de chez lui, trouvent dans la soupe un aliment qu'aucun autre ne saurait suppléer ; la plupart d'entre eux crieraient n'être pas nourris si elle leur manquait [1].

La soupe, c'est de l'eau. Oui, mais la soupe, c'est le pain et Parmentier, auteur de ces lignes et « l'homme du pain », le sait bien. Mais il emploie le mot de soupe dans le sens élargi qui est le nôtre. En matière de soupe, l'universalité se marie avec l'autochtonie ou l'individualisme familial. Les Français « moyens » des années 1780 coupent le pain par petits morceaux très minces ; ils versent du bouillon dessus et couvrent le pot pour laisser tremper le pain. Quand on découvre le pot, toute l'odeur du pain se dégage. « Si on le faisait bouillir à la manière des gens riches, l'odeur et la saveur se perdraient [2]. »

Dans la soupe, le pain est sec, suivant la coutume, « la bonne coutume » dont Olivier de Serres se réclame. Mais pour une tartine, mieux vaut le pain de la semaine, pas trop mou pour bien jouer le rôle de support, un peu dur pour favoriser la salivation. Le pain ne rassit pas vite, il conserve une humidité importante dans la masse de mie enserrée par la croûte. La tartine se décline sous de multiples appellations régionales, en « beurrées » ou en « frippes ».

C'est Balzac qui nous présente la « frippe » :

> En Anjou, la frippe, mot du lexique populaire, exprime l'accompagnement du pain, depuis le beurre étendu sur la tartine, frippe vulgaire, jusqu'aux confitures d'alleberge, la plus distinguée des frippes ; et tous ceux qui, dans leur enfance, ont léché la frippe et laissé le pain, comprendront la portée de cette élocution [3].

---

1. Parmentier, *Traité sur la culture et les usages des pommes de terre, de la patate et des topinambours*, Paris, Barrois, 1789, 4.

2. Teissier, « Explications relatives à l'influence des diverses graines sur la qualité du pain des gens de campagne », *Mémoire de la Société Royale de médecine*, 1780-1781.

3. Balzac, *Eugénie Grandet*.

Il y a tartine et tartine. En matière de pain comme de « companage » (l'accompagnement du pain), les variétés sont nombreuses, et les combinaisons multiples, si multiples qu'il vaut mieux, pour la clarté du propos, le décomposer, et faire comme Balzac enfant, séparer la tranche, puis lécher le beurre…

Pain rousset

Il y a une certaine difficulté à évoquer le pain quotidien, en des temps où le Français est devenu le plus gros mangeur de pain au monde. À raison de deux ou trois livres par jour pour les hommes jusqu'en 1850, fournissant l'énorme majorité des apports caloriques, le pain tyrannise le régime populaire. Sur la ration donc, on dispose de quelques solides certitudes, mais sur la qualité, que d'interrogations ! Pour aborder le sujet, une sage solution serait d'abandonner le singulier pour le pluriel, de dire « les pains » comme on dit « les blés ». Ce n'est pas seulement la nature de la farine qui est en cause : selon les lieux, les coutumes, les ressources, les saisons aussi, la nature du pain varie.

Olivier de Serres qui, en combattant huguenot, a accompagné Henri de Navarre dans bien des chevauchées à travers la France, est frappé par cette diversité innombrable, causée « non pas tant pas la propriété des blés, que par les humeurs et fantasies [sic !] des peuples [1] ». Ladite fantaisie des peuples s'exerce « en corps, en figure, en couleurs, en qualité et en prix : y en ayant de grands, de petits, de ronds, de longs, de blancs, et de gris, pour servir à toutes sortes de personnes ». Un seul trait commun se dégage, c'est l'absence de sel dans la pâte. Il est surprenant de lire chez Serres qu'« aucun des autres pains ni de la ville ni des champs n'est du tout salé » et que seul le pain de luxe est salé. Pour ne pas capituler devant une telle variété et approcher les

1. Serres, *Théâtre, op. cit.*, VIII, 1.

caractéristiques du « modèle » le plus courant de pain à tartiner, plaçons-nous au point de tangence entre l'offre la plus courante et le choix le plus fréquent.

Le pain commun est dit de ménage, la pâte est préparée à la maison, à la campagne, assez unanimement jusque vers 1870, à la ville de façon plus mitigée. Dans les maisons cossues, on pétrit le pain, dans ce cas, la fournée des domestiques est différente de celles des maîtres. Les compagnons, les gens de métiers, les gens de boutique ont rarement des maies chez eux, ils achètent le pain du boulanger, de ces gros pains ronds qui sont assez semblables aux pains de ménage que l'on range sur le côté dans la huche, que l'on met l'été à la cave pour les protéger des moisissures. Et la couleur ? Une certaine facilité historiographique nous a conduits à opposer le pain blanc des riches, fait de farine de froment finement tamisée, au pain noir des pauvres : une vision en noir et blanc qui, si elle a le mérite de nous vacciner contre toute nostalgie, fausse complètement notre compréhension du passé. Dans le moindre village pourvu d'une boulangerie, trois ou quatre sortes de pain sont mises en vente. Suivant le grain, la farine est jaune, rousse, verdâtre, grise, et le mélange de farines dans la pâte à pain donne d'infinies nuances, jaune safranée, jaune verdâtre, vert pâle. Donc, notre pain ordinaire sera fait, disons de 2/5 de froment, 2/5 de recoupes de froment, 1/5 de seigle. Il est médiocrement gonflé, avec des yeux bien petits ; sa croûte est blafarde, gercée et couverte de particules de son. À l'intérieur, la mie est de la couleur du son mouillé, disons rousset, comme ce pain de seconde catégorie vendu dans toute la Provence d'Ancien Régime. L'odeur n'est pas agréable mais la texture est musclée et la saveur généreuse [1].

Il est bon. Mais, à la réflexion, qu'est-ce qu'un bon pain ? La réponse, on le conçoit, diffère d'une région à l'autre, d'une époque à l'autre, d'un individu même à un autre. Le mangeur ordinaire peut aimer des pains différents suivant les circonstances ou le cycle de la vie : tout petit, il préfère la mie ou la croûte chapelée dans

1. Teissier, *Mémoire de la S.R.M.*, *op. cit.*

le « papin », c'est-à-dire la bouillie. Adulte, il préférera le pain à mie souple pour éponger la sauce du ragoût, plus sec pour tremper dans le potage, tout frais tout chaud dégusté à la porte du four communal, quand il est comme « un gâteau », et s'il est à la courge, ce gâteau sera en prime rafraîchissant. Au moment de la moisson ou des lourds labeurs il aura droit à un pain trop vite cuit pesant et pâteux, et peut-être est-ce ainsi qu'il l'aime, formant avec la salive une pâte qui colle légèrement au palais. Les observateurs, quand ils vont au-delà de l'indication des incroyables mélanges de farines, nous le disent : il a bon goût, mais il est mal boulangé, mal fait, d'une pâte mal levée ou trop levée. Comment serait-il cuit à point quand la technologie boulangère reste mal maîtrisée par les professionnels eux-mêmes ! La duchesse et la marquise regardent le pain de pâte ferme comme si c'était du foin…

On sait à peu près les pains qu'ils mangeaient, on se pose peu la question de savoir quel était le type de pain qu'ils préféraient. De tous leurs désirs, trois étaient réellement exprimés : manger un pain salé, un pain blanc, un pain non craquant. On peut lire la longue histoire du pain en France comme l'accomplissement difficile et progressif de ces désirs.

Pain blanc : désir de citadin, de tous les citadins, y compris les couches plus populaires. Et les céréaliculteurs en tiennent compte, livrant de plus en plus de froment aux halles des villes. Jusque sous Louis XIV, froment et seigle sont à peu près à égalité dans la production. Après quoi, le vieil équilibre se rompt et le froment se taille peu à peu la part du lion. Les boulangers, en particulier les boulangers parisiens, s'adaptent à la demande, fournissant un pain de plus en plus blanc, jusqu'à devenir de pur froment. C'est le meilleur pain du monde [1].

La génération Louis XV vit les changements les plus significatifs. Selon Duhamel du Monceau, éminent agronome, « les habitans des villes ne connaissent presque que le pain de fro-

1. Kaplan, Steven Laurence, *Le Meilleur pain du monde. Les boulangers de Paris au XVIIIe siècle*, Paris, 1996, 75.

ment ». Paris donne le ton, mais Bordeaux, Marseille, Toulouse suivent de près. Et les boulangers, soucieux de répondre à la demande de la clientèle, remplacent le levain par de la levure de bière qui fait gonfler la pâte et donne au pain « bonne mine et beaucoup d'yeux ». Ils exploitent aussi la subtile aptitude de la farine de riz, ou de fève, à s'incorporer à la farine de façon discrète pour le goût, plus visible pour la blancheur. Le pain commun n'est pas fait de la première farine, cette « fleur de farine » qui donne un goût de noisette et la blancheur du lait ; mais de seconde farine, blanche pâle, sans seigle, sans son. Tous les citadins y accèdent. Pour mieux dire : devenir citadin, c'est manger du pain blanc. Un garçon boulanger dit à son médecin : « changer de pain, c'est changer de vie ». Et le médecin d'opiner : « Pour ceux qui n'ont point des estomacs de portefaix et de Limousins, le pain de froment de bonne qualité est le seul qui convienne[1]. » Mais même les migrants finissent par perdre leurs habitudes provinciales et, en s'intégrant, ils adoptent le modèle alimentaire citadin. Le pain blanc est un avantage acquis pour tous les habitants des grandes villes avant la Révolution. Dans les campagnes, on continue de vendre le bon grain de froment à la ville et de se contenter de pain de mélanges qu'offre la diversité des saisons et des terroirs.

Mais, comme la culture du froment ne cesse de progresser, les provinces suivent le mouvement d'ensemble, assez vite, jusqu'au fin fond des montagnes. Voici Authon, en Haute-Provence. Le curé nous apprend que, avant 1810-1820, le pain était fait avec du méteil (un mélange froment-seigle), du seigle, de l'orge, rarement du froment. Il était noir, pâteux, cireux et difficile à digérer. Il était mal travaillé et, surtout, la farine était à peine tamisée. Mais tout change en une décennie : depuis 1810-1820, ce pain est blanc, fait avec du froment, la farine est passée au bluteau. Est-il salé ? Pas encore, comme la majorité des pains des campagnes du XIXe siècle.

1. Ducreux, Robert, *Le Médecin radoteur ou les Pots-Pourris*, 1765, rééd. Paris, Honoré Champion, 1999, chap. II.

Le craquant du pain

Un des grands défauts du pain d'autrefois nous est révélé quand, remontant la filière du pain jusqu'en amont, jusqu'au moulin à eau, on examine le travail des meules qui écrasent le grain. C'est Champier qui le dit : « Et toujours en tournant elles [les meules] laissent des gravillons qui, confondus et mélangés à la farine, nuisent à la qualité et à la salubrité du pain. La plupart du temps, cette farine est dangereuse pour les dents…[1] » C'est Charles Estienne qui le redit : « Elles délaissent toujours quelques gravois en tournant, lesquels meslés parmi la farine ostent toute la grace et saveur du pain, et le plus souvent sont molestes aux dents. »

La révélation vient d'abord de médecins, odontologues à l'occasion, soucieux de préserver le bon état bucco-dentaire de leurs contemporains. La denture représentait un capital qu'il fallait protéger, à une époque où le mangeur avait encore trente-deux dents, et où il en a grand besoin pour ingérer une nourriture plus dure et coriace. Elles sont toutes utiles, et dans les veillées, les femmes en particulier sont de redoutables casse-noisettes, se passant du truchement d'un outil et veillant à approvisionner les autres, les tout jeunes et les plus vieux. Or, le diagnostic est pessimiste : si, disent-ils, nous avons besoin de toutes nos dents – en particulier de nos molaires, ces meules primitives –, il faut bien avouer qu'elles sont en danger, agacées à longueur de temps, chaque fois que nous mangeons du pain. Mais les médecins ne sont pas seuls à tenir ce discours. Les doléances abondent, venues d'à peu près partout et qui dénoncent le craquant du pain, accusent les meuniers et rendent responsables leurs meules de pierres tendres, issues des carrières locales qui s'usent si facilement. À Roybon dans le Dauphiné, en 1712, les villageois se plaignent de la farine de leur moulin : « Elle se trouve ramplie de terre dhailleurs lesdites meulles sont extrêmement tendres

1. Champier, *De re cibaria*, *op. cit.*, VI, 2.

lesquelles il faut tailler tous les deux jours. » Autant dire qu'une fois taillées, « rhabillées », elles laissent tomber encore plus de particules de pierre dans la farine ; comme le tamisage n'est pas pratiqué, les éclats et la poussière de pierre se retrouvent intimement mêlés à la mie et à la croûte. En Auvergne, les meules de pierre locale en basalte « se réduisent quelquefois en poudre assez grossière, de manière qu'en mangeant le pain dont elles ont fourni la farine on le sent craquer sous les dents ». Cette substance colorée se perd dans le gris, le marron ou le noir du pain bis dont elle renforce la coloration… En Aunis, les meules de brèche donnent les mêmes résultats : « une grande quantité de petits grains de sable qui craquent sous la dent ». Une grande quantité : il n'y a là aucune exagération. Les meules préindustrielles sont des blocs monolithiques gigantesques. Leur grand spécialiste a calculé que d'énormes roulantes d'une à deux tonnes perdent les trois quarts de leur épaisseur en dix ans, cinq ans, voire en trois ans seulement comme en Corse [1]. Les calculs de teneur en « gravois » n'ont pas été faits. Peut-être donneraient-ils des résultats comparables aux analyses que Maurizio a effectuées naguère et ailleurs sur certains pains grossiers de l'Europe centrale. En 1885 par exemple, la farine provenant de grains moulus dans des moulins à bras contenait entre 1 et 5 % de sable. On aurait autant de légitimité à parler de pain au sable que, de nos jours, de yaourt à la fraise [2].

Il suffirait, pour éviter crissements et grincements de dents, de tamiser la farine. Oui, mais cette prestation supplémentaire coûte cher et les mêmes qui dénoncent les méfaits de la mouture avec des pierres tendres plaident pour le non-tamisage. La farine non tamisée, dit Estienne, « est propre pour les laboureurs, fossoyeurs, crocheteurs et autres personnes qui sont en perpétuel travail, d'autant qu'ils ont besoin de nourriture qui ayent un suc gros, espais et visqueux ». Il faut se ranger à l'avis de l'historien

---

1. Belmont, Alain, *La Pierre à pain. Les carrières de meules de moulins en France, du Moyen Âge à la Révolution industrielle*, Grenoble, PUG, 2006, 107.

2. Maurizio, *Histoire de l'alimentation végétale*, *op. cit.*, 530. Belmont, *La Pierre à pain*, *op. cit.*, 107.

des meules : les Français mangeaient un pain mâtiné de silice d'un bout à l'autre de la journée et à longueur de vie. Étonnons-nous, après cela, de ne jamais voir sur les portraits classiques rois ou manants sourire, sinon d'un sourire esquissé, promis, un simple froncement des commissures qui ne dévoile rien de leur denture.

Théoriquement (théoriquement : car quel rapport entre les méthodes boulangères et les canons picturaux ?), on peut commencer à voir même des barbons de quarante ans sourire franchement, de toutes leurs dents après 1820. Car, en technologie boulangère, les changements s'enchaînent vite et se chevauchent : le triomphe de la farine de froment sur les autres céréales, le tamisage, la fermeture des meulières locales, la conquête des moulins par les bonnes meules qui ne s'érodent pas, en pierres de carrière achetées à grands frais, en Brie ou en Champagne, tout cela se joue et se noue dans un temps très court. Ajoutons à cela une dernière transformation, comme l'assouvissement d'un long désir : avec la suppression de la gabelle, les boulangers commencent à mettre du sel dans la pâte.

La régression puis la disparition du mauvais craquant, non désiré, s'accompagne, dans les villes du moins, de la recherche d'un « bon » craquant, d'une croustillance procurée par une croûte plus fine, plus brune. Ce désir était bridé jusque-là par les avertissements des diététiciens : la croûte brûlée est de mauvais suc, gardez-vous d'en manger, elle produit la colère (c'est-à-dire la bile noire), faites plutôt comme les riches, qui préfèrent chapeler leur pain avant de le manger[1]. Le goût se libère au XVIIIe siècle en même temps que l'amélioration de la technique boulangère permet d'obtenir à la fois une mie plus légère, plus souple et aérée, et une croûte plus croustillante. Cela passe par une transformation morphologique. La pâte molle, dit Kaplan, exige une forme plus aplatie et davantage de croûte. Ainsi s'explique sa forme allongée qui évolue jusqu'à la baguette. La

1. Champier, *De re cibaria*, *op. cit.*, VI, 9.

transition d'un pain à l'autre s'effectue entre la fin du XVIIe et le milieu du XVIIIe siècle, du moins à Paris :

> On peut remarquer qu'en général dans le temps qu'on ait aimé le pain de pâte ferme, ou le pain brié, dont la mie est compacte, on y a donné moins de croûte en le faisant rond ou relevé en boule. Au lieu que lorsqu'on a fait le pain de pâte molle, on l'a aplatie pour avoir plus de croûte qu'il est possible, en augmentant sa surface. Ce fut à la fin du siècle dernier qu'on commença à faire du pain long pour avoir plus de croûte ; on avoit auparavant le goût de manger le pain avec la mie, comme on a aujourd'hui celui de le manger en croûte. On mange maintenant plus de pain mollet que de pain de pâte ferme ; La mie du pain de pâte ferme, du pain brié, est dure, et elle a beaucoup plus de goût que la mie du pain de pâte molle d'aujourd'hui, ce qui en fait rechercher la croûte et laisser la mie [1].

Deux types de pain sont en concurrence à la veille de la Révolution, offrant donc le choix, mais urbain exclusivement, entre pain à croûte et pain à mie. Dans les campagnes fidèles à la miche à laquelle le levain donne un goût aigrelet, on préfère la mie serrée, « aveugle » du pain de ménage. Au fond, si la tartine reste la base du casse-croûte national, on peut se demander ce que l'on casse : une croute croustillante, ou bien une mie serrée et sèche.

Restons dans la ville prérévolutionnaire, quand, « Ô temps ! Ô mœurs », se lamente Parmentier, le désir des citadins, « jusqu'aux gens du peuple », est d'avoir chacun son pain à soi, un petit pain, de préférence à la grosse miche pourtant plus économique [2]. Le petit pain a une forme allongée et ce changement de forme, à lui seul, induit ou traduit des transformations à la

1. Malouin, « Description et détail des arts du meunier », Paris, 1767, 11, dans Jacobsohn, Antoine, « Techniques agricoles et goûts des aliments » dans Redon, Odile, Sallmann, Line, Steinberg, Sylvie, (éd.) *Le Désir et le goût. Une autre histoire (XIIIe-XVIIIe siècle). Actes du colloque international à la mémoire de Jean-Louis Flandrin*, septembre 2003, Saint-Denis, Presses universitaires de Vincennes, 2005.

2. Kaplan, *Le Meilleur pain du monde*, *op. cit.*, 75.

chaîne dans les mœurs alimentaires. Petit, il n'est pas convivial, ni économique, il favorise le repas individuel ; fait à la levure, il rassit vite, mais la levure lui donne une mie gonflée, souple. Ce pain accompagne de subtils changements dans la composition du déjeuner ou du dîner. Il est délicieux à tremper le matin dans son café ou bien pour éponger les viandes en sauce. En revanche, il se prête bien moins à la tartine plébéienne, précisément en raison de sa forme.

La tartine suppose la bonne grosse circularité de la miche et une mie serrée. Le pain long se coupe en long, ne donnant pas une tartine mais une chose étrange qu'on nomme sandwich. Rappelons les origines supposées du sandwich. Vers 1760, à sa table de jeu, John Montague, quatrième comte de Sandwich, ne veut pas interrompre sa partie de cartes et demande que sa viande froide, à l'anglaise, soit mise entre deux tranches de pain… Peu importe que l'attribution soit fausse : l'essentiel est qu'elle soit prestigieuse.

Le mondain dans Paris, le snob, converti au pain long et poussé par son anglomanie, se met à manger « une sandouiche », c'est ainsi qu'il le prononce, ce seul mot étrange achève d'empêcher toute comparaison malvenue avec la tartine.

Beurre blanc

À la rigueur, on peut imaginer manger ce pain d'antan aux saveurs prononcées et le manger seul. Erreur ! Horreur ! Une telle façon de faire était consternante aux yeux du mangeur d'autrefois.

Le pain sec est une punition infligée à l'enfant indocile ou au criminel détenu. « Le pain qui n'est pas accompagné de gras s'en va sans mesure », nous dit Olivier de Serres, économe jusqu'à la pingrerie. Le gras qui s'écrase sur le pain est de nature tellement variable qu'on pourrait écrire des pages sur le saindoux étalé, sur l'huile, sur l'anchois écrasé, sur la simple frottée d'ail chère aux Méridionaux. Mais c'est le beurre qui garnit ordinairement la tartine, sauf dans le Midi, et la beurrée est une consommation d'autant plus régulière que, pour répondre au défi des protestants, l'Église assouplit ses règles et permet de consommer du beurre en carême : le beurre devient un gras maigre, si l'on peut dire. On en mange désormais tout au long de l'année, il devient, constate Nicot, à l'aube du XVIIe siècle, « d'un usage commun, plus du pauvre que du riche ». Entre le pauvre qui en consomme beaucoup et le riche qui le dédaigne s'ouvre la large gamme de comportements, qui va d'un minimum, représenté par le profil du bourgeois vaguement hypocondriaque et orthorexique, qui ne mange du beurre cru que le premier mai, pour se purger, et à la rigueur avec les mouillettes qui accompagnent son œuf à la coque ; à un maximum représenté par les Flamands ou les Bretons de l'âge d'or, au choix, tant ils en consomment à tous leurs repas, et sous toutes les formes, même (pour les Flamands) dans la salade, à la place de l'huile, chose inimaginable pour les mangeurs plus au sud, qui leur octroient le sobriquet méprisant de « mangeurs de beurre [1] ».

Quel est le bon beurre ?

> Le beurre du mois de mai est le plus estimé et le meilleur ; celui qu'on fait en été, entre les deux Notre-Dame, tient le second rang ; celui du commencement de l'automne est très inférieur. Mais ce n'est pas seulement à la saison qu'il faut juger de la bonté du beurre ; il faut encore avoir égard à l'odeur, à la couleur et au goût ; l'odeur et la saveur doivent être douces et agréables ; sa couleur doit être naturellement jaune, mais d'un jaune un peu foncé [2].

Il est admis que le bon beurre a une couleur : jaune, d'un jaune qui tire sur le roux (Champier) ou sur le doré (Serres) ; il a une saison : le printemps… « Chez nous, le peuple l'apprécie principalement au mois de mai comme premier plat et aime en

1. Champier, *De re cibaria*, *op. cit.*, XIV, 10.
2. *Dictionnaire économique*, *op. cit.*, « beurre ».

manger le matin à jeun avec une gousse d'ail lorsqu'il craint un empoisonnement ou des vers intestinaux [1]. »

La cure printanière de beurre cru est pratiquée même par ceux qui en temps ordinaire n'en mangent pas : au premier mai, au moment où la sève monte dans les arbres et les humeurs chez les hommes, il est recommandé de faire une saignée et de prendre à jeun beurre frais, ail et sel. Une bonne saignée, une bonne purge et la santé sera assurée pour toute l'année. La prescription se trouve chez tous les bons médecins et elle très généralement suivie [2]. Les spécialistes d'économie domestique, eux, disent que c'est en mai qu'on doit faire provision de beurre et le saler pour le conserver. Le beurre en effet n'est pas de qualité constante et sa saveur, sa couleur varient suivant les saisons : « Celuy du printemps, particulièrement celuy du mois de may est le meilleur et le plus souverain, à cause des bonnes herbes que les animaux broutent [3]. » C'est lorsque la vache, au sortir de la longue stabulation d'hiver, se trouve bien dans son pré qu'elle produit le meilleur lait et donc le meilleur beurre.

L'insistance sur la couleur jaune est, de prime abord, une énigme, quand on se souvient que l'univers alimentaire subit la loi de l'attraction pour le blanc. Toute la cuisine écrite survalorise la blancheur, que ce soit à travers les viandes blanches des chairs de lait, le lard blanc et non rance, la morue ou le pain, bien sûr. Le beurre échappe à cette fascination, et nous comprenons d'autant moins qu'il provient du lait à la blancheur immaculée, signe d'innocence. Il n'est pas le seul produit laitier qu'on préfère jaune, il en va de même du fromage. Estienne et Liebault, en 1578, énoncent un avis partagé par tous :

> Le beurre de couleur jaune est le meilleur, le pire est celui de couleur blanche : celuy qui est de may est le meilleur de tous. [...] On jugera le bon formage, s'il est gras et pesant, la tranche

1. Champier, *De re cibaria*, *op. cit.*, XIV, 10.
2. Fouquet, Madame, *Suite du recueil des remèdes faciles et domestiques, choisis, experimentez et approuvez pour toutes sortes de maladies internes et externes*..., Dijon, Jean Ressayre, 1687, 411, « des vertus et des qualités du lait ».
3. *Ibid.*, 324, « syrop de santé ».

> bien unie, quelque peu jaunastre, doux au gouter, plaisant au sentir et nullement pourri, ny plein de mittes ou de vers et qui est faict de pur laict de vache, sans y mesler de celuy de brebis, qui rend le formage moins savoureux et plus blanchastre ; vray est qu'on le peut faire jaunastre en y meslant quelque peu de safran, comme font les Poictevins [1].

Les Poitevins ne sont pas exceptionnels. Les Parmesans procèdent de pareille façon, et toutes les fermières avisées devraient ajouter à leur caillé un peu de safran, avec bonne quantité de sel [2].

Cette préférence du mangeur est si avérée que l'offre marchande suit et vend du beurre jaune en toutes saisons, naturellement coloré au printemps, artificiellement le reste de l'année. À l'étable, on ajoute de la fleur de souci, du safran faux ou vrai, de la racine d'orcanette. À la boutique du crémier, on emploie divers additifs, les colorants indigènes étant évincés à partir du milieu du XVIIe siècle par un colorant américain, le rocou. Le père Labat, envoyé comme curé de Macouba, à la Martinique, appelle cette plante tinctoriale la teinture des Caraïbes et il la voit largement employée par ses paroissiens :

> Ils se peignent tous les jours avec du rocou détrempé dans de l'huile de carapa, qui les fait ressembler à des écrevisses cuites [3].

Ces graines qui servent à faire la peau rouge des Indiens colorent le beurre par l'intermédiaire de la barbotte des crémiers. La barbotte est un mélange dans lequel l'on broie et noie dans l'huile du rocou, du curcuma, de la graine d'Avignon ou du suc de carotte, un mélange naturel en vigueur jusque dans les années 1870, date à laquelle la chimie triomphante le remplacera par des colorants dérivés du goudron de houille.

---

1. Estienne, *L'Agriculture*, *op. cit.*, 35-36.
2. Serres, *Théâtre*, *op. cit.*, IV, 8.
3. Labat, *Nouveau Voyage aux isles de l'Amérique*, *op. cit.*

Des goûts et couleurs il ne faut pas disputer ? Disputons-en, car la préférence pour le jaune est attestée si collectivement que les explications traditionnelles renvoyant vers le symbolique et l'irrationnel ne sont qu'à demi satisfaisantes. Ne nions pas que le jaune est porteur de connotations valorisantes, on dit : « la riche » couleur du beurre. Mais le rêve de l'or ne peut justifier une préférence si marquée et si longue, jusqu'à nos jours où le beurre authentique a toujours cette coloration. Ma proposition est la suivante : il ne faut pas dissocier la couleur et la saveur, au contraire il faut les relier. Le beurre de mai est naturellement jaune parce que le lait est jaune, parce que les premières herbes sont grasses et riches en carotène ; le beurre d'hiver, pâle, a ce qu'on appelait « un goût de fourrage ». Le beurre de printemps ne sent rien mais il a la suavité et la douceur que procure « la bonté des herbes ». Il est doux, crémeux, jaune orange et on aime à retrouver, tout au long de l'année, cette couleur qui promet et garantit (ou semble garantir) la qualité gustative.

Si l'on en croit Chomel, les procédés artificiels de coloration ne peuvent tromper un amateur averti. Donc, les délicats sauront reconnaître le beurre naturellement jaune et utiliseront de préférence dans leur cuisine du beurre fondu « à la mode de Lorraine[1] ». Les autres auront recours au beurre artificiellement coloré et surtout au beurre de conserve. Il sera pétri de sel et éventuellement de fines herbes, comme thym, marjolaine, ciboule ou oignon. Il prendra alors leur arôme, ce qui est parfait pour accommoder le potage en hiver, quand dans les petites villes les herbes manquent. Et voilà pour les pauvres ! conclut Chomel. Il ajoute : le beurre blanc n'est bon qu'à faire la soupe aux domestiques[2].

Il en va du beurre comme du pain : à la ville, il prend des formes et des couleurs différentes selon la qualité du mangeur. Le beurre frais demeure une caractéristique de l'aisance bourgeoise et aristocratique. Il est d'ailleurs consommé moins comme beurre de table que comme fond de cuisine. Les gens de

---

1. Chomel, *Dictionnaire économique*, *op. cit.*, « potage ».
2. *Ibid.*, « beurre ».

peu ont un beurre de seconde qualité, salé le plus souvent. Le beurre fondu a des usages différenciés. Quand on le met à fondre, par grandes chaudronnées de trente livres, on doit veiller à l'écumer, avant de le transvaser dans des petits pots de grès et de les mener à la cave. On récupère la « crasse » qui résulte de l'écumage et le « gratin » qui attache au fond du chaudron, pour mettre sur des tartines. Le beurre fondu, selon Serres, acquiert une belle couleur blonde. D'autres le décrivent : transparent, grenu, fade, pâle. Il ressemble à une graisse animale, il est destiné aux potages du « commun ». Mais le valet ou la servante en tartinent en cachette leur beurrée[1]. En Bretagne où existe « une culture du beurre », il apparaît en quantité, partout et en grandes mottes dans toutes les auberges : il sert peut-être à la cuisine, mais c'est douteux. « Nous sommes certains, en revanche, de l'utilisation courante de ce beurre sur le pain, ou en le glissant au dernier moment dans le potage, ou sur la bouillie[2]. » En Bretagne et dans d'autres régions comme la Flandre, la tranche de pain recouverte de beurre constitue le repas du soir.

« Rouge Brésil »

Le pain et le sel : nous sommes tellement habitués à les goûter tout mélangés que nous sommes étonnés de lire que le pain jusqu'au XIXe siècle n'était pas salé. La règle bien sûr souffre quelques exceptions qui concernent des provinces situées au bord de la mer, parce que la gabelle y est moins chère ou bien qu'on a la possibilité de pétrir à l'eau de mer[3]. Aussi le geste alimentaire le plus fréquent est-il de mettre d'abord sur la tranche de pain quelques grains de sel gris[4].

---

1. Bonnefons, *Délices de la campagne*, *op. cit.*, 204.
2. Croix, Alain, *L'Âge d'or de la Bretagne*, 1532-1675, Rennes, Ouest France université, 1993, 144.
3. Ferrières, Madeleine, *Histoire des peurs alimentaires du Moyen Âge à l'aube du XXe siècle*, Paris, Seuil, 2002, 198.
4. Champier, *De re cibaria*, *op. cit.*, VI, 8.

La tartine est un peu plus sophistiquée que cet assaisonnement primitif, elle permet de corriger la fadeur en ajoutant au pain une couche de beurre déjà salé ou de fromage frais avec quelques grains de sel ou de fines tranches de salaison. Avant le long règne du saucisson, il y eut celui, plus discret mais tout aussi long, de la viande de bœuf séchée.

Pour nous, la viande bovine est rouge. Pour les hommes de l'Ancien Régime, il y en a de deux sortes : la verte et la sèche. C'est la sèche, nous le verrons, qui est rouge. La fraîche est dite verte, elle est réservée à ceux qui vont en boucherie, soit une minorité de mangeurs. La grosse majorité des Français mange le bœuf sec ou fumé. On a pensé longtemps que, dans les fermes, la salaison de viande bovine intervenait de façon occasionnelle. On abat le bœuf (ou la vache) accidenté ou malade, quand on sait qu'il sera écarté des boucheries urbaines au moment de l'inspection sanitaire : alors on le sale, ce qui est censé accessoirement désinfecter les viandes malades et on le sert ensuite non pas à la table du maître mais à celle des valets. Pourtant, jusqu'au XVIIe siècle au moins, la salaison n'est pas qu'une solution de secours, un abattage en urgence, mais un type de conserve que tout bon ménager, détenteur d'un domaine d'une certaine importance, doit pratiquer. À l'approche de l'hiver, le fermier sélectionne les bêtes les plus vieilles ou les plus faibles et les carcasses sont salées par pièces « pour la nourriture de la famille » ou bien de la « grossière famille » (Estienne), c'est-à-dire pour le second cercle qui vit dans la maisonnée et prend ses repas à la table des domestiques. Les morceaux de bœuf passent un certain temps au saloir puis on les suspend. Ils sèchent à l'air en durcissant. « Chez nous, dit Champier, on appelle cela du brésil (*bresillium*) ; d'après, je crois, ce bois dur et rouge que l'on importe des îles du Brésil. En effet, d'une certaine manière, les pièces de bœuf suspendues sont rouges et d'une extrême dureté. »

On a rangé un peu hâtivement la viande sèche dans le grand catalogue des découvertes alimentaires dont nous sommes redevables au Nouveau Monde. Le problème, c'est que « faire brésil » est une pratique attestée bien avant la conquête de l'Amérique. Je suppose qu'il s'agissait alors de « faire brési », c'est-à-dire de transformer la chair jusqu'à l'obtention d'une couleur de braise.

Ensuite, l'Amérique découverte et reconnue, le glissement à « brésil » n'était que l'affaire d'une consonne, une lettre finale qui promet des effluves exotiques dans les cheminées rustiques. Mais peut-être le bois de Brésil ou de Campeche intervient-il vraiment dans la salaison. La couleur joue dans les salaisons un rôle qu'on aurait tort de sous-estimer. Tout se passe comme si la perte de la saveur initiale du produit n'était pas regrettée. Au contraire, on semble préférer les qualités organoleptiques profondément transformées par le sel et la dessiccation, comme une saveur ajoutée préférable à la saveur naturelle. En revanche, ce qu'on aimerait conserver c'est la couleur et on la voudrait au plus près de « la naïve et naturelle couleur[1] ». D'où, dans les salaisons de jambons, l'addition dans la saumure du salpêtre. On fait de même avec le saumon (Chomel). Se peut-il que la poudre de bois brésil, vendue dans toutes les drogueries et utilisée dans les cuisines populaires, serve aussi à rehausser la couleur[2] ? Dans ce cas, une tartine de beurre barbotté mangée avec du brésil serait un beau témoignage de la façon dont les nourritures simplissimes s'accommodent du métissage culturel.

Les auteurs de la Renaissance ne traitent que de salaison, ils parlent du fumage comme d'une technique accessoire. Si la salaison « tourne », on la pend à la cheminée pour la raccommoder[3]. La cheminée complète et rattrape éventuellement le saloir. On procède ainsi depuis l'Antiquité. La technique du fumage seul, en tout cas après une très courte salaison limitée à deux ou trois jours, semble plus récente. Gargantua se targue d'avoir dans ces ancêtres « Happemouche qui le premier fuma les langues de bœuf à la cheminée, car auparavant le monde les salait comme on le fait des jambons[4] ». On est bien là au chapitre des grandes découvertes, des conquêtes culturelles[5].

1. Serres, *Théâtre*, *op. cit*, VIII. Ferrières, *Histoire des peurs alimentaires*, *op. cit*.

2. Lemery, *Traité des aliments*, *op. cit.*, 480.

3. Rose, Louis, *La Bonne Fermière*, Lille, J.-B. Henry, 1767, 87.

4. Rabelais, *Pantagruel*, II, 2.

5. Colette, Méchin, *Bêtes à manger. Usages alimentaires des Français*, Nancy, Presses universitaires de Nancy, 1992, 109.

Faut-il à nouveau invoquer l'Amérique et ses rudes flibustiers boucanant le cochon des îles en empruntant leur savoir-faire aux Indiens caraïbes ? Ou faut-il se tourner vers des sources plus proches, du côté de la Franche-Comté et de la Lorraine qui, dans leurs vastes cheminées, pratiquent depuis longtemps le boucanage ? Au tournant des années 1630, ces provinces entrent dans la sphère française, peu à peu du point de vue de l'appartenance politique, plus globalement du point de vue culturel. Ce n'est pas sans conséquence sur nos habitudes alimentaires. L'innovation est bien reçue, elle assure une conservation de plus longue durée, introduit un plaisir gustatif supplémentaire, elle apporte un plus aromatique, celui que donne la fumée du bois de résineux, de pin. L'*Encyclopédie* vante les mérites, à cet effet, du bois vert de genévrier. Au moment où la Franche-Comté et l'Alsace entrent dans le royaume, la salaison domestique de la vache est en complète régression. Elle n'est pas rentable, même dans les grandes fermes qui la pratiquaient uniquement pour la table des domestiques, ce que nous ne sommes pas obligés de croire. Dans les livres des théoriciens de l'agriculture, les valets ne mangent pas à la table des maîtres ; dans les descriptions des observateurs de la chose rurale, en Provence, en Bourgogne, les valets de ferme et les bergers mangent à la table des maîtres. C'est parfois la maîtresse qui n'y est pas : elle sert. Elle peut servir du brésil, mais c'est du brésil acheté en tonneau, du brésil d'importation. Le brésil a élargi considérablement sa clientèle : il est devenu la nourriture connue des gens des villes, dans les ports surtout, où l'on l'embarque massivement pour les voyages au long cours. Comme la production nationale est insignifiante, on fait appel à des viandes étrangères. À partir de Colbert, les besoins d'approvisionnement de la marine suscitent tout un commerce. On importe du bœuf salé d'Irlande par barils entiers et du bœuf fumé d'Allemagne, par Hambourg[1]. Ils sont nombreux à manger du brésil : les esclaves en circuit colonial, les ouvriers agricoles pendant les moissons ou à l'époque des vendanges en Médoc,

1. Savary des Brulons, Jacques, *Dictionnaire universel du commerce*, Paris, Étienne, 1741, I, 259.

les ouvriers des forges comme à Nontron, les marins, les petites gens dans les villes.

Le brésil se mange à la bonne franquette. Après avoir aiguisé son couteau sur une pierre, on coupe « de longues et larges lesches de gras jambon ou grosse et tremblante pièce de bœuf salé et icelles trancher sur le bon pain bis[1] ». Si on saisit bien la différence entre la viande grasse de cochon et la viande de bœuf qualifiée de « grosse » ou grossière, en revanche la signification de « tremblante » nous échappe. « Le bœuf fumé se coupe en tranches fort minces, et se mange crud, ou cuit sur des beurrées[2]. »

Le brésil peut se mettre au potage qu'il salera naturellement. Comme il est deux fois durci, à la fois salé et fumé, il doit d'abord tremper dans l'eau avant d'être longuement mis au pot.

Le reste de bouilli froid le lendemain est tranché et mis sur le pain. Mais « cuit sans répit », il a abandonné tous ses sucs au bouillon et il est bien fade à côté du brésil qu'on mange tel quel, nature, en tranches fort minces, car en palais, quelle explosion de saveurs salées ! Il a son équivalent en jours maigres avec, par exemple, l'anchois. Avec la tartine de brésil, impossible de faire comme les enfants gâtés de Balzac, de sucer le dessus et de jeter le pain. Le brésil donne très faim de pain. Il donne très soif aussi, d'eau mais surtout de vin. Voilà pourquoi les buveurs l'apprécient en apéritif, à l'égal d'une tranche de jambon. Voilà pourquoi les médecins conseillent de le consommer avec modération[3].

Fromage blanc à la pie

Mai 1636, la vie s'écoule paisiblement à Beaumont en Bourgogne et à la seigneurie de Tavannes, comme d'habitude, on achète du fromage blanc « pour la nourriture des dindets de

1. Du Fail, *Propos rustiques*, *op. cit.*, 91.
2. Chomel, *Dictionnaire économique*, *op. cit.*, « brésil ». Il précise « beurrée : couche de beurre étendue sur du pain ».
3. Champier, *De re cibaria*, *op. cit.*, XIII, 8.

Madame »[1]. Mai 1787, madame de Sabran nous décrit les charmes de la montagne suisse, où elle séjourne :

> On ne voit que des prés émaillés de fleurs, de petites chaumières de distance en distance pour recréer la vue et l'on ne rencontre que de jolis petits moutons et de jeunes bergers [...], couronnes de lilas, mangent de grosses tartines de pain bien noir, recouvertes de fromage bien blanc, ou bien chantent à l'unisson les charmes naïfs de leur bergères[2].

Pain noir, fromage blanc. Se peut-il qu'en l'espace d'un siècle et demi on ait changé d'avis, et que le régime suisse soit en voie de réhabilitation ? Méfions-nous, on sent bien qu'ici madame de Sabran nous joue du pipeau, comme son berger, et nous livre un beau morceau de rousseauisme alimentaire. Et Rousseau est suisse. En réalité, les produits lactés ont toujours des détracteurs mais de moins en moins fervents. Au XVIIe siècle, les fromages continuent à inquiéter par la mouvance de leurs formes, l'étrangeté de leur fabrique et l'agressivité de leur odeur[3]. Au XVIIIe siècle, on entend toujours les diatribes furieuses de ceux qui voudraient le proscrire de la table des Lumières, mais il faut bien reconnaître qu'elles ne s'alimentent plus à la vieille imagerie qui traîne dans les bons livres classiques et associe pour mieux les diaboliser le caillé, le beurre et la barbarie. En 1787, certaines préventions sont tombées : non, il n'est pas nécessaire de se rincer la bouche avec du vin pur dès qu'on a bu du lait[4]. Non, le lait caillé dont la substance rappelle tellement celle de notre cerveau « caséiforme » ne peut nuire à nos facultés intellectuelles ; non, manger des petits fromages de brebis ne signifie pas le renoncement total à la vie civilisée[5].

---

1. Cité dans Gutton, Jean-Pierre, « Misères de la guerre, réponses de la charité », *Pauvreté, cultures et ordre social*, Lyon, Université Jean Moulin, Lyon III, 2006, 103.
2. *Correspondance inédite de la comtesse de Sabran et du chevalier de Boufflers*, 1778-1788, E. de Magnieux, H. Prat, Paris, 1875.
3. *XVIIe siècle*, 217, 2002.
4. Champier, *De re cibaria*, *op. cit.*, XIV, 8.
5. *Ibid.*, XIV, 8.

Donc, en ville, on commence à boire du lait, mais au premier déjeuner et dilué dans le café. Au vrai, c'est la consommation de café qui entraîne celle du lait. On consomme de plus en plus de beurre, rarement du beurre cru à table, mais en abondance dans cette grande cuisine qui élimine le saindoux et la graisse animale au profit exclusif du beurre. Le fromage paraît sur les tables distinguées suivant les canons qui, eux, n'ont pas changé. La première règle est d'abord de le servir toujours à la presque fin du repas « pour fermer l'orifice supérieur de l'estomac et aider à la digestion », disent les manuels des médecins. « Pour boucher le conduit par lequel sortent les bons mots et entrent les bons morceaux [1] », dit Rabelais qui est aussi médecin. Il a un rôle reconnu dans la digestion et la conversation : « C'est entre la poire et le fromage que les langues se délient et que les conversations vont bon train. » La vieille expression nous montre un temps long où le fromage était bouté hors du repas, après le dessert. Intégrer le fromage au repas en renversant l'ordre traditionnel, le servir avant la poire, le promouvoir enfin à la dignité gastronomique sera une des grandes conquêtes culturelles à venir.

La seconde règle est que toute espèce de fromage n'est pas digne de paraître à table ; encore faut-il qu'il soit de garde, ce qui ne va pas de soi en des temps où, même en fruitière, on n'a pas maîtrisé l'art de transformer un produit dont la durée de vie naturelle est de un jour en un produit de longue vie. À la question test : qu'est-ce qu'un bon fromage ? La réponse est variable. Elle peut-être détaillée : il est gras, pesant, de couleur jaunâtre, à pâte bien lisse, d'une tranche nette et unie, sans mites ni vers, ni trop vieux, ni trop nouveau [2]… Plus simplement, on le choisira « ni Hélène, ni Marie-Madeleine, ni Argus ». On vérifiera donc, selon ce vieil adage, qu'il ne soit ni blanc comme Hélène, ni pleurant comme Marie-Madeleine, ni doté des yeux d'Argus, mais bien aveugle. Les yeux sont très importants dans la nourriture, mais de signification bien ambiguë : bons dans le pain,

1. Rabelais, *Tiers-Livre*.
2. Alletz, *Dictionnaire portatif*, *op. cit.*, « fromage ».

bons dans le potage ; mauvais dans le fromage, signe qu'il est « guerroyé de bestioles [1] ».

Ce goût très sélectif se reflète parfaitement dans les chiffres d'approvisionnement urbain.

Les fromages et les beurres sont classés parmi les « denrées accessoires » dans les approvisionnements des villes. Le Parisien de 1789 en consomme 2 kg par an, dix fois moins qu'aujourd'hui. Avec une nette frontière sociale qui sépare ceux qui mangent le fromage au couteau ou râpé, quand il est encore plus dur, et ceux qui le mangent à la cuillère ou étalé sur une tranche de pain. Quand il est mou, blanc ou frais, le fromage est canaille.

D'une certaine façon, madame de Sabran a raison : c'est dans les montagnes, sur les lieux de production mêmes, que la consommation est élevée. Le berger candide a vingt mots pour désigner les laitages, là où la comtesse ne connaît que lait et fromage. Il a pris l'habitude de mettre du café dans son lait et même du sucre. Chez les pauvres pâtres des Alpes vaudoises, elle aurait trouvé, si elle était entrée, la cafetière, le moulin à café, le sucrier parmi les ustensiles de première nécessité [2]. Le goût du café au lait fait alors fureur, il se répand partout. Il est poussé à l'excès, selon les anti-esclavagistes : si même les humbles bergers commencent leur journée par un café au lait, comment mettre fin à l'affreux système des plantations de canne à sucre ? Les éleveurs distinguent ce qu'ils mangent et ce qu'ils vendent, livrant sur les marchés lointains des fromages gras, gros, de garde. Dans ces conditions, il est difficile d'imaginer par exemple les paysans des Alpes mangeant de la fondue, sinon comme consommation de rebut. Fromage gras et vin blanc sont des ingrédients plutôt urbains.

L'innovation majeure vient des régions de plaine où se répand l'habitude de récupérer les rebuts de la laiterie qui n'étaient pas destinés aux hommes. Dans certaines régions, il faut attendre le XVIIIe siècle pour voir vendre le caillé et fabri-

1. Serres, *Théâtre*, *op. cit.*, IV, 8.
2. Radeff, Ann, *Du café dans le chaudron*, Lausanne, Société d'histoire de la Suisse romande, 1996.

quer des petits fromages mous. Dans tel village du Maine, il faut attendre l'arrivée en 1756 d'une certaine Louise Bafourd pour arracher encore une nourriture aux cochons et découvrir l'usage des faisselles. L'impact de la découverte est tel qu'un humble tisserand, au soir de sa vie, s'en souvient :

> J'ai vu aussi le commencement des fromages faits dans ce pays-ci. Je pouvais avoir quinze ans quand une femme de la Suze vint demeurer dans le bourg de la fontaine. Ce fut la première qui vendit du lait caillé, car avant on le donnait aux pauvres ou aux cochons. Elle inventa aussi de faire des fromages qu'elle vendait 1 sou la livre ou la potée de lait 2 liards et on faisait le fromage soi-même [1].

Le réseau routier, le savoir-faire et le savoir-vendre féminin popularisent la consommation de fromage mou. Le duo pain bis et fromage blanc s'accorde désormais avec la simplicité rustique ou bien la pauvreté urbaine. Il remplace le pain dur associé au fromage dur, plus longs en bouche. Le peuple fait un grand usage de fromages mous [2].

Les fromages à tartiner sont de pauvres fromages faits de lait écrémé, de lait battu, de lait de beurre, dans tous les cas dépouillé de sa graisse ; ils sont maigres et peu salés. Quand ils sont fermentés, la présure provient rarement de la caillette de veau tué, parce qu'on n'abat pas de veau ou bien qu'on respecte l'interdit d'utiliser en carême de la présure animale. Alors, on a recours à des coagulants végétaux, à des fleurs caille-lait, à des fleurs de chardon sauvage ou d'artichaut qui communiquent une pointe d'amertume et laissent aux petits fromages un je-ne-sais-quoi d'âpre et de sauvage.

La durée de vie limitée des fromages frais les destine prioritairement à la consommation familiale, mais quelques Perette,

---

1. Fillon, Anne, *Louis Simon, villageois de l'Ancienne France*, Rennes, Éd. Ouest-France, 1996, 89.
2. Aulagnier, *Dictionnaire des substances alimentaires*, *op. cit.*, 227.

celles dont la ferme se trouve non loin des villes, s'en vont « légères et court vêtues » les porter sur les marchés pour des amateurs de cervelle de canut à Lyon ou de lait caillé en faisselle de jonc à Paris[1]. Les fromages de crème, double ou triple crème, sont destinés à une clientèle relevée. On vend par les rues des flans très populaires à base de fromage blanc battu, « les talmouses », et du « fourmage de cresme aux racines de percin ». On achète aussi du fromage de « cresme » pour manger avec des « fraizettes », mais c'est plus rare, on a la bouche plus salée que sucrée, et on aime garnir son croûton. L'alternative au persil est l'ail ou l'oignon, surtout en pousses vertes, aillet ou cebette ici, oignons en herbes vertes ou à queue verte ailleurs. En association simple, on obtient la frottée, d'ail ou d'oignon. En association complexe, on a la tartine de fromage maigre avec un « aigrun » écrasé ou haché menu, aux fragrances canailles.

Bien sûr, nous nous efforçons ici de décrire des conduites alimentaires « normales », moyennes. Il y a toujours des exceptions, des conduites anormales, parfois même le pica, comportement déréglé qu'illustrent par exemple les envies des femmes enceintes. Les picas abondent sous l'Ancien Régime, ils ne sont pas réservés aux femmes enceintes.

Les médecins nous livrent force diagnostics « d'appétits dépravés », en particulier chez des pauvres gens, des mal-nourris qui ingèrent du charbon, de la terre ou du plâtre, toutes sortes de matériaux minéraux ou organiques. Il y a pire encore : le pica de la viande crue[2] !... Ces cas d'ingestion aberrante semblent tellement courants que certains ont pris ces nourritures immondes mais pathologiques pour nourritures ordinaires de gens très pauvres. Les cas de pica chez les repus sont plus rares. En voici pourtant un exemple, extrait d'un roman naturaliste du XIXe siècle. Le héros ou la victime, comme on voudra, s'appelle Des Esseintes, c'est un riche gourmet, soûlé de bons mets et dégoûté de tous, gastronome mais « décadent », ce qui aide à comprendre ce mélange psychologiquement détonant de répulsion féroce et de

1. Champier, *De re cibaria*, *op. cit.*, XIV, 3.
2. Chomel, *Dictionnaire économique*, *op. cit.*, 417.

pulsion irrésistible vers des nourritures répugnantes. La crise de Des Esseintes se déclenche à la vue d'un gamin sale,

> sordide à voir, il avait des cheveux de varech remplis de sable, deux bulles vertes au-dessous du nez, des lèvres dégoûtantes, entourées de crasse blanche par du fromage à la pie écrasé sur du pain et semé de hachures de ciboule verte. Des Esseintes huma l'air ; un pica, une perversion s'empara de lui ; cette immonde tartine lui fit venir l'eau à la bouche… Il se leva d'un bond, courut à la cuisine, ordonna de chercher dans le village, une miche, du fromage blanc, de la ciboule [1].

Le propre de l'esthétique décadente est de descendre bas, si l'on veut bien pardonner ce pléonasme. Mais avec cette tartine « à la pie », Des Esseintes a atteint le plus bas, le degré zéro, il flirte avec l'immonde. Il nous permet, par effraction, de mesurer à quel point les petits fromages frais ou secs restent frappés d'indignité. Le fromage « à la pie » ou « alapie » est fait à partir de lait écrémé [2]. C'est une de ces nourritures allégées peu recommandables et, au temps de Des Esseintes, un débat public s'engage pour savoir si le lait écrémé mérite encore le nom de lait. D'ailleurs est-ce vraiment un aliment ? Sans avoir lu la bible des diététiciens [3], les contemporains de Des Esseintes savent que tout se mesure en calories, que le fromage, surtout maigre, est logé à la même enseigne que les poissons et les petits fruits, tout en bas de l'échelle alimentaire. D'ailleurs, dans la bible susdite, lait et laitages se retrouvent à la fin, dans un chapitre très bref et très suggestif qui s'intitule : « Débris et divers produits domestiques des animaux »…

Les saveurs du fromage mou sont déconcertantes, fades ou bien aigrelettes, car le fromage est riche en petit-lait (sérum) qui pique la langue. Or, ce goût aigre est redoublé par l'accompagnement

---

1. Huysmans, Joris-Karl, *À rebours*, 1884, rééd., Paris, Gallimard, 1977, 291.
2. Chomel, *Dictionnaire économique*, *op. cit.*, « fromage ».
3. Payen, Anselme, *Précis théorique et pratique des substances alimentaires*, Paris, Louis Hachette, 1865.

obligé, le partenaire naturel du fromage blanc qui se rattache à la catégorie botanique des plantes à bulbe et à la catégorie culinaire des « aigruns ». Deux siècles avant Des Esseintes, on usait d'ail, d'oignon et surtout de poireau. Ils se mangeaient à part, à la croque ou bien on en frottait la tranche avant d'étaler le beurre ou le caillé. Deux siècles après, ces condiments sont toujours taxés de rustres et de bruts, mais ils ont évolué : on préfère au poireau des variétés plus fines, civette ou ciboulette, et au lieu d'en frotter le pain, on choisit de les ciseler et de bigarrer la surface blanche de brins bien verts. La vue y gagne. Le goût ne change pas, salé et piquant, soit les deux saveurs de base de l'univers alimentaire ordinaire.

Tartine de margarine

L'opinion de monsieur Des Esseintes vaut pour les années 1870-1880. Elle témoigne de goûts et de dégoûts de très longue durée. Pourtant, les choses sont en train de changer. Pour le fromage, la promotion est lente. Jean-Paul Aron a noté quelques infléchissements dans la consommation bourgeoise, mais pas avant la seconde moitié du XIXe siècle. Jusqu'alors limité aux productions autochtones et aux repas vulgaires, le fromage accède à la gastronomie sous le Second Empire. Toutefois, il n'est pas apprécié par tous, le bourgeois continue à racler soigneusement la croûte des fromages à pâte molle et il le relègue en point final du repas, après le dessert sucré : « entre la poire et le fromage »… Le menu de tante Mag se termine par une crème au chocolat et du camembert. Seuls quelques précurseurs tiennent à ce que sa place se situe avant.

C'est la tartine de beurre qui a profité la première d'un nouvel élan alimentaire. Des Esseintes ne le sait pas, mais son pica ne sera bientôt plus qu'un appétit normal.

Le beurre frais, cru, est devenu un matériau non seulement fréquentable par les gens du monde, les congénères de Des Esseintes, mais même à la mode. Comme, d'autre part, la demande de lait frais en ville augmente, la crème et donc le beurre deviennent des denrées plus recherchées. Entre 1850 et 1880, le prix du beurre a pratiquement doublé pour le plus grand bonheur des crémiers, que Zola nous montre mélangeant à pleines mains le beurre frais de Normandie à d'autres matières grasses inférieures et unifiant le mélange à l'aide d'une teinture au rocou…

Effet de seuil bouleversant joué par les prix : en ville, le beurre n'est plus un produit abordable par le commun. Mais il y a la margarine, nouvelle venue sur le marché, d'abord furtivement, se faisant passer pour du beurre puis plus honnêtement, depuis 1897, depuis que la loi l'oblige à prendre un autre nom et une couleur pâle (la teinture jaune étant réservée au beurre). Le pain-margarine est la nourriture de base de tous ceux qui sont dans la dèche, à Paris et à Londres [1]. Dans le registre canaille, la tartine de margarine est le dernier avatar de la tartine de beurre.

1. George Orwell, *Dans la dèche à Paris et à Londres,* 1933, rééd., Paris, 10/18, 2001, 181-183.

10

Bouillie de turquis

Ces éternels mangeurs de bouillie

S'il est un plat qui incarne la continuité de la nourriture populaire, en remontant bien au-delà du Moyen Âge, un plat de tradition longue et constante, c'est bien la bouillie. Son histoire commence avant l'histoire, avant l'écriture quand l'homme de Cro-Magnon, son havresac sur le dos, littéralement « son sac à avoine », part à la conquête du vaste monde. Quelques poignées de grains bouillis suffisent à le sustenter et par la même occasion à le distinguer du grand singe son cousin, désespérément attaché à sa niche écologique et aux feuilles et fruits de son arbre. Une telle façon de se nourrir permet à l'homme primitif et à ses descendants de se déplacer et de s'adapter à d'autres milieux. Nourri de bouillies, l'homme abandonne le ramassage et l'économie de cueillette. Le légionnaire romain est l'autre figure emblématique du mangeur de bouillie, il a troqué sa poignée d'avoine contre de l'épeautre, mais porte aussi sur son dos sa ration de grains.

C'est cette longue histoire quasi-immuable que retracent les médecins proto-nutritionnistes de la Renaissance et, pour décrire les préparations de « puls », « pulmenta » et, « ptisana », ils se réfèrent à Pline et à Galien. Les bouillies, c'est du passé… Mais non ! Car voici ce qu'observe l'un d'entre eux, et des plus avertis : en carême, les montagnards se bourrent d'orge mondé, les colporteurs courent les villes avec du gruau d'avoine ou d'orge, « que l'on vend pour épaissir les jus de viande ». Voilà la surprenante diversité régionale des bouillies : des bouillies à l'épeautre dans les provinces au climat froid, des bouillies de panic (faux millet) en Savoie[1]. Quant aux bouillies de millet, Champier en a goûté en Lyonnais, en Auvergne, en Sologne, et son jugement est sans appel : « À mon avis, c'est un ragoût qui ne peut guère plaire aux gourmets et à ceux dont l'estomac n'est pas aux abois. » Ce ragoût est très présent dans le Sud-Ouest où, dit-il, le millet est préféré aux autres céréales et où l'on confectionne un plat éponyme : *milacea* écrit-il dans son latin médical, ce qu'on peut facilement traduite par « millasse »... On utilise les grains à bouillie tantôt entiers, tantôt pelés et mondés, ou encore grossièrement écrasés en gruau. Outre le blé et l'orge, Champier énumère neuf autres variétés de petits grains de qualité inférieure, dont l'avoine, le seigle, l'épeautre et le millet, sans compter ces non-céréales que sont les châtaignes ou les lentilles.

Le champ alimentaire que recouvrent les bouillies est vaste à l'infini, extensible. Pourtant il semble promis à une irrésistible contraction. Car l'inventaire des bouillies à la Renaissance s'accompagne de jugement, tantôt de goût, tantôt de santé, les deux étant fortement dépréciatifs. « Nous laissons cette consommation, écrit encore Champier, aux paysans, ainsi qu'aux terrassiers et aux moissonneurs, pour utiliser celles qui sont considérées comme meilleures. »

Les bouillies élégantes se comptent sur les doigts d'une main, elles sont en général sucrées, du type de « l'avenée », bouillie d'avoine agrémentée de lait d'amande douce ou de chèvre et de sucre. Servie en entremets ou aux malades, elle n'a plus rien à voir avec sa version populaire, solide, salée et servie en plat de résistance. « L'avenée » est à l'avoine ce que le toast de caviar est au pain sec. Les Anglais éprouvent la même aversion mais l'expriment autrement[2]. Et le mépris social comme toujours

1. Champier, *De re cibaria*, *op. cit.*, V.

2. Samuel Johnson, *Dictionary of the English language in four volumes*, Londres, 1818 : « *Oats : a grain, which in England is generally given to horses, but in Scotland supports the people* ».

cherche du renfort du côté de la diététique, laquelle, il est vrai, lui fournit bon nombre d'arguments. De façon générale, toutes les bouillies produisent un suc cru et épais : à laisser donc aux gens dotés d'un estomac solide. Leur épaisse consistance, leurs grumeaux qui collent au palais provoquent la mauvaise haleine. Cette odeur intime est le stigmate social qui sépare la société des mangeurs de bouillie à « l'haleine fétide » de celle des mangeurs de pain à la bouche délicate [1].

L'histoire des bouillies est une histoire immuable et les mangeurs écrivains de la Renaissance nous annoncent la fin de cette histoire. Elle est prévisible : ces nourritures lourdes sont trop contraires au mouvement général de promotion de l'homme, elles tirent vers le bas, vers l'enfance et l'animalité. Les céréales secondaires dont elles sont faites sont partagées avec les animaux et manger de l'orge quand on n'est ni malade ni fragile, comme manger des glands ou boire de la cervoise, nettement inférieure au vin, est de l'ordre de l'encanaillement ou bien de la consommation par défaut, quand les grains nobles manquent. Le sens de l'histoire alimentaire, la base même de la cuisine passent par la dissociation entre le liquide et le solide. Dans le procès fait à la bouillie, cet argument de civilisation passe bien avant l'argument gustatif, si bien que la bouillie apparaît, pour paraphraser Claude Lévi-Strauss, plus mauvaise à penser que mauvaise à manger.

La seule vertu reconnue de la bouillie est d'apprendre au petit à se passer de sa mère, quand un nouveau venu le remplace à la mamelle. Mais la bouillie du sevrage n'a qu'un temps. La transition de l'enfance à la jeunesse passe par une nourriture de plus en plus solide : ainsi progresse l'humanité tout entière, selon un discours commun qui amalgame destinée individuelle et devenir collectif.

Il est donc entendu que le progrès mène inéluctablement à l'abandon de ces bouillies. L'avenir est au pain, blanc de préférence. Il n'y aurait donc plus d'histoire de la bouillie, une

1. Champier, *De re cibaria*, *op. cit.*, VI, 1.

géographie seulement, quelque part de l'autre côté du Rhin ou de la rive droite de la Vistule.

Les sombres précurseurs ou, à l'inverse, les annonceurs de lendemains alimentaires radieux n'ont pas toujours raison et Champier, comme les autres, se trompent. Au pays des plus gros mangeurs de pain, il est resté une place pour la bouillie. Une place non négligeable, à en juger par le destin de deux céréales nouvelles qu'il cite uniquement à titre de curiosité botanique. Champier mentionne en effet deux nouveaux venus. Il a vu l'un, mais confiné encore dans l'espace de jardins d'expérimentation : un grain brun foncé qu'il appelle « millet » ou « blé sarrasin ». L'autre, il ne le connaît que par ouï-dire et par les relations de voyage : les Indiens du Nouveau Monde ont aussi un millet mais avec des grains trois fois plus gros pour comble de malheur. Les nouveautés n'ont aucun effet, il faut l'avouer, sur les vieux préjugés.

La bouillie conserve tout au long de l'Ancien Régime de solides ennemis. Gui Patin, au temps de Louis XIV, se déclare contre cette nourriture « visqueuse et grossière, qui fait de la colle dans l'estomach des enfans, et force obstruction dans le ventre ». Elle « offusque la vue » et elle provoque des troubles oculaires [1]. Au temps de l'*Encyclopédie* et des Lumières, la bouillie est attaquée de toutes parts, jusque dans son bastion le plus sacré : la nourriture de l'enfance. On dénonce ses effets pervers : « incrassante », « empâtante », « obstruante », elle est accusée de plâtrer les petits estomacs et de constituer un milieu favorable, dit-on, à la survenue de parasites, tous ces œufs et larves, acares, insectes et vers « qui prennent l'homme au berceau et ne l'abandonnent qu'à la tombe [2] ». D'où des mises en garde répétées du type « on dit que la bouillie nourrit les enfants mais elle en fait mourir beaucoup » ; « donnez-leur donc de la panade, faite de mie de pain de ménage délayée dans du bouillon ou du lait » [3]. Malgré

1. Lettre de Gui Patin à Spon, 1644, citée par Le Grand, *Histoire de la vie privée*, *op. cit.*, 80.

2. Raspail, *Histoire naturelle*, Paris, Levasseur, 1843, 14.

3. Baumes, Jean-Baptiste, *Second Mémoire sur la nutrition*, Montpellier, 1789, 118.

cela, les mères et les nourrices ne suivent pas, au grand dépit des diététiciens. « Il serait plus aisé de transporter les Alpes dans les vastes plaines de l'Asie que de désabuser une femme écervelée[1]. » La bouillie entre alors dans le vaste catalogue des « erreurs populaires ».

Entre médecins et cuisiniers, si souvent opposés, c'est l'entente cordiale, l'assistance mutuelle sur le chapitre des bouillies. Feuilleter l'index alphabétique d'un traité de grande cuisine, ou le reconstituer s'il n'existe pas, est riche d'enseignements par défaut : le nombre de préparations de céréales s'effondre dans les livres de cuisine entre les XVe et XVIIIe siècles jusqu'à disparaître complètement. Après quoi, entre « bouilli » et « bouillon », il n'y a rien. Même le dictionnaire qui se proclame économique ne mentionne que le bouillon et décrit la fromentée non comme une bouillie mais comme une pâte compacte de blé crevé dans l'eau.

Quant au maïs, il est exclusivement évoqué comme aliment pour les animaux. Bien entendu, dans le modèle culinaire dominant, on mange du pain de froment et du maïs uniquement sous une forme indirecte : transformé en gras chapons, en pigeons de volière à chair tendre, en cochons au lard consistant, inférieurs toutefois à ceux nourris « à la course », en poissons de vivier plus savoureux[2].

Une fois encore, tout n'est pas à rejeter dans la catégorie du symbolique et les classiques nous livrent deux ou trois bonnes raisons de mésestimer la bouillie, à commencer par son aspect. Béguillet écrit en 1785 :

> Malheureusement, nous ne jugeons le plus souvent des choses que sur le rapport de nos sens ; les farineux cuits à l'eau se changent en une gelée qui ressemble à de la colle, il n'en faut pas davantage pour inspirer de la répugnance à cette sorte d'aliment

1. Zimmermann, Georges, *Traité de l'expérience*, Paris, 1774, t. II, 35.
2. Poiret, *Histoire philosophique*, *op. cit.*, 87.

> et pour faire juger qu'il est capable de coller les entrailles et d'épaissir les liqueurs.

Épaisse, compacte ? C'est peu dire ; la plupart parlent des bouillies contemporaines comme d'un magma gluant, fade et indigeste, un vrai ciment qui colle les boyaux[1].

Dans sa méthode pour faire la bouillie au riz pour les petits enfants, le rédacteur de l'*Encyclopédie*[2] n'indique pas le temps de cuisson mais le résultat à atteindre. Il recommande « de faire bouillir le tout jusqu'à ce qu'il commence à y avoir une croûte légère au fond du poêlon ; l'ôter ensuite de dessus la flamme et le mettre un quart d'heure environ sur la cendre rouge ; on remettra ensuite cette bouillie sur la flamme jusqu'à cuisson parfaite, laquelle cuisson se connaît à l'odeur et lorsque la croûte qui est au fond du poêlon est fort épaisse, sans cependant quelle sente le brûlé ». Quant à la bouillie d'orge grué ou d'orge mondé, on la met à cuire dans un pot de terre six ou sept heures et quand elle est rendue à l'état de crème, on ajoute un peu de sel. « Le peuple le mange préparé de cette façon[3]. » Et ce qui vaut pour l'orge vaut pour tous les grains, y compris le riz réduit à l'état de colle nauséabonde.

Même le blé et sa bouillie, la fromentée, n'échappent pas à ce discrédit général. C'est la soupe du soldat et le maréchal de Vauban, quand il ne s'intéresse pas aux fortifications, se penche sur l'ordinaire du fantassin au service du Grand Roi, Louis XIV bien sûr. C'est de lui que nous tenons la recette de soupe à base de froment expérimentée plus tard par Parmentier : on fait macérer toute une nuit les grains entiers dans de l'eau chaude, du moins est-elle chaude au départ. Puis on cuit jusqu'au moment où le grain crève ; on l'écrase alors avec une cuillère à pot. D'un autre côté, on fait fondre de gros lardons auxquels on joint des oignons, des poireaux ou des ciboules « ou toute autre espèce d'assaisonnement ». Il reste à cuire ensemble purée de froment

---

1. Rozier, *Dictionnaire d'agriculture*, *op. cit.*, 11.
2. *Encyclopédie*, « riz ».
3. *Encyclopédie*, « orge ».

et assaisonnement. Il faut compter deux livres de blé et un quarteron de lard pour obtenir trois rations. Le calcul est précis, ce qui ne saurait nous étonner, la ration (mot et contenu) étant d'origine militaire. La fromentée rustique est-elle supérieure à la bouillie primitive tirée du havresac ? À la consommation, on s'aperçoit que l'écorce de blé et son germe restent séparés dans la soupe, sous la forme d'une matière cornée que la mastication broie difficilement et qui produit à la gorge un effet désagréable.

La dévaluation de la fromentée n'est pas simplement affaire de préjugés dans l'air du temps. D'autres explications sont à chercher dans ses qualités, ou plutôt ses défauts, et du côté des changements de variétés. Tout le travail des agromanes avant 1800 porte sur l'alimentation végétale. Les animaux échappent à la sélection puisqu'ils restent largement polyvalents, « à deux fins » : le travail d'abord, la boucherie ensuite. En revanche, leurs efforts se concentrent sur l'amélioration des plantes alimentaires les plus nobles. En reportant toutes leurs exigences sur le pain, les goûts du consommateur poussent à la recherche sur la qualité même du froment. On obtient des résultats significatifs puisque le froment, jadis bon à tout faire, se spécialise étroitement, visant une seule fin : produire la meilleure farine pour fabriquer du pain. On retient les espèces de meilleure qualité boulangère, celles dont la teneur en gluten est de plus en plus élevée. Les hommes des Lumières découvrent en effet avec émerveillement que le gluten de froment est seul capable de retenir avec une énergie extraordinaire les gaz produits par la fermentation de la pâte, élaborant une mie gonflée, poreuse et légère. Or, le fort taux de gluten, inconnu jusque-là, est bien responsable de ces bouillies « glutineuses » que l'on compare, au choix, à du ciment, à du plâtre ou à de la colle. Le gluten est essentiel à la fabrication du pain, mais préjudiciable à la bouillie. Le bon grain pour le pain, tel qu'on l'obtient vers 1770, obéit à une loi bien mise en évidence par l'agronome Rozier : si le blé, de tous les grains, est celui avec lequel on prépare le meilleur pain, il est désormais celui qui donne la plus mauvaise bouillie. Règle qui a son corollaire : le blé noir, *alias* sarrasin, est celui qui donne le pain le plus grossier mais la bouillie la plus délicate. *Dixit* Rozier. Une fois de plus, le goût du consommateur commande l'offre, entraîne des réactions en chaîne qui se font au détriment de la bouillie : on sélectionne des céréales en fonction exclusivement de leur aptitude à la panification. Au moulin, on adopte une mouture fine qui écrase les grains et ne les concasse pas. Tout cela joue en faveur du déclassement de la bouillie qui fait figure de dégât collatéral d'une sélection à outrance. Finalement, il y a la bouillie des riches qui prononcent « bouillie » mais réduite à peu d'expressions : la panade, à base de pain rassis ou séché au four, puis émietté dans le bouillon, la crème de riz, le riz au lait, tout cela sorti du repas et servi au dessert… Et puis il y a les bouillies des autres qui disent « boulies », « mais ils disent mal [1] ». Ce qu'on n'admet plus sur sa table, on l'abandonne, on le concède volontiers aux autres, car cela constitue ce biocarburant à base de farineux nécessaire pour refaire les forces du travailleur.

Prenons l'exemple du riz, plus fréquemment cité au XIXe siècle comme base de la nourriture populaire que dans les siècles précédents : aucun aliment ne rassasie davantage. Regardez, dit Raspail, les Indiens, nourris de riz, aux membres grêles. Cependant, « quatre de ces hommes de petite stature ne se fatiguent pas de porter en palanquin un Anglais gros et gras et chantant et courant en même temps, de manière à faire deux lieues et demie ».

D'où l'on voit la supériorité du régime végétarien, frugivore, sur le régime des carnivores. Les *coolies* indiens de Raspail ne sont qu'une version remise au goût du jour d'une chanson connue : le vieux système alimentaire des bouillies fait des hommes petits, rabougris, chétifs… et pourtant doués d'une exceptionnelle endurance. Bref, si le chevalier puis le cavalier sont grands et nourris de viande et de pain, le fantassin et le porteur ont besoin de bouillies de céréales qui sont le « lest de l'estomac [2] ».

---

1. *Dictionnaire de Trévoux*, *op. cit.*
2. Roques, *Nouveau Traité*, *op. cit.*, 264. Duchesne, M.E.A, « Du maïs pour la nourriture de l'homme, des femmes qui allaitent et des enfants en bas âge », *Mémoires de l'Académie royale de médecine,* II, Paris, Baillière, 1833.

Anciennes bouillies et nouvelles bouillies

Socialement dévalorisés, géographiquement marginalisés, les petits blés ou menus blés ne cessent de régresser dans la culture. L'orge d'abord, dont la culture recule fortement entre les Xᵉ et XVᵉ siècles, puis l'avoine, devenue nourriture de cheval, l'engrain et l'épeautre.

Dans le Midi, l'épeautre entame une vertigineuse descente aux enfers alimentaires. Alors qu'on célébrait autrefois la blancheur de sa farine, il se révèle de très faible teneur en gluten, incapable de faire lever la pâte. Il est sommé de quitter définitivement la table bourgeoise pour se retrouver dans la grosse soupe hivernale en compagnie du jarret de porc.

Sur les tables ordinaires, le recul se mesure peut-être plus dans la composition du pain de ménage qui incorpore de moins en moins de ces menus blés au seigle et au froment que dans la consommation de bouillies.

Une bouillie fait de la résistance : celle faite de millet. Le millet se présente sous deux espèces : millet et panic. Sous ces deux formes, il occupe jusqu'au XVIIᵉ siècle des surfaces difficiles à mesurer, mais considérables, et il reste la principale céréale à bouillie avant la diffusion du maïs. Il existe une culture du millet, dans tous les sens du terme, que nous avons perdue. Pas complètement cependant, puisque le maïs va jouer un relais efficace. Le millet a plusieurs atouts : une maturation rapide, un bon rendement, si bien que Serres, cédant lui aussi à la facilité des étymologies de fantaisie, soutient que son nom vient du chiffre mille, puisqu'une poignée de semence permet d'obtenir une charge entière[1]. Mais il lui reconnaît aussi des défauts : il laisse dans la terre comme un venin qui compromet la récolte de blé, quand on pratique sur un même champ l'alternance millet et blé. Il cite le dicton occitan : « Qui mange le millas, mange le seigle. » Quinze jours après la récolte, les grains sont battus. On sépare

1. Serres, *Théâtre, op. cit.*, II, 4.

ensuite la graine de ses balles entre deux meules domestiques ou dans un mortier de bois quand il s'agit de petites quantités. Ainsi mondés, les grains sont cuits dans l'eau, le lait ou le bouillon. Ils restent assez longtemps sur le feu, inconvénient que les ménagères contournent en les faisant tremper la veille [1].

La bouillie de millet est un des mets les plus archaïques. Il s'est maintenu d'autant mieux que le grain de mil échappe au double monopole des moulins et des fours banaux, c'est-à-dire seigneuriaux. Ces mérites fiscaux, toujours rappelés, n'auraient guère valu s'ils n'avaient été doublés de certains avantages culinaires qui, eux, ne sont guère mentionnés. Conservé dans de bonnes conditions, au sec, le millet a une bonne saveur, il donne une bouillie douce. De plus, « le potage de millet abonde extraordinairement [...], il remplit l'estomac ». Or, « les meilleurs grains sont ceux qui se gonflent davantage en bouillant » : à ce jeu, c'est le millet qui remporte la palme [2]. À cet égard, il n'a qu'un concurrent, exotique et marginal. Le Parisien Bouchard le découvre dans une taverne du port de Toulon, en 1630. C'est un grain « qui s'enfle fort dans le pot : cela vient du Levant et s'appelle coucoussou ». Certains soutiennent que le couscous est déjà mentionné dans Rabelais [3]. Le « coscosson » ou « couscoussou » rabelaisien est-il vraiment le couscous ? Ici, le doute méthodique de l'historien doit s'exercer.

Cette faculté extraordinaire à « enfler » dans le pot et dans le ventre a une contrepartie. « Il nourrit peu et est de tarde concoction [4]. » On lui reproche aussi de nuire aux yeux. Ces troubles oculaires sont fréquemment mentionnés chez les mangeurs de bouillies. Le millet est accusé de provoquer des taies sur les yeux et des ophtalmies ; comme plus tard on associera la pellagre à son remplaçant, le maïs. En fait, ni le millet ni le maïs

1. Poiret, *Histoire philosophique*, *op. cit.*, 316.

2. Chomel, *Dictionnaire économique*, *op. cit.*, « potage ». Alletz, *Dictionnaire portatif*, *op. cit.*, « bouillon ».

3. *Gargantua*, XXXVII.

4. Platine, *Platine*, *op. cit.*, « tartre de millet », 157.

ne sont directement responsables. Mais c'est qu'à compter trop exclusivement sur les bouillies, carencées en vitamines A, on s'expose en effet à ce genre de risque. Ce n'est pas le millet qu'il faut incriminer mais le régime dont il est la base, pauvre et répétitif. Ainsi, la misère et les troubles oculaires vont de pair chez les « miliophages », comme on les appelle au temps des Lumières dans les revues savantes. Plus tard, les préfets de l'Empire associeront les « défauts de taille » des conscrits réformés aux cantons où le maïs triomphe dans la pitance quotidienne. Mais ces « miliophages » du XVIIIe siècle sont-ils vraiment les mêmes que ceux que Champier a vus vers 1550 ? On peut douter qu'ils mangent le même millet. Subrepticement, sous le nom de « millet », ou encore « millet d'Inde » ou « millet noir », se sont introduites deux nouvelles graines dans l'écuelle de ceux qui manient plus la cuillère que la fourchette.

Ce n'est pas une révolution agricole à grand fracas, mais l'introduction douce et la substitution lente. Peu à peu, les plants de maïs sortent des jardins où les hommes de la Renaissance les avaient expérimentés, ils s'installent sur un bout de friche, un coin de jachère, à l'abri des dîmes indiscrètes, puis occupent des soles tout entières. On en récolte d'abord quelques épis puis des sacs entiers. Les rangées de maïs côtoient le millet-panis à la tige aussi grande qu'un homme et au panache en queue de renard, se mêlant à lui, se fondant dans le paysage avant de le supplanter grâce à ses supériorités agronomiques[1]. Enfin, le maïs apparaît en pleine clarté sur les marchés. C'est là que l'historien le saisit grâce aux mercuriales qui enregistrent le prix de vente des céréales. Sur les marchés du Lauragais, on l'appelle entre 1639 et 1643 « millet d'Espaigne » pour le distinguer du millet indigène ou millet de France, puis « gros millet » pour le distinguer du « millet menu », enfin « millet menu » disparaît, ne reste que ce millet qui prête à confusion tout au long du XVIIe siècle. Sous Louis XIV, à Béziers ou Montauban, on ne relève plus que le prix du millet qui est en fait du maïs[2]. La farine peut être un

1. Poiret, *Histoire philosophique*, *op. cit.*, 316.
2. Freche, *Toulouse*, *op. cit.*, 216.

mélange des deux et on assure qu'on obtient ainsi un bon effet gustatif. « Le grain de Turquie sans le millet paraît trop fort. » Peut-on peut conjecturer que, à l'œil nu, on ne puisse faire la différence ? Ce n'est pas sûr. Si le millet est jaune, le premier maïs venu d'Amérique, lui, est blanc[1].

La trajectoire du maïs est à peu près identique dans les plaines de la Saône[2]. En 1625, il est coté pour la première fois sur le marché de Louhans et on peut suivre son acclimatation culinaire. L'inventaire du domaine des Ridet, une famille de laboureurs de Montpont-en-Bresse en 1612 et 1614, est particulièrement probant car il nous montre que « le bled turquis » est présent à la fois en plein champ, sur des surfaces non négligeables, et dans la maison, sous forme de farine « pour faire du gasteau pour la nourriture du ménage ». Donc, les agriculteurs bressans adoptent cette nouvelle céréale d'autant plus aisément que les conditions culturelles sont favorables. Les Bressans du Moyen Âge et de la fin du XVIe siècle sont habitués aux petites graines que l'on pilait au lieu de les moudre : orge, millet, panis ou millet des oiseaux, céréale dominante du XIVe au XVIe siècle. Le nouveau venu est plus gros et exige la meule, il est aussi plus apte à l'élaboration des bouillies. De son côté, la gaude est accueillante à toutes sortes de farines[3].

Dans les champs, dans les mots, dans les mets, la substitution s'opère subrepticement, par glissements successifs ; ce qui n'exclut pas une phase de cohabitation. La permutation est achevée en 1663. À cette date, des voyageurs explorant le Nouveau Monde ont cru reconnaître les gaudes de leur enfance dans le « sagamité », bouillie de farine de maïs assaisonnée de graisse qu'ils ont goûtée au cours du festin offert par un chef indien lors de la découverte de l'Illinois[4]. D'une telle réminiscence il serait terriblement abusif de conclure que les gaudes viennent en droite

1. Chomel, *Dictionnaire économique*, *op. cit.*, « blé de Turquie ».

2. Ponsot, Pierre, « Les débuts du maïs en Bresse sous Henri IV », dans *Histoire et sociétés rurales*, 23, 2005, 124.

3. Delsalle, *Boire et manger*, *op. cit.*, 54.

4. Thévenot, Melchisédech, *Relation de divers voyages curieux*, Paris, T. Moette, 1696.

ligne des usages amérindiens ! En fait, les plantes et les graines voyagent seules, sans mode d'emploi, sans recettes et complètement abstraites du système alimentaire originel. Le maïs qui s'introduit en Bresse ou en Guyenne a abandonné toute sa culture initiale, ses références idéologiques. Pour commencer, il n'est plus un dieu. Il a perdu aussi ses procédures technologiques, ignorant la meunerie, ses modes de cuisson, dans la feuille ou sous la braise. Ainsi dépouillé, déculturé, il peut mieux se couler dans un paysage culinaire tout à fait disposé à l'accueillir. En fin de compte, les affinités botaniques, les adaptations au sol et au climat jouent moins que la naturalisation culturelle. Le secret de l'intégration réussie, c'est de faire en sorte que l'étranger devienne le familier et que le nouveau se pare des couleurs de l'ancien.

On dit souvent qu'il n'y a pas d'innovation « vraie » dans les plats populaires. En vérité, si le grand cuisinier ou le critique gastronomique érigent la nouveauté en valeur essentielle, la cuisine ordinaire joue volontiers le jeu inverse : faire passer toute nouveauté pour du familier et mettre les nouveaux ingrédients dans de vieux pots, selon de vieilles recettes.

Bouillies jaunes, bouillies grises

Aux Temps modernes, les bonnes graines à bouillie, inaptes à faire du pain, sont le maïs et le sarrasin. Ce relais avec les anciennes céréales se serait-il passé en douceur, sans pleurs ni grincements de dents ? Plusieurs historiens en doutent. Selon eux, le maïs serait le plus grand responsable de la dégradation du statut alimentaire des paysans, à la fois producteurs et consommateurs [1]. Dans les plaines d'Italie du Nord où le maïs se taille la part du lion, il provoque un contentieux entre les propriétaires fonciers et les paysans métayers. Les premiers, pour qui la haute productivité du maïs permet d'engranger des profits supplémentaires, en encouragent la culture alors que les seconds la refusent.

1. Voir un bon résumé dans Montanari, Massimo, *La Faim et l'Abondance. Histoire de l'alimentation en Europe*, Paris, Seuil, 1995, 180-185.

Dans ce rapport de force la majorité des paysans voit un appauvrissement de leur statut alimentaire, privés qu'ils sont de pain de froment et condamnés à la bouillie monotone. Je ne suis pas sûre que ce modèle balkanique et italien soit transposable dans le royaume. Si l'on assiste aussi au XVIIe siècle à une controverse et à un conflit autour du maïs, c'est à fronts renversés.

Selon Lamoignon de Basville, intendant du Languedoc, dans les diocèses de Toulouse et de Saint-Papoul, les paysans « se nourrissent de millet, ce qui leur permet de vendre le blé qu'ils recueillent[1] ». Il ajoute : « Dans toute cette partie du Midi pyrénéen, le pain de blé ou de méteil disparaît de la consommation paysanne qui a recours aux millas, aux bouillies et aux galettes de maïs. » Ce n'est qu'un début : le maïs s'étend dans tout le Sud-Ouest « avec une espèce de rage » qui provoque les inquiétudes des producteurs de froment et des autorités publiques pour qui le pain reste la denrée numéro un. La poussée du maïs est telle entre 1650 et 1715 qu'elle suscite sous la Régence une campagne publique violemment hostile, accompagnée d'une floraison de règlements, dont certains demandent l'interdiction de la nouvelle céréale, tandis que d'autres instaurent une politique de quotas : pas plus d'un demi-arpent pour les brassiers et d'un arpent pour les métayers ! Finalement, aucune mesure définitive n'est adoptée. Dans les clauses des baux, le propriétaire indique avec une précision stricte la surface maximum à consacrer au maïs. Les élites sont saisies par le malthusianisme alimentaire ambiant. Le maïs ne peut que réduire les disponibilités en bon blé.

Cependant, que le maïs ait été adopté de bon gré ici, en Aquitaine, et de mauvais gré là, en Lombardie, est une contradiction qui s'explique par l'essor de l'élevage de volailles dans le Sud-Ouest, certainement pas par l'appréciation qu'on porte sur la bouillie de maïs. Il ne faut pas confondre nourriture principale et nourriture favorite. À Castelsarrasin, dès que les salaires agricoles augmentent, on passe de deux à quatre repas par jour

1. Freche, *Toulouse*, *op. cit.*, 217.

et du maïs au froment[1]. Partout où le grain américain se répand, il est strictement étiqueté « plante vivrière » dans un système alimentaire pauvre[2]. Tel curé du Jura déplore que, dans sa paroisse, il y ait peu de vieux. La faute en revient, dit-il, à une l'alimentation fruste et sans sel :

> Mes paroissiens […] sont presque tous des pauvres gens qui vendent le peu de blé qu'ils font croître pour payer leur taille qui est exorbitante […], ne se réservant qu'un peu de turquis pour faire un peu de bouillie et quand les herbes du printemps commence à croître, ils courent la plupart en cueillir par les prés et par les champs, et les font bouillir avec une poignée de cette farine de turquis et les mangent sans sel, cela leur cause des incommodités qui les empêchent de travailler et les conduisent à la mort.

On pourrait dire la même chose du sarrasin. En Bretagne, on observe un décalage semblable entre production et consommation. On commercialise massivement la récolte la plus importante, froment ou seigle, on garde pour soi le sarrasin. La bouillie présente des avantages par rapport au pain, elle est consommable par tous, à tous âges, elle utilise une gamme de céréales plus étendue, elle dispense des frais de meunerie[3].

Puisqu'on en est aux avantages comparatifs, faut-il vraiment plaindre les mangeurs de bouillie ? Voilà le Bourbonnais du long Moyen Âge, qu'on pourrait prolonger jusqu'aux années 1900, dans l'enfance d'Émile Guillaumin[4]. C'est une région à blé et à pain. Les paysans comme les Guillaumin n'ont guère mangé que « du pain couleur de suie et graveleux comme s'il eût contenu une bonne dose de gros sable de rivière ». L'alternative est la bouillie, mais seulement sous forme frite de « gros beignets

---

1. Vanderpooten, Michel, « Les textes agronomiques régionaux », *Annales du Midi*, 242, 2003, 223-224.
2. Delsalle, *Boire et manger*, *op. cit.*, 68.
3. Croix, *L'Âge d'or de la Bretagne*, *op. cit.*, 138.
4. Guillaumin, Émile, *La Vie d'un simple*, Paris, Nelson, 1904, rééd., Paris, Stock, 1974, 29.

indigestes et pâteux d'où les dents s'arrachaient difficilement ». Les mangeurs de pain ne sont pas tous heureux. Il ne faut pas ignorer que le pain de ménage est trop souvent mal façonné, mal cuit, truffé de morceaux compacts qui sont, dans le pain, le rappel de la bouillie d'origine.

Le chaudron et le bâton

On consomme le maïs autrement que réduit en farine à gros grains. La *Cuisinière bourgeoise* ne connaît que les « cornichons de blé de Turquie » confits au vinaigre, comme les « cornichons de concombre », et pour conserver leur blancheur, elle ajoute par-dessus un lit d'estragon et de perce-pierre[1]. Elle est parisienne, elle a des excuses. Les hôteliers cabaretiers de Bordeaux en ont moins. Pour accéder à la maîtrise, ils doivent présenter un chef-d'œuvre de leur fabrication. Entre 1758 et 1789, les candidats proposent à l'examen quatre cent dix-neuf plats, tous plus appétissants les uns que les autres : longe de veau à l'estragon, pâtés et tourtes de pigeons, quenelles de lapereau en vol-au-vent, poupetons, grenades (de veau)… et seulement deux « millas »[2]. Descendons des hautes sphères culinaires. En Bourgogne, les jeunes épis dépouillés de leurs feuilles et de la bourre – « les cornichons » de la *Cuisinière bourgeoise* – sont fendus en deux et frits dans la pâte. Les paysans du Midi font torréfier les grains sur la pelle, au feu de l'âtre. La torréfaction des grains au feu direct évoque la cuisine du paléolithique. Mais la préparation habituelle reste la bouillie. « Cruchade, milhas, millasse » des Languedociens, « miliasse » des Bourguignons, « gaude ». À suivre la litanie des mots, on a l'impression de se vautrer dans les plats qui ont existé de tout temps, dans la routine ; mais la routine paysanne n'est pas là où on l'attend. Elle est dans l'utilisation de mots connus pour désigner des mets dont le contenu n'est pas tout à fait connu. La tendance à économiser ses forces est une loi universelle qui dispense de créa-

1. Menon, *Cuisinière bourgeoise, op. cit.*, 260.
2. Meyzie, « Culture alimentaire », *op. cit.*, 280.

tion lexicale. À défaut, si le mot n'existe pas, on l'emprunte au voisin. D'où ces « polente » ou « poulainte » ou « poulinte » qui entrent dans l'ordinaire de beaucoup d'hôpitaux dès le XVIIe siècle[1].

L'historien avale les mots, mais au fond il ne sait pas très bien ce qu'il mange. Exemple : la gaude. Vers 1500, il pense qu'elle est de millet. Mais non, elle serait plutôt d'avoine. Vers 1800 ? De maïs assurément. En 1815 ? De maïs toujours mais peut-être plus le même. Cette année-là, l'annuaire départemental de Haute-Saône présente comme une nouveauté un maïs blanc à usage alimentaire dont la farine est plus savoureuse que celle du maïs jaune cultivé auparavant[2].

Au bout du processus d'homologation culturelle, si le grain américain est profondément bouleversé, les systèmes alimentaires locaux qui l'adoptent restent stables, voire renforcés :

> D'ordinaire les choses restent, et les noms changent avec le temps. Ici c'est le contraire, les noms sont demeurés et les choses ont changé[3].

Il n'y a pas que la paresse humaine pour expliquer que les mots persistent. Les usages de cuisine persistent aussi. La cuisine de la bouillie reste une cuisine archaïque, à lire le rapport du docteur Duchesne[4].

Il a vu dans « les familles à polenta » du midi de la France deux ustensiles simples mais non moins précieux, objets d'une quasi-vénération familiale. D'abord le bâton qu'il appelle le « bâton patriarcal ». « Une sorte de crosse longue de trois pieds [...] qu'on tient à deux mains de façon à créer dans le mélange d'eau et de semoule un gracieux mouvement de tourbillon en

1. Piuz, Anne-Marie, « L'alimentation hospitalière à Genève au XVIIIe siècle », *Lyon et l'Europe : hommes et sociétés*, Lyon, PUL, 1980. En l'an IX, une instruction du comité de bienfaisance de Paris, signée De Candolle, énumère parmi les soupes populaires à distribuer une « bouillie appelée poulinte, très nourrissante », mais dont l'usage est inconnu dans la ville...

2. Delsalle, *Boire et manger*, *op. cit.*, 55.

3. Buffon, *Des époques de la nature, 7e époque.*

4. Duchesne, *Mémoires de l'Académie royale de médecine*, *op. cit.*, 245.

tournant de l'extérieur vers l'intérieur du chaudron »… Le bâton a dans son aspect une certaine noblesse et même une noblesse certaine ; pour ceux du moins qui sont dotés d'une généalogie et proviennent en ligne directe du règne de Louis XV ou de Louis XVI. Il sert au moins quatre fois par jour, indication nette de la monotonie du régime mais aussi du fait que la bouillie se conserve mal, moisit, s'aigrit et se décompose très vite. Malgré son usage intensif, le bâton dit patriarcal se conserve bien, sans doute parce qu'il n'est jamais gratté, ni lavé ou essuyé. Protégé par une croûte résiduelle, il ne perd rien de son diamètre. En revanche, le frottement avec le fond du chaudron le rétrécit à la longue. Il a sa place fixe dans la maison et ce serait un crime de le déplacer. Le chaudron, épais, en cuivre, est le second ustensile indispensable. Il a aussi une place bien à lui dans la maison et il n'est jamais récuré. À la fin de la cuisson, on le nettoie à l'eau avec une poignée d'herbes. Pour faire la polenta, on met le chaudron sur le feu, avec une quantité d'eau toujours égale, du sel, c'est son seul assaisonnement. Lorsque l'eau est bouillante, on verse la farine (la semoule ?) et on remue avec le bâton jusqu'à ce que la bouillie atteigne l'épaisseur et la fermeté voulues. On renverse alors la préparation sur une serviette puis on coupe les tranches avec un brin de fil attaché à deux bâtons. Parfois, au lieu de serviette, on utilise la nappe qui a enveloppé le pain, légèrement enfarinée.

Arrêtons-nous sur la nappe : elle tend à montrer que le mangeur de bouillie est aussi un mangeur de pain, fût-il de seigle. Elle confirme ce que nous savions : le combat entre le pain et la bouillie n'a pas eu lieu. Ce qui n'exclut pas de subtils réajustements, au détriment du pain. Par exemple qu'on en mange moins, qu'on mange de plus en plus de pains de mélanges inférieurs ou même du pain de maïs « pur » que La Rochefoucauld trouve lourd, fade, « jaune et noir[1] ».

On mange la cruchade toujours chaude, jamais seule. Il faut relever sa fadeur.

---

1. Meyzie, « Culture alimentaire », *op. cit.*, 684.

Lorsque la bouillie est faite, dit Parmentier, on la coupe par tranches minces, de l'épaisseur de deux lignes. On les étend dans une casserole, en mettant du beurre et du fromage de parmesan à chaque couche. Par-dessus le tout, une seule couche de poivre, de cannelle et de « gerofle » en poudre. L'usage d'une casserole nous a déjà alertés : on est ici en présence d'une version sophistiquée et épicée qui n'a pas cours sur les tables ordinaires.

Les délices populaires sont d'une autre sorte : elles résident dans la recherche d'un accompagnement haut en goût ou carrément piquant. Tout ce qui se trempe dans la salière, se croque et accompagne le pain bis, accompagne aussi les bouillies. Mais avec la bouillie, plus qu'avec le pain, on utilise du gras. La galette bretonne est indissociable du beurre. Et voilà comment selon son spécialiste, Philippe Meyzie, on mange la cruchade : devenue compacte et à peu près refroidie, elle est découpée en morceaux que l'on frit au beurre. On trempe ces morceaux dans une sauce « au jus de lard ». Tout cela est haut en goût : le beurre venu d'Irlande est salé ; le lard bien rance. Quand on a recours à l'huile, on veut qu'elle sente, sinon elle ne vaut rien. Les quantités de graisse ingérées ne sont pas énormes mais le goût en bouche se prolonge. La graisse est un condiment. La cruchade est accompagnée de sardines encaquées qui sentent plus le rance que le salé, de viande salée parfois, rarement de confit, avec beaucoup de vinaigre et d'ail. Le beurre vient d'Irlande, la sardine de Galice, le bœuf de Hambourg, tout cela en tonneaux. Ajoutons, pour faire bonne mesure, le fromage de Hollande à croûte rouge. On attendait une bouillie du terroir. Elle s'ouvre au grand air de l'océan.

La bouillie change de consistance

> Ce qu'on aime d'ordinaire le mieux dans la bouillie, c'est le gratin, ce qui reste attaché au fond du poêlon [1].

1. *Dictionnaire de l'Académie*, 1694.

Entendons-nous bien sur ce que signifie « gratin » et évitons tout contresens. Le gratin populaire est absolument distinct du gratin bourgeois qui se recueille sur le dessus, produit d'une cuisson au four qu'on ignore dans les foyers ordinaires. Aussi l'élite sociale ne peut-elle pas sous l'Ancien Régime être qualifiée de « gratin ». Non, en haut de l'échelle sociale se trouve la « crème », plus haut, la « crème de la crème » ou le « dessus du panier », toutes nourritures qui sont au-dessus. En bas de cette échelle gisent le peuple et, plus bas, la « lie du peuple ». C'est elle qui apprécie le gratin, celui de la bouillie. Sur le dessus de la bouillie se forme la peau qu'on apprécie, mais moins que cette sorte de caramel qui est en dessous. Le « gratin » de la bouillie est en quelque sorte plus subtil, voire plus difficile à obtenir. Le bon point de cuisson se détecte « à l'odeur et lorsque la croûte qui est au fond du poêlon est fort épaisse, sans cependant qu'elle sente le brûlé ». La façon courante de consommer la bouillie est de la servir dans le pot de cuisson et « chacun en prend avec sa cuillère en bois et la trempe dans une écuellée de lait doux et froid ». Ce témoin breton du début du XVIIIe siècle observe une bouillie de sarrasin, mangée à pot commun et servie avec du lait doux, sans doute pour compenser la légère acidité du blé noir et pour éviter de se brûler[1]. La statistique d'Ille-et-Vilaine pour l'an IX précise qu'« ils se nourrissent souvent de galettes, espèce de gâteau fait avec une pâte de sarrasin non fermentée assaisonnée de sel et cuite sur une plaque de fer circulaire ». Les Bretons n'ont pas l'exclusivité, les Normands font aussi de « cette galette détestable[2] ».

Détestable, vraiment ? Mais de quoi parle-t-on, de saveur ou de texture ? Cette autre façon de consommer la bouillie, qui semble de plus en plus répandue, est inséparable de la recherche du croustillant. Alors, la bouillie sort du pot et, après un refroidissement complet, on entreprend de la faire dessécher, soit en la passant par la poêle, soit en la rôtissant sur le gril ou les charbons. La friture à la graisse est partie intégrante de la culture du millet. Les Périgourdins du XVIe siècle fricassaient à l'huile ou

1. Croix, *L'Âge d'or de la Bretagne, op. cit.*, 138.
2. Aulagnier, *Dictionnaire.*

au beurre la bouillie de millet, nous disent Estienne et Champier. Dorée, desséchée, solidifiée à la poêle ou au poêlon, la cruchade change de texture. Chaude et surtout croustillante, c'est ainsi qu'on la préfère. « Cruchi » en gascon, c'est crisser, grincer… L'onomatopée traduit un vieux désir, fort difficile à assouvir dans l'ancienne cuisine où ce qui croque, craque, croustille, n'est pas fréquent. Or, d'une certaine façon, le croustillant joue le même rôle que le vinaigre ou que le rance. Il a un certain pouvoir de réveil, de stridence, opposé au caractère liant, lénifiant des nourritures féculentes. C'est pourquoi on se presse autour du chaudron quand on fait fondre le gras de cochon, à la recherche des « cretons » frits, ou autour du poêlon quand grésillent les fines lèches de lard ou les oreilles de « crisse ».

La transformation du goût transforme aussi la bouillie éternelle : elle ne reste plus collée à son chaudron originel. Elle sort, se fait plus solide et se dore, elle change de consistance.

Les bouillies à la française suivent-elles la loi du progrès alimentaire telle qu'Adam Maurizio l'a dégagée ? De même que le sens de l'histoire va du grain à la farine, de même on passe de bouillies aqueuses à des bouillies de plus en plus épaisses. Adam Maurizio s'arrête à ce constat. Si l'on poursuit le raisonnement, l'histoire s'accomplirait dans les années 1890, époque où furent mis au point les procédés de floconnage, de soufflage et d'extrusion qui marquent le début d'une nouvelle vie alimentaire pour les céréales… Le doute méthodique de l'historien oblige à dire qu'on n'a, sur cette tendance, que de maigres indices et aucun moyen de mesure. Dans les pays de mangeurs de bouillies, hors de France donc, on a trois ou quatre mots pour désigner la bouillie selon sa consistance. Le Français, lui, ne connaît que la bouillie et elle a mauvaise réputation. L'autre façon de manger les grains en décoction claire s'appelle le potage, et la barrière entre bouillie et potage se décèle à ceci : le potage se mange avec du pain, la bouillie sans [1].

1. Chomel, *Dictionnaire économique*, *op. cit.*, « potage ».

On peut conjecturer un double mouvement, de désaffection et d'engouement. Désaffection des bouillies claires de grains entiers, qui d'ailleurs se font rares pour cet emploi, que ce soit l'orge ou le blé, les vermicelles prenant le relais. Engouement au contraire pour les bouillies de plus en plus solides, pas seulement bouillies, mais aussi frites. Au XIXe siècle, la tendance se confirme dans les cuisines régionales et pour les « grands jours ». Alors on déguste la bouillie non plus à la cuillère mais à la fourchette. Le stade ultime de la bouillie s'appelle la crêpe ou la galette. Reste à savoir quand exactement de solides cuillères sont devenues de bonnes fourchettes.

11

L'os en gelée

Les rues de Paris sont dangereuses. La preuve, nous dit Rétif de la Bretonne, promeneur de Paris amoureux de sa ville :

> Il est des soirées où tous les inconvénients d'une grande population se trouvent réunis. En sortant de la rue du Fouarre, un gros os à moelle tombe à mes pieds ! Sa pointe aiguë et la force avec laquelle il a été lancé en eussent fait un instrument de mort, s'il m'eût atteint. Je remarquai la fenêtre ; je montai : je trouvai un ouvrier père de famille tranquillement assis à table, mangeant son pot-au-feu, avec sa femme et ses enfants. Je leur représentai les suites de leur imprudence. La femme gronda le mari : « Je t'ai déjà dit qu'il ne fallait rien jeter par la fenêtre dans ce pays-ci ; il y a toujours du monde dans les rues : je t'ai dit que ces gros os-là pouvaient être très utiles ; ils ont encore du suc, et demain, je l'aurais fait bouillir avec des choux : enfin je les conserve pour en faire du feu ; un de ces os-là vaut une demi-bûche[1] !

« Il ne faut rien jeter dans ce pays »

Dans une société où la pénurie alimentaire menace toujours, on ne jette rien ou très peu. La viande en est un bon exemple. L'abattage se pratique *intra muros* jusqu'à l'invention de l'abattoir,

1. Rétif de la Bretonne, *Les Nuits de Paris*, VII, 178, « L'os, l'eau, les cendres ».

exilé loin du centre-ville à partir des années 1820. Dans l'Ancien Régime des tueries, les animaux traversent la ville pour leur ultime voyage, provoquant toutes sortes de pollutions, des embouteillages et des nuisances sonores. On abat à la porte des boucheries, et dans les rues le sang ruisselle à ciel ouvert. Pendant longtemps, partout, le ventre et les viscères de la ville, avant de devenir une métaphore littéraire, était une chaude et palpitante réalité. Cependant il ne faudrait pas surestimer ces témoignages en termes de quantités rejetées à la rue ou au fleuve. À l'époque de Rétif, un professionnel de la boucherie, Jean-Baptiste Sauvegrain a effectué des calculs solides sur le poids net de viande consommée par rapport au poids de la carcasse écorchée et saignée. On est surpris de la minceur de la soustraction : 5 à 10 % de déchets, soit presque dix fois moins qu'aujourd'hui.

Ne rien jeter que le minimum, telle est la devise, jamais énoncée, toujours pratiquée. Et dans cette économie de la viande, les moins riches doivent profiter des sous-produits animaux, le lait, le sang, les os. Le mangeur ordinaire est grand amateur de tripes, seul mangeur de fromage, et c'est à lui que l'on destine en priorité l'os et le sang.

Des deux usages du sang, l'un est thérapeutique, l'autre alimentaire, sans qu'il y ait une possible confusion diététique. Car dans le premier cas, si l'on recherche avant tout ses propriétés curatives ou préventives, le sang est bu, non mangé, liquide, frais ou plutôt chaud.

Le sang-médicament est vendu à la porte des boucheries méridionales puis cédé gratuitement à tout acheteur, à partir de 1561, par exemple à Avignon. La proximité des tueries et des hôpitaux facilitant la démarche, les buveurs de sang se recrutent parmi les invalides et les convalescents des Charités, venant réchauffer leurs vieux jours d'une bonne lampée de sang. La tradition se poursuit dans les abattoirs du XIXe siècle où les anémiés de toutes classes et les pauvres trouvent à bon compte, et le plus souvent gratuitement, le précieux remontant.

Ne survalorisons pas l'impact des bonnes ou des mauvaises réputations des aliments. Entre les représentations médicales et la consommation réelle, il y a le filtre des goûts et des aversions, des habitudes locales. Quand on saigne le bœuf, de son sang, « en plusieurs lieux, on n'en tient conte, en d'autres est employé à la grossière famille[1] ». Le sang est ici nourriture de valets de ferme, là il est jeté.

Dans la consommation courante, on a recours à un équivalent symbolique, le vin. « Chair fait chair, vin fait sang » : le proverbe énonce une banalité. Le vin, avant même qu'on invente la notion de calories, est conçu comme une nourriture plus qu'une boisson et comme l'aliment le plus propre à la génération du sang, par conséquent à celle de la chair. Les médecins en sont bien d'accord, qui font boire du vin au patient après la saignée.

Au reste, la métaphore symbolique n'est pas nécessaire pour analyser le franc succès du gros rouge dans l'alimentation populaire. Nous savons qu'il tient à d'autres clés. Le gros rouge seul est apprécié des couches populaires, celui « qui tache la nappe » et fournit le signe bien visible de la transmutation du vin en sang. Ce vin nourrissant, très coloré, est celui apprécié des paysans, comme le confirme Olivier de Serres :

> Ainsi se pourvoira-t-on de bons gros vins rouges et noirs [...] ; Boisson propre à gens de travail, par leur continuel labeur facilement la digerans, qu'à telle cause autant affectionnément est-elle recherchée, que les vins blancs et clerets par les personnes de repos[2].

Aux gens de labeur, le gros rouge, presque noir, et le boudin noir. Aux gens de repos qui forment l'élite, les vins clairets et le boudin blanc. Le boudin noir n'est mentionné dans aucun livre de recettes au XVIe siècle, à croire que le tabou du sang, si souvent invoqué et si peu vérifié, fonctionne pour ce milieu et pour cette

1. Serres, *Théâtre*, *op. cit.*, VIII, 1.
2. *Ibid.*, III, 8.

période. Et pourtant, grand absent dans les livres, il est très présent dans les pratiques ordinaires :

> Le sang des pourceaux auiourd'huy a les plus grands honneurs, veu qu'il est departy et présenté aux plus prochains amis, en forme de boudins. Le peuple a observé de longue main telle coutume, ne sçachant bonnemment pourquoy il le faut ainsi pratiquer. Il le prend comme symbole de benevolance et amitié : ou bien parce qu'on en a beaucoup, on en veut faire part aux autres, attendant même gravité. Ce que sert d'en avoir longtemps de frais, quand chacun à son tour veut rendre la pareille. La première cause est honneste, car aussi pour faire présent de boudins qui soit plus honorable, on y adiouste une penne de foye, et aux uns la ratelle, aux autres un des filets ou bien des hautes costes : les moindres font là où il y a du rognon ou du poulmon. Tout cela est couvert de la coiffe ou crépine, laquelle on taille en autant de parts qu'on veut ordonner de présents [1].

Dans ce beau témoignage de Joubert sur les cadeaux de cochon, tout y est : la logique du don contre-don, la raison des gestes, enfouie et comme perdue, la sociabilité, le boudin étant de ces cadeaux primordiaux qui entretiennent l'amitié et les relations de bon voisinage, la valeur symbolique aussi que Joubert relie au sang, forcément « cordial », puisque venu du cœur, et qui exprime l'amitié et dénote l'amour.

Après tout ce cortège de qualités subliminales autour du boudin, on est un peu honteux de redescendre en cuisine :

> On met parmy le sang pour le préserver quantité plus long temps du sel, du thym, et serpoulet. Aucuns y adioustent du fenoil, les autres usent de marjolaine, persil, hysop et autres herbes menues, de bon odeur, excepté la sarriette parce que le peuple estime faussement qu'elle peut empescher que le sang ne n'espaississe quand on le cuit, veu qu'on le donne aux malades pour dissoudre le sang caillé. La graisse n'est pas oubliée en

1. Joubert, *Erreurs et propos vulgaires*, *op. cit.*, XII.

bonne quantité, sinon des chiches femmes [...] Si les boudins ne sont pas gras, ils sont mal sains. La graisse les fait mieux glisser.

Au passage, à propos de la sarriette, Joubert épingle une erreur populaire, c'est l'objet et le titre mêmes de son livre, mais il nous en révèle davantage sur les pratiques locales. On subodore le Méridional qu'il est aux aromates qui fleurent bon leur garrigue natale, y compris le fenouil. Le fenouil est d'une rareté mystérieuse dans la cuisine ancienne. On n'imagine pas l'aversion collective qu'il suscite à cause de son odeur anisée. Pourquoi le goût de l'anis est-il si déplaisant aux palais d'autrefois, voilà une question qui mérite examen ! Pour les autres, ceux qui ne sont pas du Midi, il signale des ingrédients plus attendus, sauf un que l'on attendait peut-être et qui ne figure pas : l'oignon. Furetière assure qu'on dit communément « faire un boudin » pour stigmatiser le mariage d'un gentilhomme à une riche roturière, lui apportant son sang bleu, elle la « graisse » nécessaire à l'entretien de son rang. D'où l'on peut déduire que l'utilisation de la panne et la présence de graisse est quasi obligatoire. Les boudins décrits au XVIe siècle sont 100 % pur porc, sang, graisse et boyaux mais sans oignons. « On les mange communément l'hyver, fricassés en poêle ou rôtis sur le gril[1]. » Ensuite, les avis et les façons de faire sont partagés. On donnera une mention spéciale à Jean Nicot qui fait le boudin de sang avec des oignons et du fenouil[2].

Comme on ne perd rien, on recueille le sang de tout animal que l'on saigne, du poulet, du sanglier jusqu'au bœuf. Dans la sanguette, à base de sang de volaille, il est salé, aillé et poêlé vivement. Et Champier ainsi que toute la Cour de François Ier goûtent près d'Abbeville à du sang de phoque accommodé comme du sang de porc, qui n'était pas, assure-t-il, sans saveur.

Pour le sang de bovin, il existe une autre façon de cuisiner que le *Jardinier français* présente ainsi :

1. Monteux, *Conservation*, *op. cit.*, 44.
2. Nicot, *Thresor de la langue Française*, Paris, D. Douceur, 1606, rééd. Paris, A. et J. Picard, 1960.

Vous ne perdrez pas le sang, non plus que celui de tous les autres animaux que vous tuerez (si ce n'est celui de bœuf), car ils approchent de la délicatesse du sang de porc, qui plus, qui moins, et j'en ai vu en beaucoup de provinces, particulièrement en celles du côté du Midi, qui étoit étalé sur les boutiques, cuit en petits pains, ainsi que les Boulangers mettent leurs pains en montre.

Le sang sera donc recueilli dans quelque vaisseau propre ; et si l'on veut faire des petits pains, on le mettra figer dans des écuelles pour lui en donner la forme, et il ne faut point manier, ainsi que je dirai celui du cochon, mais le laisser bien refroidir avant que de le cuire dans l'eau ; étant cuit, on le mettra reposer quelque tems, pour le bien couper par petites tranches et le fricasser avec les mêmes ingrédients que j'ai indiqués pour le mou. Si l'on veut y mêler quelques morceaux de lard billeté, ou en lardons, à mesure qu'il sort de l'animal, il paraitroit entrelardé quand il sera tranché, et sera de beaucoup plus agréable à manger[1].

Le mou (cœur, rate, poumon) auquel la recette fait allusion est poêlé avec du lard, de l'eau et du sel. À la fin de la cuisson, on ajoute dans la fricassée une sauce acide, à base de verjus ou de vinaigre, avec de la ciboule.

L'os guenille

Rabelais enseigne cette leçon que nous connaissons tous, qu'il faut rompre l'os et sucer la « substantifique moelle ». Montaigne se pose, lui, la question du poulet, de savoir s'il vaut mieux manger l'aile ou la cuisse. En termes prosaïques et en descendant des nourritures intellectuelles aux nourritures toutes matérielles, on pourrait dire que Rabelais est peuple, quand le sieur d'Eyquem est noble. Mais on ne le dira pas, pour ne pas

1. Bonnefons, *Jardinier français*, *op. cit.*, 257.

céder à la facilité et à ses faux-semblants. Car les puissants aiment aussi manger l'os à la façon rabelaisienne, en dégustant la moelle. À la Renaissance, la moelle de bœuf s'emploie dans les tourtes de pommes et dans l'assaisonnement des choux. À la Cour des Valois, on la mange sur des rôties de pain toutes chaudes. Elle continue une brillante carrière dans la grande cuisine classique. Les os, en revanche, ne figurent pas au titre d'ingrédients, comme ils le font dans les soupes ordinaires, sinon dans la soupe « à la jambe de bois ». On assiste à une progressive élimination des os dans les tables des « gens de loisir », au nom des bonnes manières. Les traités de civilité qui enseignent aux petits et aux grands comment se tenir à table enjoignent au mangeur de refouler la part animale qui est en lui pour accéder à la dignité d'homme. Pas question de boire le gosier en arrière, comme font les cigognes ; de se jeter voracement sur les plats, comme font les loups ; de laper son écuelle comme un chat… En bref, il est formellement interdit de manger comme un cochon. Quand il s'agit d'os, le problème est d'autant plus épineux que la comparaison avec l'animal va de soi. D'où cet incessant combat contre les os, ce consciencieux travail d'épuration, du livre à la table. Au Moyen Âge, les traités de courtoisie interdisaient de ronger un os et de le remettre au plat commun. Au XVIe siècle, les traités de civilité interdisent même de ronger. Et l'enfant bien élevé « s'il advienne que quelquefois il succe la moelle de quelque petit os, comme par manière de passe temps en attendant la desserte », ne doit pas l'avaler ni le jeter à terre mais le déposer dans son assiette. Au XVIIe siècle, « il ne faut pas ronger les os, ni les casser ou secouer pour en avoir la mouelle. Il faut en couper la viande sur son assiette et puis la porter à la bouche avec la fourchette [1] ». Quand les bonnes manières seront définitivement fixées, alors le mangeur devenu civil et honnête ne jettera plus à terre ni les « os » de prunes, de cerises ou de viande, ni les coques d'œufs. Les autres, incivils et déshonnêtes, continueront longtemps à ronger les os. Le moyen de faire autrement, quand à

1. Courtin, Antoine de, *Nouveau Traité de civilité*, Paris, Elie Josset, 1695.

la boucherie on vous les vend systématiquement et obligatoirement, en sus de la viande de choix ? On les a, qu'on le veuille ou non, en surpoids.

On touche là à un problème pratique de boucherie : comment, à prix fixé, vendre la totalité de la bête ? La réponse s'appelle le surpoids ou la réjouissance. C'est cette quantité d'os ou de bas morceaux de même espèce que le boucher ajoute par-dessus la viande, qu'il pèse ensemble et vend au même prix. À Avignon, on « fait socquet » d'une once par livre en temps ordinaire, ledit socquet comprenant : foie, poumon, bas de jambe, tête et pieds.

Chaque municipalité impose sa propre liste de bas morceaux. Mais d'un côté sont les normes réglementaires, de l'autre la pratique. À Bordeaux, un arrêt du Parlement de 1758 stigmatise l'égoïsme alimentaire des riches « qui achètent à un haut prix et sans surpoids la viande la plus délicate et de la meilleure qualité, tandis que le pauvre, exténué par la vie laborieuse qu'il mène, n'a que le rebut du riche et les parties les moins succulentes de la viande, celles mêmes qui ne devroient être employées qu'en surpoids ».

La pratique est attestée dans toutes les boucheries sous des noms différents : « souquet » en Avignon, « surpoids » à Toulouse, « charge » à Paris ou encore « réjouissance ». La proportion est variable d'un marché à l'autre, fixée par règlement municipal avant 1789, mais elle s'approche du quart d'os : un quart d'os pour une livre de viande vendue. Les domestiques des riches s'arrogent les parts les plus petites ou bien les meilleurs os, les « os à cervelle », comme le fémur ou une rouelle de l'épine dont on fait les carbonnades. L'os populaire est différent : moins de cervelle à l'intérieur mais plus de morceaux de viande adhérents à l'extérieur. On l'appelle « l'os guenille ». Quand on l'achète au boucher, plus souvent au petit revendeur ambulant, on n'aperçoit pas l'os mais la guenille de viande qui l'entoure, que la découpe bouchère a généreusement laissée et que les riches dédaignent, non pas qu'elle soit insipide, au contraire, mais elle oblige à délaisser la fourchette et à se servir de la « fourchette du père Adam », grand crime ès civilités.

La découpe bouchère n'est pas malhabile ; elle est différente de celle qui se pratique aujourd'hui et laisse subsister beaucoup de muscle autour des os. Quant l'abattage est domestique, ce qui est souvent le cas du cochon, alors on l'ouvre par le dos, pour privilégier la récupération de la graisse sur celle de viande. Les os et les cartilages sont chargés de débris rouges. En boucherie, la nécessité du surpoids pousse à certaines ruses, au détriment du client, comme le suggère Mercier :

> Point de pays où l'on excelle mieux dans l'art de couper la viande, c'est-à-dire de dépecer de manière que les os ne sont jamais séparés de la chair. On vend pour de la tranche un côté de la mâchoire ; et l'indigent qui n'a qu'un pot-au-feu est étonné de trouver une dent dans un morceau qu'on lui avait donné pour de la culotte [1].

Les cartilages entrelardés et moelleux qui fondent et craquent dans la bouche que l'on jetait aux siècles précédents sont gardés et appréciés. La Renaissance les valorise par le mot nouveau de « tendrons ». Les os savoureux supportent des cuissons successives qui font l'objet d'un recyclage de longue durée. On a vu, à travers le récit de Rétif, les utilisations successives de l'os du pot-au-feu : le potage puis la soupe au chou, pour finir comme combustible. Encore reste-t-on dans le cercle domestique. Les plus beaux des os suivent un circuit étonnant : voilà l'os du gigot mangé en commun en Normandie, après que la dernière gerbe a été battue : on le met aux enchères sous le nom de « savouret ». C'est une denrée très cotée parce qu'il a la réputation de faire une soupe exquise pendant toute une année [2]. La circulation du savouret fait partie des relations de bon voisinage. En Languedoc, on retrouve le même os, le même nom (mais dans une autre

1. Mercier, *Tableau*, *op. cit.*, « vaches ».
2. Nourrisson, Didier, *Le Buveur du XIXe siècle*, Paris, Albin Michel, 1990, 61-62.

langue) et la même circulation par emprunts successifs. À Saze on dit : « Prêtez-moi votre assabouïre, je ne ferai que le tremper et je vous le rends[1] ».

Le savouret est un os de viande rôtie, un exhausteur de saveur. L'os de viande salée ou séchée fournit, lui aussi, la composante aromatique de bien des potages, des haricots et des soupes « à la jambe de bois ». Il entre là en concurrence ou en symbiose avec le lard vieux et rance, la couenne un peu sèche, le talon du jambon.

L'os à pain

Dans la cuisine courante, l'os n'est qu'un accompagnement. Mais il y a une fascination de l'os et plusieurs tentatives témoignent de cette ambition étrange d'en faire une matière de base du régime ordinaire. Tentatives, disons-le d'emblée, passablement avortées mais si célèbres qu'il faut les analyser, ne serait-ce que pour comprendre les raisons d'un échec.

Le premier essai pour convertir massivement l'os en comestible a été tenté pendant le siège de Paris en 1590, quand celui qui allait promettre la poule au pot tentait d'obtenir la reddition de la capitale en l'affamant. Les chroniqueurs rapportent l'utilisation des ossements des cimetières qu'on aurait réduits en poudre pour allonger la pâte à pain des Parisiens. Rumeurs obsidionales ? Usage vrai ? En tout cas, la recette fut préconisée, en particulier par madame de Montpensier. On lit dans le journal du chroniqueur L'Estoile, à la date du 25 août 1590 : « Le pain fait des os de nos pères, qu'on apeloit ici le pain de madame de Montpensier pour ce qu'elle exaltoit partout l'invention (sans toutefois en vouloir taster), commançoit d'être en usage. » Henrico Davila, historien italien, lui aussi témoin oculaire, raconte que le menu peuple n'a rien à bouillir, puis rien à frire, entendons que la séquence bouilli /fricassée qui permet la réutilisation de viandes

1. Mistral, *Armana,* 1856.

cuites est devenue elle aussi impossible. Alors arrive « la male rage » de la faim.

> N'ayant plus ny bouillie, ni pain d'avoine, ils furent contraints de recourir à des choses immondes et funestes, jusques à piler les ossements des morts, qu'ils réduisoient en farine dont ils faisoient du pain, aliment abominable et si contagieux, que la matière en estant tirée des morts, ils en accroissoient ainsi de beaucoup le nombre[1].

En une phrase, un essai, un échec et les raisons de cet échec. Mais revenons au point de départ, à l'idée, venue des hautes sphères. L'idée mais point l'usage. Discordance complète qui restera la marque indélébile de la longue série des nourritures pédagogiques, de la pomme de terre à la viande de cheval, où le discours se répète : « Faites ce que je dis, non pas ce que je mange. Car, bien entendu, ces “viandes-là” ne sont pas pour moi. Tout au plus, je les goûte pour prouver leur innocuité et faire savoir. » Entre le prêche et la pratique s'ouvre un tel écart qu'il ne peut que susciter la méfiance de ceux d'en bas. Ce n'est pourtant pas une réticence de cette nature qui provoque l'échec. Ce pain est mauvais pour une simple raison : il a le goût du sacrilège et de l'anthropophagie. Pour beaucoup, c'est l'abomination de la désolation : « Quelle horreur, quelle détestation, on ne se contente pas de nous faire sévir les uns contre les autres, on veut en plus nous soûler de nos concitoyens et dévorer les os de nos pères[2] ! »

On ne touche pas au pain. Revenant sur cette expérience, tous les commentateurs postérieurs ont beau jeu de prophétiser le passé et d'annoncer qu'elle n'avait aucune chance d'aboutir. « L'idée de réduire en poudre les os humains [...] ne peut être tombée que dans une tête essentiellement ignorante et bouleversée par la faim et par le désespoir. Les os ne sont pas farineux, et

1. Cité dans Cornette, Joël, *Chronique de la France moderne*, Paris, Sedes, 1995, 16.

2. Guillaume du Vair, cité dans Febvre, *La Civilisation quotidienne, op. cit.*, 14.34.7.

lorsqu'ils sont épuisés par un long séjour dans une terre humide, ils ne contiennent aucune partie alimenteuse[1]. »

L'auteur se trompe d'explication. Les arguments d'ordre nutritionnel sont de peu de poids, même s'il est vrai que le pain fut responsable en partie de la disparition de quarante-cinq mille personnes (soit le cinquième de la population parisienne), mortes de fièvres plus souvent que de faim.

> On les vit se nourrir des cendres de leur père :
> Ce détestable mets avança leur trépas
> Et ce repas fut leur dernier repas[2].

De plus de valeur sont les arguments qui incriminent la culture environnante pour dire qu'il était impossible de faire manger du pain d'os.

Le bouillon d'os, en revanche, apparaît comme un projet culturellement plus acceptable.

Le bouillon d'os est un sujet d'actualité à la fin du XVIIe siècle. Il est en débat dans bien des cercles scientifiques, un peu partout, mais particulièrement en Angleterre et en France. Il intéresse les nutritionnistes[3], les ethno-botanistes comme Labat et, au-delà, le petit monde de chercheurs mus par un souci vertueux d'utilitarisme social, émus par la détresse alimentaire des couches défavorisées. Parmi eux, ce botaniste marseillais que le missionnaire Labat rencontre en 1697 au fin fond de la forêt antillaise : « Il travaillait à ramollir les os et prétendait de faire bonne chère sans rien dépenser, s'il trouvait ce secret ». La recherche échoue, et Labat d'ajouter « par bonheur pour les chiens qui seraient morts de faim si ce galant homme avait réussi[4] »... Trouver ce secret se heurte non pas à un obstacle culturel, mais à de sérieuses

---

1. Venel, Gabriel, *Précis de matière médicale*, Paris, Caille et Gravier, an IX, 234.
2. Voltaire, cité par Cadet de Vaux, Antoine, *Mémoire sur la gélatine des os et son application à l'économie alimentaire, privée et publique*, Paris, Marchand, s.d.
3. Lemery, *Traité des aliments, op. cit.*, 226.
4. Labat, *Nouveau Voyage aux isles*, *op. cit.*, 203.

difficultés techniques. Convertir l'os en gelée est une opération autrement plus difficile que de broyer l'os sec, et réclame l'intervention et le génie inventif de spécialistes. Non pas des chimistes au sens d'aujourd'hui mais des physiciens, à l'interface entre médecine et physique. En 1660, la « chymie » avec un *y* est une science émergente, balbutiante, qui se détache de la vieille alchimie, mais ne s'est pas encore constituée comme discipline autonome.

La gelée de M. Papin

Pour savoir quel usage alimentaire les hommes ont fait des os, les archéologues fouillent les poubelles du passé et inspectent les dépotoirs. Dans cette recherche, il est des spécialistes comblés, ceux du Moyen Âge, heureux temps où l'on jetait les os, et d'autres qui le sont moins, ceux de l'époque moderne, temps frustrant où l'on recycle les os. L'historien, lui, lit les *Philosophical transactions*, qu'on aurait bien de mal à qualifier de littérature de caniveau. C'est une publication très savante émanant d'une société non moins savante, au vrai la plus célèbre en son temps : la Royal Society fondée à Londres en 1662. Elle compte parmi ses membres fondateurs des noms prestigieux, comme Locke, Edmund Halley, Christopher Wren, Newton. Ils sont médecin, astronome, mathématicien, mais dans leurs premiers débats, les questions de mécanique prennent une place centrale. Les travaux de la société sont tournés vers la recherche appliquée, ils doivent tendre à améliorer les « arts utiles », les manufactures, les machines. Aussi l'éminente société est-elle ouverte non seulement aux savants de haut niveau, mais aussi aux marchands, aux navigateurs, aux spécialistes des arts mécaniques, qu'ils soient anglais ou qu'ils viennent d'un autre morceau de la communauté scientifique internationale qui se nomme la République des lettres. C'est ainsi que la Société accueille en 1681 les expériences d'un jeune français, Papin.

Denis, ou Denys, Papin a alors vingt-huit ans. Il est originaire d'une famille de Blois, protestante et nombreuse : il a onze frères et sœurs vivants. Ce jeune médecin, formé à Angers, a vite renoncé à la médecine, découragé par la situation d'échec thérapeutique sur laquelle il bute.

« Administrer des remèdes, dit-il, c'est faire subir au corps une violence inutile. Un médecin qui ordonne un remède un peu violent fait la même chose que si on allait donner un soufflet à un horlogeur tandis qu'il est attentif à mettre en œuvre plusieurs petites pièces detachez et qu'ainsi on lui fait renverser tout par terre et en perdre une partie [1]. »

L'ignorance de lois qui régissent la mécanique corporelle ne l'incline pas vers une médecine douce, mais vers un retour à la médecine classique, expectante et préservatrice. Et conservatrice. Puisqu'on ne peut soigner valablement avec des remèdes, le mieux est de conserver le corps en santé, en lui donnant en particulier des aliments convenables. L'intérêt pour la nourriture de Papin est celui de la plupart des médecins de son temps. Il aurait pu devenir médecin au temps de Molière. Il a choisi une autre voie.

L'analogie du corps avec l'horloge à laquelle il fait allusion dans sa lettre résume tout son parcours : de la médecine, il passe à la mécanique où il compte trouver la précision qui manque dans la science du corps. La mécanique a l'attrait des sciences dures, elle est établie sur des fondements physico-mathématiques et elle obtient des résultats concrets avec des machines qu'elle invente ou qu'elle perfectionne. Le modèle le plus réussi dans le genre est l'horloge de Christian Huygens mise au point en 1676.

La République des lettres est cosmopolite, et, concernant la mécanique, elle compte des Hollandais comme Christian Huygens, des Anglais comme Robert Boyle. À Londres, le jeune Papin est à la fois protégé de Robert Boyle et assistant de Christian Huygens. Avec Huygens il travaille sur les baromètres, les horloges et les mécaniques de précision. Avec Boyle, il étudie la

1. Lettre de Denis Papin à Leibniz, 1704 dans Cabanès, Charles, *Denys Papin, inventeur et philosophe cosmopolite*, Paris, Société française d'éditions littéraires et techniques, 1935, 33-34.

pression atmosphérique, le vide et la manière de faire le vide, des expériences qui ouvrent la voie aux machines à vapeur. Mais Papin oriente la recherche appliquée vers le domaine alimentaire. Il se sert des machines à faire le vide pour démontrer qu'on peut garder frais les fruits et d'autres denrées périssables. D'où, en 1673, la pomme de Papin : mettant sous cloche une pomme, il la maintient en l'état originel pendant cinq mois. Il procède pareillement avec d'autres denrées périssables, non définies, qui se sont bien conservées, « à la puanteur près »...

Mais son invention la plus remarquable, à la suite des expériences de compression de Boyle, dans l'année 1680, est la création d'un instrument aux noms multiples : *digester* en anglais, « digesteur » en français, quoique lui-même l'appelle « bain-marie à vis ». À propos de bain-marie, tous les dictionnaires d'étymologie nous apprennent gravement que l'expression vient de bain et de Marie... Ce qu'on leur accordera volontiers, mais ils se perdent en conjectures pour savoir qui est cette Marie qui a inventé le bain. Ce qu'on peut simplement affirmer, c'est que 1) cette Marie, ou Myriam, préexiste évidemment à Denis ; 2) Denis, avec son piston et sa soupape, a fait entrer la froide mécanique dans un procédé de cuisson.

Les services que l'étrange marmite de M. Papin peut rendre sont très explicitement détaillés dans la brochure qu'il publiera en français. C'est une marmite économique, à l'usage des moins fortunés, capable non seulement de cuire vite, en réduisant la température d'ébullition et en économisant le bois, mais aussi de venir à bout des viandes particulièrement résistantes. Et Papin d'enfoncer le clou dans sa déclaration d'intention : « Par le moyen de la machine dont il s'agit icy, la vache la plus veille et la plus dure se peut rendre aussy tendre et d'aussi bon goust que la viande la mieux choisie. »

On peut considérer le digesteur de trois façons : du point de vue scientifique, c'est l'application des principes de Boyle. L'invention s'inscrit dans le courant des Lumières scientifiques qui postulent une relation nécessaire entre la pensée spéculative et l'application pratique pour contribuer aux progrès des Arts, l'art culinaire n'étant pas prévu dans ce programme. L'apport essentiel du Français, la « nouveauté utile », réside dans l'invention de la soupape de sûreté, conçue comme un instrument de mesure autant qu'un organe de sécurité. Bel exemple de retombée de la recherche fondamentale dans la batterie de cuisine, de la même façon que, beaucoup plus tard, les recherches dans le domaine aérospatial profiteront aux revêtements de nos poêles…

Du point de vue médical, Papin affiche cette volonté prométhéenne de faire de sa machine en fonte l'analogue de la « petite marmite » de l'estomac, digérant les aliments sous le feu vital. De même que de l'estomac sortent des corps réduits en une bouillie fluide qui, mêlée à la boisson, constitue une sorte de liqueur laiteuse que l'on appelle le chyle, de même le digesteur, en un temps plus court, réduit les viandes et puis les os en une sorte de pulpe ou de gelée.

Du point de vue culinaire, l'intention vaut mieux que l'action. Non, le digesteur explosif avec sa soupape si peu sûre, n'est pas « l'ancêtre » de nos Cocotte-Minute. Oui, il y a là un moment important dans la réflexion alimentaire qui s'attache à rendre bonnes à manger des nourritures qui ne le sont pas.

L'art et la manière d'amollir les os

Les expériences de recherche fondamentale – celles de Huygens et Boyle – se publient en latin, langue de la communauté scientifique internationale. Les expériences de recherche appliquée doivent être utiles à tous et donc accessibles en langue vernaculaire : du moins c'est ainsi que le conçoit Denis Papin, quand en 1682 il publie, en français, une brochure au titre programmatique : « La manière d'amollir les os et faire cuire toutes sortes de viandes en fort peu de temps, et à peu de frais. Avec une description de la Machine dont il faut se servir pour cet effet, ses propriétéz et ses usages, confirmés par plusieurs experiences ». Il propose ce petit traité à « l'usage des pères de famille et des artisans qui pourront en avoir besoin, et s'en servir avec une utilité merveilleuse ». Ces artisans auxquels il s'adresse sont cuisiniers, intendants de marine, confiseurs. À chacun, Papin veut démontrer l'utilité de son bain-marie à vis.

Retenons les expériences effectuées pour convaincre les cuisiniers. S'improvisant lui-même cuisinier, Papin rapporte qu'à chaque fois il cuit la viande, la retire et prolonge la cuisson pour les os jusqu'à leur complet ramollissement. Le répertoire des viandes utilisées est instructif : la première recette concerne la poitrine de mouton et la poitrine de bœuf, c'est-à-dire, nous avons été avertis d'emblée, de vache de réforme. Puis il cuit ainsi un vieux lapin mâle et domestique, « qui d'ordinaire est un pitoyable manger », lui donnant un « aussi bon goût que les jeunes lapins ont d'ordinaire [1] ». Puis un vieux pigeon. Et il ne se cantonne pas aux chairs et aux os. Il poursuit avec des poissons dont les arêtes s'assouplissent tellement « qu'on ne les appercevoit pas en mangeant ». Il prépare un brochet, une grosse anguille, un maquereau avec des groseilles vertes « qui avoit le goust bien plus relevé » que si on l'avait cuit autrement. Il cuit au bain-marie accéléré de la même façon des légumes secs : des fèves, des pois, des fruits. Et à chaque fois il met en avant l'argument du goût aux dépens de la productivité pour affirmer la supériorité de la cuisson en vase clos, qui ne laisse échapper ni dissoudre les sels volatils.

Mais au bout de la cuisson, qu'obtient-on ? La cuisine expérimentale de Papin est une cuisine moléculaire qui ne cherche pas à obtenir la purée ou la bouillie traditionnelle mais à extraire le jus et les saveurs, et à les solidifier dans une gelée. Des os on fera une bonne gelée, une gelée sans couleur et sans goût comme celle qu'on obtient dans la grande cuisine en râpant la corne de cerf, produit non pas rare mais coûteux. Et voilà où la recette est économique : avec une livre d'os, mais d'os frais, non cuits, on fait deux livres de gelée. Et voilà où la recette est goûteuse : cette gelée relativement neutre se prête à tous les assaisonnements. Cette transmutation, Denis Papin la qualifie de congélation par le chaud. Il promet non seulement le nutritif mais aussi

1. Papin, Denys, *La manière d'amollir les os et faire cuire toutes sortes de viandes en fort peu de temps, et à peu de frais*, Paris, Michallet, 1682, 11.

le gustatif, alliance nécessaire pour passer de l'immangeable au mangeable.

Les résultats sont soumis aux appréciations de l'Académie. Gregory King est parmi les premiers convertis. Statisticien économiste, cet excellent manipulateur de chiffres sait calculer : dix fois moins de temps qu'avec les autres fourneaux, deux fois plus de matière nutritive, une rentabilité assurée. Calculez en effet, une machine en fonte qui revient tout compris (couvercle, étrier, platine) à seize écus la pièce fera plus de cinquante livres de gelée à la fois, au moins deux fois par jour… Sa conviction est vite emportée : économie de temps, d'argent, de combustible. Mais la saveur ? Les soupers philosophiques auxquels Papin convie un certain nombre de membres de l'honorable société vont permettre d'en décider. « Tout fut préparé, poisson et viande, dans des digesteurs, par lesquels les os les plus durs étaient devenus aussi mous que du fromage, sans eau ni autre liquide. On eut une quantité incroyable de *gravy* [jus de viande ?]. Mais rien ne surpassait les pigeons, qui avaient la même saveur que s'ils avaient été cuits "en pie", confits dans leur propre jus[1]. » Le jury de goûteurs apprécie : fraîche, la gelée a bon goût. On peut la laisser fermenter. Au bout de quinze jours, elle acquiert une odeur et un goût qui rappellent le fromage de Parmesan, on la mange alors avec du pain ; quant aux fruits ainsi digérés, on en fait des *clearcakes*, des gâteaux transparents.

Le rapport officiel nous révèle plus la néophilie des messieurs de la royale société que la vraie saveur des mets. Leur ouverture gastronomique ne fait pas de doute : c'est un antiquaire membre de l'honorable compagnie, Keysler, qui s'étonne que la viande de cheval ne soit pas mieux appréciée et s'en fait le propagateur. C'est Pepys, haut fonctionnaire de l'Amirauté buvant pour la première fois en 1669 du jus d'orange[2]. C'est John Foster qui s'enthousiasme pour la pomme de terre et, en 1664, en donne des recettes de gâteaux.

1. Brears, Peter, *A Taste of History*, 1993, 190.
2. Pepys, Samuel, *Journal*, 9 mars 1669.

On peut être convaincu par la balance coût / profit des recettes de M. Papin, par l'efficacité de cette cuisson close. On l'est moins sur les résultats organoleptiques qu'il nous garantit excellents. Si, comme il l'assure, cette gelée est de saveur neutre, voire bonne, pourquoi conseiller plus bas au cuistot de la marine de l'assaisonner avec du sucre et du jus de limon ? Pourquoi l'aromatiser au rhum, au citron, à l'orange ? On doute de l'excellence gustative.

Les sources de la cuisine papinienne ? Disons-le tout cru : elles sont très aristocratiques.

Nous avons, en matière de gelées et de glaçages, une perception très précise héritée d'Antonin Carême et de sa cuisine architecturée, gourmande, en gelée colorée et moulée de toutes formes. Dans la grande cuisine des XIXe et XXe siècles, la gelée, sous forme d'aspics ou de terrines, est un mode de dressage des plats froids : on chemise de gelée des moules pour toutes sortes d'entrées, viandes, filets de sole, perdreaux ou langoustes. À l'époque de Papin, cent ans avant Carême, la gelée s'inscrit dans une longue tradition culinaire que rapportent les livres de cuisine, une tradition élitiste où la gelée apparaît comme un mode de dressage. Plus que cela, elle est la substance de divers plats. Les dressoirs du Moyen Âge exhibent des volailles, des filets de poissons, des terrines en gelée.

Un menu pour jours gras, dans les années 1390, propose, au premier service, un blanc-manger, au troisième, des gelées de chapons, de lapins, de poussins, de lapereaux et de cochon, cette dernière gelée ressemblant à un fromage de tête [1]. La gelée est un plat à part entière, de fabrication longue et sophistiquée, utilisant des gélifiants comme les pieds de veau, la graine de coing, la gomme de cerisier et des colorants tel le tournesol qui fournit une gelée bleue. Les jours maigres sont à l'honneur des gelées de brochets, de tanches, de brèmes, d'anguilles, d'écrevisses et de loches [2]. Maestro Martino, le grand cuisinier italien, maniant

1. *Mesnagier*, *op. cit.*, 555.
2. *Mesnagier*, *op. cit.*, 732.

avec élégance le naturel et l'artificiel, propose six recettes de gélatines, dont une gélatine de chair ou de poisson de deux ou trois couleurs dans un même plat. La forte présence des gelées enjoint au maître queux de faire valoir toutes les facettes de son talent, car l'élaboration d'un plat en gelée est longue et sophistiquée. Il doit, sous peine de décevoir, satisfaire tous les sens, la vue mais surtout le goût au palais, offrir des consistances inédites et toujours onctueuses, mousse ou galantine, répondre aux exigences de ceux qui aiment à exhiber, sur leurs dressoirs médiévaux puis sur le buffet à la Renaissance, des plats hautement décoratifs qu'on mange d'abord avec les yeux. Il y a loin de cette cuisine ostentatoire à l'humble contenu de la marmite papinienne !

Le royaume de la gelée ignore la frontière entre gras et maigre et, à la Renaissance, il investit les territoires du sucré. Voilà la gelée qui s'insinue dans l'art des desserts et des confiseries. Les gelées sucrées sont le chef-d'œuvre du confiseur et certains, comme Nostradamus, essaient d'initier les ménages aux « secrets » des professionnels [1]. La technique de la « bonne cuite », c'est-à-dire du point parfait de cuisson, est évidemment difficile à maîtriser, mais quel miracle de légèreté et de transparence ! Pour que la gelée de viande présente les mêmes avantages visuels, on la colore en blanc avec des amandes pilées, on la jaunit avec des jaunes d'œufs, on la moule et on lui donne des formes extravagantes, doublant le plaisir pour les yeux et pour la bouche…

La gelée d'os est à replacer dans son temps et dans son espace, c'est-à-dire l'Angleterre des Stuarts. On peut se demander alors si elle n'est pas entraînée par la conjonction de deux phénomènes : le conservatisme culinaire anglais et la diffusion des gelées artificielles.

Dans la cuisine papinienne se retrouve un goût particulier, insulaire, à l'abri des tendances de la nouvelle cuisine qui bouleverse alors les pratiques gastronomiques françaises fonctionnant tel un conservatoire des saveurs européennes plus anciennes, la cuisine

1. Ferrières, dans *Autour d'Olivier de Serres*, *op. cit.*

anglaise prolonge en plein XVIIe siècle le goût médiéval de la menthe, des « tostes » trempées dans le vin, des « bacons » de cochon salés et de tous les édifices tremblotants et translucides.

Les « receptaires » anglais livrent des entremets en gelée, par exemple des groseilles à maquereau comme celles que Papin plonge dans son ingénieuse marmite. Ces livres de grande cuisine font appel à des viandes gélatineuses, pieds de veau ou couennes fraîches. Elizabeth O'Brien note parmi ses recettes personnelles un procédé *« to make jelly of harts horne which is good for one that is sicke to nourish him »* : prenez, dit-elle, du bois blanc de cerf en fins copeaux et de l'eau claire[1]. Mais le bois, ou la corne de cerf en poudre, est un produit largement frelaté. Est-ce pour cette raison qu'en France on préfère d'autres produits, comme la colle de poisson employée par la ménagère bourgeoise ?

Dans la cuisine des familles on utilise des gelées toutes prêtes, en vente chez tous les bons traiteurs à Paris et chez tous les bons apothicaires à Londres. Mais, objecte Papin, il en coûte douze « chelins » la livre, quand la mienne revient à quatre sous[2]. La gelée est surtout ordonnée aux malades, on en vend chez les pâtissiers et traiteurs où elle est à base de raclures de corne de cerf, y compris la gelée de pommes de Rouen, faite de corne de cerf, de sucre et sans pomme…

Au fond, Papin se positionne comme un intermédiaire culturel, un passeur de technique qui vise ni plus ni moins qu'à la diffusion d'un plat de luxe comme nourriture plébéienne.

Le bouillon de gélatine

Le succès médiatique est immédiat :

> On a trouvé dans ces derniers temps une manière pour pouvoir se servir des os parmi les aliments. On les met dans une

---

1. *Livre de recettes de Mrs Sarah Dudley et Élisabeth O'Brien*, C. Tournebize et J. Raynaud, Martel, 2000, 203.
2. Ducreux, *Médecin radoteur*, *op. cit.*, 249.

> machine inventée par M. Papin et là ils se dissolvent, ou ils se réduisent en une espèce de bouillon et de gelée fort nourrissante.

Voilà une découverte dont la diffusion est immédiate, y compris en France, alors que la diffusion réelle est à tout le moins confidentielle, difficile à saisir, au point qu'on se pose la question : la marmite de M. Papin a-t-elle vraiment marché ?

Papin intéresse les savants, lui qui voulait s'adresser au cuisinier des villes et au cuisinier de marine en visant deux publics-cibles : les pauvres des villes et les gens de mer. La marmite à vapeur est conçue pour fonctionner dans les rues des paroisses pauvres et sur le tillac des vaisseaux de guerre. Les famines criantes de la seconde moitié du règne de Louis XIV auraient pu la vulgariser. Ce n'est pas le cas. D'abord le procédé est loin d'être au point. L'engin est explosif, aussi éloigné de notre autocuiseur que la première locomotive à vapeur l'est du TGV. La soupape dite de sûreté a tendance à laisser échapper tout le liquide en ébullition, quand elle ne s'échappe pas elle-même. Quand la pression est haute, on n'obtient qu'un bouillon qui ne se prend plus en gelée, qui répand une « saveur empyreumatique » fort désagréable, une odeur forte et âcre de charbon brûlé[1].

Au siècle des Lumières, l'ustensile est encore utilisé mais jugé tout aussi dangereux. Ces machines « seraient d'un usage admirable, sans le danger imminent de l'explosion de ses mêmes ustensiles »[2]. On les compare à « un volcan hydraulique dont il est impossible de tirer parti. Courir le risque de sa vie, c'est payer cher un mauvais bouillon, car il a presque constamment une odeur et un goût d'empyreume[3] ». Ces mots sont de Cadet de Vaux. Avec D'Arcet et d'autres, il entonne en chœur le

1. D'Arcet, *Recherches sur les substances nutritives que renferment les os*, Paris, À la Monnaie des Médailles, 1829, 16.

2. Mercier, *Tableau*, *op. cit.*

3. Cadet de Vaux, *Mémoire d'agriculture*, *op. cit.*, 10.

refrain révolutionnaire : nous entrerons dans la carrière quand nos aînés n'y seront plus. Papin, disent-ils, a ouvert la carrière dans laquelle nous entrons les derniers.

La question de la gelée ou du bouillon d'os revêt en effet avant et pendant la Révolution une actualité. Au-delà de l'urgence, qui se ravive à chaque crise alimentaire, il y a cette tension permanente, inacceptable, entre le déficit de viande dont souffrent les humbles et la déperdition des os. Or, les os ont une valeur nutritive appréciable, à condition qu'on sache l'exploiter. « Un os est une tablette de bouillon formée par la nature. Une livre d'os donne autant de bouillon que six livres de viande. » Forts de ces deux certitudes, nos hommes se lamentent : un étui, un manche de couteau, des dés, des boutons en os sont autant de bouillons volés à l'indigence. Sans compter la concurrence tout à fait nouvelle des ateliers qui, à partir de l'os, font de la colle ou s'en servent comme combustible. Aussi la question des os cristallise-t-elle l'effort de réflexion et de recherche, comme d'autres inlassablement reprises, sur les succédanés, sur la manière de conserver la viande, pour laquelle Cadet propose trois solutions : la couvrir de lait caillé ; la plonger dans l'huile ; la pulvériser de charbon. Si la pomme de terre peut « lester » l'estomac populaire, le bouillon doit, lui, apporter des sucs nutritifs indispensables.

Cadet prend l'exemple de son jardinier : sa famille et lui étaient condamnés à un régime exclusivement végétal quand il découvre les vertus du bouillon d'os. Pourtant, note Cadet, il ne pile plus les os comme je le lui ai recommandé. Il remet à bouillir ceux qui ont servi la veille et son potage vaut le nôtre. Refroidi, son bouillon prend souvent en gelée. Dans les petits ménages, on brise les os avant de les ajouter à la viande du pot-au-feu, ce qui donne plus de gélatine ; enfin les bouchers ont pris l'habitude de ramasser et de vendre les éclats et esquilles dispersés sur leurs étals.

Les efforts plus savants portent d'abord sur le moyen d'assurer un concassage et même une pulvérisation préalable des os qui permettent d'extraire plus de matière nutritive et de rendre le bouillon plus substantiel. À cet effet, Cadet propose de faire fabriquer des mortiers et des pilons. On les vendra avec les os comme font les vendeurs de tabac, qui débitent en même temps les petites carottes et la râpe pour morceler les feuilles. On s'efforce aussi de mettre au point une machine plus performante (ou performante, tout simplement). La recherche porte sur les moyens de rendre l'assujettissement du couvercle à la marmite imprescriptible ; on propose comme solutions successives un couvercle lourd, une soupape à ressort, vingt-deux vis… Au fond, ce sont les idées qui manquent le moins. Mais s'il n'y avait que la technique ! Tout ceci se heurte à une résistance des habitudes populaires qu'on amalgame sous le nom de préjugés.

Cadet en fait l'expérience quotidienne. Il la retrace sous forme de dialogue familier. Il s'adresse à un grand propriétaire nouveau riche et acheteur de Biens nationaux :

> – Vous pourriez tirer un heureux parti de cette masse d'os, de boucherie et de chasse.
>
> – Je le sais, et c'est sur cela que je suis venu vous consulter.
>
> – Établissez dans votre château une marmite de bouillon et ce sera une ressource très précieuse que vous pourrez offrir aux infirmes de notre commune.
>
> – J'entends. Mais […] c'est pour une meute qui me coûte fort cher à nourrir ; mes paysans ne voudraient pas de ce bouillon : ils ont des préjugés.

Avec le « mendiant de profession », le dialogue est encore plus décevant. L'homme, d'une voix lamentable, quémande un peu d'argent pour manger. Cadet lui propose une carte, un ticket du bureau de bienfaisance pour obtenir une portion de bouillon. Il la repousse, parce que c'est du vin qu'il veut.

Pourtant rien n'entame son optimisme : « le despotisme du temps et de l'usage ne résistera pas à l'expérience. » Il suffit d'essayer. Pour cela, prenez de la viande et des os, mettez-les à cuire sur une galère, qui est un fourneau économique à un seul foyer, prévoyez un temps assez long, quatre ou cinq heures ; ajoutez des légumes – au navet qui blanchit et affadit le bouillon, préférez les carottes, le panais, le céleri, l'oignon bien sûr. La touche finale, le secret, c'est d'ajouter un caramel bien brun, fait de deux onces de cassonade. Quel est l'aliment auquel le sucre ne s'allie pas ? Certes, il est moins utilisé en France que dans la cuisine allemande et italienne, mais il faut tenir compte du fait que le sucre est devenu une denrée de base.

Cadet l'avait prédit : ils furent les derniers à entrer dans la carrière. Après lui, Denis Papin est rangé au rang des gloires nationales et sa marmite entre au musée des inventions non pratiques. Les pessimistes diront que de ces expériences reste un rêve : nourrir une population d'affamés en recyclant le cinquième quartier. Les optimistes diront qu'elles annoncent des découvertes à venir, en dehors même de l'autocuiseur. Le bain-marie à vis n'ouvre-t-il pas la voie à la méthode Appert ? Alors le bocal hermétique et la petite boîte de conserve sont un prolongement possible du digesteur. Retournons une dernière fois en Angleterre. La parution du livre d'Appert sur l'art de conserver donna lieu à un compte-rendu dans l'*Edinburgh Review* (1814), où il est dit que le procédé « n'est ni nouveau dans son principe ni à presque tous égards dans les usages et que les femmes de nos campagnes, à moins d'avoir oublié l'exemple et les préceptes de leurs ancêtres, doivent être plus ou moins au fait de ces méthodes[1] ».

Il en va des inventions comme de toute la cuisine : on ne sait jamais quelle est la part de la création et celle de la tradition.

1. Goody, Jack, *Cuisines, cuisine et classes*, Paris, Centre Georges-Pompidou, C.C.I, 1984, 258.

12
Le salpicon

En 1614 paraît la première traduction en français du *Don Quichotte* de Cervantès. Elle est l'œuvre de César Oudin, hispanisant, secrétaire et interprète du roi depuis 1597. Le succès est immédiat, vif et durable. Tout le monde le lit. Du moins tous ceux qui savent lire, mais les autres aiment à écouter les récits de chevalerie. Madame de Sévigné s'enthousiasme, elle est plongée dans le roman quand survient un accident qui interrompt sa lecture : son carrosse se renverse [1]. On lit le *Quichotte* avec passion, avec empathie même, on en vient à s'identifier au personnage. Au mont-de-piété de Carpentras, des nobles désargentés viennent se dessaisir d'une partie de leur patrimoine précieux. La première chose qu'ils empruntent, honneur oblige, c'est un pseudonyme. C'est ainsi que « Don Quichotte de la Manche » revient à plusieurs reprises mettre en gage de la vaisselle d'argent, que « Dulcinée du Tobose » se présente pour engager ses bijoux contre le prêt de quelques louis [2]. Tant il est vrai que les malheurs du « chevalier à la triste figure » hantent ceux qui se sentent menacés par un brusque et imprévisible retour de la roue de fortune, cette déesse capricieuse et imprévisible.

Mais qui est ce personnage si connu ? Dès la première page du roman, avant même de partir « faire la route » dans la Manche et de promener ses aventures héroïques de village en village et

1. Mme de Sévigné, Lettre à Mme de Grignan, août 1677, *Correspondance*, Paris, Gallimard, 1974, 26.

2. Ferrières, *Le Bien des pauvres*, *op. cit.*, 39.

d'auberge en auberge, nous savons tout de lui. Dis-moi ce que tu manges… Et Cervantès nous le dit, très simplement :

> *Una olla de algo mas vaca que carnero, salpicon las mas noches, duelos y quabrantos los sabados, lantejas los viernes, algùn palomino de anadidura los domingos.*

Ce que tu es saute aux yeux, ton ordinaire te définit : tu es un homme de la Manche, contraint par les maigres productions du terroir. Tu es aussi un bon catholique, qui respecte le jeûne du vendredi. Les œufs au lard du samedi valent un certificat d'atavisme vieux-chrétien. Tu ne manges que deux fois par jour, ce qu'on peut interpréter diversement, par exemple en termes de pauvreté. Mais ce serait faire fausse route, car « l'Espagnol a son ordinaire à deux repas le jour, quand le Français en fait quatre[1] ». Tu es un gentilhomme, un hidalgo certes, « fils de quelqu'un », avec un nom, mais sans fortune. C'est pourquoi ta maigre pitance absorbe les trois quarts de ton revenu et une partie de ton énergie. Te voilà réduit à un triste sort et à une quête quotidienne de subsistance. Pendant que Sancho dort, tu le regardes avec envie, en te livrant à une belle méditation sur l'heureuse tranquillité du domestique, insoucieux des efforts quotidiens de son maître pour trouver de quoi vous nourrir tous les deux.

Et dans la suite du roman, chaque fois que don Quichotte passe à table, soit nous ne savons rien de ce qu'il mange, soit on insiste sur sa frugalité forcée. Lors d'un repas impromptu en forme de festin champêtre, le voilà qui étale sans façon sur l'herbe les apprêts de la fête : du pain, du sel, des noix, des morceaux de fromage et certains os de jambon qui, « s'ils ne se laissaient mâcher, ne se défendaient pas d'être sucés. Il y avait encore certain mets noir que l'on nomme, paraît-il, cabial, lequel se fait d'œufs de poisson, grands réveilleurs d'outres[2] ».

---

1. Cité par Allard, Jeanne, « Repas et manières de table à la cour d'Espagne au Siècle d'or » dans Cobi, Flandrin (dir.), *Tables d'hier, tables d'ailleurs*, Paris, Odile Jacob, 1999, 173.
2. Cervantès, *Don Quichotte*, seconde partie, chap. LIV.

L'énumération satirique fait étalage de nourritures qui ne sont pas vraiment celles des gueux, mais plutôt des nourritures médiocres, au sens classique, c'est-à-dire moyennes. On retiendra le caviar au nombre des nourritures ordinaires. En fait, les pêcheries tout le long de la rive nord de la Méditerranée pratiquent abondamment l'industrie des œufs pressés de muges, de mulets, de loups, de chevesnes. Issus de poissons très gras, très salés, ils ne sont guère appréciés, sinon par les grands buveurs. Ce caviar pousse à boire du vin et, de fait, don Quichotte et son ami vident allégrement six outres. Mais peut-être le caviar de don Quichotte est-il un vrai caviar d'esturgeon, importé de la mer Noire ? Or, ce caviar est en voie de se distinguer des vulgaires poutargues :

> Les œufs d'esturgeon sont particulièrement appréciés aujourd'hui : on les appelle caviar, et on les prépare dans le Pont. On comprime les œufs conservés dans le sel dans un grand moule, puis on les met dans des jarres et on les exporte chez nous. On les mange crus ou légèrement tostés [1].

Le caviar « qui donne appétit et fait venir la soif » a ici une fonction d'apéritif et d'excitant salé. Fonction qui, sur les bonnes tables, est dévolue au jambon sec. Mais ici, en fait de jambon sec, on n'a que les os, ce qui met en exergue le triste statut du caviar (ou de la boutargue) réduit à une conserve bonne pour les gueux. Le caviar brille d'une lueur noire dans l'Espagne du Siècle d'or.

Mais revenons à la première page. Ce ne sont pas des produits qu'elle met en scène mais un régime monotone, répété de semaine en semaine. À midi, disons plus exactement pour son repas principal, don Quichotte se sustente d'une *olla*. Comment traduire le mot pour un public français ? Ces phrases liminaires du *Quichotte* ont posé aux traducteurs français quelques petits problèmes. La nourriture du samedi en particulier a suscité bien

1. Rondelet, *Histoire des poissons*, *op. cit.*, IX, 1. Champier, *De re cibaria*, *op. cit.*, XVIII, 14.

des commentaires. Quel étrange duel culinaire est évoqué par ces *duelos y quebrantos* ? Au gré des versions, ce sont des tripes, des œufs au lard, un « chocolat de la Manche », bien ambigu… De façon générale, on touche à une question cruciale : comment traduire sans trahir ? Faut-il rester au plus près du texte ? Ou bien l'adapter en estompant les traits les plus exotiques ? Face au dilemme du traducteur, Filleau de Saint-Martin a fait son choix :

> Comme le langage [de la première traduction] est vieux et que le traducteur s'était entièrement attaché à l'original et l'avait rendu mot pour mot, croyant sans doute que ce qui est bon dans une langue ne peut manquer de l'être dans une autre, je me suis dispensé d'être aussi exact que lui, parce que le goût des Français est tout autre aujourd'hui qu'il y a cinquante ans. J'ai donc tâché d'accommoder tout cela au génie et au goût des Français [1].

Petite cuisine textuelle qui nous régale… Après lui, les divers traducteurs ont pris le parti de l'équivalent français qui rendrait aux lecteurs ce sentiment d'étrange familiarité voulue par Cervantès. Le travail de naturalisation commence dès le titre, quand le *Quijote* devient *Quixot* ou *Quichotte*… On parie sur la vraisemblance au risque du contresens culturel. Tant mieux pour nous : chaque réécriture apporte son lot d'informations et les traductions successives nous apprennent plus sur les habitudes alimentaires des Français du XVIe au XIXe siècle que sur le régime, fictif, de don Quichotte.

La vinaigrette de don Quichotte

Que mange à midi « le chevalier à la triste nourriture » ? Une traduction littérale nous aurait gratifiés d'une « oille », mais César Oudin préfère une marmite. On comprend bien qu'il s'agit

1. Filleau de Saint-Martin, « Préface à la nouvelle traduction du Quichotte », Paris, 1678.

d'un bouilli, mais une fois informé du contenant et du mode de cuisson, on peut s'interroger sur le contenu réel. César Oudin nous en dispense. Il est trop fin connaisseur de la cuisine espagnole pour ignorer qu'une oille n'est pas dans le registre de l'ordinaire. Ailleurs il nous fournit quelques précisions. Il faut savoir faire la distinction entre la *olla* et la *olla podrida* ! La *olla* de don Quichotte est à la fois le pot de terre simple et son contenu[1]. Oudin traduit par « marmite ». Elle est bien éloignée du pot-pourri qu'il met en scène dans un autre livre, le *Dialogue bilingue fort récréatif, qui enseigne comment apprendre l'espagnol facilement et en six leçons*. Le troisième dialogue met en scène les manières de table. Nous voilà dans un contexte aristocratique, invités à un banquet à l'espagnole, c'est-à-dire un banquet où l'ordre des mets n'est pas conforme aux normes françaises, puisque l'on sert d'abord une salade et le rôti, ou les rôtis, puis une marmite de bouilli qui constitue le clou du repas. Quand paraît sur la table *Nuestra Madre la Olla*, l'occasion est belle pour Oudin de nous donner une leçon en indiquant comment « Hazer un guizado o potage » (comment se fait ce mets ou potage) :

> De combien de choses est composé nostre pot pourry : de Mouton, de Bœuf, de lard ; Après cela de choux cabus, de naveaux, d'oignons et d'aulx ; des testes et des pieds d'oiseaux, de coriandre verd, de carri, de cumin, de toutes sortes d'espiceries, pour les autres herbes, ie ne les reconnais nullement[2].

La composition est baroque, noyée d'épices, vestige des anciennes dilections médiévales. C'est un mélange riche, en aucun cas une nourriture d'*hidalgo*. Aussi pour qualifier l'ordinaire du Quichotte après la « marmite » d'Oudin, les traductions varient-elles entre « pot-au-feu » et « bouilli ». Les équivalents français sont tout à fait honnêtes. Et dans une Europe qui pratique largement le bouilli, le traducteur n'a pas besoin de

1. Oudin, *Dictionnaire de 1616*, « olla », « olla podrida », 139.
2. *Ibid.*

détailler : le lecteur comprend bien qu'il s'agit de son potage traditionnel, décliné suivant son genre, castillan, et suivant sa désinence sociale. Le bouilli de don Quichotte est fait de vache et de mouton, deux viandes mêlées qui entrent dans tous les pot-au-feu méridionaux, France comprise. Tout est ensuite affaire de proportion. Et de coût : car la viande de mouton vaut plus que celle de bœuf, *a fortiori* que celle de vache. Dîner de *caballero*, certes : « *vaca y carnero, olla de caballero* » dit le proverbe. « On laisse dominer ce que l'on préfère », disent les savants receptaires. Encore faut-il en avoir les moyens. Le vrai chevalier, tel que le présente Lope de Vega, dans une comédie de 1632, achète pour son pot une livre de mouton (14 maravédis) et une demie livre de vache (6 maravédis). Le Quichotte, lui, fait à peu près l'inverse. En fin de compte, on trouve dans son pot un « quelque chose » (*algo*) d'indéfinissable, qui, si l'on essaie de le définir, tire vers le filandreux et le fade de la vache longuement bouillie, qui étouffe la saveur forte du mouton.

Le bouilli du matin sert deux fois. Le contenu du pot à midi et le soir, les restes. Cervantès ne s'appesantit pas : tout lecteur peut comprendre à demi-mot, reconnaître la pratique ordinaire des gens ordinaires. On allume le feu ou on le ranime le matin, on cuisine alors pour toute la journée. La cuisine du soir est celle des restes. La cuisine des restes existe. Elle est encore plus silencieuse que l'autre, celle mitonnée au coin de l'âtre. Reste à savoir si elle est forcement synonyme de prohibition des plaisirs de bouche.

Sur la façon de manger le bouilli le soir, les divergences de traduction éclatent : le soir, don Quichotte mange un « saupiquet » (1614) ; une « galimafrée » des restes du diner (1678) ; une « vinaigrette » (1799). En 1847, c'est un « saupiquet ». Après quoi, c'est décidé, Quichotte et Sancho préfèrent un « miroton ».

Nous prendrons, répétons-le pour postulat de départ, que le glissement progressif de terminologie ne renvoie pas à l'imagination débordante du traducteur mais qu'il exprime des variations dans les façons de manger du lecteur français. Les fluctuations lexicales reflètent un *trend* culinaire qu'il faut tâcher d'apercevoir.

Dans l'ordre chronologique, le saupiquet précède le miroton : effectivement, le premier est une réalité gastronomique connue dès le XVe siècle. Le *Viandier* de Taillevent en donne une recette, alors que le miroton est une invention du XVIIIe siècle.

Traduire *salpicon* par « saupiquet » témoigne d'une volonté d'acclimatation au paysage culinaire français. On le connaît surtout alors dans sa version noble : le saupiquet du roi de France est fait de jambon, de truffes, de ris de veau. C'est une préparation subsidiaire, un accompagnement pour garnir et farcir. Les définitions des dictionnaires tirent davantage vers l'ordinaire, tout en restant un peu fumeuses : « "saupiquet" se dit de toutes sortes de sauces de haut goût, piquantes, ragoût que l'on fait avec de grandes pièces de bœuf, de veau et de mouton, que l'on veut servir rôties pour principale entrée [1] ».

Mieux vaut revenir aux origines médiévales et au saupiquet du *Viandier* qui le présente comme une sauce au vin, liée de pain grillé, qui accompagne le lapin rôti. Elle est à base de vin rouge et de vin aigre, acide et noire. En abordant les Temps modernes, on introduit d'autres ingrédients sans modifier profondément sa saveur ni sa couleur. On utilise le vinaigre et on en rabat l'acidité avec du pain grillé, comme le *Ménagier* avec le verjus ou avec du vin. On l'aromatise d'oignons frits et de menues épices, mais pas de poivre, ce qui est surprenant, au regard du dicton bien connu. « Chair vieille fait bon brouet / Et Frais poyvre saupicquet », dit le proverbe [2]. La pointe du « piqué » qui caractérise la sauce a deux sources possibles et cumulables : le poivre et ce vin qui pique à la langue, entre vin jeune et vin aigre. À l'époque moderne, le saupiquet, viril et sauvage, est la sauce favorite des chasseurs, à base de vin piqué et liée au foie de l'animal sauvage pilé et fortement poivré. Mais on est dans le registre du gibier de

1. Furetière, *Dictionnaire*. Chomel, *Dictionnaire économique*, *op. cit.*
2. Le Roux de Lincy, *Le Livre des proverbes français*, Paris, chez Paulin, 1842, I, 137.

poil, d'une préparation qui sert à masquer le goût de la sauvagine plus qu'à le relever et donc très éloigné du bouilli fade et ordinaire du soir. À ce stade, le gastro-historien un peu pressé est tenté de dire « traduction-trahison » : le saupiquet est un contresens. Il se tromperait, car le traducteur se réfère à une pratique courante de son temps, que Champier décrit ainsi :

> On recommande surtout le bœuf légèrement imprégné de sel ; on le mange bouilli, plus rarement rôti, avec une sauce à la moutarde. Car à part les côtes du bœuf, nous n'avons jamais vu qu'on le fasse rôtir à la broche. En fait le bœuf figure parmi les viandes d'hiver les plus fines, que certains préfèrent manger piquées. Souvent, on le mange avec un condiment noir confectionné avec du vin, un trait de vinaigre, du sel et du poivre. Les gens élégants appellent cela une sauce poivrade [1].

Finalement, la gamme des traductions possibles est ouverte. Si la préparation est simple, on a un condiment et le mot de vinaigrette se justifie. Si les mêmes ingrédients font l'objet d'un mélange plus élaboré, alors on a une sauce, saupiquet ou poivrade. Cependant, au dire de Champier, tout cela n'est que distinction langagière et la poivrade élégante semble une sauce froide. On retiendra que son rôle est de donner du relief, plus que cela : une « pointe » qui fasse oublier la fadeur du bouilli froid, éventuellement réchauffé. Il est aussi de masquer et d'unifier les restes sous une couleur très sombre. Finalement, du caviar à la poivrade, en passant par l'étonnant chocolat *manchego*, le Quichotte aime manger noir, en contraste complet avec la cuisine de cette Cour où il ne peut paraître et qui affiche le blanc avec gloire et ostentation.

Le salpicon du soir

C'est un spécialiste, le grand cuisinier madrilène Martinez Montino qui l'affirme :

---

1. Champier, *De re cibaria*, *op. cit.*, XIII, 8.

> Puisque nous parlons de salpicon, je t'avertis que lorsqu'on te demandera un salpicon de vache, tu tâcheras de te procurer un peu de bon lard de *pernil cocido*, coupé menu et mélangé au bouilli de vache, assaisonné ensuite avec du poivre, du sel, du vinaigre, de l'oignon haché mélangé avec la viande et quelques rondelles d'oignon pour garnir le plat : c'est très bon et cela a bon goût[1].

Comparons maintenant avec le repas du soir de Sancho Pança. Il dîne d'un « salpicon de vache avec de l'oignon et quelques pieds de mouton cuits » ; parfois, il y a du piment… À moins que ce ne soit du poivre, le même mot désignant en castillan les deux choses. La confusion est révélatrice de l'adoption fulgurante du piment américain. Le piment, c'est à portée de main, dans le potager, des arômes et une saveur très exotiques qu'on ne pouvait se procurer jusque-là qu'à grands frais chez l'épicier ou l'apothicaire. On devine les raisons de son succès : « piment, c'est poivre du pauvre », dit Emmanuel Le Roy Ladurie. Et comme parallèlement les quantités de poivre venu des Indes *via* le Portugal augmentent, que son prix diminue, ne nous étonnons pas de ce subtil relais entre vinaigrette et poivrade ni de la place dévolue au poivre (ou au piment) en tête de tous aromates désormais pour relever les mets du soir. C'est qu'on retrouve le poivre, blanc ou noir, un peu partout, au grand dam de ceux qui y voient la perte d'un privilège alimentaire : « le luxe gagne les campagnes, où il n'y a pas de repas sans poivre », et de ceux qui craignent son abus pour des raisons médicales. Certes, il aide amplement à la digestion, mais en saupoudrer tous ses plats, tout le temps, c'est prendre des risques pour sa santé. Donner du poivre échauffant à des jeunes, en été, c'est ajouter le feu sur le feu[2]…

Le parallèle entre les deux citations permet de s'interroger sur la circulation des recettes : le salpicon est-il une recette pour

1. Montino, Martinez, *Arte de cocina, pasteleria*, Madrid, 1797.
2. Champier, *De re cibaria*, *op. cit.*, x, 10.

les puissants, ceux que maître Martinez Montino sert, adaptée pour les moins puissants, suivant leur goût, leur budget, voire leur temps ? Car à le lire il est certain que le salpicon de Sancho se prépare de manière plus expéditive, comme une *comida corrida*. Ou bien est-ce une recette populaire que le cuisinier de Cour enjolive, en ajoutant quelques afféteries dans la présentation, comme du lard pour le rendre gras ? La troisième hypothèse en forme de compromis presque bourgeois est sans doute la plus proche de la réalité : on est là en présence d'une pratique générale et partagée qui se décline en différentes versions et qui appartient au registre universel de la cuisine des restes.

L'autre mot pour dire la même chose est « galimafrée », celui que le traducteur Filleau de Saint-Martin choisit parce qu'il sonne plus canaille. Peut-être est-il plus typiquement français, puisqu'un célèbre livre de cuisine italienne nous livre une recette de galimafrée à la française, preuve que notre gastronomie nationale n'était pas encore au pinacle de la gastronomie européenne :

> Pour faire une galimafrée à la française : prendre différents morceaux de viande cuites, de l'oignon frit, couper la viande en morceaux gros comme une noix, servir avec motarde forte ou poivre en quantité [1].

Il est certain que la cuisine des restes est transnationale. Mateo Vasquez, secrétaire de Philippe II à la fin du XVIe siècle, organise ses repas à la façon du Quichotte : « Pour mes dîners et soupers ordinaires en jours de viande, écrit-il, je veux à la mi-journée, oille avec viandes et légumes variés, donc un “pot confus” et pour le souper, des salades cuites accompagnées des restes de mouton bouilli de midi [2]. » Mateo Vasquez fait profession de sobriété et son souper de restes est un choix délibéré. Pour plus humble que lui, la cuisine des restes est une nécessité.

1. Maestro Martino, *Libro de arte coquinaria*, rééd. Milan, 2001, 114.
2. Allard, dans *Tables d'hier, tables d'ailleurs*, *op. cit.*, 177.

Après ce détour par l'Espagne du Siècle d'or, passons en France, en enjambant les Pyrénées et deux siècles. Au temps des Lumières, quand les puissants se moquent éperdument de la morale chrétienne de sobriété, ils laissent le choix à leur cuisinier. Il peut apprêter les restes de produits d'excellence comme l'agneau ou le veau en blanquette, à la couleur valorisante : il n'empêche, ce plat est considéré comme vulgaire dans la France du XVIIIe siècle. Le puissant et le professionnel en cuisine, son domestique, appellent les viandes restantes « viande de desserte ». « Le dessert » (au masculin) a lieu après le repas, quand le couvert est levé. Or, autant le dessert est signe de mignardises diverses et de plaisirs sucrés ou fondants, autant « la desserte », ce qui repart à l'office, est synonyme de denrées dégradées. Ces viandes qui ne sont pas « neuves » ont perdu tout statut gastronomique. Discrédit, dans les hautes sphères, de la cuisine des restes en général. Discrédit en particulier des plats noirs et forts d'autrefois parce que le poivre est une épice qui s'est vulgarisée, parce que le palais s'est affiné et qu'on préfère plus de suavité et d'onctuosité. Tout cela fait que la tradition médiévale du saupiquet se poursuit essentiellement dans la cuisine ordinaire, au prix de quelques accommodements, mais accommoder, n'est-ce pas l'art même de la cuisine ?

Le bœuf raccommodé

Le salpicon est un mot-valise qui contient et résume deux actions, les deux tours de main qui construisent le mets : saler, piquer. Piquer, autrement dit couper très fin, menu comme fit maître Martinez Montino, hacher presque, disent les uns, pour que l'assaisonnement pénètre bien, car la matière première est bien plate et il faut lui donner du relief. Le bouilli froid se prête à cette opération bien mieux que ne le fait le chaud qui s'effiloche sous le couteau quand on le sort du pot. Or, nous l'avons vu, la viande et les os guenilles sont plongés dans l'eau bouillante pour exprimer tous leurs sucs jusqu'à la charpie. Quand le bouillon est bon, le bœuf se coupe mal : tel est l'axiome connu en cuisine.

Mais piquer, c'est aussi engendrer une saveur qui s'éprouve sur le bout de la langue et au fond du gosier. « Le poisson est saupiqué » se dit quand il a traîné plus d'un jour sur l'étal, que sa chair mortifiée émet de puissants relents salés. On conseille de manger le thon un peu saupiqué, il n'en est que meilleur. Ainsi, la « pointe » du saupiquet est celle, active, du couteau qui tranche et hache tout autant que celle, passive, de la saveur très relevée.

Quand la cuisine est ordinaire, les plats communs, les titres sont métonymiques. Ainsi, avec l'oille ou le pot, le contenant désigne le contenu mais de façon bien informelle : c'est un « pot confus » comme on l'appelle, un *melting pot* très accueillant à tous types d'entrants. Le salpicon se réfère concrètement à un procédé, une manière de faire. Il va de soi que le reste, la composition exacte, est à la fortune du pot, au hasard du marché, au gré des saisons et de l'habileté de la cuisinière ou de son humeur. Le dénominateur commun de tous les salpicons de France et de Navarre tient dans ce geste précis qui est de saupoudrer. Le saupoudrage donne naissance à toute une famille de plats dont le nom commence par « sal » ou sous la forme atone de « sau » : salami, salmigondis, salmis, sauce, saupiquet, saumure, saucisse, saucisson…

Dans la tribu, deux duos de choc se distinguent. Le premier concerne les herbes et légumes, il réunit deux mots congénères : la salade et/ou la saugrenée. L'une se prépare avec des herbes fraîches, l'autre avec des légumes cuits ou des légumineuses, pois ou fèves de tous les genres, accommodés à l'huile et au sel. La salade au temps de Louis XIV paraît dans un plat d'une forme nouvelle qui lui est dédié. Mais ces saladiers en faïence sont l'apanage des gens à la mode. Ceux qui mangent la vieille saugrenée gardent des habitudes plus individuelles, ils ajoutent à leur convenance vinaigre et sel, de la pointe du couteau [1]. Or, la saugrenée et le salpicon sont souvent du même service, issus tous les deux du bouilli de midi. Les deux font la paire dans le repas du soir ordinaire, relevée de câpres ou de cornichons, ceux

1. Furetière, *Dictionnaire*, « saugrenée ».

de Hollande étant appréciés pour leur belle couleur verte et la force de leur vinaigre[1]. Le couple traverse tranquillement les époques. Au XIXe siècle, Raspail le décrit et le recommande aux familles ouvrières : une salade ou une saugrenée qu'on a « fatiguée » dans une sauce vinaigrette fortement poivrée, car le poivre, dit-il, est protecteur de la digestion ; suivie des restes du pot-au-feu de bœuf dans le Nord, de mouton dans le Midi. Le bouilli de midi et salpicon du soir préserveront l'ouvrier de la tentation du cabaret. C'est le repas vespéral idéal de l'ouvrier modèle, il vaudrait mieux dire de l'ouvrier époux d'une ménagère modèle[2]. Tout le dîner ouvrier, alliant la tradition et la morale, est sous le signe du sel.

Dans l'ordre des viandes, si l'on exclut ce qui relève de la salaison et du domaine de la charcuterie, un autre binôme se distingue : le salpicon et son *alter ego,* le salmigondis, cette « espèce de ragoût qu'on fait de viandes déjà cuites et d'ordinaire rôties, auxquelles on fait une sauce après les avoir dépecées » ou encore « ragoût de plusieurs sortes de viandes » réchauffées[3].

La différence entre les deux est difficile à percevoir, si tant est qu'elle existe. Peut-être le champ des viandes réutilisées est-il plus large dans le salmigondis, ou bien le salmigondis passe-t-il par le réchauffage des viandes, alors que la plupart des salpicons sont froids ?

Derrière les mots se profilerait alors une partition entre le bouilli coupé en morceaux et servi froid, recouvert d'une sauce quelconque, et le bouilli réchauffé. Tout est question de budget, en temps, et en argent : car réchauffer les restes suppose qu'on puisse allumer le feu deux fois par jour. Et don Quichotte se contente d'une vinaigrette, donc froide.

Réchauffé, ragaillardi par une sauce forte, le bouilli prend différents noms. Au XVIIIe siècle on peut le préparer, au choix :

1. Menon, *Cuisinière bourgeoise*, *op. cit.*, 259.
2. Raspail, François-Vincent, *Manuel-annuaire*, Paris, s.n., 1845, 23.
3. *Dictionnaire de l'Académie*.

– à la persillade : c'est ainsi que tous ou presque le mangent à Paris à la veille de la Révolution. Les morceaux sont alors mouillés d'une cuillerée de jus de chair, c'est-à-dire de bouillon, une demi-heure puis nappés d'une sauce au jus avec ail et persil. La persillade qui désigne l'assaisonnement tout autant que le plat entier consacre la prise de pouvoir dans la cuisine ordinaire du persil, qui s'est hissé au niveau de l'ail[1].

– en capilotade : « réchauffer dans du bouillon du pot, assaisonner de sel, de ciboule hachée menu, de persil. Quand la sauce est assez réduite, on ajoute une pointe de verjus ou de vinaigre puis on râpe par-dessus de la muscade ou de la croûte de pain[2]. »

– « à la pauvre homme » : « hachez cinq ou six échalotes et du persil, mettez dans une casserole du jus ou du bouillon, avec une cuillerée de vinaigre, sel, poivre, quand les échalotes sont cuites, la sauce est prête ; on s'en sert pour réchauffer des restes de rôti ou de bouilli[3] ». Théoriquement, on réutilise ici, comme dans les sauces précédentes, le bouillon de bœuf dégraissé. Quand on est vraiment un pauvre homme, la sauce est à base d'eau.

Partout, il « faut assaisonner de bon goût », ce bon goût réclamant à la fois l'acidité du vinaigre et la force du persil, de l'ail et de l'oignon, des ingrédients qui sont ceux de la vinaigrette froide.

Les traités de cuisine savante qui évoquent ces sauces nous assurent qu'elles ne servent qu'à la cuisine du réchauffé. Elles ne sont pas des sauces d'apparat, certes, mais elles ne sont pas non plus des cache-misère. Cependant on ne les prendra pas au mot. Car ces mêmes recueils ne parlent ni des salaisons, de la viande salée bouillie, ni des viandes de basse qualité, ni des sauces qui les accompagnent.

La *Cuisinière bourgeoise*, un best-seller culinaire publié pour la première fois en 1746, nous assure au chapitre du bœuf qu'elle

---

1. Mercier, *Tableau*, *op. cit.* Audot, *Cuisinière de la campagne*, *op. cit.*
2. Chomel, *Dictionnaire économique*, *op. cit.*
3. Audot, *Cuisinière de la campagne*, *op. cit.*

« n'entrera pas dans le détail de ce que nous appelons basse boucherie, cette viande n'est en usage que dans le bas peuple ; l'accommodage chez eux est force sel, poivre, vinaigre, ail, échalote, pour en relever le goût insipide [1] ».

Le champ d'application des sauces est donc vaste. Elles « raccommodent » des viandes bouillies mais peuvent aussi napper des viandes neuves [2].

Le piquant et le poignant

Et nous voilà, dira-t-on, loin de la chaleur du foyer et de l'image chaude de la cuisine rougeoyante de braises et de cuivres. On est entré dans le domaine de la cuisine froide.

Cuisine froide ? Ne cédons pas aux facilités langagières de notre époque, expression de nos propres catégories mentales. Nous savons que le froid et le chaud sont deux valeurs attribuées aux nourritures en fonction de critères très différents des nôtres et indépendants du thermomètre. Les Parisiens de 1780 mangent leur soupe brûlante, à tel point que l'étranger de passage s'ébahit et se demande si les Français n'ont pas le palais « calleux ». Si on leur demandait, ils répondraient pourtant que tant d'eau, de végétaux et si peu de sel font que la soupe est froide. Ainsi, la cuisine du soir, plus élaborée qu'on ne croit, joue sur la compensation entre le bouilli froid et la sauce chaude.

Les assaisonnements expriment cette chaleur par une sensation de bouche « piquante et poignante » : d'une pointe qui se déguste du bout de la langue ou d'une force qui s'apprécie au fond du gosier, en mêlant deux saveurs essentielles, le salé, le poivré et une saveur facultative : l'acidité que donne le verjus ou le vinaigre.

Pour obtenir ce résultat, le plus simple, dans une cuisine du soir vite faite, « épouvantée », est de recourir aux condiments tout faits. On les achète à bon compte, dans les boutiques ou le

1. Menon, *Cuisinière bourgeoise*, *op. cit.*, 31.
2. Roques, *Nouveau Traité des plantes usuelles*, *op. cit.*

plus souvent dans la rue. Il suffit de héler à la fenêtre les marchandes ambulantes qui passent. Sur les cent vingt-trois métiers recensés en 1584 et qui sillonnent les rues de la capitale, six sont spécialisés dans la vente de condiments, sans compter les vinaigriers qui crient par les rues le vinaigre et la moutarde[1]. Ils vendent à tour de bras deux condiments : la moutarde et les compotes aigres.

Sur la moutarde, on peut être bref, tant sa renommée est solidement établie et son usage général. La moutarde est en dehors de toute mode culinaire, elle bat le record de longévité, si bien qu'on se demande si elle n'est pas une structure presque immobile de la cuisine ordinaire. Elle traverse le long Moyen Âge pour arriver à l'aube des Temps modernes comme condiment utilisé par tous et pour beaucoup de plats :

> Tout le monde trouve que le bœuf n'a pas de saveur sans moutarde, non plus que le brochet, ni les œufs frits[2].

Les contemporains d'Henri III connaissent aussi le cornichon, ce petit concombre « qui ne profite pas », mais il est classé un cran au-dessus, parmi les conserves des ménages plus huppés. En son temps on rencontre dans les intérieurs modestes peu de bassines en cuivre pour faire bouillir les concombres au vinaigre blanc. En revanche, plus fréquents dans les inventaires sont les meules et les moulins. Avant l'avènement du moulin à café dans tous les foyers, il s'agit sans doute d'un mortier de marbre ou de pierre quelconque, dans lequel on réduit les graines de moutarde en farine à l'aide d'un pilon. Ceci est courant à la campagne, moins dans la ville, où la moutarde, nous l'avons dit, court les rues.

Un siècle plus tard, la moutarde est toujours le condiment obligatoire, si bien que la devise du Français expatrié semble : « jamais sans ma moutarde ». Telle est bien l'attitude du père

---

1. Milliot, Vincent, *Les Cris de Paris*, Paris, Publication de la Sorbonne, 1995, 18.
2. Champier, *De re cibaria*, *op. cit.*, VIII, 51.

Labat, envoyé en mission à la fin du XVIIe siècle dans les Antilles. Il ne peut y renoncer, même lorsque les circonstances l'exigent et que, pris sous le feu des Anglais en mer des Caraïbes, il faudrait répondre aux tirs en sacrifiant son boulet de canon : « Nous ne pouvions pas nous en défaire parce qu'il servait à broyer la moutarde qui accompagnait notre cochon boucané[1]. » En matière de pot-au-feu, Labat se dit plus proche de l'ennemi anglais que de ses compatriotes, « qui ne vivent de viandes tellement bouillies qu'elles ne ressemblent qu'à de la fillasse[2] ». Il accompagne immanquablement de moutarde le cochon sauvage bouilli et même la tortue, quand elle est traitée en potage comme du bœuf ou du mouton[3]. La moutarde s'utilise telle quelle ou bien sert de liant et de relief pour diverses sauces piquantes. À l'époque du père Labat, un trio de sauces s'impose, les trois R : remolade (*sic*), ravigote, Robert. Elles sont en concurrence avec la poivrade, mais avec un avantage comparatif qui saute aux yeux quand on lit leur recette : quatre lignes pour la remolade ; douze pour la poivrade[4].

L'initiation de l'enfant au goût de la moutarde se fait très tôt : vers neuf ou dix mois, quand apparaissent les premières dents, on essaie d'espacer les tétées. On le dégoûte du sein maternel en frottant ledit sein avec de l'ail ou de la moutarde. La moutarde fait partie de ces apprentissages alimentaires où souvent (souvenons-nous du café) le dégoût initial se transforme en goût invétéré.

Le cornichon s'impose plus tardivement, dans les années romantiques. Un manuel de 1837 enseigne à ceux qui ne le sauraient pas comment confire les concombres au vinaigre. Pour des cornichons plus canailles, il faut procéder à deux ajouts. Le premier, qui est le vert-de-gris, s'obtient en fait « naturellement ». Il suffit de laisser les cornichons tremper dans la bassine

1. Labat, *Nouveau Voyage aux isles*, *op. cit.*, 343.
2. *Ibid.*, 388.
3. *Ibid.*, 388.
4. Menon, *Cuisinière bourgeoise*, *op. cit.*, 332.

de cuivre où ils ont bouilli pendant huit à dix jours, ce qui les rend « d'un vert doux à l'œil ». Voilà pour la vue. Voici maintenant pour le goût : l'addition de piment enragé qui rend le mélange brûlant sur la langue. Tout cela ne convient qu'« à un palais calleux, usé ». C'est bien d'en user, mal d'en abuser, mais on reconnaît ses mérites éminents : donner tant de relief aux viandes aboutit à fabriquer comme un plat nouveau. En péroraison de la recette savante, le lecteur est convié à plaindre celui qui doit manger son bouilli réchauffé sans cornichons. Peut-on imaginer l'ouvrier, le laboureur, le maître d'école dînant sans cette « piquante verdure [1] » !

À ce festin de restes bouillis il manque un hôte. En vérité, on ne l'attendait guère, cet invité surprise qui s'annonce sous le nom de « mélongène » ou « pomme d'amour » : c'est la tomate. Elle fait partie de ces innovations américaines qui se sont insinuées dans notre paysage alimentaire à des vitesses bien différentes, elles ont rejoué la fable du lièvre et de la tortue [2]. Dans le rôle du lièvre, premier arrivé sans contestation possible : le piment. La tomate joue la tortue. Elle ne ressemble à rien, qu'en faire ? Elle orne d'abord le devant des fenêtres, ses feuilles sentent bon et elle joue le rôle d'anti-moustiques. Quant aux fruits, en aucun cas on pense à s'en servir crus, en salade, ou même en saugrenée. En 1553, on a une première trace de leur utilisation culinaire. « On les met en composte aigre, qui est un plaisant manger en hyver et au printemps, toutefois elles sont de dure digestion [3]. » On ne sait comment se représenter cette compote aigre : comme des fruits entiers macérés dans le vinaigre blanc à la manière des cornichons ? Ou bien comme une sauce dont l'acidité provient de fruits qu'on n'a pas laissés mûrir ? Car, si bizarre que celui puisse paraître, les premières pommes d'amour décrites par les botanistes sont vertes ou jaunes et on n'en voit

1. Roques, *Nouveau Traité des plantes usuelles*, *op. cit.*, 382.
2. Flandrin, Jean-Louis, « Le lent cheminement de l'innovation alimentaire », *Nourritures*, Paris, Autrement, 1989, 68.
3. Dalechamp, *Histoire générale des plantes*, *op. cit.*, 531.

pas de rouges… C'est ainsi qu'on les a apprivoisées, immatures, à cause de leur « agréable saveur acide », pour préparer des condiments qui peuvent rivaliser avec les fruits à verjus. Les références sont le raisin vert ou la groseille à maquereau. Les Italiens, premiers utilisateurs de la tomate en conserve, en usent avec du poisson, de la viande, du poulet, avec ce que l'on veut en somme, c'est-à-dire tout, sauf les pâtes. En France, sa vocation initiale est d'accompagner le bouilli, chaud ou refroidi.

On trouve trace des conserves de tomates dans certains cahiers de famille dès le XVIIe siècle, où on les appelle tantôt « compote » tantôt « moutarde aux tomates ». Dans l'une de ces recettes, on indique comment la fabriquer, ensuite comment s'en servir :

> Quand vous voudrez vous en servir pour sausses, vous prendrez deux cuillers de cette moutarde, deux de bouilly, deux de bouillon, vous mettrez dedans des fines herbes achées très menu, vous la ferez bouillir et l'assaisonnerez d'un bon goût ; et au moment de la servir, vous y mettrez une cuillerée d'huile fine et vous la saucerez bien [1].

En saison, on prépare de la sauce tomate fraîche pour accompagner le bouilli et l'archibouilli. Anna, l'humble cuisinière qui officie dans le Paris des années 1880, sert la sauce tomate avec le pot-au-feu quand il est trop cuit. Quand il n'est pas trop cuit, elle le sert « à sec », avec du gros sel et la moelle de l'os… Devenue article de consommation courante, la sauce tomate suit le chemin de la moutarde, elle s'industrialise et entre dans la catégorie des « sauces de magasin ». La sauce tomate française part à la conquête du public anglo-saxon. En 1850, à Londres, on vend de la moutarde Coleman, des *chutneys* et des sauces françaises, dont une sauce tomate Maille qui « ressemblait beaucoup à de la terre rouge [2] ».

---

1. Je remercie Philippe Meyzie de m'avoir communiqué cette recette aquitaine du XVIIIe siècle.
2. Goody, *Cuisines, cuisine et classes*, *op. cit.*, 282.

La cuisine du réchauffé

Elle se cache dans la sphère privée. Elle est un peu honteuse. La blanquette bourgeoise, qui est l'art d'accommoder les restes de veau ou d'agneau, ne se sert qu'en famille « car, étant faite de restes, on ne peut la servir honnêtement à des convives[1] ». La vinaigrette ou la persillade, qui sont des plats froids cumulent les handicaps sociaux. Et si la blancheur de la blanquette n'arrive pas à masquer ses accents roturiers, que dire de la vinaigrette ?

Ces plats de tradition ne sont nullement promis à la disparition, ils ont un bel avenir, assuré par le prix du bois. Parlons coûts en effet : après tout, c'est là le premier souci des gens de peu quand ils vont au marché. Et les disponibilités en bois conditionnent dans une large part la cuisine du soir : cuisine du refroidi ou cuisine du réchauffé.

Sous l'Ancien Régime, le prix du bois en ville est bien connu, parce qu'il est souvent taxé, limité, ce qui montre à quel point les autorités chargées de ravitailler la ville le regardent comme une denrée de première nécessité. À la Renaissance, le prix du bois est sage, il augmente peu, quand vin et pain sont saisis par l'inflation. Au tournant du XVIIe siècle, la courbe s'infléchit à la hausse, mais en jouant jeu égal avec les principales denrées alimentaires. Au XVIIIe siècle, elle s'envole : la pagelle de bois à Toulouse se vend trois livres en 1750, quatre en 1770, dix en 1789[2].

Toulouse, bien sûr, n'est qu'un exemple, mais représentatif. Partout le prix du bois est multiplié par cinq ou six, atteignant des records à la veille de la Révolution. Examiner le commerce du bois, dans toute région, c'est faire l'histoire d'une longue pénurie apparue sous Louis XIV et qui va en s'aggravant. Défrichement, difficulté du flottage, reboisement insuffisant, consom-

1. *Supplément au Dictionnaire de Trévoux*, 1752 cité par Flandrin, Jean-Louis, *La Blanquette de veau, histoire d'un plat bourgeois*, Paris, J.-P. Rocher, 2002, 45.
2. Taillefer, Michel, *Vivre à Toulouse sous l'Ancien Régime*, Paris, Perrin, 2000, 166-167.

mation accrue des industries, tous ces facteurs se conjuguent et s'additionnent à tel point que les forêts s'épuisent. La Gaule de 1789 n'est plus chevelue mais chauve et, il faut le dire, menacée d'une catastrophe écologique. Dans les décennies qui précédent la Révolution, la pénurie chronique prend l'allure, certains hivers, de catastrophe. En 1754, beaucoup d'artisans toulousains sont contraints de brûler de vieux meubles pour se chauffer. Dans les campagnes montpelliéraines, des bouses sèchent à l'extérieur sur les murs pour fournir un combustible bon marché. La « disette de bois » : certaines années, comme en 1783-1785, on en parle plus que de celle du pain et on craint que des villes comme Paris ne manquent définitivement de combustible [1].

Pour chauffer sa marmite et sa pièce unique par la même occasion, l'artisan ou le boutiquier a renoncé à acheter de belles bûches de chêne. Il se contente de bois de seconde qualité, de sarments, achetés aux fagots, non pas à la pagelle. Quand le prix du bois s'envole, il se rabat sur le charbon de bois qui est moins cher parce que fabriqué avec du bois de seconde qualité. Mais en 1785, attisé par la disette générale, le prix du charbon de bois s'envole. Le mal, de conjoncturel, est devenu structurel.

C'est alors qu'on parle de plus en plus d'une autre source d'énergie : ce charbon qu'on appelle d'abord « de pierre » puis « de terre ». On envisage cette solution de remplacement pour les fabriques d'eaux-de-vie, de savons, les manufactures. Elle est effectivement mise en pratique dans les ateliers, mais pour la cuisine il n'en est pas question. Faire la cuisine avec de la houille, quelle idée ! « On en parloit comme d'une coutume tartare ou iroquoise [2]. » La cuisine au charbon est réputée sauvage, barbare et cruelle pour bien des raisons, bonnes ou mauvaises.

---

1. Boissière, Jean, « La grande disette de bois à Paris des années 1783-1785 » dans *L'Approvisionnement des villes de l'Europe occidentale*, 5e Journées internationales d'histoire, Centre culturel de l'abbaye de Flaran, Auch, Comité départemental du Gers, 1985, 237-242.

2. Venel, Gabriel, *Instructions sur l'usage de la houille plus connue sous le nom impropre de charbon de terre*, Lyon, Gabriel Regnault, 1775, discours préliminaire.

On reprend des arguments connus dès le XVIe siècle, quand les gens du Brabant découvraient les usages domestiques du charbon. La suie jaune et la fumée attaquent et abîment tous les vaisseaux de cuisine, en cuivre, en fer ou en étain. Au tournant des Lumières, avec l'exploitation des mines de Saint-Étienne en Forez, on prétend, avec quelques fondements, que les plats cuits avec cette houille contractent l'odeur pernicieuse de la fumée, qu'elle leur communique au mieux un mauvais goût, au pire les empoisonne. Il y a, constatent les experts étonnés, autant de préjugés contre le charbon de terre que contre la pomme de même extraction. Le comble serait de cuire des pommes de terre au charbon de terre…

Face à cette tension insurmontable entre l'offre de combustible et les besoins, le consommateur populaire s'adapte : il allume le feu moins souvent, ce qui rend la vinaigrette froide plus fréquente que le saupiquet. Il paie deux sols au pâtissier pour cuire son rôti, épargnant par là dix sols de bois. Enfin, il trouve une parade durable dans le progrès technologique.

Ces changements de technologie culinaire apparaissent peu à peu mais avec évidence si on se donne la peine de faire un détour du côté des intérieurs populaires. Le cadre de la vie quotidienne ne reste pas immuable. Vers 1700, on ignore généralement la cuisine comme espace spécialisé. Le coin cuisine, à l'intérieur de la pièce unique, se concentre autour de la cheminée qui dispense à la fois l'éclairage, le chauffage et la chaleur pour cuire. L'équipement de cuisine est dérisoire, marmite de fonte et crémaillère en constituent la base. On observe des changements significatifs en ville à la veille de la Révolution. On ne prépare plus les repas de la même façon ni au même endroit. Chez la plupart des artisans et boutiquiers, les crémaillères sont moins fréquentes, les trépieds plus nombreux. Le feu de cheminée baisse, on a appris à ménager le combustible, à maîtriser une cuisson douce à la braise. La construction d'un potager favorise la nouvelle manière de cuisiner : fait de briques le plus souvent, le nouveau plan de cuisson s'intègre à la maçonnerie. Il est percé de cavités remplies de braises, qui permettent une cuisson modulée. On peut approcher ou éloigner le plat de la flamme et on peut maintenir ces foyers à des températures différentes. L'un d'entre eux, appelé « réchaud », sert à réchauffer ou à cuire à feu couvert, en cuisson douce. Le potager est haut, la cuisinière accroupie près de l'âtre change de posture et de gestes, elle se redresse et pose son pot à hauteur d'appui. On assiste à cette émergence aussi discrète que fondamentale d'un nouveau type de ménagère qui cuisine debout, tout en surveillant la cuisson des plats. La marmite au cul noir n'a plus le monopole, elle s'environne d'une collection de pots en terre que l'on pose sur la braise et d'une série de couvercles. La cuisson entre « deux plats » se répand. Le potager devient « le meuble indispensable pour la cuisson des ragoûts[1] ».

La naissance du miroton

1780. Le charbon de bois est d'usage général dans les cuisines. On préfère du bois tendre car il ne pétille pas, donne un feu assez vif et réglé, sans répandre de fumée. Ce dernier avantage commence à s'estomper, puisqu'on cuit souvent le soir « feu dessus, feu dessous » ou encore « feu fermé ». Grâce au couvercle, le goût de fumée s'insinue peu. Le pot est posé sur un des foyers ou sur une huguenote, définie comme « petit fourneau de terre ou de fer avec une marmite dessus, qui sert à faire cuire quelque chose à peu de frais[2] ». La huguenote sans pieds cache son jeu et son contenu. Pour peu qu'on soulève son couvercle, cette hérétique risque de révéler de bonnes odeurs de chair un vendredi. Peut-être un miroton, dont on a alors les premières traces écrites ? La base du miroton réside dans l'art de trancher les restes : en dés pour le salpicon, en fines tranches ici, pour qu'elles soient réchauffées plus rapidement et qu'elles s'imprègnent de la sauce mouillée du bouillon de midi[3].

---

1. *Encyclopédie*, « potager ».
2. Chomel, *Dictionnaire économique*, *op. cit.*, « huguenote ».
3. Alletz, *Dictionnaire portatif*, *op. cit.*, « bœuf ». Audot, *Cuisinière de la campagne*, *op. cit.*, 85.

Le miroton fait fureur dans les cuisines bourgeoises, celles qui ont du feu à volonté :

> Prenez du bœuf cuit dans la marmite et si vous en avez de la veille, il sera aussi bon ; coupez-le en tranches fort minces, prenez le plat que vous devez servir. Mettez dessus dessous deux cuillerées de coulis. Un mélange haché très fin d'ail, persil, ciboule, câpres, anchois ; couvrez votre plat, une demi-heure, servi très réduit, à courte sauce[1].

Le miroton simplifie la cuisine, il raccourcit et le temps de cuisson et la sauce. Une demi-heure, c'est bien court par rapport aux trois ou quatre heures d'ébullition exigées pour le pot-au-feu du midi ! Dans la version populaire, on remplacera l'assaisonnement rocambolesque en faveur dans la haute société (rocambole ou échalote ou ciboule) par le robuste oignon rouge, qu'on emploie sans modération. Sur la façon d'incorporer l'oignon, la cuisine écrite hésite : la sauce distinguée se sert en général dessous, parfois dessus, la cuisine canaille n'hésite pas, ne recule pas devant la quantité. Ce sera dessus dessous, en nappage, mieux, en enrobage généreux[2]. Le miroton enferme aussi les saveurs et, pour mieux les préserver, on sert sur la table le plat de cuisson. On pourrait dire : concession à des façons de faire plus ordinaires, si, déjà, le miroton ne s'était invité sur les tables populaires. En franchissant une certaine distance sociale, il a modifié son nom de baptême.

La chose s'est produite dans les années 1780, au moment où la mode diffuse dans toutes les rues une chanson qui fut d'abord chanson de soldat, puis chanson de nourrice. Son titre écrit est « Mort et convoi de l'invincible Malbrough ». Elle raconte la mort d'un redoutable général anglais, *Malbroute*, et on a oublié que ce va-t-en-guerre fut Churchill, comte de Malborough, notre vainqueur à la bataille de Malplaquet en 1708. On ne sait plus que la chanson a été inventée au soir de la bataille pour nous consoler de la défaite. Le refrain « mironton-mironton-

1. Menon, *Cuisinière bourgeoise*, *op. cit.*, 43.
2. *Encyclopédie*, « miroton ».

mirontaine » courait déjà les troupes, en tant que chanson de marche, il court maintenant les rues, il contamine la cuisine, car le voilà le miroton bourgeois devenu le mironton, manière populaire d'accommoder le bœuf bouilli.

Le miroton s'installe confortablement dans le paysage culinaire ordinaire à l'époque romantique, il accompagne la venue du fourneau en tôle ou en fonte, nourri au charbon de bois à bon compte. Il est contemporain du dédoublement du foyer dans les appartements des moins pauvres, entre le poêle fonctionnant, lui, au charbon de terre, et la cuisinière. Il est le plat emblématique des concierges, il n'a pour concurrent dans la représentation commune des plats démocratiques que le hareng frais sauce moutarde, qu'on ne sert que certains jours. Il mijote dans la loge et son parfum embaume tout l'escalier et monte en ondes appétissantes jusqu'au huitième étage. Au temps de Balzac, le dîner du portier « consistait en un certain ragoût, dont l'odeur se répandait dans toute la cour. C'étaient des restes de bœuf bouilli achetés chez un rôtisseur tant soit peu regrattier, et fricassés au beurre avec des oignons coupés en tranches minces jusqu'à ce que le beurre fût absorbé par la viande et par les oignons, de manière à ce que ce mets de portier présentât l'aspect d'une friture [1] ».

Mme Pipelet sait calculer et profiter des largesses alimentaires de la ville : la viande achetée déjà cuite revient moins cher que les trois ou quatre heures de cuisson exigées par le pot-au-feu. Jusque-là, Mme Pipelet semble se couler dans des pratiques bien établies. Et pourtant Mme Pipelet est une pionnière à sa manière, elle inaugure une cuisine résolument novatrice dans la mesure où elle se confectionne sur un foyer qui, enfin, ne joue plus un double rôle. Le miroton, la cuisinière et la femme au foyer ne se dissocient pas facilement.

Chacun sa méthode, ses restes et sa façon de les accommoder. Pendant la Troisième République, la typologie des dîners est bien établie. Commençons par l'employé :

1. Balzac, *Le Cousin Pons*, 1847, VII, 524.

> Il se venge dans son intérieur des tyrannies qu'il subit à son bureau. Il est le maître dans son logis ; à son bureau il est l'esclave, il n'a le droit de se plaindre ni de personne ni de rien. Chez lui, il se plaint de tout, il trouve le roux manqué et la côtelette mal cuite ; pour un peu, il trouverait désagréables les caresses de sa ménagère. Les enfants l'ennuient, lui cassent la tête. On ne peut donc pas dîner tranquille, fait-il, et souvent une calotte fait pleurer le garçon effrayé et innocent qui se retire derrière sa mère, et l'on achève dans un silence glacial le dîner, dîner fait des restes d'un morceau cuit l'avant-veille, qu'on a mangé à la sauce piquante la veille, dont on a confectionné des boulettes aujourd'hui.

Au faubourg Saint-Antoine, dans le ménage des ouvriers, le dîner est triste et rapide. Si la femme travaille, alors :

> Elle jette bien vite en arrivant un peu de braise sur le réchaud pour faire chauffer la soupe. De temps en temps, elle assaisonne une salade, de la laitue ou de la romaine, dans laquelle elle coupe un œuf dur ou jette des lambeaux de bœuf froid ; on ne moisit pas à table dans le foyer.

Il y a plus pauvre qu'eux, mais qu'importe ! Ceux-là s'invitent chez les autres :

> Ils ont si faim, et vont chasser à la fortune du pot. On a accommodé un reste de viande en miroton, le fameux miroton entouré d'oignons blanchis ou noyés dans une sauce fade, des rogatons attachés à un os. Ils en redemanderaient bien s'ils osaient [1].

Tristes visions de la cuisine du soir ! Pourtant, elle peut annoncer des plaisirs de bouche quand, ragaillardis par la graisse, aiguisés par le poivre et le condiment, fondus à l'oignon, les restes

1. Larousse, *Grand Dictionnaire*, 188.

de bouilli subissent une métamorphose. La cuisinière ordinaire s'ingénie à démontrer que, avec des produits pauvres, on peut faire de la bonne cuisine. Il arrive que chez les autres, les gens de bien, ce soit l'inverse et qu'il se trouve « des gens capables de faire un très méchant mets d'un très bon morceau [1] ».

1. La Fontaine, *Œuvres*, « Relation d'un voyage de Paris en Limousin », rééd. Paris, Gallimard, 1995, 204.

13

L'arlequin

« Hélas ! Nous n'avons plus l'estomac de nos pères. »

> Hélas ! Nous n'avons plus l'estomac de nos pères.
> Il faut en convenir : les progrès des Lumières,
> Et de la vérité, la hauteur des esprits,
> Semblent avoir changé nos premiers appétits.

C'est Berchoux qui fait cette réflexion désabusée. Berchoux, qu'on pourrait appeler le premier des gastronomes puisqu'il a inventé le mot « gastronomie ». Dans sa bouche, cette vieille rengaine surprend. Car les tables qu'il fréquente et qu'il commente, à l'aube du XIXe siècle, sont des tables si opulentes qu'elles justifient le vieux cliché du luxe de la table. Pourtant, assure-t-il, la civilisation de l'appétit est en marche et elle avance du même pas que la mélancolie qui a atteint « un âge avancé ». Comment le croire, quand on sait que les menus de son temps se distinguent moins par la qualité des plats, annoncée par des titres ronflants et redondants, que par leur quantité ? Peut-être par ces mots signifiait-il que l'ère des gourmands-goulus était révolue, que s'ouvrait désormais celle des gourmands-gourmets comme lui. En fait, il appelait de ses vœux une relation nouvelle à la nourriture, une relation idéalisée où les besoins impérieux de l'estomac étaient définitivement subordonnés aux désirs et aux goûts. Il célébrait une « Révolution du palais [1] ».

---

1. Berchoux, Joseph, *La Gastronomie ou l'homme des champs à table*, Paris, Giguet et Michaud, 1803, rééd. Grenoble, Glénat, 1989, 44.

Par une transgression que nous allons justifier dans un instant, quittons la table ordinaire et son plat unique pour les tables que l'on sert et dessert à trois ou quatre reprises, dont un maître d'hôtel a dessiné les plans successifs en tenant compte des règles du service à la française. Par l'abondance des mets qu'il juxtapose et fait succéder, le service à la française impressionne.

Dispensons-nous des tables princières, trop connues. Allons plutôt du côté de la bonne bourgeoise ou de la petite noblesse, celle qui s'implique volontiers dans la gestion de la cité. Les élections municipales, évènement marquant dans les cités d'Ancien Régime, sont l'occasion d'un banquet annuel. On a la trace des menus servis aux corps de ville du Sud-Ouest aquitain à cette occasion. Au dîner d'élection servi à la jurande de Libourne, le 21 juillet 1704, trente-cinq plats se succèdent, y compris les desserts. Au repas d'élection de Bayonne, le 12 septembre 1731, sont présentés sur deux tables un premier service avec trois potages, treize entrées, seize hors-d'œuvre, trois relevés ; puis un second service avec onze plats (soyons plus précis : onze mets, servis sur une quarantaine de plats ou assiettes) ; un troisième service de dix-huit mets ; et pour finir, un dessert avec cinq plats et fruits à volonté. À côté de Libourne, les consuls d'Agen font un peu pâle figure : quatre services aussi pour le repas à l'hôtel de ville, mais vingt-six plats seulement. Au troisième service : une hure de sanglier, un jambon de Bayonne glacé, quatre assiettes de langues, quatre plats de pieds de cochon, six plats de crème, puis le train des desserts : fromage de roquefort, fruits, compotes, macarons, massepain, le tout arrosé de vin de Rivesaltes[1]…

Descendons encore un échelon social, pour arriver chez un bon représentant de l'élite des villages : le curé.

Le presbytère certes est d'un confort honnête, mais ne comptons pas ici sur un maître d'hôtel ni sur un maître queux. Une cuisinière – gouvernante, choisie suivant les règles canoniques, suffit à la tâche. Le jour de la Saint-Hilaire 1787, le curé beauce-

1. Meyzie, « Culture alimentaire », *op. cit.*, 706-709.

ron Denis Boutrouë reçoit onze personnes. Au premier service sont apportés cinq plats : un bouilli, des perdrix en oignons, du jambon, de la tête de veau, une fricassée de poulet. Le second service juxtapose une salade, un canard rôti, des beignets, un pâté de dindon, des cardons d'Espagne, un gigot, un huilier. Il n'y a pas de troisième ni de quatrième service : mais on est à douze plats quand on dessert définitivement la table. Ce n'est pas fini, hors de la table on apporte le dessert, ou « fruit », le bien nommé, parce que les poires abondent, il y en a de quatre variétés, à volonté, des pommes, plus deux compotes, des vins doux [1].

En exploitant une autre source, les contrats de pourvoierie par lesquels des fournisseurs patentés ravitaillent les grandes maisons, les historiens ont confirmé cette profusion tout en nous en donnant une mesure plus précise. Le calcul à la fois simple et compliqué consiste à convertir la masse des victuailles en calories, puis à les diviser par le nombre de commensaux, un nombre fixe et connu pour la famille du maître, plus instable pour leurs domestiques et carrément flou pour leurs invités, priés ou bien non désirés, car il faudrait comptabiliser la part de ceux qui sont toujours à l'affût d'un dîner ou d'un souper, que le langage populaire appelle les « cherche-midi » et la littérature les « parasites ». On arrive alors à d'incroyables rations, comprises dans des fourchettes qui oscillent autour de 6 000 à 8 000 calories par jour [2]. Les comptes sont bons, mais de chiffres justes on tirait des conclusions fausses.

Oui, vraiment, concluaient les plus pressés des statisticiens, où nos aïeux trouvaient-ils à loger de telles quantités de victuailles ? Ils savaient digérer, eux ! « Hélas ! Nous n'avons plus l'estomac de nos pères. » Âge d'or, estomac de fer. Ils oubliaient, chemin faisant, qu'une table plantureuse ne garantit pas un estomac surchargé, que tout estomac, si noble et généreux soit-il, a

1. Cité par Garnot, Benoît, *La Culture matérielle en France*, Gap, Paris, Ophrys, 1995, 22.

2. Couperie, Pierre, « Régimes alimentaires dans la France du XVIIe siècle », *Annales E.S.C.*, 1963, 6, 1133-1153.

des bornes. Que, en revanche, l'appétit de paraître et de se distinguer, lui, ne connaît pas de limites. Ils omettaient de prendre en compte les règles du service à la française.

Le service à la française est une de nos plus belles et de nos plus longues exceptions culturelles. Il divise le repas en trois ou quatre séquences, les « services » comprenant chacun plusieurs plats. À chaque service, on expose tous les plats sur la table, quitte à les laisser refroidir. Le système pourrait se comparer à nos buffets actuels, mais que l'on desservirait entièrement plusieurs fois pour leur substituer d'autres buffets. Il n'a vraiment disparu que sous le Second Empire, remplacé alors par le service fixe, dit « service à la russe ». Les énoncés pantagruéliques du service à la française sont des faux-semblants, une poudre aux yeux qui a parfaitement rempli son rôle : éblouir quelques-uns, gastro-historiens compris. Face à cette abondance, ce choix pléthorique, comment a-t-on pu se laisser abuser et croire que tout passait dans les ventres dorés ? À ce régime-là, nos rois seraient tous devenus obèses, ce qu'ils n'ont pas été, à une exception près. Cet ordonnancement serait même diététique, en tout cas il avait cette réputation, puisqu'il permet à chaque convive de manger « à volonté », autrement dit à sa volonté, suivant son goût et son appétit. Rien n'est obligatoire, tout est au choix, on ne vous sert pas, on ne vous impose rien. Pratiquement, loin d'être une incitation à l'excès, il conduit à manger plus mal que dans le cadre d'un « service à la russe », où le menu est fixe et les plats prédécoupés et servis égalitairement à chaque convive. C'est ce que nous assure un Moscovite séjournant en France sous Louis XVI, bien placé pour faire la comparaison :

> Chaque convive a son valet qui se tient derrière sa chaise. Si quelque malheureux n'a pas de valet, il risque de mourir de faim et de soif. On ne peut pas faire autrement, car, d'après les usages français, on ne porte pas les plats autour de la table. Vous choisissez de l'œil celui qui vous plaît et dites à votre valet de vous servir. On ne met pas non plus les vins devant les assiettes des convives. Quand on a soif, on envoie son valet en prendre à l'office. Pense ce qui en résulte ; si vous n'avez pas de valet

> pour vous servir et pour changer l'assiette, le valet du voisin ne vous sert pas ; on a beau prier, il répond « je ne sers que mon maître ». On est saisi de pitié en voyant des chevaliers de Saint-Louis, des gens chargés d'ans et de service, qui ne peuvent s'asseoir et font le tour de la table avec leur assiette, quémandant un morceau de chaque plat… Quand je dîne en ville, je me lève souvent de table affamé : devant moi est un plat que je ne mange pas et je suis si myope que je ne vois pas ce qui est à l'autre bout ; la mode russe de servir les plats à la ronde est des plus rationnelles[1].

Ces inconvénients pèsent peu et les chroniqueurs (français) soulignent que cette manière de faire est bien plus luxueuse et bien plus dispendieuse que le service à la russe : on n'est pas dans les plaisirs de bouche mais dans l'idéologie sociale.

Les rogatons

La mode française est irrationnelle au regard d'un Russe, soit. Mais le faste a ses raisons que la raison ne connaît pas. Il a de surcroît ce grand mérite d'engendrer une grande quantité de surplus et de permettre une circulation des mets des tables exceptionnelles vers les tables communes. En quoi elle nous intéresse : comme une de ces multiples fissures qui trouent la frontière alimentaire et laissent filtrer une partie de la cuisine de luxe jusqu'en bas de la société. Précisons, et cette précision marque une implacable limite : jusqu'en bas de la société urbaine. Pour que le rat des champs puisse goûter aux délices des reliefs d'ortolans, il faut qu'il réponde à l'invitation de son compère le rat des villes…

De ce qui est servi sur les tables bien pourvues reste une certaine quantité, à la destination incertaine. Les reliques peuvent finir sous la table, attrapées au vol par le chien de la maison, tandis

---

1. Fonvizine, Denis, « Lettre à sa sœur à Moscou » dans *Lettres de France (1777-1778)*, Paris, CNRS éd., 1995, 81-85.

qu'une partie repart en cuisine, pour nourrir les domestiques ou le pauvre de passage. Il arrive aussi, ce qui choque l'honnête Fonvizine, que le pauvre chevalier de Saint-Louis qui ne vit que de sa pension militaire remplisse ses poches avant de quitter son hôte.

Sur cette circulation de vestiges aussi courante que discrète, on a quelques évaluations très grossières qui valent ce qu'elles valent.

Selon le président des Brosses, il faut prévoir le triple de la quantité nécessaire pour les convives. Cette proportion énorme est confirmée par le maître d'hôtel interrogé par Rétif : « Tous les ans, nous achetons pour trois maisons comme la nôtre, et il y a toujours les deux tiers de perdu. Nous perdons en viande et en pain de quoi nourrir trois maisons bourgeoises. » Tout n'est pas vraiment perdu… « On ne mange pas le quart de ce qui est servi, et ce n'est pas sans raison que les domestiques sont fort gros et gras[1]. »

Il y a dans la circulation des restes alimentaires des grandes maisons une part indistincte de coulage, de vol, de juste rétribution, de don, tout cela si mêlé que, pour y voir plus clair, mieux vaut examiner le circuit d'un bout à l'autre, en observant l'intervention de chacun des acteurs.

Au commencement est le maître de maison. Il est l'origine de tout, pratiquant le gaspillage ostentatoire[2]. Comprendre que le maître est négligent dans la gestion de ses affaires domestiques serait commettre un anachronisme contre l'esprit et prêter au maître des calculs et des valeurs qui ne sont pas de son temps ni, surtout, de son milieu. Le maître a des principes. Le premier est qu'il faut tenir son rang, donc paraître, étaler son avoir et son pouvoir jusque sur la nappe. La compétition distinctive fait le reste, dans la surenchère des réceptions : quel chef à tes fourneaux ? Combien d'hommes dans ta brigade (de cuisine, bien sûr) ? Pour paraître, il faut dépenser « sans compter », noblesse exige. Autre principe, reçu d'une éducation religieuse : un repas

1. Mercier, *Tableau*, *op. cit.*, « cuisiniers ».
2. Roche, *Histoire des choses banales*, *op. cit.*

commence par la prière et s'achève par l'aumône. L'aumône des miettes au pauvre, c'est la part du pauvre ou la part de Dieu. Tant pis si le geste chrétien a subi une conversion mercantile, non pas à son profit mais au profit des domestiques. Une image biblique hante le maître, celle du mauvais riche. Tel qu'on le réinterprète, le mauvais riche n'a pas de table bien garnie. Il est incapable de bien traiter ceux qui viennent le voir et les serviteurs de celui-ci. En cela, il commet deux fautes : contre le devoir d'hospitalité et contre l'obligation de l'honneur. Car le serviteur est toujours bavard et le serviteur mal traité vous taillera vite fait une réputation de chicheté. D'où une morale coutumière de l'excédent, aimablement résumée par la sentence : en tous les cas, il est fort bon que les tables soient bien garnies [1].

Seconds acteurs dans la filière, les domestiques, pour qui la revente des restes est un usage consacré, un droit acquis qui vient compléter leurs gages. Le chef de cuisine au XVIIe siècle perçoit un salaire de 500 à 600 livres par an, ce qui le place en haut de la hiérarchie des employés de maison, avec en prime les « profits légitimes » tirés de la revente des suifs, de la graisse qui tombe dans les lèchefrites, des levures de lard, des vieilles fritures et des cendres [2].

Le petit personnel de cuisine participe à cette redistribution, la cuisinière rodée sait enseigner à la jeune servante inexpérimentée comment « peigner le singe », c'est-à-dire tondre le maître en maximisant tous ses petits profits : s'emparer au dessert des meilleurs morceaux, s'aboucher avec un revendeur spécialisé dans le débit des restes, « gratter » sur les achats :

> Il faut de tems en tems prendre à la boucherie
> Quelque pièce qui soit de graisse bien fournie, par exemple une longe, ou de ces aloyaux
> Qui sont sans contredit de succulens morceaux.

---

1. Bouchet, *Sérées*, *op. cit.*, 31, 301-302.
2. Audiger, *La Maison réglée*, Paris, chez Nicolas Le Gras, Augustin Besongne, Hilaire Foucault, 1692.

Prenez-en tous les jours : telle pièce bien cuite,
Et de graisse et de jus remplit la lèchefrite :
J'en sais beaucoup qui font sur la graisse un grand gain [1].

Servantes et garçons de cuisine s'assurent la récupération et la gestion des débris par deux canaux, le coulage en amont du repas et, en aval, « la desserte ». Par « desserte », entendons tout ce qui revient à la cuisine à la fin de chaque service après avoir paru brièvement (dix à quinze minutes) sur la table du maître. La revente s'effectue à la porte de l'office ou à la fenêtre et alimente un réseau très ramifié. Elle peut être directe, fruit d'un contrat tacite que Mercier décrit ainsi : « Voulez-vous, petit Parisien, être bien nourri ? Passez contrat avec un cuisinier de grande maison, pour vingt-sept francs par mois. À quatre heures et demie, envoyez une boîte en fer-blanc qui contient quatre plats. Les marmitons se chargeront de la remplir de restes, la plupart encore intacts. Votre gamelle sera abondamment garnie, surtout en été, où on se débarrasse encore plus vite des viandes délicates, de peur qu'elles ne se gâtent [2]. » Les restes circulent donc sous le manteau ou cachés dans des boîtes, mais aussi de façon tout à fait visible quand ils empruntent un autre circuit et qu'ils passent par un intermédiaire.

Au centre du trafic se dresse la figure familière du regrattier, plus généralement de la regrattière. La regrattière se confond dans la foule des revendeuses de tous poils qui monopolisent le commerce de détail alimentaire. Beaucoup de marchandes de comestibles, de la marchande des quatre saisons à la crémière et à la porteuse de pain, sont des ambulantes spécialisées, alors que les revendeuses, « revenderesses » ou « regratieres » proposent de tout : volailles, gibiers, fruits, légumes, fagots de bois, fromages frais. Elles sont un peu moins visibles et un peu moins

1. *La Maltôte des cuisinières, ou la manière de bien ferrer la mule. Dialogue entre une vieille cuisinière et une jeune servante*, Paris, Techener, 1829-1834, reproduite dans Grand-Carteret, John, *L'Histoire, la vie, les mœurs et la curiosité par l'image, le pamphlet et le document*, Paris, Librairie de la curiosité et des beaux-arts, 1928, 344-356.

2. Mercier, *Tableau*, *op. cit.*, « industrie particulière ».

bruyantes que leurs consœurs, elles courent moins les rues qu'elles ne stationnent sous les porches ou dans une petite boutique, elles n'ont pas recours à la publicité sonore, celle des *Cris* savoureux dont la tradition remonte au Moyen Âge et par lesquels on annonce les marchandises et on sollicite le client. La regrattière se recrute parmi les humbles : « Elle s'amuse à regrater et elle roule ainsi doucement sa pauvre vie[1]. » En reprenant et en prolongeant la jolie définition de Richelet, nous dirons que la regrattière travaille selon la devise des trois R : rouler, revendre, raccommoder. Car regratter c'est aussi rendre plus beau, plus appétissant, faire du neuf avec du vieux. Elle regratte les rogatons comme on regratte les façades.

À Paris, la regrattière fait dans le neuf et l'occasion. Dans les autres paysages urbains on l'aperçoit tout autant, mais il n'est pas certain qu'elle ait les mêmes activités : la regrattière de province vend fagots, sel, pain, tout cela « à la petite mesure », mais pas forcément de seconde main, plutôt des « viandes neuves ». Peut-être faut-il une densité d'hôtels et de grandes maisons qu'on ne trouve que dans la capitale pour pouvoir alimenter un vrai marché de l'occasion alimentaire. Et si à Paris, effectivement, la regrattière est bien un intermédiaire culturel, un passeur entre deux cultures culinaires, ailleurs, son rôle est moindre et la redistribution, moins massive, passe soit par la charité, soit par des canaux commerciaux plus informels.

Dernier acteur tout au bout de la filière : le mangeur populaire. Il est, dans le commerce des restes, la « cible » commerciale désignée, celui dont la demande est induite par la contrainte extérieure et l'absolue nécessité. C'est du moins ce que suggère une certaine histoire des reliefs alimentaires, une histoire vaguement répugnante où les grandes cuisines, comme la baleine de l'Écriture, recrachent des Jonas déglutis et non digérés. Les mots, avec leur charge dépréciative, suffisent à entretenir cette vision des choses. Dis-moi ce que tu manges… Les dictionnaires nous disent que les pauvres se nourrissent de « graillons »,

1. Richelet, *Dictionnaire*, « regrat ».

de « galimafrées », de « salmigondis ». Quand les reliques restent cachées, furtives, honteuses, qu'elles sont dissimulées dans des cantines en fer-blanc et uniquement déballées dans l'intimité du foyer, passe encore. Mais voilà qu'elles s'exposent publiquement au passant sous la forme d'assiettes publiques :

> Au détour de cette rue, dans cette étroite échoppe, qu'apperçois-je sur ces assiettes mutilées ? Quels sont ces restes où la moisissure a déjà déposé sa première empreinte ? Ces restes, rebut des valets, après avoir touché la bouche d'un évêque qui s'est arrêté par réflexion pour donner la préférence à un autre morceau, ont été dédaignés par des marmitons ; ils sont destinés à descendre dans l'estomac des pauvres, aussi maigres que les marmitons sont gras. Ceux-ci les ont ramassés pêle-mêle et les ont vendus à des regratiers qui les exposent à l'air. Hélas, qui en sera friand [1] ?

Ventre affamé n'a point d'oreilles, mais il a des yeux et on ne sait si le mets est « hideux », comme le dit Sébastien Mercier, ou bien si l'acheteur le voit avec d'autres yeux, lui qui est habitué à consommer des choses de seconde main, qui mange ici comme il s'habille : avec des effets d'occasion que d'autres ont utilisés neufs.

L'assiette publique a le mérite d'être ce qu'elle est : une ration individuelle, variée, proposée dans la rue comme une formule alternative de prêt-à-manger et d'un aspect moins repoussant que ne le juge Mercier, rousseauiste au petit pied, hanté par l'image du poison et de la corruption qui menacent la ville. « Mutilées », ébréchées, mais de faïence tout de même, ce qui vaut bien l'écuelle cabossée, ces assiettes présentent une garniture variée et regrattée. La preuve, elles ont des amateurs.

Un peu plus loin dans sa description, Mercier reconnaît que ces amateurs ne se recrutent pas seulement parmi les indigents. Le petit bourgeois ou l'étudiant peuvent se nourrir bien et à bon compte, s'ils pratiquent l'achat direct. Le regrat de Versailles

1. Mercier, *Tableau*, *op. cit.*, « mets hideux ».

comprend des morceaux succulents, presque entiers, que ne dédaignent pas le bourgeois qui veut régaler sa petite famille ni même celui qui entre au château l'épée au côté. Il faut faire, dit Mercier à l'intention du lecteur qui ne serait pas familier de ces mœurs urbaines, toutes sortes de distinctions. Le regrat est un univers alimentaire à lui seul, l'on trouve une variété d'assiettes garnies à différents prix pour différents acheteurs, qui en sont tous « friands ». Le mangeur ordinaire, comme les autres mangeurs, se nourrit autant de symboles que de substances, et lorsque, par bonne fortune, il a accès au regrat de Versailles, il a l'impression sinon de manger comme le roi, du moins de manger des mets de roi. Aussi le dernier moteur qui alimente la filière du regrat est-il le désir de manger riche, autant ou plus que la nécessité.

Bijoux et arlequins

Ainsi, une partie de ce que consomme le peuple dans les villes provient d'un circuit original.

Un siècle après, par-delà la Révolution, la pratique existe toujours. C'est un phénomène majeur de la subsistance parisienne au XIXe siècle [1].

Sous le Second Empire, les lendemains de banquets au Louvre, se presse toute une foule d'acheteurs dans les boutiques de revendeurs agrées. Si le bourgeois rêve de manger comme le roi ou comme l'empereur, le rêve de l'ouvrier est bien de ramasser quelques miettes de ce festin, de les ramener à la maison où sa femme accommode sur le brasero, unique instrument familial de cuisson, les restes achetés en miroton ou hachis Parmentier. Souvent, il en mange dans des restaurants dont la meilleure réclame est : « restaurant ouvrier, cuisine bourgeoise ».

Si la demande n'a pas varié, l'offre au contraire s'est rétrécie. Une fois encore, le culturel commande la tendance. Les dîners splendides qui encombrent la chronique culinaire des temps

---

1. Aron, Jean-Paul, « Sur les consommations avariées à Paris dans la seconde moitié du XIXe siècle », *Annales E.S.C.*, mars-juin 1975, 553-561.

monarchiques survivent au-delà de la coupure révolutionnaire. L'Empire et la Restauration célèbrent aussi la table. Mais, à partir de la monarchie de Juillet, c'est le désenchantement et la fin du dîner-spectacle. Même les banquiers se contentent d'une cuisinière cordon bleu, ils donnent deux fois par an des dîners de famille et traitent de temps en temps leurs clients de passage[1]. La culture de la prodigalité, du don et de l'étalage a cédé devant l'impérialisme de la cuisine bourgeoise, plus soucieuse d'être que de paraître, et gouvernée avec un tout autre état d'esprit. Le bourgeois au pouvoir sait compter et « regratter » a pour lui un sens bien précis. Il sait regratter sur les dépenses de bouche pour faire des économies, il sait faire des réductions et des soustractions, il contrôle la domesticité. S'il fait un « extra », c'est désormais au restaurant plutôt que chez lui. Et le service se simplifie. Le premier XIXe siècle hésite : service à la française, plus éclatant, plus riche, plus varié ? Ou service à la russe, plus économique, plus rapide ? Sous le Second Empire, on tranche sans vraiment trancher : on adopte une voie moyenne, une sorte de compromis bourgeois qu'on appelle « le service à l'anglaise ». Au centre de la table sur les nappes de damas, on ne dispose plus de belles pièces entières qui doivent repasser pas la main de la domesticité pour être découpées et servies, mais des corbeilles et des pyramides de fruits et de fleurs qu'on laisse tout au long du repas. Tant mieux pour les fleuristes, tant pis pour le regrat. La transaction à l'anglaise, le restaurant, voilà les ennemis objectifs du regrat. Ajoutons pour faire bonne mesure les nouveaux procédés de conserve. Grâce à Appert et ses petits bocaux au bain-marie qui permettent de fixer les saisons, on a appris à mettre en bocaux les fruits et les légumes quand ils arrivent à maturité, mais on ne sait toujours pas conserver la viande ni le poisson ni les laitages. Et pour finir, la cuisine bourgeoise s'essaie à un art nouveau, celui d'utiliser les restes. Les manuels de la « bonne cuisine » du XIXe siècle, avant celui de tante Marie, intègrent une rubrique pour indiquer à toute personne, « même celle qui n'a

1. Aron, Jean-Paul, *Le Mangeur du XIXe siècle*, Paris, Robert Laffont, 1973, 61.

aucune notion culinaire, tout le parti qu'elle peut tirer des restes, et faire des plats nouveaux avec la desserte des anciens [1] ». Car les restes, les débris, les rogatons, ce n'est pas un sujet puéril, ridicule ! Si l'on n'emploie pas les restes, on double, on triple les dépenses d'une maison.

Du même coup, les reliques enfermées dans des fiches cuisine restent en circuit domestique, et les pâtés de foie gras, les reliefs de poulets et de perdrix ne risquent plus de se retrouver dans l'assiette publique. Les cuisines collectives, dans les hôpitaux, les lycées, se gèrent suivant cette nouvelle rationalité. Les réfectoires des lycées impériaux ont une annexe quasi obligée, au fond de la cour près des latrines : une porcherie, qui est la mise en pratique sur des modalités neuves du vieux principe : « rien ne se perd… »

Finalement, le relais des grandes cuisines n'est pas pris par la cuisine de la bourgeoisie qui garde et recycle ses restes, mais plutôt par des institutions de prestige et de pouvoir : le palais du Louvre, les ministères, les grands restaurants enfin. Aux pourvoyeurs classiques s'ajoutent ou se substituent les plongeurs de restaurant, les marmitons des ministères et des ambassades. Dans le déclin général qui s'amorce, la capitale garde sa prééminence et la renforce. Le regrat nouveau est arrivé, avec au centre d'un circuit complexe, un acteur essentiel : « le bijoutier ».

Le bijoutier fait commerce de viande cuite. Chaque matin très tôt, il part en tournée :

> Chaque matin, de petites voitures fermées, en forme de caisses, doublées de zinc et garnies de soupiraux, s'arrêtent aux portes des grandes cuisines et rapportent pêle-mêle la desserte des restaurants, des ambassades, des ministères. Le triage a lieu dans la cave. Dès neuf heures, les assiettes s'étalent, parées, à trois sous et à cinq sous, morceaux de viande, filets de gibier, têtes ou

1. Dumont, Émile, *La Bonne Cuisine, manuel économique et pratique*, Paris, Degorce, s.d., avant-propos, 65.

queues de poissons, légumes, charcuterie, jusqu'au dessert, des gâteaux à peine entamés et des bonbons presque entiers [1].

Vers neuf heures, quand tout le petit monde a fini son travail, les bijoutiers installent leurs étalages d'arlequins. À midi, tout est vendu. Les assiettes les moins chères contiennent plus de légume que de viande, l'un et l'autre en général sortis de la marmite. Pour un ou deux sous de plus, on vous propose un assortiment gracieusement agencé avec, peut-être, une cuisse de volaille, une patte de homard, un filet de sole et une croûte de pâté. Les premières enquêtes menées sur l'alimentation ouvrière signalent la part de ces restes. Telle famille de chiffonniers, place Maubert, consacre les trois cinquièmes du budget à sa nourriture. La femme achète de la viande cuite au marché une fois par semaine. Toute l'année, les corps gras utilisés proviennent des résidus de grande cuisine. Pour homogénéiser et purifier cette graisse de beurre, de lard et de gras de rôti, le mari les fait fondre ensemble et y ajoute un peu de sel blanc [2].

Si les bijoux se vendent sur les marchés, on peut goûter aux reliques dans les restaurants. Il y en a pour toutes les bourses. Dans des restaurants où vous payez un prix moyen (dix-sept sous par exemple pendant le Second Empire), vous mangez aussi bien que Rothschild, puisque vous mangez ses restes : le matin, à l'aube, est arrivé au restaurant un grand panier recouvert d'une toile sombre que l'on appelle, dans le langage spécial aux offices et aux grandes cuisines, le « drapeau noir » [3]. Dedans se trouvent les restes du saumon, les filets de sole normande, les filets de chevreuil et les carcasses de poulets servis dans les palais ou les restaurants de nuit. Pour manger des restes à trois ou quatre sous, il faut descendre plus bas, dans ces lieux où l'on vide plus

1. Zola, *Le Ventre de Paris*. La pratique de l'arlequin a été décrite par Maxime du Camp, *Paris, ses organes, ses fonctions et sa vie dans la seconde moitié du* XIX*e siècle,* Paris, L. Hachette et Cie, 1869-1873, ouvrage superbement pillé par Zola.

2. Aron, dans *Annales E.S.C.*, *op. cit.*, 556.

3. *Ibid.*, 555.

de carafes que de bouteilles et dont la nourriture est si improbable qu'on leur refuse le titre de restaurants. Ces « calmants » ne sont pas fréquentés par M. Prudhomme, en tout cas. C'est le genre d'endroit où il n'ira jamais avec sa femme. En descendant un cran en dessous s'ouvre le vaste continent de ces cabarets dotés d'une mauvaise vue, certains disent « borgnes », d'autres « louches », et affublés de diminutifs comme « gargot », « goguette », « bouchon », « caboulot », « bouiboui », « mastroquet », « bastringue », « mannezingue », « bibine », « tapis franc ». C'est là que Marius, l'étudiant pauvre des Misérables, « mange cette chose inexprimable qu'on appelle vache enragée ». C'est là finalement que vont manger tous les misérables, dont la définition, simple et admirable, se trouve chez Hugo : « ceux qui ne mangent pas tous les jours ». C'est là aussi qu'on déguste le plat canaille par excellence, l'arlequin.

L'arlequin est une de ces trouvailles verbales que l'argot de la mangeaille a faites et popularisées. Pour y goûter, entrons dans un « tapis franc » comme celui du père Mauras, sis rue aux Fèves, dans les années Guizot, donc avant les destructions haussmanniennes de 1862. Il s'appelle le « Lapin Blanc ». Il est sans doute issu de l'imagination d'Eugène Sue, nostalgique du Paris médiéval qui disparaît[1].

Le « Lapin blanc » ? Un lieu immonde, fréquenté par des hommes de mauvaise mine et des femmes de mauvaise vie, le rendez-vous des débardeurs, des équarrisseurs et des malfrats. Comme les vitres sont entièrement enduites de blanc d'Espagne, tout ce qui s'y passe reste bien discret. Mais heureusement, Eugène Sue prend le lecteur par la main et lui dit : vous n'y viendrez pas, délicat lecteur, mais j'y suis allé pour vous, j'adore m'encanailler. Je vais vous épater, et d'abord suivez-moi dans des aventures gustatives inédites. Mais si vous faites partie des mangeurs « timorés », je préfère vous avertir sous la forme d'une note infrapaginale :

1. Delvau, Alfred, *Histoire anecdotique des cafés et cabarets de Paris*, Paris, E. Dentu, 1862, 191.

> Un arlequin est un ramassis de viandes, de poissons et de toutes sortes de restes provenant de la desserte de la table des domestiques des grandes maisons. Nous sommes honteux de ces détails, mais ils concourent à l'ensemble de ces mœurs étranges [1].

L'arlequin est le rejeton du bijou, le reste des restes, le rebut du rebut. Il a subi une cascade de dévaluations, de la table des aisés à celle de leurs domestiques avant de finir sur celle du tapis franc. Pourtant, il est du goût d'un des personnages, le Chourineur, un tueur de chevaux qui travaille sur les chantiers d'équarrissage. Le voici à table, au moment où « l'ogresse » (la tenancière) le sert :

> Au bout de quelques moments, l'ogresse vint elle-même placer à la table de Rodolphe un broc de vin, un pain et l'arlequin, dont nous n'essayerons pas de donner une idée au lecteur, mais que le Chourineur sembla trouver parfaitement de son goût, car il s'écria :
>
> Quel plat ! Dieu de Dieu ! Quel plat ! C'est comme un omnibus ! Il y en a pour tous les goûts, pour ceux qui font gras et pour ceux qui font maigre, pour ceux qui aiment le sucre et ceux qui aiment le poivre… Des pilons de volaille, du biscuit, des queues de poissons, des os de côtelettes, des croûtes de pâté, de la friture, du fromage, des légumes, des têtes de bécasse, du fromage et de la salade. Mais mange donc, la Goualeuse, c'est du soigné.

Vu du haut de la sphère alimentaire, l'arlequin symbolise le degré zéro de l'alimentation. Il superpose les dégoûts. Il mélange toutes les saveurs, transgresse les catégories : le maigre et le gras ensemble, le sucré et le salé. C'est un exercice de gastroanomie à lui seul. C'est un « ramassis », un salmigondis, un pot-pourri indistinct, une cacophonie de couleurs et d'arômes, touillés ensemble, liés on ne sait comment. Et la description est

1. Sue, Eugène, *Les Mystères de Paris*, 1843, rééd., Paris, Robert Laffont, 1989, I, 11, « l'ogresse ». Note.

réaliste : on connaît par d'autres sources l'assortiment choucroute-écrevisses à la bordelaise ; tête de veau-charlotte aux pommes, ou encore : tranche de galantine-demi-côtelette panée ; tête de poisson avec, en guise de cerise sur le gâteau, l'éclair au chocolat sur la tête du poisson[1]. Autre test de réalisme : on n'y trouve pas d'« épluchettes de homard ». Sur les « épluchettes de homard », et la façon de les resservir au déjeuner et au dîner du lendemain, les fiches de la cuisine bourgeoise sont si nombreuses que ce serait vraiment un gâchis que de les laisser aux pauvres.

Au jugement du lecteur écœuré, c'est une bombance de rats de caniveau. D'ailleurs, cet homme, le Chourineur qui blasphème le nom de Dieu, est-il vraiment un homme, lui qui mange cette nourriture « omnibus » ? Certes l'omnibus va dans la bouche de l'omnivore. Mais l'omnivore est ici mis en scène dans la version qui le rapproche le plus de cet autre omnivore : le cochon, cet emblème si utile de gloutonnerie.

Nous y voici : proche de l'animal. L'arlequin est ce qui permet aux auteurs naturalistes de se réapproprier le vieux cliché de l'homme qui mange comme l'animal, puisqu'en général ces débris sont vendus comme nourritures pour les animaux domestiques[2]. Eugène Sue fait la fine bouche. Monsieur son lecteur pince le nez. Madame, en le lisant, a des vapeurs. Et pourtant… Le Chourineur et son appétit d'équarrisseur, habitué à manger du cheval, se régale, il fait un vrai « gueuleton » (car on parle argot du côté de Montfaucon). Et ce régal de bouche lui arrache même un blasphème de bonheur.

Du même coup, Sue pose une question fondamentale : dîner bien et pas cher, est-ce possible ? Pour lui et ses lecteurs initiés aux délices de la table bourgeoise l'expression apparaît obligatoirement comme un oxymore, une contradiction dans les termes.

Le bourgeois dit « bijou » par antiphrase, l'ouvrier dit « bijou » par gratitude. Les mets bourgeois sont enrobés de titres qui augmentent leur séduction et, de même, les mets populaires sont affublés d'une appellation argotique qui les rend appétissants.

---

1. Aron dans *Annales E.S.C.*, *op. cit.*, 556.
2. Littré, *Dictionnaire*.

Le même principe est sans doute à l'œuvre avec l'arlequin. Dès lors, on peut tenter de l'évaluer positivement. On retiendra donc que c'est un plat démocratique au service de tous les goûts (un peu un service à la française en seul plat). On notera une possible équivalence dans la haute cuisine où il existe la vieille tradition de « l'assiette volante » garnie de viandes froides, de poissons ou de charcuteries dressés en assiette individuelle. L'assiette assortie est devenue depuis le début du siècle avec la vague d'anglomanie l'assiette anglaise, composée uniquement de viandes : assortiment de jambon d'York, de langue écarlate, de tranches de rosbif. Ceci, Eugène Sue, membre fondateur du Jockey Club, ne peut l'ignorer.

En plus, l'assiette est belle. Elle est bigarrée, composée de pièces et de morceaux comme l'habit du personnage de comédie à qui elle doit son nom. Entre l'habit et le plat, il y a plus d'un rapprochement possible. D'abord, l'arlequin est un plat qui réclame un certain sens de la mise en scène, il s'appuie sur une esthétique populaire présente dans tous les arts de la récupération. On songe au manteau d'Arlequin, mais aussi au tablier rapiécé des Provençaux, *peso sus peso*, ou au *patchwork* des Anglo-Saxons. Une telle définition du beau se démarque complètement du code social en vigueur où le rayé, le bigarré ont toujours signalé ce qui est marginal, un peu fou, vaguement inquiétant. On est dans une sensibilité chromatique en marge de la culture dominante pour qui seule la surface unie dénote équilibre et harmonie, le tacheté tirant vers la dévalorisation sociale[1].

Aux yeux du bourgeois, l'arlequin étale un désordre esthétique, une cacophonie de couleurs et d'arômes. Cependant il y a du hasard dans l'arlequin, comme dans un billet de loterie. Certains ont de la chance, comme le Chourineur, et gagnent les bons morceaux[2].

L'arlequin s'appuie sur un imaginaire riche, il véhicule plusieurs connotations : le beau, ou une certaine idée du beau ;

1. Pastoureau, Michel, *L'Étoffe du diable : une histoire des rayures et des tissus rayés*, Paris, Seuil, 1991, 40-41.

2. Gueslin, André, *Les Gens de rien. Histoire de la grande pauvreté dans la France du XXe siècle*, Paris, Fayard, 2004, 299.

l'emprunt, l'imitation ; la circulation sociale, car Arlequin, c'est le valet qui se donne le nom de son maître ; l'impression de manger comme le bourgeois. Et ce n'est pas tout.

Il signifie aussi une façon particulière de manger qui, elle aussi, échappe aux canons en vigueur. La faute de goût commence à table avec d'énormes incongruités : le Chourineur, vulgaire jouisseur et non amateur délicat, mange vite, avec les doigts, ignorant la lenteur nécessaire à l'art de savourer. Sganarelle, l'homologue français d'Arlequin manifeste à la table de don Juan des manières impossibles : il dérobe un morceau de dessus la table, piquant de-ci de-là, la joue pleine de bouchées volées, passant très vite d'un mets à l'autre. Arlequin, ou Sganarelle, avale vite, picore de tout un peu, mange sur le pouce : serait-il anglais qu'on dirait qu'il prend un snack :

> N'est-il pas vrai que vous souffrez furieusement de le voir à table, tête à tête avec son maître, manger si brutalement à la vue de tant de beau monde ? Je confesse avec vous que ce valet est malpropre et qu'il ne mange point comme il faut [1].

Reste la question du goût. Pour en juger, sans l'inférer de l'origine ni de l'aspect du mets, il faudrait en savoir plus sur ce qui lie, ce qui fait l'amalgame. Le pêle-mêle est généralement « imprégné de vingt sauces différentes ».

L'une d'entre elles semble s'imposer pour détrôner les sauces fortes à base de moutarde, de verjus ou les sauces aigres. Comment la nommer ? Il y a polémique en plein XIXe siècle à son sujet. Les cuisiniers « vulgaires » disent « mayonnaise ». Les puristes et les gastronomes l'appellent « magnonaise » et la tiennent en haute estime. Cette sauce est très délicate, « elle sert à masquer toutes sortes de volaille froides [2] ». Elle est unique en son genre, elle ne ressemble en rien aux autres sauces qui s'obtiennent par réduction au fourneau. On lui attribue, comme aux autres grandes sauces de la cuisine classique, une origine flatteuse, ce serait la création de

1. D'après un auteur anonyme s'en prenant au *Don Juan* de Molière.
2. Menon, *Cuisinière bourgeoise, op. cit.*, 118.

l'inévitable duo chic et choc du grand cuisinier et de son maître illustre. En réaction contre une généalogie bien établie, on soutiendra qu'elle est de souche plus modeste : elle manie l'huile qui, même d'olive et fine, est moins noble que le beurre blanc. Elle suppose un geste répétitif et patient qui est celui de la fille de cuisine, à la rigueur du gâte-sauce, pas celui du cuisinier qui met au point ses sauces d'un coup vif sur la queue de la casserole. Aussi la translation vers les cuisines humbles semble-t-elle aller de soi, dans ces pièces où l'on ignore la casserole jusque vers 1850 mais où l'on trouve toujours un mortier, où l'on pratique l'art ancien de piler et manier qu'on a vu à l'œuvre dans l'aillade.

La mayonnaise partage avec la « magnonnaise » sa fonction primitive : le masquage de restes froids. Mais, comme la matière à traiter est infiniment plus abondante que dans les cuisines bourgeoises, les façons de faire se multiplient. Sortie de la stabilité du code culinaire, arrachée à son identité aristocratique, elle devient une sauce au sens plein : une structure ouverte, en mouvement, sujette à de multiples interpolations. La cuisinière bourgeoise joue à la rigueur sur la coloration, proposant une mayonnaise jaune ou unc mayonnaise verte ; la cuisinière des petits restaurants en fait la sauce mère de toutes les sauces froides. Douce, caressante, elle peut se faire piquante et se changer en sauce moutarde, ou sauce raifort.

Elle a tous les atouts pour faire une brillante carrière démocratique, sauf un : elle demande un œuf et de l'huile non rance. Le premier ingrédient est d'accès facile, pas le second. Il faudra attendre une transformation non avenue avant 1860, l'arrivée des huiles de graines fades. Le succès de la mayonnaise, d'une certaine manière, est celui du libre-échange et du commerce colonial. Elle est l'instrument de la métamorphose des rogatons en régal…

14

Purée de pommes de terre

On connaît l'histoire officielle : face à la pomme de terre, les Français pendant trois siècles auraient fait preuve d'un renâclement constant et obtus qui est une des plus belles énigmes de notre histoire alimentaire. Sur ce point fondamental, on en reste trop souvent à des idées reçues et à des anecdotes éculées fondées sur une tradition toujours invoquée et jamais vérifiée. Mais, ainsi répétée, l'histoire est belle, elle finit bien, avec l'adoption définitive de la pomme de terre ; elle a son héros, Antoine-Augustin Parmentier, auréolé de son statut de bienfaiteur de l'humanité ; elle a aussi, pour faire bonne mesure, ses mécréants, innombrables, la masse de tous ceux qui n'ont pas cru en l'américaine, qui ont refusé « le plus beau cadeau que le Nouveau Monde ait fait à l'Ancien ». On instruit le procès en archaïsme de tout un peuple et dans l'acte d'accusation deux mots pèsent lourds : préjugés et routine. Haro sur le mangeur d'Ancien Régime ! Le voilà représenté en consommateur obscurantiste, misonéiste, et pourquoi pas ? carrément imbécile. Il est même jugé par la postérité comme plus bête que le cochon, énorme calomnie puisque les cochons sont des animaux intelligents. « Les pourceaux ont plus d'esprit qu'eux [les hommes] en ne refusant pas de se nourrir des pommes de terre [1]. » On pourrait en effet mettre le discrédit de l'américaine sur le compte de la

1. Mérat, François-Victor, *Notice sur les tubercules proposés pour remplacer la pomme de terre*, Paris, Dusacq, 1850, cité dans Gibault, *Histoire des légumes*, *op. cit.*, 280.

néophobie du Français plus attaché que les autres à ses habitudes alimentaires. L'excuse est facile, je n'y crois guère car cet homme à préjugés, que l'on représente volontiers englué dans la routine comme dans la glèbe, a su remplacer le millet par le maïs, les doliques par les haricots, le seigle par le froment. Ce qu'il a opéré dans son champ, sa femme l'a traduit dans sa marmite. Mais observons qu'à chaque fois il a remplacé l'inférieur par le supérieur, ce qu'il jugeait supérieur ; ce qui nous met avec insistance sur la piste d'une pomme de terre primitive dénuée des qualités que nous lui connaissons aujourd'hui. Ils étaient victimes de leurs préjugés, mais nous sommes victimes, nous, de nos prénotions.

Il n'y a pas eu un refus obstiné et général de la pomme de terre. Les historiens ruralistes et botanistes ont sérieusement malmené cette vision des choses. La pomme de terre qu'ils voient se diffuser à travers les sources n'est pas forcément un fourrage. Et depuis déjà belle lurette ils ont sérieusement écorné la légende de Parmentier. Il n'est pas l'introducteur de la pomme de terre. Il n'en est même pas le vulgarisateur. Elle était déjà vulgaire, au sens de commune, courante, au moment où il est né, en 1736. C'est alors que la pomme de terre sort des jardins où on l'a acclimatée, expérimentée, pour se répandre dans les champs [1]. Le pire est que lui-même n'a jamais prétendu le contraire. Il est très clair sur ce sujet dès la première page de son ouvrage de 1773, où il affirme expressément : « l'usage de cette plante alimentaire est adopté depuis un siècle » et plus loin :

> Elle s'est tellement répandue qu'il y a des provinces où les pommes de terre sont devenues une partie de la nourriture des pauvres gens ; on en voit depuis quelques années des champs entiers couverts dans le voisinage de la capitale, où elles sont si communes que tous les marchés en sont remplis et qu'elles se

1. Morineau, Michel, « Cendrillon devenue fée : la pomme de terre au XVIIe siècle » dans *Pour une histoire économique vraie*, Lille, Presses universitaires de Lille, 1985, 130.

vendent au point des rues, cuites ou crues, comme on y vend depuis longtemps des châtaignes [1].

D'où vient alors la nouveauté de Parmentier, car il ne faudrait pas lui enlever tout mérite ? C'est grâce à lui que la pomme de terre entre dans le débat public par l'intermédiaire de la propagande écrite et de ses talents de publiciste. Mais la pomme de terre médiatique a une image très précise et très éloignée de ce que nous présumons, elle n'est pas un légume mais un féculent ou une source de féculent. Si Parmentier la préconise, c'est pour en faire du pain. Aussi avons-nous, surtout après 1773, des traces multiples de procédés pour faire du pain à ou avec de la pulpe de pomme de terre. C'est utile pour retracer l'histoire de la boulangerie ou de la meunerie. Mais les usages culinaires restent comme clandestins et nous sont à peu près inconnus, si bien qu'étudier les utilisations de la pomme de terre avant les recettes écrites, c'est ouvrir grand la panoplie des possibles, avec ce risque d'écrire plus une cuisine virtuelle qu'une cuisine réellement pratiquée.

Pommes de terre en haricot

La première expérience écrite de la pomme de terre est une expérience de laboratoire. Elle a eu lieu loin du royaume, dans la capitale du Saint Empire, Vienne. Mais comme c'est une expérience fondatrice, elle vaut la peine d'être rappelée.

En janvier 1588, Charles de L'Écluse, botaniste le plus célèbre de son siècle, est intendant des jardins impériaux. Il a sous les yeux deux étranges racines qu'un de ses correspondants lui a adressées. Elles sont nouvelles pour lui, on dit qu'elles viennent d'Amérique *via* l'Espagne et l'Italie et qu'on les appelle « taratoufli ». Ces « taratoufli » le laissent perplexe. On lui demande : à quelle famille de plantes, à quelle catégorie botanique

1. Parmentier, *Examen chymique des pommes de terre*, Paris, Didot, 1773, 1, 5.

rattacher la « taratoufle » ? On lui demande surtout si elle est comestible et si on peut la manger sans crainte. À la première question, après examen et comparaison, il répond : même si on l'appelle « taratoufle », ou « cartoufle » ou « truffe », elle n'a rien à voir avec le champignon. Botaniquement, elle semble plus proche de la jusquiame, de la belladone, ou encore de la mandragore… On pourrait donc la classer dans la famille des solanées. Intuition forte et juste. L'Écluse attribue sans coup férir à la plante un statut scientifiquement exact mais catastrophique sur le plan alimentaire. L'apparenter à la mandragore qui sent si fort le soufre et la sorcière, en faire sa cousine de l'ancien monde, suffisait à plonger le mangeur dans un abîme de préventions, comme si, brutalement, la pomme de terre s'était retrouvée dans la cuisine du sabbat, en compagnie des chats et de sa petite cousine hallucinogène.

Mais l'expertise ne s'arrête pas là. Pour savoir si ce tubercule est mangeable ou pas, il n'y a qu'un moyen fiable : en goûter soi-même. Faute de laboratoire et de moyens d'analyse chimique, le test se passe en cuisine. Et là, L'Écluse se trouve face au dilemme originel de la pomme de terre : comment apprêter une plante nouvelle qui ne ressemble à aucune autre plante comestible connue. Car les plantes nouvelles voyagent sans mode d'emploi, et la façon dont les indigènes de l'Amérique la traitent et la mangent serait-elle connue que cela ne changerait pas grand-chose à l'affaire. L'inconnu ne peut être accepté que lorsqu'il se rapproche du connu et s'intègre dans des goûts culinaires acquis.

De cet essai, Clusius a soigneusement consigné la méthode et le résultat. D'abord ces « taratoufles » ont une chair dont le parfum lui rappelle celui du panais, réputé pour sa saveur amère. Et on a toujours identifié l'amer au vénéneux : aussi, mieux vaut ne pas la manger crue et d'abord, par précaution, la « dérober ». Il enlève la robe fine qui entoure ces tout petits tubercules qui n'excèdent pas cinquante grammes. Il les recouvre d'une sauce grasse faite de viande de mouton et de raves ; il met ce ragoût « entre deux plats », c'est-à-dire qu'il le fait cuire à couvert. L'expertise se termine sur sa table : « Je les ai trouvées certes non moins sapides et agréables au palais que les raves elles-mêmes. Mais j'estime qu'on ne peut les manger crues, car elles sont alors à peu près indigestes[1]. »

On ne sait pas au juste de quelle sorte de rave L'Écluse s'est servi. Est-ce du panais ou des navets ? D'un côté, nous savons que le navet va bien avec le mouton. Mais de l'autre, pour que le nouveau fruit, lui-même amer et fortement chargé en solanine, puisse soutenir la comparaison avec la rave, on songe plutôt à de grosses raves au goût fort et amer.

On retiendra que la première préparation écrite et dûment consignée de la pomme de terre est en ragoût, peut-être, si le mouton est coupé fin, en « haricot ».

C'est dans un vieux pot que l'on cuisine le légume neuf. Autrement dit, du point de vue culinaire ces « taratoufles » sont traitées en association avec des raves, et comme des raves.

La recette est loin d'être inédite. Elle se transmet par voie orale, ou par écrit. Si L'Écluse s'est référé à la tradition écrite, alors tout porte à croire qu'il a lu et mis en pratique le livre de bouche le plus souvent imprimé et le mieux connu des humanistes, le *De honesta voluptate et valetudine* de Bartolomeo Sacchi, dit Platine. Au chapitre des potages, Platine donne la recette d'un potage de raves au jus gras où les tranches de raves sont mises à bouillir dans un jus gras, mais en accompagnement, ici de chair salée[2].

Peut-on appliquer les recettes de raves, toutes les recettes, à la nouvelle plante ? On peut se poser la question en découvrant dans le même Platine ce paragraphe consacré à des « raves et naveaux armés ».

Il convient, dit Platine, de les bouillir au préalable ou de les cuire sous les charbons. Et puis on s'empare d'un couteau : d'un côté, on coupe les raves en « beaux lopins » ; de l'autre, on tranche du fromage en « belles lèches grasses », lèches qui doivent être plus minces toutefois. Dans un poêlon bien graissé, on

1. Cité par Roze, Ernest, *Histoire de la pomme de terre*, Paris, Rothschild, 1898.

2. Platine, *Platine*, *op. cit.*, livre VII.

alterne, en couches, lopins de raves et lèches de fromage, en faisant fondre par-dessus des épices et du beurre. Quant à la cuisson, elle va de soi, et Platine ne condescend pas à ce détail pratique. En revanche, il nous indique pourquoi ce nom de « raves armées » : c'est que les légumes se trouvent enveloppés et couverts de gras fromages de la même façon que de forts et puissants combattants sont recouverts de leurs armures. Mais tout cela, dit-il, n'est bon que pour les « golfarins goulus et voraces ». Et au cas où on n'aurait pas compris le caractère très grossier du plat, Platine le dédie explicitement à « ceux qui ont la gueule vallée [1] ».

On trouve donc à la Renaissance une cuisine de la rave, comme ce gratin dauphinois avant la lettre, éventuellement applicable à la pomme de terre. Mais pas de cuisine de la pomme de terre, pour des raisons évidentes. Ce qui est compréhensible pour le XVIe siècle l'est de moins en moins dans les décennies qui suivent. Or, tous les livres de bouche des Temps modernes nous donnent des recettes de raves, de truffes ou de châtaignes, qui sont les trois rapprochements les plus fréquents avec la pomme de terre, mais de pomme de terre, que nenni ! Encore plus fort : les traités des aliments, récapitulant les différentes espèces comestibles, l'ignorent très largement, alors même qu'ils donnent une place aux raves, déclinées dans leurs différentes sortes, aux truffes bien sûr, et même aux topinambours [2].

Dans cette cuisine de la rave, la pomme de terre primitive pouvait, à la rigueur, se faufiler. Mais il ne faut pas prendre à la lettre les avis rassurants de L'Écluse, qui, dans son désir d'autorisation de mise sur le marché, la met à égalité avec les autres raves. En réalité, elle multiplie des infériorités compétitives : elle ne se mange pas crue, comme le raifort et certaines raves

1. *Ibid.*, livre VIII. On peut transposer littéralement par « gueule en pente ».
2. Lemery, *Traité des aliments*, *op. cit.* La pomme de terre ne bénéficie, d'une édition à l'autre, d'aucun enrichissement. Quant au topinambour, ce n'est pas un mot-valise qui engloberait éventuellement la pomme de terre : en effet, son goût d'artichaut y est clairement noté.

« tendrettes » ; elle ne fournit pas ses feuilles, ni ses pousses ou ses tiges, à manger en asperges ou en herbes [1].

Elle n'est que racine. Et cette racine, comparée aux autres, n'est pas fameuse. Trop âcre, elle ne vaut pas le navet dans le ragoût.

La leçon de L'Écluse a été retenue, du moins dans ces terres d'Empire où il exerce et dans tout l'espace germanique. Dans les champs et dans les plats, la pomme de terre est compatible avec les raves. Étendant progressivement son champ d'application, elle prend la place des plantes à bouillies en voie de régression, que ce soient des céréales comme le millet ou l'avoine ou bien des légumineuses. Cependant, et la nuance est importante, les mangeurs de ragoûts d'Allemagne du Nord sont plus réceptifs que les consommateurs de bouillies de céréales d'Allemagne du Sud [2].

Pommes de terre en truffes

L'appellation « pomme de terre » est une invention savante tardive que l'on doit à Duhamel du Monceau. Au XVIe siècle, son nom vernaculaire c'est la « truffe », décliné dans tous les idiomes régionaux, de « tartifles » à « cartoufles ». L'analogie se base sur le biotope commun à ces plantes souterraines, peut-être aussi, mais c'est moins évident, sur l'apparence réduite et ridée de la pomme de terre primitive, petite péruvienne rabougrie au pays des grosses raves et des grosses truffes, si l'on en croit Champier qui cite des spécimens de proportions étonnantes, car elles peuvent être « aussi grosses qu'un coing et peser jusqu'à une livre [3] ».

La confusion sémantique joue souvent en faveur du légume nouveau, elle signale le relais, elle oriente vers un type de préparation.

1. Champier, *De re cibaria*, *op. cit.*, IX, 2.
2. Flandrin, Jean-Louis, *Histoire de l'alimentation*, Paris, Fayard, 1996, 729.
3. Champier, *De re cibaria*, *op. cit.*, IX, 20.

Ainsi les appellations de « poivre d'Inde » pour le piment, « coq d'Inde » ou « fève de haricot », soulignent bien une proximité de saveur et appellent à une proximité d'usages. Cela aide la dinde ou le haricot à s'adapter puis à se fondre dans le paysage culinaire. En revanche, à première vue, on peut penser que l'apparentement avec la truffe n'arrange pas les affaires de la pomme de terre. Bien au contraire. Alors que l'histoire de la truffe entre 1500 et 1700 est celle d'une ascension vers les sommets de la gastronomie, celle de la pomme de terre est une stagnation au niveau zéro de la cuisine. Comment, en effet, imaginer le tubercule en lieu et place de la truffe, figurant sur les tables d'apparat en compagnie des béatilles de coq et du ris de veau ou en cordon d'honneur entourant le rôt, avec des olives dénoyautées et des morceaux de jambon ?

Mais ne soyons pas victimes d'une vision tout aristocratique de la cuisine. Car l'analogie avec la truffe se retrouve dans des usages simples, ceux par exemple des ramasseurs-mangeurs qui n'ont que faire des raffinements susdits et qui traitent la truffe comme un aliment, non comme une garniture. Alors l'équivalence dans le traitement affadit la dissemblance :

> On la [la truffe noire] fait cuire de diverses façons. Certains la font bouillir à l'eau, avec du sel, de l'huile et de l'origan, ou de l'hysope, ou autre de ce genre. D'autres la font cuire dans du vin, d'autres encore l'enveloppent d'étoupe et la font cuire sous la cendre chaude. Ensuite, on la mange avec du poivre moulu. Certains préfèrent du bouillon gras [1].

De toutes ces manières d'apprêter, la plus attestée sous l'Ancien Régime consiste à cuire sous la cendre ou plus exactement sur la cendre et sous les charbons ardents. Nous parlons ici de la truffe, mais aussi de l'autre truffe, *alias* la pomme de terre. On consomme ainsi la pomme de terre dans les régions où l'on commence à l'acclimater, en particulier dans les terres d'Empire qui basculent dans la zone française tout en restant,

1. *Ibid.*, IX, 20.

culinairement, proches de l'espace germanique de la culture du chou et de la pomme de terre. La pratique est courante dans les régions d'Alsace et de Lorraine. Le premier paysan français qui nous ait parlé de la pomme de terre s'appelle Valentin Jamerey-Duval. Plus tard, écrivant ses Mémoires, il se rappelle sa fugue loin de sa famille et de son village champenois. On est en 1709, et c'est en franchissant la frontière entre la Champagne et la Lorraine ducale que le jeune Valentin y goûte pour la première fois. Il est accueilli par un curé de village, qui lui offre de partager sa maigre pitance. Comme celui-ci n'a plus de pain, ils se contentent de partager pommes de terre cuites sous la cendre[1]. Expérience inédite pour le petit Valentin, mais longue pratique sans doute pour le curé. On est alors en plein procès à propos des dîmes, et bientôt (1715), Léopold, duc de Lorraine, établit une dîme sur le produit, au motif que ce n'est plus une culture nouvelle, mais que « ce fruit est connu dans la Vosge depuis cinquante ans[2] ».

Le fruit n'est plus vraiment neuf, la préparation est ancestrale. Cuisson primale, où le milieu originel est reconstitué. On enfouit le tubercule sous la braise, trois quarts d'heure ou une heure après on le déterre chaud et plissé, on l'époussette, et comme il est encore sale de toute façon, on le dérobe. Ainsi traitée, la pomme de terre a tout de Cendrillon, y compris le mépris dans lequel on la tient. C'est une nourriture supplétive et le pain noir qui manque au foyer du curé lorrain est jugé supérieur.

Mais gardons-nous de jouer à fond la carte de la ressemblance sémantique entre pomme de terre et truffe. Car ce mode de préparation, sous la cendre, est une formule très commune. C'est ainsi que l'on cuit les deux autres plantes auxquelles la pomme de terre est souvent comparée : les raves et les châtaignes. Cendrillon n'a pas un, mais trois modèles de référence. Remarquons qu'avec ce trio de comparaison on reste, du moins jusqu'en 1700, jusqu'à la promotion de la truffe, dans le registre le plus vulgaire des nourritures.

---

1. Jamerey-Duval, Valentin, *Mémoires. Enfance et éducation d'un paysan au* XVIII*e siècle*, Paris, le Sycomore, 1981, 199.
2. Gibault, *Histoire des légumes*, *op. cit.*, 262.

Penons pour exemple les raves, et le Limousin. L'association entre les deux est un lieu commun qui traîne tout au long de l'Ancien Régime. Le Limousin-mangeur-de-raves a fourni la matière première de bien des anecdotes et des plaisanteries alimentaires. Le sobriquet est aussi connu que l'Allemand-mangeur-de-choux (en France), bien plus ancien que le Français-mangeur-de-grenouilles (pour l'Angleterre). Pourtant, on peut parler de raves de Limousin de façon tout à fait sérieuse et autorisée. La rave de Limousin est en effet un genre autonome, au sens alimentaire et même botanique, dans la France de Louis XIV. Il faut dire ou répéter que sur le plan botanique, avant Linné, les classements sont bien confus. Pour Louis Lemery, dans son *Traité des aliments*, la rave de Limousin est une espèce distincte du raifort, des carottes et des navets. Cependant, il juge que c'est à tort qu'on pense que la navette (proche parente du colza) est fille du navet. Quant aux raves de Limousin, il faut distinguer les mâles et les femelles. Les mâles sont bien entendu plus gros, plus ronds, « comme la tête d'un enfant » et peuvent peser jusqu'à quarante livres[1]. Malgré cette mauvaise réputation et quoi qu'on en dise, le Limousin ne se contente pas de manger les raves crues, il existe une cuisine limousine de la rave. Après quelques précautions oratoires, *Les Délices de la campagne* la décrivent ainsi :

> C'est une viande si grossière que j'ay regret d'y employer le tems, et le papier ; néantmoins, je diray que les Villageois Limozins en font les meilleurs plats de leurs Banquets ; quand ils la font bouillir dans le Pot, ils l'appellent cartella, quand ils ne la font cuire qu'avec l'eau et le sel, c'est du rondeo, s'ils la rôtissent sous la braise, ils la nomment lou bollé ; et lorsqu'ils la fricassent dans la poêle avec le beurre ou l'huyle, c'est la rabe fricassée, qu'ils servent au haut bout par excellence, comme le plus précieux mets de tout le festin[2].

---

1. Lemery, *Traité des aliments*, 168. Rappelons qu'une livre d'Ancien Régime n'atteint jamais les cinq cents grammes.
2. Bonnefons, *Délices de la campagne*, *op. cit.*

Soumis à trois modes de cuisson différents, la rave grossière donne des plats bien identifiés et hiérarchisés, avec au sommet, la fricassée servie « au haut bout » de la table qui est la place d'honneur. Et en bas de l'échelle culinaire figure la rave rôtie, comprenons cuite sous la cendre.

Nonobstant la focalisation sur le Limousin, c'est une nourriture très commune dans les campagnes de la Renaissance où, nous dit Champier, les paysans font souvent « rôtir » les raves sur la cendre et sous les charbons ardents [1].

La pomme de terre sous la cendre n'est ni vraiment une cuisine ni un repas. Elle ne requiert pas le feu vif. Elle se contente des restes du feu. C'est une nourriture du soir, ou plutôt de l'après-soir, de la veillée, pendant la morte saison des travaux agricoles. Un peu partout, subrepticement, l'habitude s'installe, elle se prolonge tout au long du XIXe siècle dans les campagnes, touchant les paysans comme les ouvriers de la proto-industrie, par exemple les fondeurs du Nivernais, visités par le sociologue Le Play en 1839 [2].

Consommée telle quelle, son statut oscille entre le coupe-faim et l'amuse-bouche digestif. On mange la pomme de terre à la veillée comme on croque des graines et des marrons. Les hommes de l'ancienne France sont de solides croqueurs de graines de toutes sortes (de courge, de chanvre, de micocoulier, souvent grillées à sec), de non moins solides mangeurs de glands. On envisage le gland comme nourriture de famine, à juste titre puisque le vrai gland des chênes français est amer [3]. Le chêne doux, originaire du sud de l'Espagne n'est pas encore introduit. Ainsi don Quichotte peut-il disserter sur les bonheurs de la nourriture de l'Âge d'or, avec dans la main une poignée de glands de pays qui sont des glands doux. Mais le Français, du moins jusqu'à l'introduction d'une nouvelle espèce de chênes, préfère

1. Champier, *De re cibaria*, *op. cit.*, IX, 2. Dalechamp, *Histoire générale des plantes*, *op. cit.*, 620.

2. Le Play, Frédéric, *Les Ouvriers européens*, Paris, Dentu, Larcher, 1877-1879, V, 312.

3. Maurizio, *Histoire de l'alimentation végétale*, *op. cit.*, 91.

le fruit du hêtre. Les faines du hêtre sont une gourmandise de bouche que tous, notamment Estienne et Champier, recommandent comme très délicate, à condition qu'on les mange fraîches, sinon elles deviennent vite rances et moisies. Mais, une fois encore, ne nous laissons pas prendre aux mots. Si le mangeur d'« herbes » ou de « racines » peut être un végétarien distingué, il en va de même du mangeur de glands. Depuis l'Antiquité, le terme est une expression générique, un mot-bateau qui englobe tous les fruits sauvages, noix, noisettes, faines et châtaignes qui sont des nourritures agréables et, de surcroît, conviviales [1]. La pomme de terre sous la cendre, comme les glands grillés, entrent dans la catégorie très informelle du grignotage de sociabilité. C'est un briseur d'ennui, autant qu'un briseur de faim.

Au visiteur qui entre dans sa chaumière, la maîtresse de maison fait cette invite : « Si vous avez faim, allez au feu de la cuisine, vous y remuerez les cendres et vous y trouverez des pommes de terre qui sont à point. Il y a du sel dans ce chiffon de papier qui est là sur la fenêtre [2]. »

Pommes de terre en châtaignes

Le gland universellement cité comme le plus proche de la pomme de terre, c'est la châtaigne. Le rapprochement est fréquent dans les discours de ceux qui, animés de probité candide et de naïveté charitable, voudraient que les mangeurs de châtaignes, qui sont, du Limousin à la Corse, parmi les plus démunis des consommateurs, se convertissent à la pomme de terre.

Peine perdue. Car les mangeurs de châtaignes sont prisonniers de leurs habitudes et de leurs préjugés, disent les propagateurs dépités de la pomme de terre. Préjugés : ce qui revient à dire qu'on refuserait la pomme de terre sans savoir, sans même y avoir goûté. Acceptons l'explication courante, valable dans les

1. Sur le mot « glands », Champier, *De re cibaria*, *op. cit.*, citant Pline, XI, 25.
2. Ce témoignage qui date de 1823 est rapporté dans le catalogue de l'exposition *Des belles en robe des champs s'exposent en Haute Saône*, s.d., 18.

régions où l'on ignore superbement la pomme de terre, tout simplement parce qu'on est satisfait de son régime végétarien habituel : « Nous sommes en bonne santé, dit-on en substance, parce que nous mangeons des légumes et des racines, comme les choux, pois, haricots, les lentilles, les navets, les carottes, les salsifis [1]. » Ce n'est pas que la pomme de terre fasse défaut, c'est qu'on n'en a pas besoin. Et même sur les terres les plus ingrates, la nouvelle plante n'est pas toujours favorablement accueillie. En Sologne, on se croirait « deshonoré » d'en manger et, si la pénurie menace, si l'on a que cent jours pour réussir une culture d'urgence, alors on plantera du sarrasin, qui croît plus vite qu'elle.

Mais en pays de châtaigneraie, l'explication par le préjugé ne vaut pas, parce que la pomme de terre existe, qu'on y a goûté, que, la comparaison faite, on reste résolument amateurs de châtaignes dont la saveur est jugée plus fine et plus sucrée que celle de la pulpe de patate. La résistance des mangeurs de châtaignes est aussi solide que muette. On ne peut la saisir, on la devine très indirectement, par exemple à travers l'enquête en terre cévenole de l'abbé Sauvages, un prêtre des Lumières. L'abbé Sauvages dans les années 1740 a recueilli des mots sur sa terre natale comme d'autres collectent herbes ou papillons. Dans son *Dictionnaire*, il recense cinq mots occitans pour dire la châtaigne dans tous ses états et quatre pour en dire les apprêts : la « bajane » – « potage aux châtaignes sèches qui tient lieu de tout, même de pain et de vin » –, le bouillon de châtaigne, la châtaigne bouillie, enfin la châtaigne « rôtie », c'est-à-dire sautée dans une poêle percée ou cuite sous la cendre. Pour la pomme de terre, on est réduit drastiquement à deux mots « patalo » ou « patate » et « tartifle », avec cette délicieuse définition à la clé :

> TARTIFLES, terme du style bas et populaire par lequel on répond aux demandes indiscrètes ou aux curieux qu'on ne veut pas satisfaire : de tartifles, leur dit-on, ce qui revient à ces

1. Dubuc, André, « La culture de la pomme de terre en Normandie, avant et depuis Parmentier » dans *Annales de Normandie*, 1953, 3, 66.

mots : de la merde, dont les personnes bien élevées évitent de se servir[1].

Ceux à qui l'on destine prioritairement la pomme de terre n'en veulent pas, et le disent de façon imagée mais un peu rude. Les prix des marchés locaux sont une autre source indirecte révélatrice de leurs préférences. Dans l'échelle des prix, le marron est en tête, vient la châtaigne ensuite, enfin la tartifle ou « truffe blanche ». Elle n'est pas inexistante, elle est seulement inférieure. On s'y met, mais il n'y a pas de quoi lécher l'écuelle. Un observateur du Vivarais écrit en 1781 : « Depuis quelque temps en hiver on mange beaucoup de pommes de terre[2] »…

Dissertant sur la différence évidente et néanmoins très subtile entre une venaison et une charogne, Sauvages reconnaissait : « La plupart des goûts et des aversions sont une affaire de préjugé ou de fantaisie[3]. »

En ce qui concerne la pomme de terre, d'ailleurs plus ou moins confondue avec le topinambour, l'aversion ne fait aucun doute. Et pourtant on peut observer que si les Cévenols y sont réfractaires, en Vivarais, en Limousin, également pays de châtaigneraie, elle a fini par être adoptée avant la fin du XVIIe siècle. Mais il me semble évident que les Limousins lui ont fait une place dans la niche culinaire des raves, non dans l'écosystème de la châtaigne. Elle ne rivalise pas avec la châtaigne fraîche, celle dont on se régale grillée à la veillée, accompagnant un vin bourru convenablement renforcé de moutarde[4].

Finalement de nos maigres indices se dégage ce fait brut : la pomme de terre n'est pas une plante potagère. On ne la met pas au pot, comme la rave dans la « cartella » des Limousins, ou la châtaigne dans la soupe « bajane ». De la soupe avec la pomme

---

1. Boissier, *Dictionnaire*, *op. cit.*, art. cités.

2. Molinier, Alain, *Stagnations et croissance. Le Vivarais aux XVIIe et XVIIIe siècles*, Paris, EHESS, 1985, 116.

3. Boissier, *Dictionnaire*, *op. cit.*, « charogne ».

4. Bonnefons, *Délices de la campagne*, *op. cit.* Pour faire du vin bourru, au moment des vendanges, ajoutez un demi-litron de graines de moutarde…

de terre, il n'en est guère question avant la Révolution, sinon en temps disetteux et à titre expérimental.

Pendant la disette de 1770, la soupe à la pomme de terre figure en bonne place dans la cuisine charitable, celle que l'on diffuse en brochures parce qu'elle est « bonne pour le peuple ». La formule trouve des relais médiatiques auprès des sociétés d'agriculture, cercle de notables dans les grandes villes de province qui tiennent des réunions presque confidentielles mais dont les publications touchent quelques grands propriétaires, des curés de campagne à l'affût de moyens nouveaux pour faire taire la misère…

Ainsi en Normandie, tel maître de forges réussit à nourrir ses ouvriers avec du pain économique (quatorze livres de farine de froment pour vingt-huit livres de pâte de pommes de terre), et avec de la soupe aux pommes de terre. Pour la soupe, assure-t-il, « ceux-ci la trouvaient aussi bonne que faite avec du pain mollet[1]… ». On lui laisse la responsabilité de ses dires, la comparaison avec le pain mollet est difficile à croire quand on sait que le pain ordinaire des ouvriers normands n'est pas mollet, donc à base de fine fleur de froment, mais fait d'un mélange de farine de blé et d'orge. Les consommateurs contraints n'ont pas donné leur avis. Peut-être pensent-ils qu'ils sont traités de la même façon que les cochons normands, qui cette année-là ne trouvent plus dans leur auge le traditionnel et savoureux mélange de marc de pommes (pommes-fruits) avec du son et de la farine d'orge, mais une mixture de déchets de pomme-fruits et de pommes de terre.

Que la pomme de terre ait attendu bien longtemps avant d'intégrer le registre le plus populaire, celui du bouilli, est une sorte d'énigme qui suscitait déjà les interrogations en 1749 :

> Voici une plante dont aucun auteur n'a parlé, et vraisemblablement c'est par mépris pour elle qu'on l'a exclue de la classe des plantes potagères, car elle est anciennement connue et trop répandue pour quelle ait pu échapper à leur connaissance ; cependant il y a de l'injustice à omettre un fruit qui sert de

1. Cité par Dubuc, *Annales de Normandie*, *op. cit.*, 60.

> nourriture à une grande partie des hommes de toutes les nations ; je ne veux pas l'élever plus qu'il ne mérite, car je connais tous ses défauts[1]...

Tout occupés qu'ils sont à nous vanter les mérites de la pomme de terre et à « réparer l'injustice », les défenseurs du tubercule assez unanimement passent sous silence ses défauts. On les connaît pourtant, ils sont divers. On met en cause sa saveur, sa texture, ses effets digestifs. Les uns la disent « venteuse et difficilement digeste » et on sait ce qu'en pensent ces messieurs des facultés de médecine : « un aliment gras, visqueux et épaississant » dit le Suisse Tissot. Un aliment « venteux », dit le Montpelliérain Venel, rédacteur de l'*Encyclopédie*. Mais c'est un légume bien inférieur que le docteur Venel présente dans la grande *Encyclopédie* de Diderot, dans son édition de 1765 :

> Pomme de terre : cette racine, de quelque manière qu'on l'apprête est fade et farineuse. Elle ne saurait être comptée parmi les alimens agréables, mais elle fournit un aliment abondant et salutaire aux hommes qui ne demandent qu'à se sustenter. On reproche avec raison à la pomme de terre d'être venteuse : mais que sont les vents pour les organes si vigoureux des paysans et des manœuvres.

La pomme de terre, par ailleurs si rétive à se laisser cataloguer, se coule bien dans les classifications diététiques et nourrit la vieille dichotomie des nourritures bonnes pour les rustres et pas assez légères pour les autres.

D'autres nous apprennent que, cuite à l'eau, elle se défait, elle « s'écarquille, s'écrase, s'en va à la cuisson ». Son goût est dit âcre ou amer. Réduite en farine, on pourrait imaginer pour la patate deux destinations domestiques : donner du corps au potage ou bien être servie en purée. Dans ces deux vocations,

1. De Combes, *L'École du jardin potager*, Paris, Boudet, 1749, « truffe ».

elle fait à nouveau violence aux habitudes alimentaires bien ancrées et concurrence à la vieille famille des légumineuses de plein champ que Serres appelle « légumes » :

> Quant aux légumes, ce sont les blés qui abondent en plus d'espèces que nuls autres, diverses en toutes qualités. Les principales et généralement cogneues sont les fèves, pois, fazeols, geisses, pois-ciches, pois-sillons, vesces, lupins, ers, cumin, fenugrec [1].

Là encore, et là plus qu'ailleurs, la pomme de terre se heurte à de fortes résistances. On préfère la purée de pois, par exemple, pour épaissir les potages ou mettre en purée dessous les harengs de carême, à défaut de la purée de fèves sèches [2]. On ajoute divers féculents à la soupe, comme de la farine de pois, de châtaigne ou de maïs pour « tuer » le bouillon vert, lui enlever son goût d'herbes sauvages ou de crucifère. Mais dans ce rôle de tueur de bouillon, la farine de châtaigne ou de maïs est bien meilleure. Elle est neutre, voire douce. La pomme de terre primitive ajoute une amertume à l'amertume des herbes sauvages.

Décidément, la pomme de terre n'a pas de vrais ennemis mais des concurrents qui la serrent de près et ne lui laissent guère de place, chacun dans une niche culinaire bien précise.

Les cuisinières entre le XVIe et le XVIIIe siècle répugnent à faire bouillir le tubercule. Trop aqueux ; elles préfèrent le dessécher, grillé ou sous la cendre. Il est aussi trop amer : bien entendu, cette amertume se dissout si on la dilue dans beaucoup d'eau, mais que vaut alors une soupe aqueuse digne des primitifs ou des affamés ? Alors tournons-nous vers le solide, c'est-à-dire la purée, puisque la « solidification » de la soupe est généralement interprétée comme un élément constitutif de la modernité alimentaire. Durant tout l'Ancien Régime, je ne trouve pas mention de « purée », mais seulement de « pâtée [3] ». Mauvais signe.

---

1. Serres, *Théâtre*, *op. cit.*, II, 4.
2. Menon, *Cuisinière bourgeoise*, *op. cit*, 237. Dumont, *La Bonne Cuisine*, *op. cit.*, 361.
3. Aulagnier, *Dictionnaire des substances alimentaires*, *op. cit.*, « pomme de terre ».

Car personne n'ignore que la pâtée est faite pour les cochons. Et ce mode de préparation, sans doute, provoque bien des blocages et certaines suspicions ; c'est un plat pour les très pauvres, comme en témoigne encore pour le XIXe siècle Eugène Le Roy :

> Il n'y avait pas grande différence entre notre ragoût et la pâtée du cochon : c'étaient toujours des pommes de terre cuites dans l'eau ; seulement, dans notre manger, il y avait un peu de graisse rance, gros comme une noix, et du sel [1].

Quand Cendrillon devient fée

Le médecin londonien Lister note en 1698 lors d'un voyage à Paris : « On trouve rarement sur leur marché la pomme de terre, légume si sain et si nourrissant qui est d'une grande ressource pour le peuple anglais [2]. » Moins d'un siècle plus tard, Parmentier l'atteste, la pomme de terre sur les marchés parisiens n'est plus rare, elle court les rues où on la vend crue ou bouillie. Cendrillon est devenue fée, comme dit joliment Michel Morineau [3]. Comment ? Par la grâce d'une baguette presque magique qui combine toutes les forces positives aptes à désarmer les préventions de tous ordres, aptes à faire en sorte que le mangeur ne soit plus rebuté. Mais rebuté par quoi ? Dire que la pomme de terre est juste bonne pour les cochons se révèle une explication assez fragile. Certes, le mangeur ordinaire revendique à table sa dignité d'homme, mais il sait aussi qu'il est mammifère parmi les mammifères, et en année de crise, le rappel est impérieux. Beaucoup de cultures sont alternatives, à l'usage des animaux en temps normal, des hommes en temps de nécessité. Le maïs, cet autre américain, a bien surmonté l'obstacle ! La raison fondamentale pour comprendre l'entrée difficile et lente de la pomme de terre dans notre alimentation est que, pendant longtemps, elle

1. Le Roy, Eugène, *Jacquou le croquant*, 26-27.
2. Lister, *A journey*, *op. cit.*
3. Morineau, dans *Pour une histoire économique vraie*, *op. cit.*

ne valut rien. Pour dire les choses autrement : « La première et la principale cause de la défaveur de la pomme de terre réside dans la mauvaise qualité des tubercules des variétés primitives[1]. »

Il faut sortir de la question rebattue des préjugés du consommateur qui, l'abbé Boissier de Sauvages nous l'a rappelé incidemment, ne sont en définitive que ses goûts et ses habitudes. C'est ici un autre goût qui est en question, celui même de la pomme de terre. Et il y a fort à parier que c'est du côté des transformations organoleptiques de la plante qu'il faut chercher les raisons du basculement de la défaveur à la faveur. La saveur de la pomme de terre s'est affinée au cours des trois décennies qui précèdent la Révolution. Les marchés parisiens ont été les premiers à en profiter.

Écrire l'histoire naturelle du goût de la pomme de terre est chose tentante, mais impossible. Il faudrait pour cela suivre pas à pas le périple des deux lignées primitives : la pomme de terre rouge à fleurs violettes qui emprunte la voie espagnole et les chemins du sud de l'Europe pour se répandre dans l'Empire et jusqu'en Alsace et en Lorraine ; la voie anglaise, qu'emprunte la variété jaune à fleurs blanches ; leur croisement enfin, quelque part sur le territoire français, qui ouvre la voie à d'autres croisements génétiques et à l'éclatement de la biodiversité. La pomme de terre devenue mangeable est fille de la sélection, créatrice de nouvelles variétés. Jusqu'en 1750, on peut supposer que les essais d'amélioration, livrés aux empirismes paysans, tiennent du bricolage génétique. Les généticiens rustiques ont cherché et réussi à améliorer la culture sur quelques points essentiels, par exemple apprivoiser la lumière, dont le rôle est important pour la croissance et surtout pour une bonne conservation. Ils l'ont adaptée au climat, particulièrement à la longueur du jour, ils ont augmenté le rendement pour mieux remplir l'auge de leurs cochons. Au bout de ces essais et tâtons, on peut conjecturer l'envahissement des soles par des variétés productives mais

1. Gibault, *Histoire des légumes*, *op. cit.*

toujours âcres, amères et aqueuses. Les progrès ont achoppé sur la « dégénération » de la plante. Faut-il comprendre par là la transmission de virus et de maladies ? Ou bien tout simplement la dégénérescence ? Champier nous décrit cette expérience commune : beaucoup de nouvelles cultures, sorties des jardins où elles se sont acclimatées, finissent par dégénérer et perdent leurs caractères propres [1]. Le goût de la pomme de terre abâtardie ne devait pas être fameux.

L'étape décisive est franchie lorsque, pour éviter toute dégénérescence, les cultivateurs partent des graines. Au lieu de boutures, ils ont recours au semis. Ils récoltent les graines de meilleure variété pour semer l'année suivante, sélectionne les clones, cette fois-ci en fonction du goût et de la demande du consommateur urbain. Ils disposent d'outils plus rationnels et de techniques, pratiquant ce que j'appellerais le génie généalogique. Au bout de leur travail d'hybridation arrive une pomme de terre nouvelle, une création, une recréation. Une pomme de terre ? Corrigeons, car le singulier n'a plus guère de sens. Plusieurs variétés sont mises au point, entre lesquelles l'utilisateur va choisir, écartant celles qui sont bonnes pour les vaches, retenant celles qui sont bonnes sur la table des hommes.

Cette révolution silencieuse n'est pas passée inaperçue. Un paysan tisserand du Maine s'en souvient au soir de sa vie :

> J'ai vu le commencement des truffles ou pommes de terre vers l'an 1750. Les premières étaient rouges et longues, elles étaient âcres, puis les truffes blanches ou patates vinrent, qui étaient plus douces. Vers le même temps vinrent aussi des truffles rondes que l'on appelait truffles de lion, ensuite sont venues les truffles jaunes qui sont les meilleures de toutes par leur douceur. Il y a aussi des truffles noires, mais elles rapportent peu. Je ne dirai rien du bien que nous fait ce fruit, tout le monde le connaît dans ce pays-ci [2].

1. Champier, *De re cibaria*, *op. cit.*, IX, 5.

2. Fillon, Anne, *Louis Simon étaminier (1741-1820) dans son village du Haut-Maine au siècle des Lumières*, Le Mans, Université du Maine, 1982, 66-67.

Moins âcre, moins riche en solanine toxique, plus douce, la truffe que désormais on appelle « patate » s'ouvre enfin un destin culinaire.

L'adoption de la pomme de terre est le fruit de l'interaction complexe, constante et silencieuse, entre l'homme et son milieu, et non de je ne sais quelle libération du goût.

Pomme de terre à l'américaine

La scène se passe dans le Paris des années 1770. Mustel, un hobereau normand fervent défenseur du tubercule entre dans la boutique d'une herberie de la rue Saint-Honoré, où il trouve des pommes de terre à vendre, en abondance et à bon compte. « Mais, dit-il heureusement surpris, on n'en voyait pas à Paris autrefois ? Non, répond la marchande, mais depuis trois ans il en vient tout plein. C'est le curé de Saint-Roch qui en nourrit ses pauvres. »

La pomme de terre s'est introduite en ville par le biais des soupes populaires distribuées à la porte des églises pendant les hivers durs aux pauvres gens. Elle a emprunté d'autres canaux, la cuisine des petits ménages qui nous échappe en partie, la cuisine nomade qui s'affiche sur la voie publique. Les marchands ambulants les proposent crues, et surtout cuites. Les marchandes de marrons « qui glapissent marrons tout chauds tout brûlants » à tous les coins de rue se sont reconverties en marchandes de pommes de terre [1] :

> Déjà ? [Déjà ? On est en 1789], nos femmes de marché vendent ces racines comme les châtaignes, après les avoir fait cuire à la vapeur de l'eau, au moyen d'une claie et d'un grillage placé au-dessus de l'eau dans le chaudron garni d'un couvercle qui ferme exactement [2].

---

1. Pitte, Jean-Robert, *Terre de Castanide. Hommes et paysages du châtaignier en France, de l'Antiquité à nos jours*, Paris, Fayard, 1986, 225.

2. Dubuc, *Annales de Normandie*, *op. cit.*, 56. Parmentier, *Traité des pommes de terre*, *op. cit.*, 249.

Les marchandes crient « patates boulues » ! Elles « les rendent plus sapides et font ressortir leur douceur à grand renfort de sel », à moins qu'elles ne les salent d'une façon plus personnelle et plus économique :

> Elles versent, par économie, dans la chaudière aux marrons un sel qui leur est propre, qui ne vient ni de l'océan ni des mines et n'est pas encore assujetti à aucun droit [1].

La cuisine des rues pratique la cuisson à l'eau. C'est une façon de faire qui a en outre l'avantage de répondre aux attentes des vulgarisateurs. Car les meilleurs amis de la pomme de terre restent des gens soucieux de la qualité sanitaire et réticents face aux modes de cuisson au four ou sous la cendre. La pomme de terre, disent-ils, en sort savoureuse, mais pas complètement détoxifiée. Mieux vaut, à titre de précaution, cuire à l'eau. Seule l'eau permet d'éliminer le dernier soupçon de poison et exonère la racine de tout danger [2].

La cuisine parisienne de la pomme de terre est, avant la Révolution, une cuisine de rue qui emprunte beaucoup aux jeunes États-Unis. L'Amérique a fourni la variété idéale, plus l'ustensile pour la cuire. Dans ces échanges culturels franco-américains qui se sont opérés pour le plus grand profit de la pomme de terre, un homme, si l'on en croit la gastro-histoire, a joué un rôle majeur. Crèvecoeur est un Français émigré dans les colonies anglaises, devenu après l'Indépendance Sir John de Crève-cœur, notre consul général à Boston. Il fait passer par la valise diplomatique en France tout un savoir pratique à destination de ceux qui veulent manger des *potatoes* (devenues « patates » en France) : deux nouvelles variétés venues de Nouvelle-Écosse, une houe et une petite charrue pour la cultiver, une marmite pour la cuire.

---

1. Mercier, *Tableau*, *op. cit.*, « mets hideux ».
2. Cadet de Vaux, « Rapport sur les usages et les avantages de la marmite américaine », *Mémoire d'agriculture, d'économie rurale et domestique*, 1786, t. I, 107-111.

La nouvelle variété est la ronde aplatie, à peau fine, à chair un peu jaune. On l'appelle la belle de New York[1]. « On la préfère à toutes les autres. Sa chair est sucrée, farineuse, fine. Très délicate à manger », renchérit Parmentier qui l'a élue parmi les douze variétés haut de gamme que son ami le sélectionneur grainetier Vilmorin lui a proposées[2].

La belle de New York est la star qui propulse enfin la pomme de terre au firmament de la cuisine ordinaire. Et ce n'est qu'un début. Comme on n'arrête pas le progrès génétique, elle sera quelques décennies plus tard remplacée par la petite hollandaise ou la grosse zélandaise[3].

Le prêt-à-manger urbain bénéficie d'un autre transfert culturel : la marmite américaine. Ce chaudron permet de remplacer la cuisson à l'eau par la cuisson à la vapeur. Cadet de Vaux en détaille les mérites : c'est une grande marmite à couvercle, avec un panier percé de trous pour recevoir la racine ; elle peut, de même, cuire des marrons, des choux, des betteraves. L'ustensile, en chauffant beaucoup plus vite, économise le bois, avantage décisif dans une société très menacée dans son approvisionnement énergétique. Autre argument : l'eau est distillée. Beaucoup de patates et de raves sont cuites à l'eau des villes, tirée du puits. Cette eau « séléniteuse » chargée de sulfate de chaux et de nitrates, racornit les légumes, les rend coriaces et insipides. La cuisson par eau distillée et évaporée évite ses inconvénients[4].

La pomme de terre bouillie conquiert la ville. Avec les pénuries de la Révolution et les crises frumentaires à répétition, le succès va s'affirmant, profitant de la mode américaine, et l'on voit s'acclimater la *sheperd pie* qui se naturalise en hachis Parmentier. Est-ce la pomme de terre et sa consommation forcenée qui, à rebours, nourrissent aussi les fantasmes des Français apeurés ou mal à l'aise dans leur patrie au temps de la Terreur ? Franklin avant son départ de France avait cru bon d'adresser un *Avis*

1. Roques, *Nouveau Traité des plantes usuelles*, *op. cit.*, 21.
2. Parmentier, *Traité des pommes de terre*, *op. cit.*, 42.
3. Aulagnier, *Dictionnaire*, *op. cit.*, « pomme de terre ».
4. Cadet de Vaux, *Mémoire d'agriculture*, *op. cit.*

à ceux qui voudraient s'en aller en Amérique pour leur signifier les dangers d'une immigration irréfléchie. « L'Amérique est un pays de travail et nullement ce que les Français appellent "pays de cocagne", où les rues sont, dit-on, pavées de petits pains, les maisons couvertes d'omelettes, et où les poulardes voltigent, toutes rôties, en criant : "Venez me manger"[1]. »

On attribue à la cuisine nomade urbaine, parce qu'elle est visible, parce qu'elle est pittoresque et occupe toujours une place dans les notes des voyageurs, le privilège ou l'antécédence en matière de pomme de terre bouillie. On peut soutenir avec autant de vraisemblance que les campagnes se sont mises à la patate bouillie dès que lesdites patates ont été cultivées « en grand », c'est-à-dire dans les champs. Le *Cuisinier français*, dans la préface de l'édition de Rouen en 1789, déplore qu'on ne sache pas apprêter un certain nombre de victuailles ordinaires, par exemple les légumes dans les campagnes. Selon d'autres sources, deux façons de traiter la pomme de terre sont courantes alors : on la sert comme les navets ou comme les betteraves, cuite au four ou sous la cendre[2]. Ou encore en ragoût, associée en particulier à la viande fraîche, mais surtout salée, en lieu et place de la grosse rave. C'est un ennoblissement certain que d'être admise à la table des jours gras. Mais cela uniquement sur les tables populaires. Car les bourgeois l'adoptent ou la tolèrent uniquement comme nourriture de carême. La morue aux pommes de terre est souvent le plat par lequel on s'initie à la nouveauté dans les cercles de notables des provinces[3]. Aucune source ne cite explicitement la purée. Pourtant, il semble qu'elle ait conquis deux publics privilégiés : les pâtres des montagnes et les enfants.

Les mangeurs de raves, montagnards le plus souvent, sont devenus les plus précoces ou les moins retardataires des mangeurs de pomme de terre, sans doute parce qu'ils disposent à

---

1. Cité par Bizardel, Yvon, *Les Américains à Paris pendant la Révolution*, Paris, Calmann-Lévy, 1972, 32.

2. Bonnet, *L'Année 1778*, *op. cit.*, 115.

3. Gibault, *Histoire des légumes*, *op. cit.*, 269. En effet, on la préfère aux navets pour accompagner le cabillaud ou la morue.

satiété des sous-produits de leur élevage : le babeurre, la tomme fraîche qui adoucissent la texture de la pomme de terre et donnent des purées consistantes. Une enquête de 1789 effectuée dans la région d'Embrun assure que « les pommes de terre ou truffes, avec le laitage, forment le fond de la nourriture des habitants[1] ». À la même époque, en Velay :

> L'heure du souper arrive ; un chaudron de pommes de terre, une demi-livre de pain noir, une écuelle de petit-lait composaient la table de cette famille ; on m'aurait offert des œufs mais on les avait portés à la ville pour acheter un peu de sel.

Jules Vallès, né au Puy en 1832 et qui a passé son enfance en Velay, mange en famille des pommes cuites sous la cendre « arrachées toutes fraîches au champ voisin[2] ».

Tous les ingrédients de la purée sont là, sauf le lait entier, la crème et le vrai beurre. Ils partent au marché… Le chaudron est très proche de la marmite de patates à gorets. On tire les pommes de terre du chaudron, on les vide dans un panier pour les égoutter, on les met ensuite sur la table. Le père les écrase d'un coup de poing, broie du sel à l'aide d'une « bouteille » et chacun prend une pomme de terre et la sale à même la table, la trempe éventuellement dans sa jatte de lait[3]. C'est la purée, mais dissociée.

On songe aussi à une autre alliance avec la morue en temps de maigre. Le stockfisch est le poisson qui voyage le plus loin, il remonte volontiers fleuves et rivières, Dordogne ou Rhône. Pour les montagnards, la morue séchée, légère et de longue conservation, est le poisson qu'ils connaissent le mieux, peut-être le seul. Certes, les premières mentions de morue aux pommes de terre sont urbaines et écrites, mais on ne jurerait pas que le plat soit d'origine strictement bourgeoise…

---

1. *Ibid.*, 267.
2. Soulavie, *Histoire naturelle de la France méridionale*, Nismes, de Belle, 1780, III, 28. Vallès, Jules, *Œuvres*, Paris, Gallimard, 1990, II, 679.
3. Ardoin-Dumazet, 1904, 429, cité par Rivet dans *Cahiers de Haute-Loire*, *op. cit.*, 421.

La purée est en passe de devenir une nourriture de l'enfance, tous milieux confondus. La cuisine des adultes l'ignore superbement et lui préfère encore au XVIIIe siècle les bonnes vieilles légumineuses. Ne négligeons pas le rôle de la pomme de terre dans la nourriture de la première enfance, car il a forcement des prolongements. C'est à cet âge que se prennent les habitudes, que se forge le goût. Quand on envisage la conquête de la pomme de terre par passage direct de l'auge à l'écuelle, on se trompe sans doute, et il ne faudrait pas occulter cette étape intermédiaire de l'écuelle des tout-petits. Quand on pense au prosélytisme par le haut, aux repas médiatiques concoctés par Parmentier, à la fleur de pomme de terre ornant la boutonnière de Louis XVI, il ne faudrait pas pour autant oublier le prosélytisme par le bas. En tout cas, si les petits Normands des années 1780 sont beaux et joufflus, c'est bien grâce à elle, la pomme de terre. Ce que reconnaît bien volontiers un père de famille : « Oh ! Nous ne craignons plus d'avoir des enfants, depuis que vous nous avez appris à les nourrir à bon marché. Ils ne mangent plus, ainsi que nous, que des pommes de terre [1] ». Peut-être cette prolificité annoncée et permise est-elle à l'origine d'un autre préjugé envers la pomme de terre, le seul, à vrai dire, qui lui soit favorable. La pomme de terre serait aphrodisiaque. C'est la réputation qu'on lui fait dans les campagnes peuplées, de l'Irlande à la Normandie. « Une opinion vulgaire, c'est que ces tubercules ont une propriété aphrodisiaque qui n'est point démentie par la fécondité de ceux qui s'en nourrissent [2]. »

Pomme de terre républicaine

Quand enfin Parmentier se persuade qu'il faut changer le mode d'emploi de la pomme de terre, qu'on ne peut en faire du pain, il s'adresse à deux personnages clés. Le premier est le

---

1. Cité par Dubuc, *Annales de Normandie, op. cit.*, 56.
2. Aulagnier, *Dictionnaire des substances alimentaires*, *op. cit.*, « pomme de terre ».

consommateur moyen, « le bon laboureur qui a l'avantage d'ignorer le luxe et la délicatesse des tables ». Le laboureur éclairé, cela va se soi, pas le villageois abruti et farci de préjugés. L'autre personnage-cible est le cuisinier, pour qui la pomme de terre doit être l'occasion de montrer ses talents d'artiste. Tantôt Parmentier essaie de le séduire, il le prie alors « d'exercer son esprit inventif et alléchant [1] ». Tantôt, plus rude, il parle de son « génie inventif et meurtrier [2] ». Et il prêche par l'exemple, étalant une inventivité certaine, en énumérant une cascade de plats :

> Elles se déguisent de mille manières sous la main habile du cuisinier en perdant dans les accommodages le petit goût sauvage qu'on leur reproche quelquefois. On en prépare des pâtés de légumes, des boulettes excellentes ; on les mange en salade, à l'étuvée, au roux, à la sauce blanche, avec la morue, en haricot, en friture et sous les gigots ; on en farcit les dindons et les oies. Mais un moyen simple d'en faire un mets délicat, sur-le-champ, c'est quand elles sont cuites et un peu rissolées à la surface, de les ouvrir et d'y mettre du beurre frais, du sel et des petites herbes hachées [3].

À lire le répertoire qu'il déploie et qui semble sorti d'un palmarès des cantines, on est pris d'un doute : fallait-il que la pomme de terre soit si insipide qu'il n'envisage ses apprêts que sous la forme de déguisements ? Mais l'objection ne tient pas, Parmentier y a répondu par avance. À ses yeux, toute la valeur culinaire tient à cette insipide douceâtre et fade. « Elle n'a que le goût des assaisonnements qu'on y ajoute. » Elle a « l'avantage singulier de se prêter à toutes nos fantaisies et à tous nos goûts ». Elle subit toutes les métamorphoses, salées ou sucrées, comme il

1. Parmentier, *Traité des pommes de terre*, *op. cit.*, 283.

2. *Les pommes de terre considérées relativement à la santé et à l'économie*, Paris, 1781, 226. Parmentier a réédité à plusieurs reprises le mémoire de la pomme de terre qui lui valu le prix de l'Académie de Besançon, en 1772. Chaque mouture apporte quelques variantes.

3. Cité dans Seince, Franck, *Parmentier et l'hygiène alimentaire*, Bordeaux, Delmas, 1935, 46.

l'a prouvé lors d'un repas publicitaire servi au beau monde. Dans ce banquet entièrement consacré à la pomme de terre, elle figurait de l'entrée jusqu'au dessert, en beignets, en brioche, à la caséine, torréfiée, en fromage et café. Mais ce qui nous gêne ici c'est que toutes les fantaisies composent une cuisine virtuelle qui ne connaît pas de règle, qu'on est incapable d'assigner à la racine une catégorie culinaire de manière précise. Ceci, sans doute, retarde son intégration dans la culture culinaire française et cartésienne. Bonne à tout faire, bonne fille en plus, c'est ainsi qu'elle entre dans les répertoires de cuisine militante en France ou en Italie :

> Les pommes de terre peuvent être mangées en salade, en boulettes, en polenta, en timbales et en bons petits plats, avec la viande bouillie et avec le rôti, cuites dans le lait, avec du beurre, avec des aromates, frites et en mille autres manières, selon l'habileté des cuisiniers. Par ailleurs, une fois cuites à l'eau et après qu'on a enlevé leur peau que l'on donne aux poules, on les pile dans un mortier et on les mélange avec un tiers de farine de grains pour en faire des maccheroni et toutes sortes de pâtes [1].

Parmi ces utilisations culinaires les plus variées, on peine à trouver une proposition plus insistante, un usage plus régulier. Sa qualité reconnue de légume gourmand l'incline à absorber toutes les graisses de jus de viande. Son destin semble tout tracé les jours gras. Et pourtant c'est en maigre qu'elle contracte son alliance, la plus ancienne et la plus solide, avec la morue.

En l'an II paraît *La Cuisinière républicaine, Qui enseigne la manière simple d'accommoder les Pommes de terre*. La postérité encense ce petit livre comme un ouvrage révolutionnaire à plus d'un titre. On tiendrait là le premier manuel de cuisine français écrit par une femme, une femme ordinaire, la citoyenne

---

1. Camporesi, *La Terre et la Lune, alimentation, folkore, société*, Paris, Aubier, 1993, 108. Onorati, Nicolas, Columella (le bien nommé : il est professeur d'agriculture à Naples), *Della patate*, Naples, 1803.

Mérigot, qui nous ouvre son cahier de recettes comme on ouvre son cœur, une femme qui se libère en livrant au public ses secrets de cuisine. Ce premier manuel féminin est entièrement consacré de surcroît à la pomme de terre, affichant haut et clair son souci de simplicité et d'économie. Après examen, il faut en rabattre. Mme Mérigot n'est sans doute qu'une fiction, derrière le tablier bleu-blanc-rouge de la ménagère citoyenne se dissimule un homme, un publiciste très proche des milieux militants pour la pomme de terre. Mme Mérigot l'humble ménagère parle latin, a lu *L'Essai sur les maladies des gens du monde* du médecin à la mode, le Suisse Tissot. Ses recettes s'inspirent de celles de Parmentier. En fait, elles sont de Parmentier, mais ce dernier s'était contenté d'émettre une série de suggestions culinaires très vagues et très générales. Tout le mérite de Mme Mérigot sera de les reprendre une à une en indiquant la progression à suivre. Elle propose trente et une recettes, nous faisant grâce d'« une infinité d'autres ragoûts recherchés » ; vingt-neuf de ces formules commencent par : « Lorsque les pommes de terre sont cuites… » Deux fois seulement en effet, pour une préparation au lard et une en beignets, la citoyenne apprête des tranches crues. Dans toutes les autres recettes, les pommes ont été préalablement cuites et il ne fait aucun doute que la préférence de la cuisinière va à la cuisson à l'eau, ou mieux, à la vapeur. Donc on attend la purée…

Et l'on est déçu. Les tranches cuites et pelées sont servies nature avec du sel ou en salade, mises à la casserole avec une sauce courte, roux ou sauce blanche, liée de fécule de pomme de terre ou mouillée de bouillon. Quelquefois la pomme de terre est mise à la poêle, en fricassée. Le trait commun c'est que, dans toutes ces recettes, elle apparaît unique et traitée pour elle-même, plus légume que féculent. On ne la trouve que quatre fois en accompagnement de plats traditionnels, dans la lèchefrite pour recueillir le jus du gigot, dans le pot-au-feu, le haricot de mouton, en farce de grosse volaille.

Et la purée ? La voici « à l'économe ». Cela commence comme le hachis Parmentier (ce que nous appelons, nous, le hachis Parmentier), avec tous les restes de bouilli hachés, mêlés en quantité égale à la purée. Mais cela s'achève en boulettes, farinées, frites et servies avec une sauce. Le sort de la purée est de finir soit en épaississant du potage, soit en boulettes frites.

Tout cela, si l'on excepte l'ingrédient principal, a un air de revenez-y. On se trouve dans un paysage culinaire assez familier, surtout si le repas se termine en fête, comme le suggère Mme Mérigot, par des pets (de prostituée, de putain, de nonne ? Mme Mérigot, qui a peur de passer pour sectaire, ne choisit pas entre ces appellations reconnues), où la farine de pomme de terre remplace celle de froment. Elle ne peut penser différemment des cuisiniers de son temps. Quand ils disent : « servez avec purée », il va sans dire qu'il s'agit de la purée de pois ; et elle non plus n'évoque pas la purée de pomme de terre. Attend-on de M. Roellinger ou de M. Bras qu'ils nous livrent parmi leurs recettes le dosage du biberon ?

Sans purée simple, sans doute par fidélité aux vraies purées de légumes secs, mais de légumineuses, sans hachis éponyme, sans gratin, sans frites, sans omelette, la cuisine de la pomme de terre reste à inventer.

15

Pomme de terre frite

Pomme de terre en robe des villes

En 1816, les vendeuses de pommes de terre bouillies se multiplient autour des halles ; mauvais signe, annonciateur de la disette. Comme la crise coïncide avec le retour sur le trône des Bourbons et l'avènement de Louis XVIII, on rend le roi responsable de l'augmentation du prix du pain. Alors des placards sont affichés à Lyon et un peu partout, menaçant Louis XVIII « qui vendait tout le blé pour payer les pommes de terre qu'il avait mangées en Angleterre », et représentant le roi obèse sous la forme d'un cochon. Cochon et pomme de terre, cela va ensemble, dans une image fort dépréciative. Et une affiche à Lyon se fait menaçante, après la condamnation à mort du général Mouton-Duvernet : « Si l'on tue Mouton, nous éventrons le cochon [1] ».

Il ne faudrait par prendre les mots au pied de la lettre et faire tout un plat de ces slogans politiques. Si l'on accable la pomme de terre et le cochon, c'est parce qu'on voit dans le roi restauré un fauteur de crise qui voudrait faire manger de la patate à la place du pain. C'est de fait reconnaître que la patate est solidement installée dans son rôle de nourriture supplétive du pain. Pourtant, insidieusement, elle est en voie de changer de statut. Car, une fois passés les temps de cherté du grain, la pomme de terre, loin de s'effacer et de décliner, s'installe durablement dans

1. Bourguinat, Nicolas, *Les Grains du désordre. L'État face aux violences frumentaires dans la première moitié du XIXe siècle*, Paris, EHESS, 2002, 406.

le régime alimentaire des Français. Une lecture des statistiques – les statistiques impériales inaugurant une série sûre et précise – montre en effet son adoption définitive. Dans les années 1803-1812, le Français consomme 20 kg de pommes de terre par an. En 1835-1844, en moyenne, la consommation a quadruplé. Alors se clôt le cycle du refus, la pomme de terre enfin sortie de son long purgatoire est admise au paradis des aliments populaires. En 1866, elle entre dans le *Dictionnaire universel* de M. Larousse avec la mention spéciale : « Elle est et reste ce qu'elle devait être : l'aliment populaire par excellence ».

La pomme de terre dérobée

Cette diffusion-promotion de la pomme de terre en soi est moins importante que ce qu'elle entraîne, soit une cohésion inédite du régime alimentaire populaire, toutes catégories confondues. La diète du paysan se rapproche de celle du citadin en troquant définitivement les raves pour les « patates », à condition qu'elles ne soient pas les mêmes que celles de leurs cochons. Les ouvriers agricoles des grandes plaines du bassin parisien refusent de manger du pain de pomme de terre, ils ne veulent plus manger de la grosse ronde blanche, encore moins de rouges, ils réclament de l'américaine, de la hollandaise… Alors, se lamentent les messieurs de la Société d'agriculture, si eux aussi veulent les espèces les meilleures, celles qu'on a pour habitude de vendre sur les marchés urbains, qu'allons-nous faire de nos variétés les plus abondantes, elles ne pourront plus servir que pour nos troupeaux [1] !

Parallèlement, l'ordinaire de l'artisan ou de l'ouvrier se rapproche de celui des ruraux. Pour compenser la cherté du bœuf après 1804, l'ouvrier se met à consommer du cochon, frais ou salé. L'avenir du cochon est en ville où il s'exhibe sans fausse honte à la devanture de charcuteries prospères, enguirlandées

1. *Annales de l'agriculture française,* an VI, 371.

de saucisses. Comme le porc est généralement engraissé à la pomme de terre, tous les Français, à l'unisson, deviennent gros consommateurs de pommes de terre, directement ou indirectement, en une sorte d'union nationale des consommateurs, à l'exception du bloc méridional.

Dans les foyers urbains modestes de l'époque romantique, la pomme de terre est devenue « aliment vulgaire ; maintenant on l'aime, on la recherche[1] ».

On l'aime, mais sous quelle forme ? Faute de recettes populaires, on peut poser la question à Mlle Catherine ou Mlle Rose, auteurs supposés de manuels culinaires à destination du peuple, qui s'adressent en fait à la classe moyenne. Elles répondent d'abord en faisant la fine bouche : pas de pomme de terre dans la soupe. Première règle de cuisine urbaine : toujours épaissir la soupe avec du pain. Quant à la purée ou pâtée, elle a mauvaise presse. Elle rappelle trop la bouillie rustique, elle sent le lait, cette chose que le bourgeois n'aime ni boire (sinon dilué dans son café) ni manger. À vrai dire, le citadin du XIXe siècle, souvent citadin de fraîche date, immigré de sa campagne, n'a pas ces réticences. Il fréquente volontiers la crémerie. Dans un premier temps, il y va pour acheter le lait ou le fromage. Dans un second temps, il consomme les laitages debout dans la boutique même. Puis des tables apparaissent dans la salle et la crémerie devient un restaurant à prix économiques, fréquenté par toute une clientèle d'ouvriers et surtout d'ouvrières, appréciant le bol de lait chaud ou la « côtelette de Brie[2] ». Ceux-là mangent la pomme de terre comme on la prépare à la campagne. À la seconde génération, bien intégrés à la ville, ils adoptent la purée.

La purée s'introduit dans la cuisine écrite en préférant au lait d'autres liquides : du bouillon, de l'eau de cuisson et du beurre. Le ménage bourgeois accable la cuisinière, venue du village, de recommandations : pas de lait, mais du beurre ou de la crème ; et que la purée soit fine et bien délayée, alors n'épargnez pas la

1. Roques, *Nouveau Traité, op. cit.*, 28-29.
2. Gaillard, Jeanne, *Paris la ville, 1851-1870*, Paris, Honoré Champion, 1976, 160.

besogne, passez-la au tamis, et surtout battez-la, battez-la vigoureusement ! Et ne nous la servez pas telle quelle, comme une pâtée, c'est bon pour les enfants ou pour les malades, mais façonnez-la en quenelles, en timbales, en gratin, de préférence le soir, pour masquer un hachis de viande et réutiliser les restes.

Chez les bourgeois et les autres, les pommes de terre à l'eau se servent aussi entières, elles figurent à table à pleins légumiers ou à pleines passoires, accompagnant les tripes, le bœuf à la mode, tous les ragoûts, sans oublier la morue :

> Ces tubercules corrigent, par leur mucilage, la saveur un peu âcre du poisson salé. C'est la collation du curé de campagne, de la bonne religieuse, de la sœur hospitalière. Je leur conseille de ne pas y épargner le beurre, surtout s'il est frais. Tout cela ne vaut pas les carpes du Rhin et truites du lac de Genève dont se nourrit le dévot riche [1].

C'est le plat de maigre favori du dévot ni vraiment riche ni vraiment pauvre. Le chrétien de peu la préfère en salade, assaisonnée de sel, de poivre, beaucoup plus fortement qu'une salade ordinaire. Il force le trait du vinaigre, ajoute éventuellement moutarde et cornichon et la sert avec des œufs durcis ou des filets de harengs. Voilà pour le carême des bourses plates. Ainsi traitée, consommée entière ou écrasée en purée, la pomme de terre urbaine fait preuve d'une grande fidélité à la cuisson à l'eau, ce qui gomme les différences avec sa consœur rustique.

Mais elle sait aussi se faire plus originale. En ville, la pomme de terre ôte volontiers sa robe avant que de passer à la casserole. Ainsi « dérobée », moins farineuse mais plus ferme, prête à absorber la graisse, elle apparaît dans diverses préparations où elle sauvegarde mieux son identité, par exemple, « à la dauphinoise ». On fait frire les pommes de terre jaunes coupées en rondelles. Ensuite, on les fait bouillir à grand feu pendant cinq minutes, dans « un épais coulis » (un bouillon réduit), convenablement assaisonnées. On verse sur le plat et coulis et pommes

1. Roques, *Nouveau Traité*, *op. cit.*, art. cit.

de terre[1]. Ce n'est pas le gratin éponyme, qui suppose le four, inconnu dans l'équipement non professionnel. La « dauphinoise » réclame la double cuisson, comme d'ailleurs la plupart des préparations citadines où la cuisson à l'eau n'est qu'un préalable. Mais dans ce cas, on procède à l'inverse, on commence par la fricassée pour terminer par le bouilli. C'est une préparation très proche des ragoûts de tous types par lesquels la pomme de terre intègre la cuisine du vin, avec la matelote au vin rouge et aux oignons ou au verjus, mijotée dans du bouillon avec une égale quantité de verjus[2].

Finalement, dès 1830, la pomme de terre est partout, mijotant dans tous les jus, se mariant à toutes les viandes et tous les poissons. Et les œufs ? Le mariage du siècle, indubitablement, eût été l'omelette aux pommes de terre, soit l'union de deux ingrédients populaires consacrés. Une des surprises de notre enquête vient de ce que cette omelette se rencontre peu, soit qu'elle soit tellement commune qu'elle en devient honteuse, soit qu'elle ne soit pas vraiment une spécialité française. Dans les *Cent façons de préparer la pomme de terre* de Mlle Rose [quatre-vingt-treize en fait], la première est « en robe de chambre », la dernière est un soufflé aromatisé à la vanille et à la fleur d'oranger. La purée figure à la seizième place, l'omelette à la vingtième et ce, sous une forme inattendue : cassez des œufs. Ajoutez-y de la purée de pomme de terre, salez, poivrez, battez. Et à la rubrique n° 95, consacrée à l'emploi des restes de pommes de terre, on retrouve l'omelette, mais en dernière position, bien après le potage épaissi, les boulettes, les croquettes. Le tout assorti de cette recommandation : attention au goût de savon que peuvent prendre les pommes réchauffées ! Tout cela tendrait à justifier les allergies de Pierre Larousse qui affirme sans barguigner que « la pomme de terre et l'œuf sont ennemis comme le feu et l'eau[3] ».

Pourtant, l'omelette existe, pour la rencontrer, il suffit de s'inviter à une table ordinaire. « Après la soupe, il y a encore une

1. *Ibid.*
2. Rose, *Cent façons de préparer la pomme de terre*, s.d., recettes 36, 41.
3. Larousse, *Grand Dictionnaire*, « pomme de terre ».

“portion”, c’est-à-dire une bonne fricassée de pommes de terre[1] ». Dans la fricassée, les patates sont cuites à la poêle avec œufs et oignons, et la présence des oignons, le mélange intime, la texture sèche, tout cela l’éloigne en bonne orthodoxie de l’onctueuse omelette.

Et la pomme de terre frite, la vraie frite ? Dans la cuisine embourgeoisée, au temps des monarchies censitaires, trône le rôti de bœuf aux pommes de terre, grand ornement des repas de noces et des banquets électoraux. « Il y a là de quoi alimenter tout un collège électoral rassemblé dans une ville de province : les électeurs, comme on le sait, viennent de loin, et ils ont un solide appétit. » Pour peu qu’ils soient gourmands et qu’ils évitent les discussions politiques trop turbulentes qui irritent l’estomac, ils se régaleront de « cette magnifique pièce de bœuf entourée de pommes de terre bien rissolées, couleur d’or[2] ».

On est dans un système de cuisine censitaire, non démocratique, où la pomme de terre appelle le beurre et la découpe en rondelles. Cependant, Melle Catherine désigne sous le nom de « frites » un beignet et Mlle Rose ne l’ignore pas. Elle les coupe en quartiers, les fait sauter dans le beurre ou les dégraisse après les avoir ébouillantées, fidèle à la double cuisson classique. Ces frites n’ont rien de neuf, pas plus que le rosbif qu’elles entourent qui s’est contenté de faire un aller-retour de l’autre côté de la Manche pour revenir avec un nom anglais, comme avant lui l’avait fait notre bacon.

L’avènement de la frite

La frite se situe au point de rencontre d’une continuité et d’une rupture. Évolution longue, celle qui par le lent travail de sélection met sur le marché des variétés à peau jaune et à chair si ferme qu’on peut les tailler en bâtonnets. Effet de conjoncture,

---

1. Rivet dans *Cahiers de Haute-Loire*, *op. cit.*, 425.
2. Roques, *Nouveau Traité*, *op. cit.*, art. cit.

avec l'arrivée en masse sur les marchés de pommes de terre moins chères après la reprise des cultures en 1861. Rupture dans le domaine culinaire avec le traitement à grande friture, un mode de cuisson jusque-là à peu près ignoré de la cuisine populaire. Reconnaissons cependant que, dans les multiples façons de préparer la pomme de terre depuis Parmentier, une ou deux passaient par la bassine de grande friture : les beignets de pommes de terre ou, dans leur version sucrée, les « pets », recommandés par les nutritionnistes de tout poil puisque la redondance des féculents et la consistance pâteuse garantissaient le lest de l'estomac. Les pets gonflés dans la friture sont une vieille recette, avec quelques variantes et quelques variables dans le temps. Au XVIe siècle, les pets sont à base de farine de froment et ils s'appellent pets de P… À la Révolution, ils se préparent avec de la fécule ou de la purée de pommes de terre et s'intitulent « pets de nonne », changement qui, si on l'associe à la lourdeur indigeste du mets, peut s'interpréter comme signe indéniable d'anticléricalisme. Beignets, pets et fritures de goujons et de sardines n'entrent pas dans les foyers modestes. D'ailleurs ils sont dangereux. On se méfie de ces bassines brûlantes qui « crient », enfument et, surtout, risquent de prendre feu. Pour en goûter, mieux vaut aller au coin de la rue où stationne une faiseuse de beignets qui emploie, au lieu de beurre, d'huile ou de saindoux, « un cambouis, un vieux oing, qu'elle semble avoir dérobé aux cochers qui graissent les roues des carrosses [1] ». Mercier exagère, comme toujours. Mais ne lâchons pas ses beignets gras et douteux car ils nous indiquent déjà que le ressort de l'innovation, c'est la friture.

L'avènement de la pomme de terre frite intervient dans des conditions semblables à celles qui ont diffusé la pomme de terre bouillie. À un siècle de distance, on retrouve une cuisine urbaine, des rues. Vers 1830, on signale à Paris les premiers marchands ambulants de frites [2]. La cuisine nomade s'installe sur les quais de

1. Mercier, *Tableau*, *op. cit.*, « mets hideux ».
2. Aron, Jean-Paul, *Essai sur la sensibilité alimentaire à Paris au XIXe siècle*, Paris, Armand Colin, 1967, 118.

la Seine. Le cornet de pommes frites s'y débite facilement, nourriture ludique, en-cas de luxe, car il coûte cher. La pomme de terre de 1830 n'est pas encore un légume bon marché. La maladie qui l'attaque à partir de 1846-1847, faisant pourrir les récoltes, a eu des effets sur son prix jusqu'en 1861. Signalons au passage que le cornet de frites offre un autre débouché pour les livres qui se vendent mal. Jusque-là, ils finissaient comme emballage alimentaire chez la beurrière, l'épicier ou le poissonnier. À ces destinations proverbiales, il faut désormais ajouter le cornet de frites[1]. En 1863, le guide Joanne de la capitale distingue deux sortes de marchands de marrons, grillés ou bouillis, et deux types de marchands de pomme de terre, bouillies ou frites. On peut alors la déguster ailleurs qu'en plein vent, assis par exemple dans un restaurant à prix fixe ou à la cantine, car la cuisine collective, après certaines réticences, se convertit[2]. Entre-temps, la frite a subi une subtile et néanmoins formidable mutation morphologique : jusque-là, elle n'apparaissait sur les tables que sous forme de rondelles, éventuellement soufflées. On tranchait en « liards », comme les pièces de monnaie du même nom par la rondeur et par la couleur, qu'elles rappellent. Or, voilà que, avant de la plonger dans la friture, on la coupe en bâtonnets fins, uniformes, géométriques, on la soumet à une sorte de mathématisation abstraite qui transforme une plante de chair « en morceaux prismatiques[3] ». Les « morceaux prismatiques » du lexicographe ne font pas rêver mais ils marquent un repère fort. On est dans les années 1860. Enfin, notre frite démocratique et nationale est officialisée.

Quant à savoir quelle ville a le privilège de l'antécédence et l'honneur de la naissance, c'est là une querelle de préséance dans laquelle nous entrerons d'autant moins qu'il ne faut pas tomber dans le piège du diffusionnisme. On ne fera pas gober à nouveau la fable des Sablons, je veux dire l'idée d'un berceau, d'une niche originelle à partir de laquelle l'innovation se serait

1. *Dictionnaire de l'Académie*, « beurrière ». Pour le poissonnier, Érasme, *Colloques*. Mercier, *Tableau*, *op. cit.*, « épiciers droguistes ».

2. Aron, *Essai*, *op. cit.*

3. Larousse, *Grand Dictionnaire*, « pomme de terre ».

répandue, en tache d'huile, comme on imagine que l'expérience parisienne de Parmentier, plantant de la pomme de terre dans la plaine des Sablons, soit le point de départ d'une propagation jusque dans le fin fond des provinces. Bien sûr, comme la plupart des mentions écrites sur l'avènement de la frite proviennent de Paris, on pourrait très bien être victime de « l'effet Mistinguett » (« Ça, c'est Paris ! »), comme l'a été Curnonsky qui n'hésita pas à écrire que la frite est « l'une des plus spirituelles créations du génie parisien ». Pas si vite, monsieur le journaliste gastronomique… Il n'y a pas un épicentre bien repéré à partir duquel se diffuserait la frite. Tout porte à croire que la gestation a été diffuse et l'éclosion simultanée dans tout le territoire.

Ne tournons pas autour du pot de graisse. Si l'émergence de la frite est tardive, ce n'était pas faute de pommes de terre. La matière grasse, dont nous avons peu parlé jusqu'ici, fournit la clé décisive. C'est elle qui définit le plus simplement et le plus exactement le fond de cuisine. Lucien Febvre l'avait affirmé avec force, le fond de cuisine le plus répandu dans l'ancienne France, c'est l'eau. Et le mode de cuisson le plus usité, c'est le bouilli, sous toutes ses formes. La cuisine au beurre est réservée aux riches. Quant aux corps gras, l'ancienne cuisine les manie avec précaution. Pour désigner ce type de cuisson, les manuels ont le verbe doux : on ne dit pas, brutalement, « faites frire » mais « frisez », « fricassez », « dorez », ce qui suggère des petites quantités et une petite chaleur.

Les rêves d'un pays de cocagne, véhiculés par les livrets populaires jusqu'en plein XIXe siècle, cette utopie où coulent non le lait et le miel bibliques, mais la graisse et le saindoux, où l'on cueille les boudins et les jambons, où l'on attache les chiens avec des saucisse ; l'amour du gras sous toutes ses formes : la terre grasse, la femme grasse, les nourritures grasses ; le prestige de la cuisine grasse assimilée à la bonne cuisine : tout cela renvoie à une tension fondamentale entre le désir et la réalité qui s'inscrit dans un contexte agricole très précis de déficit structurel des corps gras. La passion pour le gras n'existait que dans la mesure où l'on était carencé en graisse au point que non seulement les désirs n'étaient pas satisfaits, mais que les besoins physiologiques en lipides non plus n'étaient pas couverts[1].

Comment, répliquera-t-on, ils n'avaient pas le beurre, mais ils avaient le saindoux et toutes sortes de graisses animales et végétales. Certes, mais en quelles quantités ?

Nous savons maintenant que le cochon familial, aux Temps modernes, est une réalité en pays de forêts, là où il peut se nourrir « à la course » de glands. Dans les riches terres, céréalières, il est singulièrement absent. Et un cochon ne donne finalement que dix à douze litres de saindoux, ce qui est nettement insuffisant pour une famille. Le beurre ? Dans les milieux populaires, nous l'avons vu, on le mange, on ne le cuisine pas. Quant aux graisses végétales, le répertoire de l'ancienne France est à la fois très vaste et très parcimonieux. La France de 1800, limitée à ses propres ressources, produit par rapport à la nôtre dix fois plus d'huile d'olive, un peu plus d'huile de noix, de la navette dans des quantités inconnues, peut-être non négligeables, mais probablement supérieures à notre production d'huile de colza, et aussi des huiles de lin, de chènevis, d'œillette (de pavot). Le maïs n'est pas utilisé à cette fin, le tournesol inconnu. Et les importations de gras de poisson, craspoix ou autres, sont en chute complète à partir du XVIe siècle. Au total, des corps gras insuffisants en quantité, de qualité douteuse. On évoque dans les documents, comme une rengaine, le rance et le ranci, parfois en bonne part. Le lard ranci est apprécié, les relents qu'il laisse au fond du pot rempli de pois ou de légumineuses sont excellents. Le cassoulet en gestation au XVIIIe siècle ne peut s'en passer. En revanche, l'huile rancie est mal notée. On évite de la manger dans la salade ou la soupe. C'est l'huile à cuire et elle est toujours « forte ».

On imaginait chaque région adonnée à un fond de cuisine. On croyait à une relative fixité des fonds de cuisine. On se trom-

1. Flandrin, Jean-Louis, « Le goût et la nécessité. Sur l'usage des graisses dans les cuisines d'Europe occidentale, XIVe-XVIIIe siècle », *Annales E.S.C.*, mars-avril 1983, 369-401.

pait : il y a simplement de fortes polarités, l'huile du Midi, le beurre de Bretagne, mais le saindoux est présent partout.

À l'échelle de la cellule familiale, cela donne des réserves de corps gras partout présentes, repérées grâce aux inventaires après décès. Elles sont très différentes d'une famille à l'autre, mais avec toujours le recours à plusieurs graisses. Les réserves d'un laboureur normand, au XVIIe siècle, consistent en trente livres de graisse épicée, de la graisse douce, quarante livres de beurre. Chez des métayers plus pauvres et en Auvergne, l'arche ou « coffre » recèle de l'huile, du lard, de la graisse, du saindoux. Si on ôte l'huile nécessaire, à cru, pour verser sur la soupe et donner à l'eau chaude l'allure d'un bouillon gras, ou pour faire la salade, il n'y a pas de quoi noyer les plats sous un flot de graisse. En Velay, au XVIe siècle, la liste des corps gras utilisés dans les foyers est encore plus longue : huile d'olive, sain de porc frais sans sel ou le plus vieux possible, sain de truie. Le sain de bouc et la graisse de chèvre, la graisse d'oie, la graisse qui entoure les rognons de chevreau et de mouton, le beurre frais et le beurre vieux, l'huile de noix sont tour à tour mentionnés [1].

On cite aussi la graisse fine comme celle de chapon ou l'huile d'amande, toutes deux réservées à des préparations cosmétiques où ces huiles douces et pures sont mélangées à des produits toxiques dérivés du plomb. Bien entendu, les usages particuliers de chaque graisse, voire leur mélange, quand il est possible, nous sont inconnus. Au Puy, on sait qu'on peut mélanger huile et sain de porc : en période de gras, ces graisses sont interchangeables, on peut les mélanger. En règle générale, on distingue les fritures grasses, à base de saindoux, de dégraissis provenant de la lèchefrite ou de l'écumage du pot-au-feu, des fritures maigres de beurre fondu ou d'huile.

La cuisine grasse sous l'Ancien Régime est bien une cuisine rêvée, une cuisine de cocagne. Dans la pratique, la cuisine populaire

---

1. Framond, Martin de, « À la table d'un marchand bourgeois du Puy » dans Viallon-Schoneveld, Marie (éd.), *Le Populaire à table. Le Boire et le manger aux XIXe et XXe siècles*, Saint-Étienne, Publications de l'université de Saint-Étienne, 2005, 128.

ménage les corps gras, par nécessité. Elle ne pratique la friture qu'en technique douce. Elle obéit, *nolens volens,* aux préceptes diététiques : mangez, disent en substance les médecins, de l'huile d'olive crue, c'est très bon, mais gardez-vous de cuire l'huile ! « Le feu la rend âcre et caustique, ce dont tout le monde convient. » Bilieux, poitrinaires, maigres s'abstenir… Que peut vous apporter une friture réputée « maigre », corrosive de surcroît [1] ?

Dans ce paysage désolant de pénurie, le précepte « rien ne se perd » est de rigueur. Dans les cuisines collectives des hôtels-Dieu du XVIIIe siècle, à côté de la bassine à friture se trouve l'épargne, soit un récipient en fer-blanc destiné à récupérer les graisses de fritures. On réemploie ces graisses jusqu'à l'écœurement, ce qui justifie bien des appréhensions sur la bassine de friture en plein air : huile à manger cuite et recuite ou huile destinée à d'autres usages, l'éclairage ou le graissage. La cuisine nomade de la friture n'a pas bonne presse. Autant les marrons et les patates bouillies, les tripes et les petits pâtés ont de solides amateurs, autant on se méfie des nourritures frites de plein vent ou de cuisine collective. « On fait passer par ce moyen ce qui a été servi la veille ou plusieurs jours auparavant [2]. » Sur elles pèse le double soupçon de mauvais ingrédients, de restes ignobles cuits dans une mauvaise huile. La grande friture est considérée comme le pire des modes de cuisson parce qu'elle n'est qu'une technique de déguisement. La double cuisson est courante et admise dans l'ancienne cuisine mais terriblement mal famée quand la friture est le dernier mode de cuisson. Quand il s'agit de poissons frais, elle est mieux acceptée, mais on accuse les revendeuses des rues d'utiliser de la farine à friser au lieu de fine fleur. C'est là que la farine du merlan (le coiffeur) prend tout son sens [3].

À la veille de l'arrivée des huiles exotiques, au milieu du XIXe siècle, le déficit structurel est toujours là, le paysage lipi-

---

1. Lieutaud, *Précis de matière médicale*, Paris, 1768, II, 37.
2. Aulagnier, *Dictionnaire*, *op. cit.*, « friture », « pain ».
3. Mercier, *Tableau*, *op. cit.*, « perruquier ».

dique de la cuisine française ne s'est guère amélioré. Côté graisse animale, on dispose d'un peu plus de saindoux. Les progrès de l'élevage du cochon permettent aux petits ménages d'augmenter leur consommation de saindoux (elle triple entre 1781 et 1935), même si le cochon est devenu le porc du charcutier, une bête à jambon et à viande plus qu'une bête à graisse. Côté huile végétale, dans la hiérarchie gustative, un trio tient la tête : l'huile d'olive en tête, suivie de l'huile de faines et de l'huile de pavot… Comme la faine, fruit du hêtre, est apprécié en grignotage pour son goût de noisette, on peut supposer que l'huile de faine a cette même saveur, tout en se posant des questions sur les quantités réellement disponibles. L'huile de pavot est blonde, belle, de saveur agréable et peut se garder sans rancir. C'est « l'oliette » ou « petite huile ». L'huile est rarement utilisée pure. L'huile de ménage la plus courante au temps de Balzac est une huile pâle de pavot mêlée à de l'huile d'olive verte et piquante qu'elle adoucit [1].

Voilà les bonnes huiles, mais vraiment pas à la portée de toutes les bourses, réputées pour la table, dénigrées pour la cuisson. L'huile reste une denrée chère. En Haute-Provence, en 1810, un litre d'huile de noix vaut le prix de 2 kg de viande de bœuf qui n'est pourtant pas « donnée » et un litre huile d'olive en vaut quatre. Mais dire la provenance de l'huile est un raffinement dont seuls sont capables les chimistes et les gourmets et ceux qui peuvent remplir leurs jarres du produit de leurs oliviers. De façon générale, on achète de l'huile sans aucune étiquette ou spécification. Il y a de grandes chances qu'elle soit, dans les épiceries méridionales, de l'huile d'olive noyée dans une jarre de colza et, dans les autres, une huile blanche, sans saveur, obtenue en mélangeant huile de colza, d'œillette et de lin. Ne jetons pas la pierre au commerce. Car c'est de lui, du grand commerce plus précisément, que vient le salut.

La concomitance entre l'avènement de la pomme de terre frite et l'arrivée des graines exotiques, converties en huiles végétales

1. Aulagnier, *Dictionnaire*, *op. cit.*, « huile, pavot, faine, oliette ».

dans les raffineries portuaires, est frappante. L'introduction des graines exotiques débute dans les années 1830, grâce aux relations fructueuses entre les savonneries de Marseille et les planteurs d'arachide au Sénégal, mais ce n'est qu'après 1845 qu'on assiste à une invasion oléagineuse. Là où les autres Européens se tournent vers d'autres corps gras importés, huile de palme ou huile de coco, les Français, qui connaissaient depuis longtemps la « pistache de terre », en font leur graine exotique préférée[1]. À Marseille, l'arachide supplante l'huile d'olive dans des conditions douteuses si l'on en croit la boutade de Léon Say : « Arachide : petite graine qui sert à produire de l'huile d'olive. » Les petits ménages marseillais achètent sous l'étiquette « huile d'olive » un mélange de sésame et d'arachide ou d'arachide et de colza[2]. Marseille donne le ton dès les années 1850, mais l'arrière-pays provençal n'a pas de tradition culturelle favorable à la pomme de terre. On n'en fera donc pas le berceau putatif de la frite. En revanche, Dunkerque et Bordeaux construisent aussi une industrie portuaire de l'huile végétale. C'est pourquoi certains ports de l'Atlantique peuvent revendiquer à bon droit l'antécédence dans la création de la frite…

L'arachide fait baisser le prix de l'huile et rend pour la première fois accessible le grand bain de friture. Elle doit son succès, au-delà des facteurs de circonstance, au fait qu'elle a la réputation de cuire, qu'elle supporte les fortes températures grâce à un point de fumée très élevé. C'est la friture « maigre » par excellence, celle qui saisit très chaud et qui frit « plus ferme[3] ». Elle s'adapte parfaitement au goût nouveau des fritures à température élevée. Le succès de la pomme frite ne lui doit peut-être pas tout mais il lui doit beaucoup.

Faisons cette remarque incidente : que la ville s'éloigne du bouilli et de la cuisine à l'eau est une bonne chose. La qualité de

1. *Observations pratiques sur la pistache de terre ou manobi d'Amérique*, Avignon, Joly, 1803.

2. Régis de la Colombière, Marcel, *Sophistication et altération des principaux objets comestibles*, Marseille, Camoin et Bergamin, 1854, 28.

3. Dumont, *La Bonne Cuisine*, *op. cit.*, 69.

l'eau tirée des puits ou de la rivière en ville est plus que douteuse, elle a un goût détestable et le hasard fait mal les choses : quand partout des fontaines distribueront une eau de meilleure qualité, à peu près potable, alors le bouilli sera passé de mœurs.

Le bifteck et la saucisse

On attend le bifteck. Son apparition sur les tables ordinaires est postérieure à la période étudiée, aboutissement d'une série de réactions en chaîne que naguère Lucien Febvre résumait de plaisante façon. Au départ est le Code civil. Il entraîne un développement de la propriété foncière individuelle et, corrélativement, l'abandon de l'élevage en semi-liberté et des pratiques collectives. Au troupeau commun errant à travers les landes et les chaumes, nourri au hasard des chemins autant de feuilles que d'herbes, se reproduisant au gré de la nature, succèdent des troupeaux surveillés avec soin par un propriétaire avisé, se procurant à grands frais des reproducteurs anglais, croisant ces étalons de Durham avec des vaches rustiques. Devenus races à viande, ces animaux sont surveillés à l'étable et dans des prairies spécialement couchées en herbe et soigneusement closes. Transformation profonde de l'élevage qui permet enfin, dit-il, la transformation alimentaire[1].

On serait tenté d'inverser la proposition : c'est la transformation alimentaire qui est le moteur des changements agricoles. La demande précède, elle ne suit pas le bœuf français. La petite propriété individuelle n'est pas progressiste, elle favorise le maintien d'une polyculture de type traditionnel. Pour répondre à la demande des consommateurs, il faut importer cinq fois plus de bovins de l'étranger dans les années 1831-1841. Comme pour les corps gras, la France ne suffit pas à nourrir la France.

Restons dans ces années monarchiques, où les données carnées sont les suivantes : alors qu'un Anglais consomme deux cent vingt

1. Febvre, *La Civilisation quotidienne*, *op. cit.*, 14.02.16.

livres de viande par an, dont beaucoup de viandes rouges, le Français en ville en est à soixante livres, en campagne à vingt livres, ration dans laquelle le porc domine. Et comme le consommateur moyen n'existe pas, sinon dans les statistiques, on peut supposer que le mangeur ordinaire dispose de quantités encore plus réduites… Tous ne sont pas égaux devant le bœuf. La majorité des jeunes ouvriers et des villageois incorporés sous les drapeaux jusqu'au temps du Second Empire souffrent de malnutrition et d'un manque de viande. « Ce n'est qu'après plusieurs mois que le matelot et le conscrit, réconfortés par le bon régime alimentaire de l'ordinaire officiel et par l'absorption prolongée de trois cents grammes de viande par jour, deviennent aptes l'un à entrer en campagne, l'autre aux rudes et pénibles travaux du bord[1]. » L'ordinaire de l'armée, fixé par les médecins militaires, représente en viande le double ou le triple de la quantité moyenne qui a nourri le jeune soldat. Encore faut-il comprendre ce que signifie la ration officielle. Ces trois cents grammes théoriques ne doivent pas faire illusion. Un kilogramme de viande livrée fournit sept cent cinquante grammes de viande une fois désossée et trois cent soixante-quinze grammes une fois bouillie. Le jeune « bien nourri » relativement à son ordinaire familial ne dispose que de cinquante grammes de viande dissoute dans l'eau par chaque repas. Être carnivore est un privilège temporaire, le temps de l'armée, ou un privilège social :

> En tout lieu, le privilégié, après avoir dit : je prie pour ma nourriture, trouvera : deux livres de pain, un bifteak cuit à point, un gigot idem, un plat d'épinards[2].

Le bœuf est souverain d'un bout à l'autre du siècle, affirme Aron[3]. Oui, à condition de bien marquer les limites de son royaume. Il règne sur un peuple de gastronomes qui le vénèrent

---

1. Cité par Aron, *Essai*, *op. cit.*, 259.
2. Stendhal, *Vie de Henry Brulard*, dans *Œuvres intimes*, t. II, Paris, Gallimard, Bibliothèque de la Pléiade, 1982, 986.
3. Aron, *Le Mangeur*, *op. cit.*, 125.

sans conteste, de la Reynière au baron Brisse. Chez les autres, il apparaît moins fréquemment et en petite proportion dans leurs assiettes, plus souvent sous forme de bouilli. Voilà où on en est. Mais les choses bougent et, entre 1840 et 1882, le régime populaire se rééquilibre, la consommation carnée est multipliée par deux, tandis que petit à petit le profil du mangeur carnivore se modifie. L'augmentation se fait au profit de la viande fraîche et, parmi les viandes rouges, au profit du bœuf, alors qu'une certaine désaffection pour le mouton se manifeste. Dans les petits restaurants à prix fixes qui popularisent la frite, on la propose en accompagnement de côtelettes de mouton, de saucisse, ou encore avec un bifteck[1]. Tout le monde peut essayer puisque le petit restaurant « mêle les classes », que la différence porte sur le vin et sur la qualité des denrées, mais non sur le type de préparation. Alors, bifteck ou saucisse ? Puisqu'on a le choix du plat principal, tout devient question de goût. Le néophobe préfère la saucisse, le néophile le bifteck.

Le néophobe se méfie du « bisfeusteque » parce que celui qu'il s'est hasardé à goûter est si coriace qu'il double le temps de consommation et lui suggère toutes sortes de comparaisons savetières. La médisance lui fait susurrer que c'est en temps d'épizootie qu'on sert les morceaux les plus avantageux. Malgré tout, il avoue qu'il a la nostalgie des grillades… Son souvenir pourtant n'a rien à voir avec ce morceau de viande maigre et saignant qu'il aperçoit dans l'assiette de son voisin. Ce qu'il appelle, lui, grillade ou « gribelette » est un morceau de cochon frais destiné à la cuisson rapide, côtelette, échine, foie, boudin. C'est une chair maigre, car il n'aime pas voir ce qui grésille et tombe sur les charbons, un gaspillage de graisse, un luxe. Il a encore sur la langue le piquant du vinaigre cuit, versé sur la grillade et qui mord les feuilles de persil. D'une grillade barbare, il ne veut pas[2].

1. Aron, *Essai*, *op. cit.*, 118.
2. Rivet, dans *Cahiers de Haute-Loire*, *op. cit.*, 424.

La grillade de cochon est donc maigre, le bifteck l'est encore plus. On le traite plus souvent à la poêle qu'au gril, plus ou moins noyé dans l'huile qui l'empêche de se racornir sur le feu[1]. D'ailleurs, ni le bifteck ni la « charbonnée » bourgeoise, son équivalent au degré supérieur, ne n'achètent chez le boucher. Entre en cuisine un morceau de bœuf entier, découpé en tranches minces d'un doigt d'épaisseur (de deux doigts pour un chateaubriand). On tranche le bifteck de façon incongrue, contrairement aux règles de découpe ancienne qui enjoignent de couper le morceau venant de la boucherie sans suivre le fil de la viande, de façon que chaque tranche incorpore un morceau de gras. La tranche est battue, aplatie et le plus souvent plongée brièvement dans l'eau bouillante. La *Cuisinière bourgeoise* l'accommode quand elle est devenue plus tendre. La cuisson sur le feu vif n'est alors qu'une seconde cuisson, entourée de précautions aromatiques, d'un hachis d'ail, de persil, ciboule, champignon, panée à la mie de pain ou encore en papillote avec marinade.

Le néophile aime le bifteck. Il regarde avec commisération le mangeur de saucisse, ce vieil attardé si fidèle au cochon. Et manger du porc et des frites, quelle tristesse ! C'est manger de la patate sous deux formes ! Il partage le goût nouveau de certains consommateurs pour la viande maigre et pour la viande rouge. Il choisit le degré de cuisson, la demande à point et non pas saignante, verte, ou pire, crue et mêlée à des oignons et à de la ciboulette hachée, « à la hottentote » comme on la sert dans certains restaurants huppés. Quand la tendreté n'est pas au rendez-vous, mieux vaut à point. Ce bon point de cuisson est tout subjectif, mais c'est là la noblesse du morceau ! Il a cette supériorité sur la tranche de rôti censitaire de répondre à toute demande individuelle et de s'adapter à la relativité des goûts. C'est le service à la française dans un raccourci démocratique, l'individualisme bourgeois transfusé dans l'art culinaire.

1. Aulagnier, *Dictionnaire*, *op. cit.*, « grillade ».

Le goût du croustillant

Pour tous les mangeurs à partir du Second Empire, par-delà la disparité sociale, par-delà la diversité des goûts, la frite fait consensus. L'appréciation est unanimement positive. Elle n'est pas grasse, puisque plongée dans une friture d'huile qu'on considère comme « maigre ». Et surtout, elle offre une volupté de bouche rare qui tient à sa texture : elle croque, craque, croustille. C'est un plaisir rare que peu de mets offraient jusque-là.

Croustillant : le qualificatif, officiellement, naît sous l'Empire. C'est tard. Pour que les mots apparaissent, il faut que le besoin s'en fasse sentir. On n'avait pas besoin de ce mot, tant les mets revêtus de cette qualité étaient rares. Pourtant, on n'a pas attendu 1807 pour « croustiller ». On croustille beaucoup dans la langue classique. « Voulez-vous croustiller avec moi ? » est une invite cordiale et bon enfant. Elle signifie : « Venez donc boire un coup, et puisqu'il faut manger ou grignoter en buvant, vous prendrez bien une croustille. » « Croustille » que l'on définit comme « une petite croûte que l'on s'amuse à ronger en buvottant [1] ». C'est la croûte du pain, du pain frais seulement, qui procure cette sensation. On ne croustille pas pour calmer sa faim, on croustille par pur plaisir, pour « s'amuser ». On déguste avec l'oreille, avec la dent autant qu'avec les papilles. En bouche, le plaisir se dédouble, car le dur, le ferme cache le mou puis le laisse apparaître et fondre. Voilà pourquoi, sans doute, on dit croustiller dans la langue classique en appuyant durement sur le s, et en mouillant les deux l… Rien à voir avec le craquant. Croustiller, ce n'est pas casser la croûte. Le craquant est bien plus connu de l'Ancien Régime des mangeurs, il est plus fréquent. C'est par exemple celui du fruit qu'on mange trop souvent vert, un rien « acerbe », comme ces poires à chair cassante, bon chrétien ou martin sec,

1. *Dictionnaire de Trévoux*, *op. cit.*, « croustelette, croustille ».

« qui font une manière de bruit sous la dent [1] ». C'est encore celui des gâteaux ou des biscuits les plus communs, comme ces « casse-museaux » dont le nom sonne comme un avertissement. Le croustillant est infiniment plus recherché que le craquant parce qu'il est plus rare, plus paradoxal, associant le ferme et le mou, plus instable aussi, car le croustillant ne perdure guère. Bref, il est signe de fraîcheur et de qualité supérieure.

Les occasions de croustiller sont rares. Elles se présentent généralement en dehors du repas formel. On croustille le temps d'une buvette, le temps où, après la tuaison du cochon, on recueille les grillons dans la grande bassine où fond le saindoux. À table, le croustillant se trouve parcimonieusement, en dehors de la cuisine du bouilli, au fond des poêles ou du poêlon là où s'accrochent toutes sortes « d'effondrilles ». Si le mangeur de pain le trouve dans le croûton de pain frais, le mangeur de bouillie le cherche dans le « gratin » qui attache au fond du poêlon. Pendant longtemps, le gratin de la cuisine ordinaire est au-dessous. À la ville, il entame une ascension sociale jusqu'à se trouver sur le dessus des plats bourgeois, de ceux que l'on gratine au four du boulanger ou au four domestique dans les maisons bien fournies. Les gens qui sont la « crème de la crème » de la société le mangent donc plutôt dessus, les autres dessous ou sur le bord des galettes. Quelle que soit sa position, le gratin n'est qu'une pellicule qui donne lieu, lorsqu'il paraît sur la table familiale, à des transactions interminables. Avec la frite, lorsqu'elle paraît sur les tables populaires, tout change. Pour la première fois le croustillant ne s'attache plus à un amuse-bouche mais à un plat. Le plaisir s'individualise, et chacun peut croustiller à satiété.

Nous cultivons avec ardeur l'illusion rétrospective de la fatalité. Nous trouvons toutes les raisons pour que le triomphe de la pomme de terre dans nos assiettes ait un caractère de nécessité. C'est oublier que notre passé alimentaire restait fragile, aléa-

1. La Quintinye, *Instructions*, *op. cit.*, « chair ».

toire, incertain, que l'échec de la pomme de terre aurait été aussi prévisible que son succès.

Elle est restée trois siècles cette étrangère qui n'a pas su s'intégrer dans l'autochtonie culturelle. Quand elle réussit, c'est au prix d'une rupture, en passant de la cuisine à l'eau à la cuisine à l'huile. La pomme de terre frite est l'association réussie de deux nouveautés, ce qui est très rare dans l'histoire de la cuisine où l'on préfère toujours faire du neuf dans des vieux pots.

16

La gibelotte de lapin

Faute de grives, on mange des merles. Belle maxime, constante dans la cuisine ordinaire, sauf celle de Corse qui préfère les merles aux grives. Et faute de merles, que mangera-t-on ?

Pas un corbeau dont Champier affirme que sa chair est si mal famée que tous y renoncent. Peut-être un pivert, quoique sa chair soit ingrate et qu'elle ait des relents de vers et de moucherons, « comme l'affirment ceux qui en ont mangé ». Ou bien un geai. « Les barbiers les élèvent en cage dans leur boutique et leur apprennent à imiter la voix humaine, mais les paysans en mangent. » Ou encore une pie, à condition qu'elle soit très jeune et prise au nid [1].

Ainsi, par une cascade de substitutions, on peut descendre (ou monter) dans l'échelle alimentaire, tout en restant dans le même registre. Dans la gibecière de Champier on trouve bien d'autres nourritures extravagantes dont la référence supérieure n'apparaît pas clairement, si bien qu'on ne sait dans quelle catégorie alimentaire on les rangeait. Le renard est bon en automne quand il s'est « bourré comme un canon » de raisins et qu'il est bien engraissé. Le hérisson, du moins celui qui a un museau de cochon, est délicieux aussi en saison, quand il est gavé de fruits. L'écureuil fait l'objet d'une chasse nourricière en Velay et en Auvergne, mais les gens élégants, qui y ont tous goûté au moins une fois, trouvent sa chair un peu sèche. Quant au « bièvre », notre

1. Champier, *De re cibaria*, *op. cit.*, xv, 77, 79, 80, 81.

castor, cette « beste à double vie » comme dit joliment Belon, elle représente un sacré casse-tête. Puisqu'il est admis que chaque animal participe toujours à la nature de l'élément où il vit, comment le classer : est-il chair ou poisson, ni chair ni poisson ou mi-chair mi-poisson ? Sur les confins de l'est du Royaume, c'est cette dernière représentation qui prévaut, on y mange l'arrière comme poisson, en temps de jeûne, et l'avant comme viande en temps de gras [1]. Et Guillaume Rondelet nous livre un « truc » culinaire : puisque la chair du « bieuvre » est dure, grasse, comme celle du bœuf, mais qu'elle sent fort, le mieux est de le faire rôtir et de l'accommoder avec une sauce très épicée [2]. Le castor est le dernier « poisson » dans le catalogue du naturaliste.

Quant au lapin, il n'est connu que sous sa forme sauvage. C'est l'hôte des bois et du *saltus*, à l'instar du lièvre. Pour le manger il faut d'abord le chasser. Ne pas l'attraper alors qu'on l'a aperçu au bord du chemin suscite quelques regrets :

> Nous en eussions faict des pastes
> Nous l'eussions mangé en civé [3].

On peut penser que tout ceci ne vaut que *hic et nunc,* pour les campagnes et pour les années 1560, quand Champier achève de boucler son Tour de France alimentaire. Je ne suis pas sûre qu'il faille faire cette restriction chronologique. Les nourritures de substitution ont encore un bel avenir devant elles et quand, dans les *Misérables*, Jean Valjean, sorti du bagne, se voit refuser l'entrée de l'auberge de Digne alors qu'il a faim, qu'il voit une marmotte ruisselante de graisse tourner sur la broche, nous sommes aussi frustrés que lui…

Le *Larousse gastronomique*, dans sa version de 1938, consacre quelques articles à ces viandes (ou à ces poissons) secondaires.

---

1. Belon Pierre, *L'Histoire naturelle des estranges poissons marins*, Paris, Chaudière, 1551 XIII.
2. Rondelet, *Histoire des poissons*, *op. cit.*
3. Le Poulchre, François de, *Le Passe-temps de messire François Le Poulchre, seigneur de la Motte-Messemé*, Paris, J. Leblanc, 1597, 154.

Voyez par exemple les rubriques : âne, couleuvre, marmotte, ours, porc-épic, grenouille, hérisson. Et chat : « félin domestique dont la chair comestible a une saveur intermédiaire entre celle du lapin et celle du lièvre ». Ce faisant, Prosper Montagné, rédacteur du *Larousse*, et Augustin Escoffier, préfacier, accordent au chat un statut tout à fait honorable comparable à celui de la pintade, qu'on pourrait définir comme comme suit : « gallinacé domestique, dont la chair comestible a une saveur intermédiaire entre celle du poulet et celle du faisan ».

En fricassée de poulet

Il est tentant de refuser à ces bêtes sans autre forme de procès le statut de gibier et de les rejeter en vrac hors d'une cuisine digne de ce nom.

Mais regardons les choses de plus près. Une des règles primordiales de la cuisine canaille pourrait s'énoncer ainsi : la substitution d'une viande par une autre s'opère d'autant plus aisément qu'on la soumet au même traitement. Exemple à suivre : la fricassée de poulet. Alors même que le poulet est inconnu ou presque dans l'artillerie de gueule ordinaire, les préparations dites « en fricassée de poulet » abondent dans la cuisine canaille.

La fricassée de poulet est une vieille référence dans la cuisine écrite. La première fricassée est née officiellement avant 1385 [1], sous le titre de « fricassée de poulaille ». Au XVIe siècle elle existe en sept recettes. En 1651, dans *Le Cuisinier françois*, en vingt et une. La fricassée devient plurielle, elle s'applique à une grande variété d'ingrédients, gras ou maigres, se sert en potage ou en entrée. Mais la fricassée par excellence est celle de poulet ou de poussin, de pigeonneaux ou de dindon. Elle devient un plat si répandu qu'elle n'est pas vraiment aristocratique ni digne d'un maître queux. Au XVIIIe siècle, le petit bourgeois n'a qu'une servante, dont le chef-d'œuvre est une fricassée de

1. Taillevent, *Le Viandier*, Paris, Techener, 1892.

poulet[1]. La cuisson est précédée de quatre séquences : flamber, éplucher, vider, couper. On ne plume pas, on écorche, d'une main aussi habile qu'expéditive, ce qui, aux yeux d'un observateur étranger, rend cette cuisine un rien barbare :

> Allons dans la cuisine et observons les préparatifs : là nous voyons la plus terrible exécution commise sur la personne d'un poulet. La cruelle femme lui avait tranché la gorge et sans lui avoir enlevé les plumes l'avait mis en pièces avec ses mains ; et ensuite enleva la peau et les plumes ensemble, juste comme nous dépouillons les lapins. Cela fait, il fut aplati dans une poelle et frit pour le souper[2].

Le voyageur anglais témoin de ces préparatifs aurait pu s'estimer heureux. Car la fricassée qu'il a dégustée est une « vraie » fricassée de poulet. Or, d'autres textes qui nous présentent une cuisine plus ordinaire nous décrivent des plats « en » fricassée de poulet. C'est-à-dire des plats où sont traités à la bourgeoise, à renfort (modéré) de beurre ou de gras, des ingrédients plus populaires. On prépare ainsi les pieds de mouton, les ailerons de dindon, les pigeons, tous les oiseaux mais aussi les escargots de vigne et, bien entendu, les grenouilles. Il aurait pu tout aussi bien, ce voyageur, découvrir dans la poêle populaire des grenouilles en fricassée de poulet.

Pendant longtemps, nous avons eu des goûts anglais ou, pour dire mieux les choses, nous avons partagé avec les Anglais un goût médiéval et international. Les sociétés du Moyen Âge et de la Renaissance considéraient la grenouille comme nourriture bizarre, étrange, voire inacceptable pour des gens bien portants. Mais les goûts changent et les modernes en mangent volontiers. Il n'y a pas de saison pour ce plat, qui, en substituant la grenouille au poulet, a franchi la frontière canonique du gras vers le maigre, et ce en telles quantités qu'on se demande s'il n'existe

---

1. Mercier, *Tableau*, *op. cit.*, « cuisiniers ».
2. Témoignage de Peter Heylin, 1656, cité par Flandrin, *La Blanquette de veau, op. cit.*, 50. Cette façon de faire est courante, mentionnée par exemple dans le *Thresor de santé* de 1600.

pas une sorte d'élevage extensif de la grenouille dans les zones humides. Soit on mange les grenouilles en potage et, dans ce cas, on les consomme entières, sauf la tête ; soit en fricassée de poulet, et on ne se sert que du « train de derrière ».

Plus un plat est commun, plus il s'applique à des viandes interchangeables. Ce qui vaut pour la fricassée vaut tout autant pour la poivrade, le civet ou la gibelotte. Ce ne sont plus des plats, mais des apprêts aux déclinaisons multiples, aux contenus variables, souvent attendus, parfois surprenants [1].

« Il faut avoir le courage de ses aliments »

C'est Alexandre Dumas qui nous le recommande, au moment même où il nous emmène souper dans un bouge « où nous boirons de l'infusion de bois de Campeche, sous prétexte de vin de Bordeaux, et où nous mangerons du chat, en place de lapin de garenne [2] ». Le bois de Campèche est cette plante tinctoriale déjà rencontrée, appelée au siècle précédent « bois de Brésil » ou « brésil ».

Moins que le courage, c'est en fait la documentation qui fait défaut. Le chat est appelé à comparaître. Et voilà que, fidèle à l'image que les Modernes lui ont collée au poil, tout d'hypocrisie et de sournoiserie, il se dérobe, il fuit. Et l'on se retrouve devant des indices volatils, tirés d'une littérature démoniaque ou diabolisée, à l'époque moderne, ou misérabiliste, aux temps contemporains, dont on se demande si elle n'est pas plus fantasmée que réelle.

Deux séries d'indices incitent à penser qu'il y a eu, aux temps médiévaux, un usage courant du chat domestique à usage alimentaire, mais ils sont d'origine géographique éloignée, si bien qu'on ne peut généraliser. Cet usage est d'abord attesté par la

1. Aulagnier, *Dictionnaire*, *op. cit.*, 1, 261, « grenouille ». Recopié *in extenso* dans le *Dictionnaire de cuisine* de Dumas.

2. Dumas, *Les Mohicans de Paris*, Paris, 1859, rééd. Paris, Gallimard, 1998, 20. L'action se déroule dans le Paris des années 1820.

méticulosité des statuts communaux italiens qui organisent le ravitaillement et encadrent la vente des denrées sur le marché. En matière de viande féline, ils sont formels : interdiction de capturer des chats à des fins alimentaires, avec cette précision importante : *aliquis gatus vel gata aliena*. Interdiction encore de cuisiner dans sa maison un chat et une chatte qui ne vous appartiennent pas. Le délit, c'est bien de manger le chat du voisin, délit de même nature que celui du père Lustrucru. Certains règlements communaux édictés par des municipalités du Piémont sont plus explicites. Ils interdisent de chasser le chat avec des moyens illicites, des pièges ou des filets, et ensuite de les préparer en poivrade, *cum piperata* [1].

Les normes, dans leur sécheresse, sont lourdes de sous-entendus. Elles attestent d'un tabou bien présent dans la société médiévale. Dans le même mouvement, elles marquent l'écart entre le prescrit et le pratiqué, bref, elles disent tout à la fois l'interdit et la transgression de l'interdit. Elles suggèrent des moments où la chasse aux chats est ouverte, en dehors même des temps d'épidémie, où elle est alors systématiquement organisée par les autorités municipales qui, pour éviter la contagion, décrètent assez généralement l'élimination des chats et des chiens errants. Dans l'état actuel de nos connaissances épidémiologiques, il eût mieux valu pour éviter la peste laisser les chats courir sur les toits et tuer les rats… Autre information : alors que les chroniques médiévales relient systématiquement la consommation de chat à l'horreur de la famine, la norme se réfère à des temps de tranquillité alimentaire [2]. On mange alors les chats en ragoût, à la piperade ou à la poivrade, donc avec une sauce noire et relevée à base de mie de pain, de poivre, de vinaigre, la même que les queux médiévaux servent avec le lapereau [3].

Les relevés archéo-zoologiques de certains dépotoirs, comme ceux effectués dans un quartier de Besançon, viennent

1. Nada Padrone, *Il Cibo del ricco*, *op. cit.*, 291 et suivantes.
2. Bobis, Laurence, *Le Chat. Histoire et légende*, Paris, Fayard, 2000, 80.
3. *Mesnagier*, *op. cit.*, recette 755.

conforter les sources écrites. À l'analyse des ossements, on a reconnu parmi eux une forte présence des restes de l'espèce *Felix catus*. Les dénombrements opérés pour les gisements des XIIIe et XIVe siècles sont minutieux. Qu'on en juge : 167 restes de bovins, 209 de porc, 251 de basse-cour, un seul de lapin de garenne, 263 os de chat, soit la fréquence la plus forte. Cela dit, en termes de poids, l'apport reste marginal. Et nul doute que ces chats n'aient été mangés. Ce sont des bêtes jeunes dont les os présentent tous les stigmates d'un dépouillage minutieux. Deux siècles plus tard, dans le même gisement, les os de chats sont toujours présents, mais, de tous les restes osseux, ils sont désormais les moins nombreux, simples vestiges de cinq jeunes chats qu'on a fait cuire en ragoût très longtemps, jusqu'à ce que la viande se détache facilement et que les os se séparent par simple torsion, sans être fragmentés[1]. Tout se passe comme si, au tournant de l'époque moderne, les Bisontins devenaient des carnivores beaucoup plus ordinaires, faisant du chat un usage presque anecdotique. Mais peut-on généraliser d'un cas bisontin et d'un contexte régional à l'ensemble de la société carnivore ? Si c'était le cas, alors les Temps modernes inaugureraient un dégoût plus marqué pour la viande de chat, menant tout droit à la répulsion qui est la nôtre à l'idée de manger nos minous.

Cette consommation féline pose problème : on ne saurait la référer à une situation de nécessité extrême, à un acte de consommation désespéré. La littérature de disette, du XVIe au XVIIIe siècle, pourtant friande de nourritures immondes et de charognes diverses, ne parle guère de chat. Nous partirons de l'hypothèse qu'elle n'est pas une consommation générale en période particulière ; bien plutôt une consommation permanente caractéristique de certains groupes particuliers, dans un espace défini : celui de la ville.

1. Olive, Claude, *Se nourrir à Besançon au Moyen Âge : à la table d'un vigneron de Battant*, Besançon, Musée des beaux-arts, 1990, 75, 79. Delsalle, *Boire et manger*, *op. cit.*

Écureuil rôti

Le modèle de consommation rurale, en termes de viandes de complément, semble avoir été mis en place au cœur du Moyen Âge, comme l'attestent ici aussi et les « archives osseuses » et les traces écrites[1]. Les archéo-zoologues relèvent en effet, à côté des vestiges fournis par la triade bœuf-mouton-cochon qui l'emporte de loin, des apports secondaires d'animaux plus petits qui ont tous pour caractère d'être des produits de la chasse ou du braconnage. Dans le détail, on voit défiler tout le cortège du gibier à plume ou à poil. La chasse médiévale s'intéresse aux pies, aux geais, aux grives et à tous ces oiseaux sauvages que Champier a classés sous la rubrique des oiseaux comestibles. Elle s'intéresse aussi au lièvre, secondairement au lapin. Des « bêtes fauves », on en chasse plus qu'on n'en mange. Le principal intérêt de la chasse au lapin ou « connin » réside moins dans l'approvisionnement en viande que dans la récolte des fourrures. On les tue par dizaines et par centaines. Il faut bien, estime Robert Delort, la peau de cent vingt lapins pour doubler un manteau. Mais que fait-on du lapin sauvage écorché ? Soit on le laisse pourrir sur place, soit on livre à l'étal des basses boucheries les carcasses pour un prix très modique, deux fois moins cher que la peau.

Le tableau de chasse ne serait pas complet si l'on oubliait d'y inclure le hérisson et l'écureuil. Ces deux animaux ont une place culinaire tout à fait officielle à la Renaissance et analogue à celle du lapin : les écureuils doivent être écorchés, vidés et mis à tremper comme le lapin, puis on les rôtit ou on les met en pâté soit lardés, soit enveloppés de crépine[2].

Il est certain que la chasse à l'écureuil, qui se pratique seul au lance-pierre ou en battue avec des perches, n'a pas la noblesse

---

1. Audoin-Rouzeau, Frédérique, « L'alimentation carnée dans l'Occident antique, médiéval et moderne, identités culturelles, sociales et régionales à travers le temps » dans Bruegel, Martin, Laurioux, Bruno (dir.), *Histoire et identités alimentaires en Europe*, Paris, Hachette Littératures, 2002, 77-100.

2. Champier, *De re cibaria*, *op. cit.*, XIII, 30. *Mesnagier*, *op. cit.*, recette 341.

de la chasse au lièvre. Est-ce la raison pour laquelle on établit une nette hiérarchie entre toutes les viandes des rongeurs sauvages ? Champier cite le lapin après le lièvre, mais avec d'autres animaux reconnus comme nourriture occasionnelle : le renard, le hérisson, la loutre, le rat même, c'est-à-dire le loir campagnard, tous qualifiés de « gibier ». Un siècle plus tard, la liste vaut toujours, à peu de choses près : écureuils, rats d'eau, blaireaux à nez de cochon, loutres et d'autres « dont l'on mange et qui ne sont pas bien à notre usage [1] ». Entendons : à notre usage de citadins civilisés.

Schématiquement dit, en matière de viandes blanches canailles, le Moyen Âge lègue deux modèles de consommation : le modèle urbain qui juxtapose les volailles de basse-cour pour les uns et le chat par défaut ; le modèle rustique qui privilégie le sauvage et tout le gibier à plume et à poil dont le lapin sauvage. Deux modèles parallèles qui ne sont pas sur un pied d'égalité.

On lit dans les manuels médiévaux la cuisine du lièvre, du lapin et de l'écureuil, pas celle du chat. Il faut les normes législatives tatillonnes pour l'évoquer. On lit dans les comptes de bouche des maisons classiques des nourritures sauvages. Ainsi, les comptes de telle abbaye nous informent que, en 1672, on y a mangé « une loutre escorchée ». Mais jamais le chat n'est revendiqué, sinon sous forme de haret sauvage, et donc retourné à la nature [2].

Tout se passe comme si l'on avait beaucoup de mal à dire les viandes ignobles de la ville, parce qu'on y vit… Le gibier, fût-il occasionnel, est une réalité si fortement ancrée dans la vie rurale que la seule pensée d'une chasse furtive dans la ville est pire qu'une incongruité : un crime contre nature…

Non seulement la chasse au chat est honteuse, mais même sa consommation est stigmatisée aux XVe et XVIe siècles. Corrélativement, l'image de l'animal se dégrade. Dans la représentation ambivalente du chat, la Renaissance penche nettement pour le

1. Bonnefons, *Délices de la campagne*, *op. cit.*, 296.
2. Bobis, *Le Chat*, *op. cit.*, 82 ; Delsalle, *Boire et manger*, *op. cit.*, 63.

côté noir. Raminagrobis a tous les vices. Pire encore, il est associé à la sorcellerie.

Les procès de sorcellerie montrent qu'il n'y a pas de vrai, de bon sabbat, sans un chat, toujours présent, bien vivant. Parfois il figure aussi mort, comme ingrédient du festin sabbatique, mais c'est plus rare. Adrienne Perrin, brûlée à Vesoul en 1613, est accusée, entre autres choses, d'avoir « beu et mangé aux sabats avec iceux démons, sorciers et sorcières du breuvaige et viandes de chair et de chat et autres qui sont aportées par lesdits démons sur une table dressée a cet effect étant assis et [précision importante de l'acte d'accusation] lesquelles viandes n'ont aucune saveur[1] ». Tout cela en effet est absorbé sans sel ni vin, deux ingrédients dont on mesure ici la valeur symbolique.

En dehors des repas sabbatiques, donc fantasmés, il faut avouer que la cuisine des sorcières, telle qu'elle se trouve dans les archives judiciaires, est bien décevante. Les sorcières rurales élaborent une cuisine désespérément prosaïque, à l'image de celle que consulte Pantagruel dans le *Tiers-Livre*. Dans sa cabane tout enfumée, elle est occupée à concocter un potage de chou vert avec une couenne de lard et un os à moelle. Leur savoir est plus secret, elles connaissent les propriétés et les vertus de la cervelle sèche de chatte ou de l'araignée ensevelie dans une noix, sans compter les herbes venimeuses, abortives ou aphrodisiaques. Quant au chat lui-même, elles en savent ce que tout le monde sait : il est venimeux, qu'il soit blanc, noir ou roux. « Ces bestes infectent par leur cervelle, par leur poil, par leur haleine et même par leur regard[2]. » Satan loge dans la tête du chat. On est là dans le registre d'une cuisine diabolique et diabolisée au XVIe siècle par les intellectuels et les médecins.

Et pourtant, il est possible de dire crûment qu'un chat mort perd ces trois agents pathogènes, et qu'une fois écorché il devient « innocent ». Débarrassé de tous ses vices, il acquiert une vertu alimentaire. Lui couper la tête n'est pas, comme on le pense, une ruse et une tromperie pour le faire passer pour un

1. *Ibid.*, 63, 126.
2. Paré, *Œuvres*, *op. cit.*, 743.

lapin, mais une mesure de précaution. Convenablement décapité et écorché, le chat devient bon à manger. Et c'est ainsi qu'il figure dans plusieurs manuels sur la cuisine de « nécessité » et dans le répertoire de Champier qui accuse les *gulosi* d'en manger. Mais comment traduire *gulosi* ? « Gloutons », puisqu'« ils se nourrissent vraiment de tout ce qui leur tombe sous la main », ou bien « gourmands » car « certains le considèrent comme un plat délicieux, même si sa cervelle à la réputation d'être empoisonnée [1] » ? Le chat et sa cuisine figurent également dans plusieurs bons manuels d'économie domestique. On y lit une ou deux recettes : comment tuer un chat à « l'étouffée », sans le faire saigner pour confectionner des « pilules de rivière », lesdites pilules étant destinées à empoisonner les cours d'eau pour rendre la pêche à la main miraculeuse [2]. Ou encore comment une bonne mère de famille, soucieuse de soulager les sciatiques ou la goutte de son mari par des massages à la graisse de chat, doit s'y prendre pour préparer le remède souverain :

> Prenes un chat bien gras, coupés luy la teste, et frotez chaudement de ce sang la partie affligée ; écorchez-le ensuite et appliquez la peau du côté de la chair sur le mal, ouvres luy le ventre et y mettez un peu de beurre dedans, piqués sa chair de cloux de geroffle, et le faites rôtir ; conservez la graisse qui en distillera dans un pot de terre vernissée […] et vous vous en froterez chaudement tous les soirs [3].

On ne peut en déduire que le geste de tuer et d'écorcher un chat serait assez familier. Ce serait une extrapolation abusive. Surtout si l'on considère que ces recettes conseillent, pour recueillir la graisse du chat, de le passer à la broche. Or, nous savons que la cuisine du rôti est l'apanage des grandes maisons ou bien des professionnels comme le père Lustucru.

---

1. Bobis, *Le Chat*, *op. cit.*, 83. Champier, *De re cibaria*, *op. cit.*, XIII, 37.
2. Chomel, *Dictionnaire économique*, *op. cit.*, « poisson ».
3. Fouquet, *Suite*, *op. cit.*, 325. Fuchs, *Le Thresor*, *op. cit.*, 487.

Le ragoût de Moumouth

Tout le quartier Saint-Jacques à Paris est en émoi. Qu'est devenu Moumouth, le chat de la mère Michel ? Qu'en a fait exactement son compère Lustucru ? Moumouth, Moumouth, où es-tu ?

Nous savons qu'il n'est pas perdu, qu'il est quelque part rue de la Huchette, la rue des rôtisseurs, mais où se trouve-t-il exactement, dans le grenier, dans la cave ou l'arrière-cuisine de M. Lustucru ? La chanson telle qu'elle se diffuse par l'intermédiaire des almanachs au temps de Louis XIV présente deux variantes. Dans la première, Lustucru répond aux cris de la mère :

> Il est dans mon grenier qui fait la chasse aux rats
> Avec sa p'tite épée et son sabre de bois.

Dans la seconde, Lustucru affirme :

> Pour un lapin votre chat est vendu.

Dans la première version, Raminagrobis se présente sous sa seule face aimable : comme chasseur de rats. Mais c'est la seconde version, la plus *hard*, qui a été retenue. Ce n'est pas par obligation que Lustucru, le cuisinier dodu et bien nourri, tue Moumouth. On ne mange pas du chat, nous l'avons dit, comme on mange de la vache enragée. Le compère Lustucru exerce l'honorable métier de rôtisseur, dûment défini par les règlements professionnels :

> Cuisinier public appliqué à tenir toujours des viandes cuites ou prêtes à cuire pour satisfaire aux besoins pressans ou imprévus des habitans des villes ou des étrangers [1].

---

1. La Mare, *Traité de police*, *op. cit.*, II, 212.

Les normes qui encadrent la profession et la moralisent tentent d'éviter quelques dérives : interdiction de vendre ou de servir le lapin sans tête ; défense de brûler un peu des poils du lapin de cage pour les faire passer pour des lapins de garenne, au pelage roux [1]. Voici la principale tricherie : faire passer un vulgaire lapin d'élevage pour un lapin de garenne. La légende urbaine, colportée par la chanson, va plus loin.

La cuisine du père Lustucru est improbable, pour deux séries de raisons convergentes. D'abord ceux-là mêmes qui chantent la chanson sont convaincus que le chat n'est pas mangeable. Mme Michel élève son chat comme deux cent mille autres Parisiens qui développent une sensibilité tout à fait nouvelle envers les animaux de compagnie. Il y aurait deux cent mille chats et autant de chiens dans le Paris de la pré-Révolution, selon les estimations très approximatives de Louis-Sébastien Mercier [2]. La mère Michel contre le père Lustucru ou le choc de deux cultures. Du point de vue des mentalités, c'est le père Lustucru qui est en retard. Du point de vue de la rationalité économique, le rôtisseur est plus ladre que bon calculateur, car il pourrait se procurer à bon compte du lapin domestique. Théoriquement, la cuisine du père Lustucru peut se passer du chat, puisqu'elle bénéficie d'un apport récent : la domestication et l'élevage du « connin », devenu lapin. L'endroit où on les élève est surprenant. Quand on observe en effet la vie des campagnes sous l'Ancien Régime, le lapin est pratiquement absent : on ne le trouve pas dans les basses-cours paysannes, ni dans les redevances au seigneur qui sont toujours stipulées en poules ou en chapons. Bien sûr, on trouve toujours la garenne, mais c'est celle du seigneur et elle est interdite aux manants et aux chiens, sinon avec un bâton long d'un pied attaché au cou pour éviter de trop vives tentations. En fait, les clapiers sont urbains. C'est dans les villes au XVIe siècle qu'on domestique des lapins de tous poils : blancs, noirs, cendrés mais pas roux comme les garennes [3].

---

1. Bonnefons, *Délices de la campagne*, *op. cit.*, 296.
2. Mercier, *Tableau*, *op. cit.*, « animaux renfermés ».
3. Champier, *De re cibaria*, *op. cit.*, XIII, 26.

Deux siècles plus tard, le lapin fait partie de ces « animaux renfermés » que Mercier aperçoit dans les humbles foyers parisiens. Les tailleurs, les cordonniers, les brodeurs, les couturières ont une « garenne » à côté de leur lit. La lapine citadine remplaçant la truie dans l'imaginaire de la fécondité, ce micro-élevage urbain produit des animaux à bon compte. Retenons que la montée en puissance de l'élevage du lapin a des incidences sur les mentalités, que les réticences envers l'ingestion du chat peuvent d'autant mieux s'exprimer qu'on lui a trouvé un produit de remplacement.

Entre le lapin de ville et le lapin du terroir il y a une distance gustative que tous perçoivent, pour peu qu'ils puissent faire la comparaison. Les textes à ce sujet sont formels et nous présentent des mangeurs classiques très sensibles à la façon dont sont nourris les animaux, distinguant le lapin des villes et le lapin de *saltus* qui a couru dans les guets, sachant reconnaître parmi ces derniers celui qui a mangé du genévrier et du thym, « tant il est vrai, dit Champier, que sa chair peut prendre d'autres saveurs et d'autres parfums ». Ils sont capables de déceler à travers la chair de l'animal la nourriture primitive, de reconstituer à la pointe de la langue comme une filière alimentaire qui va du milieu nourricier à l'estomac. Ainsi, le « repas ridicule » ne trompe personne :

> Sur un lièvre flanqué de six poulets étiques
> S'élevaient trois lapins, animaux domestiques
> Que de leur tendre enfance élevés dans Paris
> Sentaient encore le chou dont ils furent nourris [1].

Le mangeur ordinaire, sevré de poulets et de viandes de lait, peut trouver sur le marché officiel, à partir des années 1600, le lapin domestique, s'il ne se livre pas lui-même à l'autoproduction. Il lui en coûtera, au milieu du XVIIIe siècle, deux livres ou quinze sous si le lapin est vieux, l'équivalent tout de même d'une ou deux journées de travail. Mais il est d'une telle taille

1. Boileau, *Satires*, III, 165.

qu'une moitié suffira pour nourrir six ou sept personnes. Du train de devant on fera une substantielle gibelotte [1]. Quant au chat, il est l'objet d'un trafic des rues tout à fait furtif, dont on se doute qu'il propose les carcasses à un prix « sans concurrence ». Le chat, sa chasse et la récupération de sa fourrure sont une activité urbaine qui atteint, à l'âge classique, les dimensions d'industrie nationale, si bien que le très sérieux *Dictionnaire du commerce* place parmi nos principales exportations l'expédition des peaux séchées revêtues de leurs poils [2].

Mais que fait-on de la bête à fourrure, une fois écorchée ? Elle passe par un trafic plus ou moins souterrain où le regrat joue un rôle non négligeable. Il suffira alors de faire comme le père Lustucru : lui couper la tête et les pattes « et nous dirons que c'est un lapin ». C'est ainsi mutilés qu'on les retrouve dans les dépotoirs alimentaires.

On nous assure de la proximité entre le lapin des clapiers et le lapin de gouttière. D'un point de vue morphologique, c'est évident. En termes de goût, ça l'est moins pour nous. D'autant que nos minous ont changé de régime, rendant l'expérience de nos jours assez vaine… Il se peut même que l'espèce ait subi une manière de mutation génétique car les Moumouths et autres « mitous » représentés sur les images gravées du XVIIe siècle ne miaulent pas, ils font « miau-miau ».

Dans la cuisine des rongeurs, c'est au consommateur de mettre bon ordre. Ce serait aisé pour lui, si l'on en croit tous les bons manuels. Il suffit de se servir de ses cinq sens [3]. À la vue, on distinguera le chat du lapin et le lapereau du lapin âgé. À l'odeur, en « flairant » le ventre de l'animal, on appréciera le fumet et on anticipera sa saveur [4]. Au goût enfin, ce qui avait pu échapper, par exemple la différence entre lapin des champs et lapin des villes, éclatera. Mais c'est aussi dans un dernier temps, quand il est trop tard, qu'on dépistera le lapin de gouttière, en comptant les

---

1. Dumont, *La Bonne Cuisine*, *op. cit.*, 296.
2. Savary, *Dictionnaire universel du commerce*, *op. cit.*, t. II, 253.
3. Chomel, *Dictionnaire économique*, *op. cit.*, « venaison ».
4. Menon, *Cuisinière bourgeoise*, *op. cit.*, 193.

os : treize côtes pour le chat, douze pour le lapin. Dans l'ordre de la saveur, le lapin du clapier urbain est jugé plus proche du chat que de son supérieur, le lapin de garenne ou le jeune lièvre. Il ne faut pas oublier l'âge qui peut brouiller la hiérarchie établie. Cette première proximité rend la cuisine de Lustucru « bonne à manger ». Pour autant, elle n'est plus « bonne à penser ». La diffusion du lapin domestique modifie le rapport de force culinaire, en émoussant l'écart gustatif. Mais en même temps, tout le travail d'amplification négative et de foisonnement symbolique plonge le chat dans des abîmes infernaux, bien en dessous du feu de la marmite, et le jette aux oubliettes culinaires. Entre la cuisine du lièvre, du lapin et celle du chat, il existe un écart gustatif peut-être minime mais un dénivelé moral irréductible.

Résumons-nous : selon des auteurs sérieux, le chat, par son manque de saveur caractérisé, fait partie de ces viandes interchangeables, celles dont on peut dire (comme le poisson) que la sauce surpasse la chair. D'où l'on peut déduire, à titre provisoire, que le père Lustucru est un bon cuisinier.

On peut reconstituer le sort culinaire de Moumouth. À l'époque où officie le sinistre Lustucru, deux modèles sont bien connus et circulent par le canal des traités de grande cuisine : les apprêts du lièvre et ceux du lapereau, ceux du lapin étant plus difficiles à trouver car il est jugé trop vulgaire. La transposition est aisée et légitime puisque les cuisiniers eux-mêmes sont d'un laxisme surprenant. Pour faire un « civé », en 1655, l'un deux conseille de prendre « telle viande qui vous plaira, par exemple la moitié d'un lièvre et y adjoustez d'autres viandes s'il en est besoin ». La *Cuisinière de la campagne* propose une gibelotte aux petits oignons, en précisant : vous pouvez, si vous voulez, ajouter des tronçons d'anguille à la moitié de la cuisson du lapin[1].

Comme le père Lustucru est rôtisseur et que le chat, bien soigné par la mère Michel, est gros et gras, on suppose qu'il a fini à la broche, comme un lapin. Ce n'est pas sûr. Les traités distin-

1. Audot, *La Cuisinière*, *op. cit.*, 198.

gués conseillent pour le lièvre une cuisson en deux temps. D'abord il est mis à la broche jusqu'à ce qu'il soit mi-cuit, puis on le découpe et il termine sa cuisson dans une casserole, bien rissolé au saindoux en compagnie de beaucoup d'oignons, ces « cives » qui donnent goût et nom au civet [1]. Ils contribuent aussi à le colorer car, si les oignons pâles sont les plus appréciés, les oignons rouges sont de loin les plus courants. Tout commence à la broche, mais tout finit en ragoût. Le ragoût est d'ailleurs la façon la plus ordinaire d'accommoder le lapin. Et la *Cuisinière bourgeoise* livre plusieurs façons de préparer le lapereau, dont une en fricassée de poulet. Pour le lapin, elle se fait laconique : ils se servent comme les lapereaux mais ils ne sont pas bons pour la broche, ni marinés, ni en papillote, ni en caisse. Bref, juste bons pour un ragoût qui unifiera des viandes hétérogènes et noiera l'odeur du chou dans une sauce de haut goût. La transfusion des saveurs s'opère mieux que dans la cuisine distinguée où l'on élabore les sauces à part, dans une casserole. Lustucru et ses consorts ne connaissent pas la casserole, ils pratiquent la grosse marmite qui favorise la cohabitation de morceaux d'origines diverses et permet un mélange intime des saveurs. Une légende urbaine jamais vérifiée rapporte qu'une gargote, portant pour enseigne « À l'Azart de la fourchette », permettait au client de piquer un unique morceau dans un immense chaudron, tête de mouton ou patte de chat [2]. Quel que soit le nom du ragoût, deux ingrédients s'imposent avec force : le poivre qui se détache nettement dans la poivrade comme il se détachait dans le « saupiquet de connin » du Moyen Âge [3] ; et surtout l'oignon, élément déterminant du civet, qu'on fait fondre dans un mouillement acide, fait, à base de variables, de vin rouge, de vinaigre, de verjus et d'épice.

Le civet est un plat ancien qui a ses lettres de noblesse. De plus, comme il est le mode de préparation privilégié du lièvre, gibier noble, on ne s'attend pas à le trouver dans la marmite du

1. Rambourg, *Le Civet de lièvre*, *op. cit.*, 46.
2. Bobis, *Le Chat*, *op. cit.*, 252.
3. *Mesnagier*, *op. cit.*, recette 284.

père Lustucru. On se trompe. Sous Louis XIII et Louis XIV, le civet a dérogé. Comme le poivre, délaissé par les élites pour des aromates plus délicats, qui, du coup, devient une épice populaire. Le civet s'est montré accueillant envers toutes sortes de viandes, même des poissons. Le civet s'est démocratisé à tel point qu'il est devenu un plat destiné en priorité aux appétits bien trempés :

> Les estomacs accoutumés aux nourritures grossières et irritantes s'en accommodent mieux, en mangeant [le lièvre] avec les assaisonnements les plus vifs, comme le fort vinaigre et le poivre, soit rôti, soit bouilli ou cuit dans une sauce très piquante, c'est-à-dire sous la forme de ce ragoût vulgairement appelé civet [1].

Cuite et recuite dans une sauce si relevée, et toujours très concentrée et presque noire à force de réduction, comment distinguer de quelle chair de lapin il s'agit, de garenne, de clapier ou des toits ?

Finalement, l'acte d'accusation du père Lustucru fait apparaître un double délit : il a tué un chat qui n'était pas le sien ; il vend pour du lapin ce qui n'est qu'un chat, faisant de l'acheteur un consommateur ni volontaire ni averti. Le crime est parfaitement qualifié, c'est du vol aggravé de tromperie sur la marchandise. Le ressort qui lance la légende urbaine et entretient la rumeur repose en dernier lieu sur cette sensibilité du consommateur à la fois très ancienne et très moderne. Il aime être sûr de ce qu'il mange comme de ce qu'il boit.

La « giblote » de lapin

Elle est née d'une réaction aristocratique. Il fut un moment, au XVIIIe siècle, où le civet s'est distingué. Les recueils de recettes retracent ce processus de ré-ennoblissement : ils commencent

1. Cité par Rambourg, *Le Civet de lièvre*, *op. cit.*, 58.

par affirmer haut et fort que pour faire un civet il faut d'abord prendre un lièvre, et seulement un lièvre. Ce lièvre, drapé dans une nouvelle dignité culinaire, sera baigné dans une marinade (au cognac, précisera-t-on plus tard), bardé de lard puis recouvert de farine et surtout lié avec son sang. Le roux, la liaison au sang, autant de signes qui marquent bien la distance avec la grosse artillerie des ragoûts en général, du civet de jadis en particulier, si accueillant envers toutes sortes d'animaux à poil, à plume et même à écaille.

Cet exclusivisme culinaire ouvre un vaste espace que la gibelotte va investir. Elle commence à se faufiler au XVIIIe siècle, encore timide et bourgeoise, sous la forme par exemple d'un poulet à la « giblote », préparé avec un mouillement de vin blanc et de bouillon, réduit jusqu'à une courte sauce[1]. Au XIXe siècle, elle étend son champ d'application au lapin, à tout gibier et au poisson. Elle célèbre même l'improbable mariage du lapin et de l'anguille, comme l'avaient célébré les vieux civets d'avant[2].

Si elle prend si vite et si bien la place laissée vacante par le civet, c'est qu'elle se prépare en tout point comme lui et qu'elle ne s'en distingue que dans la dernière séquence, en ayant recours au vin blanc au lieu de la note acide et noire obtenue par le mélange de vin rouge, de vinaigre et de verjus. Avec les oignons et bientôt une garniture de pommes de terres, elle a une allure franchement populaire. Ajoutons qu'elle emploie le vin blanc, un vin devant lequel tous les bons buveurs font la fine bouche. Grâce à elle, le vin blanc, qui ne se boit pas ou peu, se mange.

Avec la gibelotte, on entre dans la cuisine du vin qu'on peut juger, au choix, très ancienne ou très nouvelle. C'est une cuisine de tradition qui prolonge le goût médiéval des sauces acides. C'est une cuisine nouvelle parce qu'elle utilise du vin, à l'exclusion des mélanges à base de verjus et de vinaigre. Prise dans cette tension entre le vieux et le neuf, on ne peut assigner à la gibelotte une date d'émergence précise, pas plus qu'un lieu bien précis. En revanche, en ville elle est visible dans un lieu où le petit

---

1. Menon, *Cuisinière bourgeoise*, *op. cit.*, 140.
2. Audot, *La Cuisinière*, *op. cit.*, 198.

vin blanc acide coule à flots et où le peuple apprend à boire tout en mangeant. C'est le cabaret ou la taverne du centre ancien, ou encore la guinguette hors les murs, plus tard la taverne des faubourgs. Il peut paraître singulier de mentionner de tels établissements comme des lieux d'initiation culturelle. C'est pourtant le rôle qu'ils ont joué, du moins pour la cuisine du vin. Dire qu'il est éducatif est peut-être exagéré, car le cabaretier proclame à cor et à cri qu'il ne fait que suivre les goûts de sa clientèle et qu'il a adapté son offre au goût dominant. Et ce goût dominant, ô surprise chez des gens qu'on dit soumis à une monotonie lassante, c'est un goût uniforme. Chez le tavernier, on réclame son vin habituel, de la même « boîte » que celui qu'on boit d'ordinaire. Aussi les taverniers débitant beaucoup ont-ils passé contrat avec le menuisier le plus proche et les gros copeaux sortant de la varlope finissent dans leurs caves. Ils en emplissent les futailles puis transvasent le vin, dans le but de « fournir toujours aux acheteurs du vin de même goût ou boîte [...] ; l'usage de ces Rapez n'est à d'autres fins que pour entretenir toujours leurs chalans d'une même boîte pour le rendre tout d'un goût, même si [ils sont] de diverses provenances [1] ».

Va-t-il boire au cabaret ? L'artisan du XVIIIe siècle exige un vin standardisé. Va-t-il manger en même temps qu'il boit ? Alors il aime à reconnaître dans la gibelotte qu'on lui sert le goût qu'il avait trouvé le dimanche précédent « et qui lui avait laissé, pour toute la semaine, un si bon souvenir [2] ». Pour les générations romantiques, la gibelotte est comme un de ces fleurons de la cuisine, familiale tout autant qu'un plat de cabaret. Elle devient le plat emblématique de la concierge, en concurrence avec le haricot, sans doute parce que la concierge, consignée à la porte de la cuisine, a tout loisir de surveiller le long mijotage.

---

1. Bonnefons, *Délices de la campagne*, *op. cit.*, 100.
2. Perdiguier, Agricol, *Mémoires d'un compagnon*, 1852, rééd. Paris, François Maspero, 1977, 142. La gibelotte en question, de fameuse mémoire, a été dégustée dans une guinguette du faubourg Boutonnet, dans la « campagne » alors de Montpellier.

Faut-il vraiment parler de la gibelotte de chat ? À la différence de la gibelotte de lapin, elle n'est pas devenue un plat familial ; elle occupe dans la littérature une place à peu près inversement proportionnelle à celle qu'elle occupe réellement dans le paysage culinaire. Mais comme nous sommes toujours otages de nos sources, on ne peut ignorer que sur le sujet du chat elles sont prolixes, et qu'on déclame le ragoût de matou sur tous les tons. Alarmiste, comme les guides du voyageur qui avertissent : « Demander du lapin dans une gargotte, c'est réveiller le chat qui dort. ». Lapidaire, à la façon de Bouvard et Pécuchet : « gibelotte : se fait toujours avec du chat[1] ». Sentencieux, dans le style de Larousse : « les chats perdus à Paris sont infailliblement consommés sous forme de gibelotte ». Gourmand enfin, quand le romancier nous entraîne dans les bas quartiers pour nous inviter à nous encanailler. C'est ainsi qu'Alexandre Dumas nous fait rencontrer le père La Gibelotte qui sent l'ail, le tabac, l'alcool et la valériane :

> C'était lui qui entretenait tous les cabarets de la halle de ces lapins de gouttière que Jean Robert craignait si fort qu'on ne lui servît au lieu et place de lapin de garenne, et l'odeur de valériane qu'il exhalait était celle à l'aide de laquelle il attirait les malheureux animaux, dont il vendait la chair dix sous aux gargotiers, et la peau quinze sous aux tanneurs. L'industrie était productive mais dangereuse, et nous nous rappelons avoir lu, vers 1834 ou 1835, le compte-rendu d'un procès où un confrère du père La Gibelotte fut condamné à un an de prison et cinq cents francs d'amende, malgré le plaidoyer éloquent dans lequel il avait, en traitant la question gastronomique à la manière de Carême et de Brillat-Savarin, essayé de démontrer aux juges l'incontestable supériorité de la chair de chat sur celle du lapin[2].

Il ne faut pas croire Dumas sur parole, lui qui fait dire à Colbert dans *Le Vicomte de Bragelonne* : « Vous êtes aussi spirituel

1. Flaubert, *Dictionnaire des idées reçues*, 1859.
2. Dumas, *Mohicans*, *op. cit.*, 37.

que M. de Voltaire ! » et qui fait manger à Aramis des tétragones, nourriture certes plus digne pour un mousquetaire que des épinards mais qui, originaires d'Australie, attendront les grands voyages de navigation autour du monde pour être connus des Européens. Ajoutons pour faire bonne mesure et pour achever de déplaire aux admirateurs inconditionnels de M. Dumas père que, eût-il écrit son *Dictionnaire de cuisine* de nos jours, il eût été assuré de passer au tribunal en procès de plagiat aussi prestement que le père La Gibelotte pour ses malheureuses carcasses de chat (ou les carcasses de malheureux chats)[1]. Mieux vaut se fier à Dumas comme observateur des nourritures de son temps, ignorant qu'il était de celles du passé. Par la franchise de ses allusions alimentaires, il sait traiter la nourriture comme un indice de la condition sociale. Dumas nous apprend deux choses : il est amateur de lapin, de lièvre et de « léporide », un métis des deux. Il reconnaît à l'animal une grande facilité à se couler dans toutes sortes d'apprêts. Et lui-même a mis à profit cette prodigieuse plasticité culinaire : il se vante d'avoir préparé un lapin d'une façon totalement inédite, en transposant la recette du méchoui de mouton dégusté aux abords du désert. C'est le fameux « lapin cuit dans sa peau » dont il se proclame l'inventeur. Quant au père La Gibelotte, il se rencontre dans le « Paris pittoresque » des années 1820-1830. Il a dans cette littérature de fiction, qui joue si fort sur l'effet de réel, des compères comme le père Matagatos et des commères comme la mère Angora[2]. Il exerce une de ces « petites industries » typiquement parisiennes, dans la seule et unique grande ville qui n'a pas fait sa Révolution industrielle. Cette activité s'exerce de façon souterraine, surtout de nuit. Elle consiste dans la rencontre de deux rôdeurs nocturnes dont l'un va avoir la peau de l'autre. Le père La Gibelotte, travailleur nocturne, est décrit comme un homme riche. Chaque chat tué rapporte de vingt à vingt-cinq sous, trente ou quarante

---

1. Plusieurs rubriques du *Dictionnaire de cuisine* ne sont que la reprise, mot pour mot, du dictionnaire d'Aulagnier.

2. Delattre, Simone, *Les Douze Heures noires : la nuit à Paris au XIXe siècle*, Paris, Albin Michel, 2000, 220.

s'il est angora. Dans le chat, rien ne se perd. La chair devient lapin, la peau devient hermine et les chasseurs à la belle étoile fournissent à la fois les fourreurs et les restaurateurs. Et voilà comment, avec une moyenne de quatre bêtes abattues par jour, on s'assure un revenu de mille huit cents francs par an !

Dumas aurait tout aussi bien pu évoquer une autre « industrie », comme celle des « ramasseurs de croûtes de pain ». Là encore, petit métier mais bon revenu. On nous assure que, en travaillant bien, un ramasseur de pains peut se faire un boisseau de croûtes toutes les vingt-quatre heures, qu'il vend le sac vingt sous aux éleveurs de lapins[1]. L'éleveur de lapin, quant à lui, dépasse le stade de la petite industrie de rue. Il vend de la viande ordinaire, quoiqu'un peu filandreuse, du licite, ce en quoi il n'intéresse pas les romanciers des bas-fonds, à l'affût du petit, du sordide, du crasseux, à l'affût des chats et de leur cuisine, alors même que celle-ci est en voie de périssement. Pour Dumas et les romanciers des jungles urbaines, le chat a la beauté du mort ou du presque mort.

Il faut replacer cette consommation habituelle du chat dans un contexte très étroit et une conjoncture courte. Le chat est une cuisine des bas-fonds urbains, confinée dans le milieu fermé des petits métiers ambulants. Il ne se rencontre guère ailleurs. Le chat lui-même, comme article d'économie, matière première industrielle ou alimentaire, est en déclin rapide. Il a connu ses plus beaux jours dans le Paris de la Révolution, une ville dont le peuple est condamné aux vaches maigres et à une charcuterie qui, au départ, n'est pas toujours de porc. Alors les plus indigents ont l'estomac vide ou bien lesté « de vin frelaté, de la viande de porc, des légumes et surtout des pommes de terre » :

> Il est difficile d'imaginer les fabriques qui furent établies et quelles natures de viande entraient dans la confection des arts appartenant à la charcuterie ; assurément le porc était la viande

1. Viallon-Schoneveld, *Le Populaire à table*, *op. cit.*, 105.

> qui y figurait le moins ; on parle souvent des civets de matous, mais alors les pauvres animaux et beaucoup d'autres plus immangeables étaient hachés menus, salés et préparés pour garnir les saucisses et les saucissons. C'est encore Napoléon qui a rétabli l'ordre au milieu de la cuisine des chats [1].

La réglementation impériale, complétée par les rois restaurés, encadre le trafic et le marginalise.

Dans les années romantiques, les années de Dumas, la collecte, le dépôt et l'équarrissage des chiens et chats sont des activités ouvertes et contrôlées dans la capitale. À un bout du circuit, l'écorcheur ou chiffonnier ; à l'autre bout, les équarrisseurs spécialisés de Montfaucon. Une inspection de cet établissement tout à fait officielle nous rapporte le soin étrange qu'on y apporte à trousser les cadavres, sans tête ni queue, et l'inspecteur vétérinaire termine sur ce singulier aveu de la difficulté pour lui à distinguer ces carcasses des animaux de taille semblable qu'il a l'habitude de voir sur sa table [2].

Mais tout cela devient anecdotique. Plusieurs facteurs y contribuent qui concourent à priver le chat de toute valeur commerciale, poils et chair confondus. Il a d'autres concurrents en matière de fourrure. En matière de chair, l'offre de lapin s'élargit, l'élevage urbain se maintient, il est doublé par l'élevage de clapier dans les campagnes. Le lapin devient la viande blanche ordinaire du peuple, inférieur au poulet à la chair plus grasse et plus fine, mais moins cher que lui. Enfin, l'importation du lièvre de Prusse, animal géant qui arrive en masse à la gare de l'Est à partir de 1864, clôt le cycle de la cuisine des chats. Le père La Gibelotte est définitivement au chômage.

Reste la question en suspens : les cuisiniers faussaires comme le père Lustucru méritent-ils leur mauvaise réputation ? On répon-

---

1. Bizet, Louis-Charles, *Du commerce de la boucherie et de la charcuterie de Paris*, Paris, Dupont, 1847, 335.

2. Parent-Duchatelet, Alexandre, *Les Chantiers d'équarrissage de la ville de Paris envisagés sous le rapport de l'Hygiène publique*, Paris, Crochard, 1832, 102-103.

dra avec prudence que tout dépend de ce que l'on entend par bonne cuisine. Et que la réponse diffère suivant le type de mangeur.

Prenons monsieur le comte de Saint-Évremond, ce libertin mort en 1704 qui sut discuter avec élégance de tous les plaisirs, y compris ceux de bouche. À son ami, le comte d'Olonne, il conseille :

> Ayez peu de curiosités pour les viandes rares et beaucoup de choix pour ce que l'on peut avoir commodément. Un potage de santé bien naturel, qui ne sera ni trop peu fait ni trop consommé, se préférera pour un ordinaire à tous les autres, tant pour la justesse de son goût que pour l'utilité de son usage. Du mouton tendre et succulent, du veau de bon lait, blanc et délicat, la volaille de bon suc moins engraissée que nourrie, la caille grasse prise à la campagne, un faisan, une perdrix, un lapin qui sentent bien chacun dans son goût, ce qu'ils doivent sentir, sont les véritables viandes qui pourront faire en toutes saisons les délices de votre repas [...]. Que tous mélanges et compositions de cuisine appelés ragoûts ou hors-d'œuvre passent auprès de vous pour des espèces de poisons. Si vous n'en mangez qu'un peu, ils ne vous feront qu'un peu de mal ; si vous en mangez beaucoup, il n'est pas possible que leur poivre, leur vinaigre et leurs oignons ne ruinent à la fin votre goût et n'altèrent bientôt votre santé. Les sauces toutes simples que vous ferez vous-même ne peuvent rien avoir de malfaisant. Le sel et l'orange font l'assaisonnement le plus général et le plus naturel. Les fines herbes sont plus saines et ont quelque chose de plus exquis que les épices [...]. Il faut les employer avec discernement aux mets où elles s'accommodent le mieux et les dispenser avec tant de discrétion qu'elles relèvent le propre goût de la viande, sans faire quasi sentir le leur [1].

Civiliser la cuisine, pour monsieur le comte à la sensibilité de gourmet, c'est apprêter des produits d'excellence de façon à garder et à exhausser leur goût d'origine. Le mot d'ordre de la grande cuisine, c'est le naturel et le savoir-faire du cuisinier, tout

1. Saint-Évremond, *Entretiens sur toutes choses*, 1674, Paris, Desjonquères, 1998, 118-119.

de discrétion et de discernement, qui doit être au service de cette esthétique du naturel.

Cette notion d'une cuisine civilisée est-elle ancrée dans chaque conscience ? Les documents sont formellement muets mais on y lit entre les lignes que le code culinaire coutumier ne fonctionne pas ainsi. Déjà, le mangeur ordinaire soulève une objection, majeure : certes, dit-il, les viandes que vous vantez sont simples mais belles et bonnes ; je le sais, je suis un mangeur plus ouvert que vous ne pensez et ces viandes, j'y ai goûté, comme vous avez goûté aux miennes du temps de votre nourrice ou de vos campagnes. J'ai goûté à ces chairs délicates en diverses occasions et par divers biais, la condition de domestique, le regrat, la fête. Je sais la saveur du veau de lait, inaccessible à ma bourse, mais je connais le veau cuit du regrat et le veau frais acheté au colporteur, refusé à la boucherie parce qu'il était malade ou trop jeune. Je mange même assez régulièrement du veau de deux semaines ou du veau gosselin et toutes sortes de viandes fœtales, d'une tendreté incroyable. Je sais bien que les apprêts les plus simples et les plus légers suffisent alors. Je sais pour ma part apprécier les choses au naturel, peut-être plus que vous qui ne connaîtrez jamais le parfum de l'oignon nouveau croqué cru, ou le fumet agreste du fromage caillé au lait de chardon. Cependant, et vous le savez bien, les bonnes choses dont vous parlez me sont, en temps ordinaire, interdites. Je me contente de lieutenants, de qualités inférieures ou de natures différentes. Si je les accommodais « au naturel », cela ferait ressortir leurs caractères naturels dominants : le coriace, le filandreux, l'âcre, l'amer, le farineux. Heureusement il y a la cuisine. Vous dites que mes ragoûts sont des poisons. Vous dites que tout est lourd chez nous, nos mélanges, nos sauces, la main de la cuisinière quand elle dispense le poivre et le vinaigre. Vous dites que mes sauces masquent et qu'elles déguisent et qu'à la fin elles inversent le rapport des goûts. Je prétends moi qu'elles sont indispensables, grâce à elles, la matière se transforme, se transfigure et transmute. Ainsi, mon cuisinier, ou plutôt ma cuisinière, agit avec « économie et discernement ». De mauvais produits habilement mêlés et bien cuits, elle fait un plat, ma foi, mangeable et d'un produit roturier, elle fait un plat noble. De tout cela, monsieur, il s'ensuit que la bonne cuisine est la nôtre. La cuisine civilisée n'est pas de recopier la nature mais de produire l'artifice qui est le propre de l'homme.

17

Le pot-au-feu de cheval

« Viande de cheval : beau sujet de brochure pour un homme qui désire se poser en personnage sérieux[1]. » Au moment où Flaubert écrit ces mots sarcastiques, le débat autour de l'hippophagie bat son plein. Faut-il ou non considérer le cheval comme une viande, une vraie viande ? La question est compliquée et envenimée par des enjeux philosophiques et moraux. Car où se situent le progrès et le bien de l'humanité ? Dans l'hippophagie, soutiennent les militants de la cause, hygiénistes animés d'un rationalisme positiviste. Mais faire du cheval un animal à viande, répliquent d'autres, tout aussi positivistes, c'est régresser dans la civilisation : « Après le cheval viendra le chien, pour peu que sa chair s'y prête, et qui sait si l'on ne trouvera pas avantageux de redescendre à l'anthropophagie[2]. » Résumer l'histoire officielle de l'hippophagie est chose assez aisée. On se contenterait de deux dates : 732, l'année de Poitiers, l'année aussi où le pape Grégoire III demande à Boniface, en mission d'évangélisation chez les Germains, d'interdire la consommation de cheval, « viande impure et exécrable[3] » ; 1866, l'autorisation en France des boucheries chevalines. Entre les deux, près de mille ans d'abstention et d'obscurantisme.

1. Flaubert, *Dictionnaire des idées reçues*, « cheval ».

2. Robinet, Jean, *Lettres sur l'hippophagie*, 1864, cité dans Pierre, Éric, « L'hippophagie au secours des classes laborieuses », *Communications*, 74, 2003, 184.

3. Wagner, Marc-André, *Le Cheval dans les croyances germaniques*, Paris, Honoré Champion, 2005, 468.

Bien entendu, le scénario est trop simple pour être vrai et on n'en finit pas de s'interroger sur une si longue aversion. De la même façon, je ne puis croire à « une prison de longue durée », une prison mentale qui enfermerait et réprimerait la consommation d'une telle chair, suivie d'une soudaine libération du goût par la grâce d'une ordonnance publiée dans le *Moniteur officiel* du 9 juin 1866. On ne gouverne pas une consommation par décret.

La viande interdite ?

En remontant le fil du temps, on constate que, si interdiction il y avait, elle n'a pas été respectée, toujours et partout. Je ne parle pas ici de l'hippophagie rituelle, comme celle pratiquée en particulier par les Germains et que condamnent en premier lieu les prescriptions de l'Église. L'hippophagie ordinaire, quand on mange un cheval abattu et non pas un cheval sacrifié, est attestée sporadiquement. Les pénitentiels médiévaux à l'usage des confesseurs mentionnent pour la plupart l'usage de la viande de cheval, jugé répréhensible. Sept d'entre eux déclarent que cette viande peut être mangée, bien que « ce ne soit pas la coutume » ou bien que « la plupart des hommes n'en mangent pas » [1]. Quelques règlements de boucherie du XIVe siècle soulèvent la question, les uns, en Italie, pour tolérer la vente de viande de cheval, mais séparément, avec le gibier ; les autres, à Reims, Amiens ou Troyes, pour en interdire la vente, signe d'un usage persistant. Et les relevés archéo-zoologiques nous montrent la viande d'équidés présente du Ve au XIIIe siècle, un peu partout, même à Aix au cœur de la Provence, où les amateurs de poulain semblent avoir été nombreux [2]. Croisées, ces sources tendent à démontrer que : 1) la viande chevaline n'entre jamais dans la

1. Bonnassie, Pierre, « Consommation d'aliments immondes et cannibalisme de survie dans l'Occident du haut Moyen Âge » dans *Les Sociétés de l'an mil. Un monde entre deux âges*, Bruxelles, De Boeck Université, 2001, 146-147.

2. Columeau, Philippe, « Aspects de la consommation de la viande en Provence au cours des périodes anciennes » dans *Alimentation et cuisine en Provence, Provence historique*, 218, 2004, 426.

catégorie des viandes de boucherie ; 2) elle a cependant une certaine prédisposition à faire boucherie séparée.

Deux siècles plus tard, à l'aube des Temps modernes, le paysage se radicalise, la viande chevaline est absente des étals de boucherie, inscrite sur la liste négative des chairs jugées immangeables. À la rigueur, le cheval est comestible. C'est à ce titre qu'il figure dans les livres qui recensent les denrées mangeables et immangeables, en compagnie proche de l'âne, du mulet ou, plus exotique, du renne, de l'ours et du rat. Nourriture immonde connotée comme nourriture de l'autre, ou nourriture des temps calamiteux : « les Turcs en mangent », « on est quelquefois heureux de pouvoir s'en procurer », « c'est mangé dans d'autres pays, mais pas en usage chez nous »[1].

Comme l'écrivent simplement Bouchet, ou La Mare : nous ne mangeons pas cela chez nous[2]. C'est affaire d'usage, de coutume, et le « tabou » ne saurait être qu'implicite. Les encyclopédistes anglais qui, à la même époque, considèrent la consommation de cuisses de grenouilles ou d'escargots comme une hérésie et un scandale moral n'ont pas besoin d'invoquer le pape ou la loi pour justifier leur abstention.

Des goûts et des dégoûts il ne faut pas disputer, surtout s'ils sont collectifs, et nul ne songe alors à les remettre en question… On les respecte, excepté La Mare, qui songe à convertir les mahométans aux bienfaits de la viande de porc. Les usages des autres sont toujours irrationnels. Buffon, dont on connaît les pages admirables sur celui qu'il appelle « la plus noble conquête de l'homme », évoque ce non-usage et ne songe pas le moins du monde à le transgresser. S'interrogeant sur les ressorts cachés de ce comportement alimentaire, il le compare à l'inceste : « par une expérience dont on a perdu toute mémoire », les hommes auraient connu de très bonne heure la nécessité de s'abstenir de manger du cheval[3].

---

1. Champier, *De re cibaria*, *op. cit*, XIII, 41. Aulagnier, *Dictionnaire des substances alimentaires*, *op. cit.*, « viande ». La Mare, *Traité de police*, *op. cit.*, V, 157.
2. Bouchet, *Sérées*, *op. cit.*, 145.
3. *Encyclopédie*, « cheval ». Buffon, *Histoire naturelle*, vol. 3, « cheval ».

La consommation furtive

Partons d'un constat prosaïque : dans notre histoire alimentaire, l'offre n'a jamais contraint la demande, mais la demande ne peut s'exprimer que s'il y a une offre. D'où la question sordide : que fait-on de la carcasse d'un cheval mort ? Elle est jetée à la voirie ; on l'écorche, on récupère la peau et les fers. C'est ce que dit Bouchet qui témoigne pour le XVIe siècle[1]. Est-on ensuite allé plus loin dans la récupération ? C'est ce qu'il semble. À Paris jusqu'en 1860, le clos d'équarrissage est à Montfaucon, au pied des Buttes-Chaumont, lieu d'ordures mêlées de sang, de charogne, de rats et de puanteur. Bon an mal an, au XVIIIe siècle, douze à quinze mille animaux morts sont ramassés par les crocheteurs et traités par les équarrisseurs, qui récupèrent et recyclent le suif, les os, les clous même qui serviraient à clouter les sabots des Auvergnats. Les équarrisseurs prêtent une attention particulière à la découpe du cadavre, dépecé à la façon qu'ont les bouchers de débiter le bœuf, ce qui suppose une finalité alimentaire. Cet usage est connu et admis : la viande est destinée aux chiens.

Une série de textes normatifs parisiens, tout au long du XVIIIe siècle, nous alerte sur des changements subreptices dans le marché de la viande. En 1701, une ordonnance est édictée « contre les chiffonniers de la rue Neuve-Saint-Martin et environs qui se mêlent de trafiquer des chiens, pour la nourriture desquels ils font provision de chair de chevaux qui infectent le quartier[2] ». Une sentence de police du Châtelet en 1725 s'inquiète de la prolifération des chiens « vagues », de plus en plus nombreux depuis qu'on n'organise plus les « tue-chiens », ces abattages systématiques des temps d'épidémie. Elle dénonce les chiens qu'on dresse pour les combats, un véritable danger public puisque ces animaux, « accoutumés qu'ils étaient au sang

1. Bouchet, *Sérées*, *op. cit.*, 368.

2. Chevalier, Louis, *Classes laborieuses et classes dangereuses à Paris pendant la première moitié du XIXe siècle*, Paris, Plon, 1969, 481.

et à la chair de cheval dont ils étaient nourris, se jettoient de leur propre mouvement et sans être excités sur les enfants[1] ».

L'amour des bêtes n'est pas réservé aux seuls chiffonniers. Artisans, compagnons, journaliers élèvent des chiens du type mâtin de Naples, qu'ils exploitent pour des combats clandestins ou pour d'autres utilisations rémunératrices. Dans les rues, des gagne-deniers leur font tirer de petites charrettes ou des poussettes. Or, ces chiens sont gros, monstrueux, assure le législateur. Ils sont féroces et mettent en danger la vie des enfants. Le Paris des Lumières compte six cent mille habitants et deux cent mille chiens si l'on se fie aux estimations de Mercier. Comme la divagation est interdite, que les bouchers réservent leurs déchets à leurs propres mâtins, on voit, ou plutôt on devine, bêtes et propriétaires prendre le chemin des enclos d'équarrissage. Montfaucon prend l'allure d'une vaste boucherie en plein air, débitant une viande fraîche et saignante que les dogues rentrant au logis portent au cou comme un énorme collier sanguinolent[2].

Paris, mais aussi Toulouse, Lyon, Amiens : partout on dénonce une quantité prodigieuse de chiens, partout on prend des mesures contre les chiens errants. Elles ne visent pas, bien entendu, le bichon de compagnie des femmes fardées et bien mises, *dixit* Mercier, qui vont à la promenade ou au spectacle en portant leurs petits chiens et en laissant leurs enfants à une servante ; mais de gros chiens, dogues et mâtins. Ceux-là ne sont pas confinés dans la sphère privée. Ils posent un problème d'ordre public. À Toulouse, à partir de 1770, on déplore l'usage qui s'est introduit dans la ville d'y élever des chiens de toutes espèces. Les autorités pointent un doigt accusateur vers les bouchers qui ont introduit la mode, mais bien d'autres ont suivi et c'est l'ensemble de la société urbaine qui est touchée. Or, le petit monde des crocheteurs et des portefaix est bien incapable d'assurer la pitance de ses animaux. Élever un chien consiste donc à lui apprendre, jeune, à prendre seul le chemin des tueries

1. La Poix de Fréminville, Edmée de, *Dictionnaire ou traité de police générale*, Paris, Gissey, 1758, 222.
2. Parent-Duchatelet, *Chantiers*, *op. cit.*

puis à revenir à la maison avec sa pitance, et comme les bouchers défendent jalousement leur arrière-boutique, ils vont se ravitailler aux fosses d'équarrissage.

Avec un décalage d'une décennie à peu près, d'autres textes de police s'en prennent, non pas aux chiens et à leurs maîtres insoucieux, mais à une foule de vendeurs de viande sans qualité ni statuts qui trafiquent en viande rouge en dehors des murs et des limites fiscales. Une certaine Massigny, revendeuse, est arrêtée en 1727 au faubourg Saint-Antoine, sur dénonciation des bouchers : elle faisait passer de la viande de cheval pour du bœuf[1]. On a d'autres indices d'une furtive consommation humaine, et de toute une circulation depuis Montfaucon jusqu'aux quartiers indigents des Halles et de la rue Mortellerie. Des règlements interdisent la vente de viande chevaline et menacent de poursuivre ceux qui vont en chercher à Montfaucon[2].

Il faut lire ces sources policières en commençant par le début, c'est-à-dire le préambule et la déclaration d'intention. Toutes se réfèrent à une menace d'épizootie régnant alors chez les chevaux. Toutes expriment la peur que la maladie ne se communique par ingestion de viande malade aux hommes. Il s'agit à chaque fois de « prévenir les maladies qui pourraient résulter de l'usage de pareilles chairs[3] ». En 1811 est publiée une ordonnance impériale explicite elle aussi, dictée par la peur de la zoonose. Lire dans ces textes une interdiction absolue et pérenne de la viande chevaline est un contresens. C'est moins ici la viande chevaline qui est visée que la viande malsaine. Comme toute la viande de cheval est hors la loi, comment contrôler et éliminer d'un circuit illégal la chair provenant d'animaux malades, en particulier morveux ? Les savants des Lumières croient en ce danger majeur de transmissibilité de la morve du cheval à l'homme par ingestion. Ceux du XIXe siècle, avec raison, n'y croient plus : heu-

1. Watts, Sydney, « Boucherie et hygiène à Paris au XVIIIe siècle », *R.H.M.C.*, 2004-3, 51-3, 79-103.

2. Parent-Duchatelet, *Chantiers*, *op. cit.*, 35-36.

3. *Ibid.*, 35. Lataillade, Albert, *De l'hippophagie*, Toulouse, J. Pradel, 1868.

reuse tranquillité qui leur permet d'engager en toute confiance le combat pour la légalisation de la viande de cheval.

De la viande pour la canaille

La question de l'hippophagie entre dans le débat public sous la Restauration. On a tourné le dos aux hommes des Lumières et à leur sagesse alimentaire : manger du cheval n'est pas notre usage… N'allons pas contre nos usages établis, ce serait offenser les goûts traditionnels. Deux générations après, ces précautions tombent et l'on entend un tout autre discours, celui d'hommes décidés à affronter directement les préjugés. Ces hommes se recrutent dans des disciplines scientifiques jeunes : la statistique, l'hygiénisme, la sociologie, la médecine vétérinaire. Ils lisent les questions alimentaires avec les lunettes à double foyer des bonnes intentions sociales et du calcul économique. Or, durant le premier XIXe siècle, ils observent deux phénomènes mesurables et dûment mesurés. D'une part, la baisse de la ration de viande, dont les classes laborieuses souffrent le plus. D'autre part, l'existence d'une « réserve » carnée déjà exploitée pour la nourriture des chiens et sans danger pour l'homme. Cette tension, à leurs yeux, est irrationnelle, insoutenable. Ils considèrent chaque carcasse jetée à la voirie comme un gaspillage insupportable. Le scandale moral change de camp : il est dans le refus de manger du cheval.

Ils n'ont pas tort, en termes mathématiques. Les statistiques de la boucherie parisienne sont formelles ; en 1804, chaque Parisien dispose de deux cents grammes net de viande par jour, en 1836 de cent quarante seulement. On atteint un minimum biologique et historique absolu dans les années 1840, quand les ouvriers, selon les observations de Villermé, « ne mangent de la viande et ne boivent du vin que le jour ou le lendemain de la paie, c'est-à-dire deux fois par mois [1] ». Frustré ? Assurément le Parisien l'est. Il a connu, en matière de viande de boucherie, des

1. Dr Villermé, *Tableau de l'état physique et moral des ouvriers employés dans les manufactures de textile*, 1840, 57.

jours meilleurs. Avant la Révolution, le Parisien « moyen » consommait deux cent sept livres en un an, soit deux cent quatre-vingts grammes par jour, et il observait alors obligatoirement maigre et carême.

On peut chipoter sur les chiffres des rations. On ne peut les révoquer. La tendance brute, celle d'une érosion de la consommation de viande, est avérée. Et elle est plus lourde, plus mal ressentie dans les milieux populaires. Comment s'étonner alors des incidences physiques ?

> Il est remarquable que la taille a encore décru dans cette population depuis cinquante ans, et le peuple des faubourgs de Paris est plus petit qu'avant la Révolution. Il n'est point dangereux. En somme, c'est de la canaille, bonne [1].

On assiste dans les années romantiques à une exploitation grandissante des carcasses de cheval. La chair va aux chiens ou aux porcs, le foie nourrit les poules et les canards, les pigeons de Paris, tandis que les asticots du clos fournissent une nourriture supplémentaire pour les petits élevages de banlieue. On dit que non seulement la volaille s'en trouve bien, mais encore qu'elle engraisse vite, qu'il suffira, avant de la tuer, de la mettre au grain deux ou trois jours… En 1825-1830, on a la preuve qu'une portion considérable de la viande destinée aux chiens nourrit la classe indigente des petites gens et des petits métiers sans boutique. Durant l'hiver en particulier, la population des ouvriers émigrés au chômage vient se ravitailler à Montfaucon où l'on ne leur vend pas mais où on leur donne de la viande [2].

Dilemme pour les décideurs des monarchies censitaires : faut-il dire que, puisqu'ils en mangent, puisque la « bonté » de la chair est prouvée par un long usage, il est séant d'en autoriser la vente publique et donc contrôlée, garantie ? Car passer d'une consommation furtive à une consommation libre, c'est mieux au

1. Le rapport du préfet de police Angles au roi sur les faubourgs de Paris se termine par ces lignes citées par Victor Hugo, *Les Misérables*, 1862, II, 5.

2. Parent-Duchatelet, *Chantiers*, *op. cit.*, 40, 65.

regard de la santé publique que de manger de vieilles carnes anémiées, malades souvent, dont la chair se décompose et noircit rapidement. Mais, d'un autre côté, légaliser, n'est-ce pas ouvrir grande la porte à des rumeurs et des clameurs, et l'ouvrier ne dira-t-il pas que le grand, le riche, lui fait manger de la viande de cheval pour avoir de la viande de bœuf moins cher ? Si une nouvelle épidémie urbaine survenait, il serait facile de mettre en cause cette libéralisation et ceux qui l'ont décidée. La prudence commande de s'abstenir. N'ayons pas l'air de faire manger aux pauvres ce dont les riches ne veulent pas. « Ils n'ont pas de bœuf ? Qu'ils mangent du cheval… »

Au milieu du XIXe siècle, il y a un consensus établi : le cheval est « une chair comestible ». Il sera le biocarburant nécessaire pour reconstituer la force de travail de l'ouvrier.

Certes, mais est-elle bonne ? Les uns et les autres s'accordent sur ce postulat : « La question du goût est secondaire » [1]. Terrible aveuglement et grossier mépris de classe.

Viande, carne, barbaque

La question de l'engouement ou de l'aversion pour la viande de cheval croise inévitablement celle de la saveur de cette même viande. C'est un truisme que de dire qu'une bonne viande provient de bonnes bêtes, bien dans leur cuir et bien dans leur pré. Ce qui n'est vraiment pas le cas pour le cheval jusqu'en 1900. Et ce, pour trois raisons :

Tant qu'il n'y a pas élevage de cheval pour la boucherie, les progrès zootechniques vont dans le sens d'une sélection dirigée vers l'équitation ou le trait, mais rien n'est prévu pour le bifteck final. Quand on lit, dans le *Mesnagier* de Paris, que le cheval idéal doit, comme les jeunes filles, avoir de « grosses fesses », on est renvoyé à une esthétique corporelle, celle du cheval, celle de la femme selon les canons en vigueur, mais jamais à des qualités bouchères.

1. Lataillade, *De l'hippophagie*, *op. cit.*, 25.

Au XIXe siècle, les éleveurs procèdent à une anglicisation des bovins par croisement avec la race de Durham, qui doit tout à une finalité bouchère. L'anglicisation des races chevalines est aussi en cours. Elle répond à bien d'autres soucis de distinction, et le remplacement du populaire bidet par l'aristocratique pur-sang tout en nerfs n'a aucune incidence positive du point de vue boucher. Nul n'envisage de mettre un tel animal à l'engrais.

Ajoutons que la viande est issue de chevaux entiers, les éleveurs français répugnant aux hongres et à la castration. Or la chair des hongres a une saveur meilleure que celle, forte, voire répugnante, du cheval entier. Cela fonde la supériorité de la viande chevaline sur les étals étrangers. Une fois encore, pourquoi parler de différences culturelles là où, peut-être, il n'est question que de qualité ?

Il existe plusieurs races de cheval sélectionnées, mais aucune n'est une race à viande. Aucune n'est élevée, ni nourrie, ni engraissée comme le bœuf, ni même reposée.

Animal malmené, surmené par le fouet des cochers de fiacre ou la poigne du laboureur, le cheval français présente de piètres performances gustatives ; la vache maigre fait mieux… Les cavaliers le savent, les vétérinaires le disent : un tiers seulement de ceux qui sont abattus est consommable et, avant que d'améliorer la nourriture des classes indigentes, il faudrait songer à améliorer le sort de l'espèce équine. Aussi le plaidoyer pour l'hippophagie est-il à double détente. Il cible d'un côté un public potentiel de consommateurs, mais de l'autre un groupe sans doute plus nombreux de propriétaires de chevaux pour les inciter à ménager leurs animaux. Pas étonnant, dans ces conditions, que le projet intéresse plus les militants de la SPA que la majorité des hygiénistes [1]…

> Nous avons fait usage de la viande de cheval prise à différents degrés de graisse, depuis celle provenant d'animaux abattus par suite d'accidents les rendant inutilisables, quoique encore

1. Leteux, Sylvain, « L'hippophagie en France : la difficile acceptation d'une viande honteuse », *Terrains et travaux*, 9, 2005, 153.

> jeunes et vigoureux, jusqu'à celle empruntée à des chevaux maigres et destinés aux sangsues. L'une et l'autre ont été goûtées sous des formes et des apprêts différents ; et nous pouvons dire que si la première méritait par son aspect et son goût d'être classée parmi les aliments sains et agréables à manger, la dernière avait, au contraire, un aspect sordide et un goût détestable que ne cachait même pas une sauce fortement assaisonnée [1].

La graisse : voilà bien le problème. Même provenant de bons et beaux sujets, cette viande est une « carne », au sens précis de viande non grasse. Cette chair maigre, serrée, saignante peut plaire à des palais blasés à la recherche de nouvelles sensations. On ne peut en effet dénier toute bonne foi aux philanthropes gastronomes qui ont lancé les campagnes hippophagiques. Ils furent sans doute sincères. Mais ils étaient d'une sensibilité gustative en avance sur leur temps. Une viande non grasse, voilà le handicap majeur dans cette société de consommateurs qui, on l'a dit et répété, survalorise le gras. La chair de cheval n'a pas l'aspect que l'on aime, marbré et persillé. La graisse est jaune, elle fond rapidement, laissant une chair d'une texture inhabituelle. L'habitude de manger cette viande fraîche, jamais rassise et encore moins mortifiée, de peur qu'elle ne se décompose rapidement, ajoute à la répugnance. Il y a pire : l'âne et le mulet, qu'on dit fournir une viande encore plus dure puisqu'ils sont entêtés…

Finalement, on reproche à la chair moins sa saveur, qualifiée, au choix, de neutre, douceâtre, désagréable, agréable, que sa texture, toujours jugée dure et filandreuse. D'où la locution proverbiale : là où nous dirions manger de la semelle, pour qualifier une viande hyperboliquement dure, on disait « manger du cheval ».

Comprenons-le bien : convertir cette énergie de huit chevaux pour cent habitants, quand le moteur est à bout de souffle, en biocarburant pour les hommes est une opération ingénieuse en termes d'ingénierie économique. En termes gustatifs, l'entreprise

---

1. Baillet, Louis, *Traité de l'inspection des viandes de boucherie*, Paris, Asselin, 1880, 552.

est très difficile. Mais pas désespérée. Les amateurs de bœuf, les carnivores rassasiés, s'en détournent, mais ils parient que le mangeur démuni qui n'a pas encore d'habitudes carnées, qui connaît plus la saucisse que le rôti, avec de l'entraînement, peut acquérir une culture chevaline. Ce en quoi il n'a pas tort.

Reste à lever la dernière hypothèque et non la moindre : savoir comment cuisiner cette chair si particulière. En 1866, au moment où s'ouvrent à Nancy et à Paris les premières « chevalines », la cuisine de cheval n'est qu'au stade expérimental. On dispose de deux modèles : l'un est gastronomique, l'autre militaire.

Les banquets des militants hippophages ont parfaitement médiatisé le premier modèle, en mobilisant le savoir-faire d'un grand cuisinier. La table est donc bien servie, et on peut déguster « des beefsteaks de cheval aux truffes, des rognons de cheval au vin de champagne, des langues de cheval à la sauce tomate », tout en buvant de bons vins et en prononçant d'élégants discours pour vaincre des préjugés enracinés[1]. Cheval, truffes et champagne. Ces messieurs sont servis, mais imaginent-ils une seconde que ce n'est pas ainsi qu'on popularisera l'hippophagie ?

L'autre modèle provient de l'improvisation de nécessité et du rata de campagne. Écoutons le baron Larrey. Il a acquis tout au long des guerres napoléoniennes une solide connaissance en matière de consommation chevaline. Chirurgien plus que cavalier, Larrey a pratiqué assidûment la trahison du compagnon d'armes. L'expérience répétée, dit-il, montre que la viande de cheval est nourrissante, que son goût est agréable. Tout au plus peut-on la trouver plus ou moins filandreuse, selon la maigreur et l'âge de l'animal. Alors, pourquoi ne pas l'introduire dans l'ordinaire de l'indigent et du détenu ? On peut la préparer comme à Eylau, en soupe et en bœuf à la mode. Mais, dit-il honnêtement, il faut savoir que les animaux étaient jeunes et pleins d'embonpoint et surtout que les assaisonnements ne manquaient pas, ce qui permit aux blessés de prendre le cheval pour du

1. Du Camp, Maxime, « L'alimentation de Paris », *La Revue des deux mondes*, 15 mai 1868.

bœuf… On peut aussi la préparer en tortue, comme au soir de la bataille d'Esslingen. « La cuirasse pectorale des cavaliers démontés et blessés eux-mêmes servait de marmite pour la cuisson de cette viande et, au lieu de sel, dont nous étions entièrement dépourvus, elle fut assaisonnée avec de la poudre à canon. » Rendu à la vie civile, Larrey recommande :

> La chair de cheval, surtout celle du train arrière, peut servir à la confection de la soupe, surtout si l'on y joint une certaine quantité de lard ; elle peut être encore employée en grillade et en bœuf à la mode, avec l'assaisonnement convenable[1].

Cette viande se prête donc à des cuissons expresses, en bifteck, ou au contraire au long mijotage quatre heures dans le vin comme le bœuf à la mode. Pourtant, ce n'est pas ainsi qu'elle va s'inviter brutalement sur les tables parisiennes en 1870 et 1871.

Pot-au-feu du siège

Si l'alimentation ordinaire des villes nous est peu contée, en revanche, que survienne une épidémie ou mieux, un siège, les annales de la grande histoire se font prolixes pour nous détailler les malheurs et les déboires alimentaires de ceux qui sont contraints de recourir aux viandes immondes et aux charognes. Situation que la capitale a connue à plusieurs reprises, par exemple en 1594 :

> La chair était fort chère à cause que l'on avait mangé comme de droit mille chevaux et huit cents ânes que mulets : et les pauvres mangeaient des chiens, des chats, des rats, des feuilles de vigne, et autres herbes qu'ils trouvaient encore qu'ils soient fort chers[2].

---

1. Parent-Duchatelet, *Chantiers*, *op. cit.*, 118-121.
2. La Fosse, Jean-Baptiste de, *Journal d'un curé ligueur de Paris sous les trois derniers Valois*, Paris, Didier, 1865.

« Comme de droit », dit le chroniqueur : c'est-à-dire que toutes les viandes de substitution ne sont pas mises au même rang, que le cheval constitue le premier recours, qu'il est la plus noble, ou la moins ignoble d'entre elles, et qu'il faut se garder d'y voir la chair de la faim effroyable, le dernier stade avant l'anthropophagie. Dans toutes les famines parisiennes qui ont suivi 1594 et précédé 1871, les mêmes causes semblent produire les mêmes effets.

Le siège de la ville par les Prussiens ne serait-il que le dernier épisode d'une histoire qui bégaie ? Pas vraiment, puisque pour la première fois le cheval a officiellement droit de cité en tant qu'animal à viande ; pas vraiment, ajoute la vulgate, puisque de là date l'adoption définitive de la viande chevaline dans l'assiette populaire. Affirmation qui nous paraît très contestable et que nous allons contester dans un instant.

En revanche, nous sommes d'accord pour dire que ce n'est pas un épisode de plus, la répétition d'un déjà-vu, déjà-mangé, mais qu'il y a une originalité certaine dans la nourriture de 1871.

La première nouveauté tient à la perception de la pénurie. Pour la première fois lors d'un siège, la question du pain ou de la soupe, son accompagnement ordinaire, est mise en second. Ce que reproche le peuple de la Commune à Napoléon III et à son état-major, c'est d'avoir capitulé avant que toutes les réserves de grains et de farine ne soient épuisées. Dans l'esprit public, le retrait du pain pousse en avant l'obsession de la viande sous toutes ses expressions, qu'elle soit viande insolite (les animaux exotiques), triviales (le cheval, le chat) ou répugnantes (le rat), qu'elle soit viande fantasmée ou réellement consommée[1]. L'imaginaire alimentaire qui se déploie dans une atmosphère obsidionale met en scène des ménagères descendant dans les égouts pour faire leur marché, il joue avec la transgression et le fantasme anthropophagique comme dans la caricature de Cham ainsi légendée : « Plus de viande. Allons donc ! ». Et l'on voit un gamin amaigri lever les yeux avec avidité vers une femme

1. Decraene, Jean-François, Tillier, Bertrand, « La nourriture pendant le siège de Paris, 1870-1871 », Saint-Denis, Musée d'art et d'histoire, 2005.

énorme sans savoir à quel sein se vouer… Toutes ces images révèlent moins l'inanition que la frustration née de la transition vers un autre régime, du changement des habitudes et, surtout, des attentes. Tous les citadins ne sont certes pas devenus carnivores, mais ils aspirent à le devenir. Quand ils travaillent en temps ordinaire, ce n'est plus pour gagner leur pain, pas encore leur bifteck, mais il leur faut le pot-au-feu.

Le pot-au-feu marque une autre différence avec les hippophagies précédentes : c'est un plat qui ne cache pas de quelle viande il est fait. Autrement dit, le consommateur de pot-au-feu de cheval n'est ni trompé, ni inconscient. Ce en quoi il diffère de ses prédécesseurs, consommateurs trop souvent involontaires de viande déguisée, par exemple sous forme de hachis en pâté. En 1552, à Metz, Toul et Verdun, « quand la vache est à neuf écus, on tue, on écorche chats et rats, qui sont mangés tels quels ». Mais on cuisine « de biaux pastés de chair de chevaulx, lardés, accoustrés et mangés ».

La conquête du pot-au-feu marque de façon emblématique l'accession à la viande des moins riches à partir du second XIXe siècle. Pas avant, même si Goethe nous assure que le pot-au-feu qu'il a mangé chez un fermier lorrain en 1800 est le plat ordinaire des Français. On s'interroge : un repas offert à un officier de l'armée d'occupation et servi par une domestique est-il vraiment un repas ordinaire, et le pot-au-feu n'est-il pas une exception dans un régime très végétarien ?

Mais trois générations après, le doute n'est plus permis : le pot-au-feu est devenu plat national et, pour la viande, le bouilli *lato sensu* reste le mode de cuisson privilégié. S'interroger sur cette fidélité sans faille du mangeur ordinaire au bouilli conduit à chercher dans le bouilli des vertus que nous ignorons ou que nous ne lui prêtons plus, mais qui étaient solidement ancrées dans l'univers culinaire d'autrefois. J'en citerai deux : le refus d'une cuisine sanguinolente, la recherche de la tendreté.

La première hypothèse peut sembler farfelue, tant ces mangeurs présentent de fortes tendances « zoophages » : en effet, ils sont prêts à manger des morceaux de la bête tout à fait reconnaissables et proches du vivant et ils sont grands amateurs de sang et de boudin. Pour lever ce paradoxe, on peut soutenir qu'il y a deux manières d'être « sarcophages », c'est-à-dire mangeurs d'une viande sans identité, réduite à une substance morte. Il y a celle des mangeurs aisés, qui est aujourd'hui la nôtre, où la mise à distance par rapport au vivant se fait par le refus de certains morceaux comme les yeux ou les viscères et par le découpage et le parage initial. Les amateurs de tête de veau sont toujours aussi nombreux, mais à partir de 1870 ils achètent ce morceau complètement désossé et roulé, difficile à identifier. Quant au muscle, il peut être servi entier, sous forme de gigot par exemple, mais il apparaît aussi, de façon innovante, en tranches coupées en travers de la fibre, si bien que le bifteck est un morceau relativement anonyme, on pourrait dire sans mauvais jeu de mots « désincarné ». Pour les gens ordinaires, la préparation initiale permet d'abolir le rappel à la réalité « crue » du morceau. Pour eux, la mise à distance se fait toujours en aval, en cuisine, selon le vieux procédé de la cuisson très longue qui transfigure, rassure et, *last but not least*, attendrit.

En même temps qu'il se conforme à la tradition carnivore, le mangeur évolue, son goût s'affine, sans vraiment se transformer. Dans le pot-au-feu, la séquence « grain », où l'on mange à la fourchette viande et légumes, tend à prendre plus d'importance par rapport au bouillon. C'est dire qu'on prend goût à la viande elle-même, qu'elle n'est plus là au titre de simple parfumeur du bouillon. C'est le premier pas vers une cuisine qui ne cherche plus à atteindre la « quintessence », la cinquième essence, l'extraction au dernier degré des sucs savoureux infusés dans le liquide, mais qui se montre plus respectueuse d'une chair. Néanmoins, comme le goût collectif n'est que la somme des goûts individuels, chacun variant à son rythme propre, il arrive que, pour un ménage ordinaire, le luxe consiste, une fois le bouillon obtenu, à jeter le bœuf[1].

---

1. Thouvenot, Claude, « Les habitudes alimentaires dans la France du Nord-Est : essai de géographie alimentaire et sociale », Lille, Service de reproduction des thèses, 1977, 116.

Le pot-au-feu, plat national, est le plat de résistance du siège, résistance sous toutes ses formes, y compris contre l'ennemi prussien ou versaillais. Sa recette est largement diffusée[1]. Prenez de la viande de cheval. Soyez rassuré : elle est de très bonne qualité, elle ne provient pas de crevards que l'on voit se traîner par les rues, mais de chevaux sains, jeunes et vigoureux, capables encore de tirer l'attelage, de trotter et de courir, encore faudrait-il qu'on puisse les nourrir. Mais le fourrage manque, plus d'avoine pour les cent mille chevaux de Paris. Donc il faut en sacrifier une part. Autre bonne nouvelle : la rigueur polaire des températures en ce début d'année 1871 permet de bien conserver la viande. Si vous voulez un bon bouilli, prenez donc du filet, et bien reposé ; mais dans un but d'économie, mieux vaut faire le pot-au-feu avec des bas morceaux ; il n'est pas sûr que vous voyiez la différence entre les morceaux. La boucherie chevaline est une boucherie singulière ; rien que du muscle ! Ni gras, ni os, ni réjouissance ! Mais il faut reconnaître que ces trois absences sont, ici, bien regrettables. Placez le pot sur un feu modéré. Puis augmentez-le et continuez comme pour le pot-au-feu de bœuf, à la différence qu'il faut moins de feu que pour le bœuf, ce qui ajoute à l'économie d'argent, de temps aussi. Ce plat vous aura coûté une heure de file d'attente pour se procurer de la viande, mais quatre heures pour le bois… Vous obtiendrez un résultat un peu décevant, même le filet prend une couleur noirâtre à la cuisson, et se révèle résistant sous la dent et sec. Ce qu'on perd dans le bouilli, hélas ! ne se gagne pas dans le bouillon.

Un bon bouillon répond à des critères gastro-physiques, à des règles canoniques basées sur la polarité liquide/solide. La mauvaise cuisinière, toutes catégories sociales confondues, se signale parce qu'elle ne sort de sa marmite qu'« une eau fade », « un bouillon pâle et sans œil », « une soupe claire ». Le bouillon se juge, avant même toute sensation gustative, sur la consistance et sur l'apparence. Ni trop clair, ni trop solide, le potage doit séduire d'emblée par sa belle couleur blonde et

1. *Almanach des assiégés pour l'an de guerre 1871*, Paris, 1871, 47-62.

dorée, et surtout, par la densité de ces auréoles grasses qui annoncent et garantissent son onctuosité. Ainsi, les deux nourritures premières se jugent par les yeux. On apprécie le pain quand la mie est aérée par des « yeux », et plus ils sont gros (« comme le pouce », « comme une noix »), mieux c'est. On aime le potage plein d'yeux (« des yeux terribles »), de véritables flaques de graisse irisées, prometteuses de bonheurs onctueux, non de petits globules graisseux qui miroitent à peine. Cette soupe aux yeux n'a pas l'heur de plaire aux palais blasés qui préfèrent un potage translucide, qui ne révèle pas un soupçon de regard externe, mais qui fait miroir et reflète en sa limpidité l'œil gourmand du dîneur. Le problème avec le pot-au-feu de cheval, c'est que ni la réputation ni le savoir-faire de la cuisinière ne sont en cause. Quoi qu'il en soit, son bouillon apparaît un peu huileux, moins clair et moins doré, sans yeux surtout. Bouillon aveugle, bouilli maigre : le cheval correspond aux goûts du carnivore repu et moderne, c'est-à-dire précisément celui qui, en temps ordinaire, ne mange pas de cheval.

Comme le grain n'est pas meilleur, « peu mangeable au naturel », qu'il s'effiloche, on recommande de l'accommoder en miroton ou au gratin, à la manière du bœuf. *La Cuisine du siège* préconise le miroton dans lequel la viande est recouverte d'un hachis de persil, d'ail, de ciboule avant de mijoter une demi-heure à petit feu. C'est une cuisine de restes dont on aurait sauté la séquence première, la plus savoureuse.

À quelques nuances près, on est dans un registre culinaire connu. Il n'y a pas de cuisine de cheval. Il n'y a qu'une cuisine du bœuf faite avec du cheval. D'où des comparaisons incessantes, jamais en faveur du cheval.

Saucisson de cheval

À en croire la vulgate, la victoire prussienne fut une divine surprise pour les tenants de l'hippophagie, le siège de Paris permit d'enraciner durablement des nouvelles pratiques carnivores. Et cependant ni la première ni le second n'ont eu l'incidence immédiate qu'on se plaît à leur accorder. Si les Parisiens ont effectivement cuisiné leur cavalerie, cela ne les a pas incités à continuer, la guerre terminée. Ce peuple aux goûts devenus carnivores se tourne vers une autre source de viande. Car les statistiques de la consommation parisienne sont formelles : une fois passés le siège et la pénurie, on observe un fléchissement marqué de la consommation chevaline ; la consommation des animaux exotiques a connu une même évolution, encore plus drastique bien sûr.

Nous nous permettons d'insister : pas plus qu'il n'y a de pédagogie des banquets, il n'y a de pédagogie des sièges, des guerres ou de l'occupation. La gloire du rutabaga est toute récente, et ne doit rien à la génération qui a connu et souffert des restrictions de la Seconde Guerre mondiale. Ce qui est sûr, c'est que, jusqu'aux années 1900, la consommation de cheval reste anecdotique, elle se cantonne à certaines villes industrielles, à quelques aires géographiques de prédilection, en particulier les régions frontalières de la Belgique ou de la Suisse. Dans les villes où les boucheries à tête de cheval dorée ont une certaine pratique, on constate que les mangeurs ne se recrutent pas dans les milieux où on les attend :

> Chaque boucherie de cheval a une clientèle spéciale : petits rentiers, commerçants ayant un personnel à nourrir, pensionnaires, employés et un certain nombre de femmes mariées qui veulent assurer, à l'insu de leur mari et à peu de frais, les repas de la journée […]. On vend aussi de la viande de cheval aux pharmaciens pour la fabrication de poudres nutritives, aux restaurants populaires, aux dompteurs, etc. La classe pauvre n'achète pas la viande de cheval ; les indigents du bureau de bienfaisance ne portent pas leurs bons dans ces boucheries, aussi a-t-il fallu l'écouler d'une autre manière[1].

Il faut déchanter, et abandonner notre imagerie d'une viande du soldat devenue, par la grâce du siège, une viande de prolétaires.

1. *Rapport sur l'inspection des viandes*, Paris, Préfecture de police, 1891, 41.

L'hippophage est une espèce rare, qui se rencontre plus dans les classes moyennes que parmi les vrais pauvres[1].

En 1872, la vente exclusive de viande crue ne rapporte guère : 25 % seulement des carcasses sont vendus en boucherie, 35 % convertis en salaison, le reste acheté par les restaurants. L'écoulement est assuré d'une autre manière. Le plus souvent la viande est hachée, ce qui fait définitivement oublier le cheval, convertie en charcuterie qui transforme complètement cette chose rouge. En 1884, on signale que :

> La plus grande partie des chevaux livrés à la consommation passe dans la fabrication des saucissons communs, apanage des épiciers et des marchands de vin[2].

Et en 1891 :

> Les deux tiers servent à la fabrication de saucissons ; la viande hachée est même expédiée en province ; elle sert alors à faire des saucissons mélangés de bœuf et de porc, qui nous reviennent ensuite sous les noms pompeux de saucissons de Lyon, d'Arles et de Lorraine[3].

En cuisine, le cheval n'est qu'un bœuf déguisé, en charcuterie, qu'un substitut du porc.

Peut-être la vraie bonne nouvelle, pour les carnivores d'ancien type est-elle dans cette annonce : « Le baron Liebig, célèbre chimiste de Munich, a trouvé moyen d'utiliser les chairs des animaux sauvages de l'Amérique méridionale que l'on tue pour la vente de leur peau. On trouve en vente son extrait de viande sous forme de petits pots[4]. » Par la vertu de la mondiali-

---

1. Guillaume, Pierre, « Succès et déboires de l'hippophagie à la Belle Époque » dans Roche, Daniel (dir.), *De Pégase à Jappeloup, cheval et société*, Montbrison, Festival d'histoire de Montbrison, 1995, 309-319.

2. *Rapport sur l'inspection des viandes*, Paris, Préfecture de police, 1884, 16.

3. *Ibid.*, 1891, 41.

4. Millet-Robinet, *Maison rustique des dames*, Paris, Librairie agricole de la Maison rustique, s.d., 371.

sation et de la chimie réunies, on a dans sa tasse tout le concentré des bœufs de la pampa. Ce n'est pas tout le pot-au-feu, mais la moitié.

En histoire, la reconnaissance du ventre est rarement attestée. La génération qui a connu les affres du siège s'est montrée très peu empressée à goûter à nouveau de la viande de cheval. Il faut attendre les années 1895-1900 pour que les ventes en boucheries hippophagiques connaissent un décollage significatif et que le cheval entre enfin dans la Belle Époque comme adjuvant du régime carné des milieux populaires.

Pour expliquer ce succès bien tardif, les hypothèses ne manquent pas. Les uns y voient l'effet des recommandations diététiques, les médecins trouvant dans la viande saignante bon marché le fortifiant qui va donner de l'énergie à toute une jeunesse anémiée. D'autres encore mettent en avant l'évolution du goût populaire qui, avec un temps de retard, se met à l'unisson du goût des bourgeois, sans se détourner du gras, finit par apprécier le maigre que lui apporte un *horse-steack*.

On a omis, semble-t-il, de citer un facteur décisif dans l'évolution de nos mœurs alimentaires – je veux dire l'automobile.

On est à l'aube d'un siècle où l'automobile chasse le cheval des villes. Ce faisant, elle dénoue définitivement le vieux lien de familiarité qui s'était tissé entre l'animal et le mangeur urbain. Comme le cheval n'est plus un compagnon, ni même un spectacle quotidien, on peut le manger désormais sans arrière-pensée. Du moins en ville. En même temps, l'automobile, concurrente victorieuse en matière de transport, prive le cheval d'un statut essentiel et pousse à sa reconversion en animal de boucherie. Le cheval d'élevage apparaît dans certaines campagnes françaises, il est nourri d'herbes, non de coups de fouet, il fournit une viande plus douce et plus tendre. Le mangeur n'est plus honteux, et le cadavre est devenu exquis. Bonne nouvelle, qui eût réjoui les utopistes des années 1860, ceux qui imaginaient notre avenir alimentaire et le peignaient de couleur rose. Jules Verne, en 1863, nous voyait, nous, hommes du siècle à venir (le XXe siècle), comme des hommes de progrès, voyageurs autonomes se déplaçant sur des engins mécaniques, mangeurs sans préjugés. Notre ordinaire est sobre, fait en entrée d'une soupe grasse suivie d'un excellent bouilli de cheval [1].

D'autres visionnaires, comme le chimiste Marcellin Berthelot, voient encore plus accomplie la transformation de notre humaine condition. Le mangeur ordinaire du XXe siècle ne vit pas pour manger, il mange pour vivre. Il mange scientifiquement, ayant abandonné le repas, ses rites et ses contraintes, se nourrissant exclusivement de pilules nutritives et de comprimés de viande.

Bref, nous serions un peuple de mangeurs heureux, ayant évacué les notions parasites et superflues de goût, de plaisir et de convivialité. Force est de constater que, sur ce point, nous n'avons pas tenu toutes leurs promesses.

1. Verne, Jules, *Paris au XXe siècle*, 1863, rééd. Paris, Hachette, 1994.

Sources

Seules les références des sources imprimées sont indiquées. Les autres références bibliographiques ont été données au cours du texte, en note.

ALCRIPPE, Philippe d', *La Nouvelle Fabrique des excellents traicts de vérité*, rééd. F. Joukovsky, Genève, Droz, 1983, 160-161.

ALEXANDRE, Nicolas Dom, *Médecine et chirurgie des pauvres*, Paris, Laurent Le Conte, 1741.

ALLETZ, Pons-Augustin, *Dictionnaire portatif du cultivateur*, Paris, Didot, 1760, 2 t.

Annales de l'agriculture française, tome IV, an VI, « usage et emploi de la pomme de terre ».

ARCET, Jean-Pierre d', *Mémoire sur les os provenant de la viande de boucherie*, Recueil de l'industrie et des beaux-arts, Paris, 1829.

AUDOT, Louis Eustache, *La Cuisinière de la campagne et de la ville ou nouvelle cuisine économique*, Paris, Audot, 1818, rééd. Paris, 1843.

AULAGNIER, Alexis, François, *Dictionnaire des substances alimentaires indigènes et exotiques*, Paris, Pillet Aîné, 1830, 2 t.

BELON, Pierre, *L'Histoire naturelle des estranges poissons marins*, Paris, Chaudière, 1551, 2 livres.

BELON, Pierre, *Histoire de la nature des Oyseaux, avec leurs descriptions et naïfs portraicts retirez du naturel*, Paris, Guillaume Cavellat, 1555, 4 livres.

BERCHOUX, Joseph, *La Gastronomie ou l'homme des champs à table*, Paris, 1801, rééd. Grenoble, Glénat, 1989.

BIZET, Louis Charles, *Du commerce de la boucherie et de la charcuterie de Paris*, Paris, Dupont, 1847.

BOISSIER DE SAUVAGES, *Dictionnaire Languedocien-François*, Nîmes, Gaude, 1756.

BONNEFONS, Nicolas de, *Le Jardinier françois, qui enseigne à cultiver les Arbres et herbes potagers*, Troyes, Oudot, 1723.

BONNEFONS, Nicolas de, *Les Délices de la campagne, suite du jardinier françois*, Paris, Saugrain, 1741.

BOUCHET, Guillaume, *Les Sérées,* Lyon, 1608, rééd. Lemerre, Paris, 1873-1882, 6 t.

BUCHOZ, Pierre-Joseph, *Médecine rurale et pratique, tirée uniquement des plantes usuelles de la France*, Paris, chez Lacombe, 1768.

BULLIARD, M., *Histoire des plantes vénéneuses et suspectes de la France,* Paris, Imprimerie de Monsieur, 1784.

CADET DE VAUX, Antoine, *Mémoire sur la gélatine des os, et son application à l'économie alimentaire, privée et publique*, Paris, Marchand, s.d.

CADET DE VAUX, « Rapport sur les usages et les avantages de la marmite américaine », *Mémoire d'agriculture, d'économie rurale et domestique*, 1786, t. I.

CAUFAPÉ, Anicet, *Traité de la nature, des préparations et de l'usage des alimens les plus usités*, Toulouse, Colomiez et Posuel, 1686.

CHAMPIER, Jean Bruyérin dit, *De re cibaria*, Lyon, Honorat, 1560 ; traduction française : *L'Alimentation de tous les peuples et de tous les temps jusqu'au* XVIe *siècle*, Paris, I.C.C., 1998.

CHOMEL, Noël, *Dictionnaire économique, contenant divers moyens d'augmenter son bien et de conserver sa santé*, 1709, 4e éd., Paris, Veuve Étienne, 1740, 4 vol.

CHOMEL, Jean-Baptiste, *Histoire des plantes usuelles*, Paris, 1767.

DALECHAMP, Jacques, *Histoire générale des plantes, faite françoise par Jean des Moulins*, Lyon, Borde, Arnaud et Rigaud, 1653, 2 t.

DARTIGUES, Charles, « Traité passé par Henri d'Albret pour alimenter sa maison (1538) », *Annales du Midi*, octobre 1937, n° XLIX, 409-418.

DE COMBES, *L'École du jardin potager*, Paris, Boudet, 1749, 2 vol.

DE LAIGUE, Estienne, *Singulier traicté contenant la propriété de Tortues, Escargots, Grenouilles et Artichautz*, Paris, 1530.

DUBARAT, Victor-Pierre, « Traité de fournitures de vivres pour la maison de Jeanne d'Albret (3 février 1564) », *Revue du Béarn et du pays basque*, vol. I, 1904.

Dictionnaire domestique portatif, par une société de gens de lettres, Paris, Vincent, 1762-1764, 3 vol.

DUCHESNE fils, *Manuel de botanique, contenant les propriétés des plantes utiles pour la Nourriture, d'usage en médecine, employées dans les arts, d'ornement pour les jardins, et que l'on trouve à la campagne aux environs de Paris*, Paris, 1764.

DUCHESNE, M.E.A, « Du maïs pour la nourriture de l'homme, des femmes qui allaitent et des enfants en bas âge », *Mémoires de l'Académie royale de médecine,* t. II, Paris, Baillière, 1833.

DUCREUX, Robert, *Le Médecin radoteur ou les Pots pourris et Autres textes*, Paris, 1756, Trouilleux et Roy, rééd. Paris, Champion, 1999.

DU FAIL, Noël, *Propos rustiques*, 1549, rééd. Droz, Genève, 1994.

DUHAMEL DU MONCEAU, Henri-Louis, *Traité général des pesches et histoire des poissons qu'elles fournissent*, Lyon, 1769, 11 vol.

DUMAS, Alexandre, *les Mohicans de Paris*, Paris, 1859, rééd. Paris, Gallimard, 1998.

DUMAS, Alexandre, *Mon Dictionnaire de cuisine*, 1882, rééd. Éditions 10/18, 1998.

DUMONT, Émile, *La Bonne Cuisine. Manuel économique et pratique (ville et campagne)*, Paris, Degorce, s.d.

ÉRASME, Didier, « Les Hôtelleries » dans *Les Colloques*, trad. Victor Develey, Paris, 1875-1876, 3 vol.

ESTIENNE, Charles, LIEBAULT Jean, *L'Agriculture et maison rustique*, Lyon, J. Du Puis, 1578.

ESTIENNE, Henri, *Introduction ou traité préparatif à l'Apologie pour Hérodote*, s.l., 1566.

ESTIENNE, Henri, *Deux dialogues du nouveau langage françois italianizé et autrement desguisé*, 1578, P.-M. Smith éd., Genève, Slatkine, 1980.

FOUQUET, Madame, *Suite du recueil des remèdes faciles et domestiques, choisis, experimentez et approuvez pour toutes sortes de maladies internes et externes*, Dijon, Jean Ressayre, 1687.

FUCHS, Léonard, GOY Jean, *Le Thresor de médecine*, Lyon, Rigaud, 1578.

GACON-DUFOUR, *Moyens de conserver la santé des habitants des campagnes*, Paris, Buisson, 1806.

GUIBERT, Philibert, *L'Apothicaire charitable*, Troyes, Oudot, 1642.

GUIBERT, Philibert, *Le Médecin charitable*, Troyes, Oudot, 1645.

HARDOUIN DE PEREFIXE, *Histoire du roi Henri le Grand*, Paris, Paul et Chrestien, 1821.

HUZARD, Jean-Baptiste, *Notice analytique et bibliographique de l'ouvrage de Prudent Le Choyselat sur les avantages que l'on peut retirer des poules*, Paris, Huzard, 1830.

JOUBERT, Laurent, *Erreurs et propos vulgaires touchant la médecine et le régime de santé*, Avignon, 1586.

LABAT, Jean-Baptiste, *Nouveau Voyage aux isles de l'Amérique*, Paris, Delespine, 1722, rééd. Paris, Phébus, 1993.

La Cuisinière républicaine, qui enseigne la manière simple d'accommoder les pommes de terre, Paris, Mérigot, 1793.

La Maltôte des cuisiniers, *Les remontrances aux mariés*, coll. Techener des Joyeusetés, t. IV.

LA MARE, Nicolas de, *Traité de police*, Paris-Amsterdam, 1729, 4 vol.

LA POIX DE FREMINVILLE, Edmée de, *Dictionnaire ou traité de police générale*, Paris, Gissey, 1758.

LA QUINTINIE, Jean-Baptiste, *Instruction pour les jardins fruitiers et potagers*, Paris, 1690, rééd. Aix-en Provence, Actes Sud, 1999.

LATAILLADE, Albert, *De l'hippophagie*, Toulouse, J. Pradel, 1868.

Le Bon Fermier ou l'ami des laboureurs, Lille, 1767.

L.D.B, *Traité des étangs, des viviers canaux, fossez et mares. Et des profits qu'on peut en tirer*, Paris, Prudhomme, 1717.

LE COINTE, Jourdan, *La Cuisine de santé*, Paris, Briand, 1790, 3 t.

LE GRAND D'AUSSY, Pierre Jean-Baptiste, *Histoire de la vie privée des Français depuis l'origine de la Nation jusqu'à nos jours*, Paris, Pierres, 2 t.

LEMERY, Louis, *Traité des aliments*, Paris, Witte, 1702, rééd. Paris, Durand, 1755, 2 vol.

LEMERY, Nicolas, *Traité des drogues simples*, chez Laurent d'Honig, 1782.

Le Mesnagier de Paris, s.d. (XVe siècle), Paris, éd. 1994.

LISTER, Martin Dr, *A Journey to Paris in the year 1698,* Londres, 1699, chap. "of the food of the Parisians" dans *Petits Propos culinaires*, n° 22, mars 1986.

MENON, *La Cuisinière bourgeoise*, Paris, 1746, Lyon, Leroy, 1783.

MERCIER, Louis-Sébastien, *Tableau de Paris*, Amsterdam, 1782, 12 vol.

MILLET-ROBINET, *Maison rustique des dames*, Paris, Librairie agricole de la maison rustique, s.d., 2 t.

MONIER, Louis, « Empoisonnement par les champignons ». *Mémoire lu à la société de médecine de Vaucluse*, Avignon, Seguin, 1874.

MONTEUX, Jérôme de, *Conservation de la santé et prolongation de la vie*, Lyon, 1559.

MURALT, Beat Louis, *Lettres sur les Anglois et les François et sur les voiages*, 1728, Charles Gould, Paris, 1933.

OUDIN, Antoine, *Dialogues fort récréatifs composés en espagnol et nouvellement mis en Italien, Alleman et Françoys*, Venise, Baglioni, 1615.

PAILLEUX A et BOIS Désiré, *Le Potager d'un curieux. Histoire, Culture et Usage de 200 plantes comestibles peu connues ou inconnues*, Paris, 1892.

PALISSY, Bernard, *Recepte véritable, par laquelle tous les hommes de la France pourront apprendre à multiplier et augmanter leur trésor*, La Rochelle, 1563, Franck Lestringant (éd.), Paris, Macula, 1996.

PALISSY, Bernard, *Discours admirable*, Paris, 1580.

PAPIN, Denys, *La manière d'amollir les os et faire cuire toutes sortes de viandes en fort peu de temps, et à peu de frais. Avec une description de la Machine dont il faut se servir pour cet effet, ses propriétéz et ses usages, confirmés par plusieurs experiences*, Paris, Michallet, 1682.

PARÉ, Ambroise, *Les Œuvres d'Ambroise Paré, conseiller et premier chirurgien du roy, divisées en 27 livres*, 2e éd., Paris, Gabriel Buon, 1579.

PARENT-DUCHATELET, Alexandre, *Les Chantiers d'équarrissage de la ville de Paris envisagés sous le rapport de l'Hygiène publique*, Paris, Crochard, 1832.

PARMENTIER, Antoine-Augustin, *Traité sur la culture et les usages des pommes de terre, de la patate et du topinambour*, Paris, Barrois, 1789.

PAULET, *Traité des champignons,* Paris, Imprimerie nationale, 1793, 2 t.

PLATINE, Bartolomeo Sacchi dit, *Le Platine en François,* Lyon, 1505, rééd. Paris, Manucius, 2003.

POIRET, J.-L.-M., *Histoire philosophique, littéraire, économique des plantes de l'Europe*, Paris, Ladrange et Verdière, 1825.

PRUDENT LE CHOYSELAT, *Discours économique non moins utile que récréatif*, Paris, Chesneau, 1569.

QUIQUERAN DE BEAUJEU, *La Provence louée*, Paris, Reynaud, 1614.

RÉGIS DE LA COLOMBIÈRE, Marcel, *Sophistication et altération des principaux objets comestibles*, Marseille, Camoin et Bergamin, 1854.

RONDELET, Guillaume, *La Première Partie de l'histoire des poissons*, Laurent Joubert trad., Lyon, Macé Bonhomme, 1558.

ROQUES, Joseph, *Nouveau Traité des plantes usuelles, spécialement appliqué à la médecine domestique*, Paris, Dufart, 1837.

SAINT-ÉVREMOND, *Entretiens sur toutes choses*, 1674, Paris, Desjonquères, 1998.

SAVARY DES BRULONS, Jacques, *Dictionnaire universel du commerce*, Paris, Étienne, 1741, 2 t.

SERRES, Olivier de, *Le Théâtre d'agriculture et mesnage des champs*, Paris, 1600, rééd. Aix-en-Provence, Actes Sud, 1997.

SUE Eugène, *Les Mystères de Paris*, Paris, 1843, rééd. Paris, Laffont, 1989.

TESSIER, C, « Observations sur les Fourneaux, ou sur les Potages ou Soupes économiques », *Annales de L'agriculture française*, première série, t. V, Paris, Huzard, an IX.

VENEL, Gabriel, *Instructions sur l'usage de la houille plus connue sous le nom impropre de charbon de terre*, Avignon, 1775.

VENEL, Gabriel, *Précis de matière médicale*, Paris, Caille et Gravier, an IX.

Table

Le bras de la cuisinière 9

1. Champignons à l'ail 23

Ce que bien manger veut dire 25
Strangulator 28
Et pourtant ils en mangeaient… 31
En fricassée de poulet 34
Ail et persil 41

2. Étuvée de poissons 49

Nos ancêtres les ichtyophages 52
L'écosystème de l'étang 56
Étuvée de poissons d'étang 60
Chaudrées et compagnie 66
Matelote à la marinière 70

3. Fèves au lard 75

Comment accoutrer le poisson 77
Poissons nobles, poissons ignobles 82
Le dauphin à l'aillade 86
Fèves au lard 91
Quand la fève devient haricot 95

4. Fricassée de tripes 101

Le déjeuner de tripes 102
La part du pauvre 106
Les nourritures zoophages 112
À la mode de Lyon 115
Cuisine des hommes, cuisine des femmes 119
Fricassée de tripes de bœuf 123
Décadence de la tripe 125

5. La poule au pot 129

La guerre de poulailler 131
La poule et le roi 136
Les volailles de la maison d'Albret 139
Le pot-pourri 146
La poule et le laboureur 148
La poule au pot reconstituée 153
Et la poule au pot qu'on m'avait annoncée ? 160

6. Le bouillon de l'hôpital 163

Les restaurants de l'hôpital 165
Bouillon de coq 168
Viandes blanches de substitution 174
Le potage aux « vermichelles » 181

7. Herbes en capilotade 187

Du bon usage des poules 188
Œufs des riches, œufs des pauvres 191
La fricassée d'œufs 194
Les bonnes herbes 198
La cuisine de la vulgaire bonne femme 204

8. Le haricot de mouton 209

La fable des origines 210
« Le ragoût plébéien » 215

« Ces choses qu'on ne mange guère » 218
L'avènement des navets 225

9. Beurrée de brésil 235

La cuisine des copains 237
Pain rousset 240
Le craquant du pain 244
Beurre blanc 248
« Rouge Brésil » 253
Fromage blanc à la pie 257
Tartine de margarine 264

10. Bouillie de turquis 267

Ces éternels mangeurs de bouillie 267
Anciennes bouillies et nouvelles bouillies 275
Bouillies jaunes, bouillies grises 279
Le chaudron et le bâton 282
La bouillie change de consistance 285

11. L'os en gelée 289

« Il ne faut rien jeter dans ce pays » 289
L'os guenille 294
L'os à pain 298
La gelée de M. Papin 301
L'art et la manière d'amollir les os 304
Le bouillon de gélatine 309

12. Le salpicon 315

La vinaigrette de don Quichotte 318
Le salpicon du soir 322
Le bœuf raccommodé 325
Le piquant et le poignant 329
La cuisine du réchauffé 334
La naissance du miroton 337

13. L'arlequin 343

« Hélas ! Nous n'avons plus l'estomac de nos pères. » ... 343
Les rogatons 347
Bijoux et arlequins 353

14. Purée de pommes de terre 363

Pommes de terre en haricot 365
Pommes de terre en truffes 369
Pommes de terre en châtaignes 374
Quand Cendrillon devient fée 380
Pomme de terre à l'américaine 383
Pomme de terre républicaine 388

15. Pomme de terre frite 393

Pomme de terre en robe des villes 393
La pomme de terre dérobée 394
L'avènement de la frite 398
Le bifteck et la saucisse 407
Le goût du croustillant 411

16. La gibelotte de lapin 415

En fricassée de poulet 417
« Il faut avoir le courage de ses aliments » 419
Écureuil rôti 422
Le ragoût de Moumouth 426
La « giblote » de lapin 432

17. Pot-au-feu de cheval 443

La viande interdite ? 444
La consommation furtive 446
De la viande pour la canaille 449
Viande, carne, barbaque 451
Pot-au-feu du siège 455
Saucisson de cheval 460

Sources 465

RÉALISATION : NORD COMPO À VILLENEUVE-D'ASCQ
IMPRESSION : NORMANDIE ROTO S.A.S. À LONRAI
DÉPÔT LÉGAL : JANVIER 2010. N° 101263 (094192)
IMPRIMÉ EN FRANCE